中国名詩鑑賞辞典

山田勝美

角川文庫
22801

はしがき

中国の詩といえば、すぐ「唐詩選」が連想されるが、「唐詩選」の最大の欠陥は、なんといっても白楽天の詩を一首も採っていないことである。そこで、唐詩をひととおり見るには、むしろ「唐詩三百首」のほうが便利であるという主張もでてくる。しかし「唐詩三百首」にしても、その範囲は唐詩にのみ限られていて、中国の詩を全般的にひととおり見ることはできない。中国の詩のうち、唐詩に傑作が多いことは事実であるが、他の時代にもすぐれた作品がないわけではない。そこで、中国にも、また、わが国にも「中国歴代詩選」といった著述があるわけである。ところが、上は「詩経」「楚辞（そじ）」から、下は明（みん）・清（しん）の作にいたるまでの、実にぼうだいな作品のうちから、どれを採りどれを捨てるかということになると、これはなかなか容易なことではない。いきおい、そこに選者の主観が強く働くことは避けがたい。歴代詩選どころか、右にあげた「唐詩選」と「唐詩三百首」の両者を比較してみても、そこにはすでに選者の好みが働いていて、採られている作品にはかなりの出入がみとめられる。公平に考えて、ある作品など、当然どちらにも採られてしかるべきだのに、それが一方にはあって、他方にはないことが、かなり発見される。まして、「歴代詩選」ともなると、選者によってかなり採択の基準がちがっているようである。また、中国人の手になる「歴代詩選」と、日本人の手になるそれとの間にも、やはり相当のひらきがある。これらは日・中両国人の主観や、好みや、作品鑑賞の態度のちがいによるものであろうが、あまりに個性の強い選択ぶりでは、読者にとって迷惑至極な話であろう。そこで著者は今ここに、上は「詩経」から、下は明・清にいたるまでの作品中から、しかるべき作品を選んで『中国名詩鑑賞辞典』を著すにあたって、既刊の選集にいかなる作品が採られているかを参考としつつも、なお次のような基準をたてて作品を選んだ。

一、わが国の高等学校や大学のテキストに採られているもの。

一、過去において、日本文学の作品に影響を与えたもの。

一、現代語彙のうちに生きている成句を含んでいるもの。

一、日本人に今なお親しまれ、興味の深いもの。

一、中国文学を鑑賞するうえにおいて適当と考えられるもの。

もちろん、こうした選択の基準にも問題はあろうが、本書の性質上、やむを得ないしだいである。また、採択した作品の数もスペースの関係からして、ぎりぎりのものとし、割愛した作品も多くある。本書はどこまでも啓蒙書であり、入門書であって、本書を一読して中国詩に興味をもたれた読者は、さらに専門書について研究されることを望んでやまない。

昭和五十三年四月　　著者しるす

凡例

一、本書は、歴代中国詩のうちから、比較的わが国民に古くから親しまれているものを精選し、これらにごく一般的な注釈を施したものである。

一、本書は読者の便利を考えて、「本文」「訓読」が互いに照応するように配置するとともに、各々の句の頭の上には番号を付して、該当する部分がすぐに見いだしやすいようにしておいた。「通釈」はできるだけ通説に従っておいたが、近代感覚にマッチするよう、特に言いまわしに工夫を凝らすとともに、ときには拙訳の詩や和歌などで代用させた部分もある。また、「本文」に無い語句を補った部分は（　）でくくり、本文直接の解釈でないことを示しておいた。

一、詩ごとに、訓読・通釈・〔語釈〕・〔押韻〕・〔解説〕及び〔余説〕の項を設け、〔解説〕では、詩題の解説、作者の紹介などを試みた。作者の紹介は、その作品が、本書のうちに始めて出てくるところでのみ試み、他のところではすべてこれを省いた。〔余説〕では、その作品に関する鑑賞・批評から、作品にまつわる話、解釈についての異説、訳詩、日本文学との関係など、参考になるとみられることを、すべて思いつくままに記しておいた。

一、本書中の表記については、常用漢字体で新字体・旧字体の区別のあるものは、「本文」は旧字体、「訓読」「通釈」その他は主に新字体に従った。また、漢文の訓読は文語文法に準拠することになっているので、「訓読」のルビは当然のことながら、字訓は歴史的かなづかいに従ったが、字音のほうは現代かなづかいによった。

一、訓読のうち、太明朝体を用いてあるのは、その語句が成語句として、有名であることを示したものである。

一、〔押韻〕は、字の右側に平声（ひょうせい）は○、仄声（そくせい）は●をつけて示し、韻の変わる場合は〔押韻〕の部の説明を参照されたい。

目次

唐代の詩

宋・元・明・清時代の詩

中国詩を読むための序章

(一)　中国詩の読み方

中国の古典詩文を、現代中国語によらず、いわゆる訓読方式によって読解することは、いうまでもなく、わが国において、平安朝以来実践しきたった独特の方法である。そのこと自体は、中国文化を受容するための有力な手段として定着し、すでに千年以上の歴史的実績を保持しているのみでなく、現代中国語に関する何の知識をも要せず、ただ従来の漢字・漢語に関する知識を活用して、中国古典をひととおり読解できるわけだから、これほど便利なことはあるまい。だが、この方式に対しては、今日なお、多くの批判や抵抗がないわけではない。

一般的にいえば、外来文化を受け容れるに当たっては、当該国民の言語そのものをまず習得してかかるといった、オーソドックスな方法を真っ向から否定し、この場合についていえば、国音化した漢字音と、その字義とを駆使して、中国古典の意味内容に肉迫し、一挙にこれを把握してしまおうとするのだから、考えようによっては、かなり横着きわまる

たりすることも、ある程度やむを得ないことであろう。こうした訓読に対する不満が、語学のオーソドックスな習得を主張する立場から、訓読そのものに対する批判として、常に加えられてきたことは、周知のとおりである。語学教育の理論的立脚点からすれば、まさしくその主張どおりである。だがしかし、同時にまた過去の日本人にとっては、中国語そのものをしゃべったりすることは、ごく一部の限られた人びとを除いては、全く必要がなかったという事情をも、一応考慮してかかる必要があろう。

あたかも近世に至って、西欧文明に初めて接触した場合についても、ほぼ同じようなことがいえるであろう。われわれの先人は、西欧文明の包蔵している可能性を渇望はしたが、種々の制約上から、初期のうちは、それらを「口ことば」をとおして習得しようとするより、むしろ「文字」をとおして理解しさえすればよいとしたのである。彼らの外来文化の受容は、口ことばをとおしてではなく、文字をとおしてであったところに、非常に大きな特色が認められ、これこそ最も現実的な外来文化摂取の態度であり、またすこぶる賢明な選択でもあったといえよう。明治以来の各級の学校における外国語教育の進め方は、このような伝統をそのまま継承したものだが、今やそうしたやり方では、新しい情勢に適応できなくなり、改めてその方法が問いなおされているのが現状である。

そのことは、中国詩についてもまた例外ではなかった。わが国の最古の漢詩集たる「懐風藻」に登載されている諸作が、訓読による作品か否かは明らかでなく、また当時における読解・鑑賞が、どのようにして行われたかは明らかでないが、その後ずっと、平安朝時代以降、訓読によって理解され、かつ鑑賞されきたったのであって、そうしたやりかたを、大方はさして不自由とは考えなかった。ところが、声調や音韻を特に重視する中国詩においては、古くから訓読を排して、音のみによる直読が主張されているのみでなく、一部では実践もされきたったのである。といっても、現代中国音によるものではなくして、わが国の漢音による直読である。

例を挙げてみよう。

絶　句　　杜　甫

江碧鳥逾白　かうへきてうゆはく
山青花欲然　さんせいくゎよくねん
今春看又過　きんしゅんかんいうくゎ
何日是歸年　かじつしきねん

いま、字音はすべて漢音により、しかも中国音との関連がいくらかでもわかるように、旧字音の表記に従っておいた。ただし、それぞれの一句をひといきに読むのではなく、必ず、

① かうへき　てうゆはく
② さんせい　くゎよくねん
③ きんしゅん　かんいうくゎ
④ かじつ　しきねん

のように、つまり原詩の文字を、二字と三字とに切って読まなければならない。これによると、第二句と第四句の末の字音が、ともに「ねん」で、押韻(おういん)していることが、すぐにわかるであろう。

もう一例を挙げると、

涼州詞　　王翰

葡萄美酒夜光杯　ぶだうびしゅやくゎうはい
欲飲琵琶馬上催　よくいんびはばじゃうさい
醉臥沙場君莫笑　すゐぐゎさぢゃうくんばくせう
古來征戰幾人囘　こらいせいせんきじんくゎい

これもやはり、

①　ぶだう　びしゅ　やくゎうはい
②　よくいん　びは　ばじゃうさい
③　するぐゎ　さぢゃう　くんばくせう
④　こらい　せいせん　きじんくゎい

のように、原詩の各句を、二字・二字・三字に切って読む。ここでもやはり、第一句末の字音の「はい」、第二句末の「さい」、そして第四句末の「くゎい」が押韻していることが、自然にわかるであろう。が、著者の本当に言いたいことは、実はそんなことではない。つまり、五言の詩においては、その五字一句は、必ず[1]—[2]一[3]—[4]—[5]のように、二字と三字とに分けて読み、また七言の詩においては、その七字一句は、必ず[1]—[2]　[3]—[4]一[5]—[6]—[7]のように、二字・二字・三字に分けて読むのがふつうで、五言の場合でいえば、[2]と[3]とがつながったり、七言の場合でいえば、[4]と[5]とがつながったりすることは、例外としてならともかく、ふつうには絶対にないことである。現に、作詩の場合において、五言詩では二字・三字、七言詩では二字・二字・三字になるように文字を配置し、特に五言・七言を通じて、下の三字は必ずひとまとまりに読めるように工夫されているのである。

こうしたことくらい、少しく中国詩に関心を有する人なら、だれでも心得ておりそうなものだのに、中国詩の注釈書を著すほどの人が、その著書の中で、図らずもその無知を暴露している、といって批判されている実例がある。もう大分以前のことで、何という書名であったか忘れたが、その中に紹介されている話である。それは唐の顧況の「聴レ角思レ帰」（角笛の音を聞いて故郷を思う）と題する詩で、

故園黄葉満二青苔一　　故園の黄葉　青苔に満つ
夢後城頭暁角哀　　夢後の城頭　暁角哀し
此夜断腸人不レ見　　此の夜断腸す　人見えざるに
起行残月影徘徊　　起ちて行けば残月の影徘徊す

上段の七言絶句を、下段のように訓読したうえ、さらにこれを解釈して、

夢でみた故郷の庭には、黄ばんだ落ち葉が青い苔の上に、一面に散りしいていた。目がさめると、城壁の上で吹く暁角があわれげに響いてくる。今宵、思う人に会えない悲しみに眠れず、起きいでて歩めば、残月の光は、ちらりちらりと降りそそぐ。

といっている、というのである。ここで問題になるのは、結句の「影」と「徘徊」とである。この「影」は、月の光の意味であろうか。また「徘徊」は、月の光が徘徊するのであ

ろうか。右の訓読では、原詩の結句を、「起行」「残月影」「徘徊」、すなわち、二・三・二字とくぎり、「残月の影」と読んだため、「影」を「光」と解し、「起きいでて歩めば、残月の光は、ちらりちらりと降りそそぐ」などという、珍妙な訳となってしまったのである。もっとも、この部分に関しては、㈠起行すれば、残月、影徘徊す。㈡残月に起行すれば、影徘徊す。㈢残月に起行して、影と徘徊す。の三種の読み方があり、「徘徊」にも三とおりの解釈がある（平野彦次郎『唐詩選研究』四六六ページ以下）とのことであるが、いずれにしても、「残月の影」という切り方は、漢詩の常識を無視した読み方であって、とうてい受け容れることのできるものではない。恐らく、かかる読み方をする人は、作詩の経験を全然有しない人であろう。

以上述べたことによってもわかるように、中国詩は訓読するよりも、理想としては、現代の漢字音による直読のほうがのぞましいことを述べたつもりである。しかし、本書では、一応従前の習慣に従って、訓読してあるが、読者は同じく訓読するにしても、なるべく直読に近づけた読み方をされることがのぞましい。たとえば、さきに引いた杜甫（とほ）の絶句を、ふつうの訓読では、

江は碧にして　鳥逾（いよいよ）白し
山青くして　花然（も）えんと欲す
今春　看（み）すみす又過ぐ

何れの日か 是れ帰年ならん

であるが、せめて、

江は碧 鳥逾白

山青く 花然えんとす

今春 看すみす又過ぐ

何れの日か 是れ帰年

ぐらいに、もっていきたいものである。「逾」とか、「看」といった副詞は、当分このまま訓で残しておくほかあるまいが、他はなるべく音読を主体としたいものである。こうして少しでも音読に近づけることによって、原詩のもつ、声調上のニュアンスをも味読したいものである。

㈡ 中国詩の鑑賞

中国詩のおもしろさといったものは、必ずしも詳しい解釈によって得られるとは限らない。むしろ無心に朗誦、あるいは朗吟しているうちに、味わい得られるものである。昔の人が、「詩は味得すべし、解得すべからず」といったのは、この点をさしたものであろう。

といったからとて、けっして解釈が無用であるというのではない。いな、それどころか、その詩の作者、作られた時代、作られた場所、詩題のもつ意味、詩中の重要語句などについて、じゅうぶんな理解をもっていることは、味わうための基礎条件として、必要欠くべからざることであるが、ただそれだけで終わってはならない、ということである。どこまでも詩を理解するための本体である味得ということを第一義とすべきである。それにはまず、その詩を暗誦するくらいまで、おりにふれて口ずさみ、あるいは朗吟することによって、作者の詩的感動に直接ふれ、はじめてその生命感を自分のものとして、味わえるようになるのである。

だが、百尺竿(かん)頭さらに一歩を進め、本当に詩を鑑賞するにはどうすればよいか。それは自分で実際に詩を作ってみることである。しかし実際問題として、今日、中国詩を作り得る人はきわめて少ないし、それに第一、中国詩を作るということは、和歌や俳句のように簡単にはゆかない。和歌なら、五・七・五・七・七の三十一字をならべれば、巧拙のちがいはともかく一応和歌といえるし、また俳句はさらに簡単で、季語ということはあるにしても、五・七・五の十七字にまとめれば、それでよいが、中国詩のほうは、そんなに簡単にはゆかない。ただ一行五字、ないしは七字の句を四行ならべたところで、それがそのまま五言絶句とか、七言絶句とかいえないのである。起承転結とか、押韻(おういん)とか、平仄(ひょうそく)とか、そのほかいろいろやかましい規則があって、なかなか容易なことではない。そこで、わが国には、「詩を作るより、田を作れ」といった、揶揄(やゆ)的な諺があるほどである。

そこで中国詩を真に鑑賞するには、まず作ってみることだといっても、これは万人にすぐ実行できることではない。では、だれにでも簡単に実行できる詩の鑑賞法はないものだろうか。それはある。著者多年の経験によれば、訳詩をこころみること、これである。本書の中にも、しばしば拙訳を出しておいたが、これは誠にお恥ずかしいもので、ただ参考までに思いつきを出したものにすぎない。本書の読者の中には、定めし詩才に恵まれた方が沢山おられるにちがいないと思うので、是非やってみることをお勧めしたい。訳詩をこころみるからには、詩の作られた背景はもちろん、詩そのものの意味を、まずはっきりつかまなければならないし、さらに、それを一定のリズムに乗せなければならない。訳とはいっても、ある場合には、創作と同じくらいの苦心が必要である。この言葉の意味はどんなものか。作者はどんな気持ちでこの語を使ったのか。これに代わる他の表現はないのか。あるとすれば、どんな語であろうか、などと、いろいろな探索がなされるべきである。結局、この語を選んだのは、こんな気持ちからであろう。あるいは、こんな表現上の用意をもっていたのだろう。他の語との、こんな対照上の考慮を払ってのことだろうなどと。こうして、作者の意図したところを追求することによって、その作品に対する理解はだんだんと深化されてゆく。その結果が、和歌や俳句や、さては日本文による訳詩なりによって表現されてみると、原詩に対すると同じような愛着が起きてくるものである。

こうしたことは、なにも近ごろ始まったことではなく、つとに土岐善麿(ときぜんまろ)氏や、なくなった佐藤春夫氏、その他にも盛んにやられた人がいるが、すでに明治時代において、正岡子(し)

規などによってもこころみられている。子規の歌集を見ると、明治三十一年の条に、杜甫の「秋興八首」「石濠吏」「新婚別」が和歌に訳されている。「秋興八首」は、本書ではその第一首のみを採ったが、その和歌訳を引用すると、

旅枕菊咲き楓おとろへてをちこち城にころも擣つなり

とあり、また「石濠吏」は、

石濠の村に日暮れて宿借れば夜深けて門を敲く人誰そ

に始まり、

暁のゆくてを急ぎひとり居るおきなと別れ宿立ち出でつ

に終わる七首で歌いおさめている。

さすがに「あららぎ派」の巨匠だけあって、訳歌そのものが、すでに独立した創作としてりっぱである。

こうした訳詩といったことを続けることによって、原詩そのものに対する目がだんだん開けてゆき、中国語の特色よりくる対句法とか、中国語の美しいリズムとか、あるいは漢字そのものの象形美とかいったものが、しだいに理解されてくるにちがいない。しかし、文学修業の道は遠くかつ険しい。この程度のことは、まだほんの序の口にすぎない。このようにして、中国詩に対する目がしだいに開かれてきたならば、次には古人の各詩に対する評を読んでみるがよい。杜甫や李白や白楽天といった著名な詩人のみにかぎらず、「唐詩選」あたりに見える詩については、古今の人がいろいろな評語を下している。それらを

読んで、果たしてその評語が当たっているか、どうかを一考してみることもよかろう。もし自信があれば、ひとつ自分で評語を下してみるのもおもしろいであろう。文学作品の鑑賞・批評は、自分がおもしろいと思えば、他の人の思わくなどどうでもよいようなものではあるが、そこにはやはり一定の客観的妥当性が要求せられるべきであって、あまりに恣意的・独断的解釈や鑑賞は、原作を冒瀆することになるから、心すべきであろう。

なお、つぎに、中国語の特性や詩の形式・変遷などについても、一応の解説を試みることにする。

(三) 中国語の特性

中国詩をよく理解し、鑑賞するためには、その詩の作られた背景や語句の意味がわかるというだけではまだ不十分であり、どうしても詩そのものの成り立ちや形式を、よく理解してかからなければならない。さらにまた、基本的なことながら、中国語そのものの特性をも知らなければならない。それなら、中国語の特性とは、どんなものか。

中国語は、欧米語のように語尾変化をしないし、また、日本語のようにテニヲハを必要としない、いわゆる言語学上の「孤立語」と称せられるものである。孤立語であるから、品詞の種類は、句のうちに占めているその語の位置によってきまる。あらかじめ名詞だとか、動詞だとか、あるいは形容詞だとかいった、一定の品詞がきまっているのではない。その語が句の中に占める位置が、どうなっているかによって、同じ語が名詞ともなるし、また、動詞とも形容詞ともなる。たとえば、「家」という語が、名詞として「いえ」の意に使われるほか、「家(ス)」と動詞に読んで「家をかまえる」という意味にも、また、「家(ゴトニ)」と副詞に読んで「どこの家でも」という意味にも使われるようなものである。便利といえば便利だが、読解するがわから言えば、実にやっかい千万である。さらに中国語の特性として、それが「単音語」であるということをも知っていなければならない。単音語というのは、一語が一音節に発音され、しかもそれが意味をもっている語のことである。日本語の「ア」「イ」「ウ」などの一音節は、それだけでは意味をもたず、それらがいくつか連綴(れんてつ)されて、はじめて「ハル」「サクラ」といったように、何らかの意味をもたせることができる。また、英語などにしても、〈flow-er〉〈cher-ry〉などのように、大部分は二シラブル以上からできている。ところが中国語では一語が必ず一音節であって、しかも意味をもっており、複綴音からできている語は絶対にない。いま、漢字音を片仮名で書き表してみると、

コク(国)・ハツ(発)・テキ(敵)・イチ(一)・ジュウ(拾)

となるが、これらは中国ではすべて一音節に発音する。国家・発達・敵国・一冊・拾個などの熟語の読み方「コッ」「ハッ」「テッ」「イッ」「ジッ」などを考え合わせてみれば理解されよう。もちろん現代中国語の発音は、これらとは異なるが、単音節であることには変わりはない。

右に述べたように、中国語はみな単綴音であるうえ、語頭に cl, dr, sp, str のような重

子音がなく、語尾の子音としては〈m〉〈n〉〈ng〉の三種があるだけだから、字音の数はきわめて少ない。現代の北京語は字音の最も簡単なもので、大体四百音ぐらい、最も字音の多いといわれる福州方言でも八百音ぐらいしかない。このようにわずか四百か八百ぐらいの字音で、数多くの文字を発音するから、いきおい、たくさんの同音異字があるわけである。そこで、すべての文字に「四声」をつけて、同音の語を区別する。「四声」というのは、声の調子の高低のことで、英語のアクセントに似ている。なおまた、「四声」は一語一語については明らかに区別をつけられるが、多数の語をつらねての会話の場合などには、それだけではまだ紛れやすい。そこで、「熟語」を作って意味をはっきりさせるようにした。

このように中国語が孤立語であり、しかも単音語であるということが、中国文学に及ぼした影響としては、

(一) 文章がきわめて簡潔で、含蓄が深い。
(二) 対句を作るうえにおいて便利である。
(三) 音韻によくかなっていて、耳に聞いて気持ちがよい。

などがあげられる。

「四声」については後に詳説するとして、「熟語」について少し述べておく。熟語の起こ

りは、古く「詩経」や「書経」のうちに多く見られ、またその用法もいろいろさまざまで、「重言」（同じ文字を重ねたもの、「関関　雎鳩」の「関関」など）あり、「畳韻」（語尾の韻の同じ文字を重ねたもの、「窈窕　淑女」の「窈窕（yō-chō）」など）あり、「双声」（語頭の子音の同じ文字を重ねたもの、「参差　荇菜」の「参差（sin-si）」など）ありで、これらの畳韻・双声などの熟語を巧みに使っているところなどは、「詩経」の修辞法が発達していたことを証明するに足りると思う。また、現代中国語においても、名詞・動詞・形容詞などは、多く二字の熟語からできている。のみならず、孤立語であるから、文法関係を明示する「虚字」（助字ともいう、於・之・而・則・也など）は、散文の場合は別として、少なくとも詩においては必要ではないので、「対語」や「連句」を作る場合にきわめて便利である。特に中国の文字は象形が基本であるから、同じ扁旁の文字を並べると、視覚に訴えるときに、いっそう快感をおぼえさせる。

以上のようなわけで、詩を読む場合には、なるべく音読したほうがよく、また、散文のように下からひっくり返って読まずに、なるべく短く切って読みっぱなしにしたほうがよいことがわかるであろう。それでも、われわれ日本人は中国人のように、頭から音で直読するわけではないが、不思議なことに、中国人が音読して巧みだと思う詩は、日本人がひっくり返して訓読しても、やはりうまいと感ずるのである。

では「四声」とはどんなことか。前にもちょっと述べたように、それは四種類（平・上・去・入）の声のアクセントで、同音の語を区別するために生まれたものである。すな

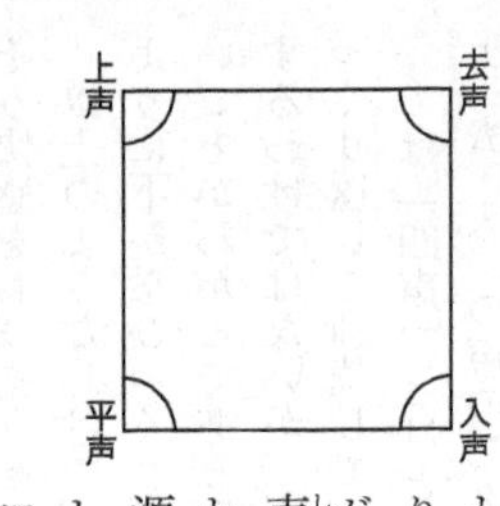

わち平声は、平らかな発声で、アクセントのないもの。上声は、しりあがりの発声で、語尾にアクセントのあるもの。去声は、しりさがりの消え入るような発声で、語頭にアクセントのあるもの。入声は、のみこむようなつまる発声で、語尾がK・P・Tのものがこれに属する。これをグラフにして示すと上図のようになる。その起源は非常に古いもので、発声に長短・高低・遅速などの区別が存在していたことは、古くから知られている。六朝時代（五・六世紀）になってから、四声を論ずる学者があらわれ、梁の沈約（四四一～五一三）が「四声譜」を作った。これから後、四声を口にする者は、みな沈約を祖とした。その書物は今日、伝わっておらず、もちろん今日の発音とは異なっているが、唐・宋時代の詩に用いられた四声は、全く沈約の説によっている。以上の四声のうちで、ただ平声だけは平らかな発音で、アクセントがないので「平声」といい、ほかの上声・去声・入声の三声は、語尾か語頭かのどこかにアクセントがあって平らかではないので、これらをまとめて「仄声」（仄は、かたむく意）といい、合わせて「平仄」という。平仄が合うとか、合わないとかの平仄とは、このことであって、平仄の組み合わせによって生ずる音律の美しさは、詩においては特に重要視される。

現代中国語にも、もちろん四声があるが、元代に胡音（北方異民族の音）の影響を受け、さらに明代・清代と経過するに従って変遷し、詩に使われている沈約の四声とはちがっているから注意する必要がある。

次に「韻」について少しく説明しておこう。韻というのは、声音の末尾の響きのことで、声音の末尾の響きの類似、ないし一致している語を集めて、それぞれグループを作らせたものである。沈約の「四声譜」が今は伝わっていないから、当時の韻をいくつに分けたかは不明であるが、沈約の書を改定した隋の陸法言らは「切韻」を著すにあたって二百六韻に分けた。ただし、沈約は南方音を主とし、陸法言は南北の韻を定めたといわれている。唐の天宝の末年に、孫愐が「唐韻」を著すにあたって、全く陸法言の韻をそのまま採ったが、宋の大中祥符元年にこれを修正して「広韻」と改名し、二百六韻の分類はそのままである。「切韻」「唐韻」の二書とも今は伝わっていないが、その大体の面目は「広韻」によって察知することができる。金の正大六年に平水（地名）の王文郁が、二百六韻を改めて百七韻とした。南宋の末に、劉淵がこの書を手に入れて再版し、「壬子礼部韻略」と名づけた。これが「平水韻」といわれるものである。その後、元の陰時夫兄弟が「韻府群玉」を著すにあたって、上声の「極」韻を削り去って百六韻に改め、これが今もなお、行われている詩の韻である。すなわち、すべての漢字は平・上・去・入の四声、したがってまた、平仄のどれかに属するが、平声三十韻をそれぞれ上平声・下平声の十五韻ずつに、上声を二十九韻、去声を三十韻、入声を十七韻に分けた。

漢字
- 平（ひょう）
  - 上平声（じょうひょうしょう）……十五韻
  - 下平声（かひょうしょう）……十五韻
  - 三十韻
- 仄（そく）
  - 上声（じょうしょう）……二十九韻
  - 去声（きょしょう）……三十韻
  - 入声（にっしょう）……十七韻
  - 七十六韻
- 百六韻

〈上平声〉

1 東（とう） 2 冬（とう） 3 江（こう） 4 支（し） 5 微（び） 6 魚（ぎょ） 7 虞（ぐ） 8 斉（せい） 9 佳（か） 10 灰（かい） 11 真（しん） 12 文（ぶん） 13 元（げん） 14 寒（かん） 15 刪（さん）

〈下平声〉

1 先（せん） 2 蕭（しょう） 3 肴（こう） 4 豪（ごう） 5 歌（か） 6 麻（ま） 7 陽（よう） 8 庚（こう） 9 青（せい） 10 蒸（じょう） 11 尤（ゆう） 12 侵（しん） 13 覃（たん） 14 塩（えん） 15 咸（かん）

〈上声〉

1 董（とう） 2 腫（しょう） 3 講（こう） 4 紙（し） 5 尾（び） 6 語（ご） 7 麌（ご） 8 薺（せい） 9 蟹（かい） 10 賄（わい） 11 軫（しん） 12 吻（ふん） 13 阮（げん） 14 旱（かん） 15 潸（せん） 16 銑（せん） 17 篠（じょう） 18 巧（こう） 19 皓（こう） 20 哿（か） 21 馬（ば） 22 養（よう） 23 梗（こう） 24 迥（けい） 25 有（ゆう） 26 寝（しん） 27 感（かん） 28 琰（たん） 29 豏（かん）

〈去声〉

1 送（そう）	11 隊（たい）	21 箇（こ）
2 宋（そう）	12 震（しん）	22 禡（ま）
3 絳（こう）	13 問（もん）	23 漾（よう）
4 寘（し）	14 願（がん）	24 敬（けい）
5 未（び）	15 翰（かん）	25 径（けい）
6 御（ぎょ）	16 諫（かん）	26 宥（ゆう）
7 遇（ぐう）	17 霰（さん）	27 沁（しん）
8 霽（せい）	18 嘯（しょう）	28 勘（かん）
9 泰（たい）	19 効（こう）	29 豔（えん）
10 卦（かい）	20 号（ごう）	30 陥（かん）

〈入声〉

1 屋（おく）	11 陌（はく）
2 沃（よく）	12 錫（しゃく）
3 覚（かく）	13 職（しょく）
4 質（しつ）	14 緝（しゅう）
5 物（ぶつ）	15 合（がっ）
6 月（げつ）	16 葉（よう）
7 曷（かつ）	17 洽（こう）
8 黠（かつ）	
9 屑（せつ）	
10 薬（やく）	

右の東・冬・江などは、そのグループに属する同声同韻の文字の代表字をあげたものである。そして詩を作るのに用いる字典は、韻別によって文字が配列されている。

詩の形式によって、句末に同じ韻に属する文字がくるように配列するのだが、これは詩を歌う場合に響きがよく、手拍子・足拍子にも合うので、特に重要である。これらを「韻脚（いんきゃく）」とよび、同じ韻に属する文字が韻脚にくるようにすることを「押韻（おういん）（韻をふむ）」という。

(四)　詩の形式

詩は散文とはちがい、音律の美しさを重んずるたてまえからいって、一定の形式・規則

を守らなければならない。その形式・規則は、孤立語で単音語であるという中国語の特性に即応するもので、

㈠ 一句の語数をそろえること〈音数律〉
㈡ 句の末尾の語が韻をふんでいること〈音位律〉
㈢ 句中の各語に平仄が整っていること〈音性律〉
㈣ 一首の詩の句数が一定していること〈句数律〉

などである。これらの規則に基づいて、古体・近体・五言・七言などの詩の区別がきまってくる。

古体と近体

古体・近体の区別は、唐代になってから言い出されたものである。近体とは、現代風の詩という意味で、唐代に確立された詩の規則にきちんと合致したものをいう。これに対して、隋(ずい)以前風の詩を古体、または古風・古詩という。古体が今体とちがう点は、

㈠ 平仄の規則に従っていない。
㈡ 篇法・句法の長短などが自由である。

(三)　押韻の法は、五言詩では第二句に始めて韻脚をおき、以下隔句に韻をふむ。七言詩では第一句・第二句に韻をふみ、以下隔句に韻をふむことは五言詩と同じで、また韻をふんでいない句尾の字は韻字と異声のものを用いる。また「換韻（かんいん）（韻字の種類を変える）」は自由で、「通韻（つういん）（ちがった種類の韻に属する字の通用をみとめる）」をゆるし、仄韻（そくいん）を使ってもよい。

このように古体の詩は、近体の詩に比べると、きわめて規則がゆるやかである。

そもそも詩歌というものは、人間感情の自然の発露に基づくものだから、詩歌をもたない国民はない。中国でもその起源はきわめて古く、「史記」によれば、三千首もあった古詩を孔子が手を加えて三百五篇に削って「詩経」を編集したと伝えている。「古詩三千」といい、あるいは「孔子刪詩（さんし）」ということについても、昔からいろいろ説があるが、とにかく古代の文化が進むにつれて、その中心地の黄河流域地方に詩歌の起こってきたことは当然で、しかもその多くは民謡であったと思われる。「詩経」のうちから「商頌（しょうしょう）」五篇を除くと、残りの三百篇は、その全部が周代のものである。その巻頭第一の詩に、

關關（タル）雎鳩。（ハ）在（リ）二河之洲。（ニ）一窈窕（タル）淑女（ハ）君子（ノ）好逑。（○印は韻字）

とあるが、この例を見てもわかるように、「詩経」は毎句四言を正体とし、句数は毎章四句・六句・八句などで、一篇の詩は数章からできている。句末の語に押韻し、また、その押韻も隔句の場合が多い。各語の平仄については必ずしも後世の規則にはあてはまらない

が、音律の美しさには十分に注意しているようである。

たとえば右の例でいうと、「關關（かんかん）」は重言（じゅうげん）、「窈窕（ようちょう）」は畳韻（じょういん）の語で、わずか四句十六言のうちに、すでに重言・畳韻が用いられており、また、双声の語の用いられている例も少なくない。「詩経」のうちには、三言・五言の章もあれば、六・七・八・九言の句もあるが、要するに大体は四言の句である。漢代になってから、五言・七言の句が多くあらわれ、六朝時代を経てしだいに発達し、対句がおこり、声韻の方面もやかましくなり、唐代にいたって厳密な近体詩の図式がきまった。以後、一定の平仄式による律詩・絶句を近体とよび、これに従わないものを古体として区別するようになった。すなわち、これを表解すれば、次のようになる。

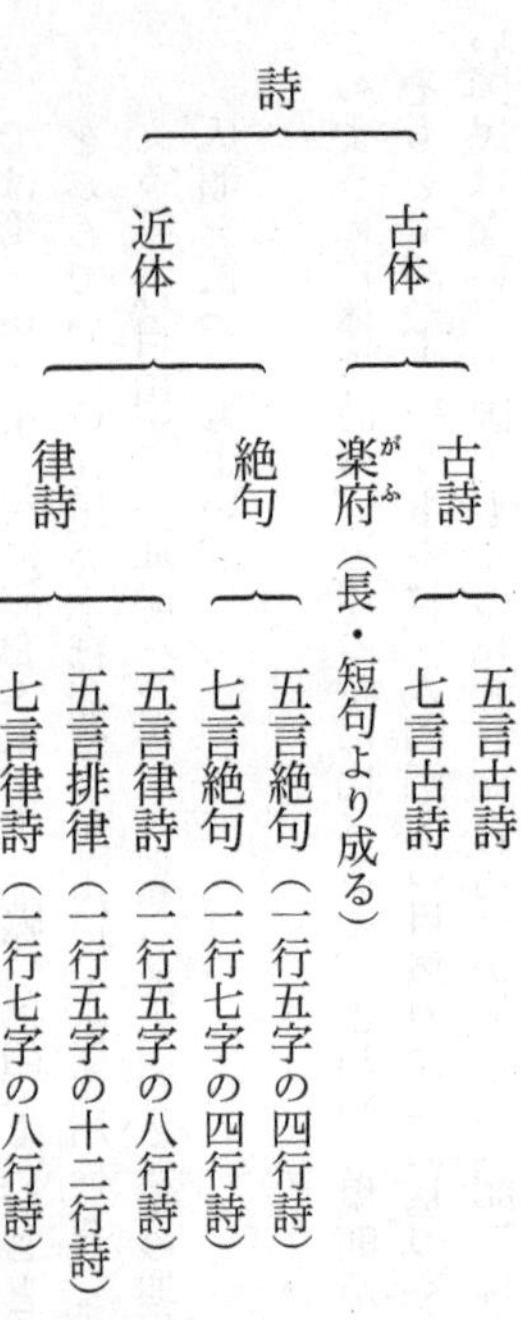

なお、これとは別に古くから、南方の揚子江流域に「楚辞」とよばれる、句法が長短自在で、韻律のゆるやかな詩形があった。

五言古詩

五言古詩と七言古詩とが漢代に始まったことは前にも述べたが、「詩経」のうちに五言や七言の句がないわけではなく、ただ五言や七言によって一章を成している詩がないだけである。これに対して、「楚辞」のうちには、五言・七言の詩形が見られる。漢代の英雄は多く南方地方から起こったので、その影響を受けたとみられる項羽の「垓下の歌」、高祖の「大風歌」、武帝の「秋風辞」などはその例である。漢が天下を統一して文物制度を定めると、文学においては北方の古詩と南方の楚辞とを合わせ、ここに五言・七言の新体詩を作った。四言詩は上二語と下二語とから構成されており、あまりに整いすぎて変化に乏しいうらみがあるが、五言詩は上二語と下三語、七言詩は上四語と下三語とから成り、口調もよいうえに、変化に富んだ内容をも歌いこむことができるので、時代の要求にもかなった。

五言古詩は、蘇武・李陵の贈答詩に始まると考えられているが、果たしてそれらが彼ら自身の作かどうかについては、今日なお多少疑問とされている。のみならず、これ以前の枚乗や李延年などの五言詩や、また、「古詩十九首」中の枚乗の作として「玉台新詠」に採られているものもあることからみて、五言古詩はだいたい漢の武帝のころから作りはじめられたと考えてよかろう。以後、漢・魏・六朝を経て、五言古詩は詩の正体の地位を占めた。

七語古詩

七言古詩は漢の武帝の柏梁体の連句が最初のものと考えられているが、この詩は偽作であるから、この説は信じかねる。いったい漢・魏・六朝を通じて五言詩が圧倒的に多く、七言詩はこれに比べてきわめて少ない。わずかに後漢の張衡の「四愁詩」が数えられるくらいである。楽府の歌行の方面では、魏の文帝の「燕歌行」・陳琳の「飲馬長城窟行」など、七言詩の例も多少はある。七言古詩が盛んに作られるようになったのは唐代にいたってであり、近体詩の流行にもかかわらず、一方において五言古詩とともに七言古詩が盛んに行われた。しかし同じく古詩とはいっても、唐代以前のものと、唐代のそれとはおのずから趣を異にしていた。すなわち、前者はまだ律詩の図式が確立しない当時の作であるが、後者はすでにこの図式がきまってからの作品だから、つとめて律調に陥ることを避けている。

楽　府

楽府というのは、もとは漢代における音楽をつかさどる役所の名であったが、のちには楽章（音楽に用いる歌詞）を意味するようになった。漢の武帝は大いに音楽に力を入れ、李延年を協律都尉（楽府の長官）とし、当時の有名な文士、司馬相如などに命じて盛んに楽章を作らせた。これらは歌曲として楽器に合わせて演奏され、単に口吟されるだけの詩とは別行して発達した。

後漢の明帝は楽府を次のように四種に分けた。すなわち、

㈠太平楽――天地や先祖の祭りのときに用いる。
㈡雅頌楽――学校や郷射などの公の儀式のときに用いる。
㈢黄門鼓吹楽――宮中の宴会のときに用いる。
㈣短簫鐃歌楽――陣中で用いる軍楽。

その後、魏・晋・南北朝時代を経て、楽府はいよいよ盛んとなった。明の徐師曾の「文体明弁」には楽府を、祭祀・王礼・鼓吹・楽舞・琴曲・相和・清商・雑曲・新曲の九類に分けているが、そのうちで相和・清商の二つは俚謡、雑曲は古歌、新曲は唐代人の作である。

唐代になると、五・七言の絶句を歌うことが流行して、従来の楽府は歌われなくなった。すなわち、五・七言の絶句が従来の楽府にとって代わった。しかし楽府を作ることは盛んに行われ、盛唐では杜甫の「新婚別」「石濠吏」「兵車行」、李白の「蜀道難」「将進酒」、中唐では白居易の「琵琶行」など有名であるが、実際に楽器に合わせて歌ったものではな

い。それらは漢・魏の楽府の題をもとにして作られ、新しい意匠を盛り、工夫をこらしてはいるが、すでに歌われる詩ではなくなり、読む詩にすぎなくなったから、楽府の名でよばれても、実質は楽府ではなくなっていた。だから、これらはむしろ古詩の一体と見るべきかも知れない。ただ、古詩ともちがう点は、音節の点にあって、古詩は規則に従って五言か七言かで整然としているが、楽府は奇想・奇句・音の抑揚変化を重んずるので、簡潔な五言よりも、むしろ七言を適当とし、特に楽府の歌行は多く七言によっている。

絶句

絶句とは、近体詩の一つで四行詩であるが、その意味や起源については、いろいろな説がある。古来いちばん有力な説としては、律詩（八句）の前四句、または、中・後の四句を断ち切ったものとする解釈である。そのほか、四句のうちに言い尽くせない意味をこめ妙絶であるから（妙絶説）とか、四句おのおの一事を詠じている（一句一絶説）とかがあるが、要するに定説とされるまでにはいたっていない。五言と七言との別があり、両者とも四句から成り、第一句の起句で言い起こし、第二句の承句でこれを受け、第三句の転句で一転して別のことを言い、第四句の結句（または合句）で全体を収束する。いわゆる「起承転結（きしょうてんけつ）」の法にかなっていなければならない。宋（そう）の周弼（しゅうひつ）は、篇法上から絶句を類別して七種とし、

(一) 実接（第三句に景を述べたもの）
(二) 虚接（第三句に情を述べたもの）
(三) 用事（第三・四句に故事を用いたもの）

の三種を「正体」とし、(四)前対、(五)後対の二種を「変則」、(六)拗体、(七)側体の二種を「破格」としている。その平仄式には、「平起」と「仄起」の二種があり、起句の第二字めが、平字か仄字かによってきまる。

五言絶句

五言絶句では「仄起」を正格、「平起」を偏格とする。その詩式を示すと、

仄起（正格）

起句	◐	●	○	○	●
承句	◐	○	◐	●	◎
転句	◐	○	○	●	●
結句	◐	●	●	○	◎

平起（偏格）

起句	◐	○	○	●	●
承句	◐	●	●	○	◎
転句	◐	●	○	○	●
結句	◐	○	◐	●	◎

◎は韻字、○は平字、●は仄字、◐は平字でも仄字でもよい。（以下同様に使用。）

仄起とか平起とかは、第一句の第二字めが、仄字か平字かについていうのであって、そのどちらでも別に軽重はない。ふつうは第二句末と第四句末とが押韻するのが正調であるが、第一句末も押韻していることもある。また、第二字めと第四字めとは、平仄が必ず逆になるので、これを「二四不同（にしふどう）」という。

この平仄式を実際の詩にあてはめてみると、

秋浦歌（仄起）　李白

白髪三千丈
縁レ愁似レ箇長
不レ知明鏡裏
何処得二秋霜一（平声陽韻）

春暁（平起）　孟浩然

春眠不レ覚レ暁（起句も押韻）

處•處•聞◦二啼◦鳥◎一
夜•來◦風◦雨•聲◦
花◦落•知◦多◦少◎　（上声篠韻）

七言絶句

七言絶句では、五言絶句の場合とは反対に、「平起」が正格で、「仄起」が偏格である。そして第一句末も原則として押韻する。その平仄式は、

平起（正格）

起句　◑○◑●●○◎
承句　◑●◑○◑●◎
転句　◑●◑○○●●
結句　◑○◑●●○◎

仄起（偏格）

起句　◑●◑○◑●◎
承句　◑○◑●●○◎

転句 ◑○◑●○○●

結句 ◑●◑○◑●◎

◎は韻字、○は平字、●は仄字、◑は平・仄どちらでもよいことは、五言絶句の場合と同じ。

第二字めと第四字めは、必ず平仄が反対にならなければならない。すなわち、第二字めが平字であれば、第四字めは仄字、逆に第二字めが仄字であれば、第四字めは平字となる。これを「二四不同」といい、このことは五言絶句の場合と同じである。また、第二字めと第六字めとは、必ず平仄が同じでなければならない。これを「二六対（にろくつい）」という。また、「孤平（こひょう）」といって、上下の字が仄字で、その間に平字がはさまっていることや、「平三連（ひょうさんれん）」といって、平字が三字続くことなどは避けなければならない、といった規則がある。この平仄式を実際の詩にあてはめてみる。

涼州詞（平起）　王翰

葡萄美酒夜光杯

欲レ飲琵琶馬上催

醉臥沙場君莫笑
古來征戰幾人回　（平声灰韻）

回郷偶書（仄起）　賀知章

少小離家老大回
郷音無改鬢毛催
兒童相見不相識
笑問客從何處來　（平声灰韻）

さきにも言ったとおり、七言絶句では第一句末も押韻するのが原則であるが、「ふみ落とし」といって、押韻していないのも許されている。たとえば、

江南逢李龜年　杜甫

岐王宅裏尋常見
崔九堂前幾度聞
正是江南好風景

落花時節又逢レ君　（平声文韻）

また、「拗体（ようたい）」といって、必ずしも平仄式にかかわらないものがある。次の詩などは平起の七絶であるが、起承と転結とがそれぞれ同じ形である。

送三元二使二安西一　王維

渭城朝雨浥二輕塵一
客舎青青柳色新
勸レ君更盡一杯酒
西出二陽關一無二故人一　（平声真韻）

さらに次の詩などは、一見すると七言絶句のようであるが、実は七言古詩の体である。平仄式が近体の詩式によっていないうえに、「孤平（こひょう）」が五つもあり、「平三連（ひょうさんれん）」も二つある。押韻は平声删韻（さんいん）であり、起承転結も絶句と変わらないから、中間的なものともいえるが、李白は陶淵明の詩をふんで、古めかしい気持ちになって作ったものであろう。すなわち、

山中問答　李白

問レ余何意棲二碧山一（「棲」は孤平）
笑而不レ答心自閑（「而」と「心」は孤平）
桃花流水杳然去（「桃花流」は平三連、「然」は孤平）
別有二天地非一人間一（「天」は孤平、「非人間」は平三連）（平声刪韻）

律詩

律詩は、やはり近体詩の一つで、八行詩のことであり、詩に声律があるところからいう。これを律詩とよぶのは、「書経」の「堯典（ぎょうてん）」に「声依レ永、律和レ声（声ハ永キニ依リ、律ハ声ヲ和ス）」とあるのを採ったものであろう。律詩は八句が常形で、五言律詩と七言律詩との二種がある。また、三韻六句のものを「三韻」（律、または六句格）といい、十句以上のものを「排律（はいりつ）」という。排律は、六韻十二句を正式とするが、短いものは六句、長いものは百韻から百五十韻に及ぶものもある。詩が声律を整えるようになったのは、建安（けんあん）のころからであるが、いっぱんに律詩とよばれるにいたったのは唐の沈佺期（しんせんき）や宋之問（そうしもん）からで、これを「沈宋体（しんそうたい）」といい、その属対が最も精密で、声律も穏当であった。律詩は初唐から盛唐にかけて盛んに作られたが、当時はまだ古詩を圧倒するまでにはいたらなかった。ただし、杜甫はすこぶる律詩を得意とし、傑作が多い。その後、これを作る詩人も多くあらわれ、特に七言律詩の勢力は詩壇を風靡（ふうび）するようになった。その規則の大略を挙げる。

(一) 粘法（ねんぽう）

「粘」とは、粘着の粘で「つく」意。すなわち、第一句の第二字めが平声である時は、第二・三句の第二字めはともに仄声となり、第四句にいたって第一句と照応して第二字めが平声となる。律詩の場合は、これを繰り返す。仄起の場合は、この反対である。一句の中では、第二字めと第四字めとは平仄が反対、これを「二四不同」といい、また、第二字めと第六字めとは平仄が同じ、これを「二六対」ということは、絶句の場合と同じである。第一字と第三字とは平仄法がゆるやかで、「孤平」（仄字の間に平字がはさまる）や「下三連」（下の三字が全部、平字かまたは仄字）にならなければよいとされている。

(二) 押韻

第一句と偶数句とに韻をふむ。もし第一句に韻をふまない場合は、仄起の時は第一句の平仄は、「仄仄平平仄」（五言のとき）か、「仄仄平平平仄仄」（七言のとき）となり、平起の時は第一句の平仄は、「平平平仄仄」（五言のとき）か、「平平仄仄平平仄」（七言のとき）となる。実際には、第一句には押韻しない場合が多い。

(三) 前連と後連

第一・二句を起連、第三・四句を頷連（がんれん）、第五・六句を頸連（けいれん）、第七・八句を尾連（びれん）という。頷連をまた前連、頸連を後連ともいう。起連と尾連とは、必ずしも対句を用いなくともよいが、前連と後連とは必ず対句でなければならない。

きちんと字句を左右対照的に用いる対句は、中国語に最も適した用字法であり、また、これが律詩の特色でもある。たとえば孟浩然の「臨二洞庭一…」の頷連は、

氣ハ蒸ス雲夢ノ澤　波ハ撼ガス岳陽城

という句で、「気」と「波」は名詞、「蒸」と「撼」は動詞、「雲夢沢」と「岳陽楼」は固有名詞で互いに対しており、しかも平仄は反対になっている。

(四) 原則として同一文字を一首の中に二度は使わない。ただし、重言の熟語の場合は、もちろん差し支えない。

五言律詩

次に五言律詩の平仄式と、その実例とをあげてみよう。五言律詩では仄起が正格であり、平起は偏格である。

仄起（正格）　和二晉陵陸丞早春遊望一　杜審言

起連	◑●●○◎	獨有二宦遊人一
	◑○◑●◎	偏驚物候新
前連	◑○○●●	雲霞出レ海曙
	◑●●○◎	梅柳渡レ江春

後連 ◑●○○●　淑•氣•催◦㆓黄◦鳥•㆒
　　 ◑○◑●◎　晴◦光◦轉•㆓緑•蘋◦㆒

尾連 ◑○○●●　忽•聞◦㆑歌◦㆓古•調•㆒
　　 ●●●○◎　歸◦思•欲•㆑沾•㆑巾◦　（平声真韻、襟字叶韻）

上の詩式に従えば、「出」は平、「歸」は仄でなければならないが、このくらいは見のがしているのである。

平起（偏格）　山居秋暝　王維

起連 ◑○●●◎　空◦山◦新◦雨•後•
　　 ◑●●○◎　天◦氣•晩•來◦秋◦

前連 ◑●○○●　明◦月•松◦間◦照•
　　 ◑○◑●◎　清◦泉◦石•上•流◦

後連 ◑○○●●　竹•喧◦歸◦㆓浣•女•㆒
　　 ◑●●○◎　蓮◦動•下•㆓漁◦舟◦㆒

尾連　◑●○○●　隨。意•春。芳。歇•
　　　◑○◑●◎　王。孫。自•可•レ留。（平声尤韻）

この場合、第一句が韻をふんでいないので、その平仄は「平平平仄仄」となっている。実際には、仄起の場合にも第一句に韻をふんでいない作がかなり多く、その場合の平仄式は「仄仄平平仄」となる。杜甫の「春望」の詩などはその例である。

五言排律

五言排律は、五言律詩の頷連・頸連のほかに、さらに数連を補足したものであって、韻も平仄も五言律詩の場合と同じである。しかし唐代においてはこれを「長律（ちょうりつ）」とよび、「排律」というよび名は、明代になってから起こったものである。五言排律の例は「唐詩選」にも見えるが、七言排律はその例がきわめて少ない。

七言律詩

七言律詩は、唐代になってから始まった詩式であり、平仄式は五言律詩の各句の上に二字を重ねた形で「二四不同」「二六対」が原則とされているほか、第一句末と偶数句末とが押韻することになっている。もし第一句が押韻しない場合は「ふみ落とし」と称して変格とされる。杜甫の「客至（かくいたる）」「野望（やぼう）」などは、みなそれである。そのほかの規則は、だいたい五言律詩の場合に準ずる。

平起（正格）

送㆘李少府貶㆓峡中㆒王少府貶㆗長沙㆖　高適

起連
◑○◑●●○◎　嗟◦君◦此•別•意•何◦如◦
◑●◑○◑●◎　駐•㆑馬•銜◦㆑杯◦問•㆓謫•居◦㆒

前連
◑●◑○○●●　巫◦峡•啼◦猿◦数•行◦涙◦
◑○◑●●○◎　衡◦陽◦帰◦雁•幾•封◦書◦

後連
◑○◑●○○●　青◦楓◦江◦上•秋◦天◦遠•
◑●◑○◑●◎　白•帝•城◦辺◦古•木•疎◦

尾連
◑●◑○○●●　聖•代•即•今◦多◦㆓雨•露•㆒
◑○◑●●○◎　暫•時◦分◦㆑手•莫•㆓躊◦躇◦㆒（平声魚韻）

仄起（偏格）

蜀相　杜甫

		1	2	3	4	5	6	7
起連		◑	●	◑	○	◑	●	◎
		◑	○	◑	●	●	○	◎
前連		◑	○	◑	●	○	○	●
		◑	●	◑	○	◑	●	◎
後連		◑	●	◑	○	○	●	●
		◑	○	◑	●	●	○	◎
尾連		◑	○	◑	●	○	○	●
		◑	●	◑	○	◑	●	◎

丞◦相•祠◦堂◦何◦處•尋◦
錦•官◦城◦外•柏•森◦森◦
映㆑•階◦碧•草•自•春◦色•
隔㆑•葉•黃◦鸝◦空◦好•音◦
三◦顧•頻◦繁◦天◦下•計•
兩•朝◦開◦濟•老•臣◦心◦
出㆑•師◦未㆑•捷•身◦先◦死•
長◦使㆓•英◦雄◦淚•滿㆒㆑•襟◦

（平声侵韻）

右のように七言律詩では平起を正格とし、仄起を偏格としているのは、五言律詩の場合と反対である。また、五言律詩にも七言律詩にも、ここに示した平仄式によらない作品もかなりある。それらは拗体（ようたい）といって、たとえば、

酌㆑酒與㆓裴迪㆒　王維

酌㆑酒•與㆑君◦君自寬◦　人情◦飜覆•似㆓波瀾◦㆒
白首•相知◦猶按㆑劍　朱門◦先達•笑㆓彈冠◦㆒

草色全經二細雨一濕　花枝欲レ動春風寒
世事浮雲何足レ問　不レ如高臥且加レ餐

などはその適例である。

(五)　詩の変遷

上古の詩

中国における最も古い詩は、「詩経」に見える。「詩経」は、主として黄河流域に行われていた詩を集めたもので、「旧約聖書」の「詩篇」とともに、世界最古の詩集である。それには、だいたい紀元前十一世紀のころから、紀元前四、五世紀ころまでの、作者不明の詩がおよそ三百余篇集められており、風（ふう）・雅（が）・頌（しょう）の三部に分類されている。「風」とは国風、すなわち各国の民謡、「雅」とは宮廷の楽歌、そして「頌」とは宗廟（そうびょう）における祭祀（さいし）の歌である。歌われていることは、さまざまであり、あるいは恋愛を歌い、あるいは兵役の苦しみを訴え、あるいは時の政治をそしり、あるいは祖先の武功をたたえ、あるいは一族の栄えを祈るなど、いろいろな内容をそなえているが、それらに共通していることは、いずれもおおらかで素朴であるということである。孔子は「詩経」の歌いぶりを一言で評して「**思無邪**（おもいよこしまなし）」といったが、実にやむにやまれぬ真心を歌ったもので、したがって「詩経」の詩が「**言ふ者、罪無くして聞く者、以て戒むるに足る**」と、古来言われているゆえんである。これらの詩の表現法については、賦・比・興という三つの方法があるといわれているが、「賦」とは、事実をありのままに歌ったもの、「比」とは、遠まわしに比喩を借りて歌ったもの、そして「興」とは、ほかのものを借りてまず興味をひき起こし、ついで主題に歌い入ったものをいう。河のほとりで仲よく遊んでいる雌雄ひとつがいの水鳥から連想して、立派な若者と美しいお嬢さんとが似合いのカップルであることを歌い起こすといった、「関雎篇」などがその例である。「詩経」の詩の形式は、だいたいが四言句、すなわち、一句の長さが四字の句から成っているが、まれには、三・五・八言から成っているものもある。「詩経」の修辞法には、後世の中国文学に現れるいろいろな修飾法の芽ばえとも見るべきものが、すでに多く存在している。

ついで古い詩集は「楚辞」である。「詩経」が黄河流域の北方の感情を代表するものとすれば、「楚辞」は揚子江一帯の南方、すなわち昔の楚国あたりの感情を代表するものである。「楚辞」は「詩経」に比べると、歌われている感情は激しく、テーマは夢幻的であり、それに語彙が豊富、かつ新鮮であり、いっぱんに長篇の叙情詩である。その主なる作者とみられる屈原は、もと楚国の王族であり重臣でもあったが、国王をいさめて容れられず、かえって君側の邪悪なやからに排斥・追放されたので、祖国の前途をうれえ、ついに汨羅の淵に投身して死んだといわれる悲劇的人物である。彼の作品のうち「離騒」は特に重要であり、彼の門人の宋玉・景差などをはじめ、その流れをひく漢代一連の作家の作品とあわせて、これらを「楚辞」という。本書では「楚辞」は割愛した。

漢・魏・六朝時代の詩

この期の有名な詩文集は、梁(五〇二〜五五八)の蕭統(昭明太子)の編集した「文選」三十巻である。この書は、周代から梁代までのすぐれた詩賦や文章を種類別に集めたもので、わが国では平安朝時代にもてはやされた。いったい、漢代に発生した詩体は、古詩体と楽府体とである。楽府は元来、節をつけ楽器に合わせて歌うもので、節奏を重んじたから、句法は長短一定せず、語もまた雅俗を選ばなかった。これに対し、詩は五言の句を主として、意義をたっとび、文字もなるべくみやびやかなものを用いて、作者の文学的素養を文字に表し、その情感を盛りこむように苦心した。「詩経」のうちにも、五言の詩が絶無ではないが、それはあくまで変体であって、五言詩がいっぱんに行われるようになったのは、やはり漢代であり、しかも「古詩十九首」や蘇武・李陵の贈答詩などが、その最初のものだとされている。これらの詩は、後人によって「風余」とか、「詩母」とかよばれているが、それは後世の詩の源を開いたものだからであろう。このほか、漢代において注意すべきことは、七言詩と連句とが生まれたことである。すなわち、前漢の武帝の元封三年(前一〇八)に柏梁台において、群臣を集めた席上、連句の遊びをした。その詩は各人が同じ韻に属する文字を一字ずつ分け取って一句を作り、それらを並べて意味の貫通する一篇の詩とするもので、その時は七言二十六句より成るものであった。これが実に七言古詩の初めであるとともに、また連句の始めでもあり、世にこれを「柏梁体」ともいう。ただし七言詩は、この時代においてはまだ作る者は少なく、なんといっても五言詩の全盛時代であった。

漢が滅び、魏・呉・蜀のいわゆる三国時代を経て、ついに新興の晋が天下を統一したが、晋代百十年の間は政治的に不安定の時代で、やがて北方の異民族に圧迫されて揚子江の南へ遷り、約百年にして滅びてしまった。ついで宋・斉・梁・陳の四王朝が、約百五十年間にめまぐるしく興亡を繰り返したが、文学史のほうでは、三国時代の呉と、江南に遷ってからの晋、すなわち東晋に、宋・斉・梁・陳の四王朝を加えて「六朝」とよんでいる。

魏の武帝（曹操）は武勇にすぐれた君主であると同時に文才にも恵まれ、その子の文帝（曹丕）及び陳思王（曹植）とともに親子兄弟三人そろってすぐれた文学者であり、世にこれを三曹といった。武帝は政略上からも大いに文学を奨励したので、有名な詩人も多く現れた。晋代になると、これまでの素朴な詩風は、しだいにかげをひそめ、繊細・華麗をほこり、すこぶる技巧的・修飾的なものとなってきた。こうした風潮は、宋・斉・梁・陳と時代の下るにしたがって、いよいよはなはだしさを加え、内容的には浮華・淫靡に流れて新鮮さを失ってしまった。ただ詞句の洗練されてきたことだけは、大いに見るべきものがある。こうした中にあって、六朝随一の詩人たる晋の陶淵明のみは、古朴の詩風を伝えて田園の生活を歌い、また、宋の謝霊運などは清新の詞句を縦横に駆使して山水の景を詠じた。この時期の特筆大書すべきことは、斉・梁以後において仏典の訳経にともなって、音韻学の知識が著しく進んだことである。これがやがて唐代になってから近体詩の詩式が定められるにいたった原動力となり、ひいては唐詩の開花をうながす基ともなった。

世に「漢文・唐詩・宋詞・元曲」という語がある。それは各時代の文学形態の特徴を道破したもので、唐代の文学としては、何といっても詩である。詩は唐代において、黄金時代を現出した。唐代になぜ詩が盛んになったかというと、第一に考えられることは、朝廷がこれを奨励し、官吏登用の試験に詩賦の科目を設けたことである。作詩は閑人の閑文字ではなくして、立身出世に直接つながるものとなった。のみならず、当時はようやく西域(中国西方にあった異民族の小国家。楼蘭などはその一つ)やインドなどといった、外国との交通もしげくなり、外国音楽の輸入・音韻研究の進歩によって、新しい詩体の確立が要請された。思想史的には、従来から存した儒・道(老荘)・仏の三教のほか、さらにキリスト教の一派たる景教までが伝来され、思想界は特定の思想に固定されることなく、きわめて自由な気風にあふれた。したがって詠詩の内容を拘束する何物もなく、かてて加えて安禄山の乱以後に生じた社会状態は、詩題の内容をいよいよ多彩豊富ならしめた。古代の詩の素朴性と誠実な感動性、六朝詩の繊細性と巧妙な技巧性、この両者をかね備えているのが唐詩であり、その作品は、質量ともに空前絶後といわれている。「全唐詩」九百巻についてみても、作家の数は二千二百余人、作品の数にいたっては、四万八千九百首にものぼっている。

唐代の詩において特に注目すべき現象は、近体詩式が確立されたことである。近体詩とは、すでに「詩の形式」において述べたように、漢・魏以来の古体詩に対して、唐の新体詩の意であって、古体詩に比べると、平仄・押韻・句の字数・句の長さなどについて、きびしい規則が制定され、適用されるようになった。このようにして、五・七言の絶句と律詩との詩式がきめられ、必ずしもこれらの詩式によらないものとして、古体詩と楽府とが作られた。これらの詩式は、以後長く後世の作詩の基準として守られてきた。

唐代約三百年間を、詩風の変遷にしたがってふつう、初・盛・中・晩唐の四期に分けている。すなわち、

初唐　高祖の武徳（六一七）～睿宗の太極（七一二）九十六年間
盛唐　玄宗の開元（七一三）～粛宗の宝応（七六二）五十年間
中唐　代宗の広徳（七六三）～敬宗の宝暦（八二六）六十四年間
晩唐　文宗の太和（八二七）～昭宗の天祐（九〇五）七十九年間

もちろん、こうした区分はきわめて便宜的なもので、あくまで一応のめやすにすぎないが、しばらくこれによって説明すると、

初唐　六朝の余風がまだいくらか残ってはいたが、とにかく建国の意欲的・前進的な気分がみなぎっており、したがって詩風は博大雄渾であった。太宗みずからがそうした詩を作って一代の詩風を開創し、唐朝の元勲の魏徴などがこれに応じ、以後こうした詩風をもってすぐれた詩人が多く出た。「初唐の四傑」とよばれた王勃・楊炯・盧照鄰・駱賓王など

をはじめ、沈佺期・宋之問・陳子昂・劉希夷・張若虚・張九齢などが有名である。特に沈・宋によって律詩の形式が成立し、また、五言・七言の絶句も創始され、中国の詩式はこれに固定された。かくて次の盛唐に大飛躍しようとする跳躍台の役割を果たした。

盛唐　唐朝が政治的にも文化的にも、隆盛の絶頂に達した時期である。絢爛たる盛唐の文物は、外来文物を摂取消化していよいよ豊麗多彩をきわめ、都市文化を経とし、農村や辺塞の風物を緯として、清新な素材がテーマとして採りあげられ、内容・形式ともに充実整備した詩の完成となった。代表的詩人としては、いうまでもなく李白・杜甫の二人である。李白は古詩と絶句にすぐれ、前代からの詩風を大成し、杜甫は律詩に長じ、後来の詩風を開いた。李白は道教的・高踏的で、自由奔放・空想をほしいままにして、天馬の空を行くがごとき天才膚の詩仙であるのに対し、杜甫は儒教的・悲歌慷慨的で、重厚沈鬱、推敲に推敲を重ねて、格調厳正の典型を残した苦心練磨の詩聖であった。このほかに王維・孟浩然・儲光義・常建など、好んで山水の風景を歌った自然詩人ともいうべき一群や、高適・岑参・王昌齢・王之渙・王翰など、主として国境の風物や遠征・別離の悲しみなどをとりあげて歌った辺塞詩人とよばれるグループもあった。しかし盛唐期は文化爛熟の結果としてしだいに衰えてゆき、特に安禄山の乱後は、政治的にも文化的にも、社会は転換に向かっていった。

中唐　盛唐の華麗な展開のあとをうけて、静かな沈潜期にはいっていった。のみならず、仏教思想が文学にも浸透してきて、それを反映する作品も作られた。代表的詩人としては、平易な表現によって文学の大衆化をはかり、また、詩によって社会を批判した白居易と、反対に、つとめて重厚な詩風を唱道した韓愈などがある。そのほか、自然詩人として王維・孟浩然などの流れを受けた韋応物・柳宗元などがあり、世に王・孟・韋・柳と並び称された。

晩唐　詩の衰運期である。さしも隆盛をきわめた唐朝も、ここに至ると、いたく勢威が衰え、内外ともにようやく多事となり、官吏登用試験における詩賦の課題も廃止された。ために詩も技巧的な方面にのみ走り、繊細な感情の表出にのみ意を用い、はなはだ力弱い作品のみが多くなった。代表的詩人としては、李商隠・温庭筠・許渾などが挙げられる。ただこの期において逸すべからざる詩人は、杜牧である。彼は杜甫の豪健の詩風をうけ、晩唐においてまれにみる気焔をはき、その最後を飾った。杜甫を大杜、または老杜というのに対し、小杜といわれた。

宋・元・明・清時代の詩

唐から後の詩には、見るべきものが少ない。ただわずかに明代において、いささか復興のきざしがあったが、もちろん唐の隆盛には比ぶべくもない。けだし文学のジャンルは、詞・戯曲・小説へと多方面に展開していったからである。しかし、何といっても詩は中国の知識人にとって教養の一つであったから、各代を通じて見るべき作品が多く残された。

宋代においては、邵雍・林逋・欧陽脩・王安石・蘇軾・黄庭堅・范成大・陸游・朱熹などがすぐれ、なかんずく蘇軾は宋代第一の詩人として有名である。これらの人々は、必ずしもみな詩の専門家とは限らない。また、司馬光・文天祥・謝枋得・曾鞏などにも、すぐれた作品がある。元代においては、元遺山・趙孟頫のほか一、二を除いては、ほとんど見るべき人がない。ただ元は詩の代わりに戯曲が盛んに作られたことを指摘しておく必要がある。明代において、詩はいくらか再び盛んとなり、劉基・高啓・袁凱・李東陽、李夢陽・何景明・李攀龍・王世貞などが輩出し、唐の盛時をとりもどしたかの感があるが、わずかに一時のことで終わってしまった。清にいたって、詩は再び衰えたが、なお見るべき詩人としては、袁枚・王漁洋・王士禎などが数えられる。

上代の詩

桃夭（とうよう）

周南（しゅうなん）（詩経（しきょう））

桃之夭夭
灼灼其華◦
之子于歸
宜㆓其室家㆒◦
桃之夭夭
有㆓蕡其實㆒•
之子于歸
宜㆓其家室㆒•
桃之夭夭

桃（もも）の夭夭（ようよう）たる
灼（しゃく）灼（しゃく）たり其（そ）の華（はな）
之（こ）の子（こ）　于（ゆ）き帰（とつ）ぐ
其（そ）の室家（しっか）に宜（よろ）しからん
桃（もも）の夭夭（ようよう）たる
蕡（ふん）たる其（そ）の実（み）有（あ）り
之（こ）の子（こ）　于（ゆ）き帰（とつ）ぐ
其（そ）の家室（かしつ）に宜（よろ）しからん
桃（もも）の夭夭（ようよう）たる

其葉蓁蓁。　其の葉　蓁蓁たり
之子于歸　之の子　于き帰ぐ
宜其家人。　其の家人に宜しからん

1 桃の若葉のあでやかさ　2 光り輝き花くれない　3 こんな明るい娘がとつぐ　4 さぞや先さまよろしかろ　5 桃の若葉のあでやかさ　6 たわわにみのる実の大きさ　7 こんなゆたかな娘がとつぐ　8 さぞや先さまよろしかろ　9 桃の若葉のあでやかさ　10 ふさふさ茂り髪さながら　11 こんなみめよい娘がとつぐ　12 さぞや先さまよろしかろ

〔語釈〕**夭夭**　若く美しいさま。**灼灼**　光り輝くさま。**之子**　この子。**于歸**　「于」は、ゆく。「帰」は、とつぐ。「于」を助字とみて、「ここに」と読む説もある。**室家**　嫁入り先。第二章では語を逆にして「家室」とし、「室」と「実」とを押韻させている。三章では大体同じ意味を「家人」と言い換え、「蓁」と「人」とを押韻させている。**宜**　よい。よろしい。うまくやってゆく。**蓁蓁**　葉が盛んに茂っているさま。**蕡**　木に実がたくさんなっているさま。また一説に、実の大きいさま。**家人**　夫の家の人たち。

〔押韻〕古詩。1~4平声麻韻。5~8入声質韻。9~12平声真韻。

〔解説〕この詩は、詩篇の最初の語をとって篇名としたもので、篇名それ自体には別に意味はないようである。中国の古い時代における篇名のつけ方は、大体こういったものであった。「論語」の首篇を「学而篇」というなど、みなそれである。嫁入りする娘を桃になぞらえ、その結婚をことほいだ祝婚歌である。

「周南」は、今日の河南省洛陽付近の古称で、周王朝の基礎を作った周公旦の封ぜられた土地、そのあたりで歌われた民謡。もちろん作者は不明。桃が古代において、女子の妊娠や出産に関係深いものと考えられたことは、日本も中国も同じで、あえてわが国の桃太郎説話を待つまでもあるまい。では、なぜ桃が妊娠・出産、従って結婚とも関係があるかといえば、古代人は桃を食べると妊娠すると考えたのである。が事実はその逆で、妊娠したので、すっぱい桃がほしくなるのであって、まさしく原因と結果とを倒錯したわけである。古代の桃は、桃李梅杏という語もあるように、これら一類のものは酸果であった。一方、桃はまた邪気を払うにも使われた。その桃が、ここではあでやかな娘の象徴として歌われているのは、きわめて興味深いものがある。

〔余説〕　この詩は三章のうち、各章の第二句をちがえただけで、他は全部同じ句の繰り返しである。このような繰り返しを、修辞法の上から「重詠」という。また、「夭夭」「灼灼」「蓁蓁」などのように、同じ語を重ねて音調に重みをつけ、意味を強める手法は、漢詩ではよく使われるところで、これを「重言」という。この詩では、その重言や重詠が、実によくきいている。全篇が、花から実、実から葉へと、しだいに樹木の生長にしたがって、情感を盛り上げてゆき、しかも字づらにこそ表れていないが、若緑・赤・深緑と、けんらんたる色彩を背景ににおわせ、いかにも明るく、大らかに古代人の素朴な感情を、素朴な言いまわしでうたい上げている。

この詩を「后妃の徳のいたすところ、男女は時を得て結婚すべきを歌った」とする、旧時代の道学的解釈はどうもいただきかねる。

黍離　　王風（詩経）

1 彼黍離離　　彼の黍　離離たり
2 彼稷之苗。　　彼の稷　之れ苗
3 行邁靡靡　　行き邁くこと靡靡たり
4 中心搖搖。　　中心　搖搖たり
5 知レ我者　　我を知る者は
6 謂二我心憂一。　　我が心憂ふ　と謂ひ
7 不レ知レ我者　　我を知らざる者は
8 謂二我何求一。　　我何をか求む　と謂ふ
9 悠悠蒼天　　悠悠たる　蒼天
10 此何人哉　　此れ何人ぞや

1（古き都跡に来て見れば）宮殿の廃墟にはきびが盛んにおい茂り　2 うるちきびは、まだ苗である　3 あたりを静かに歩むにつれて　4 わが心の中はゆらぐ　5 わたしをよく知ってい

る者は　6　憂いに胸が痛むだろうといってくれるが　7　わたしの心を知らない者は　8　何を求めてさまようのかという　9　悠々としてはるかに遠い天よ　10　だれがこのような結果をまねいたのか

〔語釈〕**離離**　おい茂っているさま。**稷**　うるちきび。これに対して、「黍」はもちきび。**邁**　ゆく。**靡靡**　静かに歩く。**中心**　心の中。**揺揺**　ゆれ動く。不安のさま。**悠悠**　遠いさま。はるかなさま。**蒼天**　あおぞら。大空。

〔押韻〕古詩。1～4平声蕭韻。5～10平声尤韻。

〔解説〕この詩は、周の大夫が官命を帯びて旅行の途中、たまたま故都の廃墟を通り過ぎた時、もとの宮殿や宗廟がこわれはて、その廃墟がきび畑になっているのを見て立ち去りかね、嘆いて作った詩。

「王風」は、「詩経」の「国風（各国の民謡）」の一つで、周の東都洛邑（今日の河南省洛陽）の付近で歌われた民謡。「黍離」以下十篇ある。

〔余説〕この詩は三章より成り、各章はそれぞれ十句であるが、各章とも同一句の繰り返しが多い。すなわち、修辞上の重詠とよばれるものである。第二・三章が第一章とちがうところは、つぎの二箇所にすぎない。

第二章　彼の稷これ穂　中心酔へるが如し
第三章　彼の稷これ実　中心噎ぶが如し

このように同一句を重ねる重詠が、「詩経」の詩の修辞法上の特色をなし、しかも苗から穂、穂から実へと、きびの生育の段階に応じて、漸層的に情感を盛り上げてゆき、それらを「揺揺」、「如」

酔」、「如レ噎」と表現している。詩人の感動の深いことが、これによってよくわかる。

これより先、殷の王族の箕子が、周の朝廷にゆこうとして殷の都跡を過ぎ、宮殿はこわれっぱなしで、廃墟には麦がおい茂っているのを見て、「麦秋」の歌を作ったといわれる。事は「史記」の「宋微子世家」に見える。

麦秀でて漸漸たり　禾黍油油たり　彼の狡童　我と好からざりき

「漸漸」は、のびたさま。「油油」は、つやつやしているさま。「狡童」は、ずるい子どもの意で、紂王をさす。この歌を聞いた者はみな泣いたという。合わせて**黍離麦秀之嘆**といえば、国滅びて都あとの荒廃しているのを見ての嘆きの意である。まさしく、わが国の古歌に「古き都を来てみれば、浅茅原となりにけり」とあるのと、同じような感慨である。

子衿　鄭風（詩経）

1 青青子衿。　　青青たる　子が衿
2 悠悠我心。　　悠悠たる　我が心
3 縦我不レ往　　縦ひ　我れ往かざるも
4 子寧不レ嗣レ音。　　子　寧ぞ音を嗣がざる
5 青青子佩・　　青青たる　子が佩

6　悠悠我思　　悠悠たる我が思ひ
7　縦我不㆑往　　縦ひ　我れ往かざるも
8　子寧不㆑來・　　子　寧ぞ来らざる
9　挑兮達兮。　　挑たり　達たり
10　在㆓城闕㆒兮。　　城闕に在り
11　一日不㆑見　　一日　見ざれば
12　如㆓三月㆒兮。　　三月の如し

1 目にしみるような青さは、あなたの服のえりの色　2 果てしない思いは、わたしのあなたを思う心　3 たとい、わたしが行かなくとも　4 あなたはなぜ、たよりを続けてくださらないの　5 目にしみるような青さは、あなたの玉帯のひもの色　6 果てしない思いは、あなたを思うわたしの心　7 たとい、わたしが行かなくとも　8 あなたはなぜ、来てくださらないの　9 今までは、よくお会いしましたねえ　10 あのお城の物見やぐらの下あたりで　11 たった一日、お目にかからないと　12 三箇月もお会いしなかったような、（そんな気持ちのわたしなの）

〈語釈〉 **青青子衿**　青い色をしたあなたの着物のえり。「子」は、女性からその愛人の学生をさす。「衿」はえり（領）。当時の学生は青いえりの学生服を着ていた。そこで、学生を「**青衿**」ともいう。**悠悠**　深く長く思うさま。**寧不**　「ナンゾ…セザル」と読み、「何不」と同じ。**嗣音**　「音」は、音信、たより。たえずたよりを続ける。**青青子佩**　玉を身に帯びる時の青いひも(綬)。**挑達**　行き来をして会うこと。**城闕**　お城の物見やぐら。男女のデートによく使われた。

〔**押韻**〕　古詩。1～4平声侵韻(しんいん)。5～8去声隊韻(たいいん)。9～12平声斉韻(せいいん)。

〔**解説**〕　この詩は、伝統的旧説では、学校のすたれたのをそしる詩、あるいは、学生として在学していた者が退学したあとで、学校に残っている者を思う気持ちを歌ったものとしている。がしかし、虚心に読んでみると、男女のデートを歌ったものと見られる。

「鄭」は春秋時代の国名、今日の河南省新鄭県のあたり。「鄭風」はその付近で歌われた民謡。孔子も「鄭衛は淫(いん)なり」とか、「鄭声を放ち佞人(ねいじん)を遠ざく」とか言っているところからすると、古来あまり風儀のよくなかった地方らしい。

漢・魏・六朝時代の詩

秋風辞（秋風の辞）

武帝（漢）

秋風起兮白雲飛。
草木黄落兮雁南歸。
蘭有秀兮菊有芳。
懷佳人兮不能忘。
泛樓船兮濟汾河。
横中流兮揚素波。
簫鼓鳴兮發棹歌。
歡樂極兮哀情多。
少壯幾時兮奈老何。

秋風　起こって　白雲　飛び
草木　黄落して　雁　南に帰る
蘭に秀有り　菊に芳有り
佳人を懐うて　忘るる能はず
楼船を泛かべて　汾河を済り
中流に横たへ　素波を揚ぐ
簫鼓　鳴って棹歌を発す
歓楽　極まって　哀情多し
少壮　幾時ぞ　老を奈何せん

1　秋風が吹きまくって、空には白雲が盛んに去来し　2　野山の草木も黄色にすがれ、かりも南へと帰ってゆく　3　（げに悲秋の感、切なるものあるが、）らんはひときわ美しい花をつけ、菊は芳しい香りを放っている　4　われもまた、らん菊にもたぐうべき賢臣を得たいと、念頭から離れたことはない　5　（きょうは）大きな屋形船を浮かべて汾水を渡るに際し　6　船を中流に横たえて、白波を立て　7　笛や太鼓の音もにぎやかに鳴りわたって、船歌も歌われ出し（楽しさたるや限りない）　8　しかし、楽しみを尽くした後は、そぞろにむなしい悲しみを感じさせるものである　9　このような血気にあふれた時代は、果たしてどのくらい続くものか。やがて訪れるであろう老いを、いったいどうしたらよいだろうか。

〔語釈〕 **黄落**　木の葉が黄ばんで散る。**秀**　茎が抜け出て、その先端に花が咲いているさま。**芳**　芳しいかおり。**佳人**　美人。ここでは賢臣を意味する。**樓船**　二階のある屋形船。**汾河**　汾水。山西省の北部から中央を西南に流れ、末は黄河に合流する大河。**素波**　白い波。**簫**　笛。竹管を並べて作った楽器。大きいものは二十四管、小さいものは十六管。**棹歌**　船歌。**歡樂極兮哀情多**　楽しみがきわまると、かえって悲しみの気持ちが生ずる。浮かれ過ぎた後の、いいようのないむなしい気持ちを言った言葉。**奈老何**　老いをどうしよう。「奈…何」は、「いかんせん」と読み、どうしたらよいかという処置・方法を問う言い方。

〔押韻〕 古詩。1〜2平声微韻。3〜4平声陽韻。5〜9平声歌韻。

〔解説〕 この詩は、漢の武帝が、河東地方（山西省）を視察して、后土（土地の神）を祭っての帰るさに、汾水の中流に楼船を浮かべ、船中で大宴会を催し、大漢帝国の勢威を誇示し、喜びのままに作った詩。「辞」は文体の名で、韻をふんでおり、歌うに適する。屈原の「漁父辞」とともに辞の元祖といわれる。

武帝　前一五六～八七。前漢の第五代の帝。名は徹、景帝の第九子。年十七で即位し、在位五十四年。すぐれた資質に恵まれ、豁達な気象にあふれ、内治外征につとめ、大いに国威を宣揚した。この詩は、その序文によれば元鼎四年（前一一九）十一月の作である。時に武帝三十七歳。

〔余説〕　換韻によって三つの部分より成ることは、すでに上述の説明で明らかであろう。この詩、武帝の得意の絶頂にあった時の作品であるのに、全篇にただよう、そこはかとない哀調をいかんともすることができない。これ武帝その人の性格に由来するものか、それともこれが東洋的ペーソスなのか。漢の高祖の「大風の歌」にも同様の趣が看取される。その詩に、

大風起こって雲、飛揚す。威海内に加はって故郷に帰る。安くんぞ得ん、猛士もて四方を守らしめんことを。

歓楽きわまって哀情多し、とは、実に人情の機微を喝破した古今の名言であるが、同様にして青春のうつろいやすいことを嘆じた作品を一、二紹介しておく。意味は説明するまでもあるまい。「金縷衣」は、金糸・銀糸で縫い取りしたりっぱな衣。

偶然作　　屈復（清）

百金買駿馬　千金買美人
万金買高爵　何処買青春

金縷衣　　杜秋娘（唐）

勧君莫惜金縷衣　勧君惜取少年時

花開堪折直須折　莫待無花空折枝

悲愁歌

烏孫公主（漢）

1 吾家嫁我兮天一方　吾が家　我を天の一方に嫁す
2 遠託異國兮烏孫王　遠く異国に託す　烏孫王
3 穹廬爲室兮旃爲牆　穹廬を室と為し　旃を牆と為す
4 以肉爲食兮酪爲漿　肉を以て食と為し　酪を漿と為す
5 居常土思兮心内傷　居常　土をば思うて　心内に傷む
6 願爲黄鵠兮歸故郷　願はくは　黄鵠と為って　故郷に帰らん

1 わが漢の宮廷では、わたしを天の一方の果てにある国に嫁がせた　2 （わたしは心ならずも）はるばる異国に来て、烏孫王に身をまかせた　3 ここでは、天幕を家とし、毛布をさげて、部屋の壁がわりにしている　4 （また、食料はといえば）獣肉を常食とし、乳汁を飲み物としている　5 明け暮れ中国本土が恋しく思われて、傷心のきわみである　6 せめてあの渡り鳥となってもよいから、ひといきに故郷に飛び帰りたいものである

〔語釈〕**吾家**　漢の宮廷をさす。**天一方**　天の一方の果てにある烏孫国。**穹廬**　まるいドーム形の

天幕。**旃**　毛布。**牆**　かべ。部屋のしきり。**酪**　牛羊などの乳汁。**漿**　飲み物。**居常**　平生。日ごろ。**土思**　漢の本土を思う。元来は「思土」というべきを、平仄の関係で逆にした。**黄鵠**　渡り鳥。白鳥の一種。雁に似て形大きく、羽毛は白色。

〔**押韻**〕　古詩。平声陽韻。毎句韻をふんでいるから、押韻の○印を省く。

〔**解説**〕　この詩は、政略結婚の犠牲となって、異国の国王のもとに嫁がされた漢の宮廷の王女が、望郷の念にたえかねて作った悲歌。

烏孫公主　名は細君。父は江都王の劉建で、漢の武帝の兄の子。したがって公主は武帝の従孫にあたる。「公主」とは、内親王くらいの意。「烏孫」は、漢代における西域の遊牧民族で、その領域は天山山脈の北方、イシッククル湖付近から、イリー河の盆地を含み、シル河の上流ナリン河渓谷にあった赤谷城を中心としていた。当時、漢の武帝は北方モンゴルの地に強盛をほこっていた匈奴をくじくため、前一一四年ごろ張騫をつかわしてこれと同盟を結び、ついで前一〇五年ごろ江都王劉建の娘を烏孫王に嫁がせ、婚姻関係をもった。このため匈奴に大打撃を与えることができ、従来匈奴に服従していた西域諸国をも漢廷に服従させる原因ともなった。しかし異国の地にやられた烏孫公主の悲しみは、哀れというも愚かなりで、この歌に見るように誠に哀切のきわみである。事情はいくらかちがうが、徳川禁教時代に故国を追われてジャワにのがれた日本婦女の「じゃがたらぶみ」を連想させるものがある。

〔**余説**〕　運命のいたずらに泣く公主の切々たる訴えは、読む人の胸を強くうつものがある。思えばこれは人間性の尊厳をふみにじった残酷きわまる話で、王昭君説話とともに、好一対をなす政略結婚であるが、さてわれわれ近代人のまわりにも、今日これに類する事象がないであろうか。

一・二句は公主のおだやかではあるが、自分に課せられた犠牲に対する抗議とうけとれる。三・四句は遊牧民族の生活を述べ、五・六句の望郷の念と巧みにつないでいる。この話は、「漢書・西域伝」に見えている。なお、著者には、こうした悲運に泣く女性を歌った一連の作品を集めたものに、「中国文学における悲愁詩」（南窓社刊）がある。

四愁詩四首　録レ一（四愁の詩四首）　張平子（漢）

1 我所レ思兮在二太山一。　我が思ふ所は　太山に在り
2 欲二往従レ之梁父艱。　往いて之に従はんと欲すれば　梁父艱し
3 側レ身東望涕霑レ翰。　身を側め　東望すれば　涕　翰を霑す
4 美人贈二我金錯刀一。　美人　我に金錯刀を贈れり
5 何以報レ之英瓊瑤。　何を以て　之に報いん　英瓊瑤あり
6 路遠莫レ致倚逍遙。　路遠くして　致す莫く　逍遥す
7 何爲懐レ憂心煩勞。　何為れぞ　憂ひを懐き　心に煩労する
8 我所レ思兮在二桂林一。　我が思ふ所は　桂林に在り

9　欲往従之湘水深。　往いて之に従はんと欲すれば　湘水深し
10　側身南望涕沾襟。　身を側め　南望すれば　涕　襟を沾す
11　美人贈我金琅玕。　美人　我に金琅玕を贈れり
12　何以報之雙玉盤。　何を以て　之に報いん　双玉盤あり
13　路遠莫致倚惆悵。　路遠くして　致す莫く　惆悵す
14　何爲懷憂心煩傷。　何為れぞ　憂ひを懐き　心に煩傷する

1　わたしの恋しい人は、はるかな太山にいる　2　おそばに行こうとしても、梁父山がじゃまをして行けない　3　ちぢこまって東をながめていると、涙があふれ出てたよりを書く筆をぬらす　4　りっぱなお方が、わたしに黄金作りの刀をくださった　5　何でお返しをしたらよいか、それには美しい玉がよい　6　だが路が遠くて届けられず、ただざまようばかり　7　どうして心に憂いをいだきつつ、思いわずらわねばならないのか　8　わたしの恋しい人は、はるかな桂林の地にいる　9　おそばに行こうとしても、湘水が深くて渡れない　10　ちぢこまって南をながめていると、涙があふれ出て着物のえりをぬらす　11　りっぱなお方が、わたしに黄金にたぐうべき玉をくださった　12　何でお返しをしたらよいか、それには対になっている玉のさらがよい　13　だが路が遠くて届けられず、ただ嘆き悲しむばかり　14　どうして心に憂いをいだきつつ、思いわずらわねばならないのか

〔語釈〕**所思**　思い慕う人。**太山**　泰山。山東省にある古来から信仰の対象となっている名山。ここでは時の王にたとえる。**梁父**　泰山の下の小山の名。ここでは小人にたとえる。**側身**　からだをちぢめる。恐れるしぐさ。**翰**　ふで（筆）。**美人**　賢臣・君子にたとえる。**金錯刀**　黄金作りの刀。栄爵にたとえる。**英瓊瑤**　美玉。仁義のりっぱな道にたとえる。**倚**　「猗」に通じ、助字。読まなくともよい。**逍遙**　たちもとおる。**煩勞**　わずらい疲れる。**桂林**　今の広西省の地。桂樹が生えていると伝えられていた。**湘水**　広西省興安県の陽海に発し、湖南省に入り、瀟水と合して洞庭湖に入る。**金琅玕**　黄金に匹敵する美しい玉。**雙玉盤**　対になっている玉のさら。**惆悵**　いたみ嘆く。**煩傷**　もだえいたむ。

〔押韻〕七言古詩。1～7平声删韻（山・艱・翰）と平声豪韻（刀・勞）と平声蕭韻（瑤・遙）の通韻。8～14平声侵韻（林・深・襟）と平声寒韻（玕・盤）と平声陽韻（悵・傷）の通韻。

〔解説〕憂いについての詩、四章。章ごとに七句、各句に押韻。前半三句は同じ韻、よこしまな人にじゃまされて君に近づくことのできないことを、また後半四句もほぼ同じ韻で、自分の誠心をささげることのできないことを嘆く。前漢の五言詩の形式とちがい、「楚辞」の形式を借り、内容も屈原の「離騒」にならっているが、同じ内容を繰り返すことで「詩経」ふうの響きをも伝えている。この詩には序がついているが、恐らく後人の手になるものであろう。

張平子　七六～一三九。名は衡。後漢の学者。南陽西鄂（今の河南省南陽県の北）の名門の出身。安帝・順帝に仕えたが、讒言によって退けられた。詞賦家として知られ、その「両京賦」は班固の「両都賦」にならったもので構想十年の力作、また、「帰田賦」は郷土愛を歌ったもの。後に河間王に仕え、治績をあげた。この詩はその当時のものといわれる。彼はまた中国における天文学者の先駆であり、渾天儀（天球儀）や候風地動儀（地震計）などをも発明した。

〔余説〕　わが明治年間の書生にもてはやされた東海散士（柴四朗）の政治小説「佳人之奇遇」巻四に出ている「我所思行」の詩は、張衡のこの「四愁詩」から発想したもので、この「四愁詩」の載っている「文選」がいかに愛読されていたかが、これによってもわかるであろう。「四愁詩」は全部で四章より成るが、ここでは一章だけを採った。

長歌行　　無名氏（漢）

1 青青園中葵。　　青青たり　園中の葵
2 朝露行日晞。　　朝露は行日に晞く
3 陽春布㆓徳澤㆒　　陽春　徳沢を布き
4 萬物生㆓光輝㆒。　　万物　光輝を生ず
5 常恐秋節至　　常に恐る　秋節の至り
6 焜黄華蘂衰。　　焜黄して　華蘂の衰へんことを
7 百川東到㆑海　　**百川　東して海に到らば**

8 何時復西歸。　何れの時か　復た西に帰らん
9 少壮不二努力一　少壮　努力せずんば
10 老大乃傷悲。　老大　乃ち傷悲せん

1 庭のあおいは、青々と茂っているが　2 葉上の朝露は、やがて日ざしによって、かわいてしまう　3 このように暖かい春は、恵みを及ぼすので　4 あらゆる生物は光り輝く　5 （しかし）いつも気になることは、やがて秋の季節ともなれば　6 枝葉が黄ばんで、花も衰えるかもしれないことである　7 まことに、すべての川が東に向かっていったん海に流れ込むと　8 いつの日かまた西に帰ってこようか　9 （万物は流転し、一たび逝いたものは、もうもどっては来ないから）若く血気盛んな時代にがんばらないと　10 年をとってから、痛み悲しまねばならなくなるだろう

〔語釈〕**葵**　たちあおい。**行日晞**　「行日」は空を巡る日。一本には、「待レ日（日を待って）」に作る。「晞」はかわく。**陽春**　暖かい春。**徳澤**　恵み。**光暉**　光り輝く。光輝。**焜黃**　（草木が）黄ばんで衰える。**華蘂**　花のこと。「蘂」は、しべ。一本は、「華葉」に作る。**百川東**　中国の川はみな東に向かって流れているからいう。

〔押韻〕五言古詩（楽府古辞）。平声支韻（葵・衰・悲）と微韻（晞・暉・歸）との通用。

〔解説〕この詩も楽府の中の曲名の一つ。「飲馬長城窟行」とともに、楽府古辞三首に属する。一般に「短歌行」とともに、人の寿命の短くはかなきを歌ったもの。「長歌行」というのは、「短歌

行」に対し、歌い方のうえで、長く声を引っ張るからといわれる。あるいは、「短歌行」が四言詩であるのに対し、これは五言詩であるので、「長歌行」と呼ばれるともいわれる。とにかく、多くの「長歌行」のうちでも、最も早い時代に作られたものである。これは、若い時代を無為に過ごした人の、老年になってからの嘆きを歌ったもの。

〔余説〕結末の二句は特に有名である。一本には、「老大徒らに傷悲せん」となっている。いたみ悲しんでもむだである、もうおそい、という意となり、このほうがわかりやすい。また、第五・六句は、「怨歌行」の第七・八句と同じ発想である。

飲馬長城窟行　　無名氏（漢）

1 青青河邊草•
2 緜緜思二遠道一•
3 遠道不レ可レ思。
4 夙昔夢見レ之。
5 夢見在二我傍一。
6 忽覺在二他郷一。

青青たり　河辺の草
緜緜として　遠道を思ふ
遠道　思ふ可からざるも
夙昔　夢に之を見る
夢に見るとき　我が傍らに在れど
忽ち覚むれば　他郷に在り

他郷各異縣•
輾轉不可見•
枯桑知天風
海水知天寒。
入門各自媚
誰肯相爲言。
客從遠方來
遺我雙鯉魚。
呼兒烹鯉魚。
中有尺素書。
長跪讀素書。
書上竟何如。
上有加餐食•

他郷は　各〻県を異にし
輾転するも　見る可からず
枯桑は　天風を知り
海水は　天寒を知る
門に入れば　各〻自ら媚めども
誰か肯へて相為に言はん
客　遠方より来り
我に双鯉魚を遺れり
児を呼んで鯉魚を烹しむれば
中に尺素の書有り
長跪して　素書を読む
書上　竟に何如
上には　餐食を加へよと有り

20　下有二長相憶一

下には　長く相憶ふと有り

1　川辺の草も青々と萌えてきた　2　（だが帰らぬ夫を慕い）はるけき彼方の夫を思う心ははて
しない　3　はるけき彼方にいることゆえ、思うたとてせんないことだが　4　夕べは夢でお会い
できた　5　夢でお会いした時は、わたしのそばにおられたが　6　覚めたとたんに、やはり他郷
の人でしかなかった　7　他郷は、こことは互いに県がちがうので　8　いくら寝返りをうったと
て、お会いできるはずはない　9　枯れたくわの木は、空吹く風の寒いことをよく知っており　10
海の水は凍らないが、陽気の寒暖をよく知っている（そのように、わたしはあなたのことをよく知
っているので、風寒にやられはしないかと心配です）　11　家にきて、優しい言葉をかけてくれる
人はいろいろおりますが　12　わたしのために、あなたの消息を話してくれる人はいません　13
たまたま使いの者が遠いあなたの所からやって来て　14　こい形の文箱を届けてくれました　15
わらべに言い付けて、あけさせると　16　中には一尺の白絹の手紙　17　（おしいただき）ひざま
ずいて読んでみる　18　さて、手紙には何とあったか　19　（まず）初めには、ご飯をたくさん食
べて栄養をつけなさい、とあり　20　終わりには、いつまでも思い続けて忘れない、とある

〔語釈〕　**緜緜**　長く続いて絶えないさま。**遠道**　はるかに遠い道（の果てにいる夫）。**夙昔**　「宿夕」に同じ。昨夜。**輾転**　ごろごろ寝返りをうつ。**枯桑……**　くわの木は葉が散ってしまってはいるが、空吹く風の寒いことをよく知っており、海水は結氷こそしないが、陽気の寒暖をよく心得ている。すなわち、妻であるわたしは遠く離れてはいるが、最もよく夫のことを知っている意。ここの「天風」「天寒」は、「風寒」の一語を分けて使ったもので、風寒は風邪の意で、それを掛け詞の

ように使い、あなたのおからだをよく知っているわたしは、あなたがお風邪でも召しはせぬかと心配です、といった意味が込められていると見たい。ここの解釈にはいろいろあるが、著者は以上のように解する。**媚** いつくしむ。**雙鯉魚** 手紙をいれる魚形の木箱。**烹** にる（煮）。文箱を開けること。**尺素** 一尺の白絹。昔はそれにたよりを書いた。**長跪** つつしんでひざまずく。**餐食** 食事。

〔押韻〕五言古詩（楽府古辞）、三解より成る。韻は七たび換わり、皓韻（草・道）、支韻（思・之）、陽韻（傍・郷）、霰韻（縣・見）、寒・言は寒韻と元韻との通用、魚韻（魚・書・如―隔句）、職韻（食・憶）である。

〔解説〕この詩は、楽府の中の一つの曲名。元来の歌詞は、万里の長城下の洞窟で、馬の世話をしている夫をしのんで妻が歌ったものとなっていたが、後には、遠征中の夫を思う妻の気持ちを歌ったものに、すべてこの題名がつけられた。ここでは夢にまで見る夫からのたよりを得た妻の喜びを歌ったもの。作者は「文選」では無名氏、「玉台新詠」では後漢の蔡邕ということになっている。

〔余説〕手紙のことを、鯉素とか、鯉書とかいうのは、この詩に由来する。また、「万葉集」巻四の、大伴家持が坂上大嬢に贈った歌十五首の中の一首、すなわち、

　夢のあひは苦しかりけり、覚きて掻き探れども手にも触れねば

は、一般には「遊仙窟」の「驚覚攬レ之、忽然空レ手」に基づくといわれているが、この詩の四・五・六句なども、あるいは多少影響を与えたかもしれない。

古詩十九首　其一

無名氏（漢）

1 行行重行行
2 與君生別離。
3 相去萬餘里
4 各在天一涯。
5 道路阻且長
6 會面安可知。
7 胡馬依北風
8 越鳥巢南枝。
9 相去日已遠・
10 衣帶日已緩・
11 浮雲蔽白日
12 遊子不顧返・

行き行き　重ねて行き行く
君と　生別離す
相去ること万余里
各〻天の一涯に在り
道路　阻にして且つ長し
会面　安くんぞ知る可けんや
胡馬　北風に依り
越鳥　南枝に巣くふ
相去る　日に已に遠く
衣帯　日に已に緩なり
浮雲　白日を蔽ひ
遊子　顧返せず

13 思ㇾ君令㆓人老㆒　君(きみ)を思(おも)へば　人(ひと)をして老(お)いしむ
14 歳月忽已晩・　歳月(さいげつ)　忽(たちま)ち已(すで)に晩(く)る
15 棄捐勿㆓復道㆒　棄捐(きえん)　復(ま)た道(い)ふ勿(な)からん
16 努力加㆓餐飯㆒・　努力(どりょく)　餐飯(さんぱん)を加(くは)へよ

1（わが夫は遠方へ旅立ち）どんどん先へ先へと行ってしまい　2 夫とは、生き別れの悲しみを味わっています　3 今やお互いに一万里以上もかけ離れ　4 めいめい天の一方の果てに暮らしているのです　5 途中の道は険しく、そのうえ遠いことですから　6 いつになったら再び会えるかわかりません　7 胡の地の馬は北風に身を寄せ　8 越の地生まれの鳥は南枝に巣を作るとか（おそらく、あなたも故郷をば忘れかねているでしょう）　9（しかし現実には）お互いに日ごとに遠ざかり　10 わたしは日ましにやせ細り、着物もだぶだぶです　11 浮き雲にじゃまされて、わたしの真心も通ぜず　12 あなたはあなたでわたしのことなど顧みてもくださらない　13 あなたのことを考えるとわたしは老けてしまいそうです　14 年月はあっというまに暮れかかっています　15 このまま捨てられようと、もう愚痴(ぐち)などこぼしますまい　16 ただあなただけは、どうかつとめておからだをおいといくださいませ

〔語釈〕**行行**　ゆきゆく。どんどん行ってしまう。「コウコウ」と音読してもよい。**君**　わが夫。**生別離**　生きながら別れる。死別の反対。**一涯**　一方の果て。**阻且長**　道が険しく遠い。**會面**　面会。お目にかかること。**胡馬依北風、越鳥巣南枝**　「故郷たれか忘るべけんや」と、いった意。北

方の胡の地から来た馬は北をなつかしがって北風に身を寄せ、南方の越から来た鳥は南をなつかしがって南側の枝に巣を作る。**衣帯日已緩**　心配のあまりからだがやせ細って、着物が日ごとにだぶだぶになる。「帯」は添え字で意味はない。**浮雲蔽白日**　浮き雲が太陽の光をさえぎりかくす。他に、①山河が夫を隔てる、②愛人がじゃまして夫との間を隔てる、③君側の姦臣が天子の聡明をおおう、などの解がある。ここは②あたりが当たっているかも知れない。**遊子**　旅人。ここでは夫をさす。**顧返**　顧みる。**棄捐勿復道**　このまま捨てられても、もうくよくよ言いますまい。「棄捐」を夫から見捨てられる意にとらないで、自分が捨てておく、不平など捨てておいてもう愚痴などこぼすまい、と見る説もある。通説は前者である。**努力加餐飯**　つとめてご飯をたくさん食べてください、栄養をつけてください。手紙の末尾につける「加餐（おからだを大切にの意）」という語は、ここから出ている。

〔押韻〕五言古詩。1～8平声支韻。9～16上声阮韻。

〔解説〕この詩は、「文選」に見えているまとめの名称で、もちろん一人・一時の作ではあるまい。作者については、「文選」では、この十九首を作者不明としているが、「玉台新詠」（梁の徐陵の編集）には、この詩を漢の枚乗の作品だとしている。枚乗は、漢の武帝時代の有名な賦の作家で、十九首中の八首は彼の作だとまで言う人もいる。遠い旅先にある夫にささげる、やさしい性格の妻のいじらしい気持ちを歌ったもの。

〔余説〕全篇が留守を守る妻のいじらしい独白で一貫しているが、妻の自己犠牲の精神はいたいたしいほどである。封建時代の妻のあえぎ、と言ったら言い過ぎだろうか。これをしも上代婦人の温厚貞順のなせるわざ、といった評はいただけない。

「思レ君令二人老一」の「人」は、「われ（我）」の意であって、他人のことではない。漢詩では時にこうした言い方をすることがある。

古詩十九首　其十　　無名氏（漢）

1 迢迢牽牛星　　迢迢たる　牽牛星
2 皎皎河漢女・　　皎皎たる　河漢の女
3 繊繊擢二素手一　　繊繊として　素手を擢げ
4 札札弄二機杼一・　　札札として　機杼を弄す
5 終日不レ成レ章　　終日　章を成さず
6 泣涕零如レ雨・　　泣涕　零つること雨の如し
7 河漢清且浅　　河漢は　清く且つ浅し
8 相去復幾許・　　相去る　復た幾許ぞ
9 盈盈一水間　　盈盈たる　一水の間

10　脈脈不レ得レ語。　脈脈として　語るを得ず

1　はるかに遠い空にかがやく牽牛星　2　明るくきらめく織女星　3　ほっそりとした白い手をさし出して　4　カチャッカチャッと巧みに機の杼を動かしている　5　（しかし物思いにふけりながらなので）一日かかっても、あや模様は織り出せず　6　ただ涙があふれ落ちて雨のよう　7　中を隔てる天の川は、澄んでいるうえに浅く　8　しかも、それほど遠く離れているわけではないが　9　水の満ち満ちている川に隔てられたように（父なる天帝の厳重な命令によって会うことも許されず）　10　じっと互いに見つめ合うだけで、語り合うことはできない

〔語釈〕　**迢迢**　はるかに遠いさま。**牽牛星**　鷲座α星（アルテール）の中国名。ひこ星、犬飼い星などともいう。天の川を隔て、西岸の織女星と対する。一年に一回、天の川を渡り織女星に会うという。**皎皎**　明るく光るさま。**河漢女**　織女星。牛宿に属する三星、すなわち、琴座のα星（ヴェガ）ほか二星をいうが、特にα星のみをもいう。たなばたひめ、おりひめなどとも呼ばれる。「河漢」は銀河・天の川。**繊繊**　ほっそりしたさま。**素手**　白い手。**擢**　「あぐ」と訓読したが、抜き出す意。**札札**　機を織る音。**機杼**　機の「ひ」、横糸を通す器具。**章**　織物の模様。**盈盈**　水を満々とたたえているさま。**脈脈**　互いにじっと見つめ合うさま。

〔押韻〕　五言古詩。上声語韻で隔句に押韻。

〔解説〕　この詩も、「文選」では、作者はよくわからないとしているが、徐陵の「玉台新詠」では、前漢の枚乗の作としている。離別している夫を慕う妻の純情・そぼくな心を牽牛・織女のいわゆる七夕伝説を借りて歌ったもの。

〔余説〕牽牛・織女という名は、中国の古典では、すでに「詩経（小雅大東篇）」に見え、また、鵲が橋を作ってなかだちをするという説話は、「淮南子」や「風俗通」などにも出ているが、今日一般にいわれる七夕伝説は、おそらくこの詩などから始まったものではなかろうか。

「盈盈たる一水の間」を、従来の解釈では「水の満ちあふれた天の川に隔てられて」などとしているが、それでは前句の「河漢は清く且つ浅し」と矛盾する。そこで、本書では通釈に示したように、この句を譬喩的表現と見て解しておいた。これは中沢希男氏のお説を拝借したものである。

なお、「万葉集」には、七夕伝説を歌ったものが見えるが、山上憶良の「ひこ星のつまむかへ船こぎ出づらし天の河原に霧の立てるは（巻八・秋雑歌）」また、巻十・秋雑歌、七夕九十八首などがあり、上代日本文学と七夕伝説との関係はなみなみならぬものがある。

古詩十九首　其十四　　無名氏（漢）

去者日以疎　　去る者は　日に以に疎く
來者日以親。　来る者は　日に以に親し
出㆓郭門㆒直視　郭門を出でて　直視すれば
但見㆓邱與㆒㆑墳。　但だ邱と　墳とを見るのみ
古墓犁爲㆑田　　古墓は　犁かれて　田と為り

6　松柏摧爲ㇾ薪。　　松柏は　摧かれて　薪と為る

7　白楊多二悲風一　　白楊　悲風多く

8　蕭蕭愁二殺人一。　　蕭蕭として　人を愁殺す

9　思ㇾ還二故里閭一　　故里の閭に　還らんと思ひ

10　欲ㇾ歸道無ㇾ因。　　帰らんと欲すれども　道　因る無し

1　去る者は、日ごとに縁が薄くなるが　2　新たに来る者は、日ましに親しくなる（とは世の習い）　3　（旅先にある自分は）たまたま城門を出て、あたりをじっと見たところ　4　目に入るものとては大小様々な墓のみ　5　古い墓地はいつしかすきかえされて、畑とされ　6　松や「このてかしわ」などは、やがて切り倒されて、薪になってしまうだろう（げに時の流れとともに、すべてはどんどん変わってゆく）　7　（彼を思い、これを考えると）「はこやなぎ」に吹く風もひときわ物悲しく　8　耐え難い寂しさにおそわれて、深い憂いに沈む　9　（こんな時に、ふと思い出されるのは故郷のことで）いちどそのうちに帰郷してごぶさたをわびたいと思ってはみたが　10　いかんせん、故郷を離れてから久しくたってしまった自分は、帰ろうにも帰るべき道を見失ってしまった

〔語釈〕**以**　「已」と同音なので、その借用とみて「すでに」と読むがよい。**郭門**　城の門。墓地は城外にある。**邱**　墓。大きい墓。王者の墓。「丘」に同じ。**犂**　すき返す。**摧**　伐採される。**白**

楊　はこやなぎ。やなぎ科の落葉喬木。墓地によく植えられる。愁殺　非常に憂えさせる。「殺」は、強意を示す助字。閭　村の入り口の門。因　よる。従ってゆく。

〔押韻〕　五言古詩。平声真韻（親・薪・人・因）と、文韻（墳）との通用。

〔解説〕　この詩は、他郷に長らく出かけていた者が、たまたま古い墓地を通りかかって、故郷を思いおこし帰郷を思うが、故郷をあまりに長く離れ過ぎていたので、帰るべき道を見失ってしまった悲しみを歌ったもの。一説では、死者を悲しむ詩ともいわれる。「去者」とは、死んで家郷を去る者、「来者」は墓地に来る者、「出郭門」以下六句は、古墓の悲惨な様子を述べたもの、末二句は生き返って故郷に帰ろうとしても帰るべき道はもうない意、とする。しかし、ここでは通説に従っておく。

〔余説〕　兼好法師の「徒然草」第三十段の次の文章などは、この詩が発想のモチーフになっているのではなかろうか。すなわち、

「人のなきあとばかり悲しきはなし。……年月へてもつゆ忘るるにはあらねど、去る者は日々にうとしといへることなれば、さはいへど、そのときばかりはおぼえぬにや、よしなごといひてうちも笑ひぬ。骸はけうとき山の中にをさめて、さるべき日ばかり詣でつつ見れば、程なく卒都婆も苔むし、木の葉ふり埋みて夕の嵐、夜の月のみぞこととふよすがなりける。……さるは、跡とふわざも絶えぬれば、いづれの人と名をだに知らず、年々の春の草のみぞ、心あらん人はあはれと見るべきを、はては嵐にむせびし松も、千年を待たで、薪にくだかれ、古き墳は鋤かれて田となりぬ。そのかただになくなりぬるぞかなしき。」

古詩十九首 其十五

無名氏（漢）

1 生年不㆑満㆑百　　生年　百に満たず
2 常懷千歲憂。　　常に懐く　千歳の憂ひ
3 晝短苦㆓夜長㆒　　昼短くして　夜の長きに苦しまば
4 何不㆓秉㆑燭遊㆒。　　**何ぞ　燭を秉って　遊ばざる**
5 爲㆑樂當㆑及㆑時。　　楽しみを為すは　当に時に及ぶべし
6 何能待㆓來茲㆒。　　何ぞ　能く来茲を待たん
7 愚者愛㆓惜費㆒　　愚者は　費を愛惜して
8 但爲㆓後世嗤㆒。　　但だ　後世の嗤ひと為る
9 仙人王子喬　　仙人　王子喬
10 難㆑可㆓與等㆒㆑期。　　与に期を等しうす可きこと難し

1 この世に生きていられるのは、百年にも足りない　2 だのに、千年も先のことまで心配する人がいる（考えれば、ばかげたことだ、むしろ短い人生をおもしろおかしく過ごしたほうがよい）

3 昼間が短くて夜が長過ぎるのを苦にするならば　4 なぜ燈火を手にして夜も遊ばないのか　5 楽しみをするからには、好機をのがすべきではない　6 来年のことなどあてにできるものか　7（だが）愚かな者は遊興費をもったいないとして（遊ぶことを知らないが）　8 そんなやつは後世の人々の物笑いとなるだけだ　9 あの仙人となって不老長生の道を体得したといわれる王子喬　10 彼と同じように長生きすることは、われわれにはとてもできそうもない

〔語釈〕**生年**　生きている間。人生。**千歳憂**　千年先までも生きながらえるつもりで心配し苦しむ。**秉燭**　燈火を手に持つ。**及時**　なすべき時に。間に合ううちに。**來茲**　来年。**王子喬**　周の霊王の太子晉。笙を吹くのを好み、白いつるに乗り、仙界に去って永遠の生命を得たという。

〔押韻〕五言古詩。1～4平声尤韻。5～10平声支韻。

〔解説〕人生は無常なものだから、せめて若いうちに青春を満喫し、現実の快楽を追求したほうが賢明であると、大いに享楽主義を謳歌した作。けだし、眼前の人生がすでにはかない窮みだのに、来世における救いが説かれない以上、人が必然的にこのような態度に出ることはやむを得ないであろう。当時は中国に、まだ仏教は伝えられず（仏教が中国に入ってきたのは、後漢の明帝、一世紀のころ）、中国の土着思想は倫理・道徳の教えであって、すこぶる宗教味を欠いていたからである。しかし、単なる現実至上のデカダン気分の享楽主義とは、大いにわけがちがうことを心得ておくべきである。

〔余説〕李白の「春夜宴二桃李園一序」という文中に、「古人、燭を秉って夜遊ぶ、良に以あるなり」とあるが、この詩の人生観に、李白も共鳴したものであろう。

七歩詩（七歩の詩）

曹植（魏）

1　煮レ豆燃二豆萁一
2　豆在二釜中一泣
3　本是同根生
4　相煎何太急

豆を煮るに　豆萁を燃やす
豆は　釜中に在って泣く
本　是れ　同根より生ず
相煎る　何ぞ太だ急なる

1　豆がらたいて　豆を煮る　2　釜のなかでは　豆が泣く　3　同じ親から　もと生まれ　4　なぜに激しく　争うか

〔語釈〕**豆萁**　豆を取ってしまったあとの茎や枝。豆がら。**同根**　同じ根。また、一つの根を共有する。転じて、同一の親、また、兄弟をいう。ちなみに、「**同根相煎**」は、兄弟が争いあうこと。**急**　きびしい、激しい。どんどん豆がらを燃やすこと。

〔押韻〕五言古詩。入声緝韻。

〔解説〕この詩は、「曹子建集」には見えないが、「世説新語」の伝えるところによると、植の兄の丕（魏の文帝）は弟の植を憎んで、ある時、七歩あゆむ間に詩を一篇作れ、もしできない時は死刑にすると言っておどしたので、詔に応じて作られたものがこの詩であると。真偽のほどはわからないが、曹植の詩才にすぐれていたことを証明するとともに、骨肉相争うことのたとえ話として、古来よく引用される。

曹植　一九二〜二三二。三国魏の曹操の第四子、字は子建。同母の兄丕とともに、父子三人そろって詩文をよくした。なかんずく、彼はすぐれていたので、父の武帝にかわいがられ、しばしば太子の候補者にされた。兄の文帝が即位するようになってからうとんぜられ、植もまたほしいままな行いが多かったので、たびたび領地を変えられ、ついに陳王におとされて、一生を不遇のうちに送り、抒情詩人として多くの傑作を残したが、四十一歳で没した。諡して思といい、陳思王植と称する。

「曹子建集」十巻がある。

〔余説〕この詩は、一本には次のようになっている。

煮豆持作羹　漉豉以為汁　萁在釜底然
豆在釜中泣　本是同根生　相煎何太急

かつて作家吉川英治氏が、週刊朝日に「新平家物語」を執筆していた当時、何かのついでにこの「七歩詩」に言及したことがあり、「七歩詩」とは一体どんなものかというので、一時読書人の間で話題となったことがある。

七哀詩（七哀の詩）　曹植（魏）

1 明月照高楼。　明月は　高楼を照らし
2 流光正徘徊。　流光　正に徘徊す

上有二愁思婦一
悲歎有二餘哀一。
借問歎者誰
言是客子妻。
君行踰二十年一
孤妾常獨棲。
君若二清路塵一
妾若二濁水泥一。
浮沈各異レ勢
會合何時諧。
願爲二西南風一
長逝入二君懷一。
君懷良不レ開

上に　愁思の婦有り
悲嘆して　余哀有り
借問す　嘆ずる者は　誰ぞ
言ふ　是れ客子の妻と
君行きて　十年を踰え
孤妾　常に独り棲む
君は　清路の塵の若く
妾は　濁水の泥の若し
浮沈　各〻勢ひを異にし
会合　何れの時にか諧はん
願はくは　西南の風と為り
長逝　君が　懐に入らん
君が　懐　良に開かずんば

16　**賤妾當㆓何依㆒**　　賤妾(せんしょう)当(まさ)に何(いづ)れにか依(よ)るべき

1　明月が高楼を照らしていたが　2　いつしか月も落ちかかろうとし、残光がちょうどたゆとうている　3　楼上には物思いに沈む人妻がおり　4　身に余る悲しみを嘆いている　5　お尋ねするが、嘆いているのはどなたですか　6　旅人を夫にもつ妻です、との答え　7　夫が旅に出てから、もう十年以上になりますのに　8　わたしは、いつもひとり暮らし　9　夫は路(みち)を清める風に乗るちり　10　わたしは濁った水底に沈むどろ　11　風に浮くちりと、水底に沈むどろとでは、身分がちがい　12　お会いしてむつまじくできるのは、いつのことやら　13　いっそ西南から吹く涼風となって　14　はるばる吹いていって夫のふところに飛びこみたいもの　15　とはいえ、夫がふところを本当に開けないようであれば　16　わたしはいったい、だれをたよったらよいのやら

〔語釈〕**流光**　動いている月の光。李善(りぜん)によれば、落ち入ろうとする月とし、夫婦関係を象徴すると見ている。**愁思婦**　物思いに沈んでいる妻。**餘哀**　言外にありあまる悲しみ。**借問**　試みに問う。**言是**　一本には「自云」となっている。**客子妻**　夫が旅に出ている留守を守る妻。**君**　夫をさす。**獨棲**　ひとり暮らし。**清路塵**　道を清める風に乗るちり。一本には「中路塵」となっている。**諧仲**　むつまじくする。**西南風**　西南方から吹く風。八風の一つで、涼風をいう。**良**　まことに

〔押韻〕五言古詩。1～4平声灰(かい)韻。5～10平声斉(せい)韻。11～16平声佳(か)韻。

〔解説〕七哀とは、古い解釈によると、病んで悲しみ、義にして悲しみ、感じて悲しみ、恨んで悲しみ、耳目・聞見して悲しみ、口嘆じて悲しみ、酸鼻（むごたらしいこと）して悲しむをいう、とある。この詩は夫婦離別の悲しみを歌っているが、実は曹植がみずからを孤妾(こしょう)になぞらえて、自分

の文帝に対する気持ちを述べ、その誤解を解こうとしたものとも見られる。なお、「七哀詩」は、魏の王粲・阮瑀などにもある。

猛虎行　　　陸機（晋）

1 渇不レ飲二盗泉水一
2 熱不レ息二惡木陰一。
3 惡木豈無レ枝
4 志士多二苦心一。
5 整レ駕粛二時命一
6 杖レ策將二遠尋一。
7 飢食二猛虎窟一
8 寒栖二野雀林一。
9 日歸功未レ建

渇すれども　盗泉の水を飲まず
熱すれども　悪木の陰に息はず
悪木　豈枝無からんや
志士　苦心多し
駕を整へて　時命を粛み
策を杖いて　将に遠く尋ねんとす
飢ゑては　猛虎の窟に食らひ
寒えては　野雀の林に栖む
日帰って功　未だ建たず

10 時往歳載陰。　時往いて　歳載ち陰る
11 崇雲臨ㇾ岸駭　崇雲　岸に臨んで駭き
12 鳴條隨ㇾ風吟。　鳴条　風に随って吟ず
13 靜二言幽谷底一　幽谷の底に　静言し
14 長二嘯高山岑一。　高山の岑に　長嘯す
15 急絃無二懦響一　急絃　懦響無く
16 亮節難ㇾ爲ㇾ音。　亮節　音を為し難し
17 人生誠未ㇾ易　人生　誠に未だ易からず
18 曷云開二此衿一。　曷ぞ云に此の衿を開かん
19 眷二我耿介懷一　我が耿介の懐ひを眷みて
20 俯仰愧二古今一。　**俯仰　古今に愧づ**

1　どんなにのどが渇いても、盗泉などという名前の井戸の水は飲まないし　2　また、どんなに暑くても、悪木の木陰には休息しない　3　悪木にも枝はないわけではないが　4　そんなことをしないところに、志士の非常な苦心があるのである　5　車馬の用意をして、君の命令をかしこみ

6　むちを手にして、遠い旅路に出かける　7　腹がすくと、猛虎のほら穴で食事をとり　8　凍えると、野らのすずめの巣くう林に宿ることもあろう　9　いつまでたっても、手柄の立てられないままに　10　いつしか年も暮れようとする　11　高い空にただよう雲は、高い断崖(だんがい)の上から下の流れを見て驚いてわき起こり　12　野原で音をたてて鳴る木の枝は、風のまにまに吟じているかのよう　13　奥深い谷底で、静かに物思いにふけり　14　高い峰の上で、口をすぼめて長くうそぶいたりする　15　琴の弦をぴんと張ると、弱い音を発しないと同じように　16　操の正しい人は俗人と調子をあわせにくい　17　人生は、本当になまやさしいものではないから　18　どこでこの苦しい胸襟(きょうきん)を開いたらよいか　19　私のかたく志を守ろうとする考えを顧みると　20　（まだ至らない点が多いので）仰いでは昔の人に、伏しては今の人に深く恥じいるしだいである

〔語釈〕 **渇不飲…**　「尸子(しし)」に、「孔子、勝母（地名）に至り暮れぬ、而(しか)も宿らず、盗泉（地名）を過ぐ、渇(かつ)せり、而も飲まず、其(そ)の名を悪(にく)めばなり」と。**熱不息**　「管子」に、「夫(そ)れ士、耿介(こうかい)の心を懐(いだ)いては、悪木の枝に蔭せず。悪木すら尚(な)ほ能(よ)く之(これ)を恥づ、況(いわ)んや悪人と同じく処(お)ることをや」と。**整駕**　車の出発の用意をする。**時命**　時の君の命令。**杖策**　馬のむちを手にして。**飢食…**　この二句は「古猛虎行」（解説参照）を裏返して言ったもの。**日帰**　日が西山に帰って暮れることで、時日の経過をいう。**歳載陰**　年が暮れること。**崇雲**　空高く飛ぶ雲。**臨岸駭**　高い断崖の上から下の水流を見て驚く。擬人法を用いている。**鳴條**　風に音をたてる木の枝。**随風吟**　風のまにまに詩を吟詠しているかのよう。これも擬人法。**靜言**　静かに物思いにふける。「言」は助字。「詩経・邶(はい)風(ふう)」の「柏舟篇」に「静言思ㇾ之」の四字一句を二字に含ませている。**幽谷**　奥深い谷。**長嘯**　口をすぼめて声を長く引き伸ばす。**岑**　みね（峰）。**懦響**　弱い音。低い響き。**亮節**　信義。**人生誠**

未易 世渡りは本当にむずかしい。**開此衿** この人生行路の苦しい胸襟を開く。**耿介懐** かたく志を守ろうとする考え。**眷** 顧みる。**俯仰愧古今** 古今の人に顧みて恥じずにいられない。

〔押韻〕 五言古詩。平声侵韻。

〔解説〕 楽府題であり、相和歌の平調曲に属する。古い「猛虎行」の詞に「飢うるも猛虎に従って食せず、暮るるも野雀に従って棲せず」とあるので、首句の二字を採って命名したもの。この詩は、志士はもともと出処進退を慎重にすべきであるが、ただ時に君命に迫られて選択を許されず、その結果として功名もたてられず、進退にきわまり、苦悩に陥るのみでなく、平生からの考えにもそむくことがあることを歌ったもの。

陸機 二六一～三〇三。字は士衡、呉郡（今の江蘇省呉県）の人。呉国の大司馬陸抗の子で、呉国の滅びた後に晋国に行き、張華に重んぜられた。太安（晋の恵帝）二年（三〇三）に、成都王の司馬穎などが長沙王の司馬乂を討った時に、陸機を後将軍・河北大都督としたが、戦い敗れて軍中で害せられて死んだ、年四十三。彼の詩名は当時も高かったが、ただあまりに修飾的対句が多すぎ、往々にして情緒に欠ける恨みがあった。

招隠詩　　左思（晋）

1 杖レ策招ニ隠士一　　策を杖いて　隠士を招かんとす

2 荒塗横ニ古今一。　　荒塗　古今に横がる

巖穴無結構
丘中有鳴琴。
白雲停陰岡
丹葩曜陽林。
石泉漱瓊瑤
纖鱗亦浮沈。
非必絲與竹
山水有清音。
何事待嘯歌
灌木自悲吟。
秋菊兼糇糧
幽蘭間重襟。
躊躇足力煩

巖穴には　結構無きも
丘中には　鳴琴有り
白雲は　陰岡に停まり
丹葩は　陽林に曜く
石泉は　瓊瑤に漱ぎ
纖鱗も　亦浮沈す
必ずしも　糸と竹とのみに非ず
山水に　清音有り
何ぞ　嘯歌を待つを事とせん
灌木　自ら悲吟す
秋菊は　糇糧を兼ね
幽蘭は　重襟に間はる
躊躇して　足力　煩ふ

16 聊欲レ投二吾簪一。

聊（いささ）か吾（わ）が簪（しん）を投（とう）ぜんと欲（ほっ）す

1 杖をたよりに隠者を捜しにでかけたが 2 荒れはてた道は今も昔に変わらず前途をふさいでいる 3 岩穴の住まいには、もとよりりっぱな構えはないが 4 丘のどこからか琴の調べが聞こえる 5 白い雲が北側の丘の上あたりに動かないでおり 6 真っ赤な花が南側の林に美しい 7 岩ばしる水は美しい玉しぶきを上げ 8 小さい魚も浮き沈みして泳いでいる 9 音楽は琴や笛だけにかぎりはしない 10 この山川にも清い響きがある 11 唱歌は吟詠のみを求めるにあたらない 12 小さな木立にも自然の哀調はある 13 秋菊はめでるだけではなく、食べられるし 14 谷間の蘭は、重ね着のえり飾りにもなる 15 足もとも疲れて、ためらいがちとなって来たので 16 ここらで、かざしを投げ捨て（辞職して）ゆっくりここで休養をしたいものだ

〔語釈〕**杖策** つえをつく。「策」は、つえ。**招隠士** 「隠士」は、才能がありながら、世を避け静かな生活に満足している者。「招」は、捜し求める。「招隠士」は、「楚辞（そじ）」の題名となっている文字をそのまま借りた。**荒塗** 荒れている道。**横古今** 「横」は、ふさがる（塞）。昔も今もふさがっている。**巖穴** 岩穴。隠士の住まいにふさわしいところ。**結構** りっぱな構え。**白雲** 一本には「白雪」となっている。白雲のほうがわかりやすい。**陰岡** 丘の北側。**丹葩** 赤い花。**陽林** 山の南側の林。「陰岡」に対する。**曜** かがやく（輝）。真っ赤に咲いている。**石泉** 岩ばしる水。**瓊瑤** りっぱな玉。**漱** そそぎ洗う。**纖鱗** 小さい魚。**絲** 弦楽器。**竹** 管楽器。**嘯歌** 声を引っ張ってうそぶき歌う。**灌木** たけが低く根もとから枝のむらがり生える木。つつじ・やまぶきなど。**悲吟** 悲しげに口ずさむ。木ががさがさ風に鳴ることをいう。**糇糧** 食物。「糇」も、食物。**幽蘭** 奥深

い谷間のらん。秋菊の句と、この句とは、「楚辞・離騒」の「朝には木蘭の墜露を飲み、夕べには秋菊の落英を餐ふ」を採ったもの。**重襟**　重ね着のえり。**躊躇**　ためらう。たちもとおる。**簪**　冠を留めるために髪にさすピン。**投簪**　辞職すること。

〔押韻〕　五言古詩。平声侵韻。

〔解説〕　招隠詩は、漢の淮南王安が、民間の賢士を招くために作らせたのに始まり、晋代に至って数多く作られた。しかしそれらは世間の混乱をさけ、山中の隠者を尋ねたり、隠者に似た生活を求めて作ったもの。左思のこれも、その類である。

左思　?～二九〇。字は太沖。臨淄（山東省）の人。生来の吃音のため交遊を好まず、若くして文章の美しさで有名。晋に仕えて秘書郎となり、有名な「三都賦」を作り、**洛陽の紙價を貴からしめ**た。都が乱れるに及んで冀州（河北省）に移り、数年にして没した。

歸園田居　録二　其一（園田の居に帰る）　陶潜（晋）

1　少無適俗韻　　少うして俗韻に適する無く
2　性本愛丘山。　　性　本　丘山を愛す
3　誤落塵網中　　誤って　塵網の中に落ち
4　一去三十年。　　一去　三十年

5 羇鳥戀㆓舊林㆒
6 池魚思㆓故淵㆒。
7 開㆑荒南野際
8 守㆑拙歸㆓園田㆒。
9 方宅十餘畝
10 草屋八九間。
11 楡柳蔭㆓後園㆒
12 桃李羅㆓堂前㆒。
13 曖曖遠人村
14 依依墟里煙。
15 狗吠㆓深巷中㆒
16 鷄鳴㆓桑樹巓㆒。
17 戸庭無㆓塵雜㆒

羇鳥は　旧林を恋ひ
池魚は　故淵を思ふ
荒を開く　南野の際
拙を守って　園田に帰る
方宅　十余畝
草屋　八九間
楡柳　後園を蔭ひ
桃李　堂前に羅なる
曖曖たり　遠人の村
依依たり　墟里の煙
狗は　深巷の中に吠え
鶏は　桑樹の巓に鳴く
戸庭　塵雑無く

18　虚室有㆓餘閑㆒。　　虚室（きょしつ）　余閑（よかん）有（あ）り

19　久在㆓樊籠裏㆒　　久（ひさ）しく　樊籠（はんろう）の裏（うち）に在（あ）りしが

20　復得㆑返㆓自然㆒。　　復（ま）た　自然（しぜん）に返（かへ）るを得（え）たり

1　若いころから、世間とうまく調子を合わせることなど自分にはむかず　2　生来、自然の天地が好きであった　3　ところが、つまらない束縛の多い宮仕えをするはめになり　4　うかうか三十年も過ごしてしまった　5　しかし、渡り鳥は住みなれた、もとの林を恋い慕い　6　池の魚は、もと生まれた淵（ふち）が忘れられないものである　7　（そのように、故郷なんぞ忘るべきというわけで）村の南方の野原の果ての荒れ地を切り開き　8　世渡りのへたなままに（性の合わない官界を去って）故郷の田園に帰って来た　9　屋敷は十畝あまり　10　そまつな住まいは、八間か九間ほどだが　11　にれや、柳が後ろ庭をおおい　12　桃やすももが前庭に並んでいる　13　遠いかなたの農村は、おぼろにかすみ　14　こなたの市の立つ村からは、しなやかに煙が立ち上っている　15　路地の奥のほうでは犬がほえており　16　桑の木のてっぺんでは鶏が時をつくっている　17　（まして、）わが門内には俗事のまぎれ込むこともなく　18　人けも道具類もない部屋にも、落ち着いたゆとりだけは十分にある　19　思えば久しい間、かごの鳥の生活であったが　20　やっとまたもとの自然のふところにもどって来ることができた

〔語釈〕　**俗韻**　世俗の習わし。世俗の趣味・風潮。ここを「俗に適する韻なく」と読み、「韻」を持ち前、気質と解する説もある。**丘山**　俗界を離れた自然の天地。**塵網**　風塵の網。役人となった

ことをいう。当時の官界は乱れていた。彼は二十九歳で江州の祭酒（学校長）となり、まもなくやめた。これが役人生活の始め。**一去三十年**　淵明の役人生活の継続は、二十九歳から四十一歳までで、前後十三年だからというので、この句を「一去十三年」の誤りとする説がある。また「三」を「已」に改め、「已十年」とする説もある。いずれともきめにくい。**羇鳥**　旅の鳥。「羇」を「羈（つなぐ）」の借用と見て、かごの中に捕らえられている鳥の意と解するものもある。**故淵**　もとの淵。**開荒**　荒れ地を切り開く。**南野際**　村の南側の原野と畑の接するきわあたり。**守拙**　世渡りのへたなままに。「守」はそれを変えようとしないこと。**方宅**　四角な屋敷。**草屋**　草ぶき屋根の家。**八九間**　「間」は室数を数える数詞。一室を一間という。**楡柳**　にれと柳の木。**後園**　後庭。一本に、「後簷（うしろの軒）」に作る。**堂**　表座敷。**曖曖**　おぼろにかすむさま。**依依**　物により添うように、なよなよしたさま。**墟里**　いち（市）の立つ村。前句の「村」の農村に対する。さびれた村とか荒れはてた村とか解するのはよくない。**深巷**　路地の奥。**戸庭**　庭。門内のこと。**虚室**　人けのない部屋。家具などの置いてない部屋。**樊籠**　鳥かご。官界にたとえる。

〔押韻〕五言古詩。平声刪韻（山・間・閑）と平声先韻（年・淵・田・前・煙・巓・然）との通用。

〔解説〕この詩は、五首より成り、ここに引いたものは、その第一首めと第三首めとである。彭沢の県令をやめたのが、彼の四十一歳の十一月であるから、恐らくその翌年あたりの作であろうと思われる。したがって「帰去来辞」とあわせて見るとおもしろい。

陶潜　三六五～四二七。東晋の潯陽柴桑里（江西省九江県の西南）の人。名は潜、字は淵明。または、名を淵明、字は元亮ともいわれる。名字や生卒年代については、古来いろいろな説があるが、まだ定説はない。晋の名門の子孫であるが、彭沢の県令となり、数箇月で辞職、「帰去来辞」を作って郷里に帰った話も有名である。劉宋の時代になって朝廷から召されたが仕えず、詩酒を楽しみ、田園の風物を詠じ、六十三歳で没した。「古今における隠逸詩人の第一人者」といわれる。諡は靖節。思想的には道教・仏教の影響もみとめられるが、根本的立場はやはり儒教である。「陶淵明集」十巻がある。

帰園田居　録二　其三（園田の居に帰る）　陶潜（晋）

1 種豆南山下　豆を種う　南山の下
2 草盛豆苗稀。　草盛んにして　豆苗　稀なり
3 晨興理荒穢　晨に興きて　荒穢を理め
4 帯月荷鋤帰。　**月を帯び　鋤を荷ひて帰る**
5 道狭草木長　道狭くして　草木　長じ
6 夕露沾我衣。　夕露　我が衣を沾す
7 衣沾不足惜　衣の沾ふは　惜しむに足らず
8 但使願無違。　但だ　願ひをして違ふ無からしめんことを

1 豆を南山のふもとの畑にまいたところ 2 雑草のみ生え茂って、かんじんの豆の苗はまれにしかない 3（これではならぬと）朝早く起きて荒れ地の雑草を除いて（終日働き）4 夕方には月に照らされながら、鋤を肩にして帰って来る 5 （ところが）道路が狭いうえに、草が両側からおおいかぶさっていて 6 草葉の露が衣をぬらしてしまう 7 衣のぬれるのはかまわないが 8 わがせっかくの帰田の志の違うことなく、とげられるように

〔語釈〕 **南山** 廬山をさす。**晨興** 朝早く起きる。一本に「侵レ晨」に作る。**理荒穢** 荒れ地に手入れをし雑草を除く。**使願無違** せっかくの田園生活ができなくならぬように願望する。

〔押韻〕 五言律詩。平声微（び）韻。

〔余説〕 この詩は「帰二園田居一」五首のうちの第三首めであり、いかにも農村生活が生き生きと描かれている。4は、そのまま画題であり、中国ではもちろん、日本画としても描かれたものをよく見かける。

飲（いん）酒（しゅ） 録レ二 其五　　陶潜（とうせん）（晋（しん））

1 結レ廬在二人境一　　廬（ろ）を結（むす）んで　人境（じんきょう）に在（あ）り
2 而無二車馬喧一。　　而（しか）も車馬（しゃば）の喧（けん）無（な）し
3 問レ君何能爾　　君（きみ）に問（と）ふ　何（なん）ぞ能（よ）く爾（しか）ると

4 心遠地自偏。　心遠くして　地自ら偏なれば

5 採レ菊東籬下　菊を採る　東籬の下

6 悠然見二南山一。　悠然として　南山を見る

7 山氣日夕佳　山気　日夕　佳なり

8 飛鳥相與還。　飛鳥　相与に還る

9 此中有二眞意一　此の中に　真意有り

10 欲レ辯已忘レ言。　弁ぜんと欲して　已に言を忘る

1（隠者は山奥に住まいをつくるというが、わたしは）さわがしい人里の中にいおりを構えている　2　しかし車馬の音やかましく人が尋ねて来たりはしない　3　なぜこのようにして、いられるのかというと　4　心が名利の念から遠ざかっているし、自然住まいが村はずれにあるからだ　5（読書にあきると庭先をそぞろ歩き）東隣のかきねのもとに咲いている菊を一枝手折り　6　ひょいと頭をあげた拍子に、ゆったりとそびえている南山が目に映る　7　晴れわたった山の日暮れの景色はすばらしく　8　空飛ぶ鳥は夕日を浴びつつ、うち連れてねぐらへと急ぐ　9　このような自然のままの景色の中にこそ、人生の真の味わいがあると観じられるが　10　さてその心境を説明しようとしても、適当な言葉が思い出せない

〔語釈〕**結廬**　隠者風の小住宅を構える。「廬」は、いおり（いほり）。**人境**　人里。**車馬喧**　訪問

客の多いこと。「喧」は、かまびすしい。やかましい。**問君**　「君」は作者自身をさす。自問自答の形式。第二人称の君でないことに注意されたい。**何能爾**　なぜそうしていられるか。「爾」は、「然」と同じで、上の動作を受ける。**心遠…**　上句の問いに対する答え。心が名利の考えから遠ざかっている。**地自偏**　この解釈は二つある。①住まいはそのまま村はずれになっているので。「自ら」は、特にそうしたわけではないが、もともとそうなっているので、といった意。鈴木虎雄博士の「陶淵明詩解」はこの説である。②「文選」の注には、「君に問ふ何ぞ能く此の如きとは、自ら以て問を発し、下文を明らかにせんとす。遠とは、心自ら幽遠なれば、喧境に処ると雖ども偏僻の如くなるをいふ」と。すなわち、住まいは人里でも山奥に住んでいるのと同じことになるの意。したがってこの時の訓読は「心遠ければ地自ら偏なり」となる。しばらく前説に従っておく。**東籬**　東隣との境のかきね。**南山**　単に南にある山と見る説と、九江城の南にある山、すなわち廬山をさすとする説とがある。**悠然見南山**　菊を一枝手折って、ひょいと頭をあげた拍子に、南山の姿が目に映った。「見」は、ミエルであり、意識を働かせないで自然に目に映る、見るともなしに目に映ること。一本に、「見」を「望」に作ったものがあるが、それではこの句意が全くそこなわれてしまう―といった蘇東坡の批評（東坡先生志林巻五）がある「悠然」はゆったりしたさまで、その時の淵明の心境をいったものであるが、同時に南山そのものも悠然とそびえていて、主客が混然一体となっているさまを看取すべきである。**山氣**　山の景色・けはい。**日夕**　日ぐれ。朝夕の意でない。**此中**　①「採菊…」以下の四句をさすとし、かかる忘我の境中において。②「山気…」の二句を受けるとし、自然のありのままの景色の中こそ。②をとる。**眞意**　自然と人生の真の味わい、すなわち、人みな晩年にはもとの故郷に落ち着くのが自然であるという考え。これを天地自然の真実の心という意味に解するのはよくない。

〔押韻〕　五言古詩。平声元韻（喧・言）と平声先韻（偏・山・還）と通用。

〔解説〕　淵明の「飲酒」と題する詩は、すべてで二十首あって、いずれも酒を飲んだおりに、自分の心境を詠じたもの。これはその第五首めで、最も有名である。「文選」や「古文真宝前集」には、「雑詩」と題している。

〔余説〕　客観的な自然描写のみでもなく、さりとて主観的な叙情詩でもなく、主観と客観、心境と対象とが混然一体となっているところに、この詩の特色がある。古今の絶唱と称賛されるゆえんである。

夏目漱石の「草枕」には、「採レ菊東籬下、悠然見二南山一」と、唐の詩人、王維の「竹里館」という五言絶句とが引用されており、淵明や王維のこういう詩境は、西洋の詩や小説には全く見られないところのもので、現代の人びとに、睡眠と同じように大きな憩いを与えてくれると力説している。

飲酒　録レ二　其七　　陶潜（晋）

1　秋菊有二佳色一　　秋菊に佳色有り

2　裛レ露掇二其英一。　　露を裛へる其の英を掇り

3　汎二此忘憂物一　　此の忘憂の物に汎かぶれば

4 遠二我遺レ世情一。　我が世を遺るるの情を遠くす
5 一觴雖二獨進一　一觴 独り進むと雖ども
6 杯盡壺自傾。　杯尽き 壺自ら傾く
7 日入群動息　日入って群動 息み
8 歸鳥趨レ林鳴。　帰鳥 林に趨いて鳴く
9 嘯二傲東軒下一　東軒の下に嘯傲し
10 聊復得二此生一。　聊か復た此の生を得たり

1 菊はめでたや 色香よし 2 露をまとへる 花をつみ 3 酒に浮かべて 飲むときは 4 憂き世忘るも おろかなり 5 ひとり静かに くむなれど 6 やがて酒尽き 壺倒る 7 物みないこふ この日暮れ 8 鳥も林に 帰り鳴く 9 われも軒ばに うそぶきて 10 まことのいのち 悟りけり

〔語釈〕 **佳色** よい色。**裛露** 露をつけている。この句は「英」の形容詞である。「裛」は、まとう。**英** 花びら。**忘憂物** 酒の異称。**汎** 浮かべる。**遠我遺世情** 世の中のことを忘れようとする気持ちを深める。**一觴** 一ぱいの杯。**群動** もろもろの活動。**東軒** 東の軒ば。**嘯傲** 自由でしばられない。超越したさま。

〔押韻〕 五言古詩。平声庚韻。

〔解説〕「飲酒」二十首の第七首めのもので、淵明の面目の躍如たるものがある。通釈を略し、拙訳を対照させておく。

〔余説〕「遺世情」を、一本には「達世情」（達世の情）に作る。とすれば、「世俗を超越した心情」の意となる。酒を「忘憂物」という言い方も、いかにもおもしろい。

責レ子（子を責む）　陶潜（晋）

1 白髪被二兩鬢一　　白髪 両鬢を被ひ
2 肌膚不二復實一　　肌膚 復た実たず
3 雖レ有二五男兒一　　五男児有りと雖ども
4 總不レ好二紙筆一　　総て紙筆を好まず
5 阿舒已二八　　阿舒 已に二八
6 懶惰故無レ匹　　懶惰 故より匹無し
7 阿宣行志學　　阿宣 行〻志学なるに
8 而不レ愛二文術一　　而も文術を愛せず

9 雍・端年十三
10 不識六與七・
11 通子垂九齡
12 但覓棗與栗・
13 天運苟如此
14 且進杯中物・

雍と端とは　年十三なるに
六と七とを識らず
通子は九齢に垂んとし
但だ棗と栗とを覓む
天運　苟くも此くの如くんば
且らく杯中の物を進めん

1　びんのあたりは　真っ白で　2　はだはたるんで　張りがない　3　ぼうず五人が　いるけれど　4　読み書ききらう　やつばかり　5　舒やはとっくに　十と六　6　ひけをとらない　なまけもの　7　宣やもそのうち　十五だのに　8　学問する気は　さらにない　9　雍・端ふた子でとし十三　10　もののけじめも　つきかねる　11　かわいい通ぼう　九つだが　12　おやつせがみに余念ない　13　いやになっちゃう　わしの運　14　一杯やらずに　おれようか

〔語釈〕 **不復實**（肌には）もうはりがない。「復」は、もはやの意。**紙筆**　紙と筆。学問の代名詞。**阿舒**「阿」は、名などの上につける親愛の意を表す語。国語の「お」に当たる。「阿兄」は、おにいさん。「阿国」は、お国さん。**志學**　十五歳。「論語」に「吾十有五而志于学」。**文術**　学問。**覓**　求める。ほしがる。**杯中物**　酒。

〔押韻〕 五言古詩。入声質韻（實・筆・匹・術・七・栗）と、物韻（物）との通用。

〔解説〕　淵明には、舒儼・宣俟・雍份・端佚・通佟という五人の子どもがあった。この詩は、その子どものことを述べたほおえましいもので、責むとはいっても、どうもしかたのないやつらばかり、といったユーモラスなもので、中国におけるユーモア文学の最初のものと、いってよいだろう。通釈は略して、拙訳詩を対照させておく。

雑詩十二首　録一　陶潜（晋）

1 人生無根蔕　　人生は根蔕無く
2 飄如陌上塵。　飄たること陌上の塵の如し
3 分散逐風轉　　分散　風を逐って転じ
4 此已非常身。　此れ已に常の身に非ず
5 落地爲兄弟　　地に落ちて兄弟と為る
6 何必骨肉親。　何ぞ必ずしも骨肉の親のみならん
7 得歡當作樂　　歓を得ては当に楽しみを作すべし
8 斗酒聚比鄰。　斗酒　比鄰を聚む

9 盛年不㆓重來㆒　　盛年重ねて来らず
10 一日難㆓再晨㆒。　一日再び晨なり難し
11 及㆑時當㆓勉勵㆒　時に及んで当に勉励すべし
12 歳月不㆑待㆑人。　歳月は人を待たず

1 人生には、しっかりした土台というものがなく　2　まるで都大路にひるがえる塵のようなものだ　3　風のまにまに吹き飛ばされて飛んで行き　4　この身は、もはや常住不変のものでない　5　この世に生まれ出たからには、人はみな兄弟のようなもの　6　どうして骨肉を分け合った者だけ、特に親しむべきであろうか　7　うれしい時には、だれかれの区別なく楽しみ合うべきで　8　一升買って、隣近所の者を集めるがよい　9　血気盛んな時代は、二度とは来ないし　10　一日のうちに、朝は二度はない　11　時機をのがさず、努めて楽しむべきだ　12　歳月はどんどん過ぎて、待ってはくれないから

〔語釈〕**根蔕**　物事の土台（よりどころ）。「蔕」は、へた。一説に、根もと。**陌上**　街路のかたわら。**落地爲兄弟**　大地に生まれ落ちた以上、天地を父母とするから、人類はみんな兄弟のよしみがある。**骨肉親**　骨肉を分け合った真の兄弟。**斗酒**　一斗の酒。この当時の一斗は二・〇二リットル。**比鄰**　隣近所の人。**盛年**　血気盛んな時代。**及時**　よい時機をのがさず。

〔押韻〕五言古詩。平声真韻。

〔解説〕これは十二首の中の第一首めで、人は時をのがさずに行楽すべきことを勧めたものである。

終わりの四句だけ、特に摘出して、青少年に対する勉学の訓戒としているのは周知のとおりで、断章取義の妙を得たものというべきである。

〔余説〕　第五・六の二句は、「論語」顔淵篇の子夏の語、すなわち「君子は敬して失ふこと無く、人と恭しくして礼有らば、四海の内、皆兄弟なり。君子何ぞ兄弟無きを患へんや」を、踏まえているかも知れない。この四海同胞思想に基づいた明治天皇の日露戦争最中の御製「四方の海、みなはらからと思ふ世に、なぞ波風のたちさわぐらん」は、米国大統領ルーズベルトを感動させ、ポーツマス条約の締結に尽力させたという秘話がある。

神情詩　摘句（神情の詩）　顧愷之（晋）

1　春水滿四澤　　春水四沢に満ち
2　夏雲多奇峯。　夏雲奇峰多し
3　秋月揚明輝　　秋月明輝を揚げ
4　冬嶺秀孤松。　冬嶺孤松秀づ

1　春は水がゆたかで、四方の沼沢にあふれ　2　夏は入道雲が現れて、空に珍しい峰の形を描き　3　秋は月が澄んで、明るい光を夜空にかかげ　4　冬は冬枯れの山に、松がただ一本めだって、ときわの緑を誇示する

〔押韻〕五言絶句。平声冬韻。

〔解説〕神情とは、「いうにいわれぬ趣のあるここち」の意で、「陶淵明集」にはこの四句を「四時」と題して淵明の詩としているが、実は顧愷之の長篇古詩「神情詩」の一部分と見るべきで、ただし淵明はそのうちの四句を会心の作として摘出したものであろう。四句いずれもみな画題となる。顧愷之 晋代の画家。字は長康、五世紀の初めころの人。博学にして才気に富み、人物画にすぐれ、今に伝わる「女史箴図」一巻は、非常に有名である。

敕勒歌（勅勒の歌）　　無名氏（六朝）

1 敕勒川　陰山下・　　勅勒の川　陰山の下

2 天似穹廬籠蓋四野・　　天は穹廬に似て　四野を籠蓋す

3 天蒼蒼。野茫茫。　　天は蒼蒼　野は茫茫

4 風吹草低見牛羊。　　風吹き　草低れて　牛羊見る

1 陰山山脈のはるかかなた、勅勒の川がゆるやかに流れているあたり、いわゆるモンゴル高原は 2（見渡すかぎり一大草原地帯であって、）天はあたかも丸いパオを張ったかのように、四方の原野をすっぽりおおい尽くしている 3 そして、天はあくまで青々と澄み、原野は果てしなく広々と続いている 4 もしそれ一陣の風が草原上を草をなびかせながら吹き渡って行くと、思いもか

けず放牧されている牛羊の群れが草原の果てに現れてくる（実に何とも広いものだなあ）

〔語釈〕**勅勒**　昔、中国の北方（バイカル湖の南、陰山山脈の北にあたる一帯の地、内モンゴル地方）に住んでいた種族の名。回紇のこと。勅勒川は、その地方を流れていた川で、ケルレン河あたりをさしていったものか。**陰山**　黄河の大屈曲部の西北から東北に向かって走り、中国とモンゴルとを画する山脈。海抜一七〇〇メートル前後。**穹廬**　ドーム形の天幕。モンゴル人などの住むパオ。**籠蓋**　おおうこと。**四野**　四方の原野・草原。**蒼蒼**　青々としたさま。**茫茫**　果てしなく広いさま。**低**　たれる（動詞）。**見**「現」に同じ。あらわれる。

〔押韻〕古詩。1～2上声馬韻。3～4平声陽韻。

〔解説〕勅勒の雄大な自然を歌った、長短句を交えた古詩であるが、北史によると、北斉の神武が斛律金をして勅勒を唱えさせ、みずからこれに和したと伝られる。そこでこの詩は斛律金の作なのか、あるいは斛律金はただ歌っただけで作者ではないのか、はっきりしたことは不明である。楽府広題によると、この歌は元来は鮮卑語だというから、胡適の「白話文学史」に言うように、それを漢訳して唱えたのが斛律金であったのかもしれない。

〔余説〕北方中国の雄大な自然が、実にたくまずして歌われていて、一読、人をしておのずから気宇を壮大ならしめる。最後の句、従来の読み方は「風吹き草低れて牛羊を見る」であるが、どうもいただけない。「牛羊、見る」と読むべきである。かく読んで始めて、よく作者の真意をとらえ、また、この詩を生かすゆえんでもあろう。

入二若耶渓一（若耶渓に入る）　王籍（梁）

1 艅艎何汎汎　艅艎　何ぞ汎汎たる
2 空水共悠悠。　空水　共に悠悠たり
3 陰霞生二遠岫一　陰霞　遠岫に生じ
4 陽景逐二回流一。　陽景　回流を逐ふ
5 蟬噪林逾静　蟬噪がしくして　林　逾ゝ静かに
6 鳥鳴山更幽。　鳥鳴いて　山　更に幽なり
7 此地動二帰念一　此の地　帰念を動かす
8 長年悲二倦遊一。　長年　倦遊を悲しむ

1 美々しく飾った船は、何と美しく水に浮かびただよっていることよ　2 空も水も、果てしなく広がっている　3（目をはなてば）雲やかすみが、遠い山のいただきに生じ　4（近く目を移せば）日かげは、逆まく流れを追って移って行く　5 付近では蟬しぐれの音がさわがしいが、かえって林の静けさが感じられ　6 鳴く鳥の音を聞くと、いよいよ山奥の深い静けさにうたれる　7 この地に来て、すばらしい山水に接すると、そぞろに帰心をかきたてられ　8 長旅になるの

で、そろそろ旅の暮らしにもあきあきしてきた

〔語釈〕**艅艎**　美しく飾った船。**汎汎**　水に浮かびただようさま。**悠悠**　果てしなく広いさま。**陰霞**　雲とかすみ。**遠岫**　①遠い山のくま・ほらあな。②遠い山のいただき。ここでは②。**陽景**　日かげ。**帰念**　故郷に帰りたい思い。**倦遊**　あきあきした旅。

〔押韻〕五言律詩。平声尤韻。

〔解説〕若耶渓は、今の浙江省紹興県の南の若耶山下にあり、漢の武帝が東越を討った時、兵を分かって出たところ。絶世の美女西施が紗を洗ったところと伝えられる。この詩は、作者が湘東王の諮議参軍に叙せられて会稽に行った時、郡境に雲門天柱山があり、ここに遊んで帰らないこと数月、ついに若耶渓に至ってこの詩を作ったという。五・六の二句は特に有名で、当時の人から文外独絶だと評されたといわれる。

王籍　生卒未詳。字は文海、琅琊臨沂（今の山東省臨沂県の北）の人。学を好み才気があり、梁の天監年間（五〇二〜五一九）に湘東王諮議参軍に叙せられ、ついで中散大夫に転じ、詩は謝霊運をまねた。

〔余説〕王安石の詩句に「**一鳥鳴かず山更に幽なり**」とあるが、この五・六句は「静中の動」であり、芭蕉の「閑かさや岩にしみ入る蟬の声」と相通じる境地であろう。また、杜甫の「題₂張氏隠居₁」詩に、「**伐木丁丁山更に幽なり**」とあるのも、やはり同じである。

木蘭辭（木蘭(もくらん)の辞(じ)）

無名氏(むめいし)（北朝(ほくちょう)）

喞喞復喞喞・
木蘭當レ戸織・
不レ聞二機杼聲一
惟聞二女歎息一・
問レ女何所レ思
問レ女何所レ憶・
女亦無レ所レ思
女亦無レ所レ憶・
昨夜見二軍帖一
可汗大點レ兵。
軍書十二巻
巻巻有二爺名一。

喞喞(しょくしょく)　復(ま)た喞喞(しょくしょく)
木蘭(もくらん)　戸(こ)に当(あ)たって織(お)る
機杼(きじょ)の声(こゑ)　聞(き)こえず
惟(た)だ女(じょ)の嘆息(たんそく)を聞(き)くのみ
女(じょ)に問(と)ふ　何(なん)の思(おも)ふ所(ところ)ぞ
女(じょ)に問(と)ふ　何(なん)の憶(おも)ふ所(ところ)ぞ
女亦(じょは)　思(おも)ふ所無(ところな)く
女亦(じょは)　憶(おも)ふ所無(ところな)し
昨夜(さくや)　軍帖(ぐんじょう)を見(み)るに
可汗(こくかん)　大(おほ)いに兵(へい)を点(てん)ず
軍書(ぐんしょ)　十二巻(じゅうにかん)
巻巻(かんかん)に　爺(や)の名(な)有(あ)り

13 阿爺無㆓大兒㆒　　阿爺（あや）　大児（たいじ）無（な）く
14 木蘭無㆓長兄㆒。　　木蘭（もくらん）　長兄（ちょうけい）無（な）し
15 願爲市㆓鞍馬㆒　　願（ねが）はくは　為（ため）に鞍馬（あんば）を市（か）ひ
16 從㆑此替㆑爺征。　　此（こ）れより　爺（や）に替（か）はって征（ゆ）かん

〈木蘭が父の代わりに出征するを歌う〉
1 「カチャッ、カチャッ」、また「カチャッ、カチャッ」 2 木蘭は戸口の明るい所で機（はた）を織っ
ている 3 「カチャッ、カチャッ」、また「カラカラ」という梭（ひ）の音は耳につかず 4 ただ木蘭
のため息が耳につくだけ 5 あなたは、いったいだれを思って（のため息）ですか 6 あなた
は、いったい何を思い出して（のため息）ですか 7 わたしは、だれも思ってなどいません 8
わたしは、何も思い出してなどいません 9 （ただ困ったことに）夕べ召集名簿を見まして 10
天子さまが、大がかりに動員令を出している（ことを知りました） 11 名簿は十二冊もあって
12 どれにも父上の名前がありました 13 父上には、一人前の男の子がなく 14 わたしには、
目上の兄がいません 15 何とかして、わがために軍馬を買い入れ 16 これから父の代わりに出
征いたしましょう

〔語釈〕 **喞喞** 機織りの小さい音。**當戸** 戸口の明るい方に向かって。**機杼** 「機」は、はた。「杼」は、ひ（横糸を巻いたもの）。**何所思** だれを思い慕っているのか。**何所憶** 何ごとを思い苦慮しているのか。**女亦** 「女もまた」の意ではなく、「女は」の意。**軍帖** 召集の文書。**可汗** 西北

異族の君主の称。天子。**點兵** 兵籍簿の名前の上に点を打って召集の目安とすること。**阿爺** おとうさん。「阿」は、親しみを表す語。阿母（おかあさん）、阿姉（おねえさん）など。**大兒** 成年に達した子ども。**長兄** 目上の兄。**爲市** わがために買う。**征** ゆく。出征する。

〔押韻〕 古詩。1～8入声職韻（唧・織・息・憶）。9～16平声庚韻（兵・名・兄・征）。

〔解説〕 この詩は、木蘭という女の英雄が、年老いた父に代わり男装して従軍し、数々の手柄を立てて凱旋したことを歌った故事詩である。さきごろの日中戦争中には、国民の志気を鼓舞するために、重慶の国民政府は、これを芝居にしくんで各地で興行し、至るところで大喝采を博したといわれる。この詩のヒロイン木蘭については、それが姓であるのか、名であるのかというようなことについて、古来いろいろな説があるが、みな信ずるに足りない。要するに、民間に生まれた詩が、後に文人の修飾をへて形をととのえたもので、民歌の調子の残っている点が少なくない。

作者はもちろん無名氏であるが、一般には六朝末期のものと考えられているが、唐の作品であろうと見る人もある。とにかくわずかに三百字余りを自由に駆使して一大雄篇をものし、表現が実にいきいきしていて、読者の胸に迫るものがある。

17 東市買駿馬　　東市に駿馬を買ひ
18 西市買鞍韉。　　西市に鞍韉を買ひ
19 南市買轡頭　　南市に轡頭を買ひ

20 北市買二長鞭一。　北市に　長鞭を買ふ
21 旦辭二爺孃一去　旦に　爺嬢を辞し去り
22 暮宿二黄河邊一。　暮れに　黄河の辺に宿す
23 不レ聞爺孃喚レ女聲　聞こえず　爺嬢の女を喚ぶ声
24 但聞黄河流水鳴濺濺。　但だ聞こゆ　黄河の流水　鳴りて濺濺たる
25 旦辭二黄河一去　旦に　黄河を辞し去り
26 暮至二黑山頭一。　暮れに　黒山の頭に至る
27 不レ聞爺孃喚レ女聲　聞こえず　爺嬢の女を喚ぶ声
28 但聞燕山胡騎聲啾啾。　但だ聞こゆ　燕山の胡騎　声　啾啾たる

〈出発から戦場につくまでを歌う〉

17 東市で、足の早い馬を買い　18 西市で、くらや、くら下の毛布を買い　19 南市で、たづなを買い　20 北市で、長いむちを買い整え　21 朝早く父母にいとまごいをして　22 その日の夕方には、早くも黄河のほとりに宿営　23（ここまで来ると）父母の「木蘭やあい、木蘭やあい」という呼び声など聞こえず　24 ただ聞こえるものとては、黄河の流れがごうごうと鳴り響く音ばかり　25 次の日は、朝早く黄河にも別れ　26 夕方には、黒山の付近に着いた　27 父母の「木

蘭やあい」の呼び声など、もう聞こえず 28 ただ聞こえるものとては、燕山のえびすの乗馬の悲しげな、いななきばかり

〔語釈〕 **鞍韉** くらの下に敷く毛布。**轡頭** たづな。「轡」を「くつわ」と解するのは国訓。**爺嬢** 父母。「嬢」は、母。**濺濺** 水の早く流れる音。**黑山** 殺虎山。モンゴル語のアバハンカラ山。**燕山** 燕然山。今のモンゴルの杭愛山。**啾啾** 悲しげな鳴き声。

〔押韻〕 17～28平声先韻（韉・鞭・邊・濺）と尤韻（頭・啾）。

29 萬里赴二戎機一　万里(ばんり) 戎機(じゅうき)に赴(おもむ)き
30 關山度若レ飛。　関山(かんざん) 度(わた)ること飛(と)ぶが若(ごと)し
31 朔氣傳二金柝一　朔気(さくき) 金柝(きんたく)を伝(つた)へ
32 寒光照二鐵衣一。　**寒光(かんこう) 鉄衣(てつい)を照(て)らす**
33 將軍百戰死　将軍(しょうぐん) 百戦(ひゃくせん)して死(し)し
34 壯士十年歸。　壮士(そうし) 十年(じゅうねん)にして帰(かへ)る

〈戦場のありさまと凱旋(がいせん)を歌う〉
29 万里を物ともせず、戦機におくれないよう駆けつけ 30 険しい山々を乗り越え、馬を飛ばす
31 北方のすんだ大気は、どらの音を遠くまで伝え 32 冷たい月光は、よろいの上を照らす 33

軍司令官はあまたの戦闘の結果、戦死をとげたが　34（幸いにして）勇士は十年めに凱旋することになった

〔語釈〕 **赴戎機**　戦闘の時期にまにあうように駆けつける。**關山**　要害の山々。**朔氣**　北方の寒い大気。**金柝**　軍用の銅器。なべの形をしており、昼は飯をたくこともあり、夜は時刻を知らせる。刁斗（ちょうと）ともいう　**寒光**　冷たい月光。**鐵衣**　よろいかぶと。**將軍**　軍司令官。**壯士**　勇士。木蘭などをさす。

〔押韻〕 29～34平声微韻。

35　歸來見㆓天子㆒　　帰り来って　天子に見ゆれば
36　天子坐㆓明堂㆒。　　天子　明堂に坐す
37　策勳十二轉　　策勲　十二転
38　賞賜百千強。　　賞賜　百千強
39　可汗問㆑所㆑欲　　可汗　欲する所を問へば
40　木蘭不㆑用尚書郎。　　木蘭　用ゐず尚書郎
41　願借㆓明駝千里足㆒　　願はくは　明駝千里の足を借り

42 送㆑兒還㆓故鄕㆒。　児を送り 故郷に還らしめよと

〈凱旋して恩賞にあずかることを歌う〉

35 凱旋して天子さまに拝謁すると 36 天子さまは表ご座所にいらせられる 37 論功の結果、十二階級も特進させ 38 ほうびの品は数えきれないほど 39 天子さまはじきじきに、なにか望みはないか、尚書郎はどうかと、ご下問をたまわるが 40 木蘭は慎んで辞退する 41 （その代わり）どうぞ足の速いらくだを拝借し 42 一日も早く故郷に帰らせていただきたい、とお願いした

〔語釈〕**歸來** 凱旋する。「来」は助字。**明堂** 天子のご座所。**策勳** 論功。**十二轉** 「転」は、昇級。「十二」は実数ではなく、多いこと。この詩中の「十二巻」「十二年」なども同じ。**百千強** 「強」は、あまり（余）の意。**尚書郎** 尚書省（今の内閣）の属官。**不用** いらない。なりたくない。**明駝** 足の速いらくだ。**兒** 女子の自称の語。

〔押韻〕35〜42平声陽韻。

43 爺孃聞㆓女來㆒　爺嬢 女の来るを聞き

44 出㆑郭相扶將。　郭を出でて相扶将す

45 阿姉聞㆓妹來㆒　阿姉 妹の来るを聞き

當レ戸理二紅粧一。
小弟聞二姉來一
磨レ刀霍霍向二猪羊一。
開二我東閣門一
坐二我西閣牀一。
脱二我戰時袍一
著二我舊時裳一。
當レ窓理二雲鬢一
對レ鏡貼二花黄一。
出レ門看二火伴一
火伴皆驚惶。
同行十二年
不レ知木蘭是女郎。

戸に当たって紅粧を理む
小弟　姉の来るを聞き
刀を磨き　霍霍　猪羊に向かふ
我が東閣の門を開き
我が西閣の牀に坐す
我が戦時の袍を脱ぎ
我が旧時の裳を著く
窓に当たって雲鬢を理め
鏡に対して花黄を貼く
門を出でて火伴を看れば
火伴　皆驚惶す
同行すること　十二年
知らず　木蘭は是れ女郎なりしを

〈凱旋、晴れの帰郷を歌う〉

43 父母は娘が無事帰って来ると聞き 44 夫婦助けあいつつ、村のくるわの外まで出迎え 45 姉は妹が無事帰って来ると聞き 46 戸口の明るい所でおつくりをする 47 弟は姉さまが無事帰って来ると聞き 48 包丁をかざして豚や羊を殺しに行く 49 （さて）懐かしいわが家の東閣の門をあけ 50 わが家の西閣のベッドに腰をおろす 51 わが着古した軍服をぬぎすて 52 わが昔のスカートをはいてみる 53 窓辺でふさふさした髪にくしを入れ 54 鏡に向かってお化粧をする 55 門前に出て、戦友に対面すると 56 戦友はみなびっくりしてうろたえた 57 十二年間もいっしょにいながら 58 木蘭の女丈夫であることに気がつかなかったとは

〔語釈〕**郭** 村の周囲の土塀。**扶將** 助け合う。**理紅粧** お化粧をする。「理」は、おさめ整える。**霍霍** せわしげに。また、刀の刃をきらきらひらめかせるさま。**我東閣** 「我」は、親しみを表す。自分の旧居だから。「閣」は、居間。**袍** 上着。**裳** スカート。**雲鬢** ゆたかな髪の毛。**貼花黄** 化粧をする。六朝以来の女子の化粧に黄額妝というのがあり、額に黄粉を塗った。**火伴** 戦友。**女郎** 「郎」は、男子のこと。男のような女。女丈夫。

〔押韻〕43～58平声陽韻。

59 雄兎脚撲朔　　雄兎は脚　撲朔たり

60 雌兎眼迷離。　　雌兎は眼　迷離たり

61　兩兔傍レ地走　　両兔（りょうと）　地（ち）に傍（そ）うて走（はし）らば

62　安能辨二我是雄雌一。　　安（いづ）くんぞ能（よ）く我（われ）は是（こ）れ雄雌（ゆうし）なるを弁（べん）ぜん

〈作者の木蘭をたたえる言葉〉

59（いったい）おすのうさぎは、（走る時に）足をひくひくさせるし　60　めすのうさぎは、目がちらちらして（物の見境がつけにくい）　61　このめす・おす二羽のうさぎが、地上をひた走りに走る時　62　どうしてお互いにわれわれはめすであるか、おすであるかなど弁別しておれようか（そんな余裕などは全くありはしない）

〔語釈〕　**撲朔**　（前足が短いので）足を「ヒクヒク」させる。　**迷離**　目がチラチラする。　**我**　うさぎ、自らをいう。

〔押韻〕　59～62平声支韻。

唐代の詩

述懐（じゅっかい）

魏徵（ぎちょう）（唐（とう））

1 中原還逐レ鹿
2 投レ筆事二戎軒一
3 縱橫計不レ就
4 慷慨志猶存
5 杖レ策謁二天子一
6 驅レ馬出二關門一
7 請レ纓繫二南越一
8 憑レ軾下二東藩一
9 鬱紆陟二高岫一

中原（ちゅうげん）　還（ま）た鹿（しか）を逐（お）ふ
筆（ふで）を投（とう）じて　戎軒（じゅうけん）を事（こと）とす
縦横（じゅうおう）　計（はかりごと）　就（な）らざれども
慷慨（こうがい）　志（こころざし）　猶（な）ほ存（そん）す
策（さく）を杖（つゑ）づいて　天子（てんし）に謁（えっ）し
馬（うま）を駆（か）って　関門（かんもん）を出（い）づ
纓（えい）を請（こ）うて　南越（なんえつ）を繋（つな）ぎ
軾（しょく）に憑（よ）って　東藩（とうはん）を下（くだ）さん
鬱紆（うつう）として　高岫（こうしゅう）に陟（のぼ）り

10 出沒望平原。　出没して　平原を望む
11 古木鳴寒鳥　古木　寒鳥鳴き
12 空山啼夜猿。　空山　夜猿啼く
13 既傷千里目　既に千里の目を傷ましめ
14 還驚九折魂。　還た九折の魂を驚かす
15 豈不憚艱嶮　豈　艱嶮を憚らざらんや
16 深懷國士恩。　深く国士の恩を懐ふ
17 季布無二諾　季布に二諾無く
18 侯嬴重一言。　侯嬴は一言を重んず
19 人生感意氣　人生　意気に感ず
20 功名誰復論。　功名　誰か復た論ぜん

1 中原での天下争奪戦がまた始まった　2 我も文事を棄てて武事にうちこもう　3 縦横の計略は不首尾だったが　4 時事を痛みなげく志はまだ抱いている　5 杖をついて陛下に拝謁し　6 馬に一むちくれて潼関をうって出た　7 終軍が纓で南越王を縛るといった如く　8 軾に寄

って斉を降したのにあやかろう 9 曲がりくねった山道を通って高峰に登り 10 坂道を上下して隠見する平原を眺め 11 古木ではさびしげに鳥が鳴き 12 人けのない山では夜猿が啼くありさま 13 高い山から千里の故郷を望んで悲しみ 14 つづら折りの山道では肝を冷やした 15 艱難・危険を恐れないわけではないが 16 国士扱いされている恩義を思うのだ 17 季布は二枚舌など使わず 18 侯嬴は約束を重んじた 19 さあれ、男一匹、意気投合すれば 20 区区たる功名など、問題ではない

〔語釈〕 **中原**　天下や国の中央部。**逐鹿**　天下を争う、「史記・蒯通伝」に「秦、其の鹿を失ひ、天下、共に逐ふ」とあるに基づく。隋末の乱に、天下の英雄豪傑が天下を争ったことをさす。**投筆**　文筆を投げ捨てる。**事戎軒**　軍事に従うこと。「戎軒」は兵車。**縦横**　蘇秦の合従策や張儀の連衡策。**慷慨**　世をいきどおり嘆く。**杖策**　馬のむちをつえづいて。「策」はむち。**關門**　長安の東にある潼関をさす。**請纓**　「纓」は冠のひも。また、馬の首に軛をおわせるに用いる革のひも。（それをもらって南越王を縛りあげて天子のもとに連れてくる）。「漢書・終軍伝」。**南越**　今の広東・広西地方。**憑軾**　車前の横木に寄り掛かったままで。「軾」は、車前の横木。酈食其が軾に寄り掛かったままで弁説をふるい斉の七十余城を降服させ、斉の東藩と称せしめた故事による（「漢書」）。**東藩**　東方の藩。東国の大名。斉をさす。**鬱紆**　山道の曲がりくねるさま。**高岫**　山のいただき。峰。**出没**　道路を上ったり下ったりして。**寒鳥**　寒々として寂しい感じの鳥。冬の鳥。**空山**　人けのない寂しい山。**千里目**　遠くをながめる目。遠く故郷などを望む時にいう。**九折**　つづら折りの坂。ここは「千里既傷レ目、九折還驚レ魂」の倒装。**國士恩**　国士として扱われたことに対する恩義。**季布**　信義を重んじたことで有名な人。「黄金百斤を得んより、季布の一諾を得るに如かず」

といわれた。二諾　二枚舌。両舌。侯嬴　魏の人、信陵君の知遇に感激して、死をもって報いた。「史記」の「信陵君伝」に詳しい。

〔押韻〕五言古詩。平声元韻。

〔解説〕この詩は、作者が山東の強敵、徐世勣を説得するため黎陽（今の河南省衛輝県）に行く途中、潼関を出た時に作って、自分の心意気を示したもの。「唐詩選」の巻頭第一にあげられている五言古詩であり、唐の五言古詩の初めの作。楽府には「出関」となっている。

魏徴　？～六四三。初唐の名臣。字は玄成、曲城（山東省）の人。隋末の乱に李密に従ったが、後に唐の高祖に従い、山東を平定し、秘書丞に任ぜられ、諫議大夫・門下侍中となった。命を受けて、「北周書」、および「隋書」を編纂した。その詩は古めかしく気高く、しかも非常に力強く、言葉が練れている。

〔余説〕「人生意気に感ず、功名誰かまた論ぜん」とは、有名な語句であるが、ここに基づいている。その他、「中原、鹿を逐ふ」とか、あるいは「逐鹿」とか、この詩は日本人の精神形成の上に大いなる影響を与えた詩である。通篇、慷慨の気に満ちており、高古と評すべきである。

蜀中九日（蜀中の九日）　王勃（唐）

1 九月九日望郷臺。　九月　九日　望郷台

2 他席他郷送レ客杯。　他席　他郷　客を送るの杯

3　人情已厭南中苦

4　鴻雁那從二北地一來。

人情已に厭ふ　南中の苦

鴻雁　那ぞ北地より来る

1　九月九日の重陽の節句にあたり、小高い山に登って菊酒をくむ習わしに従って、自分もこの望郷台に登ってみた　2　たまたま、他郷の他人の宴席で旅立つ人を送別しているのに出会い、かつは望郷台という名にひかれ、そぞろに思郷の心をかきたてられた　3　自分の心はこの蜀の土地での生活にもあきあきして、一日も早く故郷に帰りたく思っているのに　4　あの空飛ぶかりは、なぜわざわざ北のほうから、この地に飛んでくるのであろうか（実に不思議にたえないしだいである）

〔語釈〕　**九月九日**　重陽の節句。自分の住む町や村の付近にある小山に登り、菊酒をくみ、災厄を払う習俗があった。**望郷臺**　蜀の成都の北にあって、隋の蜀王秀が築いたもの。**他席他郷**　他郷の他席、すなわち、他郷における他人の宴会。**已厭**　もうあきあきした。**南中**　広く南方の地をさす。郡名とするのはよくない。**鴻雁**　秋に来る渡り鳥。かり。大を「鴻」、小を「雁」という。**北地**　北方の地。王勃の生まれ故郷の絳州龍門（山西省）あたりをさす。

〔押韻〕　七言絶句。平声灰韻、拗体（絶句、律詩で平仄の規則に合わないもの）。

〔解説〕　この詩は、作者がある事件に連座して左遷され、蜀中（剣南の地）にいた時、たまたま九月九日（重陽の節句）の日に望郷台に登り、他人の送別の宴に飛び入りして、望郷の思いに駆られて作ったもの。

王勃　六四八～六七五。初唐の詩人。字は子安、絳州龍門（今の山西省河津県）の人。天才的詩人としてうたわれたが、年二十九のとき南海で水死した。楊炯・盧照隣・駱賓王と合わせて、初唐の四傑と称せられた。「王子安集」十六巻がある。

〔余説〕王維の詩に「佳節に逢ふ毎に倍 親を思ふ」とあるのと同じ心情である。ふだんはさしたることもないが、常とちがう物日・節季などに、肉親の上に思いをはせるのは、これ人情。この詩は同時の詩人、盧照隣の「九月九日旅眺」と題する詩と、その作法が全く同じである。曰く「九月九日、山川を眺む。帰心帰望、風煙を積む。他郷共に酌む金花の酒。万里同じく悲しむ鴻雁の天」と。

滕王閣　　王勃（唐）

1 滕王高閣臨江渚
2 佩玉鳴鑾罷歌舞
3 畫棟朝飛南浦雲
4 朱簾暮捲西山雨
5 閒雲潭影日悠悠
6 物換星移幾度秋

滕王の高閣　江渚に臨む
佩玉鳴鑾　歌舞罷む
画棟　朝に飛ぶ　南浦の雲
朱簾　暮れに捲く　西山の雨
閒雲　潭影　日に悠悠
物換はり　星移る　幾度の秋

7　閣中帝子今何在
8　檻外長江空自流。

閣中の帝子　今何くにか在る
檻外の長江　空しく自ら流る

1　滕王元嬰の建てた高殿は、滹江のなぎさに臨んで、そばだっていて　2　（そこのうたげに滕王をはじめ朝野の貴紳淑女が）佩玉をそよがせ、馬の鈴を鳴らしてつどい来て、今しも余興の歌舞が、ひとさし舞い終わったところ　3　（うち見れば）朝には、南浦あたりの雲が、画棟に飛びかい　4　夕べには、西山あたりから降ってくる夕立に、朱簾をあわてて捲き上げさせる、といった華麗さ　5　（しかるに、そうした栄華もはかなく消えて）今は静かに空を流れる雲、藍をたたえた淵の色のみは、日々ゆったりとして昔に変わらないが　6　物みな換わり年月おし移って、滕王の死後、何年経過したであろうか　7　その昔、閣中にいました帝子元嬰は、今はどこにおられることやら（すでに死んでしまって見るよしもなく）　8　手すりの外の滹江の水のみが、人の世の変転とはかかわりなく、滔々と流れているのを見るのみである

〔語釈〕**江渚**　滹江のなぎさ。**佩玉鳴鑾**　腰につける玉（歩く時にふれ合って鳴る）と、馬のくつわにつける鈴（車の走るにつれて鳴る）。**罷歌舞**　今しも一さし舞い終わったところ、ふつうの語序に従えば、「歌舞罷む」とすべきであるが、押韻の関係で語序を転倒した。この「罷」を「佩玉鳴鑾歌舞」の全部にかけて、昔の歓楽の事が全くほろんで跡かたもない意に解するのは、よくない。ここはまだその昔の盛況を述べている部分で、感慨を述べているのでないから「やむ」と、現在完了の意に見るべきである。**畫棟**　彩色をほどこしたむなぎ。**南浦**　南昌県の西南にある地名。**朱簾**　珠簾。玉で飾った美しいすだれ。一説に、あけ（赤）のすだれ。**西山**　南昌府城の西にある山の名。

閒雲　静かに空を流れる雲。**潭影**　深く藍をたたえた淵の色（影は、ここでは色の意）。**幾度秋**　幾年経過したのであろうか。一本には、「度二幾秋一」となっている。**帝子**　帝の子で、滕王元嬰。**檻**　てすり。「欄」に同じ。**長江**　漳江をさす。

〔**押韻**〕七言古詩。前半は上声麌韻、後半は平声尤韻。

〔**解説**〕この詩は、滕王閣に登って懐古の情を述べ、人間の栄華のはかなさを嘆いて歌ったもの。滕王閣は、洪州予章郡城西の漳江門外（今の江西省南昌県）にあって、唐の高祖の末子元嬰が滕王に封ぜられた時に築いたもの。降って高宗の時に、この地の長官の閻伯嶼がこの閣を修理し、賓客を招いて盛大な宴会を催した。たまたま交阯（今のベトナムのトンキン・ハノイ）にいる父のところへ行こうとして通りかかった王勃が、この宴会に出席し、即席に作った文章が有名な「滕王閣序」で、この詩はその文の末尾に付けられたものである。はじめ年若い王勃が筆を執るのを見て、生意気だと思っていた者も、文章が出来上がると驚嘆したという。この詩は字数・句数は七律と同じであるが、古詩であり、初唐の七言古詩の典型とされている。前後二段にわかれ、四句ごとに韻が換わっており、前半は叙景を主として昔の盛況を述べ、後半は感慨を主として今の衰況を歌っている。

易水送別　　駱賓王（唐）

1 此地別二燕丹一。　　此の地　燕丹に別る

2　壮士髪衝レ冠。
3　昔時人已没
4　今日水猶寒。

壮士　髪　冠を衝く
昔時　人已に没し
今日　水猶ほ寒し

1　この地で荊軻は燕の太子丹と別れた　2　意気盛んな荊軻は、（悲憤慷慨のあまり）髪がことごとく逆立って、冠をつき上げんばかりの勢いであったという　3　もうとっくの昔に、このような人物は死んでしまったが　4　今でも易水の流れだけは、なお昔のままに冷たそうで（当時をしのばせるものが）ある

〔語釈〕　**燕丹**　燕の太子丹。かつて秦に人質となっていた時、秦王から無礼なしうちを受け逃げ帰った。これより秦を恨み、心に復しゅうを誓う。**壮士**　意気盛んな男子。荊軻をさす。**髪衝冠**　（怒りのために）髪の毛が逆立って冠をつきあげる。憤怒の形相。

〔押韻〕　五言絶句。平声寒韻。ただし、起句も韻をふんでいるから、五言絶句としては変格。

〔解説〕　易水は、中国の戦国時代に、燕（現在の北京を中心とした国）の西境を流れていた川、今の河北省保定の付近を流れて白河に合流する。その昔、荊軻が燕の太子丹の命令を受け秦に行き、始皇帝を刺そうとして易水のほとりに至り、**「風蕭蕭として易水寒し、壮士一たび去って復た還らず」**と歌うと、見送る者みな目をいからし、頭髪が逆立ち冠を突き上げたという事は、「史記」の刺客列伝に詳しく見えている。駱賓王は則天武后の専横を嘆き、荊軻の事に感じて、ことさらに詩題を設けてこの詩を作った。

駱賓王　六五〇～六八四。初唐の詩人。義烏（浙江省）の人。則天武后の時にたびたび上奏文を奉り、一時官途についたが、後に捨て去った。徐敬業の則天武后を打倒する挙兵に参加したが、徐氏が敗れると、行くえ不明になったという。この詩は同志の徐敬業に贈って、その志を鼓舞したものともいわれる。著書に、「駱丞集」四巻がある。

〔余説〕唱し来り唱し去ると、鏘々として金鉄の鳴る思いがする。昔に変わらないのは、ひとり易水の流ればかりでなく、人にもまた俠骨芳しい者があるぞと、作者のみずから任ずるところを暗示している。

新年作（新年の作）　宋之問（唐）

1 郷心新歳切
2 天畔獨潸然。
3 老至居㆓人下㆒
4 春歸在㆓客先㆒。
5 嶺猿同㆓旦暮㆒
6 江柳共㆓風煙㆒。

郷心　新歳　切なり
天畔　独り潸然たり
老至って　人の下に居り
春帰って　客の先に在り
嶺猿　旦暮を同じうし
江柳　風煙を共にす

7　已似二長沙傅一。　　已に長沙の傅に似たり
8　従レ今又幾年。　　今より又幾年ぞ

1　故郷を恋う心は、新年を迎えて痛切さを加え　2　遠い天涯の地にただひとりあって、さめざめと泣けてくる　3　老齢になっても、人の下風に立っており　4　旅人たる自分の先を越して春は帰ってきて正月を迎えたが、（自分には依然として帰るべきあてとてない）　5　峰のさると、朝夕暮らし　6　川辺の柳と、風煙をともにしている　7　全くこれでは長沙王のお守り役となった賈誼のようだ　8　いったい今から何年、こうした生活を続けることになるのやら

〔語釈〕**郷心**　故郷を思う心。**天畔**　天涯。遠い果ての地。**潸然**　さめざめと泣くさま。**客**　旅人。之問みずからをさす。**風煙**　風と、かすみ。「煙」は、もや、かすみ。**長沙傅**　漢の賈誼のこと。長沙王の太傅として左遷されていた。太傅は、お守り役。之問も罪せられ、欽州に左遷されていたので、みずからを比した。

〔押韻〕五言律詩。平声先韻。

〔解説〕この詩は、作者が遠方に左遷され、辺境で新年を迎えた時の作。

宋之問　?～七一三。初唐の詩人。字は延清。汾州（山西省）の人。劉廷芝と併称せられた。また、沈佺期と名をひとしくし、律体を創始した。世にこれを「沈宋体」という。

至端州驛見杜五審言・沈三佺期・閻五朝隱・王二無競題壁慨然成詠　宋之問（唐）

（端州駅に至り、杜五審言・沈三佺期・閻五朝隠・王二無競が題壁を見て、慨然として詠を成す）

1 逐臣北地承嚴譴
2 謂到南中每相見
3 豈意南中岐路多
4 千山萬水分鄉縣
5 雲搖雨散各飄飛
6 海闊天長音信稀
7 處處山川同瘴癘
8 自憐能得幾人歸

逐臣　北地に　厳譴を承け
謂へらく　南中に到らば　毎に相見んと
豈意はんや　南中には　岐路多くして
千山万水　郷県を分かたんとは
雲揺ぎ　雨散じ　各々飄飛し
海闊く　天長うして　音信稀なり
処処の山川は　同瘴癘
自ら憐れむ　能く幾人か　帰るを得ん

1 追放された家臣たるわれわれは、北方の都できびしいおとがめをうけたが 2 なに、南方に行けばいつでも会えるものとばかり、たかをくっていたものだ 3 ところが思いがけないことに、南方には別れ道が多くあって　4　無数の山や川が、村やら町やらを分けへだてているではないか　5　このあたりは、雲が絶えず流れ、雨がぱらぱらと飛び散って　6　海は広く天は果てしなく遠くて、国からのたよりもめったに届かない　7　のみならず、至る所の山川には、みんな恐ろしい毒気が満ちている　8　思えば我ながらいとしいしだいである。このうちいったい、何人が無事に都へもどれることやら

〔語釈〕**逐臣**　追放された家臣。**北地**　北方の土地。都の長安をさす。**嚴譴**　きびしいおとがめ。**南中**　南方の土地一帯の総称。**意**　思う。予期する。**岐路**　別れ道。**郷縣**　郷や県。「郷」は、村。**飜飛**　ひらひら飛ぶ。**音信**　たより。**同**　みな（皆）。**瘴癘**　中国南方の川から立ちのぼる毒気。また、（その毒気による）病気（マラリヤなど）。

〔押韻〕七言古詩（律詩ではないことに注意）。1〜4去声霰韻。5〜8平声微韻。

〔解説〕端州は、今の広東省高要（広州市の西方）、当時のいわゆる嶺南の地。そこで、たまたま、これら四人の詩人の詩が本陣（官吏専用の宿屋）の壁に書かれてあるのを見て、慷慨のあまり、この詩を作った。姓の下の数字は、いうまでもなく排行で、同族中の同一世代の年齢の順序を示すもの。彼らはそろって則天武后に味方をしたため、その政権が倒れると、それぞれ流罪の処分をうけた。すなわち、杜審言は峰州（今のベトナム・ハノイ）、沈佺期は驩州（北ベトナム）、閻朝隠は崖州（海南島）、王無競は広州（今の広東）、そして作者の宋之問は瀧州（広東省、端州の西南）へ。作者はいちばんあとから来て、前に泊まっていった四人の詩を公用宿舎で見たものであろう。それらがどんな詩かは、今日伝わっていない。

邙山　沈佺期（唐）

1 北邙山上列墳塋。　北邙　山上　墳塋を列す
2 萬古千秋對洛城。　万古　千秋　洛城に対す
3 城中日夕歌鐘起　城中　日夕　歌鐘起こる
4 山上惟聞松柏聲。　山上　惟だ聞く　松柏の声

1 北邙山の上には墓が多く並んでいて 2 千年も万年もの昔から、いつも変わらず洛陽城に対している 3 さてその洛陽城中では、日夜歌いつ舞いつ大さわぎをしているが 4 この山上では、ただ松柏が風に吹かれている音が聞こえるだけである

〔語釈〕**墳塋**　墓場。墓所。**洛城**　洛陽城。**松柏**　まつと、びゃくしん。ともに常緑樹。墓地に多く植えられている。「びゃくしん」は、また「このてがしわ」ともいい、檜の一種。鎌倉建長寺の本殿の前に、何本も植えられている。

〔押韻〕七言絶句。平声庚韻。

〔解説〕邙山は、北邙山のことで、洛陽の北方にある山。後漢以来、墳墓が多く、わが京都の鳥部山のような所。

沈佺期　六五六？〜七一四？。唐の相州内黄の人。字は雲卿。則天武后の時に修文館直学士となる。開元の初めに没す。すぐれて美しい文句をつくる才能に恵まれ、宋之問と名をひとしくし、沈宋と

称せられた。わけても七律に長じ、詩風は清麗。

〔余説〕人間の富貴栄華のたのむべからざるを風刺したものである。承句の「対二洛城一」をうけて、転句で「城中日夕」と城の字を畳用しているところがおもしろい。劉廷芝の「公子行」「百年同じく謝せん西山の日、千秋万古北邙の塵」と同意。

古意　　沈佺期（唐）

1 盧家少婦鬱金堂。
2 海燕雙棲玳瑁梁。
3 九月寒砧催二木葉一
4 十年征戍憶二遼陽一。
5 白狼河北音書斷
6 丹鳳城南秋夜長。
7 誰爲含レ愁獨不見
8 更敎三明月照二流黄一。

盧家の少婦　鬱金堂
海燕　双棲す　玳瑁の梁
九月の寒砧　木葉を催す
十年の征戍　遼陽を憶ふ
白狼河の北　音書　断え
丹鳳城の南　秋夜　長し
誰が為に　愁ひを含む　独不見
更に明月をして流黄を照らさしむ

1　盧氏の若妻、名は莫愁の住んでいる家は、壁に鬱金・蘇合香が塗りこめてあって　2　海上から飛んできたつばくろが、そのたいまいの梁に仲よく住んでいる（これを見るにつけても夫のことが忍ばれる）　3　もはや陰暦の九月で冬のしたくにいそがしく、きぬたの音が響き、木の葉も散りはじめ　4　わが夫は十年間も守備に出かけたままで、任地の遼陽のことが思われる　5　白狼河とやらの北といえば、遠く隔っているので、夫のたよりも断えて無く　6　ここ長安城の南にいるわたしは、空閨を守って秋の夜がひとしお長く感じられる　7　たれがためにか憂いを含んで、あまたある曲から意地悪にも「独不見」の曲を吹いているのを聞き　8　（ただなつかしさつのるほどだのに）さらに明月がさし込んで、とばりを照らすのを見ると、（その昔、夫とともにこの部屋で仲よく月を見たことが思い出され）いっそう悲しさが胸にこみあげてくる

〔語釈〕 **盧家**　梁の武帝の河中水歌に、「洛陽の女児、莫愁と名づけ、十五にして嫁して盧家の婦となる。蘭室桂を梁となし、中に鬱金・蘇合香あり」という句がある。**鬱金堂**　家の壁に鬱金香を塗りこめたもの。**海燕**　海を渡ってくるつばくろ。**玳瑁**　べっこう。「瑇瑁」とも書く。**寒砧**　冬衣の準備のために打つきぬた。**遼陽**　えびすの地。今の瀋陽。夫の出征地。**白狼河**　遼陽付近の川の名。**丹鳳**　長安城のこと。少婦のいる所。**誰爲**　「為ㇾ誰」と同じ。**獨不見**　曲名。怨曲三十五曲のうちの一つ。いくら思うても、見るを得ない意をもって曲名とした。**流黃**　黒と黄との間色。ここでは帷をいう。

〔押韻〕 七言律詩。平声陽韻。

〔解説〕 楽府題で、夫の留守を守っている若い人妻が、辺地にある夫を思う情を歌ったもの。古意とは、元来は、前時代のことを述べて現代を風刺したり、新しい形式を用いて、内容には昔ながら

の精神を詠じたものの意。古楽府では題を「独不見」としている。

代下悲二白頭一翁上（白頭を悲しむ翁に代はる）

劉希夷（唐）

洛陽城東桃李花。
飛來飛去落二誰家一。
洛陽女兒惜二顏色一、
行逢二落花一長歎息、
今年花落顏色改、
明年花開復誰在、
已見松柏摧爲レ薪
更聞桑田變爲レ海、
古人無二復洛城東一。
今人還對落花風。

洛陽城東　桃李の花
飛び来り　飛び去って　誰が家にか落つ
洛陽の女児は　顔色を惜しみ
行ゝ落花に逢ふて　長く嘆息す
今年　花落ちて　顔色改まり
明年　花開いて　復た誰か在る
已に見る　松柏の　摧かれて薪と為るを
更に聞く　桑田の　変じて海と為れるを
古人　復た洛城の東に無く
今人　還た対す落花の風

年年歳歳花相似
歳歳年年人不レ同。
寄レ言全盛紅顔子
應レ憐半死白頭翁。
此翁白頭眞可レ憐。
伊昔紅顔美少年。
王子公孫芳樹下
清歌妙舞落花前。
光祿池臺開二錦繡一
將軍樓閣畫二神仙一。
一朝臥レ病無二相識一
三春行樂在二誰邊一。
宛轉蛾眉能幾時。

年年歳歳　花相似たり
歳歳年年　人同じからず
言を寄す　全盛の紅顔子
応に憐れむべし　半死の白頭翁
此の翁　白頭　真に憐れむ可きも
伊れ昔　紅顔の美少年
王子公孫と　芳樹の下
清歌　妙舞す　落花の前
光禄の池台　錦繡を開き
将軍の楼閣　神仙を画く
一朝　病に臥して　相識無し
三春の行楽　誰が辺にか在る
宛転たる蛾眉　能く幾時ぞ

24 須臾鶴髪亂如レ絲。　須臾にして　鶴髪　乱れて糸の如し
25 但看古來歌舞地　但だ看る　古来　歌舞の地
26 惟有二黄昏鳥雀悲一。　惟だ黄昏　鳥雀の悲しむ有り

1 洛陽城東の花の名所には、ももやすももの花が、今を盛りと咲き乱れ　2 ひらひら飛びかう
花びらの行くえを目で追えば、花の行くえをだれが知るであろう　3 洛陽の少女たちは、容色の
衰えるのを惜しんで　4 花見の行きがけに、早くも散りかかる落花を浴びて、長いため息をつく。
げに「花の命は短くて」の嘆きである　5 あわれことしの花も散って、青春の美貌もうつろい
6 やがて来ん年の花の咲くころ、また花見る人はだれであろうか　7 今まで見てきたとおり、
ときわの緑を誇る松柏も、いつか切られて薪となり　8 また、桑畑が一夜のうちに湖底に沈んで
しまった、という話も聞いている（かく人生も無常迅速、転変きわまりないもので）　9 洛陽城
東の花の名所で、散りくる落花に対し無常を嘆じた昔の人も、今は世になく　10 現代のわれわれ
が、やはりまた花を散らす風に向かい合っているが（そのわれわれとて、やがて昔の人の仲間には
いってしまうのである）　11 さあれ、年々に花は同じように咲くけれど　12 花見る人は同じか
らず　13 今を盛りのほお紅の若い人たちに言いたい　14 （君たちは自己の青春をたのむことな
く）どうか半ば死にかけている白髪頭の老人に同情してほしい　15 この老人も、今でこそ白髪頭
の気の毒千万の者ではあるが　16 これでもその昔は、紅顔の美少年であったのだ　17 （その当
時は）良家の子女たちとともに、かぐわしい花の咲いている木の下で　18 散りかかる花を前にし

て宴を催し、清らかな声で歌ったり、たえなる姿で舞ったりして、青春の歓楽を尽くした 19 また、光禄大夫王根が釣り殿に、つづれ錦の敷物をのべ広げて豪華な宴を催し 20 大将軍梁冀が、りっぱな邸宅を作り、神仙の絵を掲げさせたように、自分もまたそれらに劣らぬ豪奢な生活を楽しんだこともあった 21 （だがすべては槿花一朝の夢で）ひとたび病の床についてからは、見舞ってくれる人とてもなく 22 三春の楽しかったピクニックもどこへやら、今は昔の思い出となってしまった 23 美しい眉の美人時代は、いくら続くか 24 たちまち白髪の乱れ髪となって、昔の面影とてもなくなってしまう 25 古来、人々が歌いつ舞いつした、この洛陽城東の花の名所を見るがよい 26 （昼間の雑踏にひきかえ）日暮れ時ともなれば、ただ鳥雀が悲しげに鳴いているだけで、人っ子ひとりいなくなってしまう。人生もまた、このようなものである

〔語釈〕洛陽　唐の東都（長安の西都に対す）。今の河南洛陽市。**惜顔色**　容色の衰えるのを惜しむ。**松柏**　「柏」は、「このてかしわ」、また「びゃくしん」。松とともに墓地にあるときわ木。古詩に「古墓、犂かれて田と為り、松柏、摧かれて薪と為る」とある。**桑田變爲海**　桑畑が一夜のうちに湖となってしまう。世の変遷のはなはだしいたとえ。**寄言**　言葉をおくる。忠告する。「寄レ語」ともいう。**紅顔子**　ほおの赤い若い人。**伊昔**　これだってその昔は。**王子公孫**　貴族の子弟。ここでは単に「良家の子女たち」くらいの意。**清歌妙舞**　清らかなシャンソンと巧みなダンス。**光祿池臺…**　「光禄」は官名。「池台」は釣り殿。前漢の王根が光禄大夫となり、釣り殿を作って、そこにつづれ錦の敷物をのべ広げて栄華をきわめたが、われもそのようなことをしたこともあった。**將軍樓閣…**　後漢の将軍梁冀が豪奢な邸宅に神仙の絵を描いて掲げさせたが、われもまたそのような栄華にふけったことがある。**一朝**　ひとたび。**相識**　知り合い。知人。**三春**　春三箇月。孟春（初

春）・仲春・晩春（季春）。**行樂**　野山へ遊びにでかけること。ピクニック。**在誰邊**　どのあたりで行われていることやら。「誰」を「何」と同意に用いている。**宛轉**　すんなりまがっているさま。**蛾眉**　美しいまゆ。美人のこと。**能幾時**　いったいいくらあるか（いくらもないではないか）。**須臾**　しばらく。たちまち。**鶴髪**　白髪。**黄昏**　たそがれ。日暮れ。

〔押韻〕七言古詩。1～2平声麻韻。3～4入声職韻。5～8上声賄韻。9～14平声東韻。15～22平声先韻。23～26平声文韻。

〔解説〕白頭の老翁にかこつけて、人生の衰えやすいことを嘆じたもので、いわばエレジー（悲歌・挽歌）である。この詩には妙な話がまつわっている。はじめ劉希夷が、「今年花落顔色改、明年花開復誰在」の句を考えついた時、これを不吉な句だと感じたが、やがて「年年歳歳花相似、歳歳年年人不レ同」の対句を思いつくと、これを捨て難く思い、ついにこの詩を完成したが、はたして一年も経ないうちに奸人に殺されてしまったという。またの説によると、妻の父の宋之問が「年年歳歳…」の対句を愛して、発表前に譲ってくれとせがまれたので、いったんは承知したが、後になって惜しくなって拒絶したので、宋之問が怒って、奴僕をして殺させてしまったと。

劉希夷　六五一～六七八ごろ。字は廷芝、汝州潁川（河南省伊陽県）の人。初唐の詩人。唐の高宗の上元二十年の進士。男女間の気持ちを歌った詩にすぐれ、六朝風の調べによったので、当時の人と合わず、酒色にふけり、おちぶれたまま死んだ。容姿が美しく、談笑を好み、琵琶をよく弾じた。妻の父の宋之問に殺されたという話は、真偽のほどが確かでないが、早く死んだことだけは誤りない。作者二十余歳の時の作品。

〔余説〕甘美にして華麗な人生の悲歌であり、そこはかとなき哀愁が、一編を貫いている。「年年歳歳…」の句は、「和漢朗詠集」にも採られていて有名であるが、岑参の「韋員外家花樹歌」にも「今年の花は去年の似く好きも、去年の人は今年に到って老ゆ」など、同様の発想はほかにも多くある。「古今集」に見える紀貫之の歌「人はいさ心も知らず故里は花ぞ昔の香ににほひける」も、この種のものに近い。また、この詩の首句は、董嬌饒の「洛陽城東の路、桃李、路傍に生ず、花花自ら相当たり、落葉自ら相当たる…」より来ていること明らかである。

公子行　劉希夷（唐）

1 天津橋下陽春水・
2 天津橋上繁華子・
3 馬聲廻合青雲外
4 人影搖動綠波裏・
5 綠波清迴玉爲レ砂。
6 青雲離披錦爲レ霞。
7 可レ憐楊柳傷心樹

天津橋下　陽春の水
天津橋上　繁華の子
馬声　廻合す　青雲の外
人影　揺動す　緑波の裏
緑波　清迴　玉を砂と為し
青雲　離披　錦を霞と為す
憐れむ可し　楊柳　傷心の樹

可憐桃李斷腸花。
此日遨遊邀美女
此時歌舞入娼家。
娼家美女鬱金香。
飛去飛來公子傍。
的的朱簾白日映
娥娥玉顏紅粉粧。
花際徘徊雙蛺蝶
池邊顧步兩鴛鴦。
傾國傾城漢武帝
爲雲爲雨楚襄王。
古來容光人所羨•
況復今日遙相見•

憐れむ可し　桃李　断腸の花
此の日　遨遊　美女を邀へ
此の時　歌舞　娼家に入る
娼家の美女　鬱金香
飛び去り　飛び来る　公子の傍ら
的的たる朱簾　白日　映じ
娥娥たる玉顔　紅粉　粧ふ
花際　徘徊す　双蛺蝶
池辺　顧歩す　両鴛鴦
国を傾け　城を傾く　漢の武帝
雲と為り　雨と為る　楚の襄王
古来　容光は　人の羨む所
況んや　復た今日　遥かに相見るをや

21 願作㆓輕羅㆒著㆓細腰㆒
22 願作㆓明鏡㆒分㆓嬌面㆒、
23 與㆑君相向轉相親。
24 與㆑君雙栖共㆓一身㆒。
25 願作㆓貞松㆒千歳古
26 誰論芳槿一朝新。
27 百年同謝西山日
28 千秋萬古北邙塵。

願(ねが)はくは　軽羅(けいら)と作(な)って　細腰(さいよう)に著(つ)かん
願(ねが)はくは　明鏡(めいきょう)と作(な)って　嬌面(きょうめん)を分(わ)かたん
君(きみ)と相向(あいむ)かって　転(うた)た相親(あいした)しみ
君(きみ)と双栖(そうせい)して　一身(いっしん)を共(とも)にせん
願(ねが)はくは　貞松(ていしょう)と作(な)って　千歳(せんざい)に古(ふ)りなん
誰(たれ)か論(ろん)ぜん　芳槿(ほうきん)　一朝(いっちょう)の新(あら)たなるを
百年(ひゃくねん)　同(とも)に謝(しゃ)せん　西山(せいざん)の日(ひ)
千秋(せんしゅう)　万古(ばんこ)　北邙(ほくぼう)の塵(ちり)

1　天津橋の下は、ぬるんだ春の水が豊かに流れ　2　天津橋の上は、時めく貴公子たちが馬に背なみうたせて往来する　3　馬のいななきは、かなたこなたのが一つになって、青雲の上にまでとどろき　4　ひしめく人かげは、緑の波の中にゆらめき動いている（以上、洛陽の繁華を述べる）　5　緑の波は、どこまでも清らかに続いて、川辺の砂は玉を敷いたよう　6　空の青雲は、四方に広がって、春霞は錦をのべたかのようにたなびいている　7　さてもかれんな糸をかけた楊柳の木は、春の思いに心をいたましめ　8　かれんな桃李のこびるような花は、春の思いにはらわたを、ちぎられる思いの種である　9　きょうの遊びには、ひとつ美女を呼んで、にぎやかに騒いでやろうと　10　この時、歌いつ踊りつ、遊女の家へと繰り込んだ（以上、春の景色に心をそそられて遊びにゆくことを述べた）　11　遊女屋にいる美女たちは、鬱金の名香を着物にたきしめ　12　飛び去っては、また飛び来って、公子のそばを離れずにとりもつ　13　明るくかがやく赤いすだれは、白日に照り映え　14　みめ麗しい玉のような顔は、お化粧をこらしてひときわ美しい　15　（かくて、貴公子と美女と手をとりあって遊ぶさまは）花のまわりを、飛びかう二匹の胡蝶のごとく　16　また、池のほとりをあとふりかえりつつ歩む、ひとつがいのおしどりのよう　17　その昔、漢の武帝が、国を傾け城を傾けても惜しからぬほど李夫人を愛し　18　また、楚の襄王が、雲となり雨となるという巫山の神女に出会ったという話も、かくやと思われるほど（以上、遊女の艶麗と、これと遊ぶさま）　19　昔から、みめかたちの美しいのは、世間の人の羨望の的であるが　20　まして今日、目の前にすえてお会いできるとは（光栄のいたりです）　21　かくなる上は、軽い薄ものとなって、あなたのからだにひっついていたい　22　また、明らかな鏡となって、美しいお顔をいつまでも映していたいもの（以上、公子が遊女に語る言葉）　23　あなたにお目にかかっていればいるほど、いとしさはつのるばかり　24　いっそのこと、同棲して一身同体となって暮らしたいもの　25　どうかときわの松のように、いつまでも変わらない愛情をお誓いいたしとう存じます　26　あのむくげの、ただひと朝きりの、あだ花など問題になりませんもの（以上、遊女が公子に答える言葉）　27　（このように契り合ったものの）百年の後には、西山に没する日と同じように、死んでしまえばそれまでで　28　未来永劫に北邙山上の塵と化してしまうのだ（この理をさとらず、千年の不変の愛を誓うとは哀れむべきである）（以上、盛者必滅のことわりを説いて、人生のはかないことをさとす）

〔語釈〕**天津橋**　洛陽の西南にあって、洛水に架けられた橋。洛橋ともいい、隋の煬帝の作ったもの。**繁華子**　今を時めく貴公子。**廻合**　合わせて一つになる。**人影**　橋上を往来する人かげ。**清迴**　どこまでも清らかに続いている。一本には、蕩漾（水の揺れ動くさま）となっている。**青雲離披**　天の青雲が四散するのをいう。**可憐**　かわいらしい。**遨遊**　あそぶ。二字とも同じ意味。**邀**　迎える。呼び寄せる。**鬱金香**　香の名、鬱金草から製す。みょうが科の多年性草本で、根茎は黄色、止血剤・染料用。**的的**　明るく輝くさま。**朱簾**　玉で飾ったすだれ。美しいすだれ。**娥娥**　みめ麗しい。**花際徘徊**　花の回りを飛びまわる。**蛺蝶**　胡蝶。**顧歩**　あたりを見まわしながら歩く。**鴛鴦**　おしどり。**傾國傾城**　国や城を傾け滅ぼしても惜しくないほどの、絶世の美女。漢の武帝の気に入りの臣で、歌舞・音楽をよくする李延年が、妹を武帝にすすめようとして「北方に佳人あり、絶世にして独立す、一顧すれば人の城を傾けしめ、再顧すれば人の国を傾けしむ」と歌った故事。**爲雲爲雨**　男女の情事をいう。楚の襄王が、雲夢の離宮に遊んだ時、夢に美人が現れ一夜の契りを結んだ。翌朝別れる時に、自分は巫山の神女で、朝には雲となり、暮れには雨となると告げた故事。**容光**　美しい容貌。**輕羅**　軽い薄絹。**細腰**　美人の腰。**嬌面**　美しい顔。**轉**　ますます。**貞松**　ときわの緑を保つ松。**芳槿**　むくげ。朝、花を開き夕べにしぼむ。美しいがはかないもののたとえ。**謝**　去る。死ぬ。**北邙**　洛陽の北にある山の名。古来、墓地として有名。

〔押韻〕七言古詩。1〜4上声紙韻。5〜10平声麻韻。11〜18平声陽韻。19〜22去声霰韻。23〜28平声真韻。

〔解説〕楽府題の名。遊俠二十一曲の一。「公子」は、貴族の子弟、「行」は、歌の意。東都洛陽の華やかさと、貴公子の遊びとを歌い、人生栄華のはかなさを、さとしたもの。

〔余説〕　全篇、美しい対句が多く、朗朗と誦し来り、誦し去れば、そくそくたる哀愁に胸を衝かれよう。

薊丘覽古　　陳子昂（唐）

1 南登碣石館
2 遙望黃金臺。
3 丘陵盡喬木
4 昭王安在哉。
5 霸圖悵已矣
6 驅馬復歸來。

南のかた　碣石館に登り
遥かに望む　黄金台
丘陵　尽く喬木
昭王　安くに在りや
覇図　悵として已んぬるかな
馬を駆って復た帰り来る

1　碣石館址に　われのぼり　2　黄金台を　ながむれば　3　丘にしげるは　高木のみ　4　いずくに在りや　当時の主　5　覇図もはかなく　あと消えぬ　6　馬をいそがせ　われくだる

〔語釈〕 **碣石館**　宮殿の名。燕の昭王がここに当時の大学者鄒衍を招いて、これを先生とした。**黄金臺**　碣石館の西北にあった高殿。昭王がここに天下の賢士を招いて住まわせた。**丘陵**　燕王の陵墓をさす。**喬木**　高い木。三メートル以上の高さになる木の総称。**安在**　「安くにか在る」、または

「安くに在りや」と読み、場所を問う。**覇圖**　天下に覇を唱えようとする策。**悵**　いたむ。うれえなげく。**已矣**　もうだめだ。もうこれまでだ。絶望した時の言葉。「已矣乎」とも書く。

〔押韻〕　五言古詩。平声灰韻。

〔解説〕　「薊丘」は、昔の燕の国都、今の北京市の西北にある。「覧古」は、「懐古」と同じ、旧跡を見て昔を思う意。この詩は燕の昭王の故都であった薊丘を過ぎ、感慨無量に堪えなかったことを歌ったもの。もと六首あって、友人の盧隠士におくった詩。

陳子昂　六六一〜七〇二。字は伯玉、梓州射洪（今の四川省）の人。初唐の有名な詩人で、唐詩のために新しい詩風を創始した。その作品は雄渾豪放で、「陳伯玉集」十巻に収められている。

〔余説〕　燕の昭王が郭隗に、「天下の賢士を招致しようと思えば、**まず隗より始めよ**」（まず手始めに、このわたしから厚遇してみなさい）と言われて、築いたのが、この黄金台である。

春暁　　孟浩然（唐）

1 春眠不㆑覺㆑曉　　春眠　暁を覚えず
2 處處聞㆓啼鳥㆒　　処処　啼鳥聞こゆ
3 夜來風雨聲　　夜来　風雨の声
4 花落知多少　　花落つること　知多少ぞ

1　春の寝ごこちよさに、夜明けになったのも気づかず、うとうとしていると　2　まくらべのあちこちから、鳥のさえずりが聞こえてくる　3　（意識がしだいにはっきりしてくるにつれて）夕べは雨風の音がひどかったようだが　4　あの嵐では、花がだいぶやられたであろう（これで今年の春も、もう終わりだ）

〔語釈〕**春眠**　春のここちよい眠り。**不覺曉**　夜の明けたのも気がつかない。**處處**　あちらでも、こちらでも。至る所（まくらもとの）。**聞**　聞こえる。聞こえてくる。自然に耳にはいってくること。「聴（きこうとしてきく）」とはちがう。**夜來**　夕べ。「来」は、助字。「昨夜以来」の意ではない。**知多少**　ふつうには「知る多少ぞ」とか、「知（ん）ぬ多少ぞ」などと読んでいるが、元来これは疑問の形で、「どれほど散ったことであろうか」と、寝床の中で想像しているのであって、「知多少」は「不ㇾ知二多少一」と同意である。「多少」には、①たくさん（「少」は帯字）、②すこし（「多」は帯字）、③どれほど、の三通りの意がある。ここでは、「知る多少」と読んで①の意にとってもよいが、③に従ったほうが含蓄のある表現となるであろう。そこで「知多少」をいきなり「いくばくぞ」と読んでみた。もちろん、「さぞたくさん散ったことであろう」の意が言外にあるわけである。

〔押韻〕五言絶句。上声篠韻。ただし、起句の「暁」も韻をふんでいるのは、五言絶句としては変体。

〔解説〕春のあけぼのの眠い寝床の中で、庭いちめんの落花を思い、ゆく春を惜しむ気持ちをこめている。孟浩然の詩風の最もよく表れている作。

孟浩然　六八九～七四〇。盛唐の詩人。浩然は名であるのか、字であるのか、はっきりしない。通説は、名は浩、字は浩然。襄陽（湖北省）の人。節義の士で、好んで人の困難を救ったといわれる。詩風は平淡雅遠で、特に五言詩にすぐれ、山水を詠じては王維とともに山水派の領袖といわれた。世に王孟（王維・孟浩然）、または王孟韋柳（韋応物・柳宗元）と称せられる。

〔余説〕起句で、ただちにこの詩の主題を述べ、承句は叙景、転・結の二句に、惜春の意があるとは、明人の評語であるが、わが服部南郭は、「なんの意もないような詩なれども、真景、実に妙悟せる者にあらずんば言ふあたはず（唐詩選国字解）」といっている。実に起承転結の運びがスムーズで、言葉も平易、何の奇もないが、それでいて格調が高く、ゆく春を惜しむ気持ちがただよっている。けだし、絶句中の逸品というべきであろう。

宿二建徳江一（建徳江に宿す）　孟浩然（唐）

1 移レ舟泊二烟渚一　舟を移して　烟渚に泊す
2 日暮客愁新。　日暮れて客愁　新たなり
3 野曠天低レ樹　野は曠くして　天　樹に低れ
4 江清月近レ人。　江は清くして　月　人に近し

1 舟を動かして夕もやの立ち込める岸に舟もやいをした　2 日が暮れると、旅愁が今さらのようにわき起こってくる　3 野原は広々とひろがり、天が木々に垂れさがり　4 大川は清波をた

て、月が手のとどく所にあるかのよう

〔語釈〕**泊**　舟をとめる。舟もやいをする。**烟渚**　もやの立ちこめる岸。**客愁**　旅愁。**曠**　広々としている。**低**　垂れさがる。

〔押韻〕五言絶句。平声真韻。

〔解説〕建徳江は、浙江（せっこう）省を流れる大河、銭塘（せんとう）江の中流あたりをいう。そこに舟をとめて泊した時の旅愁を歌った作。

〔余説〕転・結の二句は対句をなし、かつ着想が奇抜。清（しん）の王堯衢（ぎょうく）の詩評に、「江頭に夜泊し、ただ清波を見て明月を我の伴（とも）となすのみ。これ月の人に近づくなり。即ちこれ孤寂、便（すなは）ちこれ客愁なり」といっている。絶句のうちの逸品といってよいであろう。

送㆔杜十四之㆓江南㆒（杜（と）十四（じゅうし）の江南（こうなん）に之（ゆ）くを送（おく）る）　孟浩然（もうこうねん）（唐（とう））

1　荊呉相接水爲㆑鄉。　荊（けい）・呉（ご）　相接（あひせっ）して　水（みづ）を鄉（きょう）と為（な）す

2　君去春江正淼茫。　君去（きみさ）って　春江（しゅんこう）　正（まさ）に淼茫（びょうぼう）

3　日暮孤舟何處泊　日暮（にちぼ）　孤舟（こしゅう）　何（いづ）れの処（ところ）にか泊（はく）せん

4　天涯一望斷㆓人腸㆒。　天涯（てんがい）　一望（いちぼう）　人腸（じんちょう）を断（た）つ

1　古（いにしえ）の荊と呉とにあたる江南地方は、一帯に水郷をなしている　2　君はこれからその地方に出

かけてゆくのであるが、おりから水かさの増した春の川は、果てしなく広がっている（ちょうどそのように、わが思いもまた果てしがない）　3　さて、こよい君の乗った船は、どこに船泊まりすることやら　4　（目をあげて）天の果てをながめると、いわゆる、「水、天に連なる」で、わがはらわたも、ちぎれんばかりになるであろう（別れた後の悲しみを予想していう）

〔語釈〕荊呉　「荊」は、楚のこと。今の江南地方の古名。水爲郷　いわゆる水郷である。春江　春になって水かさの増した川。淼茫　果てしなく広いさま。斷人腸　はらわたのちぎれるような悲痛な思い。

〔押韻〕七言絶句。平声陽韻。

〔解説〕姓は杜、名は、わからない。十四は、その排行（一族中の同世代のものの年齢順の番号）。江南に行くのを送別した詩。

臨㆓洞庭㆒上㆓張丞相㆒（洞庭に臨み　張丞相に上る）　孟浩然（唐）

1 八月湖水平。　八月　湖水　平らかなり
2 涵レ虛混㆓太淸㆒。　虚を涵して　太清に混ず
3 氣蒸雲夢澤　気は蒸す　雲夢の沢
4 波撼岳陽城。　波は撼がす　岳陽城

5　欲レ済無二舟楫一　　済らんと欲して　舟楫無し
6　端居恥二聖明一。　端居して　聖明に恥づ
7　坐観二垂レ釣者一　　坐して　釣を垂るる者を観
8　徒有二羨レ魚情一。　徒らに　魚を羨むの情有り

1 時あたかも八月のこととて、湖水はみなぎって岸と平らになり 2 広々と大空をひたして、天と一つになり、見分けがつかないほどである 3 水蒸気は、むんむんするほど雲夢沢に立ちこめ 4 波浪は、岳陽城をゆるがさんばかり（の壮観さである） 5 さて、この湖を渡ろうと思うが、舟や楫のないように、わたしも官途につきたいと思うが、才能に自信がない 6 それで、聖天子のみ代に会いながら、お恥ずかしいしだいだが、なすことなく日を送っている 7 すわって釣り糸をたれている人を見ると（自分も魚をほしいとは思うが） 8 ただ魚をほしがる心だけで、これを得る網、すなわち才能がないのはあじきないしだいだ

〔語釈〕**洞庭**　杜甫の「登二岳陽楼一」を参照。**涵虚**　「虚」は、虚空・大空。水が一面に広がって、大空をひたし、水と空とが連なること。**太清**　天。**雲夢**　沼沢の名。楚（湖南・湖北地方）にあった昔の一大湿地帯。**撼**　ゆるがす。動かす。**岳陽城**　杜甫の「登二岳陽楼一」を参照。**済**　水を渡る。天下を治めることにたとえる。**舟楫**　舟と、かじ。天下を治める才にたとえる。**端居**　何もしないですわっていること。**聖明**　聖天子。**羨魚**　「漢書」の「董仲舒伝」に、「古人言あり、**淵に臨んで魚を羨むは、退いて網を結ぶにしかず**」とあるのに基づく。

〔押韻〕五言律詩。平声庚韻。

〔解説〕この詩は、孟浩然が洞庭湖の壮観に接し、わが身の不遇を嘆じて、仕官したいという気持ちをこめ、また、一方では、自分の才能を思っては、仕進をためらう旨を述べたもの。

〔余説〕この詩の前連（第三・四句）は非常に有名であり、また、対句としても実にすぐれている。

留二別王維一（王維に留別す）　孟浩然（唐）

1　寂寂竟何待　　寂寂　竟に何をか待たん
2　朝朝空自歸。　朝朝　空しく自ら帰る
3　欲下尋二芳草一去上　芳草を尋ねて　去らんと欲すれば
4　惜下與二故人一違。上　故人と違はんことを惜しむ
5　當路誰相假　　当路　誰か相仮さん
6　知音世所レ稀。　知音　世に稀なる所
7　祇應レ守二索莫一　祇だ応に索莫を守るべし
8　還掩二故園扉。一　還って故園の扉を掩はん

1　寂しくてやりきれないが、結局なにをあてにしようか　2　毎朝出かけるが、得るものもなく、うつろな気持ちのまま帰ってくる　3　いっそかぐわしい春草をさがしにいってしまいたいが　4　旧友と離れてしまうことになるのが心残りだ　5　お歴々はだれが力になってくれようか　6　本当にわかってくれる人は全く少ないものだ　7　ただ失意のわが身をだいじにするだけ　8　故郷に帰って門をしめてしまおう

〔語釈〕 **寂寂**　さびしくひっそり静かなさま。**待**　期待する。**朝朝**　毎朝。**芳草**　かおり高い春のくさ。それをさがしにゆくとは、故郷に帰って自然の中に没入することの比喩。**故人**　むかしからの友人。「故」は、ふるい（旧）の意。**當路**　権勢家。お歴々。**假**　かす（借）。力をかす。**知音**　自分の才能を認めてくれる者。**索莫**　ここでは、元気がくじけるさま。失意のさま。**故園**　故郷の庭園。故郷。**掩扉**　とびらを閉じる。人の来訪を拒絶する。

〔押韻〕 五言律詩。平声微韻。

〔解説〕 孟浩然は仕官を求めて奔走し、最後には要職についていた後輩の王維にもすがったが希望はかなえられず、自分を知ってくれる者がいない悲しい気持ちをこの詩に託して去った。「留別」とは、旅立つ人が後に残る人に別れを告げる意である。

〔余説〕 就職難は、当時も今日と同じくらいであったらしい。そこには職を求めて狂奔する失業知識分子の苦悩の心理が、心にくいまでリアルに歌われている。

自洛之越（洛より越に之く）　孟浩然（唐）

1　皇皇二十載　皇皇たること二十載
2　書劍兩無成　書剣　両つながら成る無し
3　山水尋呉越　山水　呉越を尋ねん
4　風塵厭洛京　風塵　洛京を厭ふ
5　扁舟泛湖海　扁舟　湖海に泛かべ
6　長揖謝公卿　長揖して公卿を謝し
7　且樂杯中物　且らく　杯中の物を楽しまん
8　誰論世上名　誰か論ぜん世上の名を

1　あわただしく落ちつかぬ二十年間で　2　学問も剣の道もものにならなかった　3　ひとつ山水の美しい呉越へでもいってみよう　4　都のわずらわしさが、すっかりいやになった　5　いっそうの小舟を湖海に浮かべ　6　高位高官など、ひらにおことわりして　7　ままよ、好きな酒でも楽しく飲もう　8　世間の名誉や評判などは問題ではない

〔語釈〕皇皇　遑遑。あわただしいさま。二十載　二十年間。書剣　学問と武芸。呉越　揚子江下

流地方。春秋時代に呉と越の国があった。**風塵**　役所勤め、官途などの意ではなく、ここでは単なる「俗塵」の意であろう。**洛京**　都の洛陽。**扁舟**　小舟。**長揖**　両手を前へ突き出して下す礼。ていねいでない礼。**謝**　ことわる。**且**　ままよ。**杯中物**　酒をさす。

〔押韻〕五言律詩。平声庚韻。

〔解説〕東の都の洛陽から南の呉越の地方へ旅に出かける意。なぜか、風塵にまみれた都のあわただしい生活がすっかり嫌になり、まずは息のつまりそうな都会脱出を図ったのである。

〔余説〕平明のうちに、孟浩然の人柄がよく出ている。彼は二十年間も都に滞在し、勉強に就職に狂奔していたが、結局どちらものにならなかった。そこで都を脱出して旅に出る気になったものか。「謝二公卿一」は、公卿などに推されてもことわるのか、それともお歴々の公卿に別れの挨拶をしての意か、今は前者の意にとった。

歳暮帰二南山一（歳暮に南山に帰る）　孟浩然（唐）

1 北闕休レ上レ書。　北闕　書を上るを休め
2 南山帰二弊廬一。　南山　弊廬に帰る
3 不才明主棄　不才にして　明主　棄て
4 多病故人疎。　多病にして　故人　疎なり

5 白髪催㆓年老㆒　　白髪　年老を催し
6 青陽逼㆓歳除㆒。　　青陽　歳除に逼る
7 永懐愁不㆑寐　　**永懐　愁ひて寐ねられず**
8 松月夜窓虚。　　**松月　夜窓　虚し**

1 北の宮門から参内して、天子に上書するのをやめ　2 南山のわがぼろ家に帰ろう　3 たいして働きのない身は、天子からも見捨てられ　4 病気がちの身は、旧友からも疎んぜられてしまった　5 白髪は、老いさらばえるのをうながし　6 わが青春も、そろそろ終着点に近づきつつある　7 あれを思いこれを思うと、憂いに沈んで寝つかれない　8 ふと見ると、松の枝にかかっている月が窓辺にさし込んで、しばしすべてを忘れはてた

〔語釈〕**北闕** 北の宮門。漢の時代には、書を奉ったり、天子に謁見したりするには、未央宮の北門から入ったのでいう。**南山** 作者の隠栖していた鹿門山をさすのだろう。**弊廬** 破れたいおり。**不才** 働きがない。**明主** 聡明な天子。玄宗をさす。**故人** 旧人。**青陽** 春。陽春。**歳除** 大みそか。晩年にたとえる。**永懐** 長く心に思う。

〔押韻〕五言律詩。平声魚韻。

〔解説〕「南山」は、おそらく、彼が世を隠れ住んでいた鹿門山（襄陽の付近にある）であろう。孟浩然は、四十歳の時に長安に出て、偶然の機会を得て玄宗にお目どおりした。玄宗は、かねてからその詩名を知っていたので、彼の作品を暗唱することを命じた。その時、この詩中の一句「不才

明主棄」まで暗唱したところ、玄宗は不機嫌そうに、「お前が自分から役人になろうとしないのであって、朕はお前を見捨てた覚えはない」といった。浩然はとうとう仕えないまま帰っていった。

題二袁氏別業一（袁氏の別業に題す）　賀知章（唐）

1　主人不二相識一　　主人　相識らず
2　偶坐爲二林泉一。　　偶坐　林泉の為なり
3　莫二謾愁レ沽レ酒　　謾に酒を沽ふを　愁ふる莫かれ
4　囊中自有レ銭。　　**囊中　自ら銭有り**

1　この別荘の主人公たる袁氏とは、別に顔見知りではないが　2　かく対座して相語るのは、庭園が見事であると聞いたからである　3　だから、むやみに酒を買ってごちそうしようなどと心配しないがよろしい　4　銭なら財布にあるから、それで買って勝手に飲むからして

〔語釈〕**偶坐**　対座。**林泉**　庭園。**謾**　みだりに。むやみに。**沽**　かう（買）。**囊中**　財布の中。
〔押韻〕五言絶句。平声先韻。
〔解説〕「別業」は別荘。この詩は、晋の王子敬が顧辟疆に名園があると聞いて、主人とは知り合いではなかったが、すぐにそこへ行って見物したという故事をふまえている。
賀知章　六五九～七四四。唐の詩人。字は季真、紹興（浙江省）の人。開元年間に礼部侍郎となり、

集賢殿学士をかね、みずから四明狂客と号した。酒を好み、杜甫の「飲中八仙歌」中の一人として歌われている。李白を玄宗皇帝に推薦したのは、この賀知章だとされている。晩年には、道士となった。

〔余説〕賀知章の性質がごうまんであったことは、王子敬の故事を配し、王子敬を気どっていることによっても知られる。その話は「世説新語」簡傲篇に見える。

回レ郷偶書（郷に回りて偶〻書す）　賀知章（唐）

1 少小離レ家老大回。　少小家を離れて老大にして回る
2 郷音無レ改鬢毛催。　郷音改まる無く　鬢毛催す
3 兒童相見不ニ相識一　児童相見て　相識らず
4 笑問客従ニ何處一來。　笑って問ふ　客は何れの処より来ると

1 若いころに志を立てて郷里を飛び出し、（年久しく宮仕えして）寄る年波とともに故郷にもどって来た 2 国なまりだけは（依然として昔のままで）変わらないが、頭にはぼつぼつ白いものがまじりはじめた（われすでに昔日のおもかげなく、人また変わり）3 一族ちゅうの子どもたちも、うちのおじいさんとは気がつかず 4 （物珍しげに集まってきて）にこにこしながら「お客さんは、いったいどこからお出でになったのですか」と尋ねられるしまつである

〔語釈〕 **少小**　年若い時。**老大**　年よりになる。**児童**　近所の子どもではなく、一族内の子どもと解さねばならない。**郷音**　国なまり。**鬢毛催**　白髪（しらが）がちらほらでる。一本には、「催」が「摧」になっている。

〔押韻〕 七言絶句。平声灰韻（かいいん）。

〔解説〕 若い時に故郷を飛び出し、長らく他郷にあった作者が、年老いて帰郷した際の感懐を歌ったもの。

〔余説〕 今浦島とは、まさにこの事であろう。帰郷者の憮然（ぶぜん）たる感慨、さこそと思いやられる。児童とのやりとりも、いかにも自然で、「笑問」には、いたずら盛りの子どもたちの、多少からかい気味の（同族なればこそ）口ぶりが感ぜられ、かえってほおえましい。太田兵三郎（青丘）氏の研究によると、賀茂真淵（かものまぶち）の「後岡部日記（こうおかべにっき）」（「東帰り」ともいう）には、この詩を踏んだと見られる文がある（「日本歌学と支那詩学との交渉」）。すなわち、その文は、「くれ過るほど、岡部の家にいたる。…いとけなき姪（めひ）どもなど、はせ来れども、見しらぬかほなればにやあらん、とみにむつもれず、なれしばかりの人々は、髪のよもぎは似ずなりぬめれど、くにぶりの詞（ことば）のみやしるかりけん、いづれの所よりとは問はざりける。」（傍点は筆者）

明らかにこの詩を意識しての書きぶりで、これによっても、いかにこの詩が広く読まれていたかがわかる。

春江花月夜（春江花月の夜）　張若虚（唐）

1 春江潮水連レ海平。
2 海上明月共レ潮生。
3 灧灧隨レ波千萬里
4 何處春江無二月明一。
5 江流宛轉遶二芳甸一・
6 月照二花林一皆似レ霰・
7 空裏流霜不レ覺レ飛
8 汀上白沙看不レ見・

春江の潮水　海に連なって平らかなり
海上の明月　潮と共に生ず
灧灧　波に随ふ千万里
何れの処か　春江　月明無からん
江流　宛転として　芳甸を遶り
月は花林を照らして　皆霰に似たり
空裏の流霜　飛ぶことを覚えず
汀上の白沙　看れども見えず

1 春の大川の月の出潮の潮水は、満々とたたえて、はるか遠い海上まで一面に平らに盛り上がって見え　2 海上にはおりからさしてくる潮とともに、大きなまるい月がゆらりゆらりと上ってくる　3 月かげは、きらきらと海面に輝き、波のまにまに、千万里のかなたまで照らす　4 ほかのどこにも、春の大川ばたの月夜の景はなかろうか（あるにはある。しかし、このような美景はほかにはあるまい）　5 川の流れは、うねうねと芳草咲き乱れる野辺を、巡り流れきたって　6

月光は梅花の林を照らし、つぼらつぼらに咲いている花は、まるで霰をまいたかのよう　7　空中には霜気の流れている気配もないから、しらじらと見えるものは月の光で　8　川辺の白砂はおぼろにかすんで、はっきりと見わけがつかないほどである（以上、春江花月の夜の叙景）

〔語釈〕**灩灩**　月光が水面にきらきらするさま。**宛転**　うねうねと曲がりくねるさま。**芳甸**　芳草の生えている野辺。**花林**　梅花の咲いている林。**似霰**　梅花が的礫（つぼらつぼら）に咲いていること。**空裏**　大空のうち。空中。**流霜**　空中を流れる霜気（冷たい夜の気配）。

〔押韻〕七言古詩。1〜4平声庚韻。5〜8去声霰韻。

〔解説〕「春江花月夜」は楽府題で、亡国の風流天子であった陳の後主が、初めて作ったといわれる。語詞が華麗であり、しかもロマンチックな詩題で、花あり、月ある、春の夜の川辺の景色を歌いあげ、情緒纏綿たるものがある。三十六句から成り、四句ごとに韻を換え、ふつうは九解としているが、意味の連絡の上からは、むしろ、八・八・四・八・八句の五段に分けてみたい。

張若虚　初唐の詩人。賀知章らとともに、呉中四傑といわれた。一面、六朝風の艶麗を受けているが、言葉の美しさのみに流れず、よく情思とマッチして、唐詩七言古詩のうちでも、有数の傑作をものした。彼の作は、「全唐詩」にも、この詩のほか一篇があるのみであるが、この詩一篇によって不朽の詩名をかち得た。

9　江天一色無㆓纖塵㆒。　　江天　一色　纖塵無く
10　皎皎空中孤月輪。　　皎皎たり　空中の孤月輪

11 江畔何人初見レ月　　江畔何人か　初めて月を見し
12 江月何年初照レ人。　江月何れの年か　初めて人を照らせし
13 人生代代無二窮已一・　人生代代　窮り已む無く
14 江月年年望相似・　江月年年　望み相似たり
15 不レ知江月照二何人一　知らず　江月　何人をか照らす
16 但見長江送二流水一・　但だ見る　長江の　流水を送るを

9 大川の水も空も、月光一色に澄み渡って、ちり一つとどめず 10 空中にただ一つ忘れられたように、かかっている団々たる月は、白くさえわたっている 11 この大川ばたで、月と最初の出会いをした者は、たれであろうか 12 また、今この大川ばたを照らしている月が、最初に人を照らしたのは、いつのことであろうか 13 われわれの人の世は、永遠に流転を続けて、きわまりやむ時がなく（はかない限りであるが） 14 江月は来る年も来る年も、のぞみ見る景色は同じで、変わることがない 15 こよいの江月は、たれを照らしているのやら 16 ともあれ、眼前に見る長江のみは、昔から無心に流水を送り続けてやむ時がない（以上、月に寄せて人生の無常を詠嘆する）

〔語釈〕**繊塵**　ごくわずかのちり。**皎皎**　月光の白くさえわたるさま。**孤月輪**　ただ一つの団々たる月。**望**　のぞみ見た景色。

〔押韻〕　9～12平声真韻。13～16上声紙韻。

17 白雲一片去悠悠。　白雲　一片　去って悠悠

18 青楓浦上不レ勝レ愁。　青楓浦上　愁ひに勝へず

19 誰家今夜扁舟子　誰が家ぞ　今夜　扁舟の子

20 何處相思明月樓。　何れの処か　相思ふ　明月の楼

17 かく時の流れのやむことのないのは、あたかも一片の白雲が、悠悠と大空を流れ去ってゆくようなものであり　18　青楓浦のあたりをさまよう遊子は、これを見て旅愁にたえないものがあろう　19　今夜、ささ小舟に漂泊の身を託している旅人がいるが、そも彼は、どこのだれであろうか　20　彼には今ごろ、どこかで、この明月の押し照る高楼にあって、旅の身を案じている思い妻がいることであろう（以上、江上の旅人と、その思婦とを叙す）

〔語釈〕　**青楓浦**　青いかえでの木がおい茂っている水辺。**扁舟**　小舟。

〔押韻〕　17～20平声尤韻。

21 可レ憐樓上月徘徊。　憐れむ可し　楼上　月　徘徊し

22 應レ照離人粧鏡臺。　応に照らすべし　離人の粧鏡台を

23　玉戸簾中巻不レ去
24　擣衣砧上拂還來。
25　此時相望不二相聞一。
26　願逐二月華一流照レ君。
27　鴻雁長飛光不レ度
28　魚龍潛躍水成レ文。

玉戸　簾中　巻けども去らず
擣衣　砧上　払へども還た来る
此の時　相望めども　相聞こえず
願はくは　月華を逐うて　流れて君を照らさん
鴻雁　長飛して　光　度らず
魚龍　潜躍して　水　文を成す

21 さても哀れ深いことよ、夫を恋う妻のいる楼上のあたりを、月光はたゆとうて去らず 22 ひとり寝をかこつ、妻のお化粧用の鏡台の上を照らしていることは 23 時には戸口から射し込む月光を（あやにくの月よ、物思いの種よとて）すだれの中にいっそ巻き込んでしまおうとするが、月光はまつわりついて去らず 24 きぬたの上に降りそそぐ月光を（物思いを増すじゃま物として）払いのけようとするが、月光は相変わらず降りそそいで来る（してみると、月は無情というけれど、そうではなく、わが夫こそ月より無情というべきである） 25 この時、楼上の妻も、扁舟の夫も、おのおの天の一方にあって、この明月に対し恋慕の情を寄せあってはいるが、互いに消息の通じようもなく 26 せめて、あの月光を追いかけて行き、月光となってあなた（夫）の胸にすがりたい 27 見れば、かりが長い列をなして大空を過ぎ、そのところだけ光がさえぎられ 28 魚は月光の照らす水面にはね上がって、水に波紋をつくっている（以上、思婦の夫に対する切なる慕情）

〔語釈〕**徘徊**　たちもとおる。月光のたゆとうさま。**離人**　夫に別れている妻。前の明月の楼にいる思婦。**粧鏡臺**　おつくりをする鏡台。**玉戸簾中巻不去**　戸口（「玉」は美称）から射し込む月光を、すだれの中に巻き込んでしまおうとするが、月光は依然として去らない。**擣衣砧上**　衣を打つきぬたの上。**相聞**　消息を通じかわす。**月華**　月光。**鴻雁**　かり。「大」を「鴻」といい、「小」を「雁」という。**魚龍**　魚。「龍」は帯字。意味はない。**成文**　水に波紋をつくる。

〔押韻〕21〜24平声灰韻。25〜28平声文韻。

29 昨夜間潭夢落花。
30 可憐春半不還家。
31 江水流春去欲盡
32 江潭落月復西斜。
33 斜月沈沈藏海霧・
34 碣石瀟湘無限路・
35 不知乘月幾人歸
36 落月搖情滿江樹・

昨夜　間潭　落花を夢む
憐れむ可し　春半　家に還らざるを
江水　春を流して　去って尽きんとす
江潭　落月　復た西に斜めなり
斜月　沈沈として　海霧に蔵る
碣石・瀟湘　限り無きの路
知らず　月に乗じて　幾人か帰る
落月　情を揺かして　江樹に満つ

29　そういえば昨夜自分は、静かな淵に、はらはらと花びらの散るのを夢に見たが　30　すでに春も半ばを過ぎたのに、ずいぶん久しく家にもどらないのも、漂泊の身とはいえ哀れなことよ　31（流れてやまぬ水の流れは、日月の推移そのもので）大川の流れは春を押し流して、ことしの春も尽きようとしており　32　目に映ずる江潭の落月も、また西の空に斜めに落ちかかっている　33その斜めの月も、やがて静かに深く海の霧のかなたにかくれてしまい（凝然としてたたずんでいるのは遊子のみ）　34　流れ流れて、北は碣石のあたりから、南は瀟湘の付近まで、限りない道程をさまよっている旅人は、いくたりいることやら　35　その中でまた、今宵の月明かりを利用して、いくたりの仕合わせ者が家にもどり、一家の楽しいまどいを持つであろうか　36　おりしも眼前の落月は、いよいよ傾いて江辺の樹間に立ちこめ、遊子・思婦の情をゆり動かして、思郷の涙にかきくれさせずにはおかないものがある

〔語釈〕　**閒潭**　静かなふち（淵）。**沈沈**　静かで奥深いさま。**碣石**　河北省にある山の名。**瀟湘**洞庭湖に注ぐ二つの大河。その付近は景色がよいので有名。

〔押韻〕　29～32平声麻韻。33～36去声御韻。

〔余説〕　三十六句、二百五十二字の長篇であるが、中に「江」の字を使うこと十二回、「月」の字は十五回に及んでいる。まさに春と花とは形容詞で、江月の夜の感懐を歌いあげ、そこに時は春、景物は花を点出させたもの。景と情と千変万化、華麗の筆端は流れるがごとく、朗々と唱してやまざらしめるものがある。明治の鬼才高山樗牛がこの詩を愛し、その「月夜の美観」という文中に、この一部分を引用している。明治のロマンチシズムに、この詩がきわめてマッチしたことはなるほどと心にうなずくことができる。美辞麗句の豊富なことも、また驚くべきものがあり、しかも今日

なおみずみずしさを失ってはいない。

照㆑鏡見㆓白髪㆒（鏡に照らして白髪を見る）　**張九齢**（唐）

1　宿昔青雲志　　宿昔　青雲の志
2　蹉跎白髪年。　蹉跎たり　白髪の年
3　誰知明鏡裏　　誰か知らん　明鏡の裏
4　形影自相憐。　**形影　自ら相憐れまんとは**

〈かがみに向かいて〉
1　そのかみの　高きのぞみも　2　くだかれぬ　老いせまるいま　3　おもひきや　鏡にうつし
4　いとほしむ　われとわが影

〔語釈〕**宿昔**　昔。昔から。夙昔とも書く。**青雲志**　功名を立てようとする心。立身出世の希望。**蹉跎**　つまずく。失敗する。**白髪年**　頭髪が白くなる年、老年。**誰知**　だれがいったい気がつこうか。思いもよらぬことであった。**裏**　うち。なか。「裡」に同じ。**形影相憐**　われとわが影（鏡中の）とが互いにいとおしみあう。**自**　「みずからを相憐れまんとは」と読むべきで、この「自」は目的格なのである。中国の文法書にも、そのように説明してある。しかるに日本では、この字の読み方が従来あいまいで、はっきりしていない。

〔押韻〕五言絶句。平声先韻。

〔解説〕この詩は、作者が実力者李林甫と衝突して宰相をやめた後に、身の不遇と少年立志の成らないのとを嘆いて作ったもの。

張九齢　六七三〜七四〇。初唐の詩人。字は子寿、韶州曲江（広東省）の人。玄宗に仕えて名宰相とうたわれ、かつて「千秋金鑑録」を奉ったことがあるが、後に李林甫一派と意見が合わず退いた。詩は清淡の風を開き、王維・孟浩然などの先駆をなした。「曲江集」二十巻がある。

〔余説〕起・承の二句は、完全な対句でうち出し、特に「青雲志」に対し、「白髪年」は実に巧みである。転句の「誰知」の二字、また転換の妙を得ている。「思いきや」といった口ぶりであろう。この忠直の人をして、かかる嘆きを発せしめるとは、唐の朝廷の衰微、ここに始まるといっても過言ではあるまい。

汾上驚㆑秋（汾上　秋に驚く）　蘇頲（唐）

1 北風吹㆓白雲㆒。　北風　白雲を吹き
2 萬里渡㆓河汾㆒。　万里　河汾を渡る
3 心緒逢㆓搖落㆒　心緒　揺落に逢ひ
4 秋聲不㆑可㆑聞。　秋声　聞く可からず

1　北風が空に浮かぶ白雲をさっと吹きとばし　2　万里の道をはるばるやって来た自分は、今しも秋風に吹かれつつ汾水を渡ろうとしている　3　（たださえ心もとない旅にある）わが心は、木の葉の散りしきる秋に巡り会い　4　（天地にみちみちている）この落葉瀟々たる音や秋風の音を、とうてい聞くに耐えない

〔語釈〕 **汾上**　汾水のほとり。汾水（河）は、山西省にあって、漢の武帝が「秋風辞」を作ったところ。**吹白雲**　「秋風辞」には、「秋風起こって白雲飛ぶ」とある。**河汾**　「汾河（水）」と同じ。「秋風辞」には、「泛二楼船一兮済二汾河一」とある。韻をふませるために「河汾」とした。**心緒**　こころもち。**揺落**　木の葉の散ること。「楚辞」に「悲しいかな秋の気たる、瀟瑟として揺落す」とある。**秋聲**　秋の声。秋風や木の葉の落ちる音。**不可聞**　聞くにたえない。

〔押韻〕　五言絶句。平声文韻。ただし、起句も韻をふんでいるのは変格。

〔解説〕　汾水のほとりで、万物揺落の秋風にあい、心を驚かせたことを歌ったもの。

蘇頲　六七〇～七二七。初唐の文章家にして詩人。字は廷碩、雍州（陝西省）の人。父の領地を継いで、小許公と号し、しだいに出世して礼部尚書となった。文章をもって有名となり、燕国公の張説とならんで、燕許の大手筆といわれた。

〔余説〕　この詩が「秋風辞」をふまえて作られたものであることは、もはや説くまでもないであろう。そのためか、おのずから高古な風格がそなわっている。

送二梁六一（梁六を送る）　張説（唐）

1 巴陵一望洞庭秋。　巴陵一望　洞庭の秋

2 日見孤峯水上浮。　日に見る　孤峰の水上に浮かぶを

3 聞道神仙不レ可レ接　聞道く　神仙　接す可からずと

4 心隨二湖水一共悠悠。　**心は湖水に随って　共に悠悠**

1 ここ巴陵から洞庭湖を見渡すと、一面に秋色につつまれていて 2 ただ君山の峰が、ぽつんと水面上に浮かんでいるだけである 3 聞くところによれば、神仙には、なかなか接し近づくことができないということであるが、（君が一たび去ったなら、再び会うことのできないことは、ちょうどこのようであろう） 4 されば、わたしの君を思う心は、この湖水の果てしないように、いつまでも尽きることはない

〔語釈〕**巴陵**　湖南省岳陽県の西南にある山。洞庭湖に臨む景勝の地。**孤峯**　洞庭湖中にある君山をさす。堯の娘、舜の妃の湘君をまつってある。**聞道**　きくならく。聞くところによれば。**不可接**　近づき接することができない。**悠悠**　はるかにして尽きないさま。

〔押韻〕七言絶句。平声尤韻。

〔解説〕この詩は、作者が左遷されて岳州（湖南省）にいた時、梁六が洞庭湖の君山に帰隠するのを送ったもの。「梁」は姓、「六」は排行。名はわからないが、隠者のたぐいであろう。ゆえに転句

に神仙の語を使っている。

張説　六六七～七三〇。盛唐の人。字は道済。永泰年間に、賢良方正第一に合格、中書令となり、燕国公に封ぜられた。朝廷の大著作は、みなその手に出たといわれる。蘇頲と併称された。開元十八年（七三〇）没す、年六十四。

〔余説〕　結句は、特によろしい。渺茫として果てしない広がりを持つ洞庭湖に託して、わが友を思う心を述べている。ふつうの人に言えそうであって、しかもなかなか言いえないところがすぐれている。

宴㆓城東荘㆒（城東の荘に宴す）　崔敏童（唐）

1　一年始有㆓一年春㆒。　一年始めて　一年の春有り
2　百歳曾無㆓百歳人㆒。　百歳曾て　百歳の人無し
3　能向㆓花前㆒幾回酔　能く花前に向かって　幾回か酔はん
4　十千沽㆑酒莫㆑辞㆑貧。　十千　酒を沽うて　貧を辞する莫かれ

1　春はとしどし　めぐれども　2　ももとせびとは　なしと聞く　3　せめて酔はばや　花のもと　4　ぜにをはたきて　酒にかへ

〔語釈〕　**一年…**「全唐詩」には「一年又過ぐ一年の春」に作る。**十千**　一万銭。値段の高いこと。

一斗（日本の約二リットル）の値段が一万銭もする高価な酒の意。沽 から（買）。莫辭貧 貧乏を口実にするな、の意。

〔押韻〕七言絶句。平声真韻。

〔解説〕「城東の荘」は、作者の従兄にあたる崔恵童の別荘で、そこでの宴会の際に、席上で作ったもの。

崔敏童 初唐の詩人。河南博州（山東省東昌府）の人。

〔余説〕平易な表現であり、数字を巧みに使いこなしている点がおもしろい。この詩には、やや自嘲的な享楽思想があるが、こういった気分が、当時文壇の一部に存在していたことは事実であろう。

奉レ和二同前一（同前に和し奉る）

崔恵童（唐）

1 一月主人笑幾回。　一月 主人 笑ふこと幾回ぞ
2 相逢相値且銜レ杯。　相逢ひ相値うて 且らく杯を銜む
3 眼看春色如二流水一　眼に看る春色 流水の如し
4 今日殘花昨日開。　**今日の残花 昨日開く**

1 人がこの世に生まれ、心のそこから笑いこけることは、一月の中で何度あることだろうか（何

度もあるまい）　2　であるから、きょうのような親戚朋友のつどいには、酒を飲んで心おきなく楽しむべきである　3　お互いの眼前に見る春景色は、流れる水のようにどんどん過ぎ去って、二度とは帰って来ない　4　きょうはしぼんでいる花も、きのうは美しさをきそって咲いていたものである

〔語釈〕　**一月主人**　「主人」は「人生」と改めるべきだといわれる。「荘子・盗跖篇」に、「人、上寿は百歳、中寿は八十、下寿は六十、病瘦・死喪・憂患を除けば、其の中、口を開いて笑ふ者は、一月の中、四・五日に過ぎざるのみ」とあるのに基づき、「主人」とすれば、「人」の字が孤平になるからである。**相逢相値**　互いに出会うことを重ねて言ったもの。**銜杯**　杯を口に含み酒を飲む。**残花**　すがれ、しぼんだ花。

〔押韻〕　七言絶句。平声灰韻。

〔解説〕　この詩は、前の崔敏童の詩に唱和して作ったものである。元来は、同じ韻に属する字を使い、他人の詩に合わせて詩を作ることを「和する」という。いま、前の詩は真韻、この詩は灰韻だから、韻は合っていないから、単に「唱和」したものにすぎない。しかし、「奉和」の「奉」という字は、少しく大げさで、恐らく後人の付加したものだろうといわれる。

崔恵童　河南博州（山東省東昌府）の人。崔庭玉の子で、前の詩の作者崔敏童の従兄にあたる。玄宗の娘、晋国公主を妻とした。

〔余説〕　人生の無常迅速、結句は、言い得てとりわけ妙である。許渾の「秋思」の結句「昨日の少年、今は白頭」と、語意は全く同じである。

和二晋陵陸丞早春遊望一
（晋陵の陸丞が早春の遊望に和す）

杜審言（唐）

1 獨有二宦遊人一　　独り宦遊の人のみ有って
2 偏驚物候新。　　偏に驚く　物候の新たなるに
3 雲霞出レ海曙　　雲霞　海を出でて曙け
4 梅柳渡レ江春。　　梅柳　江を渡って春なり
5 淑氣催二黄鳥一　　淑気　黄鳥を催し
6 晴光轉二緑蘋一　　晴光　緑蘋に転ず
7 忽聞レ歌二古調一　　忽ち古調を歌ふを聞き
8 歸思欲レ沾レ巾。　　帰思　巾を沾さんとす

1 ただ一人で仕官して、他郷にいる者は　2 人一倍、風物や気候の変化に対して、敏感である　3 朝日は海上の雲霞の中からのぼって、夜は明けはなれ　4 梅や柳は、ここ江南の地一面にほころび、さらに揚子江を渡って春景色をくりひろげてゆく　5 ここちよい春の気分は、うぐいすをうながして春の歌を歌わせ　6 水面にきらめく陽光は、池の浮き草からはねかえってくる　7

（目に見えるもの、耳に聞こえるもの、一つとして春景色ならぬものはなく、春愁の思いにたえきれない）おりから君の「早春遊望」の古めかしく格調の高い歌を吟ずるのを聞くと　8　帰思はいよいよつのって、涙がハンカチをうるおさんばかり

〔語釈〕**宦遊人**　官吏となって他郷に住んでいる人。ここでは、杜審言が自分をさしていう。**物候**　風物と気候。**雲霞出海曙**　日の出前には、雲霞が海上に集まるからいう。**梅柳渡江春**　江南は暖かであるから、梅柳はまず江南でほころび、それから揚子江を渡って、春色が江北の地に及ぶからいう。**淑氣**　春のここちよい気分。**黄鳥**　うぐいす。**晴光**　水面にきらめく日光。**緑蘋**　浮き草。**古調**　古風な格調のある歌。陵丞の詩をさす。**歸思**　故郷に帰りたい思い。時に、杜審言は左遷されて江南にいた。

〔押韻〕五言律詩。平声真韻。起句も韻をふんでいる。

〔解説〕「晋陵」は、今の江蘇省常州府武進県のこと。「陸丞」は、「陸」は姓、丞は県の次官、今の副知事、名はわからない。県の副知事の陸某が作った「早春の遊望」（ながめ）という題の詩に、韻を合わせて作ったもの。

杜審言　初唐の詩人。字は必簡、襄陽の人。有名な学者、晋の杜預の子孫である。進士に及第し、湿城の尉となった。李嶠・崔融・蘇味道とともに文章四友といわれ、則天武后の時に著作佐郎に任ぜられ、ついで修文館学士となった。

〔余説〕前連の第三・四句は、春連（お正月用のめでたい対句）によく用いられ、新年の試筆としても適当である。後連の第五・六句も美しい句である。黄鳥と緑蘋の色彩の配合もよい。第二句の「物候新」に対し、第七句の「歌二古調一」と応じているのも、用意周到である。ただ「宦遊人」を

杜審言をさすとしないで、陸丞をさすとする解もあるが、やはり杜審言とするほうが自然であろう。

渡二湘江一（湘江を渡る） 　　**杜審言（唐）**

1 遲日園林悲二昔遊一。　遅日　園林　昔遊を悲しむ
2 今春花鳥作二邊愁一。　今春の花鳥　辺愁を作す
3 獨憐京國人南竄　**独り憐れむ　京国の人　南竄せられ**
4 不レ似湘江水北流。　**似ず　湘江の水　北流するに**

1 去年、都にいて春の日長に園林の遊びを楽しんだことがしきりに思い出される 2（それに引きかえ）ことしの春は、この辺地に来て、花をながめ鳥のさえずるのを聞くにつけても、旅愁をかきたてられる 3 さて自分は北方の都の人でありながら、南のほうへ流される憂きめに会い 4 この湘江の流れが、北のほうへ向かって流れるのとは全く反対で（湘江がかえってうらやましいしだいで）ある

〔語釈〕 **遲日** 長い春の日。暮れるにおそい春の日。**園林** 園中の林。**悲** 思いしたう意。**昔遊** さきごろの遊び。前年の遊。**邊愁** 辺地にいる旅愁。**京國** 京都。みやこ。審言は、長安の杜陵の人である。**南竄** 南方に流される。「竄」は、罪を得て流されること。審言はこの時、嶺南に流されることになっていた。

〔押韻〕七言絶句。平声尤韻。

〔解説〕「湘江」は、湖南省第一の大河で、広西省に発し、湖南省の零陵県で瀟江を合わせ、北流して洞庭湖に注ぐ。この詩は、杜審言が事件に連座して嶺南に流され、途中湘江を渡る時、たまたま春にあい、都の昔遊を懐想して歌ったもの。

〔余説〕全対格（第一句と第二句、第三句と第四句とが、それぞれ対をなし、全部が対句構成）であるが、転・結の二句は特に味わいが深い。

南樓望（南楼の望）　盧僎（唐）

1　去レ國三巴遠　　国を去って　三巴遠し
2　登レ樓萬里春。　**楼に登れば　万里の春**
3　傷レ心江上客　　心を傷ましむ　江上の客
4　不ニ是故鄉人一。　是れ故郷の人ならず

1　都はるけき　ここ三巴　2　楼にのぼれば　春たけなわ　3　かなしからずや　船の客　4　故郷の人は　おらざりき

〔語釈〕**去國**　国都の長安を離れて。「国」は、国都の意。「国破山河在」の「国」と同じ。**三巴**　蜀（四川省）。長江は重慶の東南で三曲して、巴の字形をなして流れているところから、その付近

をさし、ひいて、広く四川省をいう。**萬里春**　見わたすかぎり一面の春景色。**江上客**　揚子江上を船で往来する旅人。江のほとりの旅人で、楼上で見かける旅人の意にも解せられる。

〔押韻〕五言絶句。平声真韻。

〔解説〕南楼は、四川省の巴江（重慶府）のほとりにある。この楼にのぼって、四方の眺望をほしいままにし、旅愁を感じて歌ったもの。

盧僎　初唐、中宗のころの詩人。聞喜尉よりはいって学士となり、吏部員外郎にまで進んだ。

〔余説〕淡々として旅愁を訴えているのであるが、唱し来り唱し去ると、胸に強くせまるものがある。長い流浪の旅路のはては風光明媚な蜀の地。おりしも時は春、楼上からの大観は、ひとしお遊子の思いをかき立てたことであろう。「万里春」は佳句であり、転句にいたって、焦点を去来する旅人にしぼって、それもまたわが故郷の人ではない、ああせめて故郷の人になりと会いたいものと、実にやるせない孤愁をうったえている。旅愁の作中の逸品である。

楓橋夜泊　　張継（唐）

1 月落烏啼霜滿レ天。　月落ち　烏啼いて　霜天に満つ
2 江村漁火對二愁眠一。　江村の漁火　愁眠に対す
3 姑蘇城外寒山寺　姑蘇城外の　寒山寺

4　夜半鐘聲到客船

夜半の鐘声　客船に到る

1（旅愁のためにうつらうつらしているうち）月は西に傾き烏は鳴いて霜気が満ち満ち（暁を思わせる寒さに）2（ふと目ざめて舟窓から見やれば）川沿いの村のいさり火が、よく眠れない目に映った　3　おりしも船まで響いてくる、蘇州城外の寒山寺でつく鐘の音を数えてみると　4　何と夜半を告げる鐘ではないか（さては、まだ夜中であったのか）

〔語釈〕**月落**　月が西に没する。十五夜の月は夜明けに西に落ちるが、陰暦七、八日ころの月は夜半に西に落ちる。**烏啼**　明け烏と、月光によって鳴く月夜烏とがある。**霜満天**　霜気（夜明けの寒気）が空いっぱい満ちている。**江村**　川沿いの村。ふつうは「江楓」となっているが、清の学者兪樾は「江村」が正しいと考証している。**愁眠**　旅に愁のためによく眠れないでうつらうつらしていること。**姑蘇城**　今の蘇州。**寒山寺**　蘇州西方にある寺。現在この詩の碑が、その境内に、兪樾の筆で書かれて建っている。

〔押韻〕七言絶句。平声先韻。

〔解説〕「楓橋」は、江蘇省蘇州の西方にある橋の名で、南北を往来する者の必ず通過するところ。この詩は、作者が楓橋に一夜、舟を泊して、夜半しばしまどろんで、夢うつつの光景を歌ったもので、いわば旅愁の詩である。

張継　七五六年ごろ在世。中唐の詩人、字は懿孫、襄州（湖北省襄陽県）の人。天宝十二年（七五二）の進士、官は検校戸部員外郎、詩一巻がある。

〔余説〕この詩ほど、わが国民に親しまれている中国詩は他にあるまい。同時に、これほどいろいろと異説のある詩も少ない。夜の明け方の景色であるというもの、夜半の景色であるというもの、さらに全篇を倒装とみて、結句から解して、夜半から明け方にいたる景色というものなどがある。さては、「烏啼」は山名である、「夜半」は鐘の銘であるという説まであるが、みなあたらない。いずれもこの詩が有名になってから、つけられたものであろう。この場合は、やはり夜半のことと解するのがいちばん妥当である。

「江村」か「江楓」かの問題も、わが国の古来の謡曲「三井寺」「道成寺」などには、いずれも「江村」と引用されているから、「江村」が古いテキストといえよう。

なお、やや学術的にわたるが、「烏啼」というのは、書き変えれば「圩頂」(うてい・うちょうと読み、中くぼみの意)であって、その山が中くぼみの形になっていれば、そうした山名がつけられるかも知れないが、現状は果たしてどうか。そうでないのに、烏啼山があるとすれば、それは明白にこの詩が有名になってから、つけられたものにすぎまい。

登二鸛鵲楼一(鸛鵲楼に登る)　王之渙(唐)

1 白日依レ山盡　　白日 山に依って尽き
2 黄河入レ海流。　　黄河 海に入って流る
3 欲レ窮二千里目一　　千里の目を 窮めんと欲し

4　更上一層樓。　　更に上る　一層の楼

1（今この楼上に立ってながめると）西は、夕日がはるかかなたの山かげに沈むところあたりまで見え　2　東は、黄河が遠く流れ流れて海に注ぎこむあたりまで望まれるような気がする　3（実に壮観きわまりないが）千里の遠方まで大観をほしいままにしたくなり　4　さらに一層一層と、最上層めがけて登るしだいである

〔語釈〕**白日**　太陽。ここでは夕日。**依山盡**　西山のかなたに没すること。**黄河**　中国第二の大河。青海省に発し、甘粛・陝西・山西省を経て、鸛鵲楼の付近で東折し、河南・河北・山東省を貫流し、渤海湾に注ぐ。**入海流**　流れて海にはいるの意。**窮千里目**　千里の遠方まで見きわめる。**一層樓**　もう一層高い楼。鸛鵲楼は、三層より成る。

〔押韻〕五言絶句。平声尤韻。

〔解説〕「鸛鵲」は、こうのとり、鶴に似て灰白色。翼と尾は黒いが、頭は赤くない。「鸛鵲楼」は、山西省蒲州府永済県にあった楼の名。三層の楼から成り、東南に中条山脈を望み、眼下に黄河を見おろし、眺望絶佳、唐人にして詩を題している者が、ほかにも多い。

王之渙　六九五～七五九？。盛唐の詩人。幷州（山西省太原県）の人。若くして気節に富み、之咸・之賁の二兄とともに文名があがり、その詩はすぐれて力強く、王昌齢・高適などと唱和し、当時すこぶるもてはやされた。

〔余説〕「入レ海流」とあるが、もちろん海に注ぎこむあたりまで見えるわけではない。ただ詩人の感動のもりあがりからすれば、かく言わねば気がすまない、ことを知らねばならない。この詩を解

釈するにあたって、三、四句を登楼の意図とし、一、二句を楼上からの眺望とし、順序を逆にして三、四、一、二句の順に解する説があるが採らない。千里の目を窮めんとするのは、けだし人情であるから、はじめから最上層に登ってながめたのである。したがって結句は、「更に上らん一層の楼」で、もう一層高い楼があればいいのに、そうしたらその眺望はさぞすばらしいことであろう、とわたしはかく解したく思う。一説として参考までに。

この詩は四句みな対格から成っており、転・結は流水対（あい対している二句が合わせて一つの意味をなしているもの）を用いているから、ともすると対句であることを見失いがちである。

出塞　　王之渙（唐）

1 黄河遠上白雲間。　　黄河　遠く上る　白雲の間
2 一片孤城萬仞山。　　一片の孤城　万仞の山
3 羌笛何須怨㆓楊柳㆒　　羌笛　何ぞ須ひん　楊柳を怨むを
4 春光不㆑度玉門關。　　春光　度らず　玉門関

1 黄河の上流の辺りをながめると、はるか遠い白雲の生ずるかなたである　2 その辺りの見上げるように高くそびえている山頂に、ぽつんとひとつ城が見えるだけ　3 （このような荒涼たる風景に接すると、たださえ寂しいのだから）羌人の笛で、別れの曲などむやみに吹いて、これ以上

悲しませてくれるな　4　（なぜならば）春の光はなかなか玉門関のあたりには、訪れてくれないのだから（春にならねば交代兵が来ないから、帰還の見込みが立たない）

〔語釈〕**黄河**　中国の北方を流れる大河で、青海省に源を発し、甘粛・陝西・山西・河北・山東などの各省を貫流して、渤海湾に注ぐ。ここは、甘粛省のあたり。**一片**　ひとかけらの。**萬仞**　一仞は周尺の八尺。唐代では約二・五メートルにあたる。ただし、ここでは非常に高いことを表現した言葉。**羌笛**　えびすの吹く笛。長さ一尺四寸、三孔または四孔といわれる。「羌」は、青海付近にいた未開種族。**何須**　反語。…する必要があろうか、ない、の意。**怨楊柳**　「楊柳」は、川柳。水辺に生えている。送別の時に吹く曲に「折楊柳」（「蛍の光」のようなもの）というのがあり、その曲を悲しそうに奏するのを「怨楊柳」といった。**春光不度**　（このあたりは春になるのがおそく）春の光はなかなかおとずれて来ない。「度」は、わたる（渡）。「春光」は、一本には「春風」となっている。**玉門關**　西域の入り口にあった北方の関所。その南方にあるのを陽関という。

〔押韻〕七言絶句。平声刪韻。

〔解説〕「塞」は、とりで。「出塞」は、とりでから出撃する意で、国境守備隊の歌、「涼州詞」と同じ。一本には、「涼州詞」と題されている。

〔余説〕この詩は古来、唐詩七絶中の最もすぐれたものであるといわれている。けだし適評であろう。なお、この詩については、おもしろい逸話が伝えられている。すなわち、ある日、王昌齢・高適・王之渙の三人が、ひそかに料亭に行き、歌姫を呼んで、当時流行の詩を吟じさせ、おのおのの優劣をきそおうとした。最初の歌姫は、王昌齢の「寒雨連江…」を歌い、次の女は高適の詩を吟じ、さらに次には、また王昌齢の詩を歌った。王之渙は、こんなはずはないと、座中の最も美しい歌姫をさし、一曲を求めたところ、はたして王之渙の「黄河遠上……」を歌い出した。そこで三人手をたたいて笑い、めいめい自分の名をなのり、歌姫ともどもに大いに飲んだという（唐代小説、「集異記」に見える）。

芙蓉樓送辛漸（芙蓉楼にて辛漸を送る）　王昌齢（唐）

1 寒雨連江夜入呉。　寒雨　江に連なって　夜　呉に入る
2 平明送客楚山孤。　平明　客を送れば　楚山　孤なり
3 洛陽親友如相問　洛陽の親友　如し相問はば
4 一片氷心在玉壺。　一片の氷心　玉壺に在り

1 冷たい雨が揚子江一面に降り注ぐ中を、夜になってから、わたしたちはやっと呉の地に着いて　2（一夜の別れを惜しみ）夜のしらじら明けに、早くも君の出立ちを見送って出ると（夜来の雨も名残なくあがって）楚の山々がぽつんと寂しくながめられる　3 さて君が洛陽に帰った時に、わたしの親友たちが、昌齢はどうしているかと問うたならば　4「彼の目下の心境は、一片の氷が、白玉の壺の中にあるような清澄そのものだ（名利の念は忘れ去っている）」と伝えてほしいものである

〔語釈〕　芙蓉樓　今の江蘇省鎮江市の西北隅にあって、万歳楼と対し、揚子江上の眺望がすばらし

い。**寒雨連江**　冷たい雨が揚子江一面に降り注ぐ。一本には、「江」が「天」になっている。**入呉**　呉の地にやって来た。昌齢はこの時、鎮江にいたので、鎮江は呉の地であるから「入レ呉」とはいえない。したがって呉は「湖」の誤りだろう、という説がある。しかし狭義の「呉」は、蘇州付近をさすが、広義には鎮江をも含む江蘇・浙江・安徽省などにまたがっているから、「入レ呉」と言ってもさしつかえない。**平明**　夜のしらじら明け。**客**　旅人。辛漸をさす。**楚山**　固有名詞と見る説と、鎮江から揚子江を隔てた山の意とか、あるいは鎮江あたりも広義の楚と見なされるから鎮江付近の山をさすとか、いろいろな解釈がある。鎮江が呉であったり、楚であったりしては困るが、詩人はあまり窮屈に考えなかったものか。**冰心**　氷のように清らかな心。**玉壺**　白玉で作った壺。六朝の鮑照（参軍）の詩に「**清きこと玉壺の氷の如し**」とある。

〔押韻〕　七言絶句。平声虞韻。

〔解説〕　この詩は、王昌齢が江寧県丞（「江寧」は、今の南京。「県丞」は、県の次官、今の副知事）であった当時、鎮江の芙蓉楼で、洛陽に帰る辛漸を送別したもの。「鎮江」は、南京のすぐ近く、長江に臨む。

王昌齢　?～七五五。盛唐の詩人。字は少伯、長安の人。すなわち唐の都で生まれた。江寧（江蘇省）すなわち今の南京の人という説もある。官吏としては不遇で、晩年、行いを慎まなかったため、龍標（貴州省）の尉（武官）に左遷され、安禄山の乱に兵を避けて郷里に帰ったが、まもなく刺史の某のために殺された。昌齢は特に七言絶句にすぐれ、七絶にかけては李白と肩を並べた。ことに宮怨（宮中に仕えている女官の恨み）の詩においては、古今独歩である。「王江寧集」五巻がある。

〔余説〕「寒雨」は、冷たい氷雨でもあるし、また蕭々と降り注ぐ雨でもある。「寒」は「氷心」の縁語である。「連江」は、そぼ降る雨がけむるがごとく揚子江の水に連接し、雨と水との区別も、わかち難いという解釈もあるが、いずれにしても、はっきりしない表現である。「楚山孤」の「孤」は、もちろん作者の現在の心象を同時に表している。洛陽の親友からは見放され、いなか回りをしている自分のこと。また、転句の「如し」がきいている。あるいは、もう自分のことなど忘れてしまっているかも知れないが、「もしも」私のことを気にかけて問うてくれたらの意である。転・結の二句は、自己の不遇を暗に嘆ずる語である。この詩は送別の詩でありながら、そのことを言わず、自分の伝言を依頼しているが、その間に作者と辛漸との心おきない関係も察せられて、送別詩の一体を開いたものである。表現にはっきりしないところがあるため異説もあるが、まずは詩としては傑作といってよい。

「万葉集」巻六（一〇一八）に見える奈良の元興寺の僧が、人にあなどられたときに読んで、みずから慰めたといわれる旋頭歌に、「しら珠は人に知らえず、知らずともよし、知らずとも、我し知れらば、知らずともよし」とあるのは、意味は必ずしも同じではないかもしれないが、その心意気には通ずるところがあるであろう。

従軍行　　王昌齢（唐）

1　秦時明月漢時關。　　秦時の明月　漢時の関

2　萬里長征人未レ還。　　万里長征（ばんりちょうせい）　人（ひと）　未（いま）だ還（かへ）らず

3　但使ニ龍城飛将在一　　但（た）だ　龍城（りゅうじょう）の飛将（ひしょう）をして　在（あ）らしめば

4　不レ教ニ胡馬度ニ陰山一。　　胡馬（こば）をして　陰山（いんざん）を度（わた）らしめじ

1　月も関所も、秦漢の昔と少しも変わらないが　2　万里の長城外に匈奴（きょうど）を遠征にでかけた人は、なかなか都へ帰って来ない　3　ただ古の飛将軍とおそれられた李広のような名将が、龍城あたりで、にらみをきかしていてくれたならば　4　胡人の馬をして陰山山脈を乗り越えて、侵入させるようなことはなかったであろうに

〔語釈〕　**秦時明月…**　「月」は、秦の時代の月、「関門」は、漢代の関門。互文法で、秦漢時代の月と関所そのままで、少しも変わってはいないのに、の意。これを明月関の語を分けて使ったとする古人の説はよくない。**但使**　ただもし、とよんでもよい。この「使」の字は仮定の用法。**龍城**　匈奴が築いた塞外の城。今の甘粛省岷州（かんしゅくしょうみんしゅう）の東北。李広（りこう）が大いに匈奴を撃破した所。**飛将**　漢の大将軍の李広のこと。匈奴が恐れて飛将軍といったという。**教**　「シム」と読み、「使」と同意。**陰山**　今の内（うち）モンゴルの北部にある山脈。万里の長城と、ゴビの砂漠の間にあたる。**胡馬**　えびすの馬。

〔押韻〕　七言絶句。平声刪韻（さんいん）。

〔解説〕　楽府題（がふだい）で、古代における軍人の遠征の苦労を歌ったもの。王昌齢の「従軍行」は、全部で七首あるが、これはその中の一首で、遠征には指揮官に適当な人を得ることが大切である旨を歌っている。この詩は一本には、「出塞（しゅっさい）」となっている。「涼州詞（りょうしゅうし）」などと同意である。

〔余説〕言外に、現在は良将がいないため、頻々として国境を侵略されていると嘆いている。明の李于鱗（『唐詩選』の編者）は、唐人の絶句では、「秦時明月漢時関」が最もすぐれている、といって激賞している。

閨怨

王昌齢（唐）

1 閨中少婦不レ知レ愁。　閨中の少婦　愁ひを知らず
2 春日凝レ粧上二翠樓一。　春日　粧を凝らして　翠楼に上る
3 忽見二陌頭楊柳色一　忽ち陌頭　楊柳の色を見て
4 悔教三夫壻覓二封侯一。　悔ゆらくは　夫壻をして封侯を覓めしめしを

1 寝部屋の中の若妻は、人の世の苦労も解せず、別離の悲しみも知らず 2（夫が留守だのに）春にうかれて、念入りにお化粧をしては、美しい高殿から景色をながめている 3 ところが、ある日ふと、道ばたの柳が青々と芽ぶいているのを見て、急に夫が恋しくなり 4 とんだことをした、（手なべさげても夫婦いっしょに暮らすほうが、どんなに楽しいかわからない）なぜ夫に出征して手柄を立て、大名に取り立てられるようになどと勧めたのかと、後悔している

〔語釈〕**閨中**　部屋のうち。「閨」は、寝部屋、婦人の部屋。**少婦**　若い人妻。**翠樓**　青く塗ってある高殿。「翠」「青」「紅」などの字は、婦女の住居を形容するのに用いる。**陌頭**　街頭。町の道

ばた。**楊柳色**　柳の青く芽ぶいた色。**夫壻**　おっと（夫）。良人。「婿」と書くのは俗字。**封侯**　大名。また、大名になること。**覓**　もとめる（求）。

〔押韻〕七言絶句。平声尤韻。

〔解説〕夫が遠征している留守に、若い人妻が春に巡り会って、ねや寂しさをうったえて歌ったもの。

〔余説〕この詩は、昌齢の多くの作品中で、最も得意のものである。「不知」といい、「忽見」といい、また、「悔教」といい、すこぶる巧みな転折の文字を用いているところもおもしろい。

出塞行　王昌齢（唐）

1　白草原頭望京師。　白草原頭　京師を望めば
2　黄河水流無盡時。　黄河　水流れて　尽くる時無し
3　秋天曠野行人絶　**秋天　曠野　行人絶ゆ**
4　馬首東來知是誰。　馬首　東来するは　知る是れ誰ぞ

1　白草原のほとりからながめると、都ははるかに遠くて見えず　2　ただ黄河の水が、西から東へ流れて尽きる時とてない　3　おりから秋空のもと、広漠たる野原には、往来する人かげ一つなかったが　4　ただ一人馬のたてがみを東に向けて走ってゆく者があるが、あれはいったいだれで

あろうか（実にうらやましいかぎりだ）

〔語釈〕**白草原**　河南省襄城県の東。えびすの地で、白草（白っぽい色の草。一つに、やまかがみ）が一面に生えている高原。「漢書」の「西域伝」に、「鄯善国に白草多し」とある。**京師**　みやこ。**曠野**　あらの。広漠たる野原。**行人**　旅人。**馬首東來**　馬のたてがみを東に向けてゆく。東は、すなわち都のほうである。「左伝」に「余が馬首、東せんと欲す」と「来」は、助字。**知**　詩における「知」は、「不知」と同じ。…かしら、くらいの意。

〔押韻〕七言絶句。平声支韻。

〔解説〕この詩、起・承の二句は平仄を合わせていない。楽府題（「鼓角横吹十曲」の一つ）で、国境守備の兵士の気持ちを歌ったもの。「行」は、歌の意。「三体詩」には、「旅望」と題し、李頎の作としている。

涼州詞（涼州の詞）　王翰（唐）

1 葡萄美酒夜光杯。　葡萄の美酒　夜光の杯
2 欲レ飲琵琶馬上催。　飲まんとすれば　琵琶　馬上に催す
3 醉臥二沙場一君莫レ笑　酔うて沙場に臥す　君笑ふ莫かれ
4 古來征戰幾人回。　古来　征戦　幾人か回る

1　葡萄のうまし酒を、夜光の杯になみなみとつがせ　2　今しも口をつけようとすると、琵琶の音が馬上でおこって（酒興を添える）　3　（これでは飲まずばなるまいと）したたか酒をあおって、たとえ砂漠の上に酔いつぶれたとて、皆の衆よ、どうか醜態を笑ってくださるな　4　思えば昔から砂漠のかなたに討って出ていった人で、無事生還した者は幾人あるであろうか（げにあすの命をだれか知る、はかない身であるから）

〔語釈〕　**葡萄**　西域の原産、漢の武帝のころ、中国に伝えられた。**美酒**　美味なる酒。**夜光杯**　白玉で作った杯。たぶんガラス製のコップ（酒杯）であろう。**欲飲**　「飲まんとすれば」と読みたい。（飲み続けていて、さらに）一杯を傾けようとするおりしも…の意にとる。「飲まんと欲すれば」（飲もうと思っている時…）では、すこし間延びがする。**琵琶**　西域伝来の四弦の楽器。元来は、馬上で抱きかかえてひくもの。**催**　もよおす。（琵琶の音が）おこる。**沙場**　砂漠。**君莫笑**　「君」は、特定の人をさすのではない。付近にいる人、みなの衆、くらいの意。

〔押韻〕　七言絶句。平声灰韻。

〔解説〕　「涼州」は、今の甘粛省武威県で、玉門関や陽関などがあり、西域に通ずる門戸。辺境の地で、異民族にそなえて守備隊が駐屯していた。気候が寒冷のため涼州といわれたらしい。「涼州詞」は、涼州ぶし（節）の歌の意。西域の音楽の影響で、ユニークな楽曲ができ、それが唐の内地にも伝えられて流行した。その歌詞は、元来は涼州の風物や、守備兵の気持ちなどを歌ったものであったが、のちには涼州にかぎらず、一般に防人の心境を代わって歌ったものを、みな「涼州詞」といい、また「出塞」などともいった。

王翰　六八七～七二六?。初唐から盛唐にかけての詩人、字は子羽、晋陽（山西省）の人。若い時から知勇にすぐれ、才をほしいままにし酒を好んだ。張説に目をかけられたが、のち、汝州（河南省）の長史となり、また道州（湖南省）の司馬に左遷されて死んだ。「詩文集」十巻がある。

〔余説〕「葡萄酒」、「夜光杯」、「琵琶」と国境に近い守備隊の基地、涼州にふさわしい特産物をあげて、エキゾチックな興味をそそり、出撃を前にする兵士たちの、やるせない自棄的な酒宴を描写して、表面はいかにも豪壮であるが、底には無限の悲痛な涙がかくされている。「又壮又悲」（譚元春）という批評は、この間の事情を言い尽くしえたものである。「万葉集」には防人の歌が多くのせられているが、それらと、この「涼州詞」とを、よく読み比べてみたいものである（防人歌は、「万葉集」、巻十四に六首、巻二十に九十三首、うち長歌一首）。また、乃木希典の「凱旋」と題する詩、すなわち、

皇師百万、強虜を征す、　野戦攻城、屍、山を作す、　愧づ吾、何の顔あって父老に見えん、　凱歌

今日、幾人か還る

この結句もやはり、この詩から発想を得たものか。

鹿柴　　王維（唐）

1 空山不レ見レ人　　空山　人を見ず

2 但聞ニ人語響一。　　但だ人語の響きを聞くのみ

3　返景入㆓深林㆒　　返景（へんけい）　深林（しんりん）に入（い）り
4　復照青苔上。　　復（ま）た照（て）らす　青苔（せいたい）の上（うへ）を

1 ひっそり静まりかえった山には、人かげ一つみえない　2（が、しかし、人里が近いのであろうか）どこからともなく人の話し声が聞こえてくる（そのため、かえって静けさが増すようだ）　3 おりしも、夕日の照り返しが、深い林の奥まで斜めに射しこんで　4 青い苔（こけ）の上に、光のしま模様を落としている（何とも美しいかぎりである）

〔語釈〕 **空山**　人けのない寂しい山。**但**　ただ。「ただし」と読んではならない。**返景**　夕日の照り返し。

〔押韻〕 五言絶句。平声養韻（よういん）。

〔解説〕 「鹿柴」は、しかを飼っておくませ（木柵）のことで、王維はその晩年に輞川（もうせん）（陝西（せんせい）省藍田（らんでん）県）に別荘を営み、彼の詩友裴迪（はいてき）と往来し、二十の景色のすぐれたところを選んで詩を作ったが、これはそのうちの一つ。鹿柴のもうけられてある付近の景色を歌ったもの。

王維　六九九～七五九。字は摩詰（まきつ）、太原（たいげん）（山西省）の人。年少のころから文学の才があり、開元（かいげん）九年進士に及第、安禄山（あんろくざん）の乱後、尚書右丞（しょうしょゆうじょう）になった。彼は詩・画・書をよくし、画家としては山水が得意で、南画の祖といわれる。「**摩詰の詩を味へば、詩中に画あり。摩詰の画を観れば、画中に詩あり**」とは、蘇東坡（そとうば）の有名な評語である。彼はまた、仏教にも悟入していた。「王右丞集（おうゆうじょうしゅう）」六巻がある。

〔余説〕 まことに閑寂のきわみ。静中に動ありで、「鳥鳴いて山更に幽（かす）かなり」と同一の手法か。ま

た、芭蕉の「古池や蛙とび込む水の音」の発想とも通ずるものがある。

竹里館　　王維（唐）

1 獨坐幽篁裏　　独り坐す　幽篁の裏
2 彈琴復長嘯・　　弾琴　復た長嘯す
3 深林人不レ知　　深林　人知らず
4 明月來相照・　　明月　来って相照らす

1 ただ一人、奥深い竹林中の離れにすわって　2 琴をかなでたり、また、詩をうそぶいたりして（閑寂の境にひたっている）　3 なにぶん奥深い林のこととて、俗世間の人はだれも尋ねて来たりなどせず　4（ただ、おりから東の空にのぼった）明月のみが（わが意を解するもののように）さやかな光でわたしを照らしてくれるだけである

〔語釈〕**幽篁** 奥深い竹林。「篁」は、竹やぶ、竹林。**裏** うち。「裡」に同じ。**長嘯**「嘯」はうそぶく、口をすぼめて声を長く引っぱって詩歌を吟ずること。**相照** 月とわれと心がかよう気持ちを表している。「相送」「相迎」などの「相」のように、単なる接頭語とみるべきではあるまい。

〔押韻〕五言絶句。去声嘯韻。

〔解説〕「竹里」は竹裡（竹裏でもよい）の意で、竹林のなか。「里」は、なか（中）。「竹里館」は、

竹林の中に建てられたやかた（離れ座敷）で、これも輞川二十景の一つである（第十七首め）。

〔余説〕「人不レ知」を、世人この幽趣を知らずとか、弾琴長嘯の意を知らずとか解しては、ぶちこわしである。ここはどこまでも、次句の「明月来相照」を言わんがための伏線で、むしろ「深林人不レ来」とまで言いたいところである。世間の俗人など相手にならない、われを知るものは月のみ。

夏目漱石は、「草枕」のはじめにおいて、東洋の芸術を論じ、その中に陶淵明の「飲酒」と題する詩中の句、「採レ菊東籬下、悠然見二南山一」と、王維のこの「竹里館」の詩を引用していることは、ご存知であろう。とにかく、この詩は、彼の「心境詩」であり、「境涯詩」であるから、そのつもりで読む必要があろう。ちなみに言っておくと、円山応挙に「王維弾琴図」という名画があるが、王維がいきなり竹林の中にすわっているように描かれているのは、いくら「独坐幽篁裏」だからといって、あまりに正直すぎる。詩題の「竹里館」というのを、しっかり把握して、かからないから、こんなことになる。

雑詩　　王維（唐）

1　君自二故郷一來　　君　故郷より来る
2　應レ知二故郷事一　　応に故郷の事を知るべし
3　來日綺窗前　　来るの日　綺窓の前

4　寒梅著レ花未・　　寒梅花を著けしや未や

1 あなたはわが故郷のほうから、はるばるやって来たのですから　2 さだめし、懐かしい、わが故郷のたよりをご存知でしょう　3 あなたが故郷をお立ちになった当時、あなたの家のお窓の　4 寒梅は、もう花を開きそめていましたか、それともまだでしたか

〔語釈〕綺窗　あやのある美しい窓。この「君」の家の窓をさす。未「いまだしや」と読んでもよい。

〔押韻〕五言絶句。去声寘韻（事）と未韻（未）の通用。

〔解説〕「雑詩」とは、なんということなく作った詩の意であるが、やはりそこはかとなく望郷の意が看取される。

〔余説〕明人の評語に、「寒梅の外、他事に問ひ及ばず、妙甚し」とあるが、まことに文人の情懐、ゆかしいものがある。ただしこの詩は、陶淵明の「爾山中より来る　早晩天目を発せん　我屋南窓の下　今生ず幾叢の菊　薔薇葉已に抽き　秋蘭当に馥郁たるべし　帰去山中に来る　山中酒は応に熟すべし」をふまえている。

九月九日憶二山東兄弟一（九月九日山東の兄弟を憶ふ）　王維（唐）

1 獨在二異鄉一爲二異客一　　独り異郷に在って異客と為り

2　毎㆑逢㆓佳節㆒倍思㆑親。　佳節に逢ふ毎に　倍〻親を思ふ

3　遙知兄弟登㆑高處　遥かに知る　兄弟　高きに登る処

4　遍插㆓茱萸㆒少㆓一人㆒。　遍く　茱萸を挿んで　一人を少くならん

1　ただ一人、見知らぬ他国に、よそものとして滞在をしている身は　2　きょうのようなめでたい節句に出会うと、ひとしお故郷にいる親兄弟のことがしのばれてならない　3　さだめしきょうあたりは、一家うちそろって、例の小山に上り（菊酒をくみ、家族の無事息災を念じているであろうが）　4　みんな茱萸を髪にさして（団欒しているのに）ただ一人欠けている（者のあることを、うわさしているにちがいない）

〔語釈〕 **九月九日**　重陽の節句。古代中国では、奇数は陽、偶数は陰の数とされた。九九で、陽が重なるから重陽という。この日、住んでいる町や村の付近にある小山に一家そろって上り、菊花を浮かべた酒を飲み、茱萸（かわはじかみ、ぐみの一種）の小枝を髪に挿し、災厄を払う習俗があった。**山東**　一本には、「山中」となっているがよくない。山東は、崤山以東の地。今の山西・河北・河南・山東の各省はみなこれにあたる。王維の故郷は山西省の太原、したがって山東である。**異郷**　他郷。**異客**　旅人。上の異郷に合わせて、わざと異客といっているところがおもしろい。**佳節**　めでたい節句。ここではもちろん重陽の節句をさす。**倍**　いよいよ、ますます。**親**　肉親。親兄弟。「親」を「おや」と訓読すると、両親に限定されてしまう。**登高處**　「登高」は、九月九日に小山に上り、菊酒をくみ災厄を払うこと。登高のつどいの場に、の意。**茱萸**　和名は「かわはじか

み」、実はピリッと辛く、邪気を払うものとされた。少一人 たった一人たらない人がある。「一人」は、王維をさす。「少」は、かく（欠）。起句の「独」に応じている。

〔押韻〕七言絶句。平声真韻。ただし、起句はふみ落とし。

〔解説〕九月九日の重陽の節句の当日、異郷にあって、故郷なる親兄弟を思いやって、望郷の気持ちを歌ったもの。当時作者は年十七であったという。

〔余説〕いかにもティーン・エージャーらしい着想ではあるが、わが望郷の思いを少しも言わず、旅にあるわが身を心配してくれているであろう肉親を思うあたり、作者のやさしい人柄が思われると同時に、やはり巧まずしてうまい。起句の「独」と結句の「少二一人一」とを、しっかりと呼応させている点、「異郷」「異客」と、ことさらに重ねているあたり、なかなか見事である。

送三元二使二安西一（元二の安西に使ひするを送る）　王維（唐）

1 渭城朝雨浥二輕塵一。　渭城の朝雨　軽塵を浥す
2 客舎青青柳色新。　客舎　青青　柳色　新たなり
3 勧レ君更盡一杯酒　君に勧む　更に尽くせ　一杯の酒
4 西出二陽關一無二故人一。　西のかた　陽関を出づれば　故人　無からん

1 （友人元二を見送るために前夜から泊まり込み、一夜明くれば）朝がたの雨で、軽く舞いあが

るちりは、しっとりとしめり、渭城の朝は、いかにもすがすがしく　2　旅館の前の青々と芽ぶいている柳は、雨に洗われて、ひとしお新鮮さをまして見える　3　（さていよいよお別れだ、さあ、元気を出して）もう一杯ぐっとほしなさい　4　これから西のかた陽関をひとたび越えたなら、もうそのあたりには、顔なじみの友とて、いないだろうから

〔語釈〕 **元二**「元」は、姓。「二」は、排行（一族ちゅうでの同じ世代の人の年齢の順序を示すもの）、二郎の意。**安西**　唐の安西都護府は亀茲にあった。今の新疆省庫車県。**渭城**　咸陽のこと、渭水に臨むのでいう。長安の対岸で、江戸時代の品川宿にあたる。**浥**　しめす。ぬらす。**客舎**　旅館。**柳色新**　柳が（雨に洗われて）ひとしお新鮮さを増す。**陽關**　西域に通ずる門戸。甘粛省敦煌県の西南にあって、玉門関の南（陽）にあるので、この名がついた。

〔押韻〕　七言絶句。平声真韻。

〔解説〕　友人の元二が、使者として新疆省の安西都護府（西域に駐在した大使館）にゆくのを、渭城（長安郊外）まで見送った時に、その送別の気持ちを歌ったもの。世に「陽関三畳」と名づけられ、一般に送別のおりに歌われた。すなわち、第二句以下の三句を二度ずつ繰り返して吟ずるので三畳という。「畳」は、「たたむ」で、繰り返す意である。わが国では、最後の句のみが「無からん無からん、故人なからん、西のかた陽関を出づれば故人なからん」と、吟ぜられる。

〔余説〕　送別詩の典型的なものである。一首を通じて、いかにもしっとりとした落ち着きと、すがすがしさにあふれ、柳を点出して新鮮さを強調するとともに、送別のふんい気をもりあげている。柳を出したのは、当時旅立つ人の**一路平安**を祈るために、柳の枝を折って輪にしてわたす（もとにもどる意）風習があり、また別れの曲を「折楊柳」といったためであろう。雨も、また涙の縁語であ

る。かく見てくると、送別の小道具は全部そろっているわけであり、あとは別離の酒をくんで、手をわかつだけであるが、見知らぬ西域には親しい友もおるまいから、さあもう一杯と勧める転・結の二句には、作者の深い思いやりがこもっている。

なお、「万葉集」巻二十（四四四〇）に、「足柄の八重山越えていましなば、たれをか君と見つしぬばむ」とある歌は、この詩の結句と、全く同じ表現法を用いている。

少年行　　王維（唐）

1 新豐美酒斗十千。　新豊の美酒　斗十千

2 咸陽遊俠多少年。　咸陽の遊俠　少年多し

3 相逢意氣爲君飲　相逢うて　意気　君が為に飲む

4 繫馬高樓垂柳邊。　馬を繋ぐ　高楼　垂柳の辺

1 新豊でかもした美味なる酒は、一斗一万銭もするが　2 都内には、男だてを気どる若者が多く　3 たまに出会うと、意気投合しては、互いにこの高価な酒を買って飲み　4 乗ってきた馬など、料亭のそばの垂柳の辺に、つなぎっぱなしである

〔語釈〕新豊　長安の東の郊外にある地名。「鴻門の会」の鴻門に近い。斗十千　一斗の価が一万銭もする。この「斗」は、今の約二リットルにあたる。咸陽　秦の都。ここでは単に都の意。遊俠

男だて。**爲君**　君の健康を祝して。

〔押韻〕七言絶句。平声先韻。

〔解説〕楽府題。「行」は、歌の意。「若者の歌」の意味で、都の遊俠を好む少年の豪奢を競うさまを歌ったもの。

〔余説〕いかにも豪快そのもので、当時の社会にこうした風気が存していたことは確かである。エネルギーのはけ口を、こんなところに求めたものであろうか。

送三丘爲落第歸二江東一　王維（唐）

（丘為の落第して江東に帰るを送る）

1 憐君不レ得レ意　憐れむ　君が意を得ざるを
2 況復柳條春。　況んや　復た柳条の春
3 爲レ客黄金盡　客と為って　黄金尽き
4 還レ家白髮新。　家に還らんとして　白髪　新たなり
5 五湖三畝宅　五湖　三畝の宅
6 萬里一歸人。　万里　一帰の人

7　知レ禰不レ能レ薦　　禰を知って　薦むる能はず
8　羞稱ニ獻納臣一　　羞づらくは　献納の臣と称するを

1 君がうまくゆかなかったのを、お気の毒に思う　2 まして時は春、柳も芽ぶくというのに　3 長の滞在で、お金も使いはたし　4 ひとまず帰郷ときくが、あるものは出はじめた白髪ばかりでしょう　5 太湖のほとりには、狭いながらも、わが家があるとか　6 万里の道を、一人とぼとぼ、そこへ帰ってゆくのですね　7 君が昔の禰衡に劣らない人物だと知りながら、（孔融のように）お上に推薦することができず　8 わたしは、献納の臣だなどというのは、まことにお恥ずかしいしだいです

〔語釈〕 **不得意** 思うにまかせない。試験に及第しなかったこと。**柳條** 柳の枝。「柳条春」は、柳の枝が芽ぶく春。**爲客** 受験のために、旅人として都に滞在する。**五湖** 江蘇省にある太湖付近の五つの湖。また、太湖の別名。**三畝宅** 小さい家の意。**知禰** 君が昔の禰衡のようなりっぱな人物だと知りながら。禰衡は後漢の人。孔融は年が二十も上であったが、これと忘年の交わりを結び、上書して推薦した。**獻納** 君主によい意見を奉る。

〔押韻〕 五言律詩。平声真韻。

〔解説〕 「丘為」は、五湖の近くの蘇州嘉興（江蘇省）の人。継母に孝行を尽くし、官は太子右庶子にまで進んだ。この詩は、彼がまだ進士の試験に合格せず、失意の胸をいだいて江東、すなわち五湖の付近の故郷に帰るのを送ったもの。試験に不合格なのを「落第」というのは、この当時から使われていた。合格は、「及第」「登第」「登科」などといった。

〔余説〕 前連・後連とも、実にうまい対句を使っている。特に後連の「五」「三」「万」「一」と、数字を使いこなしての対句は巧みである。しかも「万里一帰人」の句は、孤影悄然、とぼとぼと果てしない道をたどってゆく失意の人を眼前に思い浮かべさせ、凄壮の気に満つる句というべきであろう。

過二香積寺一（香積寺に過ぎる）　王維（唐）

不レ知二香積寺一　　香積寺を知らず
數里入二雲峯一。　　数里 雲峰に入る
古木無人徑　　古木 無人の径
深山何處鐘。　　深山 何れの処の鐘ぞ
泉聲咽二危石一　　泉声は危石に咽び
日色冷二靑松一。　　日色は青松に冷ややかなり
薄暮空潭曲　　薄暮 空潭の曲
安禪制二毒龍一。　　安禅 毒龍を制す

1（香積寺が山中にあるとは聞いていたが）それへの道とは気づかず 2 雲のかかる峰に数里もわけ入った 3 年古りた木の下には人気のない小道がかよい 4 山奥にひびくはどこの寺の鐘か 5（寺に着くと）滝の音は怪しい形の岩にせかれてむせび 6 日ざしはこんもりと茂った松をすかしてつめたそう 7 たそがれの人気のない淵のくまで 8 安らかに禅定の境に入って煩悩をおさえつける

〔語釈〕 **香積寺** 長安の子午谷の北にあると。維摩経に、「維摩居士、衆香国の香積如来に請ひて言ふ、願はくは世尊（釈迦のこと）の食ふ所の余りを得んと。香積仏、衆香鉢を以て、飯を盛り之に与ふ」と。寺名はこれに基づくと。**雲峯** 雲のかかっている峰。**徑** 小道。ここ「無㆓人径㆒」（人のとおる道もない）という読み方もある。**泉聲** 滝の音。**危石** 怪しげな形の岩。**日色** ひかげ。日の光。**薄暮** たそがれ。**空潭** 人気のない淵。**曲** くま。ほとり。**安禪** 心身を安らかにして禅定に入る。**毒龍** 心中の煩悩にたとえる。

〔押韻〕 五言律詩。平声冬韻。

〔解説〕 作者が終南山（長安の南方にある。別名、南山・秦嶺・秦山などといわれる）山中にある香積寺にたち寄った時のもの。王維は寺のありかを正確には知っていなかったが、山にわけ入るにつれ、奥深く静かな風物に接し、やがて寺にたどり着くことを歌ったもの。

〔余説〕 この詩については、王維の作ではなく、王昌齢の作だとする説があるが、内容からいっても、やはり王維とみるべきだろう。尾連は、座禅をくんでいる僧がいたのかも知れぬし、また王維自身がそうしたとも取れる。

送秘書晁監還日本國

（秘書晁監の日本国へ還るを送る）

王維（唐）

積水不可極
安知滄海東。
九州何處遠
萬里若乘空。
向國惟見日
歸帆但信風。
鰲身映天黑
魚眼射波紅。
鄉國扶桑外
主人孤島中。
別離方異域

積水　極む可からず
安くんぞ知らん　滄海の東
九州　何れの処か遠き
万里　空に乗ずるが若し
国に向かって　惟だ日を見
帰帆　但だ風に信す
鰲身　天に映じて黒く
魚眼　波を射て紅なり
郷国　扶桑の外
主人　孤島の中
別離　方に域を異にせば

12 音信若爲通。

音信（おんしん） 若為（いかん）ぞ 通（つう）ぜん

1 青海原は果てしなく広く 2 その東の、君のお国のことなどどうして知りえようか 3 九州のうちでも、どこが一番遠いだろうか（もちろんお国の日本だろう） 4 その八重の潮路を、空を飛ぶように帰ってゆかれる 5 お国に向かっては、ただ太陽をめあてにし 6 帰りの船は、ただ風まかせ 7 大海亀の背が日の光に黒ぐろと照り 8 魚の眼光は、波を射るように赤く輝いていることだろう 9 お国は扶桑樹の生えている所よりさらに遠く 10 お身は孤島日本の人となられるのだ 11 お別れして、これからよその国の人となるならば 12 おたよりがどうして通じようか

〔語釈〕 **積水** 海のこと。**滄海** 青海原。**九州** ここでは、世界をさす。禹が全中国を九つに分けて、それを九州といった、その九州ではなく、別に全世界を九州に分ける考え方があり、ここではその意味の九州だから、いわば全世界の意味である。**乘空** 空を飛んでゆく。列子黄帝篇に、華胥の国人が「空に乗ずること、実を履む（大地を歩いてゆく）が如し」とあるのに由る。**向國** お国日本に向かって。**歸帆** 帰る帆かけ舟。**信風** 風にまかせる。「信」は、まかせる。**鰲** 鼇の俗字。想像上の大きな海亀。背中に蓬萊山を背負っているという。**魚眼** 魚の眼光。**鄕國** お国。**扶桑** 東海の日の出るところにあるという神木。**主人** 阿部仲麻呂をさす。**方** いま。これから。**異域** 外国の人となる。よその国の人となる。**若爲** 「如何」と同じ。どうして……しようか。反語。

〔押韻〕 五言排律。平声東韻。

〔解説〕　阿部仲麻呂（あべのなかまろ）が唐から日本へ帰国するとき、別離を惜しんで贈った詩。仲麻呂は唐で姓名を晁衡（ちょうこう）と改め、朝廷に仕えて秘書監（宮中の機密文書などを扱う秘書省の長官）にまで昇進したが、望郷の念やみ難く帰国しようとした。

〔余説〕　仲麻呂は年十六のとき唐に留学し、詩をもって知られ、王維・李白などと交わり、唐の朝廷に仕えて重用されたが、天宝十二年（七五二）に帰国の途についた。有名な「**天の原ふりさけ見れば春日なる三笠の山に出でし月かも**」の歌は、彼が明州（浙江省鄞県の東）から船出する時の作である。ところが海上で暴風雨に出会い、今日の北ベトナム海岸に漂着した。この時、李白らは彼がてっきり死んだものと思い、これを哭する詩を作っている。その後、仲麻呂は再び唐に仕え、ついには北海郡開国公になり、三千戸を食む身分にまで栄進したが、大暦五年（七七〇）唐で死んだ、年七十三。

この詩は、仲麻呂が帰国の時、百官の送別の宴の席上における王維の作で、長い序文がついている。この詩を読むたびごとに、著者は、台北の中国文化学院教授の朱元先生（上海の人、早稲田大学出身）のことを想起して感慨に堪えないものがある。先生はいう、「私はこの詩を書いて日本の知友に贈り、それで国民外交をしております。あなたにも後からお送りします」と。果たして朱元先生から、後にこの詩が郵寄され、今も大切に保存している。日中の生ける友好のあかしとして、この詩を高く評価したい。

静(せい)夜(や)思(し)

李(り)白(はく)（唐(とう)）

1　牀前二看月光一。　　牀前(しょうぜん)　月光(げっこう)を看(み)る
2　疑是地上霜。　　疑(うたが)ふらくは　是(こ)れ　地上(ちじょう)の霜(しも)かと
3　擧レ頭望二山月一　　頭(かうべ)を挙(あ)げて　山月(さんげつ)を望(のぞ)み
4　低レ頭思二故郷一。　　頭(かうべ)を低(た)れて　故郷(こきょう)を思(おも)ふ

1 ベッドの前まで射しこんでいる月光を見て　2（思わず窓辺まで歩みより、庭をながめると）おや地上一面にもう霜がおりたのか、と思われるほど（月光に白く輝いている）　3（そこでその正体はと）頭をあげて山の端にかかっている月をながめ　4（こよい、やはりこの月をながめているであろう）故郷の人々の上に思いをはせ、いつか頭をたれて望郷の念にかられている自分である

〔語釈〕**牀前**　ベッドの前。**看月光**　一本には、「明月光」に作る。**疑是**……ではないかしらと思われるほどである。李白はよくこの語法を使う。「疑フラクハ是レ銀河ノ落ツルカト二九天ヨリ一」（「廬山瀑布水」の詩）。**低頭**　頭をたれる。

〔押韻〕この詩は平声陽韻。ただし、起句も押韻し、平仄(ひょうそく)にかかわらない拗体(ようたい)である。

〔解説〕静かな秋の夜の思いの意であるが、これは楽府題(がふだい)で、さしずめ秋のセレナーデといったところ。李白の作品中での逸品。

李白　七〇一～七六二。盛唐の大詩人。字は太白。蜀（四川省）の青蓮郷（四川省緜陽県の北西）の人。ゆえに青蓮居士と号する。生地については異説が多いが、右の青蓮郷とするのが通説。若い時から詩書百家の学に通じ、やがて剣を学んで遊侠（男立て）をこととした。天宝の初め、都の長安に出て賀知章にみとめられ、その推挙によって玄宗に仕えた。翰林学士となり、寵愛されたが、天才をたのんで奔放な行いが多く、酒にふけって、みずから酒仙と称した。ために側近の人々と合わず、たまたま楊貴妃のきげんをそこね、朝廷から追われた。かくて放浪の旅に出て、一時は永王璘（玄宗の子）にも仕えたが、璘が謀叛をおこして、敗れたので、夜郎（貴州省）へ流されそうになった。しかし途中で許され、当塗（安徽省、揚子江ぞいの南京の少し上流）にいた親戚の李冰陽のもとに身を寄せ、そこで死んだ。時に年六十二。当塗にその墓がある。著者は、かつてそこを訪れたことがある。伝えるところによると、中秋の明月の夜、太江に船を浮かべ、水中の月をすくい取ろうとして水死したと、いわれる。

李白は杜甫と並んで、中国の古今を通じての大詩人であったが、その作風は全く相反していた。すなわち、李白は天才的で空想をほしいままにし、**天馬の空を行く**がごとく、飄逸で脱俗的な趣があり、酒や神仙をテーマとした作品が多く、みずからも詩仙と号したほどであるが、実はそれをもってしてもなお、消すことのできない「**万古の憂い**—人間の荷なっている、いつかは必ず死なねばならぬという宿命に対する悲しみ」が、その底流となっている。長編の古詩にもすぐれていたが、特に絶句においては、古今の第一人者である。「李太白集」三十巻がある。

〔**余説**〕　就床前に、偶然目にふれた月光をたよりとして、きわめて自然に句が運ばれ、最後にたえ難い望郷の情にまでいっきに情感をもりあげている。転・結の「挙頭」、「低頭」の対句もまたよい。

月を媒体として、李白の感慨は無限に広がっていったことであろう。
また、大江千里の有名な和歌、「月見れば、ちぢに物こそ悲しけれ、わが身一つの秋にはあらねど」は、望郷の歌ではないが、月を見て感傷にふける点は同じである。

玉階怨（玉階の怨み）　李白（唐）

1 玉階生白露　　玉階　白露生じ
2 夜久侵羅襪　　夜久しうして　羅襪を侵す
3 却下水晶簾　　水晶簾を　却下して
4 玲瓏望秋月　　玲瓏　秋月を望む

1 玉階には、もう白露がおりて 2 夜もだいぶ更けたとみえ、薄絹のくつ下を通して、寒さが身にしみてくる 3（今までじっと立って君をお待ちしていたが、今はあきらめて部屋にもどり）水晶簾をおろし 4（そのすきまから）明るく照る秋の月をながめやって、（うかぬ思いに、ふけるしだい）

〔語釈〕羅襪　薄絹のくつ下。水晶簾　水晶の飾りのついているすだれ。却下　おろす。玲瓏　月の明るいさま。「玲瓏」は「秋月」に掛かる。玲瓏たる秋月である。

〔押韻〕五言絶句。入声月韻。

〔**解説**〕「玉階」は、大理石・花崗岩などでできている階段。そこで君の行幸を待ちうける宮女の気持ちを歌ったもので、**待ち人ついにきたらず**、である。この詩は宮女の恨みを述べたもの。

〔**余説**〕「玉階」、「白露」、「水晶簾」と、一見してとり合わせが、いかにも冷ややかであるが、しかもその冷たさの中に、何ともいえない艶麗さがある。もう愛されなくなり、待ちぼうけをくった宮女の、やるせない思いを歌った宮怨の詩中の白眉といってよい。

夏日山中　　李白（唐）

1 懶レ搖ニ白羽扇一
2 裸體青林中。
3 脱レ巾掛ニ石壁一
4 露レ頂灑ニ松風一。

白羽扇を　揺がすに懶し
裸体　青林の中
巾を脱して　石壁に掛け
頂を露して　松風を灑がしむ

1（暑くてやりきれず）白羽扇を使って、涼を入れるのさえ、けだるいほど　2（いっそのこと）林の中で、すっぱだかになってしまおう　3 ずきんまではずして、石の絶壁にかけ　4 のうてんをむき出しにして、松風をシャワーのように吹きかけさせる

〔**語釈**〕**懶**　ものうい。けだるい。おっくう。**白羽扇**　鳥の白い羽を集めて作ったうちわ。**裸體**　はだか。**巾**　頭巾。**頂**　頭のてっぺん。のうてん。無暗にずきんをとるのは、実は無作法なのであ

る。灑　そそぐ。水をかける。

〔押韻〕五言絶句。平声東韻。

〔解説〕夏の山中での、天衣無縫の生活を歌ったもので、物にこだわらない李白のきじをむき出しにしている。

〔余説〕「白羽」と「青林」との、色彩の清潔感、「石壁」と「松風」との涼感、特に結句の「灑二松風一」の一句が漱々(そうそう)として、万斛(ばんこく)の涼味をもたらし躍動している。李白の、ものにこだわらない態度が、目に見えるようである。

秋浦歌（秋浦(しゅうほ)の歌(うた)）　李白(りはく)（唐(とう)）

1　白髪三千丈　　白髪(はくはつ)　三千丈(さんぜんじょう)
2　縁レ愁似レ箇長。　　愁(うれ)ひに縁(よ)って　箇(か)の似(ごと)く長(なが)し
3　不レ知明鏡裏　　知(し)らず　明鏡(めいきょう)の裏(うち)
4　何処得二秋霜一。　　何(いづ)れの処(ところ)にか　秋霜(しゅうそう)を得(え)たる

1（鏡に照らしてわれとわが顔を見れば）白髪は三千丈もあろうかと思われるほど　2　思うに心につもる憂いのために、かくも長く伸びたのであろう　3　鏡の中なるわが白髪を、じっと見つめるにつけても　4　どこで、この白髪を得たことやら

〔語釈〕 **三千** 実数ではなく、多いことのたとえ。宮女三千、食客三千など。**縁** よる（因）。…のために。**似箇** 「如ㇾ此」の俗語。**裏** うち。なか。「裡」と同じ。**秋霜** 白髪をたとえた。

〔押韻〕 五言絶句。平声陽韻。

〔解説〕 「秋浦」は、安徽（あんき）省池州（ちしゅう）の県名。現在は貴池県。李白がここに仮住まいしていた時、自分の老境を嘆じて歌ったもの。全部で十七首あり、これはその第十五首め。

〔余説〕 老いの嘆きであり、人生の挽歌である。いわゆる「**白髪三千丈**」という語は、この詩から出たものであるが、しかし、それは決して誇張ではない。その時の実感を忠実に表現したまでで、詩的表現の迫真性は、必ずしも事実と一致するものでないことを了承すべきである。

客中行（かくちゅうこう）　　李白（りはく）（唐（とう））

1 蘭陵美酒鬱金香。
2 玉碗盛來琥珀光。
3 但使ㇾ主人能酔ㇾ客
4 不ㇾ知何處是故郷。

蘭陵（らんりょう）の美酒（びしゅ）　鬱金香（うっこんこう）
玉碗（ぎょくわん）　盛（も）り来（きた）る　琥珀（こはく）の光（ひかり）
但（た）だ主人（しゅじん）をして能（よ）く客（かく）を酔（ゑ）はしめば
知（し）らず　何（いづ）れの処（ところ）か　是（こ）れ故郷（こきょう）

1 酒は、蘭陵の生いっぽん、しかも鬱金香を混ぜてあって、芳醇（ほうじゅん）そのもの　2 器は、玉で作った碗、それになみなみと注いであって、琥珀色の光をたたえている（酒といい、器といい、申し分はない。このうえは）3 ただこの家の亭主が、この私を気持ちよく酔わせてくれるものなら 4（せめて酔っている間なりと、身の異郷に在ることを忘れ）どこが故郷やら、他郷やらを、問題になどしなくなるだろう（しかし、そんな亭主には、なかなか巡り会えないから、どうすることもできない）

〔語釈〕**蘭陵** 美酒の産地。今の江蘇省武進県の西北。**鬱金香** 鬱金草から取った香の名。酒をかもす時に使われた。**玉碗** 玉で作った碗。りっぱな茶碗。**琥珀** 松脂などの樹脂が地中で化石になったもの。**但** ただ。「但」の一字が、この詩の眼目。いくら名酒を名器で飲んだとて、旅人の心は楽しまない。ただ主人の厚意によってのみ客愁を忘れうる。

〔押韻〕七言絶句。平声陽韻。

〔解説〕「客中」は、旅行中。「行」は、歌。「旅先での歌」の意である。この詩は、李白が玄宗の側近高力士の無根の悪口によって追放され、斉魯（今の山東省）の付近を、さすらっていた時の旅先での歌。

〔余説〕一見、豪放磊落そのものの李白ではあったが、やはりそこは弱い人間である。他人の厚意を期待し、善意にすがろうとする気持ちがほの見え、人間李白の一側面を、かいま見る思いがする。

早發白帝城（早に白帝城を発す） 李白（唐）

1 朝辭白帝彩雲間。 朝に辞す 白帝 彩雲の間

2　千里江陵一日還。　　千里の江陵　一日にして還る
3　兩岸猿聲啼不レ住　　両岸の猿声　啼いて住まざるに
4　輕舟已過萬重山。　　軽舟已に過ぐ　万重の山

1　朝まだ明けやらぬうちに、白帝城を朝焼けの雲の間に、かいま見ながら後にして　2　千里も下流にある江陵に、その日のうちに着いてしまった　3　途中、両側の切り立ったがけで遊んでいるさるのなき声が、一声まだなき終わらないうちに　4　わが乗る小舟は（あっというまもあらばこそ）早くも重畳たる山の間を通り過ぎているのであった

〔語釈〕 **朝辭**　早朝に出発する。**白帝城**　四川省奉節県にあって、揚子江に臨む。蜀漢の昭烈帝（劉備）は永安城と改名したが、ここで崩じた。のち、また白帝城とよばれた。**彩雲**　美しい雲。朝焼け雲。**千里江陵**　遠く千里も離れた下流の江陵。白帝城から湖北省宜昌まで七百六十里、その間に有名な三峡の険があり、宜昌から江陵まで三百里、合計一千六十里。日本の里数にすると、約百七、八十里。**江陵**　湖北省江陵県。戦国時代の楚の郢はここである。**啼不住**　鳴き声が、一声まだ鳴き終わらないうちに。「住」は、やむ、とどまる。一本には、「尽（つく）」になっている。**輕舟**　舟足の軽い舟。**萬重山**　幾重にも重なっている山。

〔押韻〕　七言絶句。平声刪韻。

〔解説〕　白帝城（四川省奉節県にある）を早朝に舟出して、江陵（湖北省江陵県）まで下る途中、有名な三峡の険をまたたく間に通過した快感を歌ったもの。スケールのちがいはあるが、天竜下り

を想起されたい。

〔余説〕一瀉千里とは、まさにこのことであろう。奔馬のごとき水流も、さることながら、李白の詩筆もまた躍動し、中間に「猿声」の一句を挿入して変化を与えているあたり、大詩人たるにそむかない。なお、「白」に対して「彩」、「千」に対して「一」、「両」に対して「万」、「軽」に対して「重」など、修辞上にも細かい配慮がみられる。

峨眉山月歌（峨眉山月の歌）　李白（唐）

1 峨眉山月半輪秋。　峨眉山月　半輪の秋

2 影入二平羌江水一流。　影は　平羌江水に　入って流る

3 夜發二清溪一向二三峽一　夜　清渓を発して　三峡に向かふ

4 思レ君不レ見下二渝州一　君を思へども　見えず　渝州を下る

1 峨眉山の上には、上弦の秋月がかかり　2 月光が、ふもとを流れる平羌江の水に映って、舟の進むにつれ、月影もともに流れて行くように見える　3 わたしは夜舟を利用して、清渓を舟出し、三峡に向かって下って行く途中であるが　4 （やがて山が両岸に迫って視界がさえぎられ）さっきの月を見たいと思いながらも、見ることができず、心残りしながら渝州のあたりを下るしだいである

〔語釈〕**半輪**　上弦、すなわち陰暦七、八日ごろの月。**平羌江**　青衣江の平郷あたりを流れる部分を平羌江といい、峨眉山下の峨眉県を流れ、嘉州で揚子江に注ぐ。**清渓**　峨眉山下にある清渓駅。**三峡**　四川省奉節県より湖北省宜昌まで下る間にあって、揚子江が急流激湍をなす危険な三箇所。巫山峡・明月峡・広沢峡、またの説に、巫峡・西陵峡・帰峡と。**思君**　「君」は、月をさす。**渝州**　今の四川省重慶。

〔押韻〕七言絶句。平声尤韻。

〔解説〕「峨眉山」は、蜀（四川省）の名山、四川省峨眉県の西南にある。その形が峨眉（蚕のまゆ）に似ており、山は三つにわかれ、大峨・二峨・三峨の名がある。この詩は、李白が清渓を舟出して、三峡に向かい夜舟の中で、峨眉山上の月を歌ったもの。

〔余説〕わずか二十八字の中に、「峨眉山」、「平羌江」、「清渓」、「三峡」、「渝州」と、五つもの地名を読み込んでいながら、少しもわずらわしさを感じさせない点は、さすがに李白ならではと思う。蘇東坡なども、李白のこの詩に深く敬服していたらしい。

望二廬山瀑布一（廬山の瀑布を望む）　李白（唐）

1　日照二香爐一生二紫煙一。　日は香炉を照らし　紫煙を生ず
2　遙看瀑布挂二前川一。　遥かに看る　瀑布の前川に挂くるを

3 飛流直下三千尺　　飛流直下　三千尺

4 疑是銀河落九天　　疑ふらくは是れ銀河の九天より落つるかと

1 廬山の香炉峰を朝の太陽が照らすと、山気が紫色の煙となって見え（天然の大きな香炉に見たてられ） 2 大きな布を、眼前の川に掛けたかのような滝が、はるかにながめられる 3 その勢いの雄大なことは、飛ぶがごとき早い流れが、いっきに三千尺の高さから落下し 4 まるで、あまの川が天空から落ちて来るのかと、まがうばかりである

〔語釈〕**廬山**　江西省九江の南にある名山。李白も白居易も、ここに住んだことがある。**瀑布**　たき（滝）。**香爐**　廬山の一峰、香炉峰のこと。山下に瀑布がある。**紫煙**　山気が日光に映じて、紫色にかすんで見えるものをいう。香炉峰の山形を香炉に、朝もやを香の煙に見立てた。**挂前川**　一本には、「挂長川」となっている。「挂」は、かける（掛）。**銀河**　天の川。**九天**　はかり知れない高い天。

〔押韻〕七言絶句。平声先韻。

〔解説〕「李太白集」には、同じ題で、もう一首、五言の古詩があり、蘇東坡も廬山に遊んで、これら二首をもって、古今の絶唱であると激賞している。

〔余説〕転・結の二句は、実に李白らしい奇想天外な着想であって、古来有名である。「香炉」と「紫煙」との縁語関係もおもしろいし、また「三千尺」と「九天」との数字の対照も見事である。

贈汪倫（汪倫に贈る）　李白（唐）

1　李白乗レ舟将欲レ行。　李白　舟に乗って　将に行かんとす
2　忽聞岸上踏歌聲。　忽ち聞く　岸上　踏歌の声
3　桃花潭水深千尺　桃花潭水　深さ千尺
4　不レ及汪倫送レ我情。　及ばず　汪倫　我を送るの情に

1　わたしが舟に乗って、いよいよ出発という時に　2　川岸の上から、足を踏みならして拍子をとり、合唱する歌声が聞こえてきた　3　この桃花潭の水は、ずいぶん深そうであるけれど　4　見送って別れを惜しんでくれる、汪倫君の友情の深さには、とても及ぶまいなあ

〔語釈〕**將欲行**　一本には「欲二遠行一」となっている。**踏歌**　足で大地を踏み鳴らし、拍子をとって歌う。**桃花潭**　涇県（安徽省）にあった。「潭」は、ふち（淵）。おそらく桃の花が川辺に咲いていた淵で、後にその付近一帯の呼称となった。李白が流浪の生活ちゅう、この桃花潭に遊んだ時、付近の村人の汪倫は、いつも自家でかもした美酒で、不遇の詩人をもてなし、李白が村を去るにのぞんでは、船つき場まで見送り、村人たちとともに別れを惜しんだ。李白はその厚情に答えて、この詩を作って贈った。「倫の子孫、今に至るまでその詩を宝とす」と、元代の楊斉賢が述べている。

〔押韻〕七言絶句。平声庚韻。

〔解説〕李白が、安徽省涇県の桃花潭に遊んだ時、美酒で歓待するのを常とした村人の汪倫に、別れに際し厚情を謝して贈った詩。思えば**酒仙**とみずから称した李白は、人一倍涙もろい感激家であ

ったのだろう。

〔余説〕眼前に深くたたえている桃花潭の水を見つめながら、素朴な村人の友情はひとしお、逆境流浪ちゅうの李白の胸にこたえるものがあったろう。元来が即興的に歌ったものであろうが、起句の「李白」に対し、結句で「汪倫」と、人名を出して照応させているあたり、やはり何といっても李白ならではの感が深い。紀貫之の、「棹させど、そこひも知らぬわたつみの、深き心を君に見るかな」という和歌は、この詩から着想したものだろうといわれる。

黄鶴樓送㆔孟浩然之㆓廣陵㆒

李白（唐）

（黄鶴楼にて孟浩然の広陵に之くを送る）

1 故人西辭㆓黄鶴樓㆒。　故人　西のかた　黄鶴楼を辞し
2 烟花三月下㆓揚州㆒。　烟花　三月　揚州に下る
3 孤帆遠影碧空盡　孤帆の遠影　碧空に尽き
4 唯見長江天際流。　唯だ見る　長江の天際に流るるを

1 わが年来の旧友孟浩然君は、これから西の方黄鶴楼をあとにして 2 春がすみたなびき、花咲きにおう三月に、揚州へと揚子江を下ってゆかれる 3 （この楼上から孟君の乗った舟を見送っていると）たった一つの帆掛け舟のはるかに遠い影は、やがて青空のかなたに見えなくなり 4

あとにはただ、揚子江の流れが、天際に向かって流れているのを見るばかり

〔語釈〕 **故人**　旧知の人。「故」は、「古」に同じ。ここでは孟浩然をさす。わが国ではふつう「死者」の意に用いられるが、詩では旧友の意に用いられる。 **烟花**　春がすみと花。「烟」は「煙」に同じ。ここでは人烟繁華な揚州の町という意にも掛けている。 **天際**　天と地との接するあたり。

〔押韻〕 七言絶句。平声尤韻。

〔解説〕 「黄鶴楼」は、湖北省武昌の蛇山という丘陵の西端にある高楼で、揚子江に臨み、風景絶佳のところ。唐代小説に、黄鶴が舞い降り、仙人を乗せて再び空に舞い上がったという話が伝えられている。「広陵」は、一名揚州、また江都ともいわれ、江蘇省江都県。古来、風流繁華の地として知られる。黄鶴楼で、これからその揚州へ揚子江を下って行こうとする、友人の孟浩然を送別した詩。

〔余説〕 果てしない長江の流れ、舟影を見送って凝然と立ちつくす李白、惜別の情、また限りないことであろう。

春夜洛城聞レ笛（春夜　洛城に笛を聞く）　李白（唐）

1　誰家玉笛暗飛レ聲。　誰が家の玉笛ぞ　暗に声を飛ばす
2　散入二春風一満二洛城一。　散じて春風に入って　洛城に満つ

3　此夜曲中聞二折柳一　　此(こ)の夜(よ)　曲中(きょくちゅう)に　折柳(せつりゅう)を聞(き)く

4　何人不レ起二故園情一　　**何人(なんぴと)か　故園(こえん)の情(じょう)を　起(お)こさざらん**

1　どこの家の風流子が吹きすさぶことやら、どこからともなく笛の音が、夜のしじまをぬって流れてくる　2　その音が春風に乗って、この洛陽の都じゅうに行き渡ってゆくようである　3　今夜耳にしたいろいろの曲目の中で、わけても別れの時にかなでる折楊柳の曲を聞いては　4　だれ一人として、望郷の念にかられないでいられようか

〔語釈〕誰家　だれかの家。単に「いずこ」とみる説もある。**玉笛**　玉で作ったりっぱな笛。美しい笛。**暗**　どこからともなく。**此夜**　「今夜」に同じ。**折柳**　折楊柳の曲。「蛍の光」の類の別れの曲。**不起故園情**　故郷を思う心。すなわち、望郷の念、ノスタルジーをおこさなかろうか（おこさずにはおれない）。反語形。「故園」は、故郷。

〔押韻〕　七言絶句。平声庚韻(こういん)。

〔解説〕　春の夜、洛陽城で笛の音を耳にして、故郷懐かしさのあまり作った詩。洛城は、洛陽(らくよう)（唐の東都）の城郭都市。

〔余説〕　「暗」の字は「誰家」に応じ、また、「飛」「散」「風」に応じ、笛の音が洛陽城中に満ち満ちれば、これを耳にしない者はないわけであるから、結句の「何人」の語を呼びおこすわけである。「此夜」は、題目の「春夜」に応じ、「折柳」は直ちに「故園情」に通ずる。かく見て来ると、この詩は、前後照応の関係が実にきちんとしており、一字もゆるがせにしてない。さすがに名作と称せられるゆえんである。

望天門山（天門山を望む）　李白（唐）

1 天門中斷楚江開。
2 碧水東流至北廻。
3 兩岸青山相對出
4 孤帆一片日邊來。

天門　中断して　楚江　開く
碧水　東に流れて　北に至って廻る
両岸の青山　相対して出づ
孤帆　一片　日辺より来る

1　天門山は、真ん中で二つに断ち切れ、その中を楚江が流れ通じている　2　真っ青な色の水が、東に向かって流れてきて、ここで北に方向を転じている　3　さて両岸には、青い山が対峙して、天然の門をなしているが　4　その間を一片の白帆が下って来るのは、まるで遠い天のかなたより来るのかと思われるほどである

〔語釈〕**中斷**　真ん中が切れている。**楚江**　楚の地の川。特に湖北・湖南・安徽省内を流れている部分の揚子江をいう。**開**　開き通じている。上の「門」の字をうけていう。**至北廻**　北に向かって屈折して流れている。ただし、「北」を「此」の誤りとする説がある。「至此廻」ならば、ここで屈曲して流れている意となる。**日邊**　天日のあたり。天辺。天の果ての意。

〔押韻〕七言絶句。平声灰韻。

〔解説〕この詩は、作者が安徽省の宣城から揚子江を南京に下る時に、ここを通過して歌ったもの。

「天門山」とは、安徽省当塗県（付近に李白の墓がある）と、対岸の和県とにまたがっている山で、両山が揚子江をはさんで門のように見えるところから命名された。東（当塗）を東梁山（本名は博望山）、西（和県）を西梁山（本名は梁山）という。

〔余説〕起句の「開」は、「天門」の「門」の縁語であり、結句の「日辺」は、「天門」の「天」と呼応している。また、「碧水」「青山」に対し「孤帆（白）」を出している点、字面に色彩の変化をも考慮している。結句の解釈は通説に従っておいたが、ほかに、①「日辺」を長安とし、「孤帆」は李白の乗っている舟、すなわち李白が長安を出て揚子江を下ってゆく詩とみる。②「日辺」を長安とすることは同じであるが、「孤帆」を他人の乗る舟とし、だれかが長安からやって来るのを望み、都を懐かしむ詩とみる。以上の二解がある。「日辺」を長安と解するのは、晋の明帝の「長安」と「日」と、どちらが近いかという故事によるのであるが、李白の詩に故事を引用している例は少ないから、あとの二説は、はたしてどうか。

蘇臺覽古　　李白（唐）

1 舊苑荒臺楊柳新。　　旧苑　荒台　楊柳　新たなり
2 菱歌清唱不レ勝レ春。　　菱歌　清唱　春に勝へず
3 只今惟有二西江月一　　只今　惟だ西江の月のみ有り

4　曾照呉王宮裏人。　曾て照らす　呉王　宮裏の人

1　古びた御苑、荒れ果てた見晴らし台の跡あたりには、楊柳が今年も芽ぶいて青々と茂っており　2　付近で菱を摘む乙女たちの、清らかな歌声を聞くと、春愁の思いにたえきれなくなる　3　（昔に変わらぬものとては）今はただ西江の上に出る月だけであるが　4　この月こそ、その昔、呉王宮中の美女、すなわち西施などの美しい顔を照らしたのと同じ月である

〔語釈〕**苑**　園の大きいもの。御苑。**臺**　土を高く盛って作った見晴らし台。**菱歌**　「菱」は、ひし（水草、実は栗の味がする）。「菱歌」は、ひしを採る時の歌。**清唱**　清らかな歌声。**不勝春**　春の（わびしい）思いにたえきれない。**西江**　呉宮の西方を流れる河。**呉王宮裏人**　呉王夫差の王宮ちゅうの人、すなわち絶世の美女西施などをさす。

〔押韻〕七言絶句。平声真韻。

〔解説〕「蘇台」は、江蘇省呉県（今の蘇州）に、春秋時代の呉王夫差が築いた姑蘇台のことで、呉越興亡の哀史で有名な旧跡。「覧古」は、旧跡を見ていにしえを思うこと、懐古と同じ。詩題に用いられる語。

〔余説〕起句の「旧苑」の「旧」に対して、「楊柳新」の「新」で応じ、さらに「只今」の「今」で応じ、結句の「曾照」の「曾」でおさめている。「西江」の「西」は、宮裏人の「西施」を連想させるために出した字で、かく見てくると、さらりと詠じているようであるが、文字の照応はきちんと考えて作られている。この詩は、次の「越中懐古」と、対をなしている作である。

越中懐古　　李白（唐）

1　越王句践破レ呉帰。
2　義士還レ家盡錦衣。
3　宮女如レ花満二春殿一
4　只今惟有二鷓鴣飛一。

越王句践　呉を破って帰る
義士　家に還って尽く錦衣
宮女　花の如く春殿に満つ
只今　惟だ鷓鴣の飛ぶ有るのみ

1越王の句践は、（臥薪嘗胆二十年ののち）呉を滅ぼして凱旋した　2この時、戦場で忠義を尽くした戦士たちは、（恩賞にあずかり）家に錦を飾って富裕な生活をおくり　3花のように美しい多くの女官たちが、りっぱな春の殿中に満ち満ちていたであろう　4（しかるに）今では（錦衣の義士も、花のような宮女もほろび去って）ただ鷓鴣が飛びかうているだけである

〔語釈〕**越王句践**　はじめ句践は呉王夫差に敗れて、いわゆる会稽の恥をなめたが、臥薪嘗胆二十年、ついに夫差を破って会稽の恥を雪いだ。夫差は姑蘇台に退いて和平を請うたが許されず、ついに自殺し、句践は晴れて凱旋した。**義士**　忠義を尽くした戦士。**錦衣**　りっぱな着物。ここではりっぱな着物をまとい富裕に暮らす意。**鷓鴣**　鳩の一種。鶉に似てやや大きく、茶色で胸に白いぶちがある。南方に多い。

〔押韻〕七言絶句。平声微韻。

〔解説〕「越中」は、越王句践の都した会稽（浙江省紹興県）で、作者がこの地に遊んで、往時を

懐古して歌ったもの。いうまでもなく、「**会稽の恥を雪ぐ**」故事で有名な、呉越興亡の哀史が背後にある。

〔**余説**〕蘇台の詩は、初めの三句、眼前の寂しい景物より筆を起こし、結句で昔の華やかさを歌うが、この越中懐古では、かえって初めの三句が昔の全盛を述べ、結句で眼前の荒涼たる風景を歌っている。李白独特の手法を味わうべきである。

なお、承句の「義士」が、一本には「戦士」となっており、「還レ家」が「全唐詩」には「還レ郷」となっている。「錦を衣て郷に還る」という語があるから、「還レ郷」とするほうがおもしろい。

聞三王昌齢左遷二龍標尉一遙有二此寄一　　李白（唐）

（王昌齢の龍標の尉に左遷せらるるを聞き、遥かに此の寄有り）

1 楊花落盡子規啼。　　楊花落ち尽きて　子規啼く
2 聞道龍標過二五溪一。　　聞道く　龍標は　五渓を過ぐと
3 我寄二愁心一與二明月一　　我　愁心を寄せて　明月に与ふ
4 隨レ君直到二夜郎西一。　　君に随って　直ちに夜郎の西に到らん

1（時は晩春のこととて）楊柳の白い綿のような花も散り果てて（初夏を告げる）ほととぎすが、帰郷をうながすかのように「不如帰」（帰るにしかず）と鳴いている　2　おりもおり、君が龍標

の尉に左遷されて、五渓を通って、はるばる任地にゆかれると聞いた　3（遠く離れている身は思うにまかせない、そこで）わが憂うる心を天上の明月に託し　4　君を送ってまっすぐに、夜郎の西あたりまでゆきたいほどである

〔語釈〕**楊花**　川柳の花。**子規**　ほととぎす。杜鵑ともいう。**聞道**　「きくならく」と読み、聞くところによれば、の意。**龍標**　地名であるが、ここでは龍標尉に左遷された王昌齢をさす。**五溪**　辰溪・酉溪・巫溪・武溪・沅溪のことで、今の湖南省西部・貴州省東部にある。龍標県は五渓の流域である。蛮夷の地。**夜郎**　貴州省西境の地。

〔押韻〕七言絶句。平声斉韻。

〔解説〕この詩は、李白の友人王昌齢が龍標県（今の湖南省黔陽県）の尉（武官）に左遷されたのを聞いて、感懐を歌って贈ったもの。漢以来の習慣として右をたっとしとし、左をいやしむので、「左遷」には官職をおとし階級をさげる意味がある。

〔余説〕李白はいったんは夜郎に流されることになり、途中までいったが、許されて帰ったから、この詩が夜郎で作られたとする説は誤りである。

秋下二荊門一（秋　荊門を下る）　李白（唐）

1　霜落荊門江樹空。　霜落ちて　荊門　江樹　空し

2　布帆無レ恙掛二秋風一。　布帆　恙無く　秋風に掛く

3　此行不レ為ニ鱸魚鱠一　　此の行　鱸魚の鱠の為ならず

4　自愛ニ名山一入ニ剡中一。　　自ら名山を愛して　剡中に入る

1　荊門山のあたりは、霜のおりるころとなって、江岸の木々の葉も散って寂しく　2　わが乗る舟は、つつがなく、秋風を帆にはらんで進んでゆく　3　その昔、晋の張翰がじゅんさいのあつもの・すずきのなますを思って、官をやめて故郷に帰ったのは、その実、世の乱れようとするのを察して先手を打ったのであるが、自分のこのたびの旅行は、そんな高尚な目的があるわけではない　4　ただ名山の風景にひかれて、剡中に行くためである

〔語釈〕 **布帆無恙**　布で作った舟の帆が無事である。顧愷之の故事。転じて、旅行を無事に続ける意。　**鱸魚鱠**　すずきのなます。「晋書」に「張翰は呉郡の人。洛に在りて、秋風の起こるを見、呉中の菰蓴（まこもとじゅんさい）・鱸鱠を思ひ、即ち駕を命じて帰る」とある。　**剡中**　「剡」は、県の名。呉の会稽郡、「浙江省」に属し、山水の美をもって知られる。

〔押韻〕 七言絶句。平声東韻。

〔解説〕 この詩は、荊州（湖北省）から呉（揚子江の下流の地方）に下る時のもの。「荊門」は、山の名、荊州の江岸にある。「水経注」に、「江水は、東のかた荊門、虎牙を経、荊門山は南に在り、上合し下開いて、其の状、門に似たり」とある。その付近の揚子江は急流となる。

〔余説〕 ただ山水を恋うるという、いかにもゆったりした情味にあふれている点が見どころであろう。結句の気どらないところが共感をそそる。

少年行

李白（唐）

1 五陵年少金市東。　五陵の年少　金市の東
2 銀鞍白馬度二春風一。　銀鞍　白馬　春風を度る
3 落花踏盡遊二何處一。　落花　踏み尽くして　何れの処にか遊ぶ
4 咲入胡姫酒肆中。　咲って入る　胡姫　酒肆の中

1 五陵に住んでいる富豪の若者たちは、金市の東のほうに　2 白馬に銀の鞍をおいて、春風に吹かれながら乗って行く　3 落花を踏みつくして、どこへ遊びにゆくのかと見れば　4 笑いながら外国女のいるバーの中に消えていった

〔語釈〕**五陵**　漢の長陵・安陵・陽陵・茂陵・平陵（いずれも天子の陵墓の名）を五陵といい、その付近には富豪の邸宅が多くあった。**金市**　どこかわからないが、承句の銀鞍に対するために使ったもので、長安をさすか。**咲**　わらう。「笑」の本字。**胡姫**　外国の女。当時、西域の人が中国内地にはいりこんでいた。**酒肆**　酒家。バー。料亭。

〔押韻〕七言絶句。平声東韻。

〔解説〕楽府題。「行」は、歌の意。「若者の歌」といった意味で、長安の富豪の子弟の遊蕩ぶりを歌ったもの。

〔余説〕今日の東京租界といわれる六本木や原宿かいわいをぶらつくプレイボーイと、遊びかたも

気持ちも同じ。時代は変わっても、人間のやることには変わりがないものとみえる。

李白（唐）

與史郎中欽聽黄鶴樓上吹笛
（史郎中欽と　黄鶴楼上に笛を吹くを聴く）

1　一爲遷客去長沙。　一たび遷客と為って　長沙に去る
2　西望長安不見家。　西のかた　長安を望むも　家を見ず
3　黄鶴樓中吹玉笛　黄鶴楼中　玉笛を吹く
4　江城五月落梅花。　江城の五月　落梅花

1　このたび左遷の身となって長沙へやってきたが　2　西のかた長安をいくら望んでも、わが家は見えず　3　（思郷の念にかられているおりから）黄鶴楼上で、何者かが笛を吹いているのを聞くと　4　「落梅花」の曲ではないか。この長江のほとりの五月の蒸し暑さに閉口している身には、ひとしお故郷が懐かしく思い出されてならない

〔語釈〕　**史郎中欽**　郎中の官の史欽という人。「郎中」は尚書省の属官。**遷客**　左遷の身。**去**　ゆく。**長沙**　今の湖南省の首都。洞庭湖の東南、土地が低湿で、夏はむし暑く、住みごこちの悪いところ。**江城**　長江のほとりの城。武昌などをさす。黄鶴楼は武昌城にあって、大江に臨んでいる。**落梅花**　笛の曲の名。晋の桓伊という笛の名人が作曲した。本当は、「梅花落」が正しい呼称だが、

押韻の関係で、「落梅花」となった。

〔押韻〕七言絶句。平声麻韻。

〔解説〕作者が、郎中の史欽とともに、だれかが黄鶴楼の上で笛を吹いているのを聞いて、故郷を思いおこして作ったもの。

送二友人一（友人を送る）　李白（唐）

1 青山横二北郭一　　青山　北郭に横たはり
2 白水遶二東城一。　白水　東城を遶る
3 此地一為レ別　　此の地　一たび別れを為し
4 孤蓬萬里征。　　孤蓬　万里に征く
5 浮雲遊子意　　浮雲　遊子の意
6 落日故人情。　　落日　故人の情
7 揮レ手自レ茲去　　手を揮って　茲より去れば
8 蕭蕭班馬鳴。　　蕭蕭として　班馬も鳴く

1　青々と茂っている山が、外城の北方に連なっており　2　清らかな川が、内城の東側をとりまいて流れている　3　この（ような山川秀麗の）地に、君は別れを告げて　4　これから一本のよもぎが風にひるがえるように、遠い道を旅立ってゆかれる　5　仰げば空には雲がただよっているが、今の君の心境を象徴しているかのよう　6　また、落ちかかっている夕日は、（明日は再び東の空から上るように）今別れても再会を期待するわたしの友情を象徴しているかのよう　7　（さて、いよいよお別れだが）手をうち振って別れを惜しみながら、これから行ってしまおうとすると　8　君の乗る馬までが、別離を悲しむかのごとく声高くいななく

〔語釈〕**青山・白水**　青々と茂った山・清らかな川。固有名詞ではなく、色彩の対をとったまで。**北郭**　「郭」は、外城。その北方。**東城**　城東に同じ。「城」は、内城。**孤蓬**　一本のよもぎ。ただ一つ風に吹き飛ばされてゆくよもぎ。「蓬」は根が浅く、風に飛び散りやすい。さすらいの旅人にたとえられる。**征**　ゆく。出かける。征伐の意ではない。**遊子**　旅人。ここでは友人をさす。**故人**　旧友。李白みずからをいう。**揮手**　手を振り動かす。手を振って別れを惜しむ。**蕭蕭**　馬のいななくさま。**班馬**　別れる馬。「班」は、わかつ（別）の意。

〔押韻〕五言律詩。平声庚韻。

〔解説〕友人の旅に出かけるのを送別して歌ったものであるが、どこでだれを送ったものかは不明。

〔余説〕律詩のきまりでは、第三句と第四句すなわち前連と、第五句と第六句すなわち後連は、それぞれ対句でなければならない。この詩の後連は完全な対句である。前連は意味は対しているが、形は対句になっていない。こういうのを流水連といい、名人には許されるが、初学の者は避けなければならない。

前連は意味は確かに対しているものの、形は対していないが、起連すなわち第一・第二句が対句になっている点からいえば、仙春対（または仙春体）ともいえる。

贈㆓孟浩然㆒（孟浩然に贈る）　李白（唐）

1 吾愛孟夫子　　吾は愛す　孟夫子
2 風流天下聞。　　風流　天下に聞こゆ
3 紅顔棄㆓軒冕㆒　　紅顔　軒冕を棄て
4 白首臥㆓松雲㆒。　　白首　松雲に臥す
5 酔㆑月頻中㆑聖　　月に酔うて　頻りに聖に中てられ
6 迷㆑花不㆑事㆑君。　　花に迷うて　君に事へず
7 高山安可㆑仰　　高山　安くんぞ仰ぐ可けん
8 徒此揖㆓清芬㆒。　　徒らに此に　清芬を揖す

1 わたしは好きだ、孟先生が　2 その風流は、天下に有名である　3 少年時代から、官位など見向きもせず　4 晩年にいたるまで、松雲（自然）の間に暮らしてきた　5 月をめでながら、

しばしば酒に酔い　6　花に気をとられて、王侯などに仕えない　7　このような高風は、われわれのとても及ばないところ　8　ただそのりっぱな行いに対して、頭をさげるだけ

〔語釈〕　**孟夫子**　孟先生。「夫子」は、先生といった意。**紅顔**　少年時代。**軒冕**　官位。「軒」は、大夫の乗る車。「冕」は、大夫以上の人の冠。**白首**　晩年。**中聖**　昔の酒飲みの隠語で、清酒を聖人、濁酒を賢人といった。「中聖」は、酒に酔ったという隠語。**高山安可仰**　「詩経」に、「高山仰止、景行行止」（「止」は助字）とあるのから来ている。**清芬**　芳しいにおい。りっぱな徳行。**揖**　えしゃくする。両手を胸の前に組んで上下、また前に突き出す礼。ここでは、「脱帽する」といった意。

〔押韻〕　五言律詩。平声文韻。

〔解説〕　孟浩然の気高い風格をしたって、これをたたえて贈った詩。孟浩然は、四十歳にならぬ前に鹿門山（彼の郷里の襄陽付近の山）に隠れ住み、たまたま長安に出て、玄宗と巡り会う機会を得たが、ついに出でて仕えなかった。

登金陵鳳凰臺（金陵の鳳凰台に登る）　李白（唐）

1　鳳凰臺上鳳凰遊。　鳳凰台上　鳳凰遊ぶ
2　鳳去臺空江自流。　鳳去り　台空しうして　江自ら流る

3 呉宮花草埋㆓幽徑㆒　　呉宮の花草は　幽径を埋め
4 晉代衣冠成㆓古丘㆒。　晋代の衣冠は　古丘と成る
5 三山半落青天外　　　三山　半ば落つ　青天の外
6 二水中分白鷺洲。　　二水　中分す　白鷺洲
7 總爲㆓浮雲能蔽㆑日　　総て浮雲の　能く日を蔽ふが為に
8 長安不㆑見使㆓人愁㆒。　長安　見えず　人をして愁へしむ

1 その昔、この台上には、鳳凰がやって来て遊んだと伝えられるが 2 今はその鳳凰もすでに去って、むなしく台のみが残っており、揚子江が台下を昔ながらに流れている 3 かつては華麗をきわめた呉の宮殿あとに、生えている花草は、人のやっと通れるくらいの寂しい小道を埋めるくらいにおい茂り 4 晋の時代にきらびやかな衣冠をつけた諸名士の邸宅の跡も、古い丘となってしまっている 5（遠く見はるかすと）三山は高く青空の外にそびえ、中腹以上は雲の中にかくれ、中腹以下は青空から落ちかかっているように見え 6 また、二水は中分して白鷺洲を巡って左右に流れている 7（思えば呉・晋二朝の栄華もはかなく消えて、人をして懐古の情に耐えざらしめるものがあるが）それにしても、まことに邪悪のやからが、天子の聡明をおおいかくすがために 8 長安に帰ってお目どおりもできず、われをして憂えしめるしだいである

〔語釈〕**鳳凰** 聖徳をそなえた天子のしるしとして現れるという想像上のめでたい鳥。「雄」を

「鳳」、「雌」を「凰」というといわれるが、実はホウオウとは、ホウ（鳳）の一字を二音に発音したものにすぎない。**呉宮**　金陵に都した三国時代の呉の宮殿。**晋代**　晋は東晋の時代に建康（金陵）に都した。**衣冠**　時に王・謝などの名家が市内に邸宅をつらねていた。**三山**　金陵の西南にある山で、揚子江に臨み、三峰が行列し、南北に連なっている。**半落**（中腹以上は雲におおわれ）、中腹以下は青空より落下したように見える。**二水中分**　金陵を流れる秦淮河の源は句容・溧水両山の間から出て、合流して金陵に至り、別れて二つの川となり、一つは城内にはいり、一つは城外を巡り、ともに一洲をはさんでいる。これを白鷺洲という。**浮雲蔽日**　邪悪の臣が君の聡明をおおう。暗に玄宗の側近高力士などをさす。**長安不見**　晋の明帝が太子の時に、父の元帝から、「長安と太陽とどちらが近いか」と問われたので、最初は「長安が近い、なぜなら、人が太陽のあたりから来たということは聞いたことがないが、長安から来たということは聞くから」と。次の日にまた同じことを問われたので、今度は「太陽のほうが近い、なぜなら、頭をもち上げれば太陽は見えるが、長安は見えないから」と答えたという。この故事をふんで、長安は明皇玄宗をさし、長安にもどり玄宗にお目にかかれない身を嘆いたとみられる。また、ここからは都の長安が見えないので、の意にも解せられる。

〔押韻〕　七言律詩。平声尤韻。

〔解説〕　「金陵」は、今の南京。そのいわれは、戦国時代の楚の威王の時、その地に王気（天子となるべき人の上に立ちのぼる気）があるというので、金を埋めてこれをしずめ、そこで金陵と名づけたという。鳳凰台は、南京城内の南隅にあり、六朝時代の宋の元嘉十六年に、三鳥が山間に集まり飛び、その羽根は五色で、孔雀のようであったが、時の人はこれを鳳凰だといったので、台を山に起こし、これを鳳凰台といった。はじめ李白は黄鶴楼に遊んで、崔顥の「登黄鶴楼」と題する七律を見て大いに驚き、とても自分の及ぶところでないとしたが、江を下って金陵に遊び、鳳凰台に登るに及んで、崔顥の詩の原韻を用いて（そのうち、ただ「流」、「丘」の二韻だけは異なる）鳳凰台の詩を作り、第一・二句の句法は、わざと崔顥をまねている。特におもしろいのは「洲」の字で、崔顥の詩に「鸚鵡洲」があり、李白の詩に「白鷺洲」があるのは、李白の才気のすぐれているのを見るべきではあるが、全体としては、李白の作が崔顥にまさっているとは思われない。

長干行　　李白（唐）

1 妾髪初覆額・　妾が髪　初めて額を覆ふとき
2 折花門前劇・　花を折って　門前に劇る
3 郎騎竹馬來。　郎は　竹馬に騎って来り
4 繞牀弄青梅。　牀を繞って　青梅を弄す
5 同居長干里　同じく　長干の里に居り
6 兩小無嫌猜。　両小　嫌猜無し
7 十四爲君婦　十四にして　君が婦と為り

羞顔未嘗開。
低頭向暗壁
千喚不一回。
十五始展眉
願同塵與灰。
常存抱柱信
豈上望夫臺。
十六君遠行
瞿塘灔澦堆。
五月不可觸
猿聲天上哀。
門前送行跡
一一生緑苔。

羞顔　未だ嘗て開かず
頭を低れて　暗壁に向かひ
千たび喚ばるるも　一たびも回さず
十五にして　始めて眉を展べ
塵と灰とを　同じうせんことを願ふ
常に抱柱の信を存し
豈　望夫台に上らんや
十六にして　君　遠行し
瞿塘の灔澦堆
五月には　触る可からず
猿声　天上に哀し
門前　送行の跡
一一　緑苔を生ず

21 苔深不レ能レ掃・　苔深うして　掃ふ能はず
22 落葉秋風早・　落葉　秋風　早し
23 八月胡蝶黄　八月　胡蝶　黄なり
24 雙飛西園草・　双飛す　西園の草
25 感レ此傷ニ妾心一　此に感じて　妾が心を傷ましむ
26 坐愁ニ紅顔老一・　坐ろに　紅顔の老いんことを愁ふ
27 早晩下ニ三巴一。　早晩　三巴を下らば
28 預將レ書報レ家。　預め　書を将って家に報ぜよ
29 相迎不ニ道遠一　相迎へて　道を遠しとせず
30 直至ニ長風沙一。　直ちに　長風沙に至らん

1 わたしの髪の毛がやっと額にたれさがるおかっぱのころ 2 花を折って門前でままごと遊びをしていました 3 あなたは竹馬に乗ってやって来て 4 ベッドのまわりを鬼ごっこをしながら、青梅を見せびらかしましたね 5 いっしょに長干の町で育ったし 6 ふたりとも幼かったので、何のこだわり、疑惑もなく、仲よく遊んだものです 7 十四の時に、あなたのところにも

らわれてきましたが　8　ただもう恥ずかしいばかりで、一度も笑ったことなどなく　9　うなだれて暗い壁に向いたきり　10　なんど呼ばれても、ふりむいて返事もできないしまつ　11　十五になって、やっといくらか明るい顔になり　12　手なべさげてもいとやせぬ、と決心がつきました　13　いつも尾生のばか正直さを心に思い　14　望夫台に登って石に化した話など、ひとごとくらいに思っていました　15　十六の時に、あなたは行商に出かけ　16　あの瞿塘峡の恐ろしい灎澦堆の難所を越えて行かれましたが　17　おりから増水期の五月には、うっかり近づけません　18　そのあたりでは、両岸の断崖上で、さるが悲しげに鳴き（断腸の思いをなさるでしょう）　19　門前の旅立ちをお送りしたあなたの足跡は、いまもそのままで　20　すっかりこけがついてしまいました　21　こけはびっしりで、手におえません　22　心なしか秋風の立つのが早く、木の葉も散りはじめ　23　もう秋八月となり、黄色のちょうが　24　仲よく西側の庭草の上を、飛んでいます　25　それを見るにつけ、わたしの胸はいたみ　26　何となしに、わたしの紅のかんばせもふけてゆきそうです　27　いずれ三巴の地を離れて、長江をお下りの時は　28　前もって手紙で知らせてくださいませ　29　お迎えに出て、道の遠さなどいといません　30　取るものもとりあえず、長風沙までまいりましょう

〔語釈〕　**劇**　遊戯する。**竹馬**　日本の竹馬とはちがう。一本の竹をまたにはさみ、その先端にたてがみのつもりで房などさげてあるもの。子どもの遊び道具。**牀**　ベッド（床）。**嫌猜**　きらい疑う。**未嘗開**　まだ一度も相好をくずして笑ったことはなかった。**展眉**　心配事がなくなって、明るい顔になる。**同塵與灰**　世帯の苦労をともに分けあう。**抱柱信**　尾生の信ともいい、一女子と橋下で会う約束をし、女が何かの故障で来られなくなったのに、約束を固守しておぼれ死にした故事。ばか

正直のたとえ。**望夫臺**　夫の帰りを待ち望んで、ついに石と化したという故事。山西省黎城県・安徽省当塗県・湖北省房県・陽新県・陝西省紫陽県・広東省電白県などに、いずれも望夫山がある。**遠行**　遠方へ行商に出かける。**瞿塘**…　「瞿塘」は、揚子江の三峡の一つ。両岸相迫り、江水が激流をなす難所。「灎預堆」は、瞿塘峡の入り口にある大岩。平素は水面に姿を出しているが、水かさが増せば水中に隠れ、行き来する船が、これにぶつかり難破することが多かった。**送行跡**　「送」は、一本には「遅」、または「旧」となっている。**胡蝶**　ちょう。「蝴蝶」とも書く。**坐**　そぞろに。**早晩**　おそかれ早かれ。いつか。**三巴**　揚子江が重慶の東南で三つに折れ曲がり巴形をなすところをいう。また、巴郡・巴東・巴西の四川省東部をさす。**不道遠**　「道を遠しとせず」とも、また、「道」を「いう」と読み、「遠きを道はず」とも読める。**長風沙**　地名。安徽省懐寧県の東方百九十里の江辺。

〔**押韻**〕五言古詩。1～2入声陌韻。3～20平声灰韻。21～26上声皓韻。27～30平声麻韻。

〔**解説**〕「長干」は、南京下流の江岸ぞいの町の名。行商人が多く住む。「長干行」は、楽府題。この詩は、行商に出かけた夫の留守を守る若き人妻の気持ちを歌ったもの。

〔**余説**〕少女時代の甘い回想から、やがて人妻となり、夫を商用で旅に出した留守をまもる空閨のわびしさを訴えている。全篇が女の独白で貫かれていて、言葉もまたやさしく、よく人間の微妙な心理を写し得ていて、可れん愛すべき作である。

この詩の冒頭四句を読むと、そぞろに島崎藤村の「初恋」という詩、すなわち「まだあげ初めし前髪の林檎のもとに見えし時、前にさしたる花櫛の花ある君と思いけり、やさしく白き手をのべて、林檎をわれに与えしは、薄紅の秋の実に、人こい初めしはじめなり」を想起させる。藤村がこの

「長干行」から発想を得たか否かは明らかでないが、とにかく盛唐と明治末年のロマンチシズムの一致はおもしろいと思う。

子夜呉歌　　李白（唐）

1 長安一片月
2 萬戸擣衣聲。
3 秋風吹不レ盡
4 總是玉關情。
5 何日平二胡虜一
6 良人罷二遠征一。

長安　一片の月
万戸　擣衣の声
秋風　吹いて尽きず
総べて　是れ玉関の情
何れの日か　胡虜を平らげ
良人は　遠征を罷めん

1 長安の夜空には、一輪の寂しい月が、かかっている　2（その月光の下に広がっている巨大な都の）多くの家々からは、きぬたを打つ音が盛んに聞こえてくる　3（終日、都大路を吹きまくった）秋風は、（夜にはいっても）吹き続けている　4（月光といい、きぬたの音といい、また秋風といい）それらすべては、玉門関のかなたにいる夫を思い出させる種ならぬはない　5 いつになったら、えびすどもを討ち平らげて　6 うちの人は、遠征から無事お帰りになることやら

〔語釈〕**長安**　唐の都。当時人口が百万あったといわれる。**一片月**　一輪の孤月。万戸に対する。**擣衣聲**　砧（きぬた）の音。織った絹布を杵で打ってやわらかくし、また、つやを出す。冬衣の準備のため。**總**　一片の月、砧の音、街上を吹きまくる秋風、それらをひっくるめて。**玉關**　玉門関のこと。甘粛省敦煌県の西にある。西域に通ずる要路にあたる。長安を去ること三千六百里（日本の六百里）。**玉關情**　玉門関のかなたに出征中の夫を思う心をおこさせる。**胡虜**　えびす。ここでは匈奴。**良人**　やど。主人。妻から夫を呼ぶ称。**罷**　やめる。

〔押韻〕五言古詩。平声庚韻。

〔解説〕「子夜」は、東晋時代の女子の名。その作った歌には哀調がこもっていた。後の人がその調子に合わせて四時行楽の歌詞を作り、これを子夜四時の歌といった。東晋は、古の呉の地に都をおいたので、これを呉歌といった。李白の詩も春夏秋冬の四首あるが、ここに引いたのは秋の詩で、留守をまもる出征兵士の妻が、戦地の夫を思う詩である。

〔余説〕夜空にかかる孤月、砧の音、秋風（視覚・聴覚・触覚）と道具をそろえて、寂しい妻の気持ちをもりあげて巧みである。この詩をもとにして作られたと見られる古歌に、「帰り来ぬ越の旅人待ちわびて都の月に衣打つなり」というのがある。この詩を、玄宗の軍事政策を批判したものという説があるが、少しゆき過ぎであろう。また、最後の二句を削り去って絶句としたほうが余韻があるとの説もあるが、やはりこのまま六句を存して見るべきであろう。もっとも、この二句は、やや口語的な言いかたを含んでいて、前の四句と多少そぐわない点は確かに認められる。こんどの日中戦争中に、「何日再来北京」（いつになったら、また北京にこれるやら）という歌が、北京では盛んに歌われたことがある。「何日」などは、確かに口語である。

友人會宿（友人 会宿す）

李白（唐）

1 滌ニ蕩千古愁一
2 留連百壺飲・
3 良宵宜ニ清談一
4 皓月未レ能レ寝・
5 醉來臥ニ空山一
6 天地卽衾枕・

千古の愁ひを　滌蕩し
留連す　百壺の飲
良宵　宜しく清談すべし
皓月　未だ寝る能はず
酔来　空山に臥せば
天地　即ち衾枕

1　生きとし生ける者の永遠の憂いを、一掃しようとして　2　去りがてに居続けて、百壺を傾け尽くした　3　またとない良い夜であるから、清らかな語り合いにはもってこいの晩である　4　おりから白く澄んでいる月を見れば、とても寝るわけにはいかない　5　やがて酔うたあまり、この人けとてない寂しい山中に身を横たえると　6　天地はそのまま、わが寝具のようなものである

〔語釈〕 **千古愁**　「万古愁」とともに、李白のしばしば用いる語で、生きとし生けるものの背負う、いつかは死なねばならぬという宿命に対する憂い。**滌蕩**　洗い除く。**留連**　去るにしのびず、ぐずぐずする。居続け。**清談**　一本「清」を「且（しばらく）」に作る。**皓月**　白く澄んだ月。**醉來**

酔って。「来」は、助字。空山　人けのない寂しい山。衾枕　ふすまと、まくら。寝具。

〔押韻〕五言古詩。去声沁韻。

〔解説〕友人たちと集まり宿した夜、酒を飲んで楽しみ、天地を衾枕とする壮大な気持ちになったことを歌ったもの。

〔余説〕結末の二句は秀抜であるが、晋の劉伶の「酒徳頌」の句、「天を幕とし地を席とし、意の如く所を縦にす」と同意で、胸中が広く大きいこと、李白のような人でなければ言い得ない句である。

月下獨酌　李白（唐）

1 花間一壺酒　　花間　一壺の酒
2 獨酌無二相親一。　　独り酌んで　相親しむ無し
3 擧レ杯邀二明月一　　杯を挙げて　明月を邀へ
4 對レ影成二三人一。　　影に対して　三人と成る
5 月既不レ解レ飲　　月　既に飲を解せず
6 影徒隨二我身一。　　影　徒らに我が身に随ふ

7　暫伴二月將一レ影　　暫らく月と影とを伴ひ
8　行樂須レ及レ春。　　行楽　須らく春に及ぶべし
9　我歌月徘徊　　我歌へば　月　徘徊し
10　我舞影凌亂・　　我舞へば　影　凌乱す
11　醒時同交歡　　醒時は　同に交歓し
12　醉後各分散・　　酔後は　各〻分散す
13　永結二無情遊一　　永く無情の遊を結び
14　相二期邈雲漢一・　　邈かなる雲漢に相期す

1　（月下）花の咲いている木の間で、一壺の酒を傾けたが　2　独酌でちびりちびり飲むだけで語るべき相手がいない　3　そこで杯を高くさしあげて、おりから東の空に上った明月を迎え　4　これで、月とわれと、わが影との三人となった　5　だが、せっかくの月も酒の味を知らず　6　影もまた、いたずらにわが身に従うだけで、つまらない　7　まあひとつ、月と影とを伴って　8　春をのがさずに、楽しみを尽くそう　9　自分が歌えば、月も天空をたゆたい　10　自分が踊れば、わが影も乱れ動く　11　さめている時は、われら三人ともに相喜ぶが　12　酔うて眠った時は、三人とも分散してしまう　13　いつまでも、月との互いに期待することのない清らかな交わりを結

び 14 酔夢の中に、はるかに遠い天の川のかなたで、再会を期したいものである

〔語釈〕 花間 花の咲いている木の間。邀 迎える。三人 月とわれとわが影。將 「与」（と）と同じ。行樂 楽しみをなすこと。須及春 青春の時期をのがさずにするがよい。「春」は、季節の春と、青春の意との双方に掛けている。徘徊 たちもとおる。月が空中をたゆとうことをさす。凌亂 乱れ動く。「零乱」とも書く。分散 家にはいって眠るから、われと影とは、一つとなり、月と分散してしまう。無情遊 「無情」は、心ない意であるが、「無情の遊」は、相手に何物をも期待しない清い交わりくらいの意。相期 再会を期待する。邈 はるかに遠い。雲漢 天の川。「相期して雲漢邈かなり」と読む人もある。

〔押韻〕 五言古詩。1～8平声真韻(しんいん)。9～14去声翰韻(かんいん)。

〔解説〕 月夜に花の下で、ひとり酒をくみ、歓を尽くして酔臥(すいが)し、夢の中で、月と天の川で会いたいという、いかにも李白らしい奇想であり、人の意表をつく詩。李白独到の境地で、他人のうかがうを許さぬところ。

〔余説〕 この詩は陶淵明(とうえんめい)の詩句、「杯を揮って孤影に勧む」に基づいたものといわれるが、それにしても李白の手にかかると神韻縹緲(しんいんひょうびょう)たるものになってしまうから不思議である。奇想天外、天馬行空とは、李白のために作られたような語である。

山中問答(さんちゅうもんどう)

李白(りはく)（唐(とう)）

1　問レ余何意栖ニ碧山一。　余(よ)に問(と)ふ　何(なん)の意(い)か　碧山(へきざん)に栖(す)むと
2　笑而不レ答心自閑。　笑(わら)って答(こた)へず　心(こころ)自(おのづか)ら閑(かん)なり
3　桃花流水杳然去　桃花(とうか)　流水(りゅうすい)　杳然(ようぜん)として去(さ)る
4　別有三天地非二人間一。　**別(べつ)に天地(てんち)の人間(にんげん)に非(あら)ざる有(あ)り**

1　碧山に住む意は　なぞと人問わば　2　桃花のもとに　別天地あり　3　答えざる答えに　まさる答えなし　4　こころ閑なり　この山にして

〔語釈〕 **碧山**　緑の濃い山。深山。碧山といえば、白雲碧山(はくうんへきざん)で、仙人の住んでいるような深山を意味する。**笑而不答**　ただ微笑をもって代え、言葉では答えない。**心自閑**　わが心境は、なんのこだわりもなく、いたってのんびりしている。「閑」は、しずか（静）。**杳然**　はるかに遠いさま。**人間**「ニンゲン」と読む。この世の中、すなわち人間界の意。「ジンカン」と読んで、まぎらわしさを避ける人もある。**別有天地**　あくせくする（人間の世界を超越した）別の世界、すなわち理想境が存在している。

〔押韻〕　七言古詩。平声刪韻(さんいん)。

〔解説〕　この詩は、「山中答二俗人一」（山中、俗人に答ふ）と題しているものもあるように、人の問いに答える形式によって、山中隠栖(いんせい)の楽しみを述べたものともみられるが、むしろ自問自答と解したほうがよい。一見すると七言絶句のようであるが、平仄式(ひょうそく)が近体詩の詩式によっていないので、七言古詩とみるべきである。

〈余説〉明らかに陶淵明の「桃花源記」を頭において作られたものである。転・結の二句は、「心自閑」の理由を具体的に説明したもの。どうだ、うらやましいだろう、といった気持ち。李白の脱俗的気分のみなぎっている作品で、漱石の則天去私の理想境をここに見ることができる。また、「別天地」という語は、この詩に基づくものである。

山中對酌

李白（唐）

1 兩人對酌山花開。
2 一杯一杯復一杯。
3 我醉欲レ眠君且去
4 明朝有レ意抱レ琴來。

両人 対酌 山花 開く
一杯 一杯 復た一杯
我酔うて 眠らんと欲す 君且らく去れ
明朝 意有らば 琴を抱いて来れ

1 山荘に友あり酒あり 花もありて 2 わが恋うものは なべてそろえり 3 玉山の崩るるごとし はや往ねよ 4 明日は琴把れ さらに酌まばや

〈語釈〉**對酌** 向きあって、互いに酒をくみかわす。**山花** 特定の花ではなく、山荘の庭さきに咲く花。**復一杯** もう一杯。**君且去** 君、ひとつきょうはこのくらいにして帰ってくれたまえ。「且」は、しばらく。まあこのくらいにして、ひとまず。一本には、「君」が「卿」になっている。**有意** おぼしめしがあるなら。もっと酌みかわしたいなら。**抱琴來** 話はもうあきた、琴でもかかえて来たまえ。**玉山崩る**　容姿の美しい人が、酒に酔いつぶれるさま。

〔押韻〕七言古詩。平声灰韻。

〔解説〕「李太白集」には、「山中与二幽人一対酌（山中、幽人と対酌）」となっているが、要するに、山荘で気のおけない友人と、さしつさされつ、飲んだ時のもの。「山中問答」と、好一対をなす。これも七言絶句のように見えるが、詩式が近体詩と合わないから七言古詩である。

〔余説〕いかにもこだわりのない、天真爛漫、洒脱そのもの、李白にして始めていいうる語である。花と酒と琴との取りあわせもおもしろい。奔放の中に、清雅の趣を失っていないのは、さすがに李白である。転句は、「陶淵明伝」に、「淵明若し先づ酔へば、すなはち客に語ぐ、我酔うて眠らんと欲す、卿去るべし」とある故事に、よったものであろう。

將進酒　　李白（唐）

1　君不レ見黄河之水天上來。　　君見ずや　黄河の水　天上より来るを
2　奔流到レ海不二復廻一。　　奔流　海に到って　復た廻らず
3　君不レ見高堂明鏡悲二白髮一•　　君見ずや　高堂の明鏡　白髪を悲しむを
4　朝如二青絲一暮成レ雪•　　朝には青糸の如きも　暮れには雪と成る
5　人生得意須レ盡レ歡　　**人生の得意　須らく歡を尽くすべし**

6　莫レ使ニ金樽空對一レ月•　金樽をして　空しく月に　対せしむる莫かれ
7　天生ニ我材一必有レ用　天　我が材を生ずる　必ず用有り
8　千金散盡還復來。　千金　散じ尽くせば　還た復た来らん
9　烹レ羊宰レ牛且爲レ樂　羊を烹　牛を宰し　且らく楽しみを為さん
10　會須ニ一飲三百杯一。　会ず須らく一飲　三百杯なるべし

1　あの黄河の流れが、天上から流れて来るのを、ご存知ありませんか　2　奔馬のような流れは、ひとたび海にはいると、もうもどってはきません　3　りっぱな御殿で、よくみがかれた鏡に向かい、白髪頭を悲しんでいる人を、ご存知ありませんか　4　つやつやと美しかった髪も、じきに白髪になってしまうものです　5　せめて得意の時代には、ぞんぶんに遊ぶべきです　6　ゆめ金樽を、飲み手のないまま、月に向けておくてはありません　7　天がわたしに才能を与えてくれたからには、何か使いみちがあるはず　8　お金なんて、天下の回りものです　9　羊や牛を料理して、まあ大いに飲みましょう　10　そして、飲むからには、一飲三百杯といきましょう

〔語釈〕**君不見**　君は見ないか、知らないかの意。詩語として、しばしば用いられる。**高堂**　高くりっぱな建物。**明鏡**　よくみがかれて曇りのない鏡。**青絲**　黒髪の形容。**金樽**　りっぱな酒樽。黄金をちりばめた、たる。**材**　「才」と同じ。才能。**宰**　料理する。**會**　かならず。きっと。

〔押韻〕七言古詩。1～2平声灰韻。3～6入声月韻。7～10平声灰韻。

〔解説〕酒飲め、酒飲め、という、酒を勧める意味の歌であるが、「将進酒」そのものは楽府題である。漢代には、西域の音楽の影響によって長短句の歌詞が生まれ、これを古楽府という。古楽府が滅んで、近体詩が楽曲にのせられるようになった唐代においては、楽曲にのせず、自由に口吟する詩として古詩の体が行われ、古詩の一体として楽府があり、これを新楽府といった。古詩と新楽府との区別は、はっきりしたものはないが、しいていえば、古詩は五・七言のきちんとした句を主とするが、楽府は古楽府の題名を用い、しかも長短句を縦横に駆使して、抑揚頓挫の妙を発揮する。しかし、古詩の中にも長短句を混用しているものもあり、楽府にも長短句のないものもある。したがってこの「将進酒」なども、七言古詩として扱っているものと、楽府とみているものとがある。詩の意味は大いに享楽主義をあおり、人間の背負う永遠の憂愁を忘れるために、大いに酒を飲もうと勧めたものである。「将」は、すすめる（勧）。いかにも李白らしい、ありのままのきじを、むき出しにした作品。

岑夫子　丹邱生。
将レ進レ酒　杯莫レ停。
與レ君歌二一曲一
請君爲レ我側レ耳聽。
鐘鼓饌玉不レ足レ貴

岑夫子　丹邱生
将に酒を進めんとす　杯停むる莫かれ
君が与に　一曲を歌はん
請ふ君　我が為に　耳を側てて聴け
鐘鼓　饌玉　貴ぶに足らず

16 但願長醉不願醒。　但だ長酔を願って　醒むるを願はず
17 古來聖賢皆寂寞　古来　聖賢　皆　寂寞
18 惟有飲者留其名。　惟だ飲者のみ　其の名を留むる有り
19 陳王昔時宴平樂・　陳王　昔時　平楽に宴し
20 斗酒十千恣歡謔・　斗酒　十千　歓謔を　恣にす
21 主人何爲言少錢　主人　何為れぞ　銭少なしと言はん
22 徑須沽取對君酌・　径ちに沽ひ取って　君に対して酌むべし
23 五花馬千金裘。　五花の馬　千金の裘
24 呼兒將出換美酒　児を呼び　将き出だして　美酒に換へ
25 與爾同銷萬古愁。　爾と同に　銷せん　万古の愁ひ

11 岑先生、丹邱君　12 さあ、大いにやってください、辞退はご無用　13 あなた方のために、一曲のどをきかせましょう　14 どうか一つ聞いてやってください　15 (酒飲みには)音楽やごちそうは二のつぎ　16 ただいつまでも酔い続けていたいもの、酔いざめはまっぴらごめんです　17 昔から聖賢ぶったお堅い連中も、死んでしまえばもうそれまで　18 (小原庄助さんではない

が）ただ飲んべえだけが名を残しています　19　陳思王の曹植はその昔、平楽観で大宴会を開き　20　一斗万銭もする高価な酒をふるまって、存分におもしろおかしく騒いだとか　21　この家の亭主たるわたしは、銭がないなどと、いいません　22（酒が足りないなら）すぐにも買いにやってお酌をさせます　23　五花の馬だろうが、千金もする毛皮のオーバーだろうが　24　ボーイを呼び、持ち出して美酒と交換させ　25　君たちといっしょに、このやるせない人間の永遠の宿命に対する憂愁を、一挙に吹き飛ばそうではありませんか

〔語釈〕 **岑夫子**　「岑」は、岑参。唐代の詩人。「夫子」は、先輩に対する敬称。**丹邱生**　「丹邱」は、道士の元丹邱。「生」は、後輩に対する称。**鐘鼓**　美しい音楽。**饌玉**　りっぱな料理。**醒**　酒の酔いのさめること。**寂寞**　ひっそりとして寂しいさま。死んでしまえばそれまでの意。**陳王平楽**　「陳王」は陳思王の曹植。魏の文帝の弟で、有名な文学者でもあった。彼の「名都篇」に、「帰来宴シ平楽ニ、美酒斗十千」とある。「平楽」は、寺観の名。**斗酒十千**　一斗の酒のねだんが一万銭。高価を意味する。「一斗」は、今の約二リットル。**歓謔**　喜びたわむれる。**主人**　李白の自称。**君**　岑夫子、丹邱生をさす。**五花馬**　青と白の斑紋のある馬。五花驄。一説に、たてがみの飾り方の一種、すなわち、たてがみを五花の形に切るという。**千金裘**　価千金の皮衣。**萬古愁**　李白には「千古愁」という語もあるように、人間の太古以来になっている憂い、すなわち生あるものは必ずいつか死ぬという宿命に対する悲哀。

〔押韻〕 11〜18平声庚韻と青韻の通用。19〜22入声薬韻。23〜25平声尤韻。

把レ酒問レ月（酒を把って月に問ふ）　李白（唐）

1 青天有レ月來幾時。　青天　月有って来　幾時ぞ

2 我今停レ盃一問レ之。　我　今　盃を停めて　一たび之に問ふ

3 人攀三明月二不レ可レ得　人　明月を攀づる　得可からず

4 月行却與レ人相隨。　月　行いて却って　人と相随ふ

1 天上に月があってから、どのくらいたつのか　2　自分は今しばし杯をおいて、一度これを尋ねてみたいと思う　3　人は天によじのぼり、明月のところに行こうとしても、できない相談である　4　ところが、月はかえって人の行くのにつき従ってくるのは、何としたことか

〔語釈〕停盃　手にした杯をおく。

〔押韻〕七言古詩。1～4平声支韻。

〔解説〕月に対して酔吟し、豪放な気持ちにあふれており、これもまた、いかにも李白らしい面目の躍如たる作。

5 皎如三飛鏡臨二丹闕一•　皎として　飛鏡の丹闕に臨むが如く

6 緑煙滅盡清輝發•　緑煙　滅し尽くして　清輝　発す

7　但見宵従海上来　　但だ見る　宵に海上より来るを
8　寧知暁向雲間没　　寧くんぞ知らん　暁に　雲間に向かって没するを

5　月の出しおは、空とぶ鏡が、仙人の宮殿に臨んでいるかのよう　6　夕方のもやが、消え去ると、月はいよいよ清光を発して輝く　7　ただ宵々ごとに、東方の海上から上ってくるのを見るが　8　夜明けに雲間に消えて、見えなくなるのを見たことがない

〔語釈〕 **皎**　月光の白く光るさま。**飛鏡**　空を飛んでいる鏡。月が中天にかかっているさま。**丹闕**　宮殿の朱塗りの門。仙人の宮殿。**緑煙**　夕方のもや。**清輝**　清光。

〔押韻〕 5〜8入声月韻。

9　白兎擣薬秋復春　　白兎　薬を擣く　秋復た春
10　姮娥孤栖与誰鄰　　姮娥　孤栖　誰と隣せん
11　今人不見古時月　　**今人は　見ず　古時の月**
12　今月曾経照古人　　**今月は　曾経　古人を照らす**

9　あの月中の白うさぎは、一年じゅう、不老不死の薬をついており　10　また、そこにひとりで住んでいる姮娥は、隣人とてもあるまい　11　われわれ現代人は、昔の月を見たことはないが　12　いま見る月は、かつて昔の人を照らした月と、同じ月である

〔語釈〕白兎搗薬　白うさぎが、月で不老不死の薬をついているという伝説がある。姮娥　羿の妻。羿が不死の薬を西王母から手に入れたのを、姮娥は盗んで月に逃げたという伝説がある。「姮娥」は、また嫦娥とも書く。孤栖　ひとり住む。

〔押韻〕9～12平声真韻。

13　古人今人若二流水一・　　古人　今人　流水の若く

14　共看二明月一皆如レ此・　　共に明月を看て　皆　此の如し

15　惟願當レ歌對レ酒時　　惟だ願はくは　歌に当たり　酒に対するの時

16　月光長照二金樽裏一・　　月光　長へに金樽の裏を照らさんことを

13　われわれ人間は、古人・今人の区別なく、いずれも流水のように、ひとたび行けば再び返っては来ない　14　されば古今の人はみな同じ明月をながめて、どんどん代謝して行くのである　15　ただ願うところは、月に向かって酔吟して楽しむとき　16　せめて月光がいつまでも、金樽のうちを照らしていてほしいことである

〔語釈〕若流水　ひとたび行けば、再び返らない川の流れのようである。當歌對酒　魏の武帝の「短歌行」に、「対レ酒当レ歌」とあるのに基づく。

〔押韻〕13～16上声紙韻。

宣州謝脁樓餞二別校書叔雲一

李白（唐）

（宣州の謝脁楼にて　校書の叔雲に餞別す）

1 棄レ我去者昨日之日不レ可レ留。　我を棄て去る者は　昨日の日　留む可からず
2 亂二我心一者今日之日多二煩憂一。　我が心を乱す者は　今日の日　煩憂多し
3 長風萬里送二秋雁一　長風　万里　秋雁を送る
4 對レ此可三以酣二高樓一。　此に対して　以て高楼に酣す可し

1　わたしを捨て去るものは、きのうの日で、ひき留めることはできないし　2　わたしの心をかき乱すものは、きょうの日で、いつも心配が絶えない　3　時は秋、雁が万里の長風に送られて飛んで行く　4　この景色を前にして、これからこの高殿で、大いに飲もう

〔押韻〕古詩。1～4平声尤韻。

〔解説〕「宣州」は、今の安徽省宣城県。山には敬亭山あり、水には宛渓がある、山紫水明の地。中国において、こんなに水のきれいな所は、ほかにはない、といわれる。六朝以来、風流貴顕の士は、この地の太守（長官）となりたいと願うものが多かった。謝脁、字は玄暉、斉の人、宣城の太守であった当時、役所のうしろの高台に書斎を作り、北楼とよんだが、後人は謝公楼とよんだ。「校書」は、校書郎のことで、宮中の文書の校正にあたる職。この詩は、謝脁楼で叔雲の送別会を催したとき、はなむけとして贈ったものであるが、詩中に彼の詩才をほめて謝脁に比し、その不遇

を惜しむことを歌ったもの。

5 蓬萊文章建安骨•　蓬萊の文章　建安の骨
6 中間小謝又清發•　中間の小謝　又清発
7 俱懷二逸興一壯思飛　俱に逸興を懐いて　壮思飛ぶ
8 欲下上二青天一覽中日月•上　青天に上って　日月を覧らんと欲す

5（古来称するにたるものは）老荘の文章と、建安諸子の風骨ある詩だけ　6 その中で、謝朓の詩は、清新である　7（君の詩も謝朓に比すべきもの）いずれも俗ばなれをしたおもしろ味があって、天馬の空を行くがごとく　8 青天にかけ登って、日月を捕らえんとするもののようだ

〔語釈〕**蓬萊文章**　老荘の書物をさす。「蓬萊」は、東方の海上にある神山、仙人が住むといわれる。**建安骨**「建安」は、後漢の献帝の年号（一九六～二二〇）。この時期に曹操（後の魏の武帝）と、子の曹丕・曹植の親子三人が文学を好み、文人が盛んに出た。その詩風を建安体という。「骨」は、風骨の意。**小謝**　謝朓をさす。謝霊運を大謝とする。**清發**　清らかで目新しい。清新に同じ。**逸興**　世俗を離れた風流なおもむき。**覽**「攬」と同じ。手に取る、つかまえる。見る意ではない。

〔押韻〕5～8入声月韻。

9　抽レ刀斷レ水水更流。　刀を抽きて水を断てば　水更に流れ
10　擧レ杯消レ愁愁更愁。　杯を挙げて愁ひを消せば　愁ひ更に愁ふ
11　人生在レ世不レ稱レ意　人生　世に在って　意に称はず
12　明朝散レ髪弄二扁舟一。　明朝　髪を散じて　扁舟を弄せん

9 刀をひき抜いて水に切りつけても、水はさらに流れて切れないように 10 杯を重ねて愁いを消そうとしても、愁いは消えるどころか、深まるのみ 11 人はこの世にあるかぎり、万事、心にまかせぬことのみ多いもの 12 されば君は、明日は官を辞して、一葉の扁舟にさおさして、放浪の旅に出ようとするのである

〔語釈〕 **散髪** 冠を留めるかんざしを捨てる。官職をやめること。 **扁舟** ささ小舟。

〔押韻〕 9～12平声尤韻。

〔余説〕 起首の二句は、わけても奇警で、人の耳目をびっくりさせる。第九・十の二句も、また同じ。末の一句は、もしこの詩が送別の作でないとすれば、もっぱら作者李白のことにかかる。李白は古風をさきに立って奨励し、したがって漢・魏の詩風にさかのぼったが、六朝の作家としては、特に謝朓に敬服していたといわれる。それが、このような詩の作られたわけである。

江上吟

李白（唐）

1 木蘭之枻沙棠舟。　木蘭の枻　沙棠の舟

2 玉簫金管坐二両頭一。　玉簫・金管　両頭に坐す

3 美酒尊中置二千斛一　美酒　尊中　千斛を置き

4 載レ妓随レ波任二去留一。　妓を載せ　波に随って　去留に任す

1 木蘭のかじで、沙棠の舟をこぎ　2 金玉で飾った、りっぱなしょうの笛や横笛を合奏する美女を、ともとへさきとにすわらせ　3 酒だるの中には、千石の美酒をみたし　4 妓女多数を乗せて酒宴を張りつつ、波のまにまに舟遊びする

〔語釈〕**木蘭**　モクレン科の落葉喬木。紫色、または白色の大きな花が咲く。**枻**　かい。かじ。**沙棠**　やまなし（棠）に似て実は赤い。その材で舟を作る。「楚辞」に、「木蘭を楫と為沙棠の舟」とある。沙棠の実を食えば、水にはいってもおぼれないといわれる。**玉簫・金管**　金玉で飾ってあるりっぱな簫や笛。「簫」も、しょうの笛。**尊中**　酒だるの中。「尊」は、樽。**千斛**　多量の意。「斛」は、一斗の十倍。唐代では、約六十リットル。

〔解説〕「吟」は、詩の一体。「楽府明弁」に、「吁嗟慨歌、悲憂深思、以て其の鬱を伸ぶる者を吟と曰ふ」とある。揚子江に舟を浮かべ、志をほしいままにして豪遊し、神仙も富貴功名も、飲酒と文章とには及ばないことを歌ったもの。各四句が一解をなし、三解より成る。

5　仙人有レ待乗二黄鶴一　　**仙人**　待つ有って　黄鶴に乗じ
6　海客無レ心随二白鷗一。　**海客**　心無く　白鷗に随ふ
7　屈平詩賦懸二日月一　　屈平の詩賦　日月を懸け
8　楚王臺榭空山丘。　　楚王の台榭　空しく山丘

5　仙人は自由に空中を飛び回るとはいえ、黄鶴を待ってそれに乗る　6　海のほとりの人が無心であって、白鷗をつかまえようとするたくらみ心が無ければ、白鷗も人を疑わず悠悠とこれと遊ぶから、仙人にもまさっている（自分がきょう、波のまにまに舟を浮かべ、酒を飲んで楽しんでいる心境は、この海客と同じである）　7　（この江岸の地は、いにしえの楚国の地である）かの楚国の屈原が作った詞賦は、日月を並べ掛けたように、光の芒を放っているが　8　楚王が築いた台榭の跡は、すでにむなしく丘となってしまった（文章の力は、王業にもまさるというべきであろう）

〔語釈〕**仙人有待**　「列仙伝」に、「竇子安、仙成って黄鶴、迎へ去る」と。**海客**　「列子」にある話に、海のほとりに住む男で、かもめの好きな者が、毎朝海岸に行ってかもめと遊んでいた。かもめはすっかりなれて、逃げようともしない。ある日、父からつかまえて来いといわれ海岸に行くと、かもめは空を飛んでいるが、一羽も舞い下りてこなかったと。**屈平**　屈原。原は字。楚王と同族。「離騒」を作る。**懸日月**　日月を並べ掛けたように明らか。**臺榭**　うてな。土を盛って高くした所に建てた物見の建物。

9 興酣落レ筆搖ニ五嶽一　興酣にして　筆を落とせば　五岳を揺かし

10 詩成笑傲凌ニ滄洲一。　詩成って　笑傲　滄洲を凌ぐ

11 功名富貴若長在　功名富貴　若し長へに在らば

12 漢水亦應ニ西北流一。　漢水も　亦応に西北に流るべし

9 酒盛りの興も最高頂に達したころ、筆をふるって文字を書けば、その筆勢の盛んなことは、五岳を揺り動かすほど　10 詩ができ上がり、いばって笑いうそぶけば、滄州の仙境をしのいで、その上に出る気持ちがする　11 （されば、浮き雲のような功名・富貴などは論ずるにたりない）もし功名・富貴がそれほど頼むにたりるものならば　12 東南に向かって流れる漢水も、反対に西北に向かって流れるようになるであろう（功名・富貴のたのむべからざることを歌って結びとする）

〔語釈〕**落筆**　筆をとって字や絵を書く。**五嶽**　東は泰山、西は華山、南は衡山、北は恒山、中央は嵩山。**笑傲**　あざ笑っていばる。**滄州**　海中にある仙人の住むところ。**漢水**　陝西省の嶓冢山に発し、東南流して湖北省の漢口で揚子江に合流する。

〔押韻〕七言古詩。すべて、平声尤韻。

行路難　李白（唐）

金樽清酒斗十千。
玉盤珍羞値萬錢。
停レ杯投レ箸不レ能レ食
拔レ劍四顧心茫然。
欲レ渡二黃河一冰塞レ川。
將レ登二太行一雪暗レ天。
閑來垂レ釣碧溪上
忽復乘レ船夢二日邊一
行路難　行路難
多二岐路一　今安在•
長風破レ浪會有レ時
直挂二雲帆一濟二滄海一•

金樽の清酒　斗十千
玉盤の珍羞　値万銭
杯を停め　箸を投じて　食らふ能はず
剣を抜いて　四顧すれば　心茫然たり
黄河を渡らんとすれば　氷　川を塞ぎ
将に太行に登らんとすれば　雪　天に暗し
閑来　釣りを垂る　碧渓の上
忽ち復た　船に乗って　日辺を夢む
行路難し　行路難し
岐路多し　今安くにか在る
長風　浪を破る　会ず時有り
直ちに雲帆を挂け　滄海を済らん

1 りっぱな酒だる、高価な酒　2 玉製の皿小鉢には、大ごちそう　3 だが、杯の手をとめ、はしを投げ捨てて食べる気になれず　4 剣を抜きはなち、あたりを見回し、心はぼんやりとして、なすところを知らない　5 （何がそうさせるといえば）黄河を渡ろうとすれば、氷が川を閉ざして渡れず　6 太行山に登ろうとすれば、雪が天も暗くなるほど降っていて登れないからだ　7 そこで、ひまにまかせて釣り糸を碧渓にたれて漁翁をきどってみたが　8 たちまち、また船に乗って、都に上ってみたいと夢みる　9 人生は、まことに行路難である　10 人生行路は、別れ道が多くて迷いやすく、いま自分はどこにいるのか（出道もわからず苦悶しているが）　11 いつかきっと万里の遠方から吹いて来る風が、大波をひきおこす時があるにちがいないから　12 そのときはすぐに雲帆を張って、青海原を渡って行くことにしよう

〔語釈〕**金樽**　黄金の酒だる。酒だるの美称。**斗十千**　一斗（約二リットル）一万銭もする高価な酒。「十千」は、十千銭、すなわち一万銭。**玉盤**　玉製の皿。**珍羞**　珍しいごちそう。**茫然**　ぼんやりするさま。**太行**　中国北部。現在の河南・山西・河北の省境にある山。**雪暗天**　一本には、「雪満レ山」となっている。**閑來**　ひまにまかせて。「来」は、助字で意味なし。**日邊**　太陽のそば。都にたとえる。**岐路**　別れ道。**長風**　万里の遠方から吹いて来る風。**會**　必ず。唐代の俗語。**雲帆**　雲のように風にのる帆。**滄海**　青海原。

〔押韻〕楽府。1～8平声先韻。9～12上声賄韻。

〔解説〕六朝時代にできた楽府題であり、人生行路のむずかしさや、離別の悲しみを歌ったもの。李白のこの作は、三首から成り、第一首は、難をおかして君側に進見しようとする意を、第二・三首は、いれられないので難をおそれて去る決意をし、当世に望みを絶つ意を述べている。ここには第一首のみを採った。いずれも李白が官をやめて家に帰り、四方に放浪していた時代の作である。

別㆓董大㆒（董大に別る）

高適（唐）

1　十里黄雲白日曛。
2　北風吹㆑雁雪紛紛。
3　莫㆑愁前路無㆓知己㆒
4　天下誰人不㆑識㆑君。

十里の黄雲　白日曛し
北風　雁を吹いて　雪紛紛
愁ふる莫かれ　前路に　知己無きを
天下　誰人か　君を識らざらん

1　十里四方一面に、空をおおうどんよりした黄色い雲のために、太陽の光もさえぎられて、あたりは薄暗い　2　そのうえ、激しい北風が雁の群れを吹きとばして、雪が盛んに降り出してきた
3　（何とも暗澹たる風景であるが）これから行く道中に知己がないことなど心細がりたもうな
4　今の世の中で、だれが君の名前を知らなかろう（だいじょうぶ、至るところで歓迎されますよ）

〔語釈〕 **十里**　十里四方一面に。距離をいっているのではない、面積をいっている。見渡すかぎり一面の意。**黄雲**　土ほこりで黄色の雲。どんよりして陰惨な感じの雲をさす。**白日**　太陽。**曛**　薄暗い。**莫愁**　心細がることはない。**前路**　これから先の道中。**不識君**　君の名前を知らないものがあろうか（みんな覚えているよ）。反語の句法。

〔押韻〕 七言絶句。平声文韻。

〔解説〕「董」は姓、「大」は、排行（一族中の同世代の男子の年齢順を示すもの）で、第一番目の子、太郎の意。琵琶の名人で、当時の宮廷音楽家、董庭蘭のことであろうといわれる。安禄山の乱のため、各地に流浪の旅を続けていたが、たまたま旅先で巡り会った高適が、激励して、いたわりの言葉をなげかけた詩。

高適　?～七六五。盛唐の詩人。字は達夫、滄洲（河北省）の人。格調の高い詩風で有名。玄宗の時代に侍御史から西川節度使となり、左散騎常侍に進み、渤海県侯に封ぜられた。唐代詩人中での、随一の栄達者。年五十にして、始めて詩を学んだといわれる。「高常侍集」八巻がある。

〔余説〕起・承の二句は、まず眼前の暗澹たる風物を歌い、一転して転・結の二句では、明るい希望で暖かく抱擁し、やさしく激励する。「北風吹レ雁」は、これから旅立つ董大の、やがて出会うべき苦難の象徴ともみられる。また、「十里」は、「千里」の誤りだとする説がある。

除夜作（除夜の作）　高適（唐）

1　旅館寒燈獨不レ眠。　旅館の寒燈　独り眠らず
2　客心何事轉凄然。　客心　何事ぞ　転た凄然
3　故郷今夜思二千里一　故郷　今夜　千里を思はん
4　霜鬢明朝又一年。　霜鬢　明朝　又一年

1　旅先の宿屋のわびしい燈火の下では、なかなか寝つかれず　2　旅にある身はなぜか、ただもう寂しい思いがつのるばかりである　3　故郷の妻子たちも、今夜の大みそかに際しては、遠い旅先にあるわが身のことを思って、うわさしていることであろう　4　明ければあすはまた、この白髪頭に、馬齢を一つ重ねることになるのだ

〔語釈〕**除夜**　大みそかの夜。**寒燈**　わびしい燈火。**客心**　旅人の思い。旅情。**何事**　どうしたためか。**轉**　うたた。いよいよ、ますます。**凄然**　寂しいさま。痛ましいさま。**霜鬢**　白くなったびんの毛（耳ぎわの髪の毛）。

〔押韻〕七言絶句。平声先韻。

〔解説〕人生の終着駅に近くなった作者が、またもや、旅先で新年を迎えようとする、大みそかの夜に出会い、その感懐を歌ったもの。

〔余説〕起句の「寒燈」「独」の字、すでに凄然たる思いを打ち出し、転・結の二句は、さらにそれを具体的に述べている。転句の「故郷今夜思二千里一」は、作者が千里の遠い故郷の妻子を、この大みそかに際して思いやる意にも解せられる。とすると、「千里を思ふ」と読まなければなるまい。

送下李少府貶二峡中一王少府貶中長沙上　高適（唐）

（李少府の峡中に貶せられ王少府の長沙に貶せらるるを送る）

1　嗟君此別意何如。
嗟す　君が此の別れ　意何如

2 駐レ馬銜レ杯問ニ謫居一。　馬を駐め　杯を銜んで　謫居を問ふ
3 巫峡啼猿數行涙　巫峡の啼猿　数行の涙
4 衡陽歸雁幾封書。　衡陽の帰雁　幾封の書ぞ
5 青楓江上秋天遠　青楓江上　秋天　遠く
6 白帝城邊古木疎。　白帝城辺　古木　疎なり
7 聖代即今多ニ雨露一　聖代　即今　雨露多し
8 暫時分レ手莫ニ躊躇一。　暫時　手を分かつ　躊躇する莫かれ

1ああ残念、両君の別れの心中は、いかばかりか　2しばし馬をとめ、酒を酌み、配所の様子を聞きたいものだ　3（李君は蜀へ行かれるそうだが）巫峡にはいられたならば、さるの哀れな鳴き声に涙を流され　4（また、王君は長沙へ行かれるそうだが）衡山より南へは、雁も行かないとかだから、自然たよりもまれとなり　5まして青楓江のほとりは、秋天遠くひろがり、懐郷の思いにたえかね　6白帝城のあたりでは、古木のまばらなのを見て、悲しまれることであろう　7しかし、今や聖明の天子、上にまします世、やがてお恵みに浴して召還されることもあろう　8しばらくの別れだから、赴任をためらわないがよい

〔語釈〕嗟　嘆かわしい。謫居　罪によって遠方に流されていること。巫峡　李少府の左遷さきで、さるが多い。「漁歌」に「巴東の三峡、巫峡長し。猿鳴三声、涙、裳を沾す」と。衡陽　衡山の南。

王少府の左遷さき。雁が少ない。雁が少なければ、音信を得ることまれである。衡山は長沙の西にあって、山に回雁峯があり、雁はこれから先の南へは行かず、春を待って北方に帰ってしまう。**青楓江**　長沙の付近にある。**白帝城**　四川省奉節県の東の白帝山にある。三国時代、蜀漢の昭烈帝（劉備）のなくなった所。**雨露**　恩沢にたとえる。**躊躇**　ぐずぐずする。ためらう。

〔押韻〕七言律詩。平声魚韻。

〔解説〕送別の詩。「少府」は、県尉（副知事）の別称。「峡中」は、蜀の地、今の四川省夔州。「長沙」は、湖南省にある。

〔余説〕送別に寄せて慰め、かつ、励ましたのである。ともに巧みな対句であるが、特に後連、すなわち五・六の二句が、きれいである。

邯鄲少年行　高適（唐）

1　邯鄲城南游俠子　　邯鄲城南　遊俠の子
2　自矜生長邯鄲裏　　自ら矜る　邯鄲の裏に生長すと
3　千場縦博家仍富　　千場　博を縦にして　家仍ほ富み
4　幾處報讎身不死　　幾処か讎を報いて　身死せず

1　邯鄲銀座の　遊侠族　2　邯鄲生まれ　鼻にかけ　3　賭場に出入りし　家は富み　4　あだ

討ち助け　死にもせず

〔語釈〕 **城南**　邯鄲中の繁華街。銀座。**遊侠**　男気。男だて。**自矜**　自慢する。**千場**　多くのばくち場。**縦博**　ばくちにふける。**仍**　それでもなお。**報讎**　かたき討ち（のすけだちをする）。

〔押韻〕 七言古詩。1〜4上声紙韻。

〔解説〕「邯鄲」は、中国の戦国時代の趙の都で、今の河北省邯鄲県の西南にあたる。盧生の「邯鄲の夢」で有名。「少年行」は、楽府題、「少年の歌」の意。この詩は、邯鄲の遊侠をきどる少年の生態を述べ、軽薄な世俗の風潮にあいそをつかし、隠退してむしろ少年たちと悠悠自適したいことを歌ったもの。

5　宅中歌笑日紛紛。　　宅中の歌笑　日に紛紛
6　門外車馬如レ雲屯。　　門外の車馬　雲の如く屯す
7　未レ知肝膽向レ誰是　　未だ知らず　肝胆　誰に向かってか是なるを
8　令三人却憶二平原君一。　　人をして却って　平原君を憶はしむ

5 どんちゃん騒ぎ　家のなか　6 車馬のひしめき　門のそと　7 心を明かす　知己はなく
8 平原君こそ　うらやまし

〔語釈〕 **紛紛**　盛んなさま。**如雲屯**　雲のようにむらがっている。一本には、「常如レ雲」とあり、また、「如二屯雲一」ともある。**肝膽**　心底。心の奥底。**平原君**　戦国時代の趙の公子。名は勝、人

材を愛し、食客数千人を養っていたといわれる。

〔押韻〕　5～8平声文韻と真韻との通用。

9　君不レ見今人交態薄・　　君見ずや　今人　交態の薄きを

10　黄金用盡還疎索・　　黄金　用ひ尽くせば　還た疎索たり

9　悲しからずや　世の交際　10　金の切れ目は　縁の尽き

〔語釈〕　**君不見**　「君」は、特定の人をさしたものでない。唐詩にしばしば見られる句法。「知らないか」くらいの意。**交態**　交際の態度。**疎索**　疎遠。

〔押韻〕　9～10入声薬韻。

11　以レ玆感歎辭二舊遊一。　　玆を以て　感嘆して　旧遊を辞し

12　更於二時事一無レ所レ求。　　更に時事に於て　求むる所無し

13　且與二少年一飲二美酒一　　且らく少年と　美酒を飲んで

14　往來射獵西山頭。　　往来　射猟せん　西山の頭

11　あいそをつかし　友絶ちて　12　何を求めん　今の世に　13　ままよ美酒くみ　わかものと

14　せめて狩りせん　西山に

〔語釈〕以茲　そこで。舊遊　旧来のつきあい。時事　世事。且　まあ。ひとまず。西山　邯鄲の西のほうにある山。頭　ほとり。付近。

〔押韻〕11～14平声尤韻。

〔余説〕第七句の「未レ知」以下の二句を、作者の胸中とみる説もある。「且（しばらく）」の一字は、軽薄な世人よりは、まだ少年たちのほうがましだという意で、ねらいは深く世人の軽薄を憤慨した口ぶりである。

人日寄二杜二拾遺一（人日　杜二拾遺に寄す）　高適（唐）

1 人日題レ詩寄二草堂一　　人日　詩を題して　草堂に寄す

2 遙憐故人思二故郷一　　遥かに憐れむ　故人の　故郷を思ふを

3 柳條弄レ色不レ忍レ見　　柳条　色を弄すれども　見るに忍びず

4 梅花滿レ枝空斷腸　　梅花　枝に満つるも　空しく断腸

1 人日の意義ある日にあたって詩を作り、君のもとにお届けいたします 2 はるかに君が、成都で、故郷を懐かしんでいるのを、お気の毒に存じます 3 柳の枝は青やぎ糸をかけて、新緑の色をほこっていても、見るにしのびず 4 梅花は満開でも、これに対し、断腸の思いにたえかねているでしょう

〔語釈〕**人日**　〔解説〕を参照。**題詩**　題をもうけて詩を作る。**草堂**　杜甫の浣花草堂。成都の西郊、浣花渓のほとりにあった。**故人**　旧友。杜甫をさす。**柳條**　柳の枝。**弄色**　美しい色を、これ見よがしにほこる。

〔押韻〕七言古詩。1〜4平声陽韻。

〔解説〕「人日」は、旧暦正月七日の節句。この日の天候によって、一年間の人事一般を占う。「杜二」は、杜甫のこと、「二」は排行。粛宗の時に左拾遺であった。この詩は、杜甫が粛宗をいさめて怒りにふれ、官を辞して成都の郊外に、浣花草堂を築いて住んでいたときに贈ったもの。自分の老残の身をもって何らなすことなく、官途にしばられて思うにまかせないことを嘆じ、かえって杜甫の放浪の生活をうらやましく思う意を述べている。

5　身在㆓南蕃㆒無㆑所㆑預・　　身は南蕃に在って　預かる所無く
6　心懐百憂復千慮・　　心に懐く　百憂　復た千慮
7　今年人日空相憶　　**今年　人日　空しく　相憶ふ**
8　明年人日知何處・　　**明年　人日　知んぬ　何れの処ぞ**

5　わたしは南の藩国にあって、たかが刺史ぐらいのため、朝政に参与することもかなわず　6
時事の非なるを見ても、ただ心にもろもろの憂慮をいだいて、焦慮するのみです　7　考えてみれ
ば、ことしの人日にいくら君のことを思ったとて　8　明年の人日には、どこへやられるかわから

ぬ、しがない身です

〔語釈〕**南藩**　「藩」は、王室の守りになる諸侯、転じて諸侯の国。ここでは、南方の州をさす。時に高適は蜀・彭二州の刺史であった。**知何處**　詩における「知」は「不レ知」と同意。どこへやられるかしら（わからない）。

〔押韻〕5～8上声御韻。

9　一臥㆓東山㆒三十春。　一たび東山に臥してより　三十春

10　豈知書劍老㆓風塵㆒。　豈知らんや　書剣の風塵に老いんとは

11　龍鍾還忝㆓二千石㆒　龍鍾として　還た忝うす二千石

12　愧爾東西南北人。　愧づ爾　東西南北の人

9（わたしは官途につかず）三十年も謝安にならって、東山に高臥していた時代もありましたが　10（誤って役人になったばかりに）書剣をおびて、役人稼業に奔走して老年にいたろうとは、思いもかけませんでした　11　この老いさらばえた身で、刺史として二千石のお手当てをいただいてはいますが　12（かごの鳥の身は、万事につけ思うにまかせず）君のような四方に放浪せられる自由の身に対して、お恥ずかしく思うしだいです

〔語釈〕**東山**　浙江省の山名。東晋の謝安が隠れたという。**一臥**　ひとたび高臥する。高臥は、官途につかず、隠居する。**風塵**　①世間の俗事。②役所勤め。官途。ここは②をとる。**龍鍾**　老衰の

さま。**二千石**　漢代においては、郡の長官の俸給は二千石であった。転じて地方長官をいう。**東西南北人**　一定の住所がなく、四方に放浪する人。
〔押韻〕　9～12平声真韻。

黄鶴楼

崔顥（唐）

1　昔人已乗㆓黄鶴㆒去
2　此地空餘黄鶴樓。
3　黄鶴一去不㆓復返㆒
4　白雲千載空悠悠。
5　晴川歴歴漢陽樹
6　芳草萋萋鸚鵡洲。
7　日暮郷關何處是
8　煙波江上使㆓人愁㆒。

昔人　已に黄鶴に乗じて去り
此の地　空しく余す　黄鶴楼
黄鶴　一たび去って　復た返らず
白雲　千載　空しく悠悠
晴川　歴歴たり　漢陽の樹
芳草　萋萋たり　鸚鵡洲
日暮　郷関　何れの処か是なる
煙波　江上　人をして愁へしむ

1　昔、仙人が黄鶴にまたがって飛び去ってから　2　この地には、いたずらに黄鶴楼の遺跡が残っているのみである　3　（仙人がみかんの皮で壁に描いたという）黄鶴は、仙人とともに飛び去ってから、もう二度とはもどって来ず　4　ただ白雲のみが千年の久しきにわたって、悠悠と空に浮かんでいるばかり　5　晴れわたった大江の対岸には、漢陽の樹木がはっきりと見え　6　鸚鵡洲には、かぐわしい草が盛んにたけ高く茂っている　7　さて、日暮れともなれば、故郷のことが思い出されるが、いったいわが故郷はどのあたりに当たることやら　8　江上にたちこめる夕もやに妨げられて（その方角もさだかではなく）旅人われをして郷愁にたえざらしめるしだいである

〔語釈〕　**昔人**…　仙人をさす。王轂の「報応録」という伝奇小説集に見える。**黄鶴楼**　今の湖北省武漢市武昌城内を東西に横切る蛇山の西端にある八角楼。揚子江に臨み、江を隔てて漢陽に対し、風景絶佳。李白も「送儲邕之武昌」において、「黄鶴西楼の月、長江万里の情、春風三十度、空しく憶ふ武昌城、……」と歌っている。**千載**　「千歳」に同じ。千年。**悠悠**　はるかに遠いさま。**晴川**　晴れわたった日の大江。**歴歴**　ありあり。はっきりと。**漢陽**　湖北省漢陽県。漢水と揚子江との合流点。北は漢水を隔てて漢口に対し、東は揚子江を隔てて武昌に対する。**萋萋**　草が長くのびて盛んに茂っているさま。**鸚鵡洲**　湖北省武昌県の西南にある洲の名。後漢の黄祖が江夏の太守となり、大いに賓客を会した時、おうむをこの洲で献上する者があったので、禰衡が賦を作った。そこで鸚鵡洲と名づけられた。**郷關**　故郷。**煙波**　もや。

〔押韻〕　七言律詩。平声尤韻。ただし第一句はふみ落とし。

〔解説〕　この詩は、黄鶴楼に登って、この楼にまつわる伝説を思い起こし、ついで四方の風景をながめ、淡い郷愁にかられたことを歌ったものであるが、全体のねらいは登楼・遠望に際して、天地の悠久、人生のはかなさを感じた点にある。この楼にまつわる伝説については、李白の七絶「黄鶴

楼送孟浩然之広陵」を参照されたい。

崔顥　?～七五四。盛唐の詩人。汴州（河南省開封）の人。開元十一年（七二四）に進士に合格し、官は司勲員外郎に至った。玄宗の天宝十三年（七五四）没した。彼の詩風は、少壮の時代に浮薄であったが、晩年には高古に変わり、風骨凜然と評せられている。

〔余説〕宋の厳滄浪の詩話には、「唐人の七律詩、当に此を以て第一と為すべし」と、激賞している。

絶句　杜甫（唐）

1 江碧鳥逾白
2 山青花欲然。
3 今春看又過
4 何日是帰年。

江碧にして　鳥逾〻白く
山青うして　花然えんとす
今春看〻又過ぐ
何れの日か　是れ帰年

1 江（川）の水は、エメラルドをとかしたような緑色で、空飛ぶ白鳥はいよいよ白く、くっきりとみえる　2 山は青々と茂り、その間を色どる赤い花は、今にも燃えあがりそう　3 さて、今年の春もみるみるうちに過ぎ去ってしまい　4 いつになったら、故郷に帰れることやら

〔語釈〕**碧**　緑。青緑。鉱物性の澄んだ緑。碧玉などという。これに対して植物性の緑は、青とい

う。青山。**花欲然** 赤い花は、火がついて今に燃えあがりそうに見える。「あか」を、中国人は「紅」といい、「赤」とはいわない。あか旗は、紅旗であり、赤旗とは書かない。「然」が、もえるという意の正字。「燃」は、後からできた俗字。「もえんと欲す」ではなく、「もえんとす」「もえなんとす」と読みたい。**看** みすみす。みるみるうちに。**歸年** 故郷に帰れる年。

〔押韻〕 五言絶句。平声先韻。

〔解説〕 「絶句」というのは、いうまでもなく詩体の名であるが、ここでは適当な詩題がみつからないままに、詩体の名を借りて題とした。眼前の春景色によって、望郷の思いをそそられたことを歌ったもの。

杜甫 七一二〜七七〇。字は子美、中年のころ長安の郊外の少陵に住んだので、号は少陵。その先祖は襄陽（今の湖北省襄陽県）の人、晋の有名な学者杜預の子孫で、初唐の詩人、杜審言の孫にあたる。河南省の鞏県で生まれ、壮年のころ、しばしば進士の試験を受けたが、合格できなかった。のちに玄宗に文才を認められて仕えた。安禄山の乱が起こり、玄宗が蜀に行かれたので、彼は家族を連れて鄜州（陝西省鄜県）に避難したが、至徳元年（七五六）十月、粛宗が霊武（甘粛省北東部）で即位されたと聞き、ここに行く途中で賊につかまり、長安に連れて行かれた。翌年四月脱出して、粛宗に鳳翔（陝西省鳳翔県）の行在所で拝謁し、左拾遺（侍従）に任ぜられた。長安が回復してからも仕えたが、やがて辞職して秦州（甘粛省天水県）に行き、さらに蜀に行き、成都の郊外の浣花渓のほとりに草堂を作り、節度使厳武の庇護を受けた。この時代が、杜甫にとって、物心ともに一番安定した時である。厳武の死後は、再び放浪の旅が始まり、渝州（重慶）を経て夔州にいたり、しばらくここに住んでいたが、またもやここを去って、三峡の険を経て岳州（湖南省）に行き、その後、老病の身を船に託して洞庭湖から湘江をさかのぼり、来陽（湖南省来陽県）にまで至ったが、再び湘江を下る途中、船中で死亡した。時に年五十九。李白と並び称せられる大詩人であったが、性格も詩風も全く正反対で、推敲に推敲を重ねた努力型の苦吟家。特に律詩にすぐれ、また常に時事を詠じたので、その詩は「史詩」といわれる。「杜工部集」二十巻（二十五巻、あるいは三十六巻に分けているものもあるが、内容は同じ）がある。彼の詩集を「杜工部集」というのは、杜甫の官が、工部員外郎にまで進んだからである。

〔余説〕ゆく春を惜しむとともに、それを望郷の思いに結びつけている。「碧」「白」「青」「紅」（「紅」は字面に見えない）と、実に華麗な色彩感にあふれ、一首を通じて哀愁の思いが汲みとれる。この詩は、広徳四年（七六四）、成都の浣花草堂に一時、身を寄せていた時の作といわれる。この詩を読んで、すぐ思い出されるのは、若山牧水の「白鳥（しらとり）は悲しからずや空の青、海の青にも染まずただよふ」である。後者が、杜甫の詩をふまえているかどうかはともかくとして、その発想の一致は注目されるべきであろう。

江南逢㆓李龜年㆒（江南にて李亀年に逢ふ）　杜甫（唐）

1　岐王宅裏尋常見　　岐王の宅裏　尋常に見る
2　崔九堂前幾度聞。　崔九の堂前　幾度か聞く

3　正是江南好風景　　正に是れ江南の好風景

4　落花時節又逢レ君。　落花の時節　又君に逢はんとは

1（都にいた当時）岐王さんのお屋敷で、よくお会いしましたっけね　2また、崔九郎さんの前庭では、何度か演奏を聞いたものでしたね（しかしあれもこれも、すべて夢のようです）3（はからずもきょう）ちょうどこの江南の麗しい風景を前にして　4落花ふりしきる晩春の時節に、また君に会うなんて（うらぶれの身が、今さらのように思い知られて、感慨無量です）

〔語釈〕**江南**　揚子江の下流の南方。ここでは湘南の潭州（今の長沙）のあたり。**李龜年**　玄宗に愛された教坊使（音楽長）。**岐王**　名は範、唐の貴族で、文学者を愛した。**尋常**　いつも。常日ごろ。**崔九**　崔滌。「九」は、排行（一族中の同一世代の年齢の序列）。崔家の九番めの男子。玄宗の側近。**堂前**　表ざしきの前庭。

〔押韻〕七言絶句。平声文韻。起句はふみ落とし。

〔解説〕「李龜年」は、玄宗の朝廷に仕えた宮廷音楽師、安禄山の乱後、四方に流浪し、たまたま江南の旅先で杜甫と巡りあい、往時を懐古し、目前の悲境をいたみ、感慨無量の涙にむせんだことを歌ったもの。

〔余説〕四句ことごとく杜甫の独白であるが、そのかみの華やかであった生活にひきかえ、今この流離の悲境。結句の「落花時節」に零落の意を象徴し、無限の味わいがある。うらぶれた音楽師と詩人との出会い、背景は水光山色、麗しい江南の、しかも晩春落花の候、時と所と人と、三拍子そろって舞台効果は満点である。傷心の言葉は一語も使われていないが、しかも無限の感動にあふれ

ている。起・承二句の人事に配するに、転句は非情の自然をもってし、結句の「又」の字は、人事と自然とを結んで、ゆくりない巡りあいを喜ぶ。実に杜甫七絶中の傑作というべきであろう。

絶句　杜甫（唐）

1 兩箇黃鸝鳴翠柳
2 一行白鷺上青天。
3 窓含西嶺千秋雪
4 門泊東吳萬里船。

両箇の黄鸝　翠柳に鳴き
一行の白鷺　青天に上る
窓には含む　西嶺　千秋の雪
門には泊す　東呉　万里の船

1 ひとつがいのちょうせんうぐいすが、緑色に茂った柳の葉陰でさえずっており 2 空には白さぎの群れが列をつくって、青空高く舞い上がって行く 3 窓からは、千秋の雪をいただいた西山が、まるで額縁にでもはいっているように見えるし 4 門前の船泊まりには、東のほう呉のあたりから万里の水路をのぼってきた船が、もやっている

〔語釈〕 **黄鸝** ちょうせんうぐいす。**一行** 一列。**西嶺** 成都の西北にそびえる雪山。**千秋雪** いつも消えない雪。万年雪。**門泊** 杜甫の草堂の前を流れる川は浣花渓、その東に「万里橋」という船泊まりがあった。**東呉** 東方の呉。今の揚子江下流の江蘇省あたりは、昔の呉国の地。ゆえにその付近の古称。

〔押韻〕七言絶句。平声先韻。ただし、起句はふみ落とす。

〔解説〕この詩は、代宗の広徳二年（七六四）に、杜甫が成都郊外の浣花草堂に帰り、節度使厳武の庇護のもとに、一家そろって平和な生活を楽しんだ。その時の作で、絶句と題する十首連作の中の一首。時に杜甫は五十三歳。

〔余説〕全句対（全部が対句構成）である上に、「黄」「翠」「白」「青」と、色彩の美しさをも考えた、珍しい構成の作品である。

解レ悶（悶を解く）　杜甫（唐）

1 一辭二故國一十經レ秋。　一たび故国を辞して　十たび秋を経

2 毎レ見二秋瓜一憶二故丘一。　秋瓜を見る毎に　故丘を憶ふ

3 今日南湖采二薇蕨一　今日　南湖に薇蕨を采る

4 何人爲覓鄭瓜州。　何人か　為に覓む　鄭瓜州

1 ひとたび故郷に別れてから、早くも十年を経たが　2 秋のうりを見るごとに、故郷の長安を思い出す　3 きょう自分は南湖で、伯夷・叔斉の故事をまねて薇や蕨を採るにつけても　4 だれか自分のために、彼を捜し出して会わせてくれないものかしら

〔語釈〕故國　故郷。長安をさす。杜甫は長安の人。十經秋　十年を経過した。秋瓜　秋になって

熟するうり。昔、秦の東陵侯の邵平が、秦の滅びた後、うりを長安の東門に植え、それを売って生活した故事がある。杜甫は長安の人なので、秋瓜を見て故郷の長安を思ったのであろう。**故丘**　故郷の山。**南湖**　夔州（四川省）にある。鄭審の旧宅があった。**采薇蕨**　薇蕨は、ぜんまいとわらび。伯夷、叔斉の故事をまねること。**鄭瓜州**　友人の鄭審のこと。杜甫の自注に、「今の鄭秘書監を謂ふ」とある。

〔押韻〕　七言絶句。平声尤韻。

〔解説〕　この詩は、都にいる旧友の鄭審を思って、自分も故郷の都に帰りたいという意を歌ったもの。「解レ悶」とは、胸中の鬱屈している気持ちを散ずる意。十二首連作の第三首めにあたる。

春望　　杜甫（唐）

國破山河在
城春草木深。
感レ時花濺レ涙
恨レ別鳥驚レ心。
烽火連二三月一

国破れて　山河在り
城春にして　草木深し
時に感じて　花にも涙を濺ぎ
別れを恨んで　鳥にも心を驚かす
烽火　三月に連なり

6　家書抵㆓萬金㆒。
7　白頭掻更短
8　渾欲㆑不㆑勝㆑簪。

家書　万金に抵る
白頭　掻けば更に短く
渾べて簪に勝へざらんとす

1　国都長安はめちゃめちゃに破壊し尽くされてしまったが、山河のみは依然としてもとのまま　2　城壁のほとりには、春とともに草木が芽を出し、やがて青々とおい茂っている　3　時勢のどうにもならない有様に感傷がこみあげてきて、心がうきうきする花を見るにつけても、ぽろぽろ涙を流し　4　一家離散の恨めしさがあるため、楽しかるべき鳥のさえずりを聞くにつけても、不如帰不如帰（早く帰ろうよの意）と帰りをうながされているようで落ちつかない　5　敵の来襲を急報するのろしは、三箇月にわたって打ち上げられ　6　たまたま手に入る妻からの手紙は、万金の値打ちがあるほどありがたい　7　めっきり白髪のふえた頭に手をやって掻いてみると、一段と髪が短くなって　8　とてもかんざしが、もたなかろうと思うほど、うすくなってしまった

〔語釈〕**國**　国都。長安をさす。国そのものの意ではない。**感時…**　時事を感傷するため、爛漫と咲いている花を見るにつけても、しとどに涙を流す。**恨別…**　一家の別離を恨めしく思い（家族はこの時、鄜州―陝西省洛川県の東南―にいた）、鳥の音を聞くにつけても、心を驚かせる。この鳥は、「不㆑如㆓帰去㆒」と鳴く、「ほととぎす」だろうといわれる。**連三月**　三箇月にわたって。この詩の作られたのが、たまたま至徳二年三月であったので、「三月」を暦のうえの三月とする説もある。**家書**　家族（妻）からのたより。**抵**　あたる。相当する。**渾**　すべて。全くの意。**簪**　冠を髪

にとめるピン。

〔押韻〕　五言律詩。平声侵韻。

〔解説〕　この詩は、唐の粛宗の至徳二年（七五七）に、長安が安禄山の手におち、杜甫が賊中で俘虜の生活をしていた時の作。時に四十六歳。「春望」とは、春のながめという意であり、さりげない題であるが、満目の春景色が、ことごとく傷心の種ならざるはなく、目前の困難をいきどおった、憂国の大文字である。

〔余説〕　一首をつらぬく沈痛な気分は、絶望的な響きをもって、読者の胸に迫ってくるであろう。人の手になるものは、ことごとく破壊し尽くされてしまったのに、自然の営みには変わりなく、人間の悲しみなど知らぬげに、時来れば草木は芽を出し、葉を茂らせ、やがて花を咲かせ、実を結ぶ。人間は有情、自然は無情、そこに詩人の悲しみがある。

芭蕉は、杜甫に早くから傾倒し、「杜工部集」を座右から離さなかったという。「奥の細道」の平泉の条に、「国破れて山河在り、城春にして草青みたりと、笠打ち敷きて、時のうつるまで涙を落としはべりぬ。夏草やつわものどもが夢の跡」と、記しているのは有名である。

なお、前連を、「時に感じて、花、涙を濺ぎ　別を恨んで、鳥、心を驚かす」という読み方をする人もおり、おもしろいとは思うが、今は採らない。

登岳陽樓（岳陽楼に登る）　杜甫（唐）

1 昔聞洞庭水
2 今上岳陽樓。
3 呉楚東南坼
4 乾坤日夜浮。
5 親朋無一字
6 老病有孤舟。
7 戎馬關山北
8 憑軒涕泗流。

昔聞く　洞庭の水
今上る　岳陽楼
呉楚　東南に坼け
乾坤　日夜浮かぶ
親朋　一字無く
老病　孤舟有り
戎馬　関山の北
軒に憑って　涕泗流る

1 かねてから洞庭湖の大観を耳にして（機会あらばと思って）いたが 2 きょうやっと（宿望
を達して）岳陽楼に登って（その壮観をほしいままにすることができた） 3 （見渡せば）かのい
にしえの呉と楚とのあたりは、この洞庭湖によって東（呉）と南（楚）とに分けられており 4
天地間のあらゆる物象は、日月・星辰・山岳・雲樹の別なく、日夜この湖中に影を映すほどである
5 （ひるがえってわが身を顧みれば）親せきや朋友からは手紙一本こないで 6 老いさらばえ

た病身を託するも[illegible]とては、ただ一そうの小舟があるだけ　7（聞くところによれば）故郷（長安）の北[illegible]依然として軍馬が馳せちがっているとかで（兵乱のやむけはいもなく）8[illegible]れを考えると）楼上の手すりにもたれて、とめどなく涙が流れてくる（のを、い[illegible]ことができない）

〔[illegible]〕**昔聞**　かねてから耳にしていた。第二句の「今上」に対する。**洞庭水**　洞庭湖というに同[illegible]庭湖は、湖南省北部にある中国最大の淡水湖。付近には、詩文に名高い名勝が多い。**岳陽楼**　[illegible]の開元年間に張説が建てたもので、孟浩然や李白も訪れて詩を作っている。**呉楚**　春秋時代の二大国。呉は、洞庭湖の東方、今の江蘇省・浙江省のあたり。楚は、洞庭湖の南方、今の湖南省・湖北省のあたり。ともに戦国時代末に秦に滅ぼされた。古地名として、今日でも用いられる。**坼**　分裂の意。湖を中にして、呉は東に、楚は南に分かれている。**乾坤日夜浮**　「乾坤」には、①日月、②天地の意味があるが、要するにここでは、湖が広大であるので、天地間の物象は、日月・星辰・山岳・雲樹の別なくすべて、日夜この湖中に影を映している意とみる。**親朋**　親せきや朋友。**無一字**　全く手紙が来ない。**老病有孤舟**　老いさらばえた病身を託するものとては、ただ一そうの小舟があるだけ。孤独の境涯を強調したもの。**戎馬**　軍馬。**關山**　故郷の境にある山々。転じて、故郷をさす。この場合は、北方の長安付近のこと。杜甫の故郷は、長安である。**憑軒**　楼上の欄干によりかかる。「軒」は、おばしま、てすり。**涕泗**　涙。目から出るのが「涕」、鼻から出るのが「泗」。

〔押韻〕　五言律詩。平声尤韻。

〔解説〕　「岳陽楼」は、湖南省岳陽県城の西門上にあって、洞庭湖を前にした、風景絶佳のところ。大暦三年（七六八）冬十二月、杜甫は住みなれた蜀（四川省）を後にし、湖北省江陵を経て、湖南のこの地にやって来て、多年の念願を果たすべく、この楼に登った。しかし、眼前の壮大な洞庭湖の風物も、万方多難な祖国の現状を思えば、痛哭（つうこく）の涙をそそるばかり。時に彼は、年五十七。その後、二年にして死んでいる。

〔余説〕初めは、この大観を得て喜び、半ばにして悲しみ、終わりは涙となっている。感情の落差が激しく、悲運の詩聖をして、血涙をしぼらせずにはやまなかったものであろう。

月夜（げつや）　杜甫（とほ）（唐（とう））

1 今夜鄜州月
2 閨中只獨看。
3 遙憐小兒女
4 未レ解憶二長安一。
5 香霧雲鬟濕
清輝玉臂寒。
何時倚二虚幌一

今夜（こんや）　鄜州（ふしゅう）の月（つき）
閨中（けいちゅう）只（ただ）　独（ひと）り看（み）る
遥（はる）かに憐（あは）れむ　小児女（しょうじじょ）
未（いま）だ解（かい）せず　長安（ちょうあん）を憶（おも）ふを
香霧（こうむ）　雲鬟（うんかん）湿（うるほ）ひ
清輝（せいき）　玉臂（ぎょくひ）寒（さむ）し
何（いづ）れの時（とき）か　虚幌（きょこう）に倚（よ）り

8　雙照淚痕乾。　　双照（そうしょう）　涙痕（るいこん）　乾（かわ）かん

1　今夜の鄜州の明月をば　2　妻は部屋の中から、ただ一人寂しくながめ（思案にふけっているであろうが）　3　かわいそうに、がんぜない女の子には、母の心配などわからず　4　まだ父のいる長安のことなどに思い及ぶまい（一人で、さぞ苦労していることであろう）　5（夜がふけるまでながめているため）霧で髪の毛がしっとりとぬれ　6　冴えわたる月光のため、臂（ひじ）も冷えきってしまうであろう　7　いつになったら（戦乱がおさまり）明かり窓の下で、寄り添いながら　8　二人並んで、涙あとがかわいた顔を月に照らされることであろうか

〔語釈〕　**鄜州**　陝西省（せんせいしょう）鄜県。当時、杜甫の妻子はここにいた。**閨**　ねや。婦人の部屋。**未解憶**　二つの意味を含めている。一つには、まだがんぜない子どものことだから陥落した長安にいるパパのことなど思いつかない。二つには、ママが月を見てパパのことを考えている気持ちなどわからない、ということ。**香霧**　霧には、かおりはないが、鬟（まげ）につけた香油のにおいが移ったもの。**雲鬟**　雲のように豊かな髪の毛。「鬟」は、まげ。婦人の髪形。**玉臂**　白玉のように白いひじ。**虚幌**　明かり窓。カーテンをさげた窓。

〔押韻〕　五言律詩。平声寒韻（かんいん）。

〔解説〕　天宝（てんぽう）十五年（七五六）六月、安禄山（あんろくざん）の兵、長安に入る。七月玄宗（げんそう）、蜀（しょく）に難をさけ、粛宗（しゅくそう）が位につき、至徳（しとく）と年号を改めた。この詩は、至徳元年（七五六）八月、杜甫が賊に捕らえられて長安にいた時、月夜の晩に鄜州（ふしゅう）の妻子を思って作ったもの。情感、真に迫り、律詩の規則にしばられず、思うがままに歌っている点をくむべきである。

〔余説〕前連（第三・四句）は、いわゆる流水連で、意味は対しているが、形式上は対していない。ただ情感に迫られて、このようになったものであろう。しかし、この二句は、第二句の（独）字をうけて、これを具体的に述べたものであることには注意する必要がある。なお、「独」は第八句の「双」と、きびしく照応している点にも注意されたい。

旅夜書レ懐（旅夜　懐を書す）　杜甫（唐）

1 細草微風岸　　細草　微風の岸
2 危檣獨夜舟。　　危檣　独夜の舟
3 星垂二平野一闊　　星は　平野に垂れて闊く
4 月湧二大江一流。　　月は　大江に湧いて流る
5 名豈文章著　　名は　豈　文章もて著さんや
6 官因二老病一休。　　官は　老病に因って休む
7 飄飄何所レ似　　飄飄として　何の似たる所ぞ
8 天地一沙鷗。　　天地の一沙鷗

1　小さな草の上を、そよ風が吹く岸に　2　帆柱ばかりいやに高い舟を、ポツンと泊めた夜　3（仰げば）星は広々とした平野一面に、落ちかかるようにきらめいており　4　月は揚子江に影を映し、あたかも水底から湧きあがって来るかのように流れている（実に雄大きわまりない夜景である）　5　そもそも、文章・文学をもって、名を著すことは、わが願いではないが　6　工部員外郎の役も、老いさらばえた病身のために、やめねばならなくなり（今はせめて文章に頼らねばならぬ身である）　7　そこで、このように飄々として、流浪の旅に出た自分ではあるが、今の境涯は、何に似ているであろうか　8　そうだ、天地間を所定めず飛びまわる、一羽のかもめのようなものだ

〔語釈〕 **危檣**　高い帆柱。「危」は、高い意。**大江**　揚子江。**名豈…**　「漢書」の「揚雄伝」の賛に、「雄は古を好んで道を楽しむ。其の意、文章もて名を後世に成さんことを求めんと欲す」とあるのを翻案したもの。**官**　この時、杜甫は厳武の幕下で、節度使参謀工部員外郎という役であった。「工部」とは、建設の仕事をつかさどる役所。「員外部」は、定員外の役人。**飄飄**　木の葉などの風に翻るさま。**天地一沙鷗**　「天地」の下に「間」の字を入れると、意味がよくわかる。「沙鷗」は、かもめ。

〔押韻〕 五言律詩。平声尤韻。

〔解説〕 この詩は、杜甫が蜀におけるパトロンの厳武が死んだため、頼るものがなくなったので、やむを得ず、代宗の永泰元年（七六五）に、家族をひき連れ、長年住みなれた成都の草堂を去り、舟に乗って渝州（今の重慶）に下る時、たまたま月下において歌ったもの。

〔余説〕 前半四句は、主として旅夜の景を述べ、後半四句は、思いを歌って凄絶なるものがある。

起連（第一・二句）に、「細」といい、「微」といい、また、「危」といい、「独」というのは、後半四句の感慨をあらかじめ表したもの。第八句「天地一沙鷗」も警抜の句であるが、前連の「星垂二平野一闊、月湧二大江一流」も、杜甫にしてはじめて言いえた独擅場である。

春宿二左省一（春左省に宿す）　杜甫（唐）

1 花隠掖垣暮　　花は隠る　掖垣の暮れ
2 啾啾棲鳥過。　　啾啾として　棲鳥過ぐ
3 星臨二萬戸一動　　星は　万戸に臨んで動き
4 月傍二九霄一多。　　月は　九霄に傍うて多し
5 不レ寝聴二金鑰一　　寝ねずして　金鑰を聴き
6 因レ風想二玉珂一。　　風に因って　玉珂を想ふ
7 明朝有二封事一　　明朝　封事有り
8 數問夜如何。　　数〻問ふ　夜如何と

1 日もはや暮れようとして、わき門の垣のあたりは小暗くて、花の姿も見えなくなり 2 ねぐ

ある

〔語釈〕**花隠**　花の姿が小暗くて見えない。**掖垣**　宮殿のそばのかきねのこと。ここでは門下省のわき門のかきね。**啾啾**　小鳥の鳴く声。**棲鳥**　ねぐらへ急ぐ鳥。**萬戶**　宮中の千門万戸をいう。長安市中のではない。宮室の多いことをいった。**九霄**　九天の意。ここでは天子のご座所。**金鑰**　金色のかぎ（ご座所のとびらを開閉する）。**玉珂**　馬のくつわの飾り（玉で作った）。**封事**　密封してある意見書（天子がじきじきに見るため）。

〔押韻〕五言律詩。平声歌韻。

〔解説〕「左省」は、門下省（臣下の上書と、中書省で起草した詔勅を審議する官庁）。大明宮の左にあるからいう。杜甫が左拾遺であった当時、門下省に宿直して作ったもの。

〔余説〕夕方から夜、夜から朝まで、耳目を働かして、謹直に責務を果たそうとする、杜甫の面目躍如たるものがある。杜甫が忠厚と称せられるゆえんであろう。起連は、第一句が目、第二句が耳、そしてさらに前連は目、後連は耳を働かせ、最後に尾連でこれらをきちんと結んでおり、章法きわめて厳正である。

春夜喜㆑雨（春夜雨を喜ぶ）　杜甫（唐）

1 好雨知㆓時節㆒　好雨　時節を知り
2 當㆑春乃發生。　春に当たって　乃ち発生す
3 隨㆑風潛入㆑夜　風に随って　潜かに夜に入り
4 潤㆑物細無㆑聲。　物を潤し　細かにして声無し
5 野徑雲俱黑　野径　雲　倶に黒く
6 江船火獨明。　江船　火　独り明かなり
7 曉看㆓紅濕處㆒　暁に　紅湿の処を看れば
8 花重㆓錦官城㆒。　花は　錦官城に重からん

1 好ましい春雨は、降るべき時節を心得ているとみえ　2 ちょうど春になると、まちがいなく
やってくる　3 風につれて、そっと夜まで降り続け　4 万物に潤いを与える、細かい雨で音も
たてない　5 戸外は、野の小道も空の雲も、春の夜の闇にとざされ、まっくらで　6 川に、も
やっている船の燈火だけが、明るく見えるだけ　7 あすの夜明けになってから、赤くしめってい
る花を見たならば　8 雨を含んだ花は、成都城中・城外いたるところに、枝も重たげに咲いてい

ことであろう

〔[illegible]釈〕好[illegible]　春雨。春雨は最も好ましい雨であるからいう。潜入夜　音もなく夜まで降り続ける。[illegible]の小道。紅濕處　花が雨露のために赤くしめって咲いているところ。錦官城　蜀の成都のこと。花重　雨を含[illegible]花が重たげに。

〔押韻〕五言律詩。平声庚韻。

〔解説〕この詩は、唐の寧宗の上元二年（七六一）に、杜甫が成都の西郊の浣花渓に、自分で苦心[illegible]草堂に移転した当時のもので、彼が物心とともに、やや安定した時である。したがって、[illegible]界の景物に対して興味を示しはじめるゆとりができたので、自然を歌った作品が少なくない。これは、その年の春の作品の一つである。

〔余説〕詩中には、「喜」の字は一つも見当たらないが、喜ぶ意はおのずから言外にあふれている。「春の夜の闇はあやなし…」で、春雨の降る夜の、しっとりと落ちついた気持ちと情景とが巧みに歌われている。

夜宴左氏荘（夜左氏の荘に宴す）　杜甫（唐）

1 風林纖月落　　風林　纖月　落ち
2 衣露淨琴張。　衣露　浄琴　張る

3 暗水流㆓花徑㆒　　暗水　花径に流れ
4 春星帶㆓草堂㆒。　春星　草堂を帯ぶ
5 檢㆑書燒㆑燭短　　書を検して　燭を焼くこと短く
6 看㆑劍引㆑杯長。　剣を看て　杯を引くこと長し
7 詩罷聞㆓吳詠㆒　　詩罷んで　呉詠を聞き
8 扁舟意不㆑忘。　　扁舟　意忘れず

1 風のざわめく林の上には、細い利鎌のような三日月が落ちかかって、夜もだいぶふけ 2 着
[illegible]夜露のために、しっとりとしめったころ、清らかな音を発する琴に弦を張って、宴はいよいよ
て流れ[illegible] 3 (すでに月も落ちたので)耳に聞こえるものとしては、やみの中、花咲く小道に沿っ
星空のみ 5 [illegible]せらぎの音 4 目にうつるものとては、草堂を取り巻き一面にまたたく、春の夜の
忘れ 6 [illegible]の夜、この荘に集まる者)あるいは、書物を調べて、ろうそくの短くなるのを
て、一同の詩作がす[illegible]あるいは、刀剣をめでつつ、いつまでも杯になみなみついで酒を飲んでいる 7 やが
[illegible]の方言でこれを吟詠するのを聞いていると 8 かつて、ささ小舟に身
[illegible]して、呉越の地方に遊んだおりのことが思い出されて、感慨にたえない

【語釈】[illegible]林　風の吹きわたる林。織月　三日月。衣露　着物が夜露にしっとりしめること。浄琴　清い音を[illegible]る琴に弦を張ってかなでる。暗水　くらやみの中を流れる小川。花徑　花の咲い

ている小道。**帯草堂**　草堂が一面に（春星に）囲まれていること。**焼燭短**　ろうそくの短くなるまで（夜おそくまで）。**引杯長**　いつまでも杯を重ねる。**詩罷**　詩を作り終わる。**呉詠**　呉（今の江蘇地方）の方言で歌う。また、呉国の舟歌の意と。呉国の舟歌が聞こえてくる意に解する。**扁舟**　ささ小舟。

〔押韻〕五言律詩。平声陽韻。

〔解説〕夜、左氏の別荘で、宴会をした時の詩で、実に感覚的に鋭く、独創的な詩語より成っている注目すべき作品である。「左氏」が、たれかはよくわからない。

〔余説〕一篇ことごとく清新な表現技巧には、ただただ驚嘆するばかり、特に「春星、草堂を帯ぶ」に至っては、実にいみじくも言いけるかなである。

登二兗州城楼一（兗州の城楼に登る）　杜甫（唐）

東郡趨レ庭日　　東郡庭に趨りし日
南楼縦レ目初。　　南楼目を縦にするの初め
浮雲連二海岱一　　浮雲海岱に連なり
平野入二青徐一。　　平野青徐に入る
孤嶂秦碑在　　孤嶂秦碑在り

6　荒城魯殿餘。　　荒城　魯殿　余る
7　從來多古意　　従来　古意多し
8　臨眺獨躊躇。　　臨眺して　独り躊躇す

1　東都に父を訪れたついでに　2　兗州の南の城楼に登り、はじめて見渡すかぎり遠望をほしいままにした　3　浮雲は、東海と泰山とに連なって、遠く見渡され　4　兗州の平野は、青州と徐州あたりまで続いている　5　びょうぶのようにそびえる鄒嶧山には、秦の始皇帝の碑がまだあり　6　有名な魯の霊光殿の遺跡は、この荒城の中に残っている　7　この地は土地がらからいって、今までにも昔を思う気持ちを多く起こさせたが　8　実際に楼上から見はるかして往時を追懐し、しばらく立ち去りかねた

〔語釈〕**東郡**　兗州は、漢代において東郡であった。**趨庭**　子が父から教訓を受けること、「論語・季氏篇」に見える。ここでは、父のごきげんをうかがいに、父のもとへ行くこと。**南樓**　兗州城の南の城楼。**縱目**　目のきくかぎり思いきって遠望する。**海岱**　東海と、泰（岱）山。山東省は、東は東海に接し、中央に泰山がそびえている。ゆえに「禹貢」（古代の地理書）では、この地方を「海岱」と称している。**青徐**　青州と徐州。青州は、今の山東省内。徐州は、江蘇省に属す。**孤嶂**　一つの山。「嶂」は、びょうぶのように険しくそびえる山。**秦碑**　秦の始皇帝が、李斯に命じて鄒嶧山（鄒山また、嶧山。山東省内）に建てさせた碑。**魯殿**　漢の景帝の子、魯の共王の建てた霊光殿。**古意**　昔を思う気持ち。**躊躇**　立ち去りかねる。たちもとおる。

〔押韻〕五言律詩。平声魚韻。

〔解説〕「兗州」は、九州の一つで、河北省西南・山東省西北一帯の古い地名。昔の国では魯がこれに属していた。時に杜甫の父閑は、兗州の司馬（州の長官たる刺史の次官）であったので、杜甫は父を尋ね、父に従って、その城楼に登り、楼上から四方をながめて、得た感懐を歌ったもの。

〔余説〕一篇の構成がすこぶる完備している。起首の二句は、対句によってまず題意を説き、三・四の二句は、南楼の大観を述べ、五・六の二句は、兗州の遺跡に説き及んで、景中に情を宿し、結末の二句は、懐古の意を述べて、全篇のまとまりをつけている。

羌村　　杜甫（唐）

1 崢嶸赤雲西　　崢嶸たる赤雲の西よりし
2 日脚下二平地一•　　日脚　平地に下る
3 柴門鳥雀噪　　柴門　鳥雀噪ぎ
4 帰客千里至•　　帰客　千里より至る
5 妻孥怪二我在一　　妻孥　我が在るを怪しみ
6 驚定還拭レ涙•　　驚き定まりて　還た涙を拭ふ

7 世亂遭二飄蕩一　世乱れて　飄蕩に遭ひ
8 生還偶然遂　生還　偶然に遂ぐ
9 隣人滿二牆頭一　隣人　牆頭に満ち
10 感歎亦歔欷　感嘆して　亦歔欷す
11 夜闌更秉レ燭　夜闌にして　更に燭を秉り
12 相對如二夢寐一　相対すれば　夢寐の如し

1 高くそびえている、西のほうの夕焼け雲のすきまから　2 日あしが横に出て、平地に斜めに射している　3 わが家の柴の門の付近では、小鳥がさわぎ　4 千里もの旅先から、私はいま帰ってきた　5 妻や子は、私が生きていたことを不思議がり　6 驚きがおさまると、今度は涙をふいて喜ぶ　7 私は世の混乱のため、さすらいのはめとなり　8 生きて帰れたのは、思いがけないもうけもの　9 近所の人たちは土塀のそばまで集まってき　10 感嘆してやはりすすり泣きをしている　11 夜もふけたので、あらためて、ろうそくをつけかえ　12 妻とさし向かいになると、まるで夢をみているよう

〔語釈〕 **崢嶸**　高くそびえるさま。**赤雲**　夕焼け雲。**西**　西のほうから。「西ヨリシ」と読む。**日脚**　雲間を漏れる太陽を脚に見立てた。**下平地**　太陽が西に傾けば、その光は大地と平行になり下がってくる。**柴門**　しばで作った門。そまつな門。わが家の門の謙称。**歸客**　帰ってきた旅人。杜

甫自らをさす。**妻孥**　妻子。**怪我在**　わたしの生きながらえていたのをいぶかる。妻子は、杜甫が死んだのではないかと思っていた。**驚定**　驚きの気持ちがおさまって、落ちつきを取り戻す。**飄蕩**　さすらう。**牆頭**　土塀のほとり。家の中は取り込んでいるので、遠慮して土塀のそばへひしめいたものか。**歔欷**　すすり泣く。**秉燭**　ろうそくを手にしてつけかえる。**夢寐**　眠ってゆめをみている。

〔押韻〕　五言律詩。去声寘韻（地・至・涙・遂・寐）と去声未韻（欷）との通用。

〔解説〕　至徳二年（七五七）の秋、粛宗の怒りに触れたのを、周囲のとりなしによって漸くゆるされた杜甫は、鄜州羌村に戦乱を避けて疎開していた妻子のもとに久しぶりに帰ってきた。この時の感動的な場面をリアルに歌いあげた連作三首のうちの一。

登高　　杜甫（唐）

1　風急天高猿嘯哀。　　風急に　天高うして　猿嘯く哀し
2　渚清沙白鳥飛廻。　　渚清く　沙白うして　鳥飛び廻る
3　無邊落木蕭蕭下　　無辺の落木は　蕭蕭として下り
4　不盡長江滾滾來。　　不尽の長江は　滾滾として来る
5　萬里悲秋常作レ客　　万里　悲秋　常に客と作り

6　百年多病獨登レ臺。　　百年多病　独り台に登る
7　艱難苦恨繁霜鬢　　艱難　苦だ恨む　繁霜の鬢
8　潦倒新停濁酒杯。　　潦倒　新たに停む　濁酒の杯

1　秋風はきびしく、空は高く澄んで、さるの鳴き声が悲しげに、風に乗って聞こえてくる　2（見おろせば）長江の水際はくっきりと、砂は白く光っており、空には鳥が悠悠と輪を描いて旋回している　3　果てしない広がり一面の落葉樹は、寂しげに、ハラハラ葉を散らせており　4　尽きることのない揚子江の流れは、あとからあとから流れ続けている　5　故郷遠く離れた万里の他国で、この物悲しい秋に出会い、あいも変わらぬ流浪の身の上で　6　しかも、不治の病を身にいだいて、ただ一人、きょうの節句に、この高台に登っている　7　苦労に苦労を重ねたため、めっきり白くなったびんの毛が、本当に恨めしい　8　老いさらばえた身には、憂さを晴らすべきどぶろくさえ、これからはやめねばならなくなった

〔語釈〕**猿嘯**　さるが声を長くひっぱって鳴くこと。**無邊**　果てしない広がり。**落木**　落葉する樹木。**蕭蕭**　物寂しいさま。**長江**　揚子江。**滾滾**　水の盛んに流れるさま。**悲秋**　物悲しい秋。杜甫のよく使う語。「秋を悲しみ」と読むのは、よくない。次の「九日藍田崔氏荘」を参照。**常作客**　いつも旅人の生活を続けている。**百年多病**　不治の病にさいなまれる身。**獨登臺**　ただ一人で（ふつうは家族うちつれて登るのに）小高い丘にのぼる。**艱難**　ういこと。つらいこと。**苦**　はなはだ。**繁霜鬢**　まっ白になったびんの毛。**潦倒**　老衰。老いさらばえたこと。**新**　これからは、の意。

〔押韻〕七言律詩。平声灰韻。

〔解説〕「登高」とは、九月九日の重陽の節句当日、家庭うちそろって近くの小高い山に登り、菊の花を浮かべた菊酒を飲み、頭に茱萸（ぐみの一種）の小枝をさし、わざわいを払う習俗である。この詩は、杜甫が夔州（今の四川省奉節県）にいた時のもので、時は唐の代宗の大暦二年（七六七）九月のことで、彼の年は五十六歳。長い流浪と生活の苦しさは、その健康に非常な悪影響を及ぼし、肺病・中気のきみ・糖尿病・瘧疾などは、絶えず彼につきまとい、親友の李白・パトロンの厳武は、あいついで死んでしまい、これらは彼に精神的大打撃を与えた。孤影蕭然、こうした背景のもとで作られたのが、この詩であるが、しかもこの作品は、古今の七言律詩のうちでの最上のものといわれている。

〔余説〕杜甫は万斛の悲しみをじっとこらえて、友を失い、頼るべき人に別れた、悲痛きわまりない心境を、この一首に歌いあげ、迫りくる老いを嘆いている。

九日藍田崔氏荘（九日　藍田の崔氏の荘）　杜甫（唐）

1　老去悲秋強自寛。　老い去って　悲秋　強ひて自ら　寛うす
2　興來今日盡二君歡一。　興来って　今日　君が歓を尽くす
3　羞將二短髮一還吹レ帽　羞づらくは　短髪を将って　還た帽を吹かるるを

4 笑倩㆓傍人㆒為正㆑冠。　笑って傍人を倩ひ　為に冠を正さしむ
5 藍水遠従㆓千澗㆒落　藍水遠く千澗より落ち
6 玉山高竝㆓兩峯㆒寒。　玉山高く両峰を並べて寒し
7 明年此會知㆓誰健㆒　明年此の会　誰か健なるを知らん
8 醉把㆓茱萸㆒仔細看。　酔うて茱萸を把って　仔細に看る

1 たださえ老残の身は寂しいのに、物悲しい秋に会って、ひとしお寂しいが、つとめて気持ちをひき立てて 2 きょうは興味のわき起こるにまかせ、せっかくのご招待に、十分に歓を尽くさせていただきました 3 ただお恥ずかしいことに、髪が薄く短いところを、風に帽子を吹き落とされてしまい 4 われながらおかしさを耐え、隣席の人に頼んで、きちんとかぶせてもらいました 5 （見渡せば）藍水は、はるかに、多くの谷川の水を集めて落ちかかり 6 玉山は、秋空に高々と、両峰を並べてさびしそう 7 来年、ここで再びこうした会合を催すとき、はたしてこの中で、だれが健在であろうか 8 （彼を思いこれを考えて）酔顔にぐみの小枝を手にとって、しげしげと、ながめたことである

〔語釈〕 **悲秋** 物悲しい秋。杜甫のよく使う語。「秋を悲しみ」と読むのはよくない。**強自寛** つとめて、むりに自分自身の気持ちをひき立てて（きょうは参会した）。**盡君歡** せっかくのご歓待に答えて、十分に歓を尽くした。「歡」の字、双方に掛けて解する。**將** もって。「以」に同じ。**還**

また。（そういう故事があるが）自分もまた、の意。**吹帽**　晋の孟嘉（もうか）の故事（晋の桓温（かんおん）の参軍であった孟嘉が、九月九日の節句の宴席でかぶっていた帽子を風に吹き飛ばされたとき、桓温などがあざけったが、孟嘉は平気で拾ってかぶりなおした）をふまえている。**倩**　やとう。頼む。**藍水**　藍田県を流れる川の名。**千澗**　多くの谷川。**玉山**　藍田県にある山の名。名玉を産する。**茱萸**　ぐみの一種。重陽の節句には、茱萸の小枝を髪にさし、邪気を払う風習がある。**仔細**　しげしげと。細かに。くわしく。

〔押韻〕七言律詩。平声寒韻（かんいん）。

〔解説〕九月九日、重陽（ちょうよう）の節句当日、藍田（陝西省（せんせいしょう）藍田県、長安の南にある）の崔氏某の別荘で宴会が催され、それに杜甫が招待された時に歌ったもの。

蜀相（しょくしょう）　　杜甫（とほ）（唐（とう））

1　丞相祠堂何処尋。
2　錦官城外柏森森。
3　映レ階碧草自春色
4　隔レ葉黄鸝空好音。
5　三顧頻繁天下計

丞相（じょうしょう）の祠堂（しどう）　何（いづ）れの処（ところ）にか尋（たづ）ねん
錦官城外（きんかんじょうがい）　柏（はく）　森森（しんしん）
階（かい）に映（えい）ずるの碧草（へきそう）　自（おのづか）ら春色（しゅんしょく）
葉（は）を隔（へだ）つるの黄鸝（こうり）　空（むな）しく好音（こういん）
三顧（さんこ）　頻繁（ひんぱん）なり　天下（てんか）の計（けい）

6 兩朝開濟老臣心。
7 出レ師未レ捷身先死
8 長使ニ英雄涙滿レ襟。

兩朝　開濟す　老臣の心
師を出だして　未だ捷たざるに　身先づ死し
長へに　英雄をして　涙　襟に満たしむ

1　丞相の諸葛武侯をまつった堂は、どこかと尋ねて行ってみれば　2　成都城外の、このてがしわの高く茂っているところにあった　3　祠堂のきざはしに映ずる緑草は、おりがおりとて春景色を呈し　4　葉がくれにさえずるうぐいすは、空しくよい音色で鳴くのみである　5　かの劉備は、三度も孔明を尋ねて、天下三分の計をしばしば相談し　6（これに感激した孔明は）二代にわたって、老臣の忠誠を披瀝して、創業・守成に力を尽くした　7（しかるに天は孔明に年をかさず）魏を討伐する遠征軍が、まだ勝利を収めないうちに、病にたおれ　8　長く後世の英雄をして、痛恨の涙を流させる次第である

〔語釈〕**丞相**　天子を補佐して政治を行う最高の官吏。総理大臣。**祠堂**　諸葛武侯祠（武侯は忠武侯の略。忠武は、おくりな）は、成都の西郊八里にある。**錦官城**　成都城の別名。昔、産物の錦を管理する役所、すなわち錦官があったから。**柏**　このてがしわ。常緑のたけの高い木。**森森**　樹木の高くそびえるさま。**黄鸝**　ちょうせんうぐいす。うぐいすの一種。**三顧**　三度訪問する。劉備が孔明を、隆中の草廬に三度尋ねて出馬を頼んだこと。**頻繁**　しきりにわずらわす。一本には、「頻煩」となっている。**天下計**　天下三分の計（を相談した）。**兩朝**　劉備と、その子劉禅（後主）の二代。**開濟**　「開」は、劉備を助けての創業。「済」は、劉禅を助けて守成をなしたこと。**身先死**

諸葛亮が魏を討ち、中途にして五丈原で病死したこと。

〔押韻〕　七言律詩。平声侵韻。

〔解説〕　「蜀相」は、いうまでもなく三国蜀の丞相　諸葛亮、字は孔明のことである。この詩は、作者が成都（四川省）城外にある、諸葛武侯祠を尋ねたとき、これを弔って歌ったもので、唐の粛宗の上元元年（七六〇）春の作である。

〔余説〕　中国歴代の人物のうち、諸葛孔明ほど、わが国民に親しまれている人物はあるまい。げに、土井晩翠の「星落秋風五丈原」という新体詩は、明治・大正の書生の血をわかせたものである。今その一節を引用すると、

明主の知遇身に受けて　三顧の恩にゆくりなく　立ちも出でけむ旧草廬　嗚呼、鳳、遂に衰へて、今に楚狂の歌もあれ　**人生意気に感じては　成否を誰かあげつらふ**

鴻業果たし収むべき　その時、天は貸さずして　出師の半ばに君病みぬ　三顧の遠き昔より　夢寐に忘れぬ君の恩　答へて尽くすまごころを　示すか吐ける紅血は　建興の十三秋半ば　丞相病あつかりき（以下、略す）

登楼　　杜甫（唐）

1　花近二高楼一傷二客心一。　　**花は高楼に近うして　客心を傷ましむ**

2　萬方多難此登臨。　　万方　多難　此に登臨す

3 錦江春色來二天地一
4 玉壘浮雲變二古今一。
5 北極朝廷終不レ改
6 西山寇盜莫二相侵一。
7 可レ憐後主還祠レ廟
8 日暮聊爲梁父吟。

錦江の春色　天地に来り
玉塁の浮雲　古今に変ず
北極の朝廷　終に改めず
西山の寇盗　相侵す莫かれ
憐れむ可し　後主　還た廟に祠らる
日暮　聊か為す　梁父吟

1 爛漫と百花は（高楼に盛んに咲き乱れているが、わが心を喜ばせるどころか）旅愁をかき立てる以外の何物でもない　2 今やどちらを向いても、難問が山積し、ここに登って四方をながめている　3 さて、錦江付近の春景色は、まさにたけなわで、天地に満ち満ちて美しいが　4 玉塁山あたりの浮雲は、今は昔と変わって、雲ゆきがあやしい（吐蕃のうごめきを暗示）　5 だが（郭子儀の力によって）わが長安の朝廷は、北極星のように不動で、改まることがなかったのだから　6 西山の賊どもよ、わが辺境を侵略などしてはならぬぞ　7 その昔、蜀の後主は気の毒な亡国の暗君ではあったが、それでも廟にまつられている（正統の天子であったからだ。まして堂々たるわが唐の朝廷においてはなおさらである）　8 それにしても（このような秋に英傑を思うことしきりで）この夕暮れに、諸葛孔明の愛唱した「梁父吟」をいささか吟じ、彼を思うこと切なるものがある。

〔語釈〕**客心**　旅心。旅情。**萬方**　諸方。あちらもこちらも。**錦江**　蜀（四川省）の成都のそばを流れる川。**玉壘**　成都府の灌県の西北にある山の名。**北極朝廷**　長安の唐の朝廷をさす。**西山**　成都の西にある山。一名は雪嶺。吐蕃との境にあたる。「西山寇盗」は、吐蕃をさす。**後主**　蜀の劉備の子の劉禅。孔明の死後、宦官の言にまどい、ついに魏に滅ぼされた。**祠廟**　「廟」は、おたまや。劉備（先主）の廟は、成都の南の錦官門外にある。そこに後主と孔明とをいっしょに祭ってある。**梁父吟**　孔明の自ら作った歌だとも、また、古人の歌だともいわれるが、ともかく孔明がいつも喜んで歌っていた歌。

〔押韻〕七言律詩。平声侵韻。

〔解説〕この詩は、前半は、楼上からながめた景色を歌い、後半は、これに対する感慨を述べたもの。代宗の広徳二年（七六四）初春の作。その前年十月には、吐蕃（今のチベット）の兵が長安に迫り、ついにこれを陥落させたので、代宗は難を陝西にさけたが、幸いに郭子儀の力によって、これを撃退するを得た。杜甫はこの時、成都の片田舎にいたので、翌年これを知り、成都の城楼に登ってこの詩を作り、唐室の不幸を嘆き、諸葛孔明のような英雄の出現を待望し、憂国の至情を披瀝した。

〔余説〕島崎藤村の詩が、杜甫から影響を受けていることについては、著者に、「唐詩と藤村の近代詩との出会い」（ソフィア・一九七一・春季号）という論文があるが、藤村の詩には、この詩の起句の「高楼」という語がよく出てくるし、また「高楼」と題する詩もあるほどである。「たれか知るらん、花近き、高楼われはのぼりゆき」（白壁）、「君を送りて花近き、高楼までもきて見れば」（晩春の別離）など、この「花近き高楼」が、杜甫のこの詩の起句の「花は高楼に近うして」

から来ていることは、ほぼ明白であろう。

九日　　杜甫（唐）

1 重陽獨酌盃中酒　　重陽　独り酌む　盃中の酒
2 抱ㇾ病起登江上臺。　　病を抱き　起って登る　江上の台
3 竹葉于人既無ㇾ分　　竹葉は　于人に　既に分無し
4 菊花從ㇾ此不ㇾ須ㇾ開。　　菊花は　此より　開くを須ひず
5 殊方日落玄猿哭　　殊方　日落ちて　玄猿　哭き
6 舊國霜前白雁來。　　旧国　霜前　白雁　来る
7 弟妹蕭條各何在　　弟妹　蕭条　各〻　何くに在りや
8 干戈衰謝兩相催。　　干戈　衰謝　両つながら相催す

1 重陽の節句の菊酒を、ただ一人で杯につぎはしたものの（杯をなげうち）　2 病の身を助けて立ち上がり、この江上の高台に登ってきた　3 酒はわしにとって、もう用がなくなった　4 菊花も、これからは咲いてくれなくともよい（酒なくて、何のおのれが菊花かな）　5 ここ蜀で

は、日暮れともなると、黒い色のさるが、悲しげに鳴いているが　6　わが故郷では、霜のおりる前に白雁が北のたよりを持って来るという　7（思い出したが）わが弟妹たちは寂しくどこで暮らしていることやら　8　戦争と老衰とに迫られて、わしの命は、もう長くはあるまい

〔語釈〕 **江上臺**　おそらく蜀の錦江のほとりの高台であろう。**竹葉**　酒の異称。下句の「菊花」に対し、「竹葉」といったもので、これを借対法という。**于人**　迂人。世事にうとい人。杜甫みずからをさす。**無分**　（飲むべき酒の）分け前がない。杜甫はこの時、病気のために禁酒していた。**不須開**　咲かなくともよい。菊をめでる気持ちもおこらないし、それに九月九日に、登高して菊花の酒も飲めなくなっているのだから。**殊方**　異郷。蜀をさす。**玄猿**　黒色のさる。「玄」は、くろ（黒）。**舊國**　故国。故郷。**白雁**　かりに似ているが小さく、白雁がやって来るころに霜がおりるので、北方の人はこれを霜信という。**干戈**　たてと、ほこ。戦争。**衰謝**　老衰。老いさらばえること。

〔押韻〕　七言律詩。平声灰韻。ただし、第一句はふみ落とす。

〔解説〕　古人は九を陽の数（奇数はすべて陽、偶数は陰）とし、重陽、すなわち「九月九日」は、菊の節句とした。ここの「九日」は、九月九日のことで、菊花を浮かべた菊酒を飲み、茱萸の小枝を髪にさし、災いを払う風習があった。

〔余説〕　この詩は、八句が全部対句から成っており、すなわち「全対格」であって、杜甫の沈痛な心境が、よくうかがわれる作品である。なかんずく、前連がすぐれている。

返照

杜甫（唐）

1 楚王宮北正黄昏。
2 白帝城西過雨痕。
3 返照入レ江翻二石壁一
4 歸雲擁レ樹失二山村一。
5 衰年病レ肺惟高枕
6 絶塞愁レ時早閉レ門。
7 不レ可三久留二豺虎亂一
8 南方實有二未レ招魂一。

楚王宮の北　正に黄昏
白帝城の西　過雨の痕
返照　江に入って　石壁を翻し
帰雲　樹を擁して　山村を失す
衰年　肺を病んで　惟だ高枕
絶塞　時を愁へて　早く門を閉づ
久しく　豺虎の乱に留まる可からず
南方　実に未だ招かざるの魂有り

1 楚の襄王の宮址の北あたりは、ちょうどたそがれで薄暗く　2 白帝城の西のほうは、やっと雨があがったばかり、まだ雨のあとが残っている　3 華やかな夕映えが、江上に射し込み、岸の絶壁にはねかえって光が揺れ動き　4 夕方の雲が樹林をとりまいて、山下の村は見えなくなってしまった　5 老年になってから不治の病にかかり、ただ安臥しているのみで、何らなすすべもなく　6 身は僻遠の蜀にあって、時世の混乱を憂えつつも、早く門をしめきって用心している　7

このあたりには豺虎のような悪人どもが、さわいでいるので、とても長くは留まっていられない
8　ここ南方の蜀には、まだ死なないで余命を保っている人、すなわち自分がいるが、一日も早く故郷に帰りたいものである

〔語釈〕　**楚王宮**　楚の襄王の旧跡、巫山県の西北にある。**白帝城**　李白の七絶「早発㆓白帝城㆒」を参照。**翻石壁**　岩石の絶壁にはねかえって揺れ動く。**帰雲**　夕方の雲。**高枕**　高所にまくらして臥す。転じて、何の心配もなく安臥すること。**絶塞**　僻遠の地。蜀をさす。**愁時**　混乱の時世を心配する。**不可久留**　「楚辞」の「招魂」に「魂よ帰れ、南方には以て久しく留まるべからず」とあるのを借りた。**豺虎**　猛悪の獣。借りて、悪人にたとえる。**未招魂**　まだ死なない人をいう。すなわち、杜甫みずからをたとえた。

〔押韻〕　七言律詩。平声元韻。

〔解説〕　「返照」は、夕映え、夕日の照り返し。この詩は、雨後の夕べの景色を歌い、あわせてみずから嘆じたものであって、詩題は後から詩中の語をとってつけたものらしい。大暦二年（七六七）、夔州（四川省）にいた時の作。

秋興　録㆑一　　杜甫（唐）

1　玉露凋傷楓樹林。　　玉露　凋傷す　楓樹林
2　巫山巫峡氣蕭森。　　巫山　巫峡　気蕭森

3 江間波浪兼レ天湧　　江間の波浪は　天を兼ねて湧き
4 塞上風雲接レ地陰。　塞上の風雲は　地に接して陰る
5 叢菊兩開他日涙　　叢菊　両たび開く　他日の涙
6 孤舟一繫故園心。　**孤舟　一に繫ぐ　故園の心**
7 寒衣處處催二刀尺一　寒衣　処処　刀尺を催す
8 白帝城高急二暮砧一。　白帝城　高うして　暮砧　急なり

1 白露もおり、紅葉した木々も衰えしぼみ　2 巫山も、その下を流れる巫峡のあたりにも、秋の気が寂しく満ちている　3 まして、巫峡の波は秋風に激せられ、高く天を打つばかりにわきたち　4 とりでのあたりの風雲は、大地に接せんばかりに低くたれこめている　5 （去年の秋、夔州に来て、今年の秋と合わせ）二度も菊の咲くのを見たが（いつになったら故郷の菊を見られるやら）涙なきを得ない　6 乗って来た舟は、岸につないだままであるが、わが心もひとえに故郷につながれている　7 （もはや秋も末となり）あちらでもこちらでも、冬着のしたくに忙しいとみえ　8 日暮れともなると、白帝城の高いところからきぬたの音が激しく聞こえてくる

〔語釈〕 **玉露**　玉のような露。白露。**凋傷**　しぼみいたむ。衰えてみすぼらしくなる。**楓樹林**　かえでの林。**巫山巫峡**　「巫山」は夔州（今の四川省奉節県）にある山で、十二峰に分かれている。「巫峡」は、その下を流れる揚子江の局部の名。両岸に山脈が連なり、真昼か真夜中でないと日月

が見えないといわれる。**蕭森**　物寂しいさま。**兼天湧**　天を打って高くわき立つ。**塞上風雲**　とりでのあたりにたれこめる風雲。**接地陰**　低く大地に接してくもりとざす。**叢菊両開**　杜甫は、前年の秋は夔州の雲安県、今年の秋は西閣にあって、二度も菊の群がり咲くのを見た。**他日**　異日。別日。ここでは、去年をさす。**故園心**　故郷を思う心。**寒衣**　冬着。**刀尺**　はさみと、物差し、裁縫の道具。**白帝城**　李白の七絶「早発㆓白帝城㆒」を参照。**暮砧**　暮れ方に打つきぬた。

〔押韻〕　七言律詩。平声侵韻。

〔解説〕　「秋興」とは、秋の感興という意で、杜甫は大暦元年（七六六）の秋、夔州にいたが、舟に乗って峡を出ようとし、たまたま秋色に心を動かされて、身の落魄を感じ、国家の前途を憂えて、この詩を作った。「唐詩選」では、「秋興四首」と題し、四首を採っているが、もとは八首の連作である。八首のうちで、一番すぐれているとされる。

〔余説〕　正岡子規は、この詩を和歌に訳して、

旅枕菊咲き楓おとろへてをちこち城にころも擣つなり

とあるが、「秋興八首」を全部、それぞれ一首ずつの和歌に訳している。（子規歌集）

島崎藤村は、その「桃の雫」の条下に、この詩を引き、「秋興八首」中の圧巻だとし、その詩語の二・三を解説し、特にその第五・六の二句を当時の小諸義塾の塾長が指して、いかにこの詩の作者、すなわち杜甫が心の深い人であるかを語ってくれた、といっている。

曲江

杜甫（唐）

1 朝回日日典春衣。
2 毎日江頭盡醉歸。
3 酒債尋常行處有
4 人生七十古來稀。
5 穿花蛺蝶深深見
6 點水蜻蜓款款飛。
7 傳語風光共流轉
8 暫時相賞莫相違。

朝より回って　日日　春衣を典し
毎日　江頭に　酔を尽くして帰る
酒債は尋常　行く処に有り
人生　七十　古来稀なり
花を穿つの蛺蝶　深深として見え
水に点ずるの　蜻蜓　款款として飛ぶ
伝語す　風光　共に流転す
暫時　相賞して　相違ふこと莫かれ

1 朝廷の勤めから、さがって来ると、毎日のように、春着を質に入れては 2 曲江のほとりで酒を飲み、酔っぱらってから帰る 3 酒代の借金などは、ふつう、どこにだってあること（怪しむにあたらない）4 それより、人生は短くて、七十まで生きられる者は、めったにいないから（せめておもしろおかしく、酒でも飲んだほうがよい） 5 （見たまえ）花の間をぬって舞うあげはちょうは、いかにも奥深く見え 6 水に尾をつけるとんぼは、ゆるやかに飛んでいるではないか（何をあくせくする必要があろうか）　7　されば、ご忠告いたしますが、風光は、時とともに変わってゆくものだから　8　しばらく、このよい景色をめでて、せっかくの機会をのがしてはなりませんよ

〔語釈〕　**朝回**　退朝する。**典**　質に入れる。**江頭**　曲江のほとりで（酒を飲み）。**酒債**　酒代の借り。**尋常**　いつも。ふだん。常日ごろ。**穿花**　花の間を縫って飛ぶ。**蛺蝶**　あげはちょう。**深深**　奥深いさま。**點水**　水に尾をつける。**蜻蜓**　とんぼ。**款款**　ゆるやかなさま。**共流轉**　時とともに変わってゆく。「時人に伝語する、人生と風光とは共に流転をなす」「風光に伝語する、汝風光は物情と共に流転して」とする解二もあるが、今は採らない。

〔押韻〕　七言律詩。平声微韻。

〔解説〕　「曲江」は、長安の東南にあった都人士の行楽地。曲折した池があるので、この名が付けられた。この詩は、杜甫としては珍しい享楽的気分を歌ったもの。また、「古稀」という有名な語も、この詩から来ている。

客至（客至る）　　杜甫（唐）

1　舍南舍北皆春水　　舍南　舍北　皆春水
2　但見群鷗日日來。　　但だ見る　群鷗の日日来るを

3 花徑不㆓曾緣㆑客掃㆒　花径曾て客に縁って掃はず

4 蓬門今始爲㆑君開。　蓬門今始めて　君が為に開く

5 盤飧市遠無㆓兼味㆒　盤飧市遠くして　兼味無く

6 樽酒家貧只舊醅。　樽酒家貧にして　只旧醅

7 肯與㆓隣翁㆒相對飲　肯へて隣翁と　相対して飲まば

8 隔㆑籬呼取盡㆓餘杯㆒。　籬を隔てて呼び　取って　余杯を尽くさん

1 時は春のことであれば、わが家の南も北もすべて水にかこまれ　2 ただ毎日のように群れ遊ぶかもめを見るのみで（来客とてなく、いたってのどか）　3 花の咲いている小道も、これまで、お客のためにそうじしたことなどなく　4 わが家のしおり戸は、きょう初めて、あなたのためにあけたようなわけです　5 こんな片田舎で、成都の町には遠いので、皿小鉢の食べ物も、たいしたご馳走とてありません　6 貧乏ぐらしをしていますが、たるのお酒だけは、古くかもしたもろみ酒です（から、十分に召し上がってください）　7 飲み相手として、隣のおやじさんでよろしかったら　8 かきね越しに呼び込んで、いっしょに乾杯をいたしましょう

〔語釈〕 **花徑**　花の咲いている小道。 **緣客**　お客のために。 **蓬門**　よもぎのしおり戸。 **盤飧**　皿小鉢に盛った食物。 **市遠**　成都の町から遠くはなれているので。 **兼味**　二品以上のごちそう。 **舊醅**　古いもろみ酒。 **籬**　かきね。 **餘杯**　残杯。

〔押韻〕七言律詩。平声灰韻。第一句はふみ落とし。

〔解説〕この詩は、杜甫が成都郊外の浣花草堂にいた時、来客があったのを喜んで作ったもので、時は上元二年（七六一）の春のことである。原注によると、「喜崔明府相過」とあるが、杜甫の母親の姓は崔氏であるから、この崔明府は、おそらく母方の親族の一人であろう。これは対話体の律詩であるが、すべて第一人称を用いて、主人が客の来訪を喜び、客を引きとめて歓待するさまを歌っている。

〔余説〕久し振りに気のおけない訪問客を迎えて、うれしさのあまり、ささやかながらも精いっぱいの歓待をし、それでもまだ不十分なら、隣家のおやじを呼んで来て、いっしょに歓を尽くそうという、いかにも杜甫の飾らない、ざっくばらんな真情を披瀝した作品。

聞官軍收河南河北（官軍の河南・河北を収めしを聞く）　杜甫（唐）

劍外忽傳收薊北　　剣外　忽ち伝ふ　薊北を収めしを
初聞涕淚滿衣裳。　初めて聞き　涕涙　衣裳に満つ
却看妻子愁何在　　却って妻子を看る　愁ひ何くにか在る
漫卷詩書喜欲狂。　漫に詩書を巻き　喜んで狂せんとす
白日放歌須縱酒　　白日　放歌　須らく酒を縦にすべし

6　青春作レ伴好レ還レ郷。　　青春　伴を作して　郷に還るに好し

7　即従二巴峡一穿二巫峡一　　即ち巴峡より　巫峡を穿ち

8　便下二襄陽一向二洛陽一。　　便ち襄陽に下って　洛陽に向かはん

1　流浪さきの蜀地にあって、官軍が河北の地方を回復したうわさが突然耳に入り　2　最初聞いた時は、涙がこぼれて着物がぐっしょりになる、ほどであった　3　妻子を顧みてこの話を聞かせ、今までの苦労などどこへいったやら　4　散らかしほうだいの書物を、手あたりしだいにまとめ、すぐにも故郷へ帰れると正気を失わんばかり　5　こうなれば、もうしめたもの、昼の日中に放歌高吟して、勝手に酒も飲めるし　6　来年の春は、妻子を連れ、晴れて故郷に帰れるのだ　7　その道筋は、巴峡から巫峡へ抜けて　8　そのまま祖先の地、襄陽に下って、それから都入りをしよう、というだんどりである

〔語釈〕　**官軍**　政府軍。**剣外**　剣門山の外。剣門山は蜀にある、よって蜀地をさす。**薊北**　薊州の北部、すなわち河北をさす。**青春**　春をいう。**作伴**　道連れとなって。**巴峡**　湖北省巴東県の西にある峡の名。巫山から巴東までの間、揚子江上流の難所。**巫峡**　四川省巫山県の東にある峡の名。揚子江上流の難所。三峡の一つ。**襄陽**　湖北省にある。杜甫の先祖は襄陽の人。**洛陽**　唐の東都。杜甫は長安郊外の杜陵の人。ここで洛陽といったのは、都の代名詞に使った。

〔押韻〕　七言律詩。平声陽韻。第一句はふみ落とし。

〔解説〕　唐の粛宗の宝応元年（七六二）十一月、官軍は賊を洛陽に破り、進んで東都を取り、河南

は平定され、賊将の史朝義は河北に逃げたが、翌年冬十月、僕固懐恩らはしばしば賊軍を破り、ついで朝義は広陽でみずから首をくくって死に、その部下もみな降参し、河北も平定された。杜甫は蜀にあって、この報を聞き、喜びのあまりこの詩を作った。

〔余説〕　前の四句は、官軍の勝報を得て喜び、後の四句は、帰郷の喜びを歌い、狂喜のさま、目前に見る思いがする。

石壕吏　　杜甫（唐）

1　暮投二石壕村一。　暮れに　石壕村に投ず
2　有レ吏夜捉レ人。　吏有り　夜　人を捉らふ
3　老翁踰レ牆走　老翁　牆を踰えて走げ
4　老婦出レ門看。　老婦　門を出でて看る
5　吏呼一何怒・　吏呼ぶこと　一に何ぞ怒れる
6　婦啼一何苦・　婦啼くこと　一に何ぞ苦しき
7　聴二婦前致レ詞　婦の前んで　詞を致すを聴くに

三男鄴城戍・
一男附レ書至
二男新戰死・
存者且偸レ生
死者長已矣・
室中更無レ人
惟有二乳下孫一。
孫有二母未一レ去
出入無二完裙一。
老嫗力雖レ衰。
請從レ吏夜歸。
急應二河陽役一
猶得レ備二晨炊一。

三男　鄴城の戍り
一男　書を附して至り
二男　新たに戦死す
存する者も　且らく生を偸み
死せし者は　長へに已みぬ
室中　更に人無く
惟だ　乳下の孫有るのみ
孫に　母の未だ去らざる有り
出入するに　完裙無し
老嫗　力衰へたりと雖ども
請ふ　吏に従って夜帰せん
急に　河陽の役に応ぜば
猶ほ　晨炊に備ふるを得んと

21 夜久語聲絕・
22 如レ聞二泣幽咽一
23 天明登二前途一
24 獨與二老翁一別・

夜久しうして　語声絶え
泣いて幽咽するを聞けるが如し
天明　前途に登り
独り　老翁と別る

1 暮れ方、石壕村のとある家に投宿した 2 ところが、役人が寝入りばなに兵士を徴発するためにやってきた 3 宿のおじいさんは、かきねを乗り越えて逃げ出し 4 おばあさんは、何くわぬ顔をして入り口で様子をみている 5 やって来た役人が、全く何というひどい、どなりかたをすることか 6 おばあさんが、全く何という苦しげな泣きかたをすることか（以上、兵隊狩りの客観的描写） 7 おばあさんが、役人の前に出て、申しわけをしているのを聞くと 8 「てまえどもでは、三人ものせがれが、鄴城の守備にいっていますが 9 一人からの、たよりによると 10 二人の兄弟は最近、戦死をとげたとか 11 生き残っている者とて、どうやら生きているというだけのこと 12 まして、死んでしまった者は、それっきりです 13 家の中には、ほかにだれもおりません 14 ただ乳飲み子の孫がいるだけです 15 母親の嫁女は、乳飲み子をかかえて実家にもどらず、ここにおりますが 16 外出の際にはく、まともなスカート一枚ないしまつです 17 このばばは、老いぼれはしたものの 18 どうか、じいさんの代わりにお役人さまのお供をして、今晩このままお連れ願いましょう 19 いそいで河陽の戦場にかけつけるならば 20 これでもまだ、朝の炊事の支度ぐらいはできましょうから」と（以上、老婆の思いつめた言葉） 21 夜もだいぶふけて、話し声も聞こえなくなったが　22　むせび泣きをしているのを、聞いたような気がする（昼間の旅の疲れで、うつらうつらしながら、前夜の事件に心がたかぶってよく眠れないままに）23　夜のしらじら明けに、これからの旅路についたが　24　その時（いつのまにか、もどって来た）じいさんに、別れを告げたしだいである

〔語釈〕**投**　投宿する。宿をとる。**石壕村**　〔解説〕を参照。**捉人**　兵隊狩り。**踰牆**　土塀を乗り越える。大あわてに逃げるさま。**出門看**　一本には、「出看門」となっている。**一何苦**　全く何という苦しそうな…。老婦のいかにも苦しそうな芝居であることがわかる。**前致詞**　役人の前に進み出て言いわけをする。以下「得備晨炊」までが、老婦の言いわけ。**鄴城**　河南省・臨漳県。**戍**　守備。**且偸生**　しばらくの間、生きているというだけのこと。「且」は、しばらく。**長已矣**　もうそれっきりのこと。**乳下孫**　乳ばなれのしない孫。**無完裙**　満足なスカート一枚ないしまつ。極貧の形容。**老嫗**　このばば。老婦の自称。**河陽役**　河陽は、河南省孟県で、守備隊の所在地。時に郭子儀の軍が守っていた。「役」は、戦役。戦場。**晨炊**　朝の炊事。**幽咽**　かすかにむせび泣く。**如聞**　聞いたような気がする。**天明**　夜のしらじら明け。

〔押韻〕五言古詩。1〜4平声元韻（村）真韻（人）と、寒韻（看）の通用。5〜8上声麌韻（苦）と、去声遇韻（怒・戍）の通用。9〜12上声紙韻。13〜16平声元韻と、文韻の通用。17〜20平声支韻（衰・炊）と、微韻（帰）の通用。21〜24入声屑韻。

〔解説〕石壕村は、また石壕鎮ともいい、今の河南省陝県の東にある。題意は、石壕村の役人の意で、乾元二年（七五九、杜甫四十八歳）に、安禄山の残党の安慶緒・史思明に備えるため、軍兵を召集した。たまたま旅先で石壕村に投宿した杜甫の実見を、そのまま詩に作って歌ったもので、戦

乱による民衆の苦悩が、鮮明に歌われている。

〔余説〕 旅先での所見を淡々と歌っているが、一字の末にいたるまで、周到な注意を払って使われている。特に22の「如ㇾ聞」の「如」の一字の使いざまに至っては、余人のとうていまねることのできないところ。

正岡子規は、この「石壕吏」の詩を、七首の和歌に訳している。（子規歌集）

石壕の村に日暮れて宿借れば夜深けて門を敲く人誰ぞ

牆踰えてをぢは走りぬうば一人司の前にかしこまり泣く

三郎は城へ召されぬいくさより太郎文こす次郎死にきと

生ける者命を惜しみ死にすれば又かへり来ず孫一人あり

おうなわれ手力無くも裾かかげ軍にゆかん米炊ぐべく

うつたふる宿のおうなの声絶えて咽び泣く音を聞くかとぞ思ふ

暁のゆくてを急ぎひとり居るおきなと別れ宿立ち出でつ

贈二衛八處士一（衛八処士に贈る）　杜甫（唐）

1　人生不二相見一　　人生　相見ざること

2　動如二参与ㇾ商。　　動もすれば　参と商との如し

今夕復何夕
共㆓此燈燭光㆒。
少壯能幾時
鬢髮各已蒼。
訪㆑舊半爲㆑鬼
驚呼熱㆓中腸㆒。
焉知二十載
重上㆓君子堂㆒。
昔別君未㆑婚
兒女忽成㆑行。
怡然敬㆓父執㆒
問㆑我來㆓何方㆒。
問答未㆑及㆑已

今夕　復た何の夕べぞ
此の燈燭の光を共にす
少壮　能く幾時ぞ
鬢髪　各〻已に蒼なり
旧を訪へば　半ば　鬼と為る
驚き呼んで　中腸　熱す
焉くんぞ知らん　二十載
重ねて君子の堂に上らんとは
昔　別れしとき　君未だ婚せず
児女　忽ち行を成す
怡然として　父執を敬し
我に問ふ「何れの方より来る」と
問答　未だ已むに及ばざるに

16　兒女羅㆓酒漿㆒。　児女　酒漿を羅ぬ
17　夜雨剪㆓春韭㆒　夜雨　春韭を剪り
18　新炊間㆓黄粱㆒。　新炊　黄粱を間ふ
19　主稱會面難　主は称す「会面　難し」と
20　一擧累㆓十觴㆒。　一挙　十觴を累ぬ
21　十觴亦不㆑醉　十觴も　亦酔はず
22　感㆓子故意長㆒。　子が故意の長きに感ず
23　明日隔㆓山嶽㆒　明日　山岳を隔つれば
24　世事兩茫茫。　世事　両つながら　茫茫たらん

1　この世の中は、すれちがうもので　2　どうかすると、参星と商星のようだ　3　ところが、今夜という今夜は、何という運のよい夜であろうか　4　久し振りに、この燈火の下で、語り合えるなんて　5　血気盛んな時代は、どのくらいだったか　6　びんの毛は、めいめいもう白くなった　7　旧友のだれかれの消息を聞いてみると、半分以上は死んでしまっており　8　あまりのことに驚いて声をあげ、胸の中は煮えくりかえる思い　9　全く思いもかけず、二十年もたってから　10　再び君の家を訪問するようになろうとは　11　その昔、別れた当時は君もまだ独身　12　きょ

う来てみると、お子たちがぞろぞろしている　13　にこにこしながら、父の親友のわたしにあいさつし　14　わたしに「どちらからいらっしゃったか」と問われる　15　あいさつが、まだすまないうちに　16　お子たちが、早くもお酒をならべはじめる　17　雨の音を聞きつつ、春のにらをきざみ　18　たきたての御飯には、大あわをまぜてくれる　19　主人公は述懐する、「なかなか、お会いできないものですねえ」と　20　そこで、たて続けに十杯も重ねた　21　十杯ほしても、やはり酔わない　22　が、君の友情の深さに感じ入った　23　明日はお別れして、西岳崋山に隔てられれば　24　この世のことも、われわれの運命もどうなることやら、わかったものではない

〔語釈〕**動**　ややもすれば。**参・商**　参星と商星。この二星は、同時に現れることがないので、別れて久しく会わないたとえ。**蒼**　灰白色。**訪舊半爲鬼**　旧友の消息を聞くと、すでに半ばは死んでしまっている。**熱中腸**　心の中は煮えくり返る思い。**上君子堂**　衛八を訪問したことをさす。**行列**。ぞろぞろ列をつくる。子どもの多いことをいう。**怡然**　にこにこと。**父執**　父の親友。**未及已**　あいさつが、まだ終わらないうちに。**羅**　並べる。**春韭**　春のにら。**黃粱**　あわの一種。大あわ。**間**　まぜる。**主**　主人。衛八をさす。**稱**　いう（言）。**十觴**　さかずき十杯。**累**　続けさまに飲む。**故意長**　故旧を思う友情の深さ。**山嶽**　ここでは西岳。昔の崋山をさす。**世事**　社会と個人。**兩茫茫**　別れてからの、互いの運命がどうなるか、全くわからない。

〔押韻〕五言古詩。平声陽韻。

〔解説〕衛なにがしは、杜甫の旧友。「八」は、排行、八郎くらいの意。「処士」は、世を隠れ住んで仕えない人。この詩は、杜甫が久し振りに旧友を尋ね、一家をあげての歓待を喜ぶとともに、友情のあつさに感激し、やがて別れをつげるに際し、人生の茫々として頼みがたいことを歌ったもの。

乾元二年（七五九）の春、杜甫が華州の司功（州の属官）であった当時の作。

〔余説〕　相会することの困難さを極言し、こよいの出会いの楽しみを歌い、いかにも情意にあふれた詩である。この時、大乱はまだ平定せず、そこで杜甫のこの感慨となった。末の二句からすると、この詩は酒をくみかわした、その晩に即席に作られたものらしく、始めは杜甫の独白で始まり、中に会話をはさんでおり、きわめてすなおな、気負ったところのない作である。

貧交行　杜甫（唐）

1　飜レ手作レ雲覆レ手雨・　**手を飜せば　雲と作り　手を覆せば　雨となる**
2　紛紛輕薄何須レ數・　紛紛たる軽薄　何ぞ数ふるを須ひん
3　君不レ見管鮑貧時交　君見ずや　管鮑　貧時の交はり
4　此道今人棄如レ土・　此の道　今人　棄てて土の如し

1　手のひらを返すように、たちまち形勢が一変するのが、世の習いであり　2　こうした軽薄きわまるやからが多くて、いちいち問題とするにも足りない　3　あなたは、ご存じありませんか、あの管仲と鮑叔牙との、貧乏時代の友情の深い交際を　4　こうしたりっぱな人間の道を、今の世の人は、土くれのように捨て去ってしまっている

〔語釈〕　**飜手**　手のひらを上に向ける。**覆手**　手のひらを下に向ける。ともに、人情の変わりやす

いことの形容。**雲・雨**　たちまちに変わることにたとえる。**紛紛**　ごたごたと多いさま。**輕薄**　軽薄児をさす。ちゃらんぽらんで世を過ごす連中。**何須數**　いちいち数えきれないほど多い。「須」は、用いる。**君不見**　結句まで掛かる。「君」は、広く世人をさす。「君不ㇾ聞（君聞かずや）」などとともに、楽府などに多く用いる。**管鮑**　斉の管仲と、鮑叔牙。中国の春秋時代の人で、貧乏の時代をとおして、非常に仲がよかったので有名。

〔押韻〕　七言古詩。上声麌韻。

〔解説〕　この詩は、杜甫が進士の試験に落第して、都に寓居していた当時、旧友にたよったが、相手にされなかったので作ったもので、当時の人情の軽薄なことを嘆いたものである。それは、そのまま現代にもあてはまるものである。「行」は、歌の意で、楽府題を借りている。七言絶句ではなくて古詩である。転句は八字であることに注意されたい。

〔余説〕　張謂の「題ニ長安主人壁一」とともに、人情の軽薄を歌った詩として有名。特に人生の落伍者に対する世間の目の冷たさは、昔も今と同じであったらしい。

兵車行　　杜甫（唐）

1 車轔轔馬蕭蕭。　　車轔轔　馬蕭蕭

2 行人弓箭各在ㇾ腰。　　行人の弓箭　各〻腰に在り

爺孃妻子走相送
塵埃不レ見咸陽橋。
牽レ衣頓レ足攔レ道哭
哭聲直上干二雲霄一。
道傍過者問二行人一。
行人但云點行頻。
或從二十五一北防レ河
便至二四十一西營レ田。
去時里正與裹頭
歸來頭白還戍レ邊。
邊庭流血成二海水一
武皇開レ邊意未レ已・
君不レ聞漢家山東二百州

爺嬢　妻子　走って相送り
塵埃　見えず　咸陽橋
衣を牽き　足を頓し　道を攔って哭す
哭声　直ちに上って　雲霄を干す
道傍　過ぐる者　行人に問ふ
行人　但だ云ふ　点行頻りなり
或いは十五より　北のかた河を防ぎ
便ち四十に至り　西のかた田を営む
去く時　里正　与に裹頭し
帰り来れば　頭白うして　還た辺を戍る
辺庭の流血　海水を成すも
武皇　辺を開く　意未だ已めず
君聞かずや　漢家　山東の二百州

千村萬落生二荊杞一・
縱有三健婦把二鋤犂一
禾生二隴畝一無二東西一。
況復秦兵耐二苦戰一
被レ驅不レ異二犬與一レ雞。
長者雖レ有レ問・
役夫敢伸レ恨・
且如二今年冬一
未レ休二關西卒一・
縣官急索レ租
租稅從レ何出・
信知生レ男惡
反是生レ女好・

千村　万落　荊杞を生ずるを
縦ひ健婦の　鋤犂を把る有るも
禾は隴畝に生じて　東西無し
況んや復た　秦兵　苦戦に耐ふるをや
駆らるること　犬と鶏とに異ならず
長者　問ふ有りと雖ども
役夫　敢へて恨みを伸べんや
且つ今年の冬の如き
未だ関西の卒を休めず
県官　急に租を索むるも
租税　何れより出ださん
信に知る　男を生むは悪しく
反って是れ　女を生むは好きを

生㆑女猶得㆑嫁㆓比鄰㆒
生㆑男埋沒隨㆓百草㆒•
君不㆑見青海頭。
古來白骨無㆓人收㆒。
新鬼煩冤舊鬼哭
天陰雨濕聲啾啾。

女を生まば　猶ほ比隣に嫁せしむるを得るも
男を生まば　埋没して百草　随ふ
君見ずや　青海の頭
古来　白骨　人の収むる無し
新鬼は　煩冤し　旧鬼は哭し
天陰　雨湿　声　啾啾たるを

1　戦車の音はがらがら、軍馬のいななきはヒーン、ヒーンと悲しげで　2　出征兵士は、いずれも弓矢を腰にはさみ　3　見送る親や妻子は、隊列のそばについて歩き　4　舞いあがる塵埃で、物のあやめもわからないほどだ、咸陽橋の付近は　5　軍服を引っぱったり、地団太を踏んだり、道をさえぎって行かせまいとして、泣き悲しんでいる　6　泣き声は、一直線に空まで届き、わんわんはね返ってくる　7　そばを通りかかったわたしは、何が始まったのかと、問うたところ　8　出征兵士の答えは、召集令がしきりに下って、今から戦場に行くのである　9　考えると、十五歳で北方黄河の防備にやられ　10　そのまま四十歳まで務め、今度は西方の屯田兵にやられる、といった具合い　11　はじめて出征の時は村長が、わざと元服の式をあげてくれたが　12　除隊になったかと思うと、白髪頭でまた国境守備に狩り出されるしまつ　13　国境の戦場における流血は、海水のようだのに　14　陛下は領土拡張の野心を、まだ断念なさらぬらしい　15　ご存じないですか、唐の朝廷の山東二百余州の国々では 16 多くの村落は荒れに荒れて、「いばら」や「くこ」が生えほうだいだのを 17 たとい留守を守るけなげな妻たちが、すきを手にしたところで 18 稲や麦が東西の区別もなく、畑に生えているありさまです 19 まして関中出身の兵士は苦戦にたえるというので 20 まるで犬や鶏のように戦場を転戦させられています 21 あなたさまには、ご親切にも、よくぞ問うてくださいましたが 22 出征兵士たる身は、何で恨みがましいことなどいえましょうか 23 それに、ことしの冬のような寒気にも 24 まだ吐蕃征伐の兵を引きあげません 25 おかみでは、税金をきびしく取り立てなさるが 26 税金など、どこから出せましょう 27 本当によくわかりました。男の子など生んだってしかたがない 28 女の子を生んだほうが、ましであることを 29 女の子なら、まだしも隣近所に嫁にやれますが 30 男の子を生んだら百年め。末は草むすかばねとなるのが、おちです 31 ご存じないですか、あの青海の付近には 32 古来の戦死者の白骨が、拾い集めて葬ってくれてがない、ままに放置されており 33 新仏は悩みわずらい、古仏も「浮かばれない」と、声をあげて泣いていて 34 空が曇り、雨のしょぼ降る日などは、その声が啾啾と寂しげであることを

〔語釈〕 **轔轔** 車のがらがら鳴る音の形容。**蕭蕭** 馬のいななく声の形容。**行人** 出征兵士。**弓箭** 弓矢。**爺嬢** 父と母（俗語）。**走** 徒歩で。**咸陽橋** 長安の西北、渭水に掛かっていた橋。唐代において西に行く人を見送る場所。**塵埃不見** 塵埃のため、物のあやめもつかない。**頓足** 地団太を踏み嘆き悲しむ。**干雲霄** 空まで届く。「霄」は、青空。**點行** 兵籍簿の名前の上に点をつける。兵員を召集すること。**北防河** 北方のえびすを黄河の線でくい止める。**西營田** 西方で屯田兵となる。もっぱら吐蕃、すなわち、今のチベットに備えるものであった。**里正** 村長。「正」は、「長」

の意。**裹頭**　きれで頭をつつむ。成年となって元服したしるし。**戍邊**　国境を守備する。**邊庭**　国境の戦場。**武皇**　漢の武帝。実は唐の玄宗をさす。**開邊**　国境をひろげる。**意未已**　まだ断念しない。**漢家**　これも唐の朝廷と言うべきを遠慮していった。**山東二百州**　崤山より東の二百の国々。中国の中央部。**荊杞**　「いばら」と「くこ」。荒れた土地に生える植物。**禾**　稲や麦などのイネ科植物。**隴畝**　畑。**健婦**　けなげな農婦。**鋤犂**　すき。**秦兵**　長安地方から召集された兵士。「秦」は、長安地方の古名。この地方の兵士は勇敢なので、しばしば召集されて使われた。**長者**　年長者。「道傍過ぐる者」すなわち杜甫をさす。**役夫**　出征兵士。**關西**　吐蕃（チベット）征伐の兵士。**縣官**　政府。おかみ。**索租**　税金を徴収する。**比鄰**　隣近所。**埋沒隨百草**　草むすかばねとなってしまう。**青海**　青海省にある大湖、ロブノール。**鬼**　死者の魂。**煩寃**　もだえ悲しむ。**啾啾**　悲しげに泣く声の形容。

〔押韻〕　七言古詩。1〜6平声蕭韻。7〜8平声真韻。9〜12平声先韻。13〜16上声紙韻。17〜20平声斉韻。21〜22去声問韻と願韻の通用。23〜26入声月韻と質韻の通用。27〜30上声皓韻。31〜34平声尤韻。

〔解説〕　楽府体の詩で、いわば「出征兵士の歌」とでもいうべきもの。旧注には、「明皇（玄宗）の兵を吐蕃に用い、民、行役に苦しむを謂いて作る」とある。吐蕃は、今日のチベットで、唐代にはその勢いが強く、青海地方を占領し、しばしば西辺を侵略した。この詩は、天宝十年（七五一）ころの作。当時チベット征伐のため、国内の若い男子は兵役に召集され、農村は疲弊し、民に政府を恨む声が起こっていた。よって杜甫は漢の武帝の匈奴討伐に託して、玄宗の無謀の用兵を風刺していさめた。この詩の由来について、あるいは哥舒翰の吐蕃征伐のために作ったといい、あるいは楊国忠の南詔（南方の蛮族の国）征伐のために作ったというものがあるが、詩中の文字からすると、直接には吐蕃征伐のことをさすと見るべきであろうし、また、吐蕃にかぎらず、征役が連年のように起こって、人民の困苦は察するに余りがあったので、これを作って時事を風刺していさめたと見るべきであろう。

哀江頭　　杜甫（唐）

1 少陵野老呑レ聲哭　　少陵の野老　声を呑んで哭す
2 春日潛行曲江曲・　　春日　潜行す　曲江の曲
3 江頭宮殿鎖二千門一　　江頭の宮殿　千門を鎖す
4 細柳新蒲爲レ誰綠・　　細柳　新蒲　誰が為にか緑なる
5 憶昔霓旌下二南苑一　　憶ふ昔　霓旌の南苑に下りしを
6 苑中萬物生二顏色一・　　苑中の万物　顔色を生ず
7 昭陽殿裏第一人　　昭陽殿裏　第一の人
8 同レ輦隨レ君侍二君側一・　　輦を同じうし　君に随ひ　君側に侍す

9 輦前才人帯弓箭
10 白馬嚼齧黄金勒
11 翻身向天仰射雲
12 一箭正墜雙飛翼
13 明眸皓齒今何在
14 血汚遊魂歸不得
15 清渭東流劍閣深
16 去住彼此無消息
17 人生有情淚沾臆
18 江水江花豈終極
19 黄昏胡騎塵滿城
20 欲往城南忘南北

輦前の才人　弓箭を帯び
白馬　嚼齧す　黄金の勒
身を翻し　天に向かひ　仰いで雲を射る
一箭　正に墜す　双飛翼
明眸　皓歯　今何くにか在る
血は遊魂を汚して　帰り得ず
清渭は　東流し　剣閣は深し
去住　彼此　消息無し
人生　情有り　涙　臆を沾す
江水江花　豈　終に極まらんや
黄昏　胡騎　塵　城に満つ
城南に往かんと欲して　南北を忘る

1　わたしは、（安禄山の部下に怪しまれるのを恐れ）声を忍んで、むせび泣きながら　2　この

春びよりに、人目をさけて曲江のほとりを、さまよい歩いてみた　3　江畔近い南苑（なんえん）の宮殿は、多
くの門がしめきりで人影とてないのに　4　糸かけ柳や、蒲（がま）の若芽は、だれに見せようとて、緑の
装いをしているのやら　5　思えばその昔、天子が美々しい旗を先頭に、南苑に行幸された当時は
6　苑中の物みな生気を呈した　7　わけても、宮中第一の寵（ちょう）をほしいままにした楊貴妃は　8
天子の車に合い乗りでおともをし、おそばを離れなかった　9　車の前衛の女官たちは、弓矢を持
ち　10　乗っている白馬は、黄金の「くつわ」をかみ切らんばかりにきおい立ち　11　（それらは
弓矢の熟練者であるから）身をそらし天に向かって矢を放つと　12　一矢で二羽の空飛ぶ鳥を射落
とす、という離れわざも演じた　13　だが、明眸皓歯の楊貴妃は、今いずくにあるか　14　（あた
ら非業（ひごう）の死をとげて）血にまみれた、さまよえる魂は、落ちつくところとてないままである　15
さて清らかな渭水のみは、依然として東、長安のほうに向かって流れており、玄宗の行幸せられた
蜀は、剣閣の奥深いかなたにある　16　蜀に去った者も、ここにとどまっている者も、絶えて音信
とてない　17　人間は有情なもので、涙で胸をぬらすが　18　（自然は無情だから）曲江のほとり
の花や水のみは、春くれば花開き葉を茂らせ、きわまりやむ時とてない　19　夕方になると、えび
すの騎兵が縦横にかけまわるので、塵埃（じんあい）が長安城内にいっぱい立ちのぼり　20　（見つけられては
たいへんと）わが家の城南のほうに行こうと思って、うろたえたばかりに、南北の見当もつかなく
なった

〔語釈〕　**少陵**　長安の南にある地名、少陵源。杜甫は、ここに住んでいた、ゆえにみずから少陵と号した。**野老**　田舎おやじ。杜甫の謙称。**曲**　くま。水の屈曲しているところ。**新蒲**　新たに生え出たがま。「蒲」は、水辺にはえる多年生草本。**霓旌**　にじのように美しい旗。天子の行幸される

時に先にたつ旗。**南苑**　曲江は長安の東南にあり、その南方にあった芙蓉苑のこと。**生顔色**　ひときわ生き生きとした。**昭陽殿裏第一人**　漢の寵姫趙飛燕を借りて楊貴妃にたとえた。「第一人」は、最愛の人の意。**才人**　皇后につき従う女官。唐制によれば七人、正五品。**嚼嚙**　歯でかみ切ることであるが、かみ切らんばかりにきおい立っている形容。**黄金勒**　黄金作りのくつわ。**明眸皓歯**　黒白のはっきりわかれているすずしい目と白い歯。美人の人相。楊貴妃の形容。**清渭**　澄んで流れている渭水。**剣閣**　長安から蜀（四川省）の成都に行く途中にある大剣・小剣の二山。閣道が通じているのでいう。**去住彼此**　「去」・「彼」は蜀にある玄宗。「住」・「此」はついて行けなかった楊貴妃。**臆**　むね（胸）。

〔押韻〕　七言古詩。1〜4入声沃韻。5〜20入声職韻。

〔解説〕　この詩は、楊貴妃の死を悲しみ、長安で賊に捕らえられている身の悲しみを歌ったもの。「哀江頭」とは、曲江のほとりで悲しむ意。「曲江」は、長安の東南隅にあって、流水が屈曲しており、都人士のつえをひく遊覧の地であり、また離宮があったので、玄宗はしばしば楊貴妃とともに遊びに来られたが、天宝の乱に長安は賊の手中に陥り、玄宗は都落ちの途中、馬嵬坡で貴妃に死をたまい、曲江の園池も賊のために荒らされた。杜甫は乱後、このほとりに立って、その荒涼たる風景に悲しみをそそられ、庾信の「哀江南」にならって、「哀江頭」と題した。

〔余説〕　非情の自然に寄せて、有情の人間の悲哀を歌い上げているところ、唐詩人のじょうとう手段ではあるが、未曾有の大混乱に際会して、おろおろする詩人の姿も哀れである。明眸皓歯の一語、よく楊貴妃を形容し得て有名であり、「欲レ往二城南一忘二南北一」も、また杜甫ならでは言い得ない句である。「忘二南北一」を、一本には「望二城北一」に作っている。どちらでも意味は通じる。

茅屋爲秋風所破歌（茅屋　秋風の破る所と為るの歌）　杜甫（唐）

1　八月秋高風怒號。　八月　秋高く　風　怒号し
2　巻我屋上三重茅。　我が屋上の　三重の茅を巻く
3　茅飛渡江灑江郊。　茅は飛んで　江を渡り　江郊に灑ぐ
4　高者挂罥長林梢。　高き者は　長林の梢に挂罥し
5　下者飄轉沈塘坳。　下き者は　飄転して　塘坳に沈む

1　八月の秋も深まって、暴風は激しく吹きすさび　2　わたしの家の三重にふいてある、屋根のかやを吹き飛ばしてしまった　3　かやは飛んで、川を越えて川岸にちらばり　4　高く上がったのは、高い林のこずえにひっかかり　5　低く飛んだのは、ひらひらころがって、水たまりの池に沈んでしまった

〔語釈〕秋高　秋が深まる。灑　そそぐ。散らばる。挂罥　ひっかかる。塘坳　水のたまっているくぼみ。飄轉　飛びころがる。

〔押韻〕楽府。1～5平声肴韻。

〔解説〕この詩は、長短句より成る歌で、上元二年八月、暴風が成都の草堂の文字どおり、かやで

ふいてある屋根を吹きとばし、おまけに、その夜の秋雨は、遠慮なく降りそそぎ、屋内にかわいている所とてなく、眠れない長夜に、この詩を吟出した。

6 南村群童欺二我老無レ力•　南村の群童　我が老いて　力無きを欺り
7 忍能對面爲二盗賊一•　忍んで能く　対面　盗賊を為す
8 公然抱レ茅入レ竹去　公然　茅を抱き　竹に入って去る
9 唇焦口燥呼不レ得•　唇焦げ　口燥き　呼べども　得ず
10 歸來倚レ杖自歎息•　帰り来って　杖に倚り　自ら嘆息す
11 俄頃風定雲墨色•　俄頃　風定まって　雲　墨色
12 秋天漠漠向二昏黑一　秋天　漠漠として　昏黒に向かふ

6 南の村の悪童たちは、わたしが老いぼれて、力のないのをみくびって　7 平気で、見ている前で泥棒を働き　8 おおっぴらに、かやを抱えて、竹やぶの中にもっていってしまう　9 唇はこげ、口はかわくまで叫んでも、どうすることもできない　10 帰ってきてから、杖にすがって、ひとりため息をつくばかり　11 まもなく、風はおさまったが、雲は真っ黒で暗く　12 秋の空は一面に、どんよりと曇って、真っ暗に暮れてゆく

〔語釈〕 **欺**　みくびる。 **忍能**　平気で。 **對面**　目の前で。見ているところで。 **公然**　おおっぴらに。

入竹　竹やぶの中に入る。**俄頃**　ちょっとの間。**漠漠**　灰色に濛々(もうもう)と曇るさま。**昏黒**　空が真っ暗になる。

〔押韻〕6～12入声職韻(しょくいん)。

13 布衾多年冷似レ鐵・　布衾(ふきん)多年(たねん)冷(れい)なること鉄(てつ)に似(に)たり
14 嬌兒惡臥踏裏裂・　嬌児(きょうじ)悪臥(あくが)踏(ふ)んで裏(うら)裂く
15 床頭屋漏無二乾處一　床頭(しょうとう)屋漏(おくも)り乾処(かんしょ)無く
16 雨脚如レ麻未二斷絶一・　雨脚(うきゃく)麻(あさ)の如(ごと)く未(いま)だ断絶(だんぜつ)せず
17 自レ經二喪亂一少二睡眠一　喪乱(そうらん)を経(へ)しより睡眠(すいみん)少(すく)なく
18 長夜沾濕何由徹・　長夜(ちょうや)沾湿(てんしつ)何(なん)に由(よ)って徹(てっ)せん

13 夜具は使い古したこととて、鉄のように堅く、しかも冷たく　14 かわいい子どもたちは寝ざまが悪くて、夜具の裏地をけ破っている　15 まくらもとは雨もりがして、家じゅう乾いているところとてなく　16 雨あしは、どしゃ降りで、まだやみそうもない　17 戦乱をくぐってからは、どうもよく寝つかれなくなったが　18 それにしても、この秋の夜長を、ぬれたままで、どうして明かそうか

〔語釈〕**布衾**　夜具。寝具。**嬌児**　かわいらしい子ども。**悪臥**　寝ざまの悪いこと。**床頭**　寝台の

そば。枕もと。**如麻**　雨のしとどに降るさま。**沾濕**　ぬれる。**徹**　夜明けまでとおす。

〔押韻〕　13〜18入声屑韻。

19 安得廣廈千萬間。
20 大庇二天下寒士一倶歡レ顏。
21 風雨不レ動安如レ山。
22 嗚呼何時眼前突兀見二此屋一
23 吾廬獨破受二凍死一亦足

安くんぞ得ん　広廈　千万間
大いに天下の寒士を庇ひ　倶に顔を歓ばさん
風雨にも動かず　安きこと山の如し
嗚呼　何れの時か　眼前突兀　此の屋を見ん
吾が廬　独り破れて　凍死を受くるも亦足る

19　どうか、千万間もある大きな家を手に入れ　20　天下の家のない人々を、大いにかばって、いっしょにうれしそうな顔をし　21　どんな雨風にも小ゆるぎもせず、山のように、どっしりとしていたいものである　22　ああ、いつになったら、目の前にぐっと高くそびえ立つこんな家を見ることができようか　23　もしそうなったら、わたしの小屋だけが破れて凍死してしまっても、もう満足なのだがなあ

〔語釈〕　**安得**　どうか…したいものだ。**廣廈千萬間**　千万間もある大きな家。「間」は、柱と柱の間をいう。ふつうの家は五間。**突兀**　高くそびえる。**亦足**　それでも満足である。

〔押韻〕　19〜23平声刪韻。

〔余説〕 暴風に屋根をむしり取られた杜甫の困惑、村の悪童とのやりとり、子どもらに対する愛情などが、平明にしかも巧みに歌われている。雨もりの秋の夜、「安得…」と自分一個の苦しみから、推して民衆一般の苦悩へと思いをはせるあたり、杜甫のあたたかいヒューマニズムが感じられ、彼の詩が今日まで広く民衆の共感をよんでいるゆえんであろう。

飲中八仙歌　　杜甫（唐）

1 知章騎レ馬似レ乗レ船　　知章が 馬に騎るは 船に乗るに似たり
2 眼花落レ井水底眠　　眼花 井に落ちて 水底に眠る

1 賀知章は、（南方呉の生まれで）馬には慣れていないので、酔って馬にまたがったさまは、船にゆられているようで、あぶなくてしかたがない 2 酔眼はちらちらし、路傍の井戸の中に落ちこんでも気がつかず、平気で水底で眠りこけていたほどである

〔語釈〕 知章 姓は賀、字は季真、初唐の詩人。六五九〜七四四。浙江省・紹興県の人。晩年はきままな生活を送り、みずから四明狂客と号した。眼花 目がちらちらする。

〔解説〕 当代名士の中で、酒豪八人のことを歌ったもの。一人を一解とし、八解より成り、各解の句数は一定していない。

3　汝陽三斗始朝レ天　　汝陽の三斗　始めて天に朝し
4　道逢二麴車一口流レ涎　　道に麴車に逢うて　口　涎を流す
5　恨不三移レ封向二酒泉一　　恨むらくは　封を移して　酒泉に向かはざるを

3　汝陽王の璡は、三斗の朝酒をひっかけてから参朝するといった男　4　それなのに、途中で酒車に出会えば、口からよだれを流す、といったあんばいで　5　酒泉郡の長官として、国がえになれぬことを残念がっているほど

〔語釈〕**汝陽**　汝陽王の璡。玄宗の面前で三斗の酒で酔いつぶれたことがある。「汝陽」は、今の河南省商水の地。**麴車**　酒を積んだ車。**移封**　諸侯の領地を移しかえる。国がえ。**酒泉**　酒泉郡（今の甘粛省粛州）の城下に金泉があって、味の甘きこと酒のごとくであった。

6　左相日興費二萬錢一　　左相の日興　万銭を費やす
7　飲如三長鯨吸二百川一　　飲むこと長鯨の百川を吸ふが如し
8　銜レ杯樂レ聖稱レ避レ賢　　杯を銜んで　聖を楽しみ　賢を避くと称す

6　左丞相李適之は、一日の酒もりに万銭を使い　7　その飲みっぷりは、大きな鯨が百川の水を吸いあげるようで　8　杯を口にし清酒を楽しみ、どぶろくはきらいだと、うそぶいている

〔語釈〕**左相**　李適之は酒を飲んで一斗で乱れず、左相（侍中のこと）になったが、李林甫によって退けられた。**長鯨**　大きいくじら。**楽聖・避賢**　清酒を聖、濁酒を賢といったことに由来する。

9　宋之瀟灑美少年　　宋之は　瀟灑たる　美少年

10　擧レ觴白眼望二青天一　　觴を挙げて　白眼　青天を望む

11　皎如三玉樹臨二風前一　　皎として　玉樹の風前に臨むが如し

9　崔宋之は、すっきりあかぬけした美少年で　10　酒を飲んでは、白眼で青天をにらみつけ、一世を非とする様子があり　11　そのいさぎよさは、美しい木が、風前に臨んで立っているよう

〔語釈〕**宋之**　崔宋之のこと。侍御史となったが、金陵（今の南京）に左遷され、李白と詩酒の交わりがあった。**瀟灑**　すっきりあかぬけしていること。**白眼**　冷淡な、また、軽蔑する目つき。晋の阮籍が礼儀にこだわる俗人には白眼、親友に対しては青眼で対した故事による。**皎**　いさぎよいさま。**玉樹**　容姿の美しいのにたとえる。

12　蘇晉長齋繡佛前　　蘇晋　長斎す　繡仏の前

13　醉中往往愛二逃禪一　　酔中　往往　逃禅を愛す

12　蘇晋は、深く仏教に帰依して、長い間、物忌みをしているのに、ししゅうしてある弥勒仏の前

で　13　酒に酔っては、往々にして平気で仏戒にそむいている

〔語釈〕**蘇晉**　初唐の政治家・文人であった蘇頲の子。熱心な仏教信者。**長齋**　長期にわたって物忌みする。長い間、肉食しない。**繡佛**　ししゅうしてある仏。**逃禪**　①俗世間をのがれて禅にはいる。②禅をのがれる。酒を飲んで仏戒にそむく。ここでは②。

14　李白一斗詩百篇　　**李白一斗　詩百篇**

15　長安市上酒家眠　　**長安市上　酒家に眠る**

16　天子呼來不レ上レ船　　天子呼び来れども　船に上らず

17　自稱臣是酒中仙　　自ら称す　臣は是れ酒中の仙と

14　李白にいたっては、一斗傾けるうちに、詩が百篇もでき　15　飲むほどに、酔うほどに、場所を選ばず、長安の市中のバーで眠ってしまい　16　天子からお召しを受けても船に乗ることができず　17　それでも平気で、「てまえは、飲んべえ仲間じゅうの仙人格ですから、ひらにお許しを」といった

〔語釈〕**市上**　町中。まち。**酒家**　さかみせ。バー。**不上船**　玄宗からの迎えの船に乗らない。

18　張旭三杯草聖傳　　張旭　三杯　草聖伝ふ

19 脱レ帽露レ頂王公前　　帽を脱し　頂を露す　王公の前

20 揮レ毫落レ紙如二雲煙一　　毫を揮ひ　紙に落とせば　雲煙の如し

18 張旭は、三杯ひっかけて、ほろ酔いきげんで、草書の妙筆をふるい 19 王公の前をもはばか
らず、帽子をぬぎ、頭のてっぺんをむき出しにし、礼節などにとんちゃくしない 20 しかし、毛
筆をふるって、紙上におとすと、筆勢の盛んなこと雲煙の飛動するようである

〔語釈〕張旭　唐の呉郡の人。草書の名人。草聖　すぐれた草書の名手。揮毫　筆をふるう。書画を書く。「毫」は、ふで。

21 焦遂五斗方卓然　　焦遂五斗　方に卓然

22 高談雄辯驚二四筵一　　高談　雄弁　四筵を驚かす

21 焦遂は、吃音勝ちであるが、五斗も飲むと、意気卓然として大いにあがり 22 滔々たる雄弁
で、声高くまくし立て、満座の人を驚かすほどである

〔語釈〕焦遂　ふだんは吃音で物もよく言えなかったが、ひとたび酒を飲むとすこぶる雄弁になったといわれる。

〔押韻〕七言古詩。1～22毎句に韻をふんでおり、平声先韻。○印は略した。

〔余説〕なんともはや、実に愉快きわまりない詩である。これを詠ずる杜甫その人もまた、これらに引けをとらない酒豪だから、いよいよおもしろい。

磧中作（磧中の作）

岑参（唐）

1 走レ馬西來欲レ到レ天。
2 辭レ家見二月兩回圓一。
3 今夜不レ知何處宿
4 平沙萬里絕二人煙一。

馬を走らせて　西来　天に到らんとす
家を辞してより　月の両回　円なるを見る
今夜は知らず　何れの処にか宿せん
平沙　万里　人煙を絶す

1　馬を走らせて、西へ西へと天と地平線の接するあたりに向かって旅を続けて行くが（行けども行けども果てしなく）　2　家を出てから、もう二度も満月にお目にかかった　3　さて今夜は、いったいどのあたりに宿営したらよいであろうか　4　見渡すかぎり茫々たる一面の大砂漠で、全く人家の気配さえ見当たらない

〔語釈〕 **西來**　西する。「来」は、助字。**欲到天**　中国の西北砂漠の地勢は、前方へ進んで行くほど地盤が高く、果てしなく広がっているので、天にのぼるかのように思われるのでいう。「欲」は、「す」と読み、未来を表す。ここでは欲求の意ではない。**辭家**　家を離れる。**見月兩回圓**　満月を二度見た。二箇月を経た意。**平沙萬里**　「平沙」は、平らな砂漠。「万里」は、はるかに遠く続いているさま。**絕人煙**　一筋の人家の煙さえ見当たらない。

〔押韻〕 七言絶句。平声先韻。

〔解説〕この詩は、従軍西征して、砂漠の中を通過したおりの、寂しい気持ちを歌ったもの。「磧」は、河原の意。ここでは砂漠の意に用いられた。

岑参 七一五〜七七〇。盛唐の詩人。南陽（河南省）の人。嘉州（四川省）の刺史となったが、また戦場を往来し、遠征・別離の情を経験したので、その詩は悲壮味を帯びており、高適・王昌齢・王之渙などとともに、辺塞詩人として有名。「岑嘉州詩集」四巻がある。

〔余説〕起句の「欲レ到レ天」は、空間的距離感を、また承句の「月両回円」は、時間的距離感を、それぞれ具体的に表現して印象を鮮明にしており、時間・空間の双方から、一望万里の大砂漠を描き出し、結句でこれをまとめて「絶二人煙一」と、人間界から隔絶された不安と心細さとを訴えている。

逢二入レ京客一（京に入る客に逢ふ）　岑参（唐）

1 故園東望路漫漫。　故園 東に望めば 路 漫漫
2 雙袖龍鍾涙不レ乾。　双袖 龍鍾として 涙乾かず
3 馬上相逢無二紙筆一　馬上に相逢うて 紙筆無し
4 憑レ君傳語報二平安一。　君に憑って 伝語して 平安を報ぜしむ

1 故郷懐かしさのあまり、東のほうを振り返ると、道は果てしなく遠く（はるけくも来つるかな

と、わびしさのあまり）　2　涙がこぼれ、両方のそでもぐっしょりぬれて乾くひまもない　3（おりしも、使者として都に行かれる君にお会いしたが）なにぶん馬上のこととて、紙も筆もなくて、手紙をしたためることができない　4　どうか口伝えにじょうぶでいることを、都の家族にお伝えください

〔語釈〕**故園**　故郷。ここでは都の長安。**路漫漫**　道のりの遠くはるかなこと。**龍鍾**　涙でぐっしょりぬれるさま。**憑君**　あなたに頼んで。**傳語**　伝言。

〔押韻〕七言絶句。平声寒韻。

〔解説〕作者が、安西節度使判官となって、安西都護府（今の新疆省庫車県にあった領事館のようなもの）に赴任する途中、逆に長安の都へ行く使者に出会って、伝言を頼むことを歌ったもの。

〔余説〕すこしも気どったところがなく、率直に自分の気持ちを思うままに述べているところが、この詩の身上であろう。

赴二北庭一度レ隴思レ家　　岑参（唐）

（北庭に赴かんとし　隴を度りて家を思ふ）

1　西向二輪臺一萬里餘。　　西のかた輪台に向かふ　万里余
2　也知鄕信日應レ疎。　　也た知る　郷信　日々に応に疎なるべきを

3 隴山鸚鵡能言語　隴山の鸚鵡は　能く言語すと

4 爲報家人數寄レ書。　為に報ぜよ　家人数〻書を寄せよと

1 これから向かう輪台は、西へ一万里もの遥か彼方　2 するとやはり、故郷の便りも日ごとに遠くなるにちがいない　3 いま通っている隴山のおうむは、人語をまねるとのことだが　4 では、私の妻に度々手紙をよこすよう伝えてくれ

〔語釈〕 **輪臺**　今の新疆ウイグル自治区の輪台県。北庭都護府に属していた。**也**　また。詩や語録などに使われる。「又」「亦」などより意味が軽い。**疎**　うとい。疎遠。**隴山**　陝西省隴県の西、甘粛との省境の山。**鸚鵡**　おうむ。人語をまねる鳥。**家人**　妻。

〔押韻〕 七言絶句。平声魚韻。

〔解説〕 北庭都護府にゆこうとして隴山を越えたところで、故郷を思って作ったもの。「北庭都護府」は、今の新疆ウイグル自治区におかれていた。「隴山」は、陝西・甘粛の省境の山。これを越えれば辺境となる。

〔余説〕 釈大典の評に、「無聊の余り、この痴想を生ず」とあるが、少しく酷評の感なきを得まい。

玉關寄二長安李主簿一（玉関にて　長安の李主簿に寄す）　岑参（唐）

1 東去二長安一萬里餘。　東のかた　長安を去ること　万里余

2　故人那惜一行書。
3　玉關西望腸堪レ斷
4　況復明朝是歳除。

故人(こじん)　那(なん)ぞ惜(を)しむ　一行(いちぎょう)の書(しょ)
玉関(ぎょくかん)　西望(せいぼう)すれば　腸(ちょう)　断(た)つに堪(た)へたり
況(いは)んや　復(ま)た明朝(みょうちょう)は　是(こ)れ歳除(さいじょ)なるをや

1（わたしは今）東方の長安を去ること、万里以上も離れている玉門関を通過するが　2　旧友の君は、なぜ簡単なたより一つ惜しんで、くれないのか　3　ここ玉門関で、これから行く西方をながめると、はらわたもちぎれる思いがする　4　まして、明日は、大みそかであるにおいては、なおさらだ

〔語釈〕**故人**　昔なじみの友人。李主簿をさす。**那惜**　なぜ惜しんで（手紙をくれないのか）。**一行書**　簡単なたより。**腸堪断(ちょうかんだん)**　はらわたがちぎれる思い。**歳除**　大みそか。一年の最後の日。

〔押韻〕七言絶句。平声魚韻。

〔解説〕「玉関」は、玉門関(ぎょくもんかん)の略、西域(せいいき)への通路。この詩は、作者が遠征の途中、玉門関から長安(ちょうあん)にいる主簿(しゅぼ)の李某(りぼう)に贈って、その音信不通を軽くなじったもの。「主簿」は、記録や文書をつかさどる下級の役人。書記にあたる。

山房春事（山房の春事）　岑参（唐）

1 梁園日暮亂飛鴉。　梁園の日暮　乱飛の鴉
2 極目蕭條三兩家。　極目　蕭条たり　三両家
3 庭樹不レ知人去盡　庭樹は知らず　人去り尽くるを
4 春來還發舊時花。　春来　還た発く　旧時の花

1 梁王が築いて一世の豪奢を誇った庭園も今は山寺となり、日暮れどきになれば、からすが乱れ飛んでいる　2（昔の面影はないのみか）見渡すかぎり一面に物寂しく、ただ二、三軒の民家が点在しているばかり　3 心なき庭の樹木は、昔の人がすでに死して無く、時世の変遷をも知らぬげに　4 春になれば、あい変わらず、もとの枝に昔ながらの花を咲かせている

〔語釈〕梁園　漢代、梁の孝王（文帝の次男）の別荘。兎園のこと。四方の豪傑や学者を集めて遊んだ。鴉　からす（烏）。極目　見渡すかぎり。蕭條　物寂しいさま。春來　春になると。舊時花　昔ながらの花。昔と同じ花。

〔押韻〕七言絶句。平声麻韻。

〔解説〕「山房」は、山寺。この山寺は、梁園の廃墟に建てられた寺である。「春事」とは、春興という意。この詩は、春に感じて、梁園の廃墟に立って作った懐古の作。

〔余説〕人間は有情であるが、草木自然は無情・非情なもの。四時の運行たがわず、春さりくれば、

人間の悲しみも知らぬげに、芽を出し、葉を茂らせ、花を咲かせる。そこに詩人の悲しみが存する。結句が特によい。わが国中世の和歌に、「さざなみの志賀の都は荒れにしを昔ながらの山桜花」、また「人はいさ心も知らず古里は花ぞ昔の香に匂ひける」とあるなどは、同じような感慨であろう。

酒泉太守席上酔後作　岑参（唐）

（酒泉の太守の席上にて　酔後に作る）

1 酒泉太守能剣舞・
2 高堂置酒夜撃レ鼓・
3 胡笳一曲断二人腸一
4 坐客相看涙如レ雨・

酒泉の太守　能く剣舞す
高堂に　置酒して　夜　鼓を撃つ
胡笳　一曲　人腸を断つ
坐客　相看て　涙　雨の如し

1 酒泉の太守は剣舞がじょうずで 2 こよいも、高殿で酒宴を張り、剣舞に合わせて、鼓を打ち鳴らしていたが 3 たまたま、胡笳の悲しげな音色が聞こえ来るや、はらわたをちぎられるような思いがし 4 満座の客は、みな顔見合わせて、ぼろぼろ涙を流し泣いてやまなかった

〔語釈〕**太守**　郡の長官。**剣舞**　剣を持って舞うこと。**置酒**　酒盛りをする。**胡笳**　あし笛。北方の異民族が、あしの葉を巻いて作った笛。悲しい声色を出す。**断人腸**　はらわたのちぎられるような悲しい思い。

〔押韻〕七言古詩。上声麌韻、拗体。

〔解説〕この詩は、酒泉郡（今の甘粛省粛州）の太守の宴席で、酒に酔って作ったもの。平仄が乱れていて拗体、しかも仄韻を用いているから、七言短古と見てもよい。岑参は、すぐれた辺塞詩人で、好んで国境の風物を歌った。これもその傑作中の一つ。

〔余説〕起・承の二句に、それぞれ「酒」の字を点出し、加うるに「剣舞」「撃鼓」を以てして豪壮の気分をもり上げ、一転して「胡笳の一曲」、満座をして涙をしぼらす、壮にして亦悲というべきである。

韋員外家花樹歌（韋員外が家の花樹の歌）　岑参（唐）

1 今年花似㆓去年㆒好•　今年の花は　去年の似く好し
2 去年人到㆓今年㆒老•　去年の人は　今年に到って老ゆ
3 始知人老不㆑如㆑花　始めて知る　人老いて花に如かざるを
4 可㆑惜落花君莫㆑掃•　惜しむ可きの落花　君掃ふこと莫かれ
5 君家兄弟不㆑可㆑當○　君が家の兄弟には　当たる可からず
6 列卿御史尚書郎○　列卿　御史　尚書郎

7　朝回花底恒會レ客　　朝より回って　花底に　恒に客を会す

8　花撲二玉缸一春酒香。　　花は　玉缸を撲って　春酒香し

1　今年の花は、去年のように見事だが　2　去年この花を見た人は、今年は、一つだけ年をとったことになる　3　してみると、花の変わらぬ美しさには、人は及ばないのだ　4　いとおしいこの落花を、どうか、すげなく払いのけたもうなよ、君　5　君の一族の兄弟たちには、とてもかなわないね　6　なにしろ、列卿・御史・尚書郎といった、お歴々ぞろいだ　7　朝廷のつとめからさがると、いつも花の下で、お客を集めて宴会を催すが　8　おりから散りかかる花びらは、酒がめの中に落ちて、春の酒は一きわ芳香を放つのだもの

〔語釈〕**似**　「にる」と読むより、むしろ「ごとく」と読むほうがよい。**可惜**　いとおしい。**不可當**　とてもかなわない。**列卿**　九卿の一つに列している人。いかなる官名かは不明。**御史**　官吏の監察・裁判をする官。長官を御史太夫という。**尚書郎**　尚書省の事務官。**朝回**　朝廷の勤務から帰ってくる。**花底**　花の咲いている木の下。**撲**　うつ。花の散って落ちるのを形容した。**玉缸**　玉の酒がめ。**春酒**　年の暮れにしこんで、春にできる酒。また、春かもした酒。あるいは、単に酒のことをいう。**香**　花びらの散り落ちた酒は、花の香がする。落花が酒がめにはいるのにまかせてあったとみえる。

〔押韻〕七言古詩（一見、七律のように見えるが、そうではない）。1～4上声皓韻。5～8平声陽韻。

〔解説〕「韋」は、姓。「員外」は、官名、員外郎の略で、定員外の役人の意。該当者は不明。この

詩は、韋員外家の一族繁栄をたたえたもので、作者がその花の下での宴会にでも、招かれた時のものであろう。

〔余説〕起首の二句は、劉廷芝の「代下悲二白頭一翁上」の「年年歳歳花相似 歳歳年年人不レ同」と同じ発想である。この詩の結句、「花撲二玉缸一春酒香」もまた、美しい句である。

胡笳歌 送三顔眞卿使赴二河隴一 岑参（唐）

（胡笳の歌 顔真卿の使ひして河隴に赴くを送る）

1 君不レ聞胡笳聲最悲。　君聞かずや 胡笳の声 最も悲しきを

2 紫髯緑眼胡人吹。　紫髯 緑眼の胡人 吹く

3 吹レ之一曲猶未レ了　之を吹いて 一曲 猶ほ未だ了はらざるに

4 愁殺樓蘭征戍兒。　愁殺す 楼蘭 征戍の児

1 君は、胡人の吹くあし笛の、あのもっとも悲しい音色を聞いたことはないか 2 それは、赤ひげで青い眼をしている胡人が吹くのだ 3 その悲しげな曲を、一曲まだ吹き終わらないうちに 4 早くも、楼蘭付近に守備に来ている兵士たちを悲しみにたたきこむ

〔語釈〕顔眞卿 唐の忠臣。字は清臣。玄宗の時、平原（河北省）の太守となった。安禄山の乱には、真っ先に立って討伐軍を指揮し、乱を平らげて後に、刑部尚書に任ぜられ、魯国公に封ぜられ

た。徳宗の時、李希烈の反をおさえようとし、かえってくびり殺された。書道においてもすぐれ、特に楷書にかけて古今の名手である。**胡笳**　胡人（北方の異民族）があし（芦）の葉を巻いて吹く笛。哀愁を帯びている。**河隴**　唐代の河西と隴右。今の甘粛省の地。**君不聞…**　君は聞いたことがないか。唐詩にしばしば使われる句法。**紫髯**　胡人の赤ひげ。緑眼とともに、胡人の形容。トルコ系の人種である。**了**　終わる。完了の了。**愁殺**　ひどく憂えさせる。「殺」は、強意の助字。「サイ」とも読む。**樓蘭**　漢代、西域の天山南路にあった国名。今の新疆省のロブノール湖付近。別名は鄯善。**征戍兒**　国境の守備兵。「戍」は、守る。

〔押韻〕七言古詩。1〜4平声支韻。

〔解説〕中国西方の、国境付近の風物を歌った詩としては、いちばん有名である。天宝七年（七四八）に監察御史となった顔真卿が、河西隴右軍試覆屯交兵使に任ぜられ、今の甘粛省地方へ行くのを送別して、胡人の吹く物悲しいあし笛の音色に託して、荒涼たる辺境の風物を歌い、その地にでかける友のほねおりをねぎらい、あわせて心中に、そのエキゾチックな風景を懐かしんでいる。

5　涼秋八月蕭關道•　　涼秋　八月　蕭関の道
6　北風吹斷天山草•　　北風　吹断す　天山の草

5　まして秋風の身にしみる八月の寂しい季節に、蕭関の道を通るでしょうが　6　北風が吹きまくって、天山山脈の草を吹きちぎらんばかりでしょう

〔語釈〕**涼秋八月**　秋風の身にしみる八月。八月は、陰暦では秋の半ば。**蕭關**　秦の北関で、甘粛

省固原県の東南にあった。長安から河隴への通路にあたる。**天山** 天山山脈。新疆省の中部に連なる。年じゅう、雪があるので雪山、また、祁連山ともいう。**吹断** 「断」は、強意の助字。「断」を実字とみて、吹きちぎる意に解してもよい。

〔押韻〕 5〜6上声皓韻。

7 崑崙山南月欲レ斜。　**崑崙山南　月　斜めならんとし**

8 胡人向レ月吹二胡笳一。　**胡人　月に向かって　胡笳を吹く**

7その上、崑崙山の南に、月が落ちかかろうとする夜明けに　8えびすが、月に対してあし笛を吹いている情景に、ぶつかるかも知れません

〔語釈〕**崑崙** チベットと新疆省の境にある中国最大の山脈。

〔押韻〕 7〜8平声麻韻。

9 胡笳怨兮將レ送レ君。　胡笳の怨み　将に君を送らんとす

10 秦山遙望隴山雲。　秦山　遥かに望む　隴山の雲

11 邊城夜夜多二愁夢一　辺城　夜夜　愁夢多し

12 向レ月胡笳誰喜レ聞。　月に向かって胡笳　誰か聞くを喜ばん

9　その物悲しい胡笳の音色に思いをはせて、君の旅立ちをお送りします　10　ここ秦山の地（長安付近）から、はるかに隴山にかかる雲をながめて、君のこれからの苦労を忍ぶしだいです　11　ひとたび、かの地につけば、そこ辺境の城では、夜ごとに故郷の夢を見ることでしょうが　12　月光の下での、あし笛の音には、胸のつぶれる思いをしない者はないでしょう

〔語釈〕　**怨兮**　「怨」は恨む意であるが、ここでは感情の痛切なこと。「兮」は音「ケイ」、語気を整え、また句の調子を整える助字。送別の場所は長安だから胡笳はない。胡笳の哀調を思いやりつつ、その切ない気持ちで君を送別する意に解する。**秦山**　秦嶺山脈。長安の南にある。ここでは漠然と長安付近の山々をさしている。**隴山**　陝西省と甘粛省とにまたがる山。河隴に行くのに通過する山。**邊城**　辺境にある城。**誰喜聞**　反語。聞くに耐えかねるであろう。

〔押韻〕　9～12平声文韻。

〔余説〕　岑参は、自分のかつての任地のエキゾチックな風物に懐かしい思いをはせながら、これを予告紹介し、胡笳に託して送別の悲しみを歌い、顔真卿のほねおりをねぎらったもの。辺塞詩人としての本領を発揮し、送別の詩としてはまさに絶品である。

題㆓長安主人壁㆒（長安 主人の壁に題す）　張謂（唐）

1　世人結ㇾ交須㆓黄金㆒。　世人 交はりを結ぶに　黄金を須ふ

2　黄金不ㇾ多交不ㇾ深。　黄金 多からざれば　交はり深からず

3 縦令然諾暫相許　　縦令　然諾して　暫らく相許すも

4 終是悠悠行路心。　終に是れ　悠悠たる　行路の心

1 世間の人の交際は、黄金がものをいい　2 お金の額によって、交際の深浅がきめられる　3
たとい、君のためなら力を貸そうと請け合って、しばらくの間は、心を許しあっていても　4
（いったん相手が不遇になると）ついには行きずりの旅人のように、鼻もひっかけなくなるものである

〔語釈〕**結交**　交際をする。**須**　もちいる。必要とする。本字は「需」である。**縦令**　たとい（たとひ）。仮定の形。**然諾**　よろしいと承知する。**相許**　心の底までうち明けるほどの間がらとなる。**悠悠**　遠く離れるさま。**行路心**　ゆきずりの人のような無関心。

〔押韻〕七言絶句。平声侵韻。

〔解説〕「長安主人」というのは、張謂が進士の試験を受けるために、都の長安に滞在していた時の下宿屋の主人のことである。不運にも落第してからは、手の裏を返すように冷淡になったのに憤慨して、部屋の壁に書きつけたもの。

張謂　?〜七七九?。字は正言、河南の人。天宝二年の進士、乾元年間に尚書郎として長沙に使いし、大暦年間に礼部侍郎、ついで潭州（湖南省長沙）の刺史となった。勉学につとめて万巻の書を読み、権勢に屈せず、大丈夫の風格があった。

〔余説〕人情の軽薄は、昔も今も変わりはない。いわんや、落第書生、金もないし、主人の冷遇と、張謂の憤慨するさまが、目に見えるようである。彼の進士合格が天宝二年（七四三）だから、この

詩はそれ以前のものであろう。

塞下曲　常建（唐）

1 北海陰風動レ地來。
2 明君祠上望二龍堆一。
3 髑髏盡是長城卒
4 日暮沙場飛爲レ灰。

北海の陰風　地を動かして来る
明君の祠上　龍堆を望む
髑髏は　尽く是れ　長城の卒
日暮　沙場　飛んで灰と為る

1 北海から吹いてくる冬の風はものすごく、大地をとどろかしてやってくる　2 王昭君のほこらのあたりから、龍堆の戦場をながめると　3 しゃれこうべが、ごろごろ散在していて、いずれも秦の始皇帝が、長城を築いた時の兵卒のものであろう　4 日暮れに風が吹きおこると、これらが灰塵となって砂漠に飛び散るが、実にいたましいかぎりである

〔語釈〕**陰風**　北風。また、冬の風。**明君**　明妃、すなわち王昭君のこと。政略のため匈奴に、嫁がせられた悲運の女性。**龍堆**　匈奴の地名。**髑髏**　しゃれこうべ。

〔押韻〕七言絶句。平声灰韻。

〔解説〕楽府題で、作者のものは五首あるが、ここには一首だけ採る。辺境の荒涼たる風物を歌ったもの。

常建 盛唐の詩人。長安の人。開元十三年の進士。一時仕えたが、意にまかせず、ついに琴酒に放浪した。風景詩にすぐれ、晋の謝眺の詩に似て、清麗鮮明の作が多い。

三日尋李九荘（三日　李九の荘を尋ぬ）　常建（唐）

1 雨歇楊林東渡頭。　雨は歇む　楊林　東渡の頭

2 永和三日盪輕舟。　永和　三日　軽舟を盪かす

3 故人家在桃花岸　故人の家は　桃花の岸に在り

4 直到門前溪水流。　直ちに　門前　渓水の流れに到る

1 夜来の雨もあがって、東方の渡し場付近の柳の林も、緑が一きわあざやかである　2（きょうは）王義之の永和年間の蘭亭の遊びも思い出される三月三日の上巳の節句にあたるので、（李九の別荘を尋ねようとして）軽舟をこぎ出した　3 来てみると、わが友の家は、桃の花の真っ赤に咲いている岸の上にあるので　4 まっすぐに渓流に乗り入れて、門前に舟をつけた

〔語釈〕**雨歇**　雨が降りやむ。あがる。**楊林**　楊柳の林。**東渡**　東方にある渡船場。**頭**　ほとり。付近。**永和三日**　「永和」は、東晋の穆帝の年号。王義之が永和九年三月三日に、時の名士四十一人を会稽山陰の蘭亭に会して、修禊（みそぎ）の遊びをした故事。この時の「蘭亭集序」の文は、「古文真宝後集」にある。**盪**　舟を揺るがしこぐ。**故人**　旧友。李九をさす。

〔押韻〕七言絶句。平声尤韻。

〔解説〕「三日」は、三月三日、すなわち上巳の節句。わが国の「桃の節句」に当たる。その日に、友人の李某の山荘を訪問したことを歌ったもの。姓は李、「九」は排行、九郎といった意味。

〔余説〕時を記し、地を記し、あわせて実景を記した、新鮮にして軽妙な詩である。

破山寺後禪院（破山寺の後の禅院）　常建（唐）

1 清晨入㆓古寺㆒
2 初日照㆓高林㆒。
3 曲徑通㆓幽處㆒
4 禪房花木深。
5 山光悅㆓鳥性㆒
6 潭影空㆓人心㆒。
7 萬籟此俱寂
8 惟聞鐘磬音。

清晨　古寺に入る
初日　高林を照らす
曲径　幽処に通じ
禅房　花木深し
山光　鳥性を悦ばし
潭影　人心を空しうす
万籟　此に倶に寂たり
惟だ聞く　鐘磬の音

1　すがすがしい朝まだき、破山寺の門をくぐって行くと　2　朝日は小高い林のこずえを照らしている　3　うねりくねっている小道が、奥深い所に通じており　4　禅室のあたりには、花木が今を盛りと茂っている　5　奥山の美しい景色は、鳥まで喜ばすとみえて、あちらこちらでさえずっており　6　深くたたえた淵の水は、人の心を洗って無念無想の境に入れてくれる　7　よろずの物音一つせず、静まりかえって　8　ただ耳に入るものは、おつとめの鐘磬の音ばかり

〔語釈〕**清晨**　すがすがしい早朝。**古寺**　破山寺をさす。**初日**　旭日。**曲徑**　曲がりくねっている細道。**幽處**　奥深い所。**禪房**　禅室。座禅をくむ部屋。**山光**　山の風光。**鳥性**　鳥の心。**潭影**　深く水をたたえた淵の色。**萬籟**　すべての物音。**鐘磬**　鐘や磬（石の楽器）。ともに寺院で使う打楽器。

〔押韻〕五言律詩。平声侵韻。

〔解説〕「破山寺」は、蘇州常熟県虞山の興福寺の別名、「後の禅院」とは、その別院であろうといわれる。禅寺の幽寂な趣を歌ったもの。

寄二孫山人一（孫山人に寄す）　儲光義（唐）

1　新林二月孤舟還。　　新林　二月　孤舟還る

2　水滿二清江一花滿レ山。　　水は清江に満ち　花は山に満つ

3 借問故園隱君子
4 時時來往住㆓人間㆒。

借問(しゃもん)す　故園(こえん)の隠君子(いんくんし)
時時(ときどき)　来往(らいおう)して　人間(にんげん)に住(じゅう)するかと

芽ぶいている新林浦に、陽春二月、孤舟にさおさして帰ってみれば　2　春の水は清江に満ちあふれ、赤い花は山をいっぱいに色どり、まさに春たけなわである　3　さてちょっとお尋ねしますが、わが故郷の隠君子たる孫君よ　4　君は隠棲(いんせい)された後も、時々は山を下って来て、人間世界に来往することがあるのでしょうか

〔語釈〕 **新林**　若芽をふいた林。江蘇(こうそ)省南京市の西南にある新林浦をさすとする説もある。ここでは両方を掛けていると見るべきか。**借問**　お尋ねする。**故園**　故郷。**隠君子**　世を避けて、ひとりその徳を修めている人。ここでは孫山人をさす。**時時**　「晋書」の「孫登伝」に「時時、人間に遊び、経る所の家、或いは衣食を設くる者あるも、一も受くる所なし」とある。たまたま孫山人と同姓であるので、この故事を借用した。**人間**　人間世界。この世の中。

〔押韻〕　七言絶句。平声刪韻(さんいん)。

〔解説〕　「孫山人」の経歴は、不明であるが、作者と仲のよかった同郷の隠君子(いんくんし)であろう。それにおくった詩である。

儲光羲　盛唐の詩人。丹陽(たんよう)の人。開元十四年の進士。監察御史となった。その時は陶淵明より出て、質朴の中に雅味がある。田園生活を歌ったものがすぐれている。「儲光羲集」五巻がある。

〔余説〕　この詩の結句の「来往して…住するか」は、どうもおかしい。時々来往するなら「住」とはいえまい。そこで、一本に、「住」を「在」に作り、また、「向」に作っている。

闕題

劉昚虚（唐）

1 道由㆓白雲㆒盡
2 春與㆓青溪㆒長。
3 時有㆓落花至㆒
4 遠隨㆓流水㆒香。
5 閑門向㆓山路㆒
6 深柳讀書堂。
7 幽映毎白日
8 清輝照㆓衣裳㆒

道は白雲に由って尽き
春は青渓と長し
時に落花の至る有り
遠く流水に随って香し
閑門山路に向かひ
深柳読書堂
幽映毎に白日
清輝衣裳を照らす

1 山道は、白雲の立ちこめているあたりで尽きるかと思うと 2 次には春景色が、青葉に囲まれた渓とともに、どこまでも続いている 3 （もはや山中の春もたけなわを過ぎたのか）時おり、落花が上流から流れて来ては 4 再び芳しい香りを放ちながら、はるか下流へ、水のまにまに流れ去って行く 5 静かな山荘の門が、山道に向かって開かれており 6 中にはいると、緑深い

柳に囲まれた書斎がある　7　青葉を透かしてくるかすかな日の反射は、毎日の好天続きを告げ
8　すがすがしい日の輝きは、窓辺による友の着物の上を照らしている

〔語釈〕**閑門**　静かな門。**幽映**　青葉を透かして来るかすかな日の反射。**白日**　晴天。

〔押韻〕五言律詩。平声陽韻。

〔解説〕題を欠く意で、「失題」と同じ。晩春から初夏にかけて、友人の山荘を訪れたときの、その悠々たる生活を歌ったもの。

劉昚虚　「昚」は、「慎」の古字。盛唐の詩人。新呉の人。字は全乙。開元年間に弘詞に挙げられ、崇文館校書郎となる。孟浩然・王昌齢を友として、詩風は情致幽遠。詩集がある。

〔余説〕後連（第五・六句）を、友人の山荘のこととみないで、自分の山荘のこととする解もある。すると、第六句は「深柳読㆓書堂㆒」と読むことになる。すなわち、自分が書斎で読書にふけるのである。前半の四句からすれば、友人の山荘を山道に沿って尋ねていったとするほうが自然であるが、第六句は、自分が書斎で書物を読む意に解して「深柳、書堂に読む」としたほうが、「閑門、山路に向かひ」とよく対する。どちらがよいであろうか。

秋思　　　　許渾（唐）

1　琪樹西風枕簟秋。　　琪樹の西風　枕簟の秋
2　楚雲湘水憶㆓同遊㆒。　　楚雲　湘水　同遊を　憶ふ

3　高歌一曲掩明鏡　　高歌(こうか)　一曲(いつきよく)　明鏡(めいきやう)を掩(おほ)ふ
4　昨日少年今白頭。　昨日(さくじつ)の少年(しようねん)　今(いま)は白頭(はくとう)

1　珠(たま)のような美しい木に秋風が吹きはじめて、まくらや竹の敷物もにわかに秋冷をおぼえるようになり　2　その昔、楚の山水の間をともに遊んだ友人を思い出し、懐旧の情にたえない　3　そこで憂いを忘れようと高らかに一曲を歌い、さて鏡を見ると、わが老残の姿を見るに忍びず、いそいで鏡におおいを掛けた　4　まこと、昨日まではまだ紅顔の美少年とばかり思っていたのに、今は白髪の老人であることに気がついた

〔語釈〕**琪樹**　珠のような美しい木。珠樹。**西風**　秋風。**枕簟**　枕（まくら）と、竹を編んだ席（たかむしろ）。**楚雲湘水**　湘水も楚にある川。楚の山水の間といった意。**高歌**　高らかに歌を歌う。**掩明鏡**　老残の姿を見るに忍びないので鏡をおおう。

〔押韻〕七言絶句。平声尤韻(ゆういん)。

〔解説〕この詩は、作者が郢州(えいしゆう)（湖北省）の刺史(しし)に左遷されたとき、秋に感じて作ったもの。**許渾**　晩唐の詩人。字(あざな)は用晦(ようかい)、丹陽(たんよう)（江蘇(こうそ)省）の人。太和(たいわ)六年（八三三）の進士。睦(ぼく)・郢(えい)二州の刺史となる。詩集に「丁卯集(ていぼうしゆう)」二巻がある。彼の懐古の作は、故事をむやみに用いず、情景の融和したものが多い。

〔余説〕結句の「昨日少年今白頭」の句がよい。何でもない句でありながら、なかなか言い得ないところである。

咸陽城東樓（咸陽の城東楼）　許渾（唐）

1　一上㆓高城㆒萬里愁。　　一たび高城に上れば　万里の愁ひあり
2　蒹葭楊柳似㆓汀洲㆒　　蒹葭　楊柳　汀洲に似たり
3　溪雲初起日沒㆑閣　　渓雲　初めて起こって　日　閣に没し
4　山雨欲㆑來風滿㆑樓。　　**山雨　来らんとして　風　楼に満つ**
5　鳥下㆓緑蕪㆒秦苑夕　　**鳥は緑蕪に下る　秦苑の夕べ**
6　蟬鳴㆓黄葉㆒漢宮秋。　　**蟬は黄葉に鳴く　漢宮の秋**
7　行人莫㆑問當年事　　行人　問ふ莫かれ　当年の事
8　故國東來渭水流。　　故国　東来　渭水流る

1　この高楼にのぼって、遠望すれば、一望万里、無限の憂愁がわき起こる　2　水辺のおぎも楊柳も遠くかすんで、一面に洲のよう　3　（山のほうは）谷間からわき起こった雲がたゆたい、日は高閣のかなたへ没しようとしている　4　山のほうから雨がやって来そうで、前ぶれの風が楼に吹きこんだ　5　かつては秦の庭園であった緑の平野に、夕暮れの鳥が降り立っており　6　また、漢の宮殿のあったあたりで、秋蟬が黄葉した木で鳴いている　7　旅人よ、昔のことをあれこれ問

うのはやめよう　8　この故都の跡で、昔に変わらないものとては、渭水が東流しているだけ

〔語釈〕**萬里愁**　一望万里、見渡すかぎり憂愁に満ちている。**蒹葭**　おぎ（荻）。また、ひめよし。葦（あし）のまだ成長しないもの。**汀洲**　「汀」は、みぎわ（水際）。「洲」は、す。水中の土砂の積もったところ。**溪雲**　谷間からわき上がる雲。**山雨**　山から降りはじめてくる雨。**綠蕪**　青く茂った雑草。また、その生えている平野。**秦苑**　秦代の庭園。ここはその遺跡である。**漢宮**　漢代の宮殿。漢は長安に都をおいた。ここもその遺跡。**行人**　旅人。ここでは作者自らをさす。**故國**　故都。「国」は、都の意。ここでは秦漢の両都をさす。**東來**　「来」は、助字で意味はない。東に、の意。**渭水**　黄河の支流で、長安のかたわらを流れている。

〔押韻〕七言律詩。平声尤韻（ゆういん）。

〔解説〕「咸陽城東楼」の「咸陽」は、いうまでもなく陝西（せんせい）省長安県にあって、秦（しん）の都となったところ。この詩は、その東方の楼にのぼって、四方を遠望した懐古の作。

春行寄レ興（春行（しゅんこう）　興（きょう）を寄（よ）す）　李華（りか）（唐（とう））

1 宜陽城下草萋萋。　宜陽（ぎよう）の城下（じょうか）　草（くさ）　萋萋（せいせい）
2 澗水東流復向レ西。　澗水（かんすい）　東（ひがし）に流（なが）れて　復（ま）た西（にし）に向（む）かふ
3 芳樹無レ人花自落　芳樹（ほうじゅ）　人（ひと）無（な）く　花（はな）　自（おのづか）ら落（お）ち

4　春山一路鳥空啼。　　春山（しゅんざん）一路（いちろ）　鳥（とり）空（むな）しく啼（な）く

1 宜陽の城下には、草が盛んにおい茂り　2 谷川の水は、依然として東に流れ、また西に向かって流れている　3 芳しい花は咲いているが、めでる人もいないので、むなしく散ってゆき　4 春の山中の路傍には、鳥がさえずっているが、耳を傾ける人とてなく（実に荒涼の窮みである）

〔語釈〕**宜陽**　河南省の宜陽県。　**萋萋**　草の盛んに茂っているさま。　**澗水**　谷川の水。山が川をはさんでいるのを「澗」という。　**芳樹**　花の咲いている木。　**無人**　花をながめる人がいない。

〔押韻〕七言絶句。平声斉韻（せいいん）。

〔解説〕春の日よりに行楽にでかけ、安禄山（あんろくざん）の乱後の荒れ果てた光景を歌って、感慨を述べたもの。

李華　?～七六六。盛唐の詩人。字（あざな）は遐叔（かしゅく）。贊皇（さんこう）（河北省）の人。開元（かいげん）年間の進士。安史（あんし）の乱に、賊軍から官職をもらって仕えたのを恥じ、晩年は隠退した。文章をもよくし、「弔二古戦場一文（こせんじょうをとむらうのぶん）」は有名である。「李遐叔文集（りかしゅくぶんしゅう）」四巻がある。

〔余説〕起・承の二句は、自然の実景を叙して人事に及ばず、転・結の二句に至って、人事を点出して、「自ら」といい、「空しく」といって、ますます寂寥（せきりょう）の感を深くしている。

邊詞（へんし）　　張敬忠（ちょうけいちゅう）（唐（とう））

1　五原春色舊來遲。　　五原（ごげん）の春色（しゅんしょく）　旧来（きゅうらい）　遅（おそ）し

2　二月垂楊未レ掛レ絲。　　二月　垂楊　未だ糸を掛けず

3　即今河畔冰開日　　即今　河畔　氷開くの日

4　正是長安花落時。　　正に是れ　長安　花落つるの時

1　五原のあたりは、春景色になるのがもともとおそい　2　もう二月だというのに、しだれ柳がまだ芽ぶきもしない　3　いまごろやっと、黄河のほとりのこの地では、氷が溶けはじめたが　4　ちょうど都の長安では、花が散るころであろう（思えば都が懐かしい、春が待ちどおしい）

〔語釈〕**五原**　今の内モンゴル自治区の五原県地方。包頭の西。黄河の大屈曲部にあたる。**舊來**　もともと。昔から。**二月**　陰暦の二月。今の四月にあたる。**垂楊**　しだれ柳。**未掛絲**　糸を掛けるとは、いわゆる「青柳糸を掛ける」で、柳が新芽をふいたさまが、ちょうど糸を掛けたように見えるところから、柳の芽ぶくこと。**即今**　ただいま。**河畔**　黄河のほとり。五原付近をさす。「畔」は、ほとり。**冰開**　はりつめていた氷の溶けること。

〔押韻〕七言絶句。平声支韻。

〔解説〕「辺」は、辺境。国境の意。中国西北地方の、異民族に接するあたりの、荒涼たる風物を歌ったもの。

張敬忠　盛唐の詩人。開元の初め、平盧の節度使（今の河北省東部、熱河省南部を治む）となった、という以外は不明。

〔余説〕辺境の風物を歌ったものであるが、その意は、春を待つ心と、都を懐かしむ気持ちを述べ

たものである。柳が糸を掛けるという表現法は、日本文学にも影響を与えて、たとえば僧正遍昭の「あさみどり糸より掛けて白露を玉にもぬける春の柳か」（古今集）などは、それであり、この詩から来たものであろうか。

岳陽晩景（岳陽の晩景）　張均（唐）

1 晩景寒鴉集
2 秋風旅雁歸。
3 水光浮日去
4 霞彩映江飛。
5 洲白蘆花吐
6 園紅柿葉稀。
7 長沙卑濕地
8 九月未成衣。

晩景　寒鴉集ひ
秋風　旅雁帰る
水光　日を浮かべて去り
霞彩　江に映えて飛ぶ
洲白くして　蘆花吐き
園紅にして　柿葉稀なり
長沙は卑湿の地
九月　未だ衣を成さず

1 冬のからすが、集まりさわいでいる夕暮れの景色の中で　2 秋風に送られて遠くへ旅立っていた、かりが帰ってきた　3　夕日の光を水面にきらきら輝かせながら、水は流れてゆき　4　夕焼けの美しい色を川に映しながら、雲は空を飛んでゆく　5　中洲の砂は白く、あしの花が白い穂を出しており　6　庭園には真っ赤な実がなっているが、葉はもう少なくなってしまった　7　ここ長沙のあたりは、土地が低くじめじめした所で、冬のくるのが早いが　8　秋の終わりの九月だというのに、まだ冬の衣服ができあがらない

〔語釈〕　**晩景**　夕暮れの景色。**寒鴉**　冬のからす。**旅雁**　遠くへいっていたかり。**水光**　水面に輝く日の光。**霞彩**　夕焼けの美しい色。**洲**　なかす。水中の土砂の堆積した中島。**蘆花**　あしの白い花。**長沙**　今の湖南省の首都。洞庭湖の東南端にある。**九月**　昔は七・八・九月が秋だから、晩秋。**未成衣**　冬着ができ上がらない。

〔押韻〕　五言律詩。平声微韻。

〔解説〕　岳陽楼（湖南省岳陽県城の西門上の楼）付近の晩秋の景を詠じたもの。

張均　初唐の詩人張説の長子で、盛唐の詩人。官は天宝時代に刑部尚書、のち安禄山の偽命を受けて中書令となったが、やがて粛宗の立つに及んで合浦に遷謫された。「唐書」一二五に伝がある。

汝墳別業（汝墳の別業）　祖詠（唐）

1　失レ路農爲レ業　　路を失ひて　農を業と為し
2　移レ家到ニ汝墳一。　家を移して　汝墳に到る

3　獨愁常廢レ巻　　独り愁へて　常に巻を廃し
4　多病久離レ群。　多病にして　久しく群を離る
5　鳥雀垂レ窓柳　　**鳥雀**　**窓に垂るる柳**
6　虹蜺出レ澗雲。　**虹蜺**　**澗を出づる雲**
7　山中無ニ外事一　山中　外事無し
8　樵唱有レ時聞。　樵唱　時有りて聞こゆ

1　官吏の道としての出世コースから外れて、農業をなりわいとするはめとなり　2　家を引っ越しして、汝墳にやってきた　3　ただ一人で悶々とするのみで、読書もやめてしまったこのごろであり　4　病気がちの身は、長いこと仲間から離れて暮らしている　5　窓辺に垂れかかる柳には、小鳥たちがさえずり　6　谷川からわき出る雲によって、にじがかかったりする　7　こんな山中ののどかな生活には、世間の人との交際などのわずらわしいこともなく　8　きこりのうたう歌声が、時おり聞こえてくるだけである

〔語釈〕　**失路**　道をまちがえる。道がわからなくなる。ここでは、官吏としての出世コースから外れることをいう。**業**　なりわい。生業。**廢巻**　読書をやめる。**離群**　仲間から離れて孤独なこと。**虹蜺**　にじ。**澗**　谷川。**外事**　いろいろな意味に使われるが、ここでは、家の外のこと、よその人との交際などを指したものだろう。**樵唱**　きこりのうたう歌。

〔押韻〕五言律詩。平声文韻。

〔解説〕汝墳にある別荘にての意で、隠遁生活を歌ったもの。「別業」は、本宅以外の屋敷、別荘。「業」は、荘・田園の意。「汝墳」は、汝水（川）の堤防の意、「詩経」周南の篇名にもある。汝水は、源を河南省嵩県の老君山に発し、東流して横川県で淮水に合流する。この汝墳がどの辺をさすかは、よくわからない。

祖詠　七〇〇～七四六？　河南省洛陽の人、開元十二年（七二四）、進士の試験に合格、駕部員外郎（兵部に属し、馬に関する一切を扱う）に任ぜられたが、後に汝水のそばに別荘を作り、漁樵をして一生を終わった。脱俗的・静寂な詩風で、王維の吟友としていかにもふさわしい。

〔余説〕辛文房の「唐才子伝」には、王維と祖詠との交際について、「祖詠、少くして王維と吟侶たり。維の済州に在りて官舎に寓せしとき、祖三（三は排行）に贈る詩に云へるあり、『交を結ぶこと三十載、一日の展ぶることを得ず、貧病、子既に深く、契闊、余浅からず』と。蓋し亦流落不遇、極めて傷むべきなり、後、家を移して汝墳の間の別業に帰り、漁樵をもつて自ら終はる」と、見える。

春思　　賈至（唐）

1 草色青青柳色黄。　草色青青　柳色黄なり
2 桃花歴亂李花香。　桃花歴乱として　李花香し

3　東風不㆓為吹㆑愁去㆒　東風為に愁ひを吹き去らず
4　春日偏能惹㆑恨長。　春日偏へに能く恨みを惹いて長し

1 草葉の色は青々と茂り、柳の若芽の色は黄ばみ　2 桃や、すももの花は、今を盛りと咲き乱れて、芳香を放っている　3（春風は花を吹き散らすものだのに）その春風すら、いっこうに、わが春愁を吹き払ってはくれず　4（春の日はのどかで、人の心を楽しませてくれるものだのに）かえって、わが春愁を催させ、遅々として日の長いことよ

〔語釈〕**青青**　草の茂るさま。**歴亂**　花の盛んに咲き乱れるさま。**東風**　春風。

〔押韻〕七言絶句。平声陽韻。

〔解説〕楽府題で、作者が岳州司馬に左遷され、洞庭湖付近にいた時の作。春に会って、感慨を歌ったもの。

賈至　七一八〜七七二。盛唐の詩人。字は幼鄰、洛陽（河南省）の人。玄宗のときに起居舎人知制誥を拝命し、安禄山の乱には、蜀への行幸に供奉した。のち、粛宗に仕え、右散騎常侍をもって卒し、礼部尚書を贈られた。詩文集二十巻がある。

〔余説〕起・承の二句は景を述べ、転・結の二句は情を述べ、おのおの対句を成している。これを全対格という。のみならず、起・承の二句は、全く返り点を用いず直読できるうえに、草色・柳色、桃花・李花と重ねているのもおもしろく、青・黄・（紅・白）と、色彩感覚も考慮している。転句の東風を、一本には春風に作っているが、すると、春風・春日と、ことさらに重ねたものか。要するに、景情かね備わったよい詩で、「万葉集」、大伴家持の歌「うらうらに照れる春日に雲雀あがり

心悲しもひとりし思へば」と詩情の相通ずるものがある。

西亭春望（西亭の春望）　賈至（唐）

1 日長風暖柳青青。　日長く風暖かにして柳青青たり

2 北雁帰飛入二窅冥一。　北雁帰り飛んで窅冥に入る

3 岳陽城上聞二吹笛一　岳陽城上吹笛を聞き

4 能使三春心満二洞庭一。　能く春心をして洞庭に満たしむ

1 春の日は長く、風は暖かで、柳は青々と茂っている 2（ふと空を仰ぎ）北の故郷へいそぐかりを、うらやましく見ていると、やがて遠く雲間に姿を消してしまった 3 おりからだれが吹くやら、岳陽楼の上で吹く笛の音を聞くと 4 暮れゆく春に感じてひきおこす旅愁をそそられ、洞庭湖の水とともに、果てしなく、わが思いは広がってゆく

〔語釈〕**北雁** 北のほうへ帰ってゆく雁。**窅冥** 遠くて薄暗い（空）。**岳陽城** 岳陽楼のこと。岳州府城の西門の楼で、洞庭湖を眼下に一望することができる。一本に、「城」を「楼」に作る。**春心** 春に会ってもよおす旅愁。

〔押韻〕七言絶句。平声青韻、拗体。

〔解説〕この詩は、作者が岳州司馬に左遷されていた時、岳陽の西にある料亭で、春景色をながめ

て作ったもの。

送㆔李侍郎赴㆓常州㆒（李侍郎が常州に赴くを送る）　賈至（唐）

1　雪晴雲散北風寒。　雪晴れ　雲散じて　北風寒し

2　楚水呉山道路難。　楚水　呉山　道路難し

3　今日送レ君須レ盡レ醉　今日　君を送る　須らく酔を尽くすべし

4　明朝相憶路漫漫。　明朝　相憶ふとも　路　漫漫たらん

1　雪あがりの晴天で、雲一点もない空であるが、冬の北風は身にしみて寒い　2　これから君は、呉楚の山水をふみ越えて行かねばならぬから、道中はさぞ難渋するであろう　3　きょうの君のための送別の宴では、ぜひとも、十分に飲んでもらいたい　4　明日になって別れてから、いくらお互いに思いあったとて、もう道がはるかにへだたって、どうにもならないからして

〔語釈〕**雪晴**　雪の降った後の晴天。**雲散**　雲の散じたことを友との離散に掛けていう。**楚水呉山**　「楚」も「呉」も、ともに春秋戦国時代の国名。「楚」は、湖南・湖北両省の総称。「呉」は、江蘇省の異称。楚水呉山は、これから李曄の通る地方である。**相憶**　双方で思いあう。「相思」と同じ。**漫漫**　限りないさま（時間・距離・広さなどの）。

〔押韻〕七言絶句。平声寒韻。

〔解説〕「李侍郎」とは、刑部侍郎の李曄のことである。侍郎は、吏・戸・礼・兵・刑・工の六部尚書の次官。李白は夜郎（今の貴州省の西境）に流され、賈至は岳州司馬に左遷され、李曄は江南に左遷され、乾元二年のころ洞庭湖の付近で出会って遊んだことがある。今その李曄が常州（今の江蘇省武進県）に行くのを、賈至が送別した詩。

〔余説〕淡々と送別の情を歌っているが、かえって深情が表れている。「今日」「明朝」の語は、送別詩のきまり文句。

聞レ雁（雁を聞く）　韋応物（唐）

1 故園渺何處　故園渺として何れの処ぞ
2 歸思方悠哉。　帰思方に悠なるかな
3 淮南秋雨夜　淮南秋雨の夜
4 高齋聞二雁來一。　高斎雁の来るを聞く

1 わが故郷は、ここからはるかに遠く、どのあたりにあたるであろうか　2 おりをみて帰りたいと考えると、思いは果てしなく広がる　3 この任地淮南の旅のそらで、秋雨の降る寂しい夜に　4 わが役所の二階の一室で、かりの鳴き過ぎるのを聞くと（ひとしお帰思をそそられる）

〔語釈〕故園　故郷。渺　遠くはるかなさま。歸思　故郷に帰りたい心。悠哉　果てしないこと。

淮南　淮水の南の地。淮水（河）は、河南省に発し、安徽・江蘇両省の北部を流れて海に注ぐ、中国第三の大河。作者はこの時、淮南の滁州（今の南京の対岸の地方）の刺史であった。**高齋**　役所の二階の一室。「斎」は、部屋・室。

〔押韻〕五言絶句。平声灰韻。

〔解説〕この詩は、作者が淮南の滁州の知事であった時、かりの音を聞いて、帰思をそそられたことを歌ったもの。

韋応物　七三七～？。盛唐から中唐にかけての詩人。長安の人。玄宗に仕え、累進して蘇州の長官となったので、韋蘇州とよばれる。高潔な人がらで、香をたき、地を掃いてすわったという。陶淵明に比せられて、陶韋といわれ、また王維・孟浩然・柳宗元とあわせて、「王孟韋柳」といわれた。「韋蘇州集」十巻がある。

〔余説〕「淮南」といい、「秋雨」といい、また「雁来」といい、すべて「故園」につながるもの、油然たる帰思がおこらざるを得まい。妙所は、転・結の二句にある。

秋夜寄二丘二十二員外一（秋夜　丘二十二員外に寄す）　韋応物（唐）

1　懐レ君属二秋夜一　君を懐うて　秋夜に属す

2　散歩詠二涼天一。　散歩　涼天に詠ず

3 山空松子落　　山空しうして　松子落つ

4 幽人應レ未レ眠。　　幽人　応に未だ眠らざるべし

1 たまたま秋夜にあたって、君のことがひとしお思い出される　2（こんな夜は、よもすがらともに語りあいたいものだが、それもならず）庭先をそぞろ歩きしながら、詩を口ずさんだ　3 全山、人けとてなく寂として静まりかえった中で、松かさの落ちる音が時に聞こえるのみ　4 おそらく君も、まだ寝もやらずにおることであろう

〔語釈〕**屬**　あたる。あるいは、「たまたま」と読んで、「君を懐ふ、属秋夜なり」としたほうがよいか。**松子**　まつかさ。**幽人**　世を避けてかくれ住む人。丘員外をさす。

〔押韻〕五言絶句。平声先韻。

〔解説〕この詩は、作者の友人の「丘二十二」におくったもので、姓は丘、名は丹、臨平山（浙江省杭県）に、当時隠れ住んでいた。二十二は排行で、一族中の同世代の人の年齢の順序をいう。二十二番めの男子という意味。員外は、員外郎の略で、定員以外の役人。

〔余説〕転句の「山空松子落」がよくきいており、秋夜、山中静寂の趣を写し得て妙である。「鳥鳴いて山更に幽なり」と同じ趣。

滁州西澗（滁州の西澗）　　韋応物（唐）

1 獨憐幽草澗邊生。
2 上有₌黄鸝深樹鳴₋
3 春潮帶ㇾ雨晩來急
4 野渡無ㇾ人舟自横。

独り憐れむ　幽草の　澗辺に生ずるを
上に黄鸝の　深樹に鳴く有り
春潮　雨を帯びて　晩来急なり
野渡　人無く　舟　自ら横たはる

1 ひとり愛すべきは、下には寂しげな草が、谷川のほとりに茂り　2 上にはちょうせんうぐいすが、緑陰深い木陰でさえずっている景色である　3 春のうしおが、雨あがりの水を合わせて、激しく満ちて来る夕まぐれ　4 村の渡船場のあたりには、人影もなく、ただ孤舟が寂しく横たわっているだけ

〔語釈〕 **獨憐**　この二字は、一首全体に掛けてみるべきである。「憐」は、愛するといった意。**幽草**　深く茂った草。寂しく生えている草。**澗邊**　谷川のほとり。**黄鸝**　ちょうせんうぐいす。**深樹**　こんもり茂った樹木・木立。上の幽草に対する。**春潮**　春のうしお。春の日にさして来る潮水。**晩來**　夕方。日暮れ。「来」は、助字。**野渡**　村の渡し場。

〔押韻〕 七言絶句。平声庚韻。

〔解説〕 「滁州」は、今の安徽省滁県（南京の対岸の地方）。韋応物は、建中三年（七八二）に滁州刺史となった。「西澗」は、州城の西にある谷川。彼が、たまたま杖を城西にひき、目に映じた風物によって起こった感慨を歌ったもの。これを「幽草が澗辺に生ずるのは、君子が野に在ること。黄鸝が深樹に鳴くのは、小人が位に在って巧言の流れるが如きこと」にたとえた、などという解釈

があるが、こじつけにすぎない。

〔余説〕四句すべて眼前の景物を、そのまま述べたものであるが、転・結の二句に、おのずから春愁の意が看取される。

答㆓李儋元錫㆒（李儋・元錫に答ふ）　韋応物（唐）

1 去年花裏逢㆑君別　　去年　花裏に　君に逢ひて別る
2 今年花開又一年。　　今年　花開いて　又一年
3 世事茫茫難㆓自料㆒　　世事茫茫　自ら料り難く
4 春愁忽忽獨成㆑眠。　　春愁忽忽　独り眠りを成す
5 身多㆓疾病㆒思㆓田里㆒　　身に疾病多くして　田里を思ひ
6 邑有㆓流亡㆒愧㆓俸錢㆒。　　邑に流亡有りて　俸銭に愧づ
7 聞道欲㆓來相問訊㆒　　聞道く　来りて相問訊せんと欲すと
8 西樓望㆑月幾回圓。　　西楼に月を望む　幾回か円なる

1 去年の花のころお会いしたきりですが　2 今年も花が咲いてもう一年になりますね　3 世

間の事はとりとめがなく、我ながらわかりません　4　とかく憂えがちにぼんやり眠りこけるこのごろです　5　病がちの身には故郷が思われてなりませんが　6　村々には流民があって、お手当てのてまえ恥ずかしい次第です　7　聞けばおたずねくださるとか　8　この西楼でもう何箇月もお待ちしているのです

〔語釈〕**花裏**　花の木のもと。「裏」は、「内」の意。**茫茫**　とりとめのないさま。**忽忽**　ぼんやりしたさま。**田里**　故郷。**邑**　村。**流亡**　飢饉などのため耕地を捨てて流浪する農民。**俸銭**　給料。**聞道**　聞くところによれば。**問訊**　たずねる。来訪。

〔押韻〕七言律詩。平声先韻（第一句踏み落とし）。

〔解説〕韋応物が地方官在任中に、親友の李儋と元錫とに書き送った詩で、病弱な作者が地方官としての職責を十分に果たせない苦衷を訴えたもの、その良心的なところを買う。

〔余説〕この詩は起連（第一・二句）も対句をなしている。すなわち「去年」に対し「今年」、「花裏」に対し「花開」が。「逢ㇾ君別」と「又一年」は、必ずしも対しないが、なお全体としては、対句をなすといえよう。病気がちの身には、十分職責を果たせず、流民に対して何の手もうてないのに、ぬけぬけと俸給をもらっているのが心苦しい、そこで郷里への引退を考えていると、いかにも良心的である。「忽忽」を一に「黯黯（あん）」（気の晴れないさま）に作るものがある。

幽居(ゆうきょ)　韋応物(いおうぶつ)（唐(とう)）

1 貴賤雖レ異レ等
2 出レ門皆有レ營。
3 獨無二外物牽一
4 遂二此幽居情一。
5 微雨夜來過
6 不レ知春草生。
7 青山忽已曙
8 鳥雀繞レ舍鳴。
9 時與二道人一偶
10 或隨二樵者一行。
11 自當レ安二蹇劣一
12 誰謂レ薄二世榮一。

貴賤(きせん)　等(とう)を異(こと)にすと雖(いへ)ども
門(もん)を出(い)づれば　皆(みな)営(いとな)み有(あ)り
独(ひと)り外物(がいぶつ)の牽(ひ)くこと無(な)く
此(こ)の幽居(ゆうきょ)の情(じょう)を遂(と)ぐ
微雨(びう)　夜来(やらい)　過(す)ぐ
知(し)らず　春草(しゅんそう)の生(しょう)ずるを
青山(せいざん)　忽(たちま)ち已(すで)に曙(あ)くれば
鳥雀(ちょうじゃく)　舎(しゃ)を繞(めぐ)って鳴(な)く
時(とき)に　道人(どうじん)と偶(ぐう)し
或(あ)るいは　樵者(しょうしゃ)に随(したが)って行(ゆ)く
自(みずか)ら当(まさ)に　蹇劣(けんれつ)に安(やす)んずべし
誰(たれ)か　世栄(せいえい)を薄(うす)んずるを謂(おも)はん

1 身分・階級に差等はあっても　2 門を一歩出て社会に立てば、それぞれ名利を求めて、あくせくしている　3 ただ自分だけは、外物に心を引かれることがないので　4 この幽居にこもって、十分にその気持ちを味わうことができる　5 夕べは、小雨が通りすぎたようだが　6 あの雨で、春草ももえ出たかしら（と寝床の中で考えている）　7 たちまち雨に洗われた緑の山は、もうとっくに明けはなれ　8 小鳥が、家の回りで鳴きはじめている　9 時には道人と連れ立ったり　10 また、木こりの後について、山の中を歩き回ったりする　11 さしたる才能のない身は、こんな生活に甘んずべきであって　12 世の栄誉を軽視するなどという、大それた考えなど思いも及ばないことである

〔語釈〕**等**　しな。等級。品級。**營**　あくせくつとめること。仕事。**外物**　自分の心身以外のもの。富貴・名利など。**牽**　牽制する。**幽居情**　静かなひっそりした生活を思うままに楽しむ気持ち。**夜來**　昨夜。「来」は助字で意味なし。**不知**　…かしら。詩における「不知」の用法は、「知」と同じ。**曙**　夜が明ける。**舍**　いえ（家）。この幽居をさす。**道人**　道士。道術を修めた人。**偶**　ならぶ。いっしょになる。**樵者**　きこり。**蹇劣**　「蹇」は、片足が不自由なこと。才能の無いことにたとえる。**世榮**　世俗の栄誉。富貴・名誉など。**薄**　軽視する。

〔押韻〕五言古詩。平声庚韻。

〔解説〕「幽居」とは、世をさけて静かに住むこと。また、その住まいをいう。作者のそうした生活のしみじみとした楽しみ、味わいを歌ったもの。

〔余説〕世を避けて静かに幽居はしていても、別に世栄を白眼視する、といったことのない、いかにも温厚な作者の性格がよくうかがわれる詩である。

帰雁　　銭起（唐）

1 瀟湘何事等閒回。　　瀟湘より　何事ぞ　等間に回る

2 水碧沙明兩岸苔。　　水碧に　沙明らかなり　両岸の苔

3 二十五絃彈夜月　　二十五絃　夜月に弾ぜば

4 不勝清怨却飛來。　　清怨に勝へずして　却って飛び来らん

1 かりは、瀟湘の美しい景色を見捨て、なぜ飛び帰って行くのであろうか　2 そのあたりは、水は深い緑をたたえ、砂は白く明らかで、両岸には青い苔が生え、天下の絶景である　3 定めし湘妃（舜帝のきさきの娥皇・女英が、ここに投身して死んだので）の霊が、月夜の晩に二十五弦の瑟を弾くので　4 その清らかな恨むがごとき音を聞いて感動し、退却して飛び帰るのであろう

〔語釈〕**瀟湘**　二つの川の名。洞庭湖の南にあって合流して洞庭湖にはいる。風光絶佳の地、いわゆる「瀟湘八景」がある。衡山には回雁峰があり、瀟水と湘水との間にあたる。**等閒**　物事をいいかげんにする。なりゆきにまかせる。**二十五絃**　二十五本の糸の張ってある楽器、瑟のこと。瑟の曲に「帰雁操」というのがある。**清怨**　清らかな恨み。美しい感動。**却飛來**　退却して飛び帰るであろう。「来」は、助字で読まないでよいとする説もある。衡山に回雁峰があって、かりはここまで来ると、それより南へは行かないといわれる。

〔押韻〕七言絶句。平声灰韻(かいいん)。

〔解説〕この詩は、かりが北に帰るのを見て、幻想をめぐらして歌ったもの。

銭起　中唐の詩人。字(あざな)は仲文(ちゅうぶん)。呉興(ごこう)（浙江省烏程県(せっこうしょううていけん)）の人。天宝(てんぽう)十年の進士、尚書考功郎中(しょうしょこうこうろうちゅう)にまで進んだ。その詩風は清淡で、大暦(たいれき)十才子の一人。「銭仲文集」十巻がある。

〔余説〕かりの北に飛び帰るのを見て、実に怪しいまでに幻想的な想像をめぐらした作、字面もまた実に美しい。

闕下贈㆓裴舎人㆒（闕下(けっか)にて　裴舎人(はいしゃじん)に贈(おく)る）　銭起(せんき)（唐(とう)）

1 二月黄鸝飛㆓上林㆒。
2 春城紫禁暁陰陰。
3 長樂鐘聲花外盡
4 龍池柳色雨中深。
5 陽和不㆑散窮途恨
6 霄漢長懸捧日心。
7 獻㆑賦十年猶未㆑遇

二月(にげつ)　黄鸝(こうり)　上林(じょうりん)に飛(と)び
春城(しゅんじょう)　紫禁(しきん)　暁(あかつき)　陰陰(いんいん)
長楽(ちょうらく)の鐘声(しょうせい)　花外(かがい)に尽(つ)き
龍池(りょうち)の柳色(りゅうしょく)　雨中(うちゅう)に深(ふか)し
陽和(ようわ)　散(さん)ぜず　窮途(きゅうと)の恨(うら)み
霄漢(しょうかん)　長(なが)く懸(か)く　捧日(ほうじつ)の心(こころ)
賦(ふ)を献(けん)じて十年(じゅうねん)　猶(な)ほ未(いま)だ遇(あ)はず

8　羞将二白髪一對二華簪一。　羞づらくは　白髪を将て　華簪に対するを

1　春も盛りの二月、うぐいすは宮廷の御苑のあたりを飛び交って、わが世の春を謳歌し　2　宮城のあたりは、花曇りで、暁の空はおぼろにかすんでいる　3　長楽宮でつく鐘の音は、遠く花樹のつきるあたりまで響いて消え　4　龍池のほとりの青柳の色は、雨にぬれて一きわ色濃く見える　5　このようにのどかで暖かい陽気ではあるが、わが万事思うにまかせぬ苦しみを消す力はなく　6　ただ天にも比すべき朝廷に対して、常に忠誠の心を抱いているのみ　7　思えば賦を献じて登用を待つこと十年にもなるが、いまだに不遇の身であり　8　この白髪のままで、美しいかんざしをさした舎人に対するのは、まことに恥ずかしい

〔語釈〕**黄鸝**　ちょうせんうぐいす。**上林**　上林苑。天子の御苑。この句は、「詩経・小雅・伐木篇」の「木を伐ること丁丁、鳥鳴くこと嚶嚶、幽谷より出でて喬木に遷る」の意をふんでおり、暗に他の登用された者をさしている。**春城紫禁**　天子の宮城。**陰陰**　ぼんやり曇っているさま。**長樂**　長楽宮。宮殿の名。**龍池**　池の名。則天武后の時にできた池。長安の隆慶坊の南にあった。**陽和**　のどかで暖かい気候。**窮途恨**　思うにまかせぬ苦しみ。**霄漢**　天のこと、朝廷にたとえる。**捧日心**　忠誠心。**未遇**　いまだに不遇であること。**華簪**　高官のさす美しいかんざし。顕官にたとえ、舎人をさす。

〔押韻〕七言律詩。平声侵韻。

〔解説〕「闕下」は、宮闕（すなわち宮門）の下の意で、「輦轂之下」などと同じく、天子のおひざもとをいう。裴は姓、名は夷直。「舎人」は、ここでは中書舎人。中書省（宮中で文書・詔勅など

をつかさどる役所）の属官。銭起は、この時まだ進士の試験に合格していなかったので、この詩を舎人に贈り、引き立てを頼む意をもらした。「闕下」の二字を冠してあるのは、「呂氏春秋」に、「身は江湖に在るも、心は魏闕の下に繫がる」に基づいて、民間におって、仕えていない身ではあるが、常に朝廷に対して忠勤を思っている意をこめたもの。

〔余説〕　第三・四句は、なお盛唐の典型を残す、という古人の批評があるが、あたっていると思う。

離別　陸亀蒙（唐）

1 丈夫非レ無レ涙　　**丈夫　涙無きに非ず**
2 不レ灑二離別間一。　　**離別の間に　灑がず**
3 仗レ剣對二樽酒一　　剣に仗って　樽酒に対し
4 恥レ爲二遊子顔一。　　遊子の顔を　為すを恥づ
5 蝮蛇一螫レ手　　蝮蛇　一たび手を螫さば
6 壯士疾解レ腕・　　壮士　疾く腕を解く
7 所レ思在二功名一　　思ふ所は　功名に在り

8　離別何足レ歎・　　離別何ぞ嘆ずるに足らん

1　ますらおでも、泣かないわけではないが　2（功名、意気を主とするから）別れの時に、人に涙など見せないものだ　3　したがって、剣に寄り掛かって、酒だるの酒に対し　4　世間の旅立つ者のように、めそめそするのを恥ずかしく思う　5（丈夫は決断をたっとぶから）毒蛇が一たび手にかみつくと　6　壮士たる者は早速、すぐにも腕を切り落としてしまう　7　大丈夫の志すところは、手柄を立て名をあらわすにある　8　一時の別れなど悲嘆するに足りない

〔語釈〕**丈夫**　一人前のしっかりした男子。ますらお。**離別間**「間」は、時と同じ。**遊子**　旅人。**蝮蛇**　まむし。毒蛇。**解腕**（毒が全身にまわらないうちに）腕を切り落とす。

〔押韻〕五言古詩。1〜4平声刪韻。5〜8去声翰韻。

〔解説〕たいへん勇ましい詩である。「別れといえばむかしより、この人の世の常なるを、流るる水をながむれば、夢はずかしき涙かな（島崎藤村）」で、中国の詩人も、この例にもれるものでないが、この詩は、一時の離別、何ぞ悲しむにたらんや、と慷慨激烈、懦夫をして立たしめる情を歌っている。

陸亀蒙　中唐、長興の人。字は魯望。歌詩および賦に巧みで、茶を好み、隠者生活をした。はじめ天随子と号し、のち江湖山人、また甫里先生と称した。高士をもって召されたが、終生仕えなかった。

江村即事　　司空曙（唐）

427 司空曙（唐）

1 罷レ釣歸來不レ繫レ船。
2 江村月落正堪レ眠。
3 縱然一夜風吹去
4 只在二蘆花淺水邊一。

釣りを罷め　帰り来って　船を繫がず
江村　月落ちて　正に眠るに堪へたり
縦然　一夜　風吹き去るも
只　蘆花　浅水の辺に在らん

1 夜釣りをやめて帰って来たまま、船を繫ぎ止めずに、乗り捨ててしまう　2 この川辺の村では、月も西の空に傾き、夜もふけたから、早く家に帰って眠ることにしよう　3 たとえ夜中に風が出て、船が吹き流されるようなことがあっても　4 このあしの花の白く咲き乱れている浅瀬より、外へは行くまいから

〔語釈〕 **江村**　川沿いの村。**即事**　眼前の風物を、そのままに詠ずること。即興詩。**月落**　陰暦七、八日ごろの月は、夜半に西の空に落ちる。ここは夜明けの月のことではない。**堪眠**　ちょうど眠るのに、ころあいの時刻である。**縱然**　たとえ。仮定の言葉。

〔押韻〕 七言絶句。平声先韻。

〔解説〕 川沿いの村での即興詩、という題意であるが、作者のゆったりした心境が歌われており、うらやましいくらい。

司空曙　中唐の詩人。字は文明。大暦十才子の一人。その詩は、淡々として清らかで、美しいものが多い。

〔余説〕実に淡々たる歌いぶりと、同時に作者のこだわりのない風懐とは、うらやましいくらい。少しも気負ったところがなく、すらすらっと、眼前の風物と、自分の思いを歌っている。起句の「不レ繋レ船」の三字が、転・結の二句をひき起こしている。

三閭廟（三閭の廟）　戴叔倫（唐）

1 阮湘流不レ盡　　阮湘 流れて尽きず
2 屈子怨何深。　　屈子 怨み何ぞ深き
3 日暮秋風起　　日暮 秋風 起こる
4 蕭蕭楓樹林。　　蕭蕭たり 楓樹林

1 阮江も湘江も、日夜流れて尽きないが　2 そのように、忠誠をいだきながら、遠ざけられた屈原の恨みも尽きることなく、かつ深い　3 日暮れは、たださえ寂しいのに、おりから秋風が立ちそめて　4 もの寂しげに楓樹の林がざわめき、あたかも屈原の霊が、その無実を訴えているかのよう

〔語釈〕阮湘　「阮」も「湘」も、湖南省を流れる川の名。合流して洞庭湖に入る。屈子　屈原のこと。蕭蕭　物寂しいさま。

〔押韻〕五言絶句。平声侵韻。

〔解説〕「三閭の廟」は、長沙（湖南省）の湘陰県にある、楚の屈平、字は原、の廟。屈平は、楚国の三閭大夫（宮内庁長官）であった。彼は誠心をいだいていながら、悪人のために遠ざけられ、憂憤の窮み、汨羅に身を投じて死んだ。その日が五月五日だったので、後世その日は彼の霊を慰める行事、すなわち「端午」の節句。今でも年中行事となっている。

戴叔倫　七三二～七八九。字は幼公、潤州金壇（今の江蘇省）の人。撫州（江西省）の刺史となり、均水法を作った。中唐の詩人としても有名。

湘南即事

戴叔倫（唐）

1 盧橘花開楓葉衰。
2 出レ門何處望二京師一。
3 沅湘日夜東流去
4 不下爲二愁人一住少時上。

盧橘　花開いて　楓葉　衰ふ
門を出でて　何れの処にか京師を望まん
沅湘　日夜　東流し去る
愁人の為に　住まること少時もせず

1（時は初冬のこととて）びわの白い花が咲いて、かえでの紅い葉はしぼみすがれてしまった
2（望郷の思いにたえかね）門外に出て、せめて都のほうをながめようとしても、それさえかなわない　3 沅水も湘水も、わが心を知らぬげに、滔々と東へ向かって流れ去り　4 郷愁しきりなる自分のために、しばらくもとどまることがない

〔語釈〕盧橘　びわ（枇杷）の異称。京師　みやこ（都）。長安をさす。沅湘　「沅」も「湘」も、湖南省の川の名。合流して洞庭湖にはいる。愁人　心に悩みのある人、また、詩人。ここでは作者をさす。

〔押韻〕七言絶句。平声支韻。

〔解説〕「湘南」は、湘水の南方、長沙（湖南省）の付近一帯の地。作者は、時に曹王に仕えて、長沙にいた。「即事」は、即興詩の意。

〔余説〕「徒然草」の第二十一段、「よろづのことは」の条に、この詩の転・結を引いて、「月・花はさらなり、風のみこそ、人に心はつくめれ。岩に砕けて、清く流るる水のけしきこそ、時をもわかず、めでたけれ。『沅・湘日夜東に流れ去る。愁人の為にとどまることしばらくもせず』と、いへる詩を見侍りしこそ、あはれなりしか」とある。

贈二殷亮一（殷亮に贈る）　戴叔倫（唐）

1 日日河邊見二水流一。　日日　河辺に　水流を見る
2 傷レ春未レ已復悲レ秋。　春を傷んで　未だ已まざるに　復た秋を悲しむ
3 山中舊宅無二人住一　山中の旧宅　人の住む無く
4 來二往風塵一共白頭。　風塵に　来往して　共に白頭

1　毎日のように川辺で水の流れを見ては、行くものは、かくのごとしの嘆を禁じ得ず　2　行く春をいたんだかと思うと、はや、また秋を悲しまなければならない　3　（かく日月のみはどんどん去って行くが、自分には何の進展もなく）故郷の山中の旧宅に、帰休することもできぬままに、そこには住む人とてなく　4　俗事に奔走しているうちに、お互いに白頭となってしまいましたねえ

〔語釈〕**風塵**　世の中の俗事。**共**　われも君も。自他を兼ねていう。

〔押韻〕七言絶句。平声尤韻。

〔解説〕殷亮は、作者の友人。詳細は不明。

〔余説〕さらりとしているが、老いを嘆じ、功の成らぬのを嘆ずるの意は深い。「共」の字、自他を兼ねて言い、おのれを慰め、また、友をも慰めている。

除夜宿㆓石頭驛㆒（除夜　石頭駅に宿す）　戴叔倫（唐）

1　旅館誰相問　　**旅館　誰か相問はん**
2　寒燈獨可㆑親。　　**寒灯　独り親しむ可し**
3　一年將㆑盡夜　　**一年　将に尽きんとするの夜**
4　萬里未㆑歸人。　　**万里　未だ帰らざるの人**

5 寥落悲二前事一
6 支離笑二此身一。
7 愁顔與二衰鬢一
8 明日又逢レ春。

寥落(りょうらく) 前事(ぜんじ)を悲(かな)しみ
支離(しり) 此(こ)の身(み)を笑(わら)ふ
愁顔(しゅうがん)と衰鬢(すいびん)と
明日(みょうにち) 又春(またはる)に逢(あ)はん

1 この旅先の宿に、だれがわたしを訪れてこようか　2 さびしい灯火だけが、こよいの親しむべき相手である　3 今夜はこの一年が、まさに終わろうとする夜であり　4 万里も遠く故郷を離れた地をさすらい、いまだに故郷に帰れない身である　5 すっかりうらぶれてしまった今は、過去の行いを悲しむのみで　6 する事なす事がすっかりくいちがう、わが身を自嘲するしだいだ　7 これから先をうれえる顔と、うすくなった髪の毛とが残されているばかりで　8 一夜明ければまた新しい年を迎えるわけだが、われながら情ないことだ

〔語釈〕 **旅館**　やどや。当時の用語であり、唐詩にはしばしば見られるが、わが国においては、今なお当時の意味そのままで使われている。本家の中国では、今は大飯店という。**寒燈**　さびしい灯火。**寥落**　おちぶれる。零落と同じ。**前事**　今までのこと。過去の行い。**支離**　理想と現実とが全くくいちがう。**衰鬢**　うすくなった髪の毛。

〔押韻〕 五言律詩。平声真韻。ただし、起句はふみ落とし。

〔解説〕 大みそかの晩、石頭の宿場にとまったとき。作者が故郷を出て、うらぶれた身で流浪の旅をつづけている際、大みそかの夜を一人淋しく旅先の宿屋で迎えたときの心境を歌ったもの。類似

の発想の詩は、ほかにも多くある。

〔余説〕　ほぼ同じ発想の詩としては、盛唐の詩人高適の「除夜作」がある。

劉長卿（唐）

重送裴郎中貶吉州

（重ねて　裴郎中の吉州に貶せらるるを送る）

1　猿啼客散暮江頭。　猿啼き　客散ず　暮江の頭
2　人自傷心水自流。　人　自ら心を傷ましめ　水　自ら流る
3　同作逐臣君更遠　同に逐臣と作って　君更に遠し
4　青山萬里一孤舟。　青山　万里　一孤舟

1　猿は悲しげに鳴きしきり、旅人の影も散り去ってしまった、たそがれ時の川のほとりで　2　行く君も、留まる我も、ともに名残を惜しんで悄然と心をいたましめるが、川の水は無情で、そんなことにとんちゃくしないで、どんどん流れてやまない　3　さて、われも君も、ともに放逐左遷の身であるが、君の任地の吉州は、わたしの任地の南巴よりも、もっとはるかに遠い　4　これから青山万里の長途を、寂しくささ小舟に乗ってゆかれることで、さぞかし心細いことであろう

〔語釈〕　**郎中**　尚書省の属官。　**暮江**　日暮れ近い川。　**逐臣**　左遷を命じられた臣。　**一孤舟**　一つのささ小舟。「一」と「孤」とを重ねて使っているのは、孤独感を強調する唐人のきまり文句。

〔押韻〕七言絶句。平声尤韻。

〔解説〕この詩は、作者みずから播州南巴（貴州省遵義府）の尉に左遷されたが、郎中（官名）の裴某が、さらに遠い吉州（江西省吉安県）に左遷されたのを、再び送別の宴を開いて送った詩。

劉長卿　七〇九〜七八五。中唐の詩人。字は文房、河間（河北省）の人。開元末の進士。隋州刺史に終わる。「劉随州集」がある。

〔余説〕この詩の見どころは、承句と転句とであろう。承句においては二つの「自」の字を用いて、有情の「人」と無情の「水」とを対照させているみごとさ、結句の「青山万里一孤舟」のみごとな造句、ささ小舟に揺られながら、万里長途の旅に向かう、旅人の孤影悄然たる姿が目に浮かんでくる。

贈二崔九一（崔九に贈る）　劉長卿（唐）

1 憐君一見一悲歌。　憐れむ君が　一見　一悲歌するを
2 歳歳無下如二老去一何上。　歳歳　老い去るを　如何ともする無し
3 白屋漸看秋草没　白屋　漸く看る　秋草の没するを
4 青雲莫レ道故人多。　青雲　道ふ莫かれ　故人多しと

1 お会いするたびに、あなたが悲歌するのを、お気の毒千万に思いますが 2 年年、老いさら

ばえてゆくのを、どうすることもできません
3　あばら家が、しだいに秋草の茂みに埋もれてゆくのを見ると、今年もやがて暮れてゆきます
4　いまさら旧友で高位高官に任ぜられた者が多いことなど、言ったってはじまりませんよ

〔語釈〕**如…何**　どうする。処置・方法を問題にする。**白屋**　白いかやで屋根をふいた家。貧家。**青雲**　立身出世、また、高位高官にたとえる。**故人**　昔なじみの人。旧友。

〔押韻〕七言絶句。平声歌韻。

〔解説〕「崔九」は、唐の玄宗に仕えた側近の臣、名は滌、九は排行。文芸を愛好し、しばしば文人や芸術家を家に招いて宴を催した。杜甫の「江南逢二李亀年一」の中にも出てくる。その崔滌も、晩年は悲境にあったものとみえ、これを慰めて歌ったもの。

〔余説〕「昔を今になすよしもがな」で、人の窮通は運命であるから、どうすることもできないと慰めたのであるが、沈痛の意が、言外にあふれている。結句は、人情の機微を道破して、余すところがない。

晩桃　　劉長卿（唐）

1　四月深澗底　　四月深澗の底
2　桃花方欲レ然。　　桃花　方に然えんとす

3 寧知地勢下　　寧ぞ知らん　地勢下く
4 遂使二春風偏一。　遂に春風をして　偏らしめしを
5 此意頗堪レ惜　　此の意頗る　惜しむに堪ふるも
6 無レ言誰爲傳。　言無くして　誰が為に伝へん
7 過レ時君未レ賞　　時を過ぐるも　君未だ賞せられず
8 空媚幽林前。　空しく媚ぶ　幽林の前に

1もう初夏の四月だのに、深い谷そこで　2桃の花が今ちょうど、燃えあがらんばかりに咲いている3　桃は気がつかない、ここは地勢が低いので　4　春風の吹くのが外よりも遅れてしまったことなど　5　遅れても花を咲かせずにおかない桃の気持ちは、しおらしいわけだが　6　物言わぬ花に代わって伝えてやる者もいない　7　いつまでたっても君（桃）はまだめでられもせず　8　いたずらに奥深い林の前で人知れず美しく咲いている

〔語釈〕**四月**　陰暦四月だから、陽暦では五月。**澗**　谷川。**方**　いまちょうど。**然**　もえる（燃）の本字。**寧知**　どうして…がわかろうか。わからない。反語の句法。**偏**　かたよる。ふつうの場所より春風の吹くのが遅い。**此意**　どんなに遅くとも花を咲かせる桃の気持ち。**堪惜**　殊勝。感心である。**誰爲**　たれが花のために。**過時**　いつまでたっても。「花の盛りがすぎても」の意ではない。もしそう解すると第八句の「空媚」と矛盾することになる。**空媚**　いたずらに美しい花をこれ見よ

がしに誇っている。**幽林**　奥深い林。

〔押韻〕　五言律詩。平声先韻。

〔解説〕　「晩桃」とは、おそ咲きの桃の花の意で、これに託して友人、もしくは自己の不遇の思いを訴えたものとみられる。

〔余説〕　この詩が晩桃に意を託した寓意の詩であることは明白だが、第七句の「君」を作者の知人かなにかの第三者とみる解釈が行われ、したがって「君未レ賞」と読んでいるが、これは明白に誤りで、ここでいきなり第三者が飛び出してくるのは、いかにも唐突である。この「君」は「桃」をさすと見るのが自然で、いつまでたっても君が賞せられず、したがって「空しく媚ぶ」と続いて、始めて「空」が利いてくるわけである。

別二嚴士元一（厳士元に別る）　劉長卿（唐）

1　春風倚レ棹闔閭城。
2　水國春寒陰復晴。
3　細雨濕レ衣看不レ見
4　閒花落レ地聽無レ聲。
5　日斜江上孤帆影

春風　棹に倚る　闔閭の城
水国　春寒　陰復た晴
細雨　衣を湿し　看れども見へず
間花　地に落ち　聴けども声無し
日は斜めなり　江上　孤帆の影

6　草緑湖南萬里情。　　草は緑なり　湖南　万里の情
7　東道若逢㆓相識問㆒　　東道　若し相識の問ふに逢はば
8　青袍今已誤㆓儒生㆒　　青袍　今已に　儒生を誤ると

1　春風に吹かれつつ舟のかいをやる、呉王闔閭の城下町で　2　ここ水郷は春まだ浅く、曇ったり晴れたりのこのごろ　3　折からのぬか雨が、旅衣をしっとりぬらし　4　花はひっそりと静かに地に散って、音も聞こえない　5　夕暮れ近い江上には、ぽつんとさびしい帆影一つ　6　めざす湖南は草も緑になっているであろうが、はや万里をかこつ身　7　主人役の君よ、もし友にわたしのことを問われたならば　8　なまじ小役人になったため、学者としての一生をだめにしてしまったと伝えてください

〔語釈〕**倚棹**　さおで舟を進める。**闔閭城**　今の江蘇省蘇州市。春秋時代に呉王闔閭（前五一五～前四九六在位）が都した城下町。**水國**　川が網の目のように交差している水郷地帯。**春寒**　春先の寒さ。余寒。**陰**　くもり（曇）。**閒花**　静かに咲いている花。**孤帆**　ただ一そうのほかけ舟。「孤」に、さびしい意味を含め、作者はこの舟に乗ってゆくのである。**湖南**　洞庭湖の南、今の湖南省の辺。**萬里情**　遠く離れて互いに相手を思いあう心。**東道**　送別の宴の主人役。厳士元をさす。**相識**　知人。友人。**青袍**　下級官吏の着る制服。**儒生**　儒者。学者。学者を志した自分を台なしにしてしまった、と自嘲している。

〔押韻〕七言律詩。平声庚韻。

〔解説〕作者が友人の厳士元と別れて湖南地方へ向かうに際し、自分の心境を自嘲的に吐露した。

〔余説〕この詩の対句は頗る巧みであるが、作者がもっとも訴えようとしているのは、尾連の七・八の二句で、あっぱれひとかどの学者をめざした自分であったが、青春の夢をむざんにもうち砕かれて、一生を小役人ですごすはめとなった慚愧と悔恨の気持ちを歌っているところであろう。

秋日（しゅうじつ）　耿湋（こうい）（唐）

1　返照入閭巷　　返照　閭巷に入る
2　憂來誰共語　　憂へ来って　誰と共にか語らん
3　古道少人行　　**古道　人の行く少なり**
4　秋風動禾黍　　**秋風　禾黍を動かす**

1　夕映えが、赤々と村里を染めて（華やかな中にも、いちまつの哀愁が感じられる）　2　なにがなしに悲しみが胸にあふれてきたが、語りあって慰めあえる友とてもない　3　荒れ果てた旧街道には、人の行き来もまれで　4　ただ秋風が、稲やきびを、そよがせながら吹いているだけ

〔語釈〕**返照**　夕日。夕映え。**閭巷**　村里。「閭」は、村の入り口の門。「巷」は、村の細い道。**憂來**　憂いが生ずる。「来」を単なる助字とみる説もある。**禾黍**　「禾」は、稲。「黍」は、きび。

〔押韻〕五言絶句。上声語韻。

〔解説〕 寂しい秋の夕暮れの景と、孤独の憂いとを歌ったもの。

耿湋 七七三年ころ在世。中唐の詩人。字は洪源。河東（山西省）の人。官は左拾遺に至る。大暦十才子の一人。詩風は自然であり、すぐれた風趣をたたえている。

〔余説〕 秋の夕暮れの物悲しい気持ちを歌ったものとしては、古今の絶唱であろう。この詩に「憂」・「古道」・「禾黍」などの字があるので、懐古の作とみる説があるが、しいて懐古とするにはおよぶまい。芭蕉の句に「此の道や行く人なしに秋の暮れ」というのがあり、詩想は全くこれと一致する。また古歌に「夕されば門田の稲葉おとづれて蘆のまろやに秋風ぞ吹く」とあるのも、これと趣が近い。

與二從弟一同下第出レ關（従弟と同に　下第して関を出づ） 盧綸（唐）

1 出レ關愁レ暮一沾レ裳。　関を出でて　暮れるを愁ひ　一に裳を沾す

2 滿野蓬生古戰場。　満野　蓬は生ず　古戦場

3 孤村樹色昏二殘雨一　孤村の樹色　残雨に昏く

4 遠寺鐘聲帶二夕陽一。　遠寺の鐘声　夕陽を帯ぶ

1（落第して肩身のせまい思いで逃げるようにして）関中（都）を出たが、日暮れて道遠しの思いで、涙で着物もぐっしょり 2 野原一面に、よもぎの生えている古戦場にさしかかっては、感

慨もひとしお　3　まして、暮れなずむ寂しい村の木立の色は、残りの雨で薄暗く　4　おりから遠寺の鐘の音が夕日の中を、悲しげに響いてくる（満目蕭条、心をいたましめる種ならぬはない）

〔語釈〕**出關**　関中の地から出る。都の長安は、関中の地。**愁暮**　日暮れて道遠しという意。**蓬**よもぎ。もちぐさ。キク科の多年生草本。**夕陽**　夕日。

〔押韻〕七言絶句。平声陽韻。

〔解説〕従弟といっしょに仲よく試験に落第して、故郷を出る時の作で、心中の不平を寂寞たる風景に寄せて歌っている。「下第」は、落第の意。転・結の二句は対句より成る、これを後対という。

盧綸　七四八～八〇〇?。中唐の詩人。字は允言、河中浦（山西省）の人。すすめられて監察御史となり、天子の詩にいつも唱和することを命ぜられた。大暦十才子の一人。

〔余説〕転・結の対句がみごとであるが、特に結句がよく、「帯二夕陽一」は、なかなか凡手の言い得ないところである。

長安春望　　盧綸（唐）

1　東風吹レ雨過二青山一。　東風　雨を吹いて　青山を過ぐ
2　却望二千門一草色閒。　却って千門を望めば　草色　閒なり
3　家在二夢中一何日到　家は夢中に在って　何れの日にか到らん

4　春來㆓江上㆒幾人還。　春は江上に来って　幾人か還る
5　川原繚繞浮雲外　川原　繚繞す　浮雲の外
6　宮闕參差落照間。　宮闕　参差たり　落照の間
7　誰念爲㆑儒逢㆓世難㆒　誰か念はん　儒と為って　世難に逢ひ
8　獨將㆓衰鬢㆒客㆓秦關㆒。　独り衰鬢を将って　秦関に客たらんとは

1 春風は雨を吹きつけて、青山をかすめて過ぎ　2 長安城内をながめると、草の色が青青としているのを、見るのもいやである　3 故郷の家は夢に見るばかりで、いつ帰れるかあてもなく　4 春はこの川のほとりに巡ってきたが、いく人帰れるものがあるだろうか（これはみな戦乱のためである）　5 （ながめると）川や原のみは、変わるところなく、まとい巡って、はるか浮雲のかなたまで続いており　6 宮城は、夕映えの中に、高く低くそびえている　7 思いきや、学者などになって、かかる乱世に際会し　8 ひとり白髪頭となるまで用いられず、この秦関の地に旅人として、さすらっていようとは

〔語釈〕東風　春風。**草色間**　「間」は等間。見るのもいやという意。**川原**　川と高原。広々として人影も見えないような場所。**繚繞**　まとい巡る。**参差**　高く低く出入りがあって、ふぞろいなさま。**落照**　夕映え。**衰鬢**　おとろえた鬢の毛。白髪頭。**秦關**　関中の地。長安は関中の地にあるからいう。第七・八の二句の「儒となって秦関に客たり」とは、暗に秦の始皇帝が儒者を穴うめにし

た故事をふまえていう。

〔押韻〕七言律詩。平声刪韻。

〔解説〕吐蕃（今のチベット）の反乱の後に、長安の春景色を見て、自分の不遇を悲しんで作ったもの。

汴河曲（汴河の曲）　李益（唐）

1　汴水東流無限春。　汴水　東に流れて　限り無きの春
2　隋家宮闕已成塵。　隋家の宮闕　已に塵と成る
3　行人莫上長堤望　行人　長堤に上って　望む莫かれ
4　風起楊花愁殺人。　風起こって楊花　人を愁殺す

1　隋の煬帝が開いたという汴水は、東へ流れて、春景色は変わらないが　2　さしも豪華を誇った隋の離宮は、とっくの昔に跡かたもなくなってしまった　3　旅人よ、あの千三百里もあるという、隋堤の上にのぼって、四方の景色をながめないほうがよいですぞ　4　春風が吹きおこって、柳の花を吹き飛ばすのを見ると、栄枯盛衰のうれいに耐えかねるでしょうから

〔語釈〕**汴水**　汴河に同じ。本書の劉禹錫「楊柳枝詞」参照。**宮闕**　宮殿。ここでは隋の離宮をさす。**行人**　旅人。**長堤**　長い土手。ここでは隋堤をさす。**楊花**　柳の花。綿のような白い花。柳絮

ともいう。晩春の風物。愁殺 うれえさす。「殺」は、強意の助字。

〔押韻〕七言絶句。平声真韻。

〔解説〕この詩は、隋王朝の滅亡をいたみ、汴河のほとりに立っての懐古の作である。

李益 中唐の詩人。字は君虞。李賀と名を等しくし、一篇成るごとに、音楽家が争ってこれを求めたという。集賢殿学士となったが左遷され、後に再び召されて、礼部尚書となった。

〔余説〕起句は、自然が永遠に変わらないことを説き、承句は、人事の変転きわまりないことを述べ、そこに詩人の悲しみがあることを歌っている。

夜上㆓受降城㆒聞㆑笛（夜 受降城に上りて 笛を聞く） 李益（唐）

1 回樂峯前沙似㆑雪　回楽峰前 沙は雪に似たり
2 受降城外月如㆑霜。　受降城外 月は霜の如し
3 不㆑知何處吹㆓蘆管㆒　知らず 何れの処にか 蘆管を吹く
4 一夜征人盡望㆑鄕。　一夜征人 尽く郷を望む

1 回楽峰のふもとには、砂漠が白く雪の降ったかのように広がり 2 受降城外は、明月がさえて霜のようで（見渡すかぎり寂しい景色である） 3 おりしも、どこかで、あし笛を吹いている音が聞こえてきたが 4 （その悲しい音色を聞いて）守備兵たちは、みな故郷のほうを仰ぎ見な

いものはなかった

〔語釈〕 同樂峯　山西省大同の西五百里にあるという。 蘆管　あし笛。胡笳に同じ。あしの葉をまるめて吹く笛。 征人　遠征中の守備兵。

〔押韻〕 七言絶句。平声陽韻。ただし、起句はふみ落とし。

〔解説〕「受降城」は、漢の武帝の時に、匈奴の降服を受け入れるために築いたものであるが、このは神龍三年に、朔方軍の総管、張仁愿が九原郡に三受降城を築いたことをさす。受降城にのぼって、笛の音を聞き、兵士たちの望郷の思いを歌ったもの。

〔余説〕 中唐七絶のうちでの、最高の傑作といわれる。結句が特にすぐれている。

左遷至藍關示姪孫湘　　韓愈（唐）

（左遷せられて藍関に至り　姪孫の湘に示す）

1 一封朝奏九重天。
2 夕貶潮州路八千。
3 欲爲聖明除弊事
4 肯將衰朽惜殘年。
5 雲横秦嶺家何在

一封　朝に奏す　九重の天
夕べに潮州に貶せらる　路八千
聖明の為に　弊事を除かんと欲す
肯へて衰朽を将て　残年を惜しまんや
雲は　秦嶺に横たはって　家何くにか在る

6 雪擁二藍關一馬不レ前。　雪は藍関を擁して馬前まず
7 知汝遠來應レ有レ意　知る汝が遠く来る応に意有るべし
8 好收二我骨一瘴江邊。　好し我が骨を収めよ瘴江の辺

1 一通の上奏文をば、朝、九重の奥深いあたりへ奉ったところ　2 その日の夕方には早くも、八千里も遠い潮州の刺史に左遷される身となった　3 聖明な天子さまのために、弊害を除去しようと思ったまでで　4 どうして老いさらばえた身で、余命など惜しもう　5 （見わたせば）雪雲は、秦嶺山脈のあたりに低くたれこめ、長安のわが家はどのあたりか、見当もつかない　6 おりからの雪は、藍関の関所を埋めつくして、わが乗る馬も進みかねるほど　7 そなたがはるばる来たからには、定めし深く心に期するところあってのことだと、よくわかる　8 では、一つたのむぞ、わたしに万一のことがあったら、あの瘴気の立ちのぼる韓江のほとりで、わたしの骨を拾ってくれよ

〔語釈〕 **左遷**　官職をおとして転任させる。昔は中国では右をとうとんだ。「左降」も同じ。 **藍關**　秦嶺にある関所。箱根山（函嶺）にある関所を函関というようなもの。 **姪孫**　兄弟の孫。おいまご。「姪」は、おい（甥）。おい（姪・甥）の子。「湘」は、その名前。 **一封**　一つの密封した上奏文。「論二仏骨一表」をさす。 **九重天**　天子のおひざもと。宮中の門は、九重になっている。直接天子をさすのは恐れ多いので、このようにいう。 **貶**　おとす。ここでは官職をひきさげること。 **潮州**　今の広東省潮安県。韓江に臨む。 **路八千**　道のりは八千里もある。 **聖明**　聖徳明知の天子。天子をほ

めていった語。**弊事**　弊害になる事。仏骨を迎え迷信のいとぐちを作ること。**衰朽**　おいさらばえた身。**残年**　余命いくばくもないこと。この時、彼は年五十二、のち長安に召し帰されたが、年五十七で死す。**秦嶺**　長安の南にある山脈。**應有意**　さだめし深い考えがあってのことであろう。**好**　よし。…するがよい。**瘴江**　瘴気（毒気）の立ちこめている川。韓江をさす。

〔押韻〕七言律詩。平声先韻。

〔解説〕唐の憲宗は、仏教をあつく信じ、元和十四年（八一九）仏骨を宮中に迎えて、三日間の供養をした。韓愈は、儒学復興の立場からこれに反対し、「論ズル二仏骨ヲ一表」をたてまつった。そのため天子の怒りに触れ、死罪になるところを罪一等を減ぜられて、潮州（広東省潮安県）刺史に左遷された。彼は即日出発し、藍関（陝西省藍田県）に至った。時に年五十二。このとき、姪孫の湘があとから心配してやって来たので、愈はこの詩を作って彼に見せた。

韓愈　七六八～八二四。中唐の文章家にして詩人。字は退之。号は昌黎、鄧州南陽（河南省）の人。少年時代から家庭的に不遇であったが、苦労して学問に励み、貞元八年二十五歳で進士に合格し、後、累進して吏部侍郎にまでなった。性格はやや自信過剰で、人と融和しなかったが、詩においては李白、杜甫以後において一派を開き、文においては六朝以来の駢儷文の弊害を打破して古文復興を唱え、柳宗元と並び称され、唐宋八大家の第一人者であった。「韓昌黎集」四十巻（外集十巻）がある。

〔余説〕織田信長が、ふだんから恐れていた美濃の稲葉一徹を殺そうとし、茶の湯の会にかこつけて、彼を招きよせた時、見ると茶室の壁に「雲横二秦嶺一家何在、雪擁二藍関一馬不レ前」の一軸が掛けられてあった。請われるままに茶坊主にこれを読んで聞かせ、いちいちその由来を説明してやったので、隣室にあってこれを聞いていた信長が、一徹の学問のたしなみの深いのに感心し、自分の非をうちあけて許しを請い、ついに両人は和解するに至ったという、戦国武将にまつわる佳話が伝えられている。ところが、「太平記」巻一「無礼講事」の条には、この二句にまつわる怪し気ではあるが、おもしろい話が記されている。

また、芭蕉の「箱根越す人もあるらし今朝の雪」の句は、この詩に基づいたものであるといわれる。

柳巷(りゅうこう)　韓愈(かんゆ)（唐(とう)）

1 柳巷還飛レ絮　柳巷(りゅうこう)還(ま)た絮(じょ)を飛(と)ばす
2 春餘幾許時。　春余(しゅんよ)幾許時(いくばくじ)ぞ
3 吏人休レ報レ事　吏人(りじん)事(こと)を報(ほう)ずるを休(や)めよ
4 公作二送レ春詩一。　公(こう)春(はる)を送(おく)るの詩(し)を作(つく)る

1 柳町のあたりでは、柳が盛んに白い綿のような花を、風によって散らしている　2 してみると、春はもう余すところいくらもないのではないか　3 部下たちよ、しばらく事務上の報告などさしひかえていてくれ　4 わしは今、過ぎ去ろうとしている春を送る詩を、考えているのだから

〔語釈〕 **絮** 柳絮。柳の綿。晩春の景物。**幾許** いくばく。**吏人** 下っぱの役人をさす。**休** やむ。

「なかれ」と読んでもよい。**報事**　事務を報告する。**公**　韓退之が部下に対し、自分をさしていう。

〔押韻〕　五言絶句。平声支韻。

〔解説〕　「柳巷」は、柳の植えられている道、または町の意であるが、おそらく銀座の柳通りのようなところか。あるいは柳暗花明の赤線区域であるかも知れない。柳絮（柳の白い綿のような花）を、連想させるためにもち出したものであろう。晩春の景を惜しむ気持ちを歌ったもの。

〔余説〕　惜春の詩である。それにしても、何という心にくい悠々たる心境であろう。この人にして、この詩ありとは、さすがに文学の国である。韓退之といえば、コチコチの道学者的印象が深いが、このように風流な、やさしい一面もあったのである。

尋二隠者一不レ遇（隠者を尋ねて遇はず）　賈島（唐）

1　松下問二童子一　　松下　童子に問ふ
2　言師採レ薬去・　　言ふ　師は薬を採りに去ると
3　只在二此山中一　　只　此の山中に在らんも
4　雲深不レ知レ處・　　雲深うして　処を知らず

1　（友人の隠者をその山荘に尋ねて行き、おりから）松の木の下に立っていた召使の子どもに、「先生は」と問いかけると　2　「薬草を採集に出掛けました」と答える　3　どうせこの山中にい

ることだろうが　4　なにぶん白雲が深くたちこめているので、そのありかがわかりかねる

〔語釈〕**童子**　召使の子ども。**去**　行く。

〔押韻〕五言絶句。去声御韻。

〔解説〕山中に住む友の隠者を、せっかく訪問したのに、面会できなかったことを述べた。

賈島　七七九〜八三四。字は浪仙、范陽（今の北京）の人。はじめ僧となり、無本といったが、韓愈にすすめられて還俗し、後に長江（県名）主簿となった。韓愈との出会いは、推敲の故事で名高い。詩風は孟郊と似ていたが、「郊寒島痩」（孟郊の詩は寂しく、賈島の詩はほっそり）という蘇東坡の評もあるように、その詩は清痩をもって本領としている。「長江集」十巻がある。

〔余説〕起句、いきなり主題に切りこみ、承句、こだまのようにはねかえす童子の返事、実に簡潔きわまる措辞である。転・結は、作者の想像をもって一首を結ぶとみたが、転・結をも童子の返事と解する説もある。結句、白雲に託して主人の所在をぼかすところ、神韻縹緲の思いがあり、やはり凡手のよくするところではない。

度㆓桑乾㆒（桑乾を度る）　　賈島（唐）

1　客舎幷州已十霜。　　客舎　幷州　已に十霜

2　歸心日夜憶㆓咸陽㆒。　　帰心　日夜　咸陽を憶ふ

3　無レ端更渡桑乾水　　端無くも　更に渡る　桑乾の水
4　却望二幷州一是故郷。　却って　幷州を望めば　是れ故郷

1　幷州の片田舎に、旅寓すること、もう十年にもなり　2　明けても暮れても、都の長安に帰りたいと思う心の、起こらない日とてなかったが　3　はからずも、桑乾河を渡って、北のほうへ行かなければならなくなり　4　住みなれた幷州を振り返ってながめると、かえって今は故郷のようになつかしく思われる

〔語釈〕**客舎**　他郷の仮住居。旅寓。**幷州**　今の山西省太原。**十霜**　十星霜。十年。**咸陽**　秦の都。詩では、単に都の意によく用いられる。ここでは唐の都の長安をさす。**無端**　はしなくも。思いがけなくも。

〔押韻〕七言絶句。平声陽韻。

〔解説〕「桑乾河」は、山西省馬邑県から出て、河北省の天津付近で運河にはいる。第二次世界大戦後、中国の女流作家丁玲に、「太陽は桑乾河を照らす」という、有名な小説がある。この詩は、久しく幷州（太原）に滞在していた作者が、さらに官命によって北方に向かうおりに、桑乾河を渡って、幷州を振り返ってながめた時の感慨を歌ったもの。

〔余説〕この詩、わずか二十八字のうちに、「幷州」（起・結の両句に二回も対照的に用いている点がおもしろい）・「咸陽」・「桑乾」と、地名を重ねて使っているが、少しも耳ざわりにならない点は、李白の詩、「早発二白帝城一」と同様に、巧みというべきである。咸陽には、遠くて見ることができないので「憶」といい、幷州には、近くて見ることができるので「望」という。用字法の巧みさを

知るべきである。「住めば都」といった気持ちであるが、先人のよく言い得ない点を、ずばり言っている点、深く読者の共感をよぶ。この詩について両解があり、一つは、主意を并州におき、もっぱら并州を第二の故郷として懐かしむと解するもので、通釈はこれに従う。他は、主意を咸陽におくもので、今や并州にすら住むことができない、ましていつの日か咸陽に帰れようか、と解し、并州を懐かしむのではないとする。どちらでも通ずるが、前者のほうが自然と考えられる。

なお、松尾芭蕉の「甲子吟行」のはじめに、「秋十年、却って江戸をさす故郷」とある句は、彼が年二十九にして故郷の伊賀を出て江戸に下り、四十にして故郷を経て大和路を探ろうとして江戸を出発したおりの作で、賈島のこの詩をふみ、十年仮住まいした江戸に対する感懐を寄せたものである。

古風二首　録其一　　李紳（唐）

1 鋤禾日當午　　禾を鋤いて日　午に当たる
2 汗滴禾下土　　汗は滴る　禾下の土
3 誰知盤中飧　　誰か知らん　盤中の飧
4 粒粒皆辛苦　　粒粒　皆辛苦なるを

1 （農夫が土にまみれ、草いきれの中で）すきをふるって稲の除草や土よせをしていると、日はかんかんと照りつけ、ちょうど正午ごろであり　2　流れる汗は、稲の根もとの土にぼたぼたしたたり落ちる　3　（御飯をだれでも食べることは知っているが）この食器の中の御飯そのものが　4　その一粒一粒に、農夫のつらい労苦がにじんでいることを、知る者はないであろう

〔語釈〕**禾**　いね。五穀の総称。**鋤**　すきで耕す。**日當午**　太陽が真上にくる。正午の最も暑い時。**誰知**　反語。だれも知るまい。結句までかかっている。**盤中飧**　食器に盛られた御飯。「飧」は、夕めし。食事。**粒粒皆辛苦**　米粒の一つ一つがみな農夫の骨折りの結果できたものである。こつこつ働くことをもいう。

〔押韻〕五言絶句。上声麌韻。第一句の「午」も韻をふんでいる。

〔解説〕これは、古詩の意ではなくて、「いにしえぶり」の意で、当時の弊風を改めて、いにしえぶりにもどそうとの意である。李白にも古風五十九首がある。

李紳　七八〇?～八四六。潤州無錫（今は江蘇省に属する）の人、字は公垂。憲宗の元和年間に進士に及第し、淮南（今の湖北・江蘇・安徽省の一部の地方）節度使にまで累進した。彼の作った詩は、当時非常に評判がよく、白居易と仲がよかった。

秋思　　張籍（唐）

1　洛陽城裏見㆓秋風㆒。　　洛陽城裏　秋風を見る

2　欲㆑作㆓家書㆒意萬重。　　家書を作らんとして　意万重

3 復恐匆匆說不レ盡　復た恐る　匆匆　説いて尽くさざるを

4 行人臨レ發又開レ封。　行人　発するに臨んで　又封を開く

1 みやこに秋風　立ちそめて　2 いも恋しさに　ふみ書けば　3 せかるる思い　尽くし得ず

4 飛脚待たせて　読みかえす

〔語釈〕**洛陽城**　唐の東都。長安（西都）に対する。**裏**　うち（内）。「裡」に同じ。**家書**　①家郷（妻）からの手紙。②家郷（妻）への手紙。ここでは②。なお、一本には、「帰書（返事の手紙）」になっている。**意萬重**　思いは千々に乱れる。「意」は、こころ（心）、思い。**匆匆**　いそがしくあわてるさま。**說不盡**　言い（書き）つくせない。「不レ能二尽説一」の口語的な表現。**行人**　使者。飛脚。**開封**　一度閉じた封を切って（もう一度よく読む）。

〔押韻〕七言絶句。平声東韻と冬韻との通用。

〔解説〕「秋思」は、秋の思いという意であるが、作者が洛陽（唐の東都）にいたとき、秋の日にあたって、たまたま故郷を思い出し、手紙を書くことを歌ったもの。

張籍　七六五？〜八三〇。中唐の詩人。字は文昌、蘇州の人（一つに和州、また、烏江の人）。韓退之の門に入り、国子博士（大学教授）を経て、国子司業（文部次官）となった。詩風は平明で警句が多く、楽府にすぐれていた。「張司業集」八巻がある。

〔余説〕秋風によって郷愁をかきたてられることは、古来よく言われているところであるが、ここではそれをあらわに表現しないで、景と事（家書を作る）とを借りて、側面より歌っているところ、かえって情趣が深い。「見二秋風一」という表現も巧みである。秋風は見るべきものでなく、聞くべ

きものであり、感ずべきものだのに、「見る」というような、具象的表現をしているところ、紅葉し始めた木々など、いっさいを包含していて、かえって効果的である。「見る」より、いっそう秋の深まりを感じさせる、技巧的表現というべきであろう。次の空に流れ」を実証してあまりあろう。すなわち「秋来ぬと目にはさやかに見えねども風の音にぞおどろかれぬる」。

感レ春（春に感ず）　張籍（唐）

1 遠客悠悠任二病身一。
2 誰家池上又逢レ春。
3 明年各自東西去
4 此地看レ花是別人。

遠客　悠悠　病身に任す
誰が家の池上か　又春に逢はん
明年　各自　東西に去らば
此の地　花を看るは　是れ別人ならん

1　遠方から来て、旅先で病めるわが身は、あちこちと、移りあるくこととて　2　だれの家の池のほとりで、また、春を迎えることやら　3　（ことしは友といっしょにこうして花を見ていられるが）明年もしも、めいめいが東に西にと去ってしまったならば　4　この地でともに花を見る人は、おそらく別の人であろう

〔語釈〕　**遠客**　遠方からやって来た旅人、すなわち作者みずからをさす。**悠悠**　「悠悠」の解釈に

はいろいろあるが、ここでは、行くさまとみたい。あちらこちら移り歩くさま。

〔押韻〕七言絶句。平声真韻。

〔解説〕病をいだいて、他郷にさすらいの生活を続けている身の感懐を歌ったもの。

〔余説〕人生の無常を歌っているが、前半は自分のことにかけ、後半は友のことにかけている。

哭二孟寂一（孟寂を哭す）　張籍（唐）

1 曲江院裏題レ名處　曲江院裏　名を題する処

2 十九人中最少年。　十九人中　最も少年

3 今日風光君不レ見　今日　風光　君見えず

4 杏花零落寺門前。　杏花零落す　寺門の前

1 曲江の慈恩寺の雁塔内に、晴れがましくも、合格者として姓名を張り出されたが　2 君はわれわれ十九名の同期合格者中の最年少で、栄冠をかち得た秀才であった　3 きょう（たまたま、地に来てみれば）風光のみは昔に変わらないのに、君はもはやこの世にはいない　4 ときおとして風に散り来る杏花に対し、しばし立ち去りかねるしだいである

1 曲江院　曲江は長安の朱雀街の東南にあって、漢代から唐代にかけて、都の人々の行楽地地なので、この名がある。「院」は、寺院。曲江の杏園中にある寺院、すな

わち慈恩寺。**題名處**　官吏登用試験に合格した者は、曲江で天子招待の宴会があり、寺の雁塔に姓名を題（記入）されることになっていた。これは唐の韋肇に始まり、後これにならった。**十九人中**　合格者十九名のうちで。この数は、「史記」の「毛遂伝」中の数と一致しているのは妙。**最少年**　最も年少者にして栄冠をかち得た秀才。**杏花**　あんずの白い花。**零落**　おちる。散る。

〔押韻〕七言絶句。平声先韻。ただし、起句はふみ落とし。

〔解説〕孟寂は、作者張籍の親友。同時に官吏登用試験に合格し、慈恩寺の雁塔に名をしるされたが、若くして死んだ。たまたま慈恩寺に遊んだ作者は、往時を思い、この若き秀才の死を痛惜して歌ったもの。

〔余説〕「十九人中最少年」は、毛遂の故事を借りて、若死にした秀才を痛惜する意が込められている。「その来ること何ぞ遅く、その去ること何ぞ速やかなる」の感慨であろう。風光は変わらぬのに、人事は幾変転を免れない。散りしきる白い杏花は、この若き秀才を弔うてか。結句、余韻嫋嫋たるものがある。

遊子吟　　孟郊（唐）

1　慈母手中線　　慈母　手中の線

2　遊子身上衣。　遊子　身上の衣

3 臨レ行密密縫　　行に臨み　密密に縫ふ
4 意恐遅遅帰。　　意に恐る　遅遅として帰らんことを
5 誰言寸草心　　誰か言ふ　寸草の心
6 報二得三春暉一。　　三春の暉に　報い得んと

1 慈愛深い母は、針糸を手にして　2 他郷に遊学する、わが子の身につける衣服を縫っている　3 出発に際して、一針一針に思いをこめ、縫い目細かに、針を運んでいる　4（だが）心の中では、「卒業がおくれるようなことがあっては」と案じている　5 いったいだれが言うのだ、親を思う子どもの心が　6 子を思う親心に、報いることができるなどと（そんなことはありはしない、いくら子どもが親を思うたとて、子どもを思う親心には、とても及びはしないのだ）

〔語釈〕**線**　いと（糸）。**遊子**　①旅人。②遊学する人。ここでは②。**密密**　縫い目細かに念を入れて。**遅遅**　おそいさま。**誰言**　だれがいったい言うのだ（そんなことはありはしない）。**寸草心**　寸草は、一寸くらいな微弱な草。親を思う子どもの心にたとえた。**三春暉**　「三春」は、孟春（初春）・仲春・季春（晩春）。「暉」は、光。慈母の子女に対する愛情を、春の陽光の植物に対する作用にたとえた。**報得**　報いることができる。「得」は、動詞の後につけ、可能を表す。

〔押韻〕五言古詩。平声微韻。

〔解説〕他郷に遊学に出かける子が、母親の慈愛を歌ったもの。この詩は、作者が母を溧陽（今の江蘇省溧陽県）に迎えた時の作。その時、彼は五十余歳で、実に五十八歳まで進士の試験にパスで

きずに、浪人生活を送ったのであるから、この詩は深い真情に基づいている。

孟郊　七五一～八一四。字は東野、韓退之の友人。湖州武康（浙江省）の人。五十八歳でやっと進士の試験に及第して小役人になったが、六十四歳で死ぬまで、生涯不遇であった。自分の生活苦を訴えた詩が多く、真情にあふれ、切々として読者の胸をうつものがある。風格は韓退之と近かったが、気魄の点では及ばなかった。

〔余説〕この詩を読んですぐ思い出されるのは吉田松陰の辞世の歌、すなわち「親思ふ心にまさる親心、けふのおとづれ何と聞くらむ」であり、明治天皇の御製「たらちねのみ親の教え新玉の年ふるままに身にぞしみける」である。「樹、静まらんと欲すれども風止まず、子、養はんと欲すれども親待たず（韓詩外伝）」とともに、深く味わうべき詩である。

江雪　　柳宗元（唐）

1 千山鳥飛絶・　　千山　鳥飛ぶこと絶え
2 萬徑人蹤滅・　　万径　人蹤　滅す
3 孤舟蓑笠翁　　孤舟　蓑笠の翁
4 獨釣寒江雪・　　独り釣る　寒江の雪

1 見はるかす山々には、鳥の飛ぶ影一つ見えず　2 小道という小道には、人っ子一人通った足あともない（満目蕭条白雪皚皚。その中をぐっと太く一本、大江が流れており）3　みのかさをつけた漁翁が、ささ小舟を一そう浮かべて　4　凍るような川の雪中で、無心に釣り糸をたれている

〔語釈〕**千山**　多くの山々。**萬徑**　多くの小道。**人蹤**　人の足あと。**蓑笠**　みのとかさ。**寒江**　凍るような冷たい川。

〔押韻〕五言絶句。入声屑韻。ただし、起句の「絶」も韻をふんでいるから、五言絶句としては変格。

〔解説〕白雪皚皚たる寒江に舟を浮かべて、無心に釣り糸をたれている漁翁を点出し、ある日の自分を客観的に再現した作。この詩は、彼が永州（湖南省）に流されていた時のもの。

柳宗元　七七三～八一九。中唐の詩文の大家。字は子厚、河東（山西省）の人。順宗の時に王叔文の知遇を受けて礼部員外郎に抜擢されたが、叔文の失敗に連座して永州司馬に流された。有名な「永州八記」はこの時の作。ついで柳州（広西壮族自治区馬平県地方）刺史にうつされ、この地で没した。世に柳柳州といわれる。彼は詩においては、王維・孟浩然・韋応物と並び称せられ、文においては、韓愈とともに、唐代古文の二大家であった。韓愈が、その墓誌銘の文を書いている。

〔余説〕「千山」・「万径」と完全な対句で打ち出し、生きとし生けるもの、みな息をひそめるこの大雪の中で、じっと風雪に耐えつつ、釣り糸をたれている漁翁こそ、実はある日の作者自身の姿であり、その心象を漁翁を借りて描写したもの。さすがに老巧というのほかはない。

夏晝偶作　柳宗元（唐）

1 南州溽暑醉如レ酒・
2 隱レ几熟眠開二北牖一・
3 日午獨覺無二餘聲一
4 山童隔レ竹敲二茶臼一・

南州の溽暑　酔うて酒の如し
几に隠って熟眠　北牖を開く
日午　独り覚めて　余声無し
山童　竹を隔てて　茶臼を敲く

1 柳州の夏は、非常にむし暑くて、まるで酒にでも酔ったかのよう　2 （日ざかりには）机にもたれて、ぐっすりと眠り、北側の窓をあけて、涼風を入れることにしている　3 さて正午になって、ひとり目がさめると、物音一つ聞こえず、ひっそり静まりかえっていて　4 ただ山家の小かっぱたちが、竹林の向こうで、茶うすをたたいて大騒ぎをしている声がするばかりである

〔語釈〕 **南州**　柳州をさす。**溽暑**　むし暑いこと。**隠几**　机に寄りかかる。**北牖**　北側の窓。**茶臼**　茶の葉をひいて抹茶にする石うす。

〔押韻〕 七言絶句。上声有韻。拗体。

〔解説〕 作者の柳州における作。この詩、転句は四仄三平（「日午独覚」の四字は、みな仄字であり、「無余声」の三字は、みな平声で、こうしたことは、ふつうには避けるべきである）から成り、拗体である。

〔余説〕 南中国の辺地の物寂しい情景を、眼前に見る思いがする。「南州」と「北牖」、「溽暑」と「熟眠」の文字の使い方の巧みさも見のがせない。「酔如レ酒」の三字、また人を驚かすにたる比喩

である。

柳州二月榕葉落盡偶題

（柳州二月　榕葉落ち尽くし　偶〻題す）

柳宗元（唐）

1　宦情羈思共凄凄。
2　春半如レ秋意轉迷。
3　山城過雨百花盡
4　榕葉滿レ庭鶯亂啼。

宦情　羈思　共に凄凄たり
春半　秋の如く　意転た迷ふ
山城の過雨　百花　尽き
榕葉　庭に満ちて　鶯　乱れ啼く

1（左遷の身は）役人としてつとめ第一の気持ちと、他郷にある旅の思いとが、ともに悲しく胸をしめつけ　2　春の半ばだというのに、秋のような荒涼たる思いがし、わが心も、そぞろにとまどっている　3　さて、この田舎町の柳州に、さっとひと雨通り過ぎると、多くの花は、あとかたなく散らされてしまい　4　後にはただ、榕樹の葉が、庭一面に散りしいて、うぐいすがあちこちで乱れ鳴いているのが聞こえるだけ

〔語釈〕**宦情**　役人の気持ち。役人かたぎ。**羈思**　旅にある思い。旅愁。**凄凄**　悲しく痛ましいさま。**山城**　田舎町。柳州をさす。**榕葉**　「榕」は、あこう・あこぎ。熱帯に産する、クワ科の常緑喬木。枝がたれ下がり、地について根を生じ、それがまた新しい木となって繁殖する。花は淡紅

で、「いちじく」に似た実をつける。

〔押韻〕　七言絶句。平声斉韻、拗体。

〔解説〕　「柳州」は、今の広西壮族自治区の地名。柳宗元は、ある事件に連座して、永州（湖南省）の司馬、ついで柳州の刺史に左遷された、その当時の作。彼は柳州では、すこぶる善政を行ったので、住民から慕われ、一時はこの地で生涯を過ごそうかと思い、したがって柳州を自分の号としたほどである。

〔余説〕　同じ中国の域内とはいえ、榕樹茂る南方的風土の柳州の風物を詠じ、その地に左遷された客遊の悲しみを歌っている。この詩、転句の「雨」は小人に比し、「百花」は君子に比し、小人が君子を害するのを、雨が花を散らすにたとえ、結句の「榕葉」「鶯啼」をもって、小人が朝廷に満ち、巧言の流れるがごときにたとえた、との説があるが、少しくうがち過ぎているように思われる。やはりこのまま、すなおに解したい。起・承の二句に、特にそこはかとなき哀愁が揺曳している。

夏初雨後尋二愚渓一（夏初の雨後に愚渓を尋ぬ）　　柳宗元（唐）

1　悠悠雨初霽　　悠悠　雨初めて霽れ

2　獨繞清渓曲・　　独り繞る　清渓の曲

3　引レ杖試二荒泉一　　杖を引きて　荒泉を試み

4 解レ帯圍二新竹一・　帯を解きて　新竹を囲む
5 沈吟亦何事　沈吟　亦何をか事とせん
6 寂寞固所レ欲・　寂寞　固より欲する所なり
7 幸此息二營營一　幸はくは　此に営営を息め
8 嘯歌靜二炎燠一・　嘯歌して　炎燠を静めん

1長かった雨がやっとあがり　2ひとりで清らかな谷川のほとりを歩きまわってみる　3杖をわたして、荒れた泉の長さをためし　4帯をほどいて、新しい竹の太さをはかってみる　5考えこむ以外、何ができようか　6ひっそりとさびしくしているのは本望である　7どうかここであくせくするのをやめ　8うそぶき歌って、焼けるような暑さをしずめよう

〔語釈〕**悠悠**　時の久しいさま。**霽**　雨があがる。**曲**　くま。ほとり。**引杖**　杖をさしわたす。**荒泉**　荒れた泉、あるいは滝。**試**　（長さを）ためしてみる。**沈吟**　思いに沈む。考えこむ。**寂寞**　ひっそりさびしい。**幸**　ねがわくは。どうか。**營營**　あくせくする。**炎燠**　焼けるような暑さ（時の政府当局に対する満腔の不平を象徴的に言ったものか）。

〔押韻〕五言律詩。入声沃韻（曲・欲）と屋韻（竹・燠）との通用。

〔解説〕湖南省の永州（今の零陵県）に流された柳宗元は、瀟水に注ぐ谷川が気に入り、この無名の谷川に自分になぞらえて愚渓と命名した。そしてその付近を歩きまわっては、山水の中にしばし

世俗の生き苦しさをいやした。

〔余説〕　宗元はここに家まで建て、愛してやまなかったのに、彼の死後、いくらも経ぬうち、その故跡は廃せられてしまった。劉夢得に「愚渓を傷む詩」三首があり、その一に、

渓水悠悠春自来　草堂無主燕飛回
隔簾唯見中庭草　一樹山榴依旧開

秋暁行南谷経荒村　柳宗元（唐）

（秋暁　南谷を行きて荒村を経たり）

1 杪秋霜露重　杪秋　霜露重し
2 晨起行幽谷　晨に起きて　幽谷を行く
3 黄葉覆渓橋　黄葉　渓橋を覆ひ
4 荒村唯古木　荒村　唯だ古木のみ
5 寒花疎寂歴　**寒花　疎らに寂歴たり**
6 幽泉微斷續　**幽泉　微かに断続す**
7 機心久已忘　機心は　久しく已に忘れたるに

8　何事驚二麋鹿一　　何事ぞ　麋鹿を驚かしむるとは

1　秋も終わりのこととて、露や霜もしげくなり　2　早朝に起床して、奥深い谷を歩いてみる　3　黄色に色づいた葉は、谷川の橋の上をおおい　4　荒れ果てた村には、古びた木のみ　5　冬の花がもうまばらにひっそりと咲いており　6　静かなわき水は、かすかにとぎれ勝ち　7　たくらみ心など、とっくの昔にもう忘れたつもりだのに　8　なんとした事か、鹿の群れを驚かせようとは

〔語釈〕**杪秋**　秋の末。晩秋。「杪」は、こずえ、すえ。**重**　しげし。多い。**幽谷**　奥深い谷。**渓橋**　谷川のはし。**寒花**　冬の花。**寂歴**　ひっそりと淋しいさま。**幽泉**　静かにわく泉。**機心**　何かのたくらみを持って人をだまそうとする心。**麋鹿**　大しかと、しか。

〔押韻〕五言律詩。入声屋韻（谷・木・鹿）と沃韻（續）との通用。

〔解説〕これも柳宗元が永州に流されていた当時、山水を友として自適の生活にひたっていたときのもの。晩秋の早朝に南の谷のほうにいって、所見を詠じた。

〔余説〕第七・八句は、列子の黄帝篇に見える、次の文をふまえて作られている。すなわち、「海上の人に鷗鳥を好む者あり。毎旦、海の上に之き、鷗鳥を従として遊ぶ。鷗鳥の至るもの百もて数へて止まらず。その父曰はく、『吾、聞く、鷗鳥みな汝に従ひて遊ぶと。汝、取り来れ、吾、之を玩ばん』と。明、海の上に之くに、鷗鳥舞へど下らざるなり」と。

漁翁　　柳宗元（唐）

1 漁翁夜傍西巖宿
2 曉汲清湘燃楚竹
3 煙銷日出不見人
4 欸乃一聲山水綠
5 廻看天際下中流
6 巖上無心雲相逐

漁翁　夜　西巖に傍うて宿す
暁に　清湘を汲んで　楚竹を燃く
煙銷え　日出でて人を見ず
欸乃　一声　山水　緑なり
天際を廻看して　中流を下れば
巖上　無心　雲相逐ふ

1 漁翁は、昨夜は、あの西方の岩陰に舟をもやったとみえ　2 けさは夜明けに、清らかな湘江の水をくみ、しの竹を燃やし船上で炊事をしている　3 やがて朝もやもはれて、東の空から日がのぼるころには、もはや漁翁の姿も見えない　4 突然、舟をこぐ掛け声が流れてきて、ふと気がつくと、山も緑、水も緑、あたり一面に緑一色である　5 （もはや川の中心にこぎ出た漁翁は）天と水との接するあたりを、振り返りながら中流を下って行くが　6 その舟を無心の白雲が巖上にそって、なんだか追って行くように見える

〔語釈〕 **西巖**　西のほうにある大きな岩。**傍西巖宿**　岩陰に舟をもやう。**清湘**　清らかな湘江の水。湘江は、湖南省第一の大河で、源を五嶺に発し、北流して洞庭湖に注ぐ。柳宗元が流されていた永州を湘江は流れている。**楚竹**　しの（篠）竹。湖南・湖北地方に多く産する竹で、そこは古代の楚

国であったのでいう。**欸乃**　舟をこぐ時のかけ声。ボルガの舟歌に「アイダダアイダ」の繰り返しがあるのは、音声が似ていておもしろい。**廻看**　首をまわし、振り返ってながめる。**下中流**　上流から中流に向かって下って行く。**無心雲相逐**　陶淵明の「帰去来辞」に、「雲無心以出岫」に基づいたもので、白雲があとからあとからと無心に流れて行くのを歌い、世上の名利に狂奔する人々をあざけったものであろう。

〔押韻〕七言古詩。入声屋韻。

〔解説〕淡々たる漁翁の生活を、うらやむ気持ちを歌ったもの。「江雪」とともに、作者の特にすぐれた作品といわれる。

〔余説〕蘇東坡はこの詩を評して、「つらつらこれを味わえば、この詩には奇趣がある。（しかし）結びの二句はなくもがな」と言ったが、しかしこの二句があってこそ、悠然たる神韻が味わえるのであり、にわかに東坡の説には賛成できかねる。また、最初の二句は佳句であり、わが国の謡曲にも引かれている。

行宮　王建（唐）

1　寥落故行宮。　　寥落たり　故の行宮

2　宮花寂寞紅。　　宮花　寂寞として紅なり

3　白頭宮女在　　　白頭の宮女　在り

4　閒坐説二玄宗一。　　閒坐して　玄宗を説く

1　玄宗皇帝がもとおられたこの離宮は、今はひっそりと静まりかえっている　2　庭には花が真っ赤に咲いているが、宮中はがらんとして、めでる人とていない　3　（たまたま尋ねて来た自分に対し、）留守居の、もと宮仕えをしていた白髪の老女が　4　静かにすわって、ありし日の玄宗の話をいろいろ聞かせてくれた。

〔語釈〕**寥落**　ひっそりと静まりかえっている。**故**　もと。「古」と同じ。**宮花**　宮中の花。**寂寞**　物寂しい。**白頭**　しらが頭。その昔、玄宗に使えた宮女。天宝（玄宗の年号）より、この時に至るまで五十年。**閒坐**　ゆっくりすわりこんで。**玄宗**　唐の玄宗皇帝。楊貴妃とロマンスの花を咲かせた。

〔押韻〕五言絶句。平声東韻。ただし、起句も韻をふんでいるのは、五言絶句としては変格。

〔解説〕「行宮」は、離宮と同じ。天子が行幸された時の仮の御殿。唐の玄宗の離宮を見、ありし昔をしのんで、懐古の情を歌ったもの。この詩は、一つには、元稹の作ともいわれる。

王建　中唐の詩人。字は仲初、潁川（河南省）の人。官は陝州司馬にまでのぼった。張籍と仲がよく、ともに楽府に長じ、張王と並び称せられた。宮詞（もと宮廷のことを主として詠じた詩）の格を確立した。これも宮詞の一つ。

〔余説〕この行宮がいったいどこかは、もとよりはっきりしない。一つに連昌宮のあたりではないかといわれる。元稹に、開元・天宝年間の遺事を歌い、宮中栄華のことを叙して安史の乱に及び、

ついで離宮の久しく閉ざされていることを詠じた「連昌宮詞」（七言古詩長編）がある。あたらずといえども、遠からざるものであろう。「白頭」といい、「宮花紅」といい、「寥落」「寂寞」たる中にも、華麗な色彩を織りなし、人生栄枯の哀歓を込めて哀れであり、懐古の作としては逸品である。江戸末期の詩人藤井竹外の「芳野懐古」の作が、この詩の転・結を学んだものといわれているのは、今さら説くまでもあるまい。竹外の詩は、

古陵松柏吼天飆　山寺尋春春寂寥
眉雪老僧時輟帚　落花深処説南朝

である。また、柳亭種彦の「田舎源氏」の稲舟姫の条に、老婆が義勝君の在世当時のことを懐かしげに話しているところも、この詩と同趣である。

秋風引（秋風の引）　　劉禹錫（唐）

1 何處秋風至　　何れの処よりか　秋風至り
2 蕭蕭送雁群。　　蕭蕭として　雁群を送る
3 朝來入庭樹　　朝来　庭樹に入って
4 孤客最先聞。　　**孤客　最も先づ聞く**

1 どこから吹いて来るのか、秋風が訪れて 2 かりの群れを、寂しく南のほうへ吹き送ってい

る　3　けさがたから、庭前の植え込みに吹きこんで、こずえをさらさら鳴らしていたが　4　まっ先にそれを聞きつけて、ひしひしと秋をかみしめている者は、ひとりぼっちの旅人たる、この自分である

〔語釈〕**何処**　いったいどこから…のか。驚きいぶかる意がふくまれている。**蕭蕭**　物寂しいさま。**朝来**　朝から。朝早くから。**孤客**　ひとりぼっちの寂しい旅人。「孤」は、「雁群」の「群」に対する。**最先聞**　旅人は季節の移り変わりに敏感である。「もう秋風か」と、そぞろに帰思をそそられながら、他人に先だって耳を傾ける。「不レ可レ聞」と突っ放さず、まず耳を傾けるところ、かえって哀れが深い。

〔押韻〕五言絶句。平声文韻。

〔解説〕秋風に対して、感じやすい旅人の気持ちを歌ったもの。「引」とは、詩の一体で、事の本末を述べたものであるが、詩題としては単に「詩」という意味で、「歌」「行」「曲」などと同意に解してよい。

劉禹錫　七七二～八四二。中唐の詩人。字は夢得。中山（河北省）の人。進士の試験に及第し、博学宏詞科（博学宏辞科ともいい、天子が直接に試験して任用する制度）に挙げられ、累進して蘇州の刺史となったが、事件に連座して左遷され、後、太子賓客となり、検校礼部尚書（礼部尚書の候補）で終わった。「劉賓客集（一名、中山集）」三十巻、「外集」十巻がある。詩文ともにすぐれていた。

〔余説〕この詩のすぐれている点は、特に結句にある。蘇頲の「汾上驚レ秋」では、「秋声不レ可レ聞」といって突っ放しているが、この詩では「最先聞」といって、しみじみと秋風をかみし

めて、寄せくる無限の寂寥感に耐えぬこうとするところ、ひとしお哀れをさそうものがある。ちなみに、この詩から連想される和歌を二首ほどあげると、

秋来ぬと目にはさやかに見えねども風の音にぞおどろかれぬる　（藤原敏行）

わがために来る秋にしもあらなくに虫の声聞けば先づぞ悲しき　（読人しらず）

楊柳枝詞　劉禹錫（唐）

1　煬帝行宮汴水濱。　煬帝の行宮　汴水の浜

2　數株楊柳不レ勝レ春。　数株の楊柳　春に勝へず

3　晩來風起花如レ雪　晩来　風起こって花　雪の如し

4　飛二入宮牆一不レ見レ人。　飛んで宮牆に入れども　人を見ず

1　煬帝の行宮は、汴水のほとりにあって　2　かたわらの土手には、当時植えた柳が今も五、六本残り、春ともなれば青柳糸を掛け、見る人をして春愁の思いにたえざらしめる　3　夕暮れともなって風がでると、柳の白い花が、雪のように乱れ飛んで　4　宮殿のかきねの中に飛び込んでも、あたりには人影一つ見えない

〔語釈〕煬帝　隋の天子。「帝」の音を、呉音で「ダイ」と読みならわしている。行宮　離宮。天子が行幸して、一時とどまる宮殿。汴水　河南省滎陽県で黄河から分かれ、安徽省の泗県で、淮水

にはいった川で、今はない。煬帝の大業二年に、長安より江河に至るまでの間に、離宮四十余箇所を置いた。そのうち、黄河から淮水にいたる汴水（汴河、また、汴渠ともいう）に沿って道路を築き、柳を植え、名づけて隋堤と称した。**濱**　ほとり。**楊柳**　一本には、「楊」が「残」になっている。**不勝春**　春愁の思いにたえきれない。**晩來**　夕方になると。「来」は、助字。

〔押韻〕　七言絶句。平声真韻。

〔解説〕　この詩は、白楽天の「楊柳枝詞」の詩にならって作ったもので、亡国隋の築いた汴河の堤に植えられた楊柳を歌った懐古の作である。

〔余説〕　承句の「数株楊柳不㆑勝㆑春」に、非情の自然は、人間の栄枯盛衰をも知らぬげに、時至れば芽ぶき、葉を茂らせ、果ては花を咲かせるところに、詩人の悲しみをこめる。結句の「飛入㆓宮牆㆒不㆑見㆑人」に、荒れ果てた、かつての豪華な行宮も、今は顧みる人もいない旨を述べ、「おごる者は久しからず」の意を含めている。

秋思二首　録㆑一　　劉禹錫（唐）

1 自㆑古逢㆑秋悲㆓寂寥㆒。　古より　秋に逢うて　寂寥を悲しむ

2 我言秋日勝㆓春朝㆒。　我は言ふ　**秋日　春朝に勝ると**

3 晴空一鶴排㆑雲上　晴空　一鶴　雲を排して上り

4 便引二詩情一到二碧霄一。　便ち　詩情を引いて　碧霄に到らしむ

1 昔から、物の哀れは秋こそまされ、と言われているが　2 わたしは反対に、秋日のほうが、春のあしたよりまさっていると言いたい　3 （なぜなら）よく晴れた秋空に、一羽のつるが雲をおしわけるようにして、天高く舞いあがると　4 そのまま、わたしの詩情をかきたてて、つるとともに青空のかなたにまで至らせるからだ

〔語釈〕寂寥　物寂しさ。排雲　雲をおしわける。便　そのまま。碧霄　青空。

〔押韻〕七言絶句。平声蕭韻。

〔解説〕「秋思」は、秋のしみじみとした情趣という意で、わが国で言えばさしずめ「物のあはれ」とでも言うべきところ。詩題には、しばしば用いられる。菅原道真の詩に、「秋思詩篇独断腸」とある。

〔余説〕「秋日、春朝に勝る」とは、常識をうち破った発想で、そこがおもしろい、その理由を転・結で述べているが、作者の詩情は、つるとともに、無限に大空をかけ巡ることであろう。「揺落の秋」を悲しむのは、わが国でも平安期以来のきまりきった詩材。

自二朗州一至レ京戯贈二看レ花諸君一　劉禹錫（唐）

（朗州より京に至り　戯れに花を看る諸君に贈る）

1　紫陌紅塵拂レ面來。　　紫陌（しはく）　紅塵（こうじん）　面（めん）を払（はら）って来（きた）る

2　無二人不レ道二看レ花回一。　　人（ひと）の花（はな）を看（み）て回（かへ）ると　道（い）はざる無（な）し

3　玄都觀裏桃千樹　　玄都観裏（げんとかんり）の　桃（もも）　千樹（せんじゅ）

4　盡是劉郎去後栽。　　尽（ことごと）く　是（こ）れ劉郎（りゅうろう）　去（さ）って後（のち）に栽（う）う

1　都通りの紅塵は、顔面にまともに、吹きつけてくるほどの雑踏ぶりで　2（どこへ行ったのかと聞いてみると）ねこもしゃくしも、花見の帰りです、と言わないものはない　3　玄都観には、千本もの桃の木が植えられており、都の花の名所となっているらしいが　4　それらは全部、わたしたちが追放されてから、植えられたものだ

〔語釈〕　**紫陌**　都の道。「紫」は、天子の色、そこで都の意となる。「陌」は、大通り。**紅塵**　世の俗塵にたとえる。**玄都観**　都にある道教の寺。道教の寺を「観」、または、「道観（どうかん）」という。**劉郎**　劉禹錫みずからをいう。

〔押韻〕　七言絶句。平声灰韻（かいいん）。

〔解説〕　作者は、柳宗元（りゅうそうげん）らとともに、王叔文（おうしゅくぶん）の事件に連座して左遷された、いわゆる八司馬（はちしば）の一人である。この詩は、許されて朗州（武陵郡ともいう、今の湖南省常徳県）より召還され、始めて入京した時の作。

〔余説〕　「紅塵」を世の俗塵に、「看花」を富貴を追求するのに、また、「玄都観」を朝廷に、「桃」を小人に比して、大いに時事を風刺した詩である。このため劉禹錫は再び播州（はしゅう）（貴州省）に左遷さ

れてしまったという、いわくつきの有名な詩である。しかし、十年後に情勢は一変して、再び召還された。その時の詩は、

再遊玄都観

百歩庭中半是苔　桃花浄尽菜花開
種桃道士帰何処　前度劉郎今又来

石頭城　劉禹錫（唐）

1 山圍故國周遭在　山は故国を囲んで周遭として在り
2 潮打空城寂寞回。　潮は空城を打って寂寞として回る
3 淮水東邊舊時月　淮水　東辺　旧時の月
4 夜深還過女牆來。　夜深うして還た女牆を過ぎて来る

1 山々は、この三国呉以来の古い国都をぐるりと取り巻いて（いかにも要害堅固であり）2 揚子江の潮は、この人けのない城にぶつかり、寂しくまた引いて行く　3 淮水の東のあたりからは、昔ながらの月が、上るが　4 夜ふけともなると、また城のひめがきを越えてさし込んでくる（月は昔ながらの月であるが、人と世とは、昔とは全く異なる）

〔語釈〕故國　古い国都。金陵（南京）をさす。ここはもと三国時代の呉、および六朝の旧都の跡

であるから、故国といった。**周遭**　巡り回る。周匝と書くのが正しい。**空城**　人けのない寂しい城。**淮水**　淮河。中国第三の大河。大運河によって、揚子江につながる。**女牆**　ひめがき。城壁の上のたけの低いかき。

〔押韻〕七言絶句。平声灰韻。

〔解説〕「石頭城」は、三国呉の孫権の築いた城で、今の南京城にあたり、揚子江岸にある。この詩もまた懐古の作。

〔余説〕懐古の傑作。白楽天はこの詩を激賞して、「後の詩人は再び筆をつけることができまい」とまで言っている。

西塞山懐古（西塞山の懐古）　劉禹錫（唐）

1 西晉樓船下㆓益州㆒。　西晋の楼船　益州より下り
2 金陵王氣漠然收。　金陵の王気　漠然として収まる
3 千尋鐵鎖沈㆓江底㆒　千尋の鉄鎖　江底に沈み
4 一片降幡出㆓石頭㆒。　一片の降幡　石頭より出づ
5 人世幾回傷㆓往事㆒　**人世　幾回か　往事を傷む**

6　山形依㆑舊枕㆓寒流㆒。　山形旧に依りて　寒流に枕す

7　今逢㆓四海爲㆑家日㆒　今　四海　家と為るの日に逢ひ

8　故壘蕭蕭蘆荻秋。　故塁　蕭蕭として　蘆荻　秋なり

1　西晋のやぐら舟の軍船は、益州から揚子江を攻め下ると　2　金陵に立ちのぼる天子の気は、静かに消えてしまった　3　千ひろもの鉄のくさりは、揚子江の水底に沈んでしまい　4　一ひらの降服の旗が、石頭城から出てきた　5　人の世では、何度すぎ去った事に胸を痛めるものだろうか　6　山の姿だけは、昔のままに変わらず、つめたい流れに臨んでいる　7　いまや天下の内が、一家のように平和な時代に出会ったが　8　古いとりでには、あしやおぎのそよいでいる淋しげな秋である

〔語釈〕**西晉**　一本は「王濬」に作る。王濬は、晋の将軍、呉を討つの総司令官。**樓船**　やぐら船。二階のある船。いくさ、または遊覧に用いる。**益州**　今日の四川省。当時、王濬はそこの長官であった。**金陵**　呉の都。今の南京。三国時代は建業といい、唐代は江寧、また金陵といった。**王氣**　秦の始皇帝は東巡の途中、五百年後に金陵に天子の気が立ちのぼると予言したという。**漠然**　静かなさま。**千尋**　千ひろ。一ひろは、六尺といい、また八尺ともいう。**降幡**　降服のしるしの旗。**石頭**　石頭城。今の南京の西方、石頭山上に、呉の孫権が築いた城。**依舊**　昔のまま。もとのままで変わらない。**今逢**　この二字を一本には「而今」（これから後）に作る。**四海爲家**　天下が一軒の家のようになる。世界が平和になる。**故壘**　古いとりで。**蕭蕭**　もの淋しいさま。**蘆荻**　あしと、

おぎ。ともに水辺の草。

〔押韻〕七言律詩。平声尤韻。

〔解説〕一本には「西塞懐古」とあって、「山」の字がない。ここは詩中からいっても、金陵、すなわち今の南京付近の江岸にちがいない。「西塞」とは、南京西方のとりでの意であろう。したがって旧注が武昌付近とするのは誤りである。三国時代、最後に残って今の南京に拠って抵抗を続ける呉王の孫皓を降そうと、晋は四川省益州（成都）の長官王濬をして大挙揚子江を攻め下らせた。孫皓は南京の西にある要害の石頭城に立てこもり、揚子江に鉄の鎖を張りめぐらし、晋の水軍をさえぎろうとしたが、晋はこれを焼き切り、また種々の妨害を排除し、ついに孫皓は晋の軍門に降り、呉は滅びた（二八〇）。今、その地を訪れての懐古の作である。

〔余説〕この戦いは、「赤壁の戦い」にも比すべき揚子江上における大海戦であった。第五・六句の対句は佳句である。

寒食　　韓翃（唐）

1 春城無處不飛花。
2 寒食東風御柳斜。
3 日暮漢宮傳蠟燭

春城　処として　飛花ならざる無く
寒食　東風　御柳　斜めなり
日暮　漢宮より　蠟燭を伝ふれば

4　青煙散入五侯家。　　　青煙は散じて　五侯の家に入る

1 春もたけなわを過ぎて、城中いたるところ落花が風に飛び散り 2 ころは寒食の日とて、町もひっそり、ただ春風になぶられてお堀ばたの柳が、斜めになびいているばかり 3 日暮れともなると、宮中から楡柳の火を蠟燭にともして、使者に持たせてやるので 4 その軽煙が春風に散じて、時の実力者たちの邸にはいるのが見られる

〔語釈〕**東風**　春風。**御柳**　宮城のお堀ばたの柳。**日暮**　寒食は、おおむね清明の前二日にあたっていた。寒食には火が禁じられたので、清明の日になると、楡柳から火を取り、これを蠟燭にともして近臣に賜った。日暮れともなれば、もう翌日と考えて火の禁が解けたものであろう。**漢宮**　当代をさすのをはばかって、前代のこととする。**五侯家**　「後漢書・宦者伝」によれば、桓帝は単超・徐璜・貝瑗・左悺・唐衡の五人を同日に侯とし、世にこれを五侯と称し、これより権力は宦者の手ににぎられ、朝政が大いに乱れたという。ここでは、時の実力者をさしたものであろう。

〔押韻〕七言絶句。平声麻韻。

〔解説〕冬至から百五日めにあたる日の行事。晋の忠臣、介之推が、山で自ら焼死した火を後の人が記念し、この日は一日じゅう火を使わず、煮たきをしないで、冷たいものを食べることになっていたので寒食という。この詩は、寒食の日の光景を歌ったもの。

韓翃　中唐の詩人。字は君平、南陽（河南省）の人。天宝十三年の進士。官は中書舎人（詔勅の作成をつかさどる）にまで進んだ。大暦十才子の一人。

〔余説〕この詩を、宦者の寵幸をそしったものとする解があるが、果たしてどうか。というのは、

徳宗の時に知制誥（官名、詔勅の草案を作る）に欠員が生じた時、帝は韓翃をこの官に任命しようとされたが、同姓同名の者が二人いたので、特に「春城無処不飛花」の韓翃だと仰せられたという。してみると、当時この詩が有名であったと同時に、決して風刺の意を含むものでなく、ただ寒食当日の光景をありのままに歌ったものと解すべきであろう。

夜雪

白居易（唐）

1　已訝衾枕冷
2　復見窓戸明。
3　夜深知雪重
4　時聞折竹聲。

已に訝る　衾枕の冷ややかなるを
復た見る　窓戸の明らかなるを
夜深うして　雪の重きを知る
時に聞く　折竹の声

1　先ほどからいやに冷えるといぶかっていたが、さて寝につこうとすると、寝具が冷たい　2　そのうえ、窓明かりまでが、特に明るい　3　（さては戸外は雪か、と思いつつ寝についたが）夜のふけるにつれて、だいぶん積もったとみえ　4　ときどき、雪折れ竹の音が聞こえてきた

〔語釈〕**訝**　あやしみ疑う。**衾枕**　夜衣とまくら。寝具。

〔押韻〕五言絶句。平声庚韻。

〔解説〕雪の夜の静かな状景を、歌い得て巧妙な作。

白居易　七七二〜八四六。中唐の詩人。字は楽天、号は香山。太原（山西省）の人。徳宗の貞元年間の進士、憲宗の元和の初めに翰林学士（学士院の官吏。エリート官僚）となり、ついで左拾遺に進んだが、事件に連座して江州（江西省九江）司馬に左遷された。後に知制誥に復し、文宗の時に刑部侍郎となり、やがて刑部尚書で退いた。その詩は平易で広くもてはやされ、わが平安朝文学に大きな影響を与えた。「白氏文集」七十五巻がある。一に、「白氏長慶集」ともいう。

〔余説〕「冷」といい、「明」といい、いぶかる語を出して、すでに積雪を予想し、折竹の音によって、積雪を知る。孟浩然の「夜来風雨声、花落知多少」と同一技巧である。小品の佳なるもの。

對レ酒（酒に対す）　白居易（唐）

1 蝸牛角上爭二何事一　　蝸牛角上　何事をか争ふ
2 石火光中寄二此身一。　　石火光中　此の身を寄す
3 隨レ富隨レ貧且歡樂　　富に随ひ　貧に随ひ　且らく歓楽せん
4 不二開レ口笑一是癡人。　　口を開いて　笑はざるは　是れ痴人

1 かたつむりの角の上ぐらいの、小さな狭い所で、何を争っているのだ　2 火打ち石から出る火花のような、すぐに消えてしまう生命を、この世に寄せている身ではないか　3 だから、それぞれ貧富に応じて、せめて生きているうちなりと、おもしろおかしく過ごそう　4 のびのびと大

口をあけて思いきり笑わないようなやつは、全くばかものである

〔語釈〕**蝸牛角上**　「蝸牛」はかたつむり。「角上」は、角の上。「荘子・則陽篇」に見える寓言で、小さい功名を争うこと。かたつむりの左の角に国する触氏と、右の角に国する蛮氏とが、互いに地を争って戦ったという作り話。**石火**　石をぶつけ合った時に発する火花。非常に早く短い時間のたとえ。**且**　しばらく。まあまあ。**開口笑**　大口をあけて愉快に笑う。「荘子・盗跖篇」に「口を開いて笑ふこと、一月中、四五日に過ぎざるのみ」とある。**癡人**　しれもの。おろか者。

〔押韻〕七言絶句。平声真韻。ただし、起句はふみ落とし。

〔解説〕酒を前にしての大気炎をあげ、人生を達観して、小さな事にこだわるべからず、さあ飲んだ飲んだ、といっているのだが、その裏には仏教に由来する人生無常といった気持ちが揺曳している。

〔余説〕一見、享楽思想を鼓吹するかに見えるが、しかしそれは白楽天の本旨ではあるまい。何かのきっかけで、やりきれなくなり、こんな達観的な気持ちを歌ってまぎらわせたものであろう。ちなみに、起・承の二句は「和漢朗詠集」にも採られており、わが国でも有名な句となっている。

村夜　　白居易（唐）

1 霜草蒼蒼蟲切切・　　霜草蒼蒼　虫切切
2 村南村北行人絶・　　村南村北　行人絶ゆ

3　獨出二門前一望二野田一　　独り門前に出でて　野田を望めば
4　月明蕎麥花如レ雪。　　月明らかに　蕎麦　花　雪の如し

1　霜枯れた草は、青白く衰え、虫の音がしきりに聞こえる　2　村の中は南も北も、人の行き来が、ぱったりと絶えてしまった　3　ただ一人、門前に出て田野をながめると　4　おりからの月明かりに照らされて、そばの白い花は、雪が降り積もったかのように一面に咲き乱れている

〔語釈〕霜草　霜枯れの草。蒼蒼　青白いさま。衰えたさま。切切　しきりに鳴くさま。蕎麥　そば。たで科の一年生草本。花は白く、穀粒は食用。

〔押韻〕七言絶句。入声屑韻。

〔解説〕秋の村里の夜の、夢幻的な光景を歌ったもの。

〔余説〕白く一面に咲き乱れているそばの花、降りそそぐ月明かり、そばの花は、白くボーッとかすんで見え、何となく人を夢幻的な境地にさそい込むもので、まさに一幅の絵画である。

古原草（古原の草）　　白居易（唐）

1　離離原上草　　離離たる　原上の草
2　一歳一枯榮。　　一歳に　一枯栄す

3 野火焼不レ尽　野火焼けども尽きず
4 春風吹又生。　春風吹いて又生ず
5 遠芳侵ニ古道一　遠芳古道を侵し
6 晴翠接ニ荒城一。　晴翠荒城に接す
7 又送ニ王孫去一　又王孫の去るを送れば
8 萋萋満ニ別情一。　萋萋として別情満つ

1 盛んにおい茂っている原っぱの草は　2 一年のうちに一回、おい茂ったり枯れたりする　3 冬に野火で焼けても、焼き尽くせないとみえ　4 春風が吹いてくると、再び生え出てくる　5 遠くまで伸びた芳草は、人の通らなくなった旧道のあたりまで広がり　6 よく晴れた日には、さびれた町続きまでひときわ緑色を引き立たせる　7 そのうえ、この春草の緑に茂るころ、わが友の去るのを見送ると　8 別離の情は、萋萋としてわき起こり、春草と勢いを争うかのようである

〔語釈〕 **離離**　草の茂っているさま。**遠芳**　遠くまで伸びた草。**晴翠**　晴れた日に、緑色がひときわ引き立つこと。**王孫**　王子公孫の略で、もとは、貴族の子弟を意味したが、ここでは友人をさす。第七・八句は、「楚辞」の「王孫、遊んで帰らず、春草生じて萋萋」を借用したもの。**萋萋**　草の盛んなさま。

〔押韻〕 五言律詩。平声庚韻。

〔解説〕古めかしい高原に生えている草の、生命力の強さを見て、感慨を歌ったもの。

〔余説〕前連の三・四の両句には、いろいろな含意が考えられよう。さしずめ、漢民族の不死鳥的な、たくましい生命力も、その一つといえそうである。

送㆔王卿使君赴㆓任蘇州㆒、因思㆔花迎㆓新使㆒、感㆓舊遊㆒、寄㆓題郡中木蘭西院㆒　白居易（唐）

（王卿使君の蘇州に赴任するを送り、因って花も新使を迎ふるならんと思ひ、旧遊に感じ、郡中の木蘭西院に寄題す）

1 一別蘇州十八載・
2 時光人事随㆑年改・
3 不㆑論竹馬盡成人
4 亦恐桑田半爲㆑海・
5 鶯入㆓故宮㆒含㆓意思㆒
6 花迎㆓新使㆒生㆓光彩㆒・
7 爲報㆓江山風月㆒知

一別　蘇州　十八載
時光　人事　年に随って改まる
論ぜず　竹馬　尽く成人するを
亦恐る　桑田の半ば海と為るを
鶯は　故宮に入って　意思を含み
花は新使を迎へて　光彩を生ずるならん
為に江山風月に報じて知らしめよ

8　至レ今白使君猶在•　今に至るも白使君猶ほ在りと

1　蘇州に、ひとたび別れてから十八年になる　2　当時の光景も、人事も年とともに変わったろう　3　昔の子どもたちが成人したのは、いうまでもないが　4　桑畑が半ば海となってしまったのでは、なかろうか　5　うぐいすは、故宮で懐古の気持ちを伝え　6　花は、新任の使君を迎えて、一きわ美しく輝くことであろう　7　わたしのために、蘇州の山川や風月に知らせてほしい　8　今でも白刺史は健在だと

〔語釈〕**一別**　一たび別れる。**十八載**　十八年間。「載」は、年の意。**時光**　その当時の光景。**竹馬**　竹馬に乗って遊んでいた子ども。**成人**　おとな。**桑田爲海**　桑畑が滄海（青海原）に変わることで、世の変遷の甚だしいたとえに用いる。**故宮**　古い宮殿。蘇州には、むかし呉の宮殿があった。**意思**　考え。懐古の気持ち。**新使**　新任の刺史。王卿をさす。**生光彩**　美しく光り輝く。

〔押韻〕七言律詩。去声隊韻（載）と上声賄韻（改・海・彩・在）との通用。

〔解説〕白居易は、かつて五十四歳（八二五）の時、蘇州の刺史として在任したことがあるが、今そこへ友人の王卿がやはり刺史として赴任しようとするのを送別し、花までが新任刺史を歓迎するであろうと、懐旧の思いをこめて歌っている。「使君」とは、漢代に刺史（州の長官）を使君といったのを借用した。「寄題」とは、元来は、その土地にゆかないで、その地のことを詩に作ることである。

〔余説〕先輩刺史として、後輩の王卿を送別するのを借り、自己の健在を誇る、このところ白居易の得意・自信のほどを想察するに足ろう。後連（第五・六句）は、また着想の妙を買う。

八月十五日夜、禁中獨直、對レ月憶ニ元九一　白居易（唐）

（八月十五日の夜、禁中に独り直し、月に対して元九を憶ふ）

1 銀臺金闕夕沈沈。　銀台　金闕　夕べ　沈沈

2 獨宿相思在ニ翰林一　独り宿し　相思ひて　翰林に在り

3 三五夜中新月色　三五夜中　新月の色

4 二千里外故人心。　二千里外　故人の心

5 渚宮東面煙波冷　渚宮の東面は　煙波　冷ややかに

6 浴殿西頭鐘漏深。　浴殿の西頭　鐘漏　深し

7 猶恐清光不ニ同見一　猶ほ恐る　清光　同じく見ざらんことを

8 江陵卑濕足ニ秋陰一　江陵は卑湿にして　秋陰　足る

1 翰林院も、その他の宮門のあたりも、夜は静かにふけてゆき 2 ただひとりで宿直をしていると、自然に君のことが思い出されてくる 3 こよい中秋の明月は、いま東の空に上ってきたばかりで、月色が特に美しく 4 二千里以上も遠く離れている、昔なじみの友の心中がしのばれて

ならない　5　諸宮の東側あたりは、池面にたちこめたもやが、冷たそうで　6　浴殿の西側あたりからは、夜ふけを知らせる鐘漏の音が聞こえてくる　7　それにしても気がかりなことは、君はこよいの清らかな月光を、自分と同じようにながめることができないのではないかということである　8　なぜなら、君のいる江陵は、土地が低く湿気が多くて、秋の空は曇りがちだと聞いているから

〔語釈〕**禁中**　宮中。**獨直**　ひとりで宿直する。**元九**　元稹。字は微之。「九」は排行。**銀臺**　翰林院のこと。翰林院は、宮城内の銀台門の北にあったのでいう。**金闕**　宮門をいう。**沈沈**　夜の静かにふけてゆくさま。**翰林**　唐代の翰林院は文人・学者を集めて翰林学士とし、詔勅をつかさどらせた役所。**三五夜**　十五夜。**新月**　東の空に出たばかりの月。**故人**　旧友。古くからのなじみ。**渚宮**　池のほとりの宮殿。「渚」は、なぎさ、水辺。**煙波**　もやがたちこめている水面。**浴殿**　湯殿。**西頭**　西側。**鐘漏**　時を告げる鐘と水時計。**清光**　月の清らかな光。**同見**　自分と同じようにながめる。**江陵**　湖北省の地名。元稹はこの時、江陵に左遷されていた。**卑濕**　土地が低く湿気の多いこと。**秋陰**　秋の日の曇り。秋の気の冷ややかさ。

〔押韻〕七言律詩。平声侵韻。

〔解説〕中秋の名月の夜、宮中にひとり宿直し、月をながめて、親友元稹（字は微之）のことを思って歌った詩である。

〔余説〕この詩の前連（第三・四句）は「和漢朗詠集」にも採られていて有名であり、古典（例えば「増鏡」新島守の条）などにも引用されている。

香爐峯下、新卜二山居一草堂初成、偶題二東壁一　白居易（唐）
（香炉峰下に、新たに山居を卜し　草堂初めて成るや、偶〻東壁に題す）

1 日高睡足猶慵レ起　　日高く　睡り足れども　猶ほ起くるに慵し
2 小閣重レ衾不レ怕レ寒。　小閣に　衾を重ねて寒を　怕れず
3 遺愛寺鐘敧レ枕聽　　遺愛寺の鐘は　枕を敧てて聴き
4 香爐峯雪撥レ簾看。　香炉峰の雪は　簾を撥げて看る
5 匡廬便是逃レ名地　　匡廬は　便ち是れ　名を逃るるの地
6 司馬仍爲二送レ老官一。　司馬は　仍ほ老を送るの官為り
7 心泰身寧是歸處　　心泰く　身寧きは是れ帰する処
8 故鄕何獨在二長安一。　故郷何ぞ独り長安にのみ在らんや

1 朝日は高く上り、十分に寝たりたが、なお起床するのがおっくうである　2 この小さな二階やで、夜具を重ねて寝ていると、寒さなど平気である　3 遺愛寺で打つ、明けの鐘の音は、枕に耳をそばだてて聞き　4 香炉峰に積もった雪は、すだれを巻きあげて見る　5 廬山は、そのまま、世間の名誉や評判から隠れるのに絶好の土地であり　6 司馬という官職は、老後を送るには

ふさわしい地位である　7　心身ともにやすらかで安定している所こそ、最後の落ち着き場所であって　8　故郷は何も長安だけに限りはしない

〔語釈〕**ト**　占う。家を建てるとき、その土地や着工の日どりなどを占ってきめるのでいう。**山居**　山荘。**草堂**　草庵。茅(かや)ぶきの小さな家（謙称）。**題**　書きつける。**慵**　おっくう。**小閣**　小さな二階や。**衾**　夜具。寝具。**怕**　恐れこわがる。**遺愛寺**　香炉峰の北にあり、草堂からは近い。**攲枕**　「攲」を「欹」、または「敧」に作るは誤り。「攲」を従来「そばだてて」と読みならわしているが、「攲」は「かたむける」意で、枕をかたむけるとはどうすることか、よくわからないが、要するに枕から耳をはなし、耳を傾けて聞くことか。すると「枕に（耳）攲(そばだ)てて聞く」とでも読むべきか。**香爐峯**　山容が香炉に似ているところから名をつけられた。**撥簾**　ふつう「すだれを巻いて」と読んでいるが、「撥」は、はらう、はね上げる意である。**匡廬**　廬山の別名。周(しゅう)の時代に、仙人の匡(きょう)俗(ぞく)がこの山にいおり（廬）を結んだので、この名がついた。**司馬**　州の軍事・警察をつかさどる官。楽天はこの時、江州司馬(こうしゅうしば)であった。**歸處**　落ち着くべき場所。

〔押韻〕七言律詩。平声寒韻(かんいん)。ただし、第一句はふみ落とす。

〔解説〕この詩は、作者が江西省(こうせい)の九江(きゅうこう)に左遷されていた時、廬山(ろざん)の北部にある香炉峰下に土地を選定し、そこに山荘を建て、落成したので、その東壁に書きつけた詩である。はじめ、この題の詩を一首作り、さらにその後「重(ネテ)題(ス)」として三首作った。これは後の三首中の第二首めのものである。元和(げんな)十二年（八一八）、楽天四十六歳の時の作。この詩によれば、廬山の風光を愛し、第二の故郷としている。香山居士(こうざんこじ)と号したのも、そのためである。

〔余説〕安心立命の境地にいる作者の、悠々(ゆうゆう)たる人生観がうかがわれる、高雅・閑適(かんてき)の詩である。

前連（第三・四句）を清少納言がそらんじていて、中宮の「香炉峰の雪は」の言葉に応じ、すだれを巻きあげた話は、「枕草子」の中にも見えていて有名である。また、この二句は「和漢朗詠集」にも採られている。さらに、菅原道真の「菅家後集」「不出門」の前連「都府楼纔看二瓦色一、観音寺只聴二鐘声一」も、この詩に基づいていること、もちろんである。

春晩詠レ懐贈二皇甫朗之一　白居易（唐）

（春晩　懐を詠じて　皇甫朗之に贈る）

1 艶陽時節又蹉跎。　艶陽の時節　又蹉跎たり
2 遅暮光陰復若何。　遅暮の光陰　復た若何せん
3 一歳平分春日少　一歳　平分すれば　春日少なく
4 百年通計老時多。　百年　通計すれば　老時多し
5 多中更被二愁牽引一　多中　更に愁ひに牽引せられ
6 少処兼遭二病折磨一。　少処　兼ねて病に折磨せらる
7 頼有二銷レ憂治レ悶薬一　頼ひに憂ひを銷し　悶を治するの薬有り

8　君家濃酎我狂歌。　　君が家の濃酎と　我が狂歌と

1　華やかな晩春の季節も、思うにまかせず、むなしく過ぎ去り　2　寄る年なみは、またいかんともしがたい　3　一年のうちを、楽と悲との二つに分ければ、楽しかった春の日は少なくて　4　一生涯を通算してみると、老を悲しむ時のほうが多い　5　その多いうちで、さらにいろいろの心配に心をとられ　6　少ない春の日をば、病気のために削減されてしまう　7　ただ憂いや、もだえを消しまぎらわせる薬があるのが、もうけもので　8　それは、君の家のあの濃厚な美酒と、わたしのへたくそな歌とである（詩酒の間に招いたり招かれたりしてせめて楽しく過ごしましょう）

〔語釈〕**艶陽**　華やかな晩春の季節。**蹉跎**　つまずく。よいチャンスを失う。**遅暮**　だんだんと年をとること。**平分**　平均に分ける。**折磨**　損する。**遭**　「らる」と受身に読む。**濃酎**　濃厚で美味なる酒。

〔押韻〕七言律詩。平声歌韻。

〔解説〕春宵にあたり、老年の感懐を歌ったもの、詩酒に生きる老白楽天の面目躍如たるものがある。

客中月（客中の月）　　白居易（唐）

1　客従₂江南₁來　　客　江南より来る

2 來時月上弦。　来る時　月　上弦

3 悠悠行旅中　悠悠たる　行旅の中

4 三見清光圓。　三たび見る　清光の円を

5 曉隨殘月行　暁に　残月に随って行き

6 夕與新月宿・　夕べに　新月と宿る

7 誰謂月無情　誰か謂ふ　月は無情と

8 千里遠相逐・　千里　遠く相逐ふ

9 朝發渭水橋　朝に発す　渭水の橋

10 暮入長安陌・　暮れに入る　長安の陌

11 不知今夜月　知らず　今夜の月

12 又作誰家客・　又誰が家の　客と作るかを

1 旅人われは、江南からやって来たが　2 出かけには、上向き弓形の月であった　3 はるけくも長い旅路の間に　4 三ども清らかな満月を見た　5 夜明けに有明け月を伴にして　6 暮れには、出たての月と共に宿についた　7 だれがいうのか、月は心ないものだなどと（そんなこ

とはない）　8　千里もの道中を追ってきたのだもの　9　朝早く渭水橋のほとりを立ち　10　灯ともしごろ、やっと都大路に足を入れた　11　それにしても今宵の月は　12　どこの家を訪れて照らすことやら

〔語釈〕　**客**　白楽天をさす。**江南**　揚子江の南の地方。**上弦**　陰暦八日ころの月。上向きの弓形の月。**悠悠**　はるかに遠いさま。**行旅**　旅行。**誰謂**　だれがいうのか。そんなことはない。反語の句法。**無情**　つれない。心ない。**渭水橋**　長安近郊の渭水にかけてあった橋。中渭橋・東渭橋・西渭橋などがあり、そのどれを指すかは不明。**陌**　街路。**不知**　……かしら。**客**　訪客。月をさす。

〔押韻〕　五言古詩。1～4平声先韻。5～8入声屋韻。9～12入声陌韻。

〔解説〕　旅人である白楽天の月に対する愛着の深さを歌ったもの。「客中」は、旅行中、旅における、といった意味。

〔余説〕　詩の冒頭を「客」で歌い起こし、最後をまた「客」で結んでいる手法に注目されたい。また、「月」の字を重複して用いること五回、新月といい、残月といい、月無情という、月に対する愛着にあふれており、作者のやさしい心ねがうかがわれる。「月無情」は、李白の「永結₂無情遊₁」からきているものか。この詩は十二句ではあるが、対句が十分ではないから、五言排律とはいえない。

秋居書レ懐（秋居 懐ひを書す）

白居易（唐）

門前少二賓客一
階下多二松竹一・
秋景下二西牆一
涼風入二東屋一・
有レ琴慵不レ弄
有レ書閑不レ讀・
盡日方寸中
澹然無レ所レ欲・
何須廣居處
不レ用多積蓄・
丈室可レ容レ身
斗儲可レ充レ腹・

門前 賓客少なく
階下 松竹多し
秋景 西牆に下り
涼風 東屋に入る
琴有るも 慵くして弄せず
書有るも 閑にして読まず
尽日 方寸の中
澹然 欲する所無し
何ぞ須ひん 広居の処
用ひず 多く積蓄するを
丈室 身を容る可く
斗儲 腹を充たす可し

13 況無㆑治㆓道術㆒　　況(いは)んや　道術(どうじゅつ)を治(をさ)むる無(な)く

14 坐受㆓官家祿㆒　　坐(ざ)して　官家(かんか)の祿(ろく)を受(う)くるをや

15 不㆑植一株桑　　植(う)ゑず　一株(いっしゅ)の桑(くは)

16 不㆑鋤一壠穀　　鋤(す)かず　一壠(いつろう)の穀(こく)

17 終朝飽㆓飯餐㆒　　終朝(しゅうちょう)　飯餐(はんさん)に飽(あ)き

18 卒歳豐㆓衣服㆒　　卒歳(そつさい)　衣服(いふく)豐(ゆた)かなり

19 持㆑此知㆓媿心㆒　　此(これ)を持(ぢ)して　媿心(ちしん)を知(し)らば

20 自然易㆑爲㆑足　　自然(しぜん)に　足(た)るを為(な)し易(やす)し

1　わが家の門前には、来訪の賓客は少ないが　2　階下の庭には、松や竹が茂っている　3　秋は日の光が、西がわの土塀を低く照らし　4　夏は、涼しい風が、東がわの母家に吹き込む　5　瑟はあっても、手なぐさみに弾くのがおっくうであり　6　書物は沢山あるが、なおざりにして読もうとしない　7　ひねもす、わが心の中は　8　さっぱりしていて、何もほしいものはない　9　だから、どうして広く大きい住まいなど必要としようか　10　また、品物を多くつみ蓄える必要もない　11　ほんの一丈四方ぐらいの狭い部屋で、からだが入ればよく　12　一斗ぐらいの蓄えで、腹が一杯になればよい　13　まして道徳や学問を、身につけることもなく　14　何もせずに、お上の手当てをいただいておるからには、なおさらだ 15 一株の桑も植えたりせず 16 また、一うね分の穀物を耕したりしないで 17 朝のうちは御飯を腹一杯にいただき 18 一年じゅう、着物に不自由をしない 19 この生活を守って、羞恥の心を知るならば 20 自然に満足しやすくなるであろう

〔語釈〕 **西牆** 西がわの土塀。**慵** ものうい。おっくう。**不弄** （琴を）ひいて遊ばない。**閑不讀** なおざりにして読まない。「閑」は、閑却の意。**盡日** 一日じゅう。終日。**方寸** 一寸四方。心。昔、心の働きは方寸の間にあると考えられた。「方寸甚安」（白居易・与二微之一書）。**澹然** あっさりしたさま。**廣居** 広く大きな住居。**丈室** 一丈四方の部屋。ごく狭い部屋。方丈庵。**斗儲** 一斗ほどのたくわえ。**道術** 道徳と学術。仙術の意ではない。**坐** 何もせずに。無為に。**官家祿** お上の手当て。俸禄。**一壠** 一うね（畝）。**終朝** 朝のうちは。夜明けから朝の食事までの間。**卒歳** 一年じゅう。終年。**媿心** 羞恥の心。

〔押韻〕 五言古詩。入声屋韻（竹・屋・讀・蓄・腹・祿・穀・服）と入声沃韻（欲・足）の通用。

〔解説〕 この詩は秋日にあたり、作者がその住まいで衣食住にみち足りた心境を述べた境涯詩で、白居易の詩の分類に従えば「閑適」の詩である。

別二元九一後詠二所懐一 （元九に別れし後 所懐を詠ず） 白居易（唐）

1 零落桐葉雨　零落す 桐葉の雨

2 蕭條槿花風。　**蕭条たり　槿花の風**

3 悠悠早秋意　**悠悠たる　早秋の意**

4 生此幽閑中。　**此の幽閑の中に生ず**

5 況與故人別　**況んや　故人と別れ**

6 中懷正無悰。　**中懐　正に悰しみ無きをや**

7 勿言不相送　**言ふ勿かれ　相送らずと**

8 心到青門東。　**心は到る　青門の東**

9 相知豈在多　**相知は　豈　多きに在らんや**

10 但問同不同。　**但だ問ふ　同じきか　同じからざるかを**

11 同心一人去　**同心　一人去って**

12 坐覺長安空。　**坐ろに覚ゆ　長安の空しきを**

1 桐の葉が、秋雨で散り　2 むくげの花が、秋風に吹かれてさびしそう　3 早くも訪れた秋に、わが果てしない思いは　4 この物静かな、風物の中に起こってくる　5 まして昔なじみの友と別れて　6 心の中は、まったくおもしろくないからには、なおさらだ　7 見送りは、辞退するなどと言い給うな　8　わが心は、早くも青門の東に飛んでいるほどだから　9　真の友人は、多くを必要としない　10　ただ、気が合っているかどうかが問題だ　11　わが同心のたった一人の友の君が、いなくなって　12　何となしに、長安ががらっぽになったような気がする

〔語釈〕零落　草木が枯れ落ちる。蕭條　ものさびしいさま。槿花　むくげの花。夏・秋のころ紅紫色・白色などの花を開く。一日でしぼむため、はかないたとえとされる。悠悠　深く長く思うさま。幽閑　静かで奥ゆかしい。故人　旧知。元稹(げんしん)をさす。中懐　心中。悰　楽と同じ。青門　長安城の東南の門の名。相知　友人。特に仲のよい友人。同心　心の合った友人。坐　そぞろに。何となしに。

〔押韻〕五言古詩。平声東韻。

〔解説〕作者が親友の元稹(げんしん)（九は、一族中の同一世代に属する者の生まれた順序を示す排行(はいこう)）に別れてから、長安に残った己のさびしい気持ちを歌ったもの。韻字の「中」「同」を、第六句と第十一句の頭に再び使っているのもおもしろい。

別二舎弟一後月夜（舎弟(しゃてい)に別(わか)れし後(のち)の月夜(げつや)）　白居易(はくきょい)（唐(とう)）

1　悄悄初別夜　　悄悄(しょうしょう)たり　初(はじ)めて別(わか)れし夜(よ)は
2　去住両盤桓。　　去住(きょじゅう)　両(ふた)つながら盤桓(ばんかん)たり

3 行子孤燈店
4 居人明月軒。
5 平生共二貧苦一
6 未二必日成一レ歡。
7 及レ此暫爲レ別
8 懷抱已憂煩。
9 況是庭葉盡
10 復思山路寒。
11 如何爲不レ念
12 馬瘦衣裳單。

行子は　孤灯の店
居人は　明月の軒
平生　貧苦を共にし
未だ必ずしも　日〻に歓を成さざりき
此に及んで　暫らく別れを為すも
懐抱　已に憂煩す
況んや是れ　庭葉　尽き
復た思ふ　山路の寒きを
如何ぞ　為に念はざらん
馬瘦せて　衣裳の単なるを

1　別れたばかりの夜は、しょんぼりしてしまい　2　ゆく者も止まる者も、共にぐずぐずして立ち去りかねた　3　今ごろ出かけた者は、宿屋のさびしい灯火の下で　4　残った我は、わが家の軒先から明月を仰ぎ、思いをはせる　5　ふだん貧乏暮らしの苦しさを分かち合い　6　愉快な毎日を過ごしたとはいえない　7　ここにきて、しばらく別れて暮らすことになったが　8　胸の中は、早くも心配でたまらない　9　まして、庭の木の葉も散り尽くし　10　それに、山道の寒さを思えばなおさらだ　11　どうして、弟のために心配せずにおれようか　12　やせ馬にまたがり、単衣の旅装で出かけたのを

〔語釈〕**悄悄**　憂いに沈むさま。意気消沈のさま。**去住**　去る者と止まる者。「住」は、とどまる。**盤桓**　ぐずぐずするさま。**行子**　旅人。弟をさす。**店**　宿屋。**居人**　家におる。白居易をさす。**軒**　のき。家。**平生**　ふだん。日ごろ。**成歡**　愉快な日をすごす。**懷抱**　胸のうち。**憂煩**　うれえもだえる。心配する。**爲**　弟のために。**衣裳單**　夏の装束である。「単」は、ひとえもの。

〔押韻〕五言古詩。平声寒韻（桓・歡・寒・單）と平声元韻（軒・煩）との通用。

〔解説〕作者が自分の弟を旅に出してやった後の月夜の晩に、弟の身の上に思いをはせて作ったもの。いかにも友愛の情のあふれた作品。「舎弟」は、他人に対し自分の弟をさしていう。

〔余説〕わが国の古歌に、「ある時はありのすさびに憎かりき無くてぞ人は恋しかりける」とあるが、まして骨肉を分かち合った間柄、しばしの別れとはいえ、あふれるばかりの友愛の情が感じられる好詩である。

花下對レ酒詩（花下　酒に対するの詩）　白居易（唐）

1 引レ手攀二紅櫻一　手を引きて　紅桜を攀づれば

2 紅櫻落似レ霰　紅桜　落つること霰に似たり

3 仰レ首看二白日一
4 白日走如レ箭・
5 年芳與二時景一
6 頃刻猶衰變・
7 況是血肉身
8 安能長強健・
9 人心苦二迷執一
10 慕レ貴憂二貧賤一・
11 愁色常在レ眉
12 歡容不レ上レ面・
13 況吾頭半白
14 把レ鏡非レ不レ見・
15 何必花下杯

首を仰いで　白日を看れば
白日　走ること箭の如し
年芳と時景と
頃刻にして　猶ほ衰変す
況んや是れ　血肉の身なるをや
安くんぞ能く　長へに強健ならんや
人心　迷執に苦しみ
貴を慕ひ　貧賤を憂ふ
愁色　常に眉に在り
歓容　面に上らず
況んや吾が頭　半ば白く
鏡を把りて　見ざるに非ざるをや
何ぞ必ずしも　花下の杯

16　更待他人勧・

更に待たん　他人の勧むるを

1　手を伸ばして、紅桜の枝をひきよせると　2　紅桜の赤い実は、ばらばらっと、あられのように落ちてくる　3　頭をあげて太陽を仰ぎ見ると　4　時日の過ぎ去るのが、矢のように早く感じられる　5　春のかぐわしい花といい、季節の景物といい　6　たちまちの中に、衰え変わってしまう　7　まして生身のからだはなおさらである　8　どうして永久に丈夫でいられようか　9　だが、人の心は迷った執念に苦しみがちで　10　高貴の身分をのぞみ、貧賤をいやがり、うれえるものだ　11　そこで、いつも心配そうな様子が眉のしわねに表れ　12　うれしそうな様子など、顔色に出てこない　13　ましてわたしの頭は、半分まっ白になっており　14　鏡を手にして見ないわけでないから、なおさらよく知っている　15　なにもこの紅桜の花の下で杯を手にし　16　あらためて、他人に勧められるまでもあるまい

〔語釈〕**引手**　手を引き伸ばして。**紅櫻**　「桜」は、わが国のいわゆる「さくら」ではなく、「しなみざくら」すなわち「桜桃」、ばら科の落葉低木。花は淡紅色で、紅色長円形の実がなる。白居易が庭に紅桜を植えていたことは、その詩の「小園新種紅桜樹、閑繞花枝便当遊」などによってもわかる。一説に、ゆすらうめ。**攀**　引っぱる。よじのぼるのではない。**走如箭**　月日のたつのが早いこと、いわゆる「光陰、箭のごとし」。和刻本は「走」を「委」に作るが、どうか。**白日**　照り輝く太陽。**年芳**　春の花。**時景**　時節の景物。**頃刻**　たちまちの中に。**血肉身**　生身（なまみ）。**迷執**　迷った執念。**慕貴**　「論語」里仁篇に、「富与レ貴、是人之所レ欲也、……貧与レ賤、是人之所レ悪也……」とあるのなどをふまえたか。**歓容**　うれしそうな様子。

〔押韻〕五言古詩。去声霰韻（霰・箭・變・賤・面・見）と願韻（健・勸）と通用。

〔解説〕紅桜の花の咲く下で、酒を飲みながら満ち足りた生活の中に、人生の哀歓を歌いあげた感傷詩である。二首のうち一首を採る。

〔余説〕「紅桜」「白日」を、それぞれ直ぐまた重複して用いている点、第一句と第三句、第二句と第四句とが、それぞれ隔句対をなしている点など、さすがに手なれたものである。それに「紅桜」といい、「白日」といい、字づらがいかにもきれいである。

上陽白髪人　愍二怨曠一也　白居易（唐）

（上陽の白髪人　怨曠を愍れむなり）

1 上陽人　上陽人。　上陽人　上陽人
2 紅顔暗老白髪新。　紅顔　暗に老いて　白髪　新たなり
3 緑衣監使守二宮門一　緑衣の監使　宮門を守る
4 一閉二上陽一多少春。　一たび上陽に閉ざされて　多少の春ぞ
5 玄宗末歳初選入・　玄宗の末歳　初めて選入し
6 入時十六今六十・　入りし時十六　今は六十

同時采擇百餘人。
零落年深殘㆓此身㆒。
憶昔呑㆑悲別㆓親族㆒・
扶入㆓車中㆒不㆑教㆑哭・
皆云入㆑內便承㆑恩
臉似㆓芙蓉㆒胸似㆑玉・
未㆑容君王得㆑見㆑面
已被㆓楊妃遙側㆒㆑目・
妬令㆔潛配㆓上陽宮㆒
一生遂向㆓空房㆒宿・
宿㆓空房㆒　秋夜長。
夜長無㆑寐天不㆑明。
耿耿殘燈背㆑壁影

同時(どうじ)の采択(さいたく)　百余人(ひゃくよにん)
零落(れいらく)　年深(としふか)うして　此(こ)の身(み)を残(ざん)す
憶(おも)ふ昔(むかし)　悲(かな)しみを呑(の)み親族(しんぞく)に別(わか)れ
扶(たす)けて車中(しゃちゅう)に入(い)れられ　哭(こく)せしめず
皆云(みない)ふ　内(だい)に入(い)らば　便(すなは)ち恩(おん)を承(う)けんと
臉(けん)は芙蓉(ふよう)に似(に)て　胸(むね)は玉(ぎょく)に似(に)たり
未(いま)だ容(ゆる)されず　君王(くんのう)　面(めん)を見得(みう)ることを
已(すで)に楊妃(ようひ)に　遥(はる)かに目(め)を側(そばだ)てらる
妬(ねた)んで　潜(ひそ)かに上陽宮(じょうようきゅう)に配(はい)せしめ
一生(いっしょう)　遂(つひ)に空房(くうぼう)に向(む)かって宿(しゅく)す
空房(くうぼう)に宿(しゅく)せば　秋夜(しゅうや)　長(なが)し
夜長(よるなが)うして　寐(い)ぬる無(な)く天明(てんあ)けず
耿耿(けいけい)たる残灯(ざんとう)　壁(かべ)に背(そむ)くの影(かげ)

蕭蕭暗雨打レ窗聲。
春日遲
日遲獨坐天難レ暮•
宮鶯百囀愁厭レ聞
梁燕雙栖老休レ妒•
鶯歸燕去長悄然。
春往秋來不レ記レ年。
唯向二深宮一望二明月一
東西四五百廻圓。
今日宮中年最老•
大家遙賜尚書號•
小頭鞵履窄衣裳。
青黛點レ眉眉細長。

蕭蕭たる暗雨　窓を打つの声
春日　遅し
日遅うして独り坐すれば　天暮れ難し
宮鶯　百囀すれども　愁ひては聞くを厭ひ
梁燕　双栖すれども　老いては妬むを休む
鶯帰り　燕去って　長く悄然たり
春往き　秋来って　年を記せず
唯だ深宮に向かって　明月を望む
東西　四五百廻　円なり
今日　宮中　年最も老い
大家　遥かに賜ふ　尚書の号
小頭の鞵履　窄衣裳
青黛　眉に点じて　眉細く長し

33 外人不レ見見應レ笑
34 天寶末年時世妝。
35 上陽人　苦最多。
36 少亦苦　老亦苦
37 少苦老苦兩如何。
38 君不レ見昔時呂尚美人賦
39 又不レ見今日上陽人白髮歌。

外人は見ず　見れば応に笑ふべし
天宝の末年　時世の妝
上陽人　苦　最も多し
少きも亦苦しみ　老いても亦苦しむ
少苦　老苦　両つながら如何せん
君見ずや　昔時　呂尚の美人の賦を
又見ずや　今日　上陽人の白髪の歌を

1　上陽宮におしこめられている人よ、上陽宮に幽閉されている人よ　2　かつての美人も、いつ
のまにか、もうおばあさん　3　緑衣の番人が宮門で目を光らせ　4　いったんおしこめられてか
ら、どのくらい年月が経過したか　5　玄宗皇帝の晩年に、始めて入内し　6　入内した時は、十
六、今はもう六十　7　いっしょに選ばれたものは、百人以上いたが　8　年寄るままに死んで、
自分だけ生き残っている　9　思い出せばその昔、つらさを忍んで身うちに別れ　10　車に乗せて
もらったが、泣いてはいけないといわれた　11　みんな慰めていうことに、「宮中にはいったなら
ば、すぐにかわいがられますよ」と　12　顔は、はすの花、胸は玉のよう　13　ところがまだ天子
さまに、お目みえも許されないうちに　14　早くも楊貴妃に、遠くからにらまれ　15　ねたんで、
こっそり上陽宮に移され　16　一生涯、ひとり寝をかこっている　17　ひとり寝だと、秋の夜が長

く感じられ　18　夜長にまんじりともせず、夜は明けない　19　ほの明るい残灯に、壁を背にした
影が映り　20　寂しい暗夜の雨が、窓を打つ音がする　21　春の一日は、暮れるのが遅く　22　日
長を独りすわっていると、なかなか日は暮れない　23　御殿のうぐいすが、いくらさえずってくれ
ても、聞くのもつらく　24　うつばりのつばくろは、仲よく並んでいても、嫉妬（しっと）の気もおこらない
25　うぐいすも帰り、つばくろも去ると、いつまでも悄然たる思いにかられ　26　年月は過ぎて行
き、何年たったか、わからぬくらい　27　ただ宮殿から月をながめたところでは　28　東からのぼ
って西に没し、四、五百回ぐらい満月を迎えた　29　今では宮中の最年長者となり　30　おかみか
ら、尚書の号をいただいた　31　しかし、つま先のせまい靴や、そでのつまった衣装で　32　青い
まゆずみを、細長くひいているため　33　人が見ないからよいようなもの、見たならばきっと笑う
にちがいない　34　これは昔のお化粧で、時代遅れである　35　上陽宮の宮女の苦悩は、はなはだ
しい　36　若い時にも苦悩し、老いてからも苦悩し　37　これではとてもたまらない　38　その昔、
呂尚が、宮中へ美人を集めることの非をならして献上したという「美人賦」を知りませんか　39
また今日、上陽宮の宮女たちの、悲痛な叫びを知りませんか

〔語釈〕　**緑衣監使**　唐制によれば、京都の諸園苑には各々監一人、従六品下（じゅうろくほんげ）、副監一人、従七品下。六品官は、深緑色の官服。七品下は浅緑色の官服。**采擇**　宮女として選び採用されたもの。**残**　生き残っている。**入内**　宮中にはいれば。**瞼**　顔のこと。**側目**　ねたんで横目で見る。**配**　ながす。うつす。**空房**　ひとり寝の部屋。**耿耿**　ほのかに明るいさま。**蕭蕭**　物寂しいさま。**梁燕**　はりに巣を作っているつばくろ。**四五百廻圓**　満月に出会うこと四、五百回ほど、年月の長いことをいう。**大家**　おかみ。天子の左右に親近する人が天子に対し、親しみをこめた呼びかた。**尚書號**　三国（さんごく）・

北魏時代、宮中に女尚書があった。唐代の宮官には六尚（尚宮・尚儀・尚服・尚食・尚寝・尚功）があり、各々二人、正五品、宮中の服御、薬膳などをつかさどった。**小頭鞋履** つまさきの小さいくつ。**窄衣裳** そでのつまった衣。**時世粧** 当時流行の化粧。**呂尚美人賦** 呂尚、字は子開。開元十年に召されて翰林に入り、集賢院校理を兼ねた。当時、むやみに宮中に美人を集めることの非をならし、「美人賦」を作って献上した。

〔押韻〕 楽府。1～4平声真韻。5～6入声緝韻。7～8平声真韻。9～16入声屋韻と沃韻の通用。17～20平声庚韻と陽韻の通用。21～24去声遇韻。25～28平声先韻。29～30上声皓韻と、去声号韻の通用。31～34平声陽韻。35～39平声歌韻。

〔解説〕 詩題は、一本には、単に「上陽人」となっている。

「上陽」は、唐代の宮殿の名で、洛陽の西南にあった。当時の封建統治者は、自己の淫欲と使役に供するために、多数の民間女子を強制的に宮中に入れさせ、それらは、一生涯配偶者を得られず、孤独のうちに死んでいった。この詩は、一人の老宮女の運命を歌い、典型的な宮廷の暗黒・残酷と、宮女たちの痛苦を述べたものである。作者の原注には、「天宝五載（七四六）以後、楊貴妃は寵を専らにし、後宮の人、復た進幸せらるるものなし。六宮の美色ある者は、すなはち別所に置く、上陽は是れ其の一なり」とある。「新楽府」五十首の一つ。

〔余説〕 わが国でも、この詩がよく読まれた証拠に、この句中に由来している和歌が多く存する。

(イ)、8・25・26に由来するもの

春やこし秋や行きけむおぼつかなかげのくち木と世を過ぐす身は（紀貫之）

(ロ)、17・18に由来するもの

秋の夜も名のみなりけりあふといへばことぞともなく明けぬるものを（小野小町）

(ハ)、26・27に由来するもの

君や来し我やゆきけんおもほえず夢かうつつかねてかさめてか（在原業平）

(ニ)、20に由来するもの

恋ひしくば夢にも人を見るべきに窓うつ雨にめをさましつつ（大弐高遠）

(ホ)、30に由来するもの

さりともとかくまゆずみのいたづらに心ぼそくも老いにけるかな（源俊頼）

(ヘ)、35・36に由来するもの

むかしにもあらぬすがたになりゆけど嘆きのみこそおもがはりせぬ（源雅光）

新豊折臂翁　戒二邊功一也　　白居易（唐）

（新豊の折臂翁　辺功を戒むるなり）

1 新豊老翁八十八・　　新豊の老翁　八十八

2 頭鬢眉鬚皆似レ雪・　　頭鬢　眉鬚　皆雪に似たり

3 玄孫扶向二店前一行　　玄孫に扶けられ　店前に向かって行く

4 左臂凭レ肩右臂折・　　左臂は　肩に凭り　右臂は折れたり

問レ翁臂折來幾年。
兼問致レ折何因緣。
翁云貫屬二新豐縣一、
生逢二聖代一無二征戰一、
慣レ聽二梨園歌管聲一。
不レ識三旗槍與二弓箭一
無レ何天寶大徵レ兵。
戶有二三丁一點二一丁一。
點得驅將何處去
五月萬里雲南行。
聞道雲南有二瀘水一、
椒花落時瘴煙起、
大軍徒涉水如レ湯

翁に問ふ　臂折れて来　幾年ぞ
兼ねて問ふ　折を致せしは　何の因縁ぞと
翁は云ふ　貫は　新豊県に属し
生まれて聖代に逢ひ　征戦無し
梨園　歌管の声を聴くに慣れ
旗槍と　弓箭とを　識らず
何ばくも無く　天宝　大いに兵を徴し
戸に三丁有るは　一丁を点ず
点じ得られ　駆り将て　何れの処にか去く
五月　万里　雲南に行く
聞道く　雲南に瀘水有って
椒花　落つる時　瘴煙起こる
大軍　徒渉するに　水　湯の如し

未過十人五人死
村南村北哭聲哀
兒別爺娘夫別妻
皆云前後征蠻者
千萬人行無一回
是時翁年二十四
兵部牒中有名字
夜深不敢使人知
偸將大石槌折臂
張弓簸旗倶不堪
從茲始免征雲南
骨碎筋傷非不苦
且圖揀退歸鄉土

未だ過らざるに　十人　五人死すと
村南　村北　哭声　哀し
児は爺娘に別れ　夫は妻に別る
皆云ふ　前後　蛮を征する者
千万人行きて　一の回るもの無しと
是の時　翁が年　二十四
兵部の牒中に　名字有り
夜深けて　敢へて人をして知らしめず
偸かに　大石を将て　槌って臂を折る
弓を張り　旗を簸ること　倶に堪へず
茲により　始めて雲南に征くを免る
骨砕け　筋傷み　苦しからざるに非ず
且らく揀び退けられ　郷土に帰るを図る

31 臂折來來六十年。
32 一肢雖レ廢一身全。
33 至レ今風雨陰寒夜
34 直到二天明一痛不レ眠。
35 痛不レ眠 終不レ悔・
36 且喜老身今獨在・
37 不レ然當時瀘水頭。
38 身死魂飛骨不レ收。
39 應下作二雲南望鄉鬼一
40 萬人冢上哭呦呦。上
41 老人言 君聽取・
42 君不レ聞開元宰相宋開府・
43 不レ賞二邊功一防二黷武一・

臂折れて来来 六十年
一肢 廃すと雖ども 一身 全し
今に至るまで 風雨 陰寒の夜は
直ちに天明に到るまで 痛んで眠れず
痛んで眠れざるも 終に悔いず
且らく喜ぶ 老身の 今独り在るを
然らずんば 当時 瀘水の頭
身は死し 魂は飛び 骨収められじ
応に 雲南望郷の鬼と作り
万人冢上に 哭して呦呦たるべしと
老人の言 君 聴取せよ
君聞かずや 開元の宰相 宋開府
辺功を賞せずして 黷武を防ぎしを

44　又不レ聞天寶宰相楊國忠。　又聞かずや　天宝の宰相　楊国忠

45　欲レ求二恩幸一立二邊功一。　恩幸を求めんと欲して　辺功を立てしを

46　邊功未レ立生二人怨一。　辺功　未だ立たざるに　人怨を生ず

47　請問新豐折臂翁。　請ふ問へ　新豊の折臂翁に

1　新豊生まれの老翁は、年八十八　2　頭も、びんも、まゆも、ひげも、みんな雪のように真っ白である　3　やしゃごの手を借りて、店の前のほうに連れて行かれるが　4　左のひじを、やしゃごの肩にかけ、右のひじは、折れてだらり　5　おじいさんにお尋ねしますが、ひじを折ってから、何年になりますか　6　ついでにお尋ねいたしますが、ひじを折ったのは何のためですか　7　おじいさんは答えて言う、わしの本籍は新豊県　8　生まれた当時は、ありがたいみ代で、いくさというものがなかった　9　歌舞音曲の太平な音楽を聞きなれ　10　旗や槍や弓矢など、知らなかった　11　ところが、いくらもたたぬうちに、天宝時代に大召集が行われ　12　一戸に三人の成年男子がいれば、一人は兵隊にとられた　13　とられた兵士たちは駆りたてられて、どこに連れて行かれるのか　14　夏の暑いさなかに、万里の道を、雲南地方にやられるのだ　15　聞くところによると、雲南には、瀘水という大川があって　16　さんしょうの花が散るころには、川から毒気が立ちのぼるという　17　派遣軍がかち渡りすると、川の水は湯のように熱く　18　まだ川を渡りきらないうちに、十人のうち五人は死んでしまうとか　19　出征兵士をもつ村じゅうは、悲しみの泣き声でわきかえり　20　子どもは両親に泣き別れ、夫は妻と泣き別れて出かけて行く　21　皆あきら

めて言うには、「今まで南方のえびす征伐に行った者で　22　千万人のうち、無事帰ってきた者は一人もいない」と　23　「この当時、わしは二十四歳で　24　兵部の名簿に名前が載っていた　25（そこで、こんなばからしい戦争ってあるものかと）夜中に人に気付かれないようにして　26　こっそりと、大石でわれとわがひじをたたき折ってしまった　27　弓を張ったり、合図の旗を振ったりすることは、とてもできなくなり　28　これからというものは、雲南行きを免除された　29　骨は砕け、筋は痛んで、苦しいことは苦しいが　30　おかげで、どうやら選びのけられて、故郷に帰ってくるようになった　31　ひじが折れてからは、六十年になる　32　ひじ一本だめにしたが、からだは助かった　33　今でも風雨の日や、曇って寒い晩は　34　ずっと夜明けまで、痛んで眠れないほどである　35　たとい痛んで眠れなくとも、後悔はしない　36　まあまあ、老いぼれがきょうまで、ひとり生きのびられたのを喜んでいる　37　でなければ、当時、瀘水のほとりで　38　戦死をとげ、魂は宙にまよい、骨は拾ってもらえず　39　雲南の望郷の人魂となって　40　万人塚の上あたりを、悲しげに泣きながらさまよっていたことであろう」と　41　この老人の述懐の言葉を、どうか耳にとめて聞くがよい　42　あの開元時代の名宰相とうたわれた宋開府は　43　辺境での手柄を賞したりなどしないで、武力をむやみに行使することを防止したのを知らないか　44　また反対に、天宝時代の宰相、楊国忠は　45　天子のごきげんを取り結ぶため、辺境で手柄を立てようとし、無謀のいくさを起こしたのを知らないか　46　ところが辺境での手柄どころか、人民大衆の恨みを買ってしまったのだ　47　ひとつそのことはどうか、新豊のひじを折ったおじいさんに聞いてみるがよい

〔語釈〕**八十八**　一本には、「年八十」になっている。**玄孫**　孫の孫。やしゃご。**因縁**　いわれ。

わけ。**貫**　籍貫。本籍。**梨園**　演劇界。歌舞伎界。**無何**　久しからずして。**三丁**　三人の壮丁。「丁」は、一人前の男子。**點**　兵籍簿の名前の上にしるしをつけて兵に召される。**驅將**　かり立てて連れて行かれる。**聞道**　きくならく。きけば。「道」は助字。**瀘水**　昔の縄水。唐代の金沙江をさす。長江の上流で、雲南省内を流れている部分。**椒花**　さんしょうの花。**瘴煙**　中国南方の低湿地帯の川や湖から生ずる毒気で、マラリアなど南方の熱病の原因と考えられた。**大軍**　唐朝から派遣された大軍。**徒渉**　船や橋によらないで渡る。かち渡り。**過**　川を渡る。一本には「戦」となっている。**爺娘**　父母。唐代の俗語。**兵部**　尚書省に属し、軍事関係の政令をつかさどる。**牒**　召集名簿。**偸**　こっそりと。**槌折臂**　ひじの骨をたたき折る。**簸旗**　旗を振って合図をする。**不堪**　たえられない。できない。**臂折來來**　一本には「此臂折来」となっているが良くない。「来来」は唐代の俗語。「来」と同じ。**魂飛**　一本には「魂帰」となっており、また、「魂孤」となっているのもある。**萬人冢**　無名戦士の墓、といった意味。「冢」は塚、墓。作者の自注によれば、「雲南に万人冢あり即ち鮮于仲通・李宓の曾て覆軍（全滅）せし所なり」と。**呦呦**　しかの鳴き声、転じて悲しい泣き声。**宋開府**　開元時代の名宰相、宋璟。侍中（門下省の長官、すなわち宰相）で、後に改めて「開府儀同三司」を授けられた。むやみに兵を動員したりなどせず、戦争などやらなかった。**黷武**　武をけがす。むやみに武力を行使する。**楊國忠**　天宝十一年、右丞相となり、兼ねて剣南節度使となり、これがこの戦争の張本人。**邊功**　辺境での手柄。

〔押韻〕　楽府。1～4入声黠韻と屑韻の通用。5～6平声先韻。7～8去声霰韻。9～14平声庚韻と青韻の通用。15～18上声紙韻。19～22平声灰韻と斉韻の通用。23～26去声寘韻。27～28平声覃韻。29～30上声麌韻。31～34平声先韻。35～36去声隊韻、あるいは上声賄韻。37～40平声尤韻。41～43

上声麌韻。44~47平声東韻。

〔解説〕この詩は、当時の唐朝が、中国南境の少数民族国家「南詔」(今日の雲南省地方にあった)を圧迫し、無謀な戦争をしかけてかえって大敗し、多くの人命を失ったにもかかわらず、楊国忠はその敗報をかくして、さらに大軍を送ろうとしたため、人民の大反対を買った。さきの戦争では二十万の兵を失ったのである。確かに反戦、徴兵忌避の詩ではあるが、某氏の説くように、何が何でも反戦平和を歌っているのではなくして、野心家の野望を満足させるための、やらなくともよい戦争にかり出されるのはまっぴらだ、という気持ちを歌ったものである。某氏のような言い方は、人を誤解させるもので、この詩を利用して平和反戦を説こうとするのも公平な態度ではない。ちなみに、この詩は、一本では単に「折臂翁」となっている。「新豊」は、県名で、今の陝西省臨潼県境にあった。「新楽府」五十首の一。

賣炭翁　苦二宮市一也(宮市に苦しむなり)　白居易(唐)

1 賣炭翁。　売炭翁

2 伐レ薪焼レ炭南山中。　薪を伐り　炭を焼く　南山の中

3 満面塵灰煙火色・　満面の塵灰　煙火の色

4 兩鬢蒼蒼十指黑・　両鬢　蒼蒼として　十指　黒し

5 賣レ炭得レ錢何所レ營
6 身上衣裳口中食•
7 可レ憐身上衣正單◦
8 心憂二炭賤一願二天寒一◦
9 夜來城外一尺雪•
10 曉駕二炭車一輾二冰轍一•
11 牛困人飢日已高
12 市南門外泥中歇•
13 翩翩兩騎來是誰◦
14 黃衣使者白衫兒◦
15 手把二文書一口稱敕•
16 廻レ車叱レ牛牽向レ北•
17 一車炭　千餘斤

炭を売り　銭を得て　何の営む所ぞ
身上の衣裳　口中の食
憐れむ可し　身上　衣　正に単なり
心に炭の賤きを憂ひ　天の寒きを願ふ
夜来　城外　一尺の雪
暁に炭車に駕して　氷轍を輾らす
牛困しみ　人飢ゑ　日已に高し
市の南門外　泥中に歇む
翩翩たる両騎　来るは是れ誰ぞ
黄衣の使者　白衫の児
手に文書を把り　口に勅と称す
車を廻らし　牛を叱し　牽いて北に向けしむ
一車の炭　千余斤

18 宮使驅將惜不レ得
19 半匹紅紗一丈綾
20 繫向二牛頭一充二炭直一

宮使 駆り将て 惜しみ得ず
半匹の紅紗 一丈の綾
繫けて牛頭に向かひ 炭の直に充つ

1 炭を自分で焼いて、売るじいさんは 2 たきぎを切り、南山の山中で、炭を焼いている 3 顔中を、ちりと灰で真っ黒にし 4 両びんはごましおで、両手は真っ黒 5 そんなに苦労して、炭を売りお金を手に入れて、どうしようというのか 6 着たり、食ったりするためである 7 だが、気の毒にも、からだは着たきりすずめの全く一重の物一枚 8 腹の中では、炭の値段の安いのを心配し、陽気が寒くなってくれと願っている 9 よくしたもので、夕べから城外には、一尺もの大雪が積もった 10 しめたとばかり、夜明けから炭車の用意をして、氷結したわだちの上を車をきしらせながら出かけた 11 牛は重荷にあえぎ、じいさんも腹をすかせて、正午近くまでかかり 12 長安市の南門外までたどりついて、泥道で一ぷく 13 そこへ、そでをひらひらさせ、馬を飛ばせて来る二人の騎士があるが、だれだろうか 14 黄衣の使者と、白い上着の若者とである 15 手に文書をかざし、口々に「上意！ 上意！」 16 やむを得ず車の方向を変え、牛を叱りながら皇城のほうに向け直した 17 一車分の炭は千斤以上だが 18 宮使が駆り立てて持って行くので、惜しむわけにゆかない 19 一反の赤い薄絹と、半反の綾とを 20 牛の頭にかけてよこし、これで炭の代価をとっておけという

〔語釈〕**南山** 長安の南にある山の名。終南山。**煙火色** 物を焼く火の色。転じて、すす色。**蒼蒼**

白髪の混じっているさま。**賤** 値段の安いこと。**駕** 車体に牛馬をつける。**輾** きしらせる。**歇** 休憩する。**翩翩** ひらひらするさま。**黄衣使者** 唐代の宦官の、品級のやや高い者は黄衣、品級のないものは白衣を着ていた。彼らは皇帝から派遣されたと称し、使者、あるいは宮使と名のった。**白衫** 白い上衣。**向北** 唐代の長安は、東市・西市がみな南辺にあり、皇城は北辺にあった。北に向けたのは、皇城のあるほうに方向転換させたのである。**半匹** 一匹は織物二反、一反は二丈。**紅紗** 赤い色の薄絹。**直** 「値」に同じ。あたい。

〔押韻〕 楽府。1〜2平声東韻。3〜6入声職韻。7〜8平声寒韻。9〜12入声屑韻と月韻の通用。13〜14平声支韻。15〜20入声職韻。

〔解説〕 「宮市」とは、宮中の役人、すなわち宮内官である宦官が、市中の商人などから品物をただ同様にしてまき上げ、宮中でこれを押し売りすることをいう。他の役人たちは、あとのたたりを恐れて、高いのを承知で買わされた。徳宗時代には特にひどくなり、宦官がそれを一手ににぎり、数百人の「白望」を東西の両市場や、にぎやかな所に出して、彼らがほしい品物を見つけると、「宮市」と叫んで、勝手にいくらかの代価を払い、品物主を宮中に連れて行き、彼らに「門銭」と手数料とを要求した。だから市民は白望を見ると、門を閉ざし店をしめ、急いで避難した。まさに悪政の標本である。「新楽府」五十首の一。

井底引㆓銀瓶㆒　止㆓淫奔㆒也
（井底（せいてい）に銀瓶（ぎんぺい）を引（ひ）く　淫奔（いんぽん）を止（とど）むるなり）

白居易（はくきょい）（唐（とう））

1 井底引㆓銀瓶㆒
2 銀瓶欲㆑上絲繩絶•
3 石上磨㆓玉簪㆒
4 玉簪欲㆑成中央折•
5 瓶沈簪折知奈何
6 似㆓妾今朝與㆑君別㆒•
7 憶昔在㆑家爲㆑女時◦
8 人言擧動有㆓殊姿㆒◦
9 嬋娟兩鬢秋蟬翼•
10 宛轉雙蛾遠山色•
11 笑隨㆓戲伴㆒後園中

井底（せいてい）に　銀瓶（ぎんぺい）を引（ひ）く
銀瓶（ぎんぺい）　上（のぼ）らんとして　糸縄（しじょう）絶（た）ゆ
石上（せきじょう）に　玉簪（ぎょくしん）を磨（ま）す
玉簪（ぎょくしん）　成（な）らんとして　中央（ちゅうおう）より折（を）る
瓶（へい）沈（しづ）み　簪（しん）折（を）れ　知（し）る奈何（いかん）せん
妾（しょう）が今朝（こんちょう）　君（きみ）と別（わか）るるに似（に）たり
憶（おも）ふ昔（むかし）　家（いへ）に在（あ）って女（むすめ）為（た）りし時（とき）
人（ひと）は言（い）ふ　挙動（きょどう）　殊姿（しゅし）有（あ）りと
嬋娟（せんけん）たる両鬢（りょうびん）は　秋蝉（しゅうぜん）の翼（つばさ）
宛転（えんてん）たる双蛾（そうが）は　遠山（えんざん）の色（いろ）
笑（わら）って戯伴（ぎはん）に随（したが）ふ　後園（こうえん）の中（うち）

此時與君未相識•
妾弄青梅憑短牆。
君騎白馬傍垂楊。
牆頭馬上遙相顧
一見知君卽斷腸。
知君斷腸共君語•
君指南山松柏樹
感君松柏化爲心
闇合雙鬟逐君去•
到君家舍五六年
君家大人頻有言。
聘則爲妻奔是妾
不堪主祀奉蘋蘩。

此の時　君と　未だ相識らず
妾は青梅を弄して　短牆に憑り
君は白馬に騎って　垂楊に傍ふ
牆頭　馬上　遥かに相顧み
一見して知る　君が即ち腸を断つを
君が腸を断つを知って　君と共に語る
君は指す　南山の松柏の樹
君が松柏をば　化して心と為すに感じ
闇に双鬟を合して　君を逐うて去る
君が家に到り　舎すること五六年
君が家の大人　頻りに言有り
聘すれば則ち妻と為すも　奔れば是れ妾
祀を主り　蘋蘩を奉ずるに　堪へずと

終知君家不レ可レ住、
其奈三出レ門無二去處一、
豈無三父母在二高堂一。
亦有三親情滿二故鄕一。
潛來更不レ通二消息一、
今日悲羞歸不レ得、
爲二君一日恩一
誤二妾百年身一。
寄レ言癡小人家女
愼勿三將レ身輕許一レ人。

終に知る　君が家の住まる可からざるを
其れ門を出でて　去る処無きを奈せん
豈　父母の　高堂に在る無からんや
亦　親情の　故郷に満つる有り
潜み来って　更に消息を通ぜず
今日　悲羞　帰り得ず
君が一日の恩の為に
妾が百年の身を誤る
言を寄す　痴小　人家の女
慎んで身を将って　軽ゝしく人に許す勿かれ

1　井戸の底から、銀のつるべを引き上げようとしたら　2　銀のつるべは、あがりそうで、なわが切れてしまう　3　石の上で、かんざしをみがくと　4　玉のかんざしは、みがきあがろうとして、まん中から折れてしまう　5　つるべは沈み、かんざしは折れてしまい、どうしたらよいかわからない　6　わたしとあなたとのけさの別れとよく似ています（以上、たとえを引いて結婚の解

消をいう） 7 思いおこせば、昔、家におった娘時代 8 人は、わたしを小町娘と言いはやし
9 美しい両びんは、せみの羽根のよう 10 すんなりした両まゆは、遠山の色のよう 11 笑い
興じつつ、お友達といっしょに裏庭で遊び 12 その時は、あなたとは、まだ知り合いとなってい
ませんでした（以上、少女時代の甘い回想） 13 わたしが青梅をもてあそびつつ、低いかきねに
寄りかかっていた時 14 あなたは白馬にまたがって、しだれやなぎにそってやって来ました 15
かきねのほとりと馬上とで、はるかに顔をあわせ 16 一目であなたの切ない気持ちがわかり 17
あなたといっしょに語り合いましたが 18 あなたは南山の松やかしわをさして、変わることのな
い愛情を誓いました 19 あなたの堅い気持ちに感激し 20 ひそかに髪の形をととのえ、あなた
の後を追って家出をしました（以上、なれそめ当時の回想） 21 あなたのお家にまいって、身を
寄せること五、六年になりますが 22 あなたのお父さまは盛んにおっしゃいます 23 「なこう
どを立ててもらった女なら、正妻であるが、勝手に駆け落ちしてきた女は妾である 24 先祖のお
祭りをつかさどらせ、お供え物を供えさせるわけにはいかない」と 25 結局、あなたの家にはと
ても居られないことがわかりました 26 しかし、出て行っても、行くべき所がないのをどうしま
しょう 27 わたしにだって、父母が生きておらないわけではありません 28 また、新しい縁者
が故郷にはたくさんおります 29 しかし、こっそり出てきてから、全くの音信不通で 30 いま
さら、悲しいやら恥ずかしいやらで帰れません（以上、恋愛結婚の夢破れて進退にきわまった嘆
き） 31 あなたの一日の恩愛のために 32 わたしの一生はだいなしです 33 世間のおろかな
年はもゆかない娘さんたちに忠告いたします 34 どうか気をつけて、からだを軽々しく男に与え
てはなりませんよ

〔語釈〕**銀瓶**　銀製のつるべ。美しいつるべ。**玉簪**　玉製のかんざし。**知奈何**　どうしてよいやらわからない。詩における「知」は、「不知」と同じ。**殊姿**　すぐれた容姿。**嬋娟**　あでやかなさま。**秋蟬翼**　「秋蟬」は秋に鳴くせみ、ひぐらし。びんの毛を梳いてすけるのを、せみの羽の薄く美しいのにたとえた。**宛轉**　すんなり曲がっているさま。**雙蛾**　両の蛾のような美しいまゆ。**遠山色**　遠い山のように青くうっすらとした色のまゆ。美人のまゆ毛の形容。**戯伴**　遊び仲間。**後園**　後庭。裏庭。**短牆**　低いかきね。**垂楊**　しだれやなぎ。垂柳。**斷腸**　はらわたがちぎれる思い。非常な悲しみのたとえ。**南山**　長安の南にある終南山の略称。終南山がくずれないように、物事のいつまでも変わらないことのたとえに用いる。**松柏**　「まつ」と「このてがしわ」。ともに常緑樹。みさおの堅いのにたとえる。**雙鬟**　つのがみ。あげまき。幼少者の髪の結いかた。**大人**　おとうさま。夫の父をさす。**聘**　結納をおくって正式の結婚をする。**奔**　出奔。駆け落ち。**主祀**　先祖のまつりをつかさどる。**蘋蘩**　浮き草と、しろよもぎ。神に供える物。**高堂**　高くりっぱな建物（ざしき）。**親情**　親しい縁者。**癡小**　愚かな若いもの。**許人**　みさおを人にまかせる。

〔押韻〕楽府。1～6入声屑韻。7～8平声支韻。9～12入声職韻。13～16平声陽韻。17～20去声御韻。21～24平声元韻。25～26去声遇韻と御韻の通用。27～28平声陽韻。29～30入声職韻。31～34平声真韻。

〔解説〕この詩も、「新楽府」五十首のうちの一首で、自注にも言っているように、淫奔をやめさせるために作ったもの。詩題は、初句をそのまま採った。

〔余説〕自分の自由結婚、恋愛結婚の失敗を述べて、世間の子女に警告するといったもので、今日読んでみてもみずみずしさを失っていない。はじめての出会いの「青梅」・「白馬」のくだりは、李白の「長干行」あたりから借りた発想であろう。

太行路　借夫婦以諷君臣也
（太行の路　夫婦を借りて以て君臣を諷するなり）

白居易（唐）

太行之路能摧車
若比君心是坦途
巫峡之水能覆舟。
若比君心是安流。
君心好悪苦不常。
好生毛髪悪生瘡。
与君結髪未五載
豈期牛女為参商。
古称色衰相棄背・

太行の路　能く車を摧く
若し君が心に比すれば　是れ坦途
巫峡の水　能く舟を覆へす
若し君が心に比すれば　是れ安流
君が心の好悪　苦だ常ならず
好めば　毛髪を生じ　悪めば瘡を生ず
君と結髪　未だ五載ならず
豈期せんや　牛女の参商と為らんとは
古より称す　色衰ふれば　相棄背せらると

當時美人猶怨悔、
何況如今鸞鏡中
妾顏未レ改君心改、
爲レ君熏二衣裳一。
君聞二蘭麝一不二馨香一。
爲レ君盛二容飾一、
君看二珠翠一無二顏色一、
行路難　難二重陳一。
人生莫レ作二婦人身一。
百年苦樂由二他人一。
行路難難二於山一險二於水一、
不三獨人間夫與レ妻
近代君臣亦如レ此、

当時の美人　猶ほ怨悔す
何ぞ況んや　如今　鸞鏡の中
妾が顔　未だ改まらざるに　君が心　改まる
君が為に　衣裳を熏ずれば
君　蘭麝を聞けども　馨香とせず
君が為に　容飾を盛んにすれば
君　珠翠を看て　顔色無しとす
行路　難し　重ねて陳べ難し
人生　婦人の身と作る莫かれ
百年の苦楽　他人に由る
行路　難し　山よりも難く　水よりも険なり
独り人間　夫と妻とのみならず
近代の君臣も　亦此の如し

23　君不レ見左納言右納史・
24　朝承レ恩暮賜レ死・
25　行路難不レ在レ水不レ在レ山。
26　唯在二人情反覆間一。

君見ずや　左は納言　右は納史
朝に恩を承けて　暮れに死を賜ふを
行路　難し　水に在らず　山に在らず
唯だ人情　反覆の間に在り

1　太行山の道は険しく、旅人の車をこわすほどだが　2　人心の険しさに比べれば、平たんの道といえるし　3　巫峡の流れは急で、舟を引っくり返すが　4　人心の険しさに比べれば、まだ穏やかな流れといえる　5　あなたの愛憎の念は、非常に不安定で　6　愛する時は、むやみにほめ、毛髪を生ぜしめるほどかわいがるが、憎む時は、心にきずを生ぜしめるほどむごくする　7　結婚してから、五年もたたないのに　8　牽牛・織女が、参星と商星のようにかけ離れようとは、思いもかけませんでした　9　昔から、女はきりょうがおちると、捨てられてしまう、といわれますが　10　その当時の美人も、いたくこれを恨みくやしがっています　11　まして今、鏡の中をのぞいても　12　わたしのきりょうはまだ変わらないのに、あなたは心変わりされました　13　あなたのために、たきものをたきしめると　14　蘭麝の香をかいでも、よい香とはされず　15　あなたのために、お化粧をこらすと　16　珠玉や翡翠の首かざりを見ても、見られた顔でないとされる　17　人生行路のむずかしさは、これ以上とても言えないほどです　18　女などに、生まれるものではありません　19　一生の苦楽は、夫しだいですもの　20　人生行路のむずかしさは、太行の山や、巫峡の流れ以上です　21　単に夫妻の間だけのことではなく　22　近ごろの君臣の間がらも、やはり同じです　23　あなたがたは知りませんか、君の左右に侍する納言や納史のような臣も　24　朝には恩遇を受けても、夕べには死を賜うことがあることを　25　人生行路のむずかしさは、山や水にあるのではなく　26　ただ人間の感情の、反覆定めがたい点にあるのです

〔語釈〕**坦途**　平らな道。**巫峡**　揚子江の上流にある三峡の一。有名な険所、往々にして舟がくつがえる。**好生毛髪…**　「西京賦」に、「好む所には毛羽を生じ、悪む所には瘡痍（きりきず）を生ず」とあるに基づく。**結髪**　夫婦となること。結婚の夜、夫婦が互いの髪を結び合わせるからいう。**牛女**　牽牛と織女の二星。**参商**　参星と商星。この二星は同時に見えることがないので、別れてから久しく会わないたとえ。**鸞鏡**　「鸞」を、背面にほりつけた鏡。**蘭麝**　蘭の香と麝香。名香の名。**馨香**　よいにおい。**珠翠**　珠玉と翡翠で作った首飾り。**無顔色**　みられた顔でないとする。**他人**　おっと（夫）をさす。**納言**　舜の時の官名。天子のとりつぎ役。**納史**　内史の誤りであろう。王の命令を書きしるす役。

〔押韻〕楽府。1～4平声尤韻。5～8平声陽韻。9～12去声隊韻と、上声賄韻の通用。13～14平声陽韻。15～16入声職韻。17～19平声真韻。20～24上声紙韻。25～26平声刪韻。

〔解説〕「太行」は、太行山脈のことで、中国北部に連なる有名な峻険の山。太行山脈の険しさを、人生行路の険しさにたとえ、夫婦の和合を君臣の出会いにたとえ、君臣の終わりを全うし難いことを風刺したもの。「新楽府」五十首の一。

〔余説〕李白の「行路難」とともに、一読して人を感動せしめるものがある。科学は進歩し、世をあげて原子核時代の今日になっても、なお人間の感情のみは統制できないところに、人類の悲劇がある。

長恨歌

白居易（唐）

1 漢皇重色思傾國
2 御宇多年求不得
3 楊家有女初長成
4 養在深閨人未識
5 天生麗質難自棄
6 一朝選在君王側
7 回眸一笑百媚生
8 六宮粉黛無顏色
9 春寒賜浴華清池
10 溫泉水滑洗凝脂
11 侍兒扶起嬌無力

漢皇　色を重んじて　傾国を思ふ
御宇　多年　求むれども得ず
楊家に女有り　初めて長成す
養はれて深閨に在って　人　未だ　識らず
天生の麗質　自ら棄て難く
一朝　選ばれて　君王の側に在り
眸を回らして　一笑すれば　百媚生じ
六宮の粉黛　顔色無し
春寒　浴を賜ふ　華清の池
温泉　水滑らかに　凝脂を洗ふ
侍児　扶け起こせば　嬌として力無し

始是新受二恩澤一時。
雲鬢花顔金歩搖。
芙蓉帳暖度二春宵一。
春宵苦短日高起
從レ此君王不二早朝一。
承レ歡侍レ宴無二閑暇一、
春從二春遊一夜專レ夜、
後宮佳麗三千人。
三千寵愛在二一身一。
金屋粧成嬌侍レ夜
玉樓宴罷醉和レ春。
姊妹弟兄皆列レ土、
可レ憐光彩生二門戸一、

始(はじ)めて是(こ)れ　新(あら)たに恩沢(おんたく)を受(う)けし時(とき)
雲鬢(うんびん)　花顔(かがん)　金歩揺(きんぽよう)
芙蓉帳(ふようちょう)　暖(あたた)かに　春宵(しゅんしょう)を度(わた)る
春宵(しゅんしょう)　苦(はなは)だ短(みじか)く　日(ひ)高(た)けて起(お)く
此(これ)より君王(くんのう)　早朝(あさまつりごと)せず
歓(かん)を承(う)け　宴(えん)に侍(じ)して　閑暇(かんか)無(な)く
春(はる)は春遊(しゅんゆう)に従(したが)ひ　夜(よ)は夜(よ)を専(もっぱ)らにす
後宮(こうきゅう)の佳麗(かれい)　三千人(さんぜんにん)
三千(さんぜん)の寵愛(ちょうあい)　一身(いっしん)に在(あ)り
金屋(きんおく)　粧(よそほ)ひ成(な)って　嬌(きょう)として夜(よ)に侍(じ)し
玉楼(ぎょくろう)　宴(えん)罷(や)んで　酔(ゑ)うて春(はる)に和(わ)す
姉妹(しまい)　弟兄(ていけい)　皆(みな)土(ど)を列(れっ)す
憐(あは)れむ可(べ)し　光彩(こうさい)の門戸(もんこ)に生(しょう)ずるを

25 遂令二天下父母心
26 不レ重レ生レ男重レ生レ女・
27 驪宮高處入二青雲一。
28 仙樂風飄處處聞。
29 緩歌慢舞凝二絲竹一・
30 盡日君王看不レ足・
31 漁陽鼙鼓動レ地來
32 驚破霓裳羽衣曲・

遂に天下父母の心をして
男を生むを重んぜず　女を生むを重んぜしむ
驪宮　高き処　青雲に入り
仙楽　風に飄って　処処に聞こゆ
緩歌　慢舞　糸竹を凝らし
尽日　君王　看れども足らず
漁陽の鼙鼓　地を動かして来り
驚破す　霓裳　羽衣の曲

1　唐の玄宗は、女の容色を第一と考えて、絶世の美女をと思い　2　天下を治めること多年、これぞという美人は得られなかった　3　時に楊氏の家に一人の娘がおり、やっと一人前に成長したが　4　何分にも深窓に育てられていたので、まだ人の知るところとならなかった　5　しかし、もって生まれた美貌が、世に知られずに埋もれるはずはなく　6　たちまち選び出されて、君王のお側近く仕える身となった　7　ふりむいてひとたびにっこりと笑えば、こぼれるばかりの魅力が生じ　8　後宮の美女たちも、問題にならなかった（以上、一篇のプロローグ）　9　春なお浅く膚寒いころ、華清宮の温泉でおぼしめしによって入浴を許され　10　滑らかな温泉の湯で、楊貴妃の脂肪のかたまりのような白い膚を洗う　11　浴し終わって温泉からあがる貴妃を、腰元が助け起こすと、なよなよと力ないなまめかしさは、濃艶むせぶばかり　12　これこそ貴妃と玄宗との、そもそものなれそめ当時のこと　13　雲のようなふさふさした髪の毛、花のような美しい容貌、黄金細工の髪飾り　14　蓮の花模様のカーテン暖かく、その中で春の一夜を過ごされるが　15　春の夜は歓楽にふける二人にとっては短すぎ、朝寝をされるしまつで　16　これからは、朝早くから政治に精を出されることがなく　17　貴妃は、天子のごきげんを巧みにとりむすび、宴席にはべり、寸時もそばをはなれる暇とてなく　18　春は春の遊びのお伴をし、夜はまた夜、天子を独占した（以上、天子が貴妃のとりことなり、政治を忘れたことをいう）　19　後宮には三千人もの美女群がいたが　20　その三千人に対する愛をば、わが一身に集めた　21　黄金作りの御殿でおつくりがすむと、なよなよとした風情で、夜のおとぎの席にはべり　22　また、珠玉で飾った高殿の夜もふけて、宴会も終わったころは酒に酔いしれて、陶然として春のふんい気にとけこむといったぐあい　23　貴妃のおかげで、姉妹兄弟までみな官爵をたまわり　24　うらやましくも、楊氏の一門一家は光栄にかがやいた　25　その結果、天下の親たちの心をして　26　男の子など生んでもしかたがない、生むなら女の子にかぎると思わしめるようになった（以上、貴妃の得意、世の羨望の的となることをいう）　27　驪山にある華清宮のいらかは高くそびえて、青空の雲間につき入るあたり　28　仙人のかなでる音楽ともまがう、たえなる楽の音が、風のまにまに峰々から聞こえてくる　29　かかる中で貴妃がゆっくりと歌い、また、ゆったりと舞うのに合わせて、管弦の妙を尽くし　30　天子はひねもす見物しても、あくことを知らない　31　（突如として）漁陽からわきおこった反乱軍のせめ太鼓は、大地を踏みとどろかし、都をさして攻めのぼり　32　霓裳羽衣の曲をのどかに舞って

いた大宮人のどぎもを抜いてしまった（以上、太平の歓楽より、一転して大動乱に陥ったこと）

〔語釈〕 **漢皇**　漢の武帝。ここでは唐の玄宗をさす。あらわに現在の天子を名ざすをはばかり、前代の天子の名を借りて風刺の意をこめた。下文の「漢家天子の使」の「漢」と、用法は同じ。**傾國**　国を傾けても悔いないほどの美人。李延年の一首の歌、「北方に美人あり、絶世にして独立す、一顧すれば人の城を傾けしめ、再顧すれば人の国を傾けしむ…」と歌って、自分の妹を漢の武帝にすすめ、ついに迎えられて李夫人となった。**御宇**　天下を統治する。**楊家…**　楊貴妃、小名は玉環。蒲州永楽県（今の山西省の芮城県境）の人。幼時、叔父の楊玄珪の家に養われていた。開元二十三年、玄宗の子の寿王の妃となったが、二十八年に武恵妃を失って寂しさをかこっていた玄宗は、これを女道士として太真宮に住ましめ、道号を太真となのらせた。やがて天宝四年に立てて貴妃とし、玄宗の愛を独占した。時に貴妃は二十七、玄宗は六十を過ぎていた。原詩の「養はれて深閨に在つて人未だ識らず」とは、作者がいみ避け、かつ二人の恋愛を美化する意図から出たものである。**長成**　一人前に成長する。**深閨**　奥深い寝部屋。婦人の部屋を「閨」という。**天生**　生まれながらに。**難自棄**　「自」は、そのまま。そのまま世に知られずに終わるはずはない。**一朝選**　「一朝」は、たちまち、急に。開元二十八年に寿王の妃であった貴妃は、強いて選び召された。「長恨歌」は、この点をあらわには言わない。**回眸**　振り返って見る。あとを見返る。**百媚生**　こぼれるばかりの魅力が生ずる。**六宮**　宮中の奥御殿。天子には六つの後宮がある。**粉黛**　おしろいと、まゆずみ。転じて、美女の意。女官たちをさす。**無顔色**　顔の美しさがない。見おとりがする。**華清池**　驪山（今の陝西省臨潼県境にある）の華清宮にある温泉。開元十一年に温泉宮を建て、天宝六年に華清宮と改名した。**凝脂**　にこごり。美人の皮膚の白くなめらかなのを形容したもの。こりかたまった脂肪のように白い膚。**侍兒**　召使のはしため。**嬌**　なよなよとしたさま。なまめかしく美しいさま。**雲鬢**　雲のように黒くて豊かな髪の毛。**金步搖**　黄金の頭飾り。黄金の山題（ひたいの前面につける山型のもの）の上に、すずめ、花、獣などの飾りや、たれ玉があり、歩くと揺れ動いて音をたてる。**芙蓉帳**　蓮の花模様をぬいとりしたとばり・カーテン。**度春宵**　春の一夜を過ごす。**苦短**　はなはだ短い。「苦」を、はなはだと読むのは唐代の俗語。**不早朝**　朝早くから政治に精を出さなくなった。**承歡**　きげんをとる。玄宗の意を迎えて、その欲するところをすぐにさとること。**佳麗三千人**　三千人の美女。古代の封建王朝は、彼らの淫楽と使役に供ぜしめるため、民間の子女を多く選んで宮中に入れさせた。三千は多いことを言ったもので、実際は三千人以上いたらしい。**金屋**　黄金づくりの御殿。りっぱな御殿。**玉樓**　玉で飾った高殿。りっぱな高殿。**醉和春**　酒に酔って春のふんい気の中にとけこむ。**姉妹弟兄皆列土**　「列土」は、土地を与えて大名にとりたてること。すなわち、貴妃の父の玄琰を太尉として斉国公に、叔父の玄珪を光祿卿に、兄の銛を鴻臚卿に、錡を侍御史に、楊釗（国忠）を右丞相にした。また、三人の姉は韓・虢・秦の三国の夫人となった。**可憐**　うらやましい。かわいそうという意ではない。**光彩生門戸**　一門一家のめざましい繁栄ぶりをいう。**仙樂**　仙人のかなでるようなたえなる音楽。**凝絲竹**　管弦の妙をつくす。「糸」は、弦楽器、「竹」は、管楽器。**看不足**　いくら見ても見あきない。**漁陽**　天宝十四年（七五五）十一月、平盧・范陽・河東の節度使の安祿山は、「幽州」を天宝元年に改めて范陽郡とし、今の北京市大興・宛平・昌平・房山などの大部分を管轄した。漁陽郡は、当時、范陽節度使の管下にあって、今の北平市東南の一部分の地区。詩中で范陽といわずに「漁陽」といっているのは、後漢の時代に、彭寵が漁陽によって漢にそむいた故事をふまえたもの。**鼙鼓**　騎兵の用いる小つづみ。馬上で打ち鳴らすせめ太鼓。**驚破**　驚かす。「破」は、強意の助字。**霓裳羽衣曲**　開元の時代に、インドから伝えられた舞曲の名。楊貴妃はこれを得意とした。

〔押韻〕七言古詩。八句・二句・四句、または六句ごとに換韻している。1～8入声職韻。9～12平声支韻。13～16平声蕭韻。17～18去声禡韻。19～22平声真韻。23～26上声麌韻と語韻の通用。27～28平声文韻。29～32入声屋韻と沃韻の通用。

〔解説〕「長恨」の語は、最後の二句「天長地久」の「長」と、「此恨綿綿」の「恨」とを採り、題して長き恨みの歌、すなわち唐の明皇、玄宗と、楊貴妃との悲恋を歌いあげた一大長編叙事詩である。楊貴妃の死後五十年、作者三十五歳の時の作。当時（元和元年、八〇六）盩厔県尉であった作者が、県下の仙遊寺に遊び、玄宗と貴妃とについて語り、同行の陳鴻が「長恨歌伝」（小説）を書き、その前につけたのが、この詩であるといわれる。一二〇句、八四〇字より成るが、ふつう三大段にわけている。なお、この詩と参観すべきものに、元稹の「連昌宮詞」がある。

33　九重城闕煙塵生。　九重の城闕　煙塵　生じ
34　千乘萬騎西南行。　千乗万騎　西南に行く
35　翠華搖搖行復止・　翠華　揺揺として　行いて復た止まり
36　西出都門百餘里・　西のかた都門を出づること　百余里
37　六軍不發無奈何　六軍発せず　奈何ともする無し

38 宛轉蛾眉馬前死•
39 花鈿委レ地無二人收一。
40 翠翹金雀玉搔頭。
41 君王掩レ面救不レ得
42 回看血涙相和流。
43 黄埃散漫風蕭索•
44 雲棧縈紆登二劍閣一•
45 峨眉山下少二人行一
46 旌旗無レ光日色薄•
47 蜀江水碧蜀山青。
48 聖主朝朝暮暮情。
49 行宮見レ月傷心色
50 夜雨聞レ鈴腸斷聲。

宛転(えんてん)たる蛾眉(がび)　馬前(ばぜん)に死(し)す
花鈿(かでん)　地(ち)に委(い)して　人(ひと)の収(をさ)むる無(な)く
翠翹(すいぎよう)　金雀(きんじやく)　玉搔頭(ぎよくそうとう)も
君王(くんのう)　面(めん)を掩(おほ)うて　救(すく)ひ得(え)ず
回看(かいかん)すれば　血涙(けつるい)　相和(あひわ)して流(なが)る
黄埃(こうあい)　散漫(さんまん)として風(かぜ)　蕭索(しようさく)
雲桟(うんさん)　縈紆(えいう)　剣閣(けんかく)に登(のぼ)る
峨眉山下(がびさんか)　人(ひと)の行(ゆ)く少(まれ)に
旌旗(せいき)　光無(ひかりな)く　日色薄(につしよくうす)し
蜀江(しよくこう)は　水碧(みづみどり)に　蜀山(しよくざん)は青(あを)く
聖主(せいしゆ)　朝朝(ちようちよう)　暮暮(ぼぼ)の情(じよう)
行宮(あんぐう)に月(つき)を見(み)ては　傷心(しようしん)の色(いろ)
夜雨(やう)に鈴(すず)を聞(き)いては　腸断(ちようだん)の声(こゑ)

51 天旋日轉回二龍馭一•
52 到レ此躊躇不レ能レ去•
53 馬嵬坡下泥土中
54 不レ見二玉顔一空死處•
55 君臣相顧盡沾レ衣。
56 東望二都門一信レ馬歸。
57 歸來池苑皆依レ舊•
58 太液芙蓉未央柳•
59 芙蓉如レ面柳如レ眉。
60 對レ此如何不二涙垂一。
61 春風桃李花開日
62 秋雨梧桐葉落時。
63 西宮南內多二秋草一•

天旋り　日転じて　龍馭を回す
此に到って　躊躇して去る能はず
馬嵬坡下　泥土の中
玉顔を見ず　空しく死せし処
君臣　相顧みて　尽く衣を沾し
東のかた都門を望み　馬に信せて　帰る
帰り来れば　池苑　皆旧に依る
太液の芙蓉　未央の柳
芙蓉は面の如く　柳は眉の如し
此に対し　如何ぞ　涙垂れざらん
春風　桃李　花開くの日
秋雨　梧桐　葉落つるの時
西宮　南内　秋草多く

64 宮葉満レ階紅不レ掃・

65 梨園弟子白髪新

66 椒房阿監青娥老・

67 夕殿螢飛思悄然。

68 孤燈挑盡未レ成レ眠。

69 遲遲鐘鼓初長夜

70 耿耿星河欲レ曙天。

71 鴛鴦瓦冷霜華重・

72 翡翠衾寒誰與共・

73 悠悠生死別經レ年

74 魂魄不ニ曾來一入レ夢・

宮葉　階に満ちて紅　掃はず

梨園の弟子　白髪新たに

椒房の阿監　青娥老いたり

夕殿　蛍飛んで　思ひ悄然

孤灯　挑げ尽くして　未だ眠りを成さず

遅遅たる鐘鼓　初めて長き夜

耿耿たる星河　曙けんとするの天

鴛鴦の瓦　冷ややかにして　霜華重く

翡翠の衾寒うして　誰と共にせん

悠悠たる生死　別れて年を経たり

魂魄　曾て来って　夢にだも入らず

33 九重の奥深い宮殿のあたりも、たちまち修羅のちまたと化し　34 多くの騎馬武者に守られて、西南さして都落ちをされることとなった　35 かわせみの羽で飾った天子の御旗は、ゆらゆらと風になびき、少し進んだかと思うと、すぐに止まってしまう　36 かくて都門の西方百余里の馬嵬駅にさしかかった時　37　天子の近衛軍は、ストライキを起こして動かばこそ　38　やむなく美女楊貴妃も天子の馬前にあえなく死んでしまった　39　額にはりつけた飾りは、泥まみれになって大地に落ちていても、だれも拾い取って葬ってくれる人とてなく　40　かわせみの羽の髪飾り、黄金の鳳凰形のかんざし、玉製のこうがいも同じ　41　玄宗は両手で顔をおおい、助けてやれない自分のふがいなさを泣いたが　42　さて進発となってからも、あと振り返っては、血と涙とがまざってほおを流れた（以上、都落ちと貴妃の横死、玄宗の尽きぬ悲しみ）　43　黄塵が舞い、吹く風もものの寂しく　44　雲のわき出る高いところの掛け橋を巡り巡って、剣閣にまで登って行く　45　峨眉山のふもとあたりは、往来する人影もまばらで　46　天子の御旗も、都落ちのこととて光を失い、おし照る太陽も心なしか薄く曇っているよう　47　（しかし）蜀の山川はあくまで青々と美しいのであるが　48　玄宗皇帝は朝な朝な、また、夕な夕な無限の思いにかられる　49　仮の宮殿で月を見て、月も心をいたましめているかに見え　50　雨の晩に鈴の音を聞くと、腸をちぎられるような音色に聞こえる（以上、都落ちの艱難と行宮での苦悩）　51　（さて、蜀にいること二年）天日の巡るように、さしもの戦乱も収まって、都に還幸されることとなったが　52　馬嵬駅にさしかかると、しばしためらわれて、にわかに立ち去ることができない　53　この土手下の泥土の中には　54　今はもはや美しい顔を見るよしもない貴妃が埋められているのである　55　玄宗と侍臣たちは、顔見合わせてみな泣き、直衣の袖をしぼった　56　かくて、東のほう長安さして、馬の歩むにまかせて帰っていったのである（以上、都への還幸と馬嵬での回顧）　57　都に帰ってみると、宮中の池も園も昔のままで　58　太液池のはすの花、未央宮前の柳も　59　はすの花は楊貴妃の面輪を思い出させ、柳の葉は眉にそっくりである　60　これらにうち向かうと、どうして泣かずにおれようか

61　春の暖かい風によって、ももやすももの花が一時に開くような日　62　また、秋雨が青ぎりの葉にふりそそぎ、葉が散り落ちる時　63　西の宮殿（太極宮の甘露殿）や、南の宮殿（興慶宮）も荒れ果てて、秋草しげくおい茂り　64　宮殿のわくら葉は、きざはしいっぱいに積もっているが、その紅葉をそうじさせる気にもなれない　65　かつて玄宗みずから選抜し養成した梨園の若い人たちも、今や白髪になり　66　皇后の御殿の女官長も、青春の美貌の面影はない（以上、物は変わらないが、人みな老いたという感慨）67　夕べの御殿に蛍の飛びかうのを見ては、心もうちしおれ　68　消えかかる灯心をかき立てて、夜のふけるまでなかなか寝つかれない　69　時を知らせる鐘や太鼓の音は、いたずらにもどかしく、初めて夜の長いのが感ぜられ　70　きらめく天の川をながめているうちに、やっと夜明けの空となる　71　おしどりにかたどった御所の屋根がわらは冷たそうで、上に霜が、重たげにおかれ　72　かわせみの模様をぬい取りした夜着は、だれとともに着て寝ようか　73　生き別れ、死に別れしてから、はるかに年月が経過したが　74　貴妃のたましいは、玄宗の夢にさえはいってきてはくれない（以上、年月を経ていよいよつのる思慕の情）

〔語釈〕 **九重**　皇帝の住んでいるところには、九の門が重ねてある。**煙塵生**　焼かれて煙があがり、また、馬ていに踏みにじられて砂塵の舞いあがること。天宝十五年六月、安禄山が潼関を陥落させ、やがて長安に侵入した時のことをさす。**千乗萬騎**　多くの車や馬。「乗」は車、「騎」は馬匹。「千・万」は誇張の言葉。玄宗が脱出当時、お供をした軍隊は多くなかった。**西南**　蜀（四川省）をいう。**翠華**　翡翠の羽で飾った天子の旗。**搖搖**　ゆらゆらと風になびくさま。**六軍不發**　近衛の軍隊が動かなくなった。進発しなくなった。諸侯は三軍、天子は六軍を常備軍としてもつ。一軍は一万二千五百人。**無奈何**　どうしようもない。内乱の張本人を殺すまでは動かないと言い出したのである。**宛轉**　まゆのすんなりと美しくまがっているさま。**蛾眉**　蛾のようなまゆをしている美人、楊貴妃をさす。**馬前死**　馬嵬の駅（長安の西方、約百里のところ）で、将士はみな飢え疲れ、このたびの元兇は楊国忠だとしてこれを殺し、さらに玄宗に迫って貴妃をも殺すことを請うた。玄宗はやむを得ず、高力士に命じてこれをくびり殺させた。**花鈿**　婦人の額にはりつけた飾り。**翠翹**　かわせみの羽に似ている婦人の髪飾り。**金雀**　黄金で作った鳳凰の形をしたかんざし。**玉搔頭**　玉製のこうがい。花鈿の二句は倒装法で、貴妃の死後、翠翹、金雀、玉搔頭、花鈿などが、地上に泥まみれになって散らばっていても、だれも拾いとっていっしょに埋めてくれるものがなかった意。貴妃に対する憎悪を表す。**血涙相和流**　涙が尽きて目から血が出る。それと涙とがまざり合って流れる。悲しみのきわみをいう。**蕭索**　物寂しいさま。**雲棧**　雲につき入るような高いところにある掛け橋（桟道）。**縈紆**　巡り巡るさま。**剣閣**　蜀の桟道中第一の険しい山。四川省の剣閣県境にある。**峨眉**　峨眉山。四川省峨眉県境にある。玄宗はかつて峨眉、剣閣へいったことはないが、この二句で蜀の道中の険しさをいい、悲痛な気持ちを表す。**聖主**　玄宗をさす。**行宮**　行在と同じ。仮の宮殿。**夜雨聞鈴**　蜀への道中で長雨にあい、また、桟道で鈴の音が山にこだまするのを聞いて、玄宗は楊貴妃をいたみ「雨霖鈴曲」を作ったといわれる。桟道の険しいところには鉄索があり、それに鈴がついていて、つかまると鈴が鳴るようになっていた。四川省梓潼県に、玄宗が夜雨に鈴を聞いたと伝えられるあずまやがある。**天旋日轉**　天日が変転する。世の中が変わって戦乱がおさまること、至徳二載（七五七）十二月。「日転」を、一に「地転」に作る。**回龍馭**　玄宗が都へ帰ること。「龍馭」は、天子の車。**玉顔**　玉のようにうるわしい楊貴妃の顔。**東望都門**　36の「西出㆓都門㆒」と照応している。**信馬**　馬の歩むにまかせて。ぶらりぶらりと、気のないさまを表現し得て妙。**依**

舊　もとのまま。昔にかわらない。**太液**　池の名。大明宮の内にあって、池中に蓬萊山があり、池のほとりに蓬萊殿があった。**未央**　もと漢の宮殿の名。その旧跡は西安市城外の西北隅にあった。唐代もその名を用いて未央殿があった。**西宮・南内**　皇居のうちを「大内」、略して「内」という。唐代は、大明宮を東内、興慶宮を南内、太極宮を西内と称した。玄宗は蜀からかえってから南内に住んでいたが、のちに追われて西内の甘露殿に移られ、憂憤し病を得て死んだ。**梨園**　御苑の名。宮中の俳優楽師の養成所。玄宗が開元二年におこし太極宮内の宜春北院にあった。**椒房**　皇后の御殿。山椒と泥土とを和して壁を塗り、香気と暖気とを保ち、邪気を防いだ。「房」は、部屋。**阿監**　女官の長。**青娥**　青春の美貌。**悄然**　しおれるさま。**遅遅鐘鼓**　夜ふけを報ずる鐘や太鼓。**耿耿**　きらめくさま。また、ほの明るいさま。**星河**　天の川。**鴛鴦瓦**　おしどりにかたどったかわら。**霜華**　しも。**翡翠**　かわせみ。「翡」は、おす、「翠」は、めす。夫婦の仲がよい。**衾**　夜具。寝具。**悠悠**　はるかに遠いさま。**魂魄**　魂。人が死ぬと、「魂」は天に上り、「魄」は地上にとどまるといわれる。

〔押韻〕33～34平声庚韻。35～38上声紙韻。39～42平声尤韻。43～46入声薬韻。47～50平声庚韻。51～54去声御韻。55～56平声微韻。57～58去声宥韻と上声有韻との通用。59～62平声支韻。63～66上声皓韻。67～70平声先韻。71～74去声宋韻と送韻の通用。

75　臨邛道士鴻都客・　　臨邛の道士　鴻都の客

76　能以㆓精誠㆒致㆓魂魄㆒・　　能く精誠を以て　魂魄を致す

77 爲レ感二君王展轉思一
78 遂敎二方士殷勤覓一・
79 排レ空馭レ氣奔如レ電・
80 昇レ天入レ地求レ之徧・
81 上窮二碧落一下黃泉
82 兩處茫茫皆不レ見・
83 忽聞海上有二仙山一。
84 山在二虛無縹緲閒一。
85 樓閣玲瓏五雲起・
86 其中綽約多二仙子一・
87 中有二一人一字玉眞
88 雪膚花貌參差是・
89 金闕西廂叩二玉扃一。

君王が展転の思ひを感ぜしめんが為に
遂に方士をして　慇勤に覓めしむ
空を排し　気を馭し　奔ること電の如く
天に昇り　地に入って　之を求むること徧し
上は碧落を窮め　下は黄泉
両処　茫茫として　皆見えず
忽ち聞く　海上に仙山有り
山は　虚無　縹緲の間に在り
楼閣　玲瓏として　五雲起こり
其の中　綽約たる仙子多し
中に一人有り　字は玉真
雪の膚　花の貌　参差として是れなりと
金闕の西廂に　玉扃を叩き

90 轉教小玉報雙成。
91 聞道漢家天子使
92 九華帳裏夢魂驚。
93 攬衣推枕起徘徊。
94 珠箔銀屏邐迤開。
95 雲鬢半偏新睡覺
96 花冠不整下堂來。
97 風吹仙袂飄飄擧•
98 猶似霓裳羽衣舞•
99 玉容寂寞淚闌干
100 梨花一枝春帶雨•
101 含情凝眸謝君王。
102 一別音容兩渺茫。

転じて　小玉をして双成に報ぜしむ
聞道く　漢家天子の使ひと
九華帳裏に　夢魂　驚く
衣を攬り　枕を推し　起って徘徊すれば
珠箔　銀屏　邐迤として開く
雲鬢　半ば偏いて　新たに睡りより覚め
花冠　整へず　堂を下り来る
風は仙袂を吹いて　飄飄として挙がり
猶ほ似たり　霓裳羽衣の舞
玉容　寂寞として　涙　闌干
梨花　一枝　春　雨を帯ぶ
情を含み　眸を凝らし　君王に謝す
一別　音容　両つながら渺茫

昭陽殿裡恩愛絶
蓬萊宮中日月長。
回レ頭下望二人寰一處•
不レ見二長安一見二塵霧一
唯將二舊物一表二深情一
鈿合金釵寄將去•
釵留二一股一合一扇•
釵擘二黄金一合分レ鈿•
但令下心似二金鈿一堅上
天上人間會相見•
臨レ別殷勤重寄レ詞。
詞中有レ誓兩心知。
七月七日長生殿

昭陽殿裡　恩愛絶え
蓬萊宮中　日月長し
頭を回らして　下　人寰を望む処
長安　見えず　塵霧見ゆ
唯だ旧物を将て　深情を表し
鈿合　金釵　寄せ将ち去らしむ
釵は一股を留め　合は一扇
釵は黄金を擘き　合は鈿を分かつ
但だ心をして　金鈿の似く堅からしめば
天上　人間　会ず相見んと
別れに臨んで　殷勤に　重ねて詞を寄す
詞中に　誓ひ有り　両心のみ知る
七月七日　長生殿

夜半無レ人私語時。
在レ天願作二比翼鳥一
在レ地願爲二連理枝一。
天長地久有レ時盡
此恨綿綿無二絶期一。

夜半　人無く　私語の時
天に在っては　願はくは　比翼の鳥と作らん
地に在っては　願はくは　連理の枝と為らんと
天長　地久　時有ってか尽くるも
此の恨みは　綿綿として　絶ゆる期無からん

75　蜀の臨邛出身の道士で鴻都客なる者が　76　真心こめて祈ると、死者の魂を招き寄せることができるという　77　そこで、玄宗が寝返りをうって思慕する気持ちを、貴妃に伝えるため　78　とうとう彼をしてねんごろに、貴妃の魂を捜しにやることとなった　79　方士は、そらを押しわけ風に乗って、電光のように早く走り　80　天にのぼり地下に分け入って、あまねく捜しまわった　81　すなわち、天上は青空のかなたから、地下は大地の奥深くまでくまなく尋ねたが　82　どちらも茫々と果てしなく、広いばかりで見あたらなかった　83　すると、たちまち耳にしたことは、海上に神仙の住む島があり　84　その島は、目にさえぎる物もない、海上はるか煙波かすむ付近にあって　85　玉のように光り輝く楼閣に、五色の雲がたなびいており　86　その中には、たおやかに美しい仙女が多く住んでいるが　87　わけても一人のきわ立って美しい、玉真という名の仙女は　88　雪のように白い膚、花のようににおう顔で、尋ねる人にさも似たりであると　89　方士は黄金作りの宮殿の、西のひさしにあるとびらをたたいて案内を請い　90　出てきた小間使いの少女に頼んで、

こしもとにまで取り次がせた　91　「承れば、漢の天子（実は玄宗）からのお使いだそうでござい
ます」と　92　花模様の縫い取りのカーテンの中に眠っていた玉真の魂は驚いて目をさまし　93
衣を引き寄せ、まくらをおしのけ、起きあがって徘徊し始めると　94　玉のすだれ、銀のついたて
は、それからそれへと開かれていった　95　雲のようにふさふさした髪は、今し眠りから目ざめた
ばかりとみえ、半ば寝乱れ　96　花の冠もきちんとかぶらず、あわてて堂からおりてくる　97　お
りから風は仙女のすそをひらひら吹きあげ　98　それはちょうど彼女の得意とした霓裳羽衣の舞を
舞っているかのよう　99　玉の顔ばせは寂しげで、涙が盛んに流れ落ち　100　一枝の白いなしの花
が、春雨に濡れそぼっているかのよう（以上、道士をして仙山に貴妃の魂を尋ねさせたこと）　101
玉真は思いをこめ、じっとひとみをこらして方士を見つめ、天子の厚意を謝して言うには　102
「馬嵬でお別れしてからこのかた、お声もお姿も、ともに遠く隔たってしまいました　103　その昔、
昭陽殿でお情けをいただきましたことも、今は懐かしい思い出となり　104　ここ蓬萊の仙宮で過ご
した年月も、いく久しいものとなりました　105　時に頭を巡らして、下界の人間世界のほうを望ん
でみますが　106　懐かしい長安は見えず、ただスモッグが見えるだけです　107　ただその昔いただ
いた記念品を、今もたいせつに持っていることによって、わたしの玄宗様に対する深い気持ちをお
察しください　108　そのたいせつな青貝細工の香箱と黄金のかんざしを、わたしに会ったしるしに
持っていっていただきましょう　109　（しかし全部は差しあげられません）かんざしは一方のあし、
また香箱は、身かふたかのどちらかを残していただきましょう　110　そのため、かんざしは黄金の
部分をさき、香箱はらでんの部分を分けることになりますが　111　お互いの気持ちさえ黄金やらで
んのようにしっかりしていさえすれば　112　今は天上界にいるわたし、また人間界におられる玄宗

皇帝様ではありますが、きっといつかはお会いできるでしょう」と　113　いよいよお別れをする段になって、ねんごろに品物に加えて伝言の言葉を頼む　114　その言葉の中には、誓いの言葉があって、玄宗と貴妃の二人だけが心にひめていたものであった　115　すなわち、天宝十年の名もゆかしい七月七日の七夕の晩、長生殿において　116　夜もふけてあたりに人影も無くなった時に、ささやきかわした言葉　117　「天にあって空飛ぶ鳥と生まれかわるなら、比翼の鳥となろう　118　もしまた、地に生えて木となるなら、連理の枝となって、生々死々に決して離れまい」という約束であった　119　天地は悠久ではあるが、いつかは滅び尽きる時があるかもしれない　120　しかし、この玄宗と楊貴妃との相思離別の恨みは、いつまでも長く続いて、絶える時期とてないであろう（以上、玉真の玄宗に対する伝言をもって結ぶ）

〔語釈〕**臨邛**　蜀の地名。四川省邛郲県。**道士**　仙術を修めた行者。方士も同じ。**鴻都客**　道士の名。一説に、鴻都門（漢代から設けられる）内に客居している人、名は楊通幽であると。**以精誠致魂魄**　真心こめて祈ることによって、魂を招き寄せることができる。**展轉**　寝返りをうつ。**思**　思慕の気持ち。**方士**　道士に同じ。**覓**　捜し求める（貴妃の霊を）。**排空**　そらをおしわける。**馭氣**　風に乗る。**碧落**　青空。道教でいう東方の第一天は青天で、碧霞が満ちているのでいう。**黄泉**　大地の奥底の黄色の水の出るところ。**茫茫**　果てしなく広いさま。**仙山**　神仙の住んでいる島。**虚無縹渺間**　目をさえぎる何物もない煙波かすむ付近。**玲瓏**　玉のように光り輝くさま。**五雲**　五色の雲。**綽約**　たおやかに美しい。**仙子**　仙女。**玉眞**　楊貴妃が女道士であった当時の名、太真に似せていう。**參差**　よく似ているさま。元来は、長短出入りがあってふぞろいの意。**金闕**　黄金作りの宮殿。**西廂**　西側の廂（表座敷の西わきの部屋）にある室。**玉扃**　玉で飾ったかんぬき。ここではとびらをさす。**小玉**　呉王夫差の娘の名。ここでは小間使いの少女の意に借り用いた。**雙成**　西王母の侍女の名。ここでは貴妃の腰元の意に借り用いた。**聞道**　「きくならく」と読む。承りますとの意。以下は取り次ぎの言葉。**漢家天子使**　漢の天子（実は玄宗）からのお使者だそうでございます。**九華帳**　花模様のぬいとりのしてあるカーテン。**夢魂**　夢を見ていた心。**珠箔**　玉で飾ったすだれ。**銀屛**　銀のついたて。**邐迤**　連なり続くさま。**新睡覺**　今やっと目をさましたといったありさま。**闌干**　涙の盛んに流れるさま。**含情**　思いをこめる。**一別**　これから「天上人間会相見」までは、楊貴妃のあいさつの言葉。**音容**　お声とお姿。**渺茫**　はるかに遠いさま。**昭陽殿**　漢の宮殿の名。ここでは借りて貴妃のいた宮殿名とする。**蓬萊宮**　仙界の宮殿の名。天上界をさす。**人寰**　人間世界。「寰」は境域。**塵霧**　今日いうスモッグ。**舊物**　その昔いただいた品物。**鈿合**　青貝細工の香箱。「合」は「盒」と同じ。らでんのあわせ箱。**金釵**　黄金のかんざし。**寄將去**　持っていってもらう。**一股**　一方のあし。**一扇**　合わせ箱の一方。身か、ふたかの、どちらか一方。**天上人間**　今は天上にいるわたし、すなわち貴妃と人間界にいる玄宗ではあるが。**會**　かならず。きっと。唐代の俗語。**重寄詞**　物品にさらに加えて、伝言を頼む。**兩心知**　玄宗と貴妃との二人の心だけが知っている（余人は知らない）。**七月七日**　天宝十年の七夕の晩。**長生殿**　華清宮の中にある神仙をまつる宮殿。**比翼鳥**　南方に住む鳥。雌雄がつばさを連ねて飛ぶといわれる。仲のよい夫婦にたとえる。**連理枝**　根もとは二つの木で、枝の部分のもくめが合わさって一つになる木。夫婦の愛情の深いのにたとえる。**天長地久**　「老子」に見える言葉。

〔押韻〕　75～78入声陌韻と錫韻の通用。79～82去声霰韻。83～84平声刪韻。85～88上声紙韻。89～92平声青韻と庚韻の通用。93～96平声灰韻。97～100上声語韻と麌韻の通用。101～104平声陽韻。105

～108去声御韻と遇韻の通用。109～112去声霰韻。113～120平声支韻。

〔余説〕「長恨歌」は、一大長編叙事詩で、しかも戯曲的構成が認められる。そこで後世、これをテーマとした「梧桐雨」（元の白仁甫）・「彩毫記」（明の屠隆）・「長生殿」（清の洪昇）など幾多の名戯曲が作られている。わが国においては、唐物語（楊貴妃）・謡曲（同題）・宴曲（長恨歌）などに翻訳や翻案があり、語句・詞藻の影響という点からいえば、「源氏物語」「枕草子」「和漢朗詠集」「十訓抄」「謡曲」「平家物語」「源平盛衰記」「太平記」など、枚挙にいとまがないくらいである。特に「源氏物語」の「桐壺」の巻などは、単に語句のみでなく、桐壺その人こそ明らかに楊貴妃を念頭において作られたと見て誤りないであろう。

この哀切きわまりない物語をつづるに、流麗多彩な詩句をもってし、平家にあらずんば人にあらずといわれた豪奢華麗にさも似た人生得意の絶頂より、突如として反乱の勃発と一大混乱とを点出し、やがて都を捨てて蜀への脱出という悲劇のどん底につき落とし、楊貴妃の死、玄宗の孤影蕭然たる姿に、人生の有為転変の涙をしぼらせ、都への還幸と貴妃への綿々たる慕情は、道士の登場をうながし、やがて貴妃の魂を求めて仙界へと導き、このところ息をもつかせず、長生殿における七夕の誓いの回想によって、この詩はクライマックスに達する。歓楽の陰に涙あり、ため息あり、人生の得失、哀歓を歌いあげて残すところがない。

琵琶行 並序（琵琶行 並びに序）　白居易（唐）

潯陽江頭夜送客・
楓葉荻花秋瑟瑟・
主人下馬客在船。
擧酒欲飲無管絃。
醉不成歡慘將別・
別時茫茫江浸月・
忽聞水上琵琶聲
主人忘歸客不發・
尋聲暗問彈者誰。
琵琶聲停欲語遲。
移船相近邀相見・
添酒回燈重開宴・
千呼萬喚始出來

潯陽江頭　夜　客を送る
楓葉・荻花　秋　瑟瑟
主人は馬より下り　客は船に在り
酒を挙げて飲まんとするに　管絃無し
酔うて歓を成さず　惨として将に別れんとす
別るる時　茫茫として　江　月を浸す
忽ち聞く　水上琵琶の声
主人は帰るを忘れ　客は発せず
声を尋ねて　暗に問ふ　弾ずる者は誰ぞと
琵琶　声停んで　語らんとする遅し
船を移し　相近づき　邀へて相見る
酒を添へ　燈を回らして　重ねて宴を開く
千呼万喚　始めて出で来り

14 猶抱㆓琵琶㆒半遮㆑面•
15 轉㆑軸撥㆑絃三兩聲。
16 未㆑成㆓曲調㆒先有㆑情。
17 絃絃掩抑聲聲思•
18 似㆑訴㆓平生不㆒㆑得㆑志•
19 低㆑眉信㆑手續續彈
20 說盡心中無㆑限事•
21 輕攏慢撚抹復挑。
22 初爲㆓霓裳㆒後六幺。
23 大絃嘈嘈如㆓急雨㆒•
24 小絃切切如㆓私語㆒•
25 嘈嘈切切錯雜彈。
26 大珠小珠落㆓玉盤㆒。

猶ほ琵琶を抱いて　半ば面を遮る
軸を転じ　絃を撥ふこと　三両声
未だ曲調を成さざるに　先づ情有り
絃絃　掩抑して　声声　思ひあり
平生　志を得ざるを　訴ふるに似たり
眉を低れ　手に信せて　続続　弾じ
説き尽くす　心中　限り無きの事
軽く攏へ　慢く撚り　抹うて復た挑ぐ
初めには霓裳を為し　後には六幺
大絃は嘈嘈として　急雨の如く
小絃は切切として　私語の如し
嘈嘈　切切　錯雑して弾ずれば
大珠　小珠　玉盤に落つ

27 間關鶯語花底滑
28 幽咽泉流水下灘◦
29 水泉冷澁絃凝絕•
30 凝絕不通聲暫歇•
31 別有幽愁暗恨生◦
32 此時無聲勝有聲◦
33 銀缾乍破水漿迸
34 鐵騎突出刀鎗鳴◦
35 曲終收撥當心畫•
36 四絃一聲如裂帛•
37 東船西舫悄無言
38 唯見江心秋月白•

間関たる鶯語　花底に滑らかに
幽咽せる泉流　水　灘を下る
水泉　冷渋して　絃　凝絶し
凝絶して通ぜず　声　暫らく歇む
別に幽愁　暗恨の生ずる有り
此の時　声無きは　声有るに勝れり
銀缾　乍ち破れて　水漿　迸しり
鉄騎　突出して　刀鎗　鳴る
曲終はり　撥を収めて　心に当てて画すれば
四絃　一声　裂帛の如し
東船　西舫　悄として言無く
唯だ見る　江心　秋月の白きを

1　潯陽江のほとりまで、友の夜立ちを見送りに来てみれば　2　岸辺のかえでの葉や、おぎの花に、吹く秋風も身にしみて寒い　3　主人役のわたしは馬からおり、友は船に乗りこんで　4　別れの杯をとりあげ、飲もうとしたが、酒興を助ける管弦とてない　5　酒には酔ったが心楽しまぬまま、いたましい気持ちで別れようとした　6　おりしも、江上はおぼろにかすみ、江水に月影が映り、えも言われぬ景色　7　突然、妙なる琵琶の音が江上から聞こえ　8　見送りのわたしは家に帰ることを忘れ、客も出かけようとせず、しばらく聞きほれていた（以上、送別に際して琵琶を聞いたこと）　9　声のするほうに向かって、あてずっぽうに、琵琶の主はだれだとどなると　10　琵琶の音はやんだが、返事をためらっているよう　11　そこで船をこぎよせて近づき、こちらに迎え請じて会見し　12　酒を追加し、灯火を明るくし、再び飲み直しをした　13　女は何度も何度も呼ばれてから、やっと出てきたけれども　14　まだ琵琶を抱えて顔を半分かくし、恥ずかしそうにしている（以上、琵琶をひく女のゆかしい態度）　15　やがて、ねじめをまわして弦を締め、べべんべんと二声三声かき鳴らし　16　まだ曲調にもなっていないのに、もうえもいえぬ風情があり　17　一弦一弦、指さきで弦をおさえ、一声一声に悲しい思いがこもっていて　18　つね日ごろのやるせなさを訴えているかのように聞こえる　19　うつむきかげんに手にまかせて続けざまにひき　20　心中の無限の思いを語り尽くそうとするかのよう（以上琵琶演奏の態度）　21　弦をばちで軽くおさえ、緩やかにひねり、ぱらりと払って、また、かきあげ　22　（手練をつくして）最初は「霓裳」の曲、後には「六幺」の曲をひいた　23　大弦は激しく鳴って夕立のように　24　小弦は、しめやかで、ささめきのよう　25　「嘈嘈」と「切切」との両音をまぜてひくと　26　大小の珠が、玉盤の上ではじけるような妙音　27　なだらかなうぐいすのさえずり声が、花の中からなめらかに聞こえるよう　28　また、静かにむせぶ水の流れが、早せをせせらいで行くかのようである

29 さては、水流が凍りついて、流れ渋ったかのように、弦の音がとぎれる 30 とぎれて続かなくなり、声はしばらく停止し 31 そぞろに深い嘆きをもよおすが 32 その時は、声をたてないほうが、声をたてるよりも、かえって感慨が深い 33 とたんに銀のかめが破れて、中なる水液がほとばしり出るような 34 また、よろいかぶとに身をかためた騎馬武者が、刀ややりを響かせて突進するような、勇壮な調子にかわる 35 一曲をひき終わって、ばちを琵琶の中心にあてて、一かき力強くかきならすと 36 四本の弦はいっせいに鳴って、あたかも絹をひき裂くような音を発する 37 東のほうにいる船も、西なるもやい船も、ただひっそりと聞きほれるのみで、物言うものとて無く 38 ただ長江のまっただ中に、秋の月が白くさえかえっているのを見るだけである

（以上、琵琶の妙技を述べた）

〔語釈〕 **潯陽江**　潯陽（今の江西省九江県）付近を流れる揚子江の別名。「九江」ともいう。**頭**　ほとり。**荻花**　おぎの花。「荻」は、水辺の草で、蘆（葦）と似ている。「楓荻」は秋の景色を代表する植物。**瑟瑟**　風の寂しく吹く音。**主人**　白居易が自分をさしていう。**擧酒**　杯を挙げて酒を飲む。当時の官僚が酒を飲み飯を食う時は、多くの歌妓が側に侍して、弾奏演唱するのがふつうであった。**管絃**　音楽。管楽器と弦楽器。**慘將別**　いたましい気持ちのまま別れようとする。**茫茫**　はっきりしないさま。**不發**　出掛けようとしない。**暗問**　あてずっぽうに尋ねる。**移船**　船をこぎ寄せる。**邀相見**　こちらに迎え入れて会見する。**回燈**　灯火をもとどおり明るくする。**轉軸**　ねじめをまわして弦を締める。**撥絃**　べんべんと調子を合わせるために弦をばちで打つ。**掩抑**　指さきで弦を締めおさえる。**聲聲思**　一声一声に深い思いがこもっている。**低眉**　うつむく。**攏・撚・抹・挑**　この四字は、いずれも琵琶をひくテクニックを表す語。**霓裳**　霓裳羽衣曲。**六幺**　「緑腰」と

も書き、琵琶の曲名。当時、都の長安に流行した曲。**大絃**　当時の琵琶は四弦がふつうで、別に五弦のものもあった。四弦のうちで、最も太い弦。**嘈嘈**　激しい音色の形容。**切切**　声音の細く悲しげなさま。**間關**　鳥のなだらかな鳴き声の形容。**幽咽**　静かにむせぶ。**水下灘**　「水」は「氷」の誤りとみられる。「花底滑」と対し、かすかにむせぶが如き音色は、凍りつきそうな水が早せを流れるかのように、時にとどこおるかのようであるが、やがてそのまま流れて行く。**凝絶**　ちょっととぎれる。**銀缾**　銀製のかめ。**水漿**　水液。**當心畫**　ばちを琵琶の中心にあてて四弦をいっせいに力をこめてかき鳴らす。**西舫**　西のほうにいるもやい舟。「舫」は、二そう並んでいる舟をいう。

〔押韻〕七言古詩。二句、または四句ごとに換韻。1～2入声陌韻と、質韻の通用。3～4平声先韻。5～8入声屑韻と、月韻の通用。9～10平声支韻。11～14去声霰韻。15～16平声庚韻。17～20去声寘韻。21～22平声蕭韻。23～24上声麌韻と語韻の通用。25～26平声寒韻。29～30入声屑韻と月韻の通用。31～34平声庚韻。35～38入声陌韻。

〔解説〕この詩の作られた背景は、後に引く序文に明らかである。元和十年（八一五）白楽天は宰相にさからったため、江州司馬に左遷された。その翌年の秋、友人の船出を湓浦口（湓水が、揚子江に注ぐところ）に見送った時、月白く風清き夕べ、舟中で琵琶をかなでる者がある。その音色は高く澄んで、都長安ぶりの調べである。その人のおいたちを聞いてみると、もとは長安の名だたる歌姫で、その昔、琵琶を穆・曹という二人の師匠に学んだが、年とともに色香も衰えたので、商人の妻として身請けされたとのこと。そこで再び酒を注文して宴を開き、快く数曲をひかせてみた。ひき終わってから、哀れな様子で、若い時代のおもしろおかしかったことを語り、それにひきかえ、今はおちぶれて田舎をさすらっている身の上であるとのこと。自分は小役人として、田舎まわりをすることニ年だのに、平気で暮らしてきたが、考えてみると、浮き草稼業の左遷の身であることに気がついた。そこで長句の歌を作り、これを琵琶ひきの女に贈るしだい、すべてで六百十六語から成り、題名を「琵琶行」という。いわば中国版の「女の一生」とでもいうべきもの。「白氏長慶集」や「全唐詩」には、「琵琶引」と題されているが、引・行・歌は、楽府の類で、詩体として差別はない。

〔序〕元和十年、予、九江郡の司馬に左遷せらる。明年の秋、客を湓浦口に送り、舟中、夜、琵琶を弾ずる者を聞く。其の音を聴くに、錚錚然として京都の声あり。其の人を問へば、本長安の倡女にして、嘗て琵琶を穆・曹の二善才に学べり。年長け色衰へ、身を委ねて賈人の婦と為ると。遂に酒を命じて快く数曲を弾ぜしむ。曲罷んで、憫然として自ら少小の時の歓楽の事を叙ぶ。今は漂淪憔悴して江湖の間に転徙すと。予、出だされて官すること二年、恬然として自ら安んず。斯の人の言に感じ、是の夕べ、始めて遷謫の意あるを覚ゆ。因って長句の歌を為り、以て之に贈る。凡そ六百一十六言、命けて琵琶行と曰ふ。

39 沈吟放㆑撥插㆓絃中㆒。　沈吟　撥を放って　絃中に挿み
40 整㆓頓衣裳㆒起斂㆑容。　衣裳を整頓して　起って容を斂む
41 自言本是京城女・　自ら言ふ　本　是れ　京城の女
42 家在㆓蝦蟆陵下㆒住・　家は　蝦蟆陵下に在って住す

43 十三學㆓得琵琶㆒成
44 名屬教坊第一部•
45 曲罷常教㆓善才服㆒
46 妝成每被㆓秋娘妬㆒•
47 五陵年少爭纏頭
48 一曲紅綃不㆑知㆑數•
49 鈿頭銀篦擊㆑節碎
50 血色羅裙翻㆑酒汙•
51 今年歡笑復明年
52 秋月春風等閒度•
53 弟走從㆑軍阿姨死
54 暮去朝來顏色故•
55 門前冷落鞍馬稀

十三 琵琶を学び得て成り
名は属す 教坊の第一部
曲罷んで 常に善才をして服せしめ
妝成って 毎に秋娘に妬まる
五陵の年少 争って纏頭し
一曲 紅綃 数を知らず
鈿頭の銀篦は 節を撃って砕け
血色の羅裙は 酒を翻して汚ぐ
今年 歓笑 復た明年
秋月 春風 等間に度る
弟は走って軍に従ひ 阿姨は死し
暮去り 朝来って 顔色 故る
門前 冷落 鞍馬 稀に

56　老大嫁作二商人婦一•　　老大嫁して　商人の婦と作る
57　商人重レ利輕二別離一　　商人は利を重んじて　別離を軽んじ
58　前月浮梁買レ茶去•　　前月　浮梁に　茶を買ひに去く
59　去來江口守二空船一。　　去きしより来　江口に空船を守り
60　繞レ船明月江水寒。　　船を繞って　明月　江水　寒し
61　夜深忽夢少年事　　夜深けて　忽ち夢む　少年の事
62　夢啼妝涙紅闌干。　　夢に啼けば　妝涙　紅　闌干たりと

39　深く思い入れた様子で、ばちをはなして、弦の中ほどにはさみ　40　えもんをつくろい、いず
まいを正して　41　自分から語るところによると、もとは都育ちの女で　42　蝦蟆陵の付近に住ん
でいた　43　十三歳の時に琵琶をすっかり会得して、一本立ちとなり　44　名前は教坊の第一部に
属し　45　演奏がすむと、いつも曹善才を感服させ　46　おつくりがすむと、いつも仲間の名妓た
ちからねたまれるほど　47　五陵にすむ富豪の若者たちは、われがちに祝儀をくれ　48　一曲、舞
台に立って歌えば、いただく紅の薄絹は数えきれない　49　調子にのって、青貝細工を先につけた
銀のこうがいは、拍子を取ったため砕け　50　真っ赤な薄絹のもすそは、酒杯をひっくりかえし、
酒ですすいだようにしみこんでいる　51　来る年も来る年も、ただおもしろおかしくうかれて暮ら
し　52　秋の月よ、春の風よと、うかうかと過ごしてしまった（以上、華やかな歌妓の生活）　53

ところが、弟は戦争に行ったきりで、生死もわからず、かあさんも死んで　54　歳月は流れるごと
く、いつか容色も衰えると　55　昔にひきかえ、尋ねて来るファンも少なく　56　年よるままに、
もらわれて商人の妻となった　57　商人は金もうけがだいじで、家をあけることなど平気　58　先
月、浮梁に茶の仕入れにいったきり　59　出かけてからきょうまで、この湓浦口の主なき船の番を
しながら待っているが　60　舟の付近を照らす月光下の江水も、寒々と身にしみる　61　夜ふけに
若い時代の華やかだったことを、ふと夢にみて　62　夢の中で思わず泣き出し、さめて化粧した顔
に流れる涙は、口紅のため赤く染まって、とめどがない（以上、青春の歓楽は過ぎやすく、中年の
物寂しい生活を述べた）

〔語釈〕 **沈吟**　思いに沈む。考えこむ。**放撥**　ばちを弦からはなす。**整頓衣裳**　乱れたえもん（衣紋）をかいつくろう。**斂容**　いずまいを正す。**京城女**　都育ちの女。**蝦蟆陵**　下馬陵のなまったもの。漢代の大学者、董仲舒の墓があったので、漢の武帝も下馬して通ったといわれる。長安城南の曲江の付近で、当時は酒楼・旗亭が多くあった。**成**　一人前の歌妓となる。**教坊**　唐代における官営の歌舞・技芸の教習所。左右教坊と内教坊とに分かれ、内人（宮中の歌妓）と、外供奉（臨時に宮中に召される民間歌妓）とがあった。ここは恐らく外供奉で、名を教坊に列していた意であろう。**善才**　曹善才という琵琶の名人。**秋娘**　杜秋娘はもと金陵の名妓。ここでは借りて、仲間の名妓たちをさす。**五陵年少**　「五陵」は、長安北方にある、漢代の五人の帝王の陵墓のあった付近で、富豪の邸宅が多くあった。富豪の若者たち。**纏頭**　芸人に祝儀を与えること。頭上に高価な絹織物などをまといかつがせることからいう。**紅綃**　もみ色の薄い絹。**鈿頭銀篦**　青貝細工を先につけた銀製のこうがい。**撃節**　拍子をとる。**血色羅裙**　真っ赤な薄絹のもすそ。**翻酒**　酒杯をひっくり返す。

等閒度　何の苦労もなく、うかうかと過ごす。**阿姨**　かあさん。養母。義母（花柳社会の）。**顔色故**　容色のおとろえること。**冷落**　さびれる。**鞍馬稀**　白馬銀鞍の貴公子の訪問もとだえる。**浮梁**　江西省浮梁県。当時における茶の一大集散地。**買茶去**　茶の仕入れに出かけた。**空船**　夫のいない舟。**少年事**　若い時代のこと。**妝涙**　化粧した顔に流れる涙。「妝」は、「粧」に同じ。**闌干**　涙の盛んに流れるさま。

〔押韻〕39～40平声東韻と冬韻の通用。41～58上声語韻と麌韻、また去声御韻と遇韻の通用。59～62平声寒韻。

63 我聞㆓琵琶㆒已歎息•　　我れ琵琶を聞いて　已に嘆息し
64 又聞㆓此語㆒重喞喞•　　又此の語を聞き　重ねて喞喞たり
65 同是天涯淪落人　　同じく是れ　天涯　淪落の人
66 相逢何必曾相識•　　相逢ふ　何ぞ必ずしも　曾て相識ならんや
67 我從㆔去年辭㆓帝京㆒。　　我れ去年　帝京を辞せし従り
68 謫居臥㆑病潯陽城。　　謫居　病に臥す　潯陽城
69 潯陽地僻無㆓音樂㆒　　潯陽は　地　僻にして　音楽無く

70 終歳不レ聞絲竹聲。
71 住近二湓江一地低濕
72 黄蘆苦竹繞レ宅生。
73 其間旦暮聞二何物一
74 杜鵑啼レ血猿哀鳴。
75 春江花朝秋月夜
76 往往取レ酒還獨傾。
77 豈無三山歌與二村笛一
78 嘔啞嘲哳難レ爲レ聽。
79 今夜聞二君琵琶語一
80 如レ聽二仙樂一耳暫明。
81 莫レ辭更坐彈二一曲一
82 爲レ君翻作二琵琶行一

終歳(しゅうさい)　聞(き)かず糸竹(しちく)の声(こえ)
住(じゅう)は湓江(ぼんこう)に近(ちか)く　地(ち)は低湿(ていしつ)
黄蘆(こうろ)　苦竹(くちく)　宅(たく)を繞(めぐ)って生(しょう)ず
其(そ)の間(かん)　旦暮(たんぼ)に　何物(なにもの)をか聞(き)く
杜鵑(とけん)　血(ち)に啼(な)き　猿(さる)は哀鳴(あいめい)す
春江(しゅんこう)　花朝(かちょう)　秋月(しゅうげつ)の夜(よる)
往往(おうおう)　酒(さけ)を取(と)って　還(ま)た独(ひと)り傾(かたむ)く
豈(あに)　山歌(さんか)と村笛(そんてき)と無(な)からんや
嘔啞(おうあ)　嘲哳(とうたつ)　聴(ちょう)を為(な)し難(がた)し
今夜(こんや)　君(きみ)が琵琶(びわ)の語(ご)を聞(き)き
仙楽(せんがく)を聴(き)くが如(ごと)く　耳暫(みみしば)らく明(あき)らかなり
辞(じ)する莫(な)かれ　更(さら)に坐(ざ)して　一曲(いっきょく)を弾(だん)ぜよ
君(きみ)が為(ため)に翻(うつ)して　琵琶行(びわこう)を作(つく)らん

83 感ニ我此言一良久立・　我が此の言に感じ　良久しうして立ち
84 卻坐促レ絃絃轉急・　却坐して　絃を促せば　絃　転た急なり
85 淒淒不レ似向前聲　凄凄として似ず　向前の声
86 滿座重聞皆掩レ泣・　満座　重ね聞いて　皆泣を掩ふ
87 座中泣下誰最多　座中　泣下る　誰か最も多き
88 江州司馬青衫濕・　江州の司馬　青衫　湿ふ

63　自分は琵琶の音を聞いて、すでに嘆息したのだが　64　今またこの身の上話を聞いて、重ねて嘆息同情する　65　考えてみると、自分と彼女とは、ともに都から遠く離れた土地にうらぶれている同士である　66　この出会いこそ不思議の縁というべきで、昔なじみに限ったことではない（以上、嘆息の意を述べ、自分の不遇を説く）　67　自分は去年、都に別れてから　68　左遷され、ここ潯陽城で病の床についている　69　潯陽は片田舎のこととて、音楽などは聞けず　70　一年じゅう、音楽らしい音楽など聞いたことがない　71　のみならず、住居は湓江のそばで、土地は低くじめじめしており　72　黄色に枯れたあしや、真竹が家のまわりに茂っている　73　そのあたりで、朝夕どんな音を聞くかというと　74　あわれ血をはいて鳴くほととぎすや、さるの悲しい鳴き声ばかり　75　春の大川べの花咲く朝や、秋の明月の晩には　76　時には酒をくんで、ひとり杯を傾ける　77　そんな時、そま人の木こり歌や、村の牧童の笛の音などないわけではないが　78　田舎くさく、やかましいばかりで、聞けたものではない 79 今夜、あなたの琵琶歌を聞いて 80 仙人のたえなる音楽を聞いたかのように、耳がすがすがしく気持ちよかった 81 遠慮せずにすわりなおして、もう一曲聞かせてほしい 82 そのかわり、自分もあなたのために、琵琶の音をうつして琵琶行を作ってあげよう（以上琵琶行を作るに至った由来） 83 自分のこの申し出に感激してか、ややしばらくして立ちあがり 84 後にさがってすわりなおし、弦をせきたてるように早くひきはじめると、弦の響きは急調子となり 85 寂しくいたましい音色は、先刻の声とはうって変わり 86 その場にいた者は、再び聞いて皆涙をおさえた 87 一座の中で、だれが最も多く涙をこぼしたであろうか 88 いうまでもなく、かく言う江州の司馬たる自分が、青衫のそでを絞るほどであった（以上、むすび）

〔語釈〕 **此語** 中段の女の身の上物語。**喞喞** 嘆息の声。**天涯** 故郷を離れた遠い土地。**淪落** 落ちぶれる。うらぶれる。**曾相識** 昔なじみ。**我従去年** 以下は作者が商婦に語ってきかせる語。**謫居** 配所の生活。罪によって遠方に流されていること。**絲竹** 管弦。音楽。**黃蘆** 黄色に枯れたあし。**苦竹** 真竹。たけが高く節間の長い大竹。**春江花朝秋月夜** 「春江花朝、秋江月夜」の省略。**嘔啞** 楽声・語声・鳥声・櫓声・車声などのごたごたして、音調を成さないのをいう。**嘲哳** 嘔啞と大体同意であるが、特にそのうるさいのをいう。**翻作** 曲譜を創作し、曲詞をこれに配する。作詞作曲する。**卻坐** さがってすわりなおす。**凄凄** 寂しくいたましいさま。悲しみ恨むさま。**向前** さっき。先刻。**江州司馬** 白楽天みずからをさす。**青衫** 青黒い色の上衣。

〔押韻〕 63～66入声職韻。67～82平声庚韻と青韻の通用。83～88入声緝韻。

〔余説〕 この詩は「長恨歌」とならんで、白詩の双璧である。中国文学作品中の名作であることは、今さら喋々するまでもあるまい。この詩についても、元曲「青衫涙」（馬致遠）、明曲「青衫記」（顧大典）、清曲「四弦秋」（蔣蔵園）などの名戯曲がある。わが平安朝の「源氏物語（明石）」「枕草子（六七・八〇段）」、その他「十訓抄」「平家物語」「源平盛衰記」「方丈記」「太平記」「海道記」謡曲などにも引かれている。江戸時代には太田南畝の「俗耳鼓吹」の中に、当時流行していた琵琶歌「唐団扇」を採録して、名訳として推賞しているが、この詩の翻訳である。ここには少し長いが、明治の歌人、高崎正風の翻訳「潯陽江」を紹介しておこう。

潯陽江

高崎正風

紅葉うつろひあしが散る、秋の哀れのいと深き、潯陽江の夕まぐれ、友の船出を送り来て、別れを惜しむ盃の、数重なれど糸竹の、調もそはぬ淋しさに、本意なきことと思ひつつ、影遠白き波の上の、月うち守る折しもあれ、たちまち聞こゆる琵琶の声、思ひもかけぬことなれば、互ひに心ときめきて、帰らむことも行くことも、忘れ果てつつ其の声を、たづねて誰ぞとおとなへば、うちひそまりて答なし、船漕ぎよせて酒を添へ、灯火かかげ又更に、宴の筵うち開き、琵琶の主を招けども、頓には出で来ず百千度、呼び出でられてしぶしぶに、此方の船に移り来ぬ、琵琶を抱きてまばゆげに、面を掩ひ弾き初めし、其の撥音に謂ひ知らぬ、深き情の籠りつつ、弾きゆくままに常常の、己が心のうれたさを、訴へ出づる心地せり、人こそ知らね浜木綿の、百重かさなるうき思ひ、積もる怨みの数数を、四筋の糸にいはすらむ、軽く打ち緩くひねり、払ひつかかげつ初めには、霓裳を奏で、後には六幺を弾じけり、

大弦嘈嘈如二急雨一。小弦切切如二私語一。嘈嘈切切錯雑弾。

大珠小珠落二玉盤一間関鶯語花底滑。幽咽泉流水下レ灘。

水泉冷渋の趣、凝て糸をたえ、しばし声なき其の程は、そぞろにうれひ催して、声あるよりもなかなかに、風情を添へし折しもあれ、再び響く撥の音、銀瓶くだけて水迸り、軍起こりて打物の、しのぎを削るにさも似たり。曲もいまはとなりし時、撥を収めて四つの緒を、ただ一声にかきなせば、さながら帛を裂く如し。東の船も西なるも、ただ悄然と聞きほれて、もの謂ふ人もあらばこそ。

秋の浦風身にしみて、水底白く澄みわたる、月の影こそ更けにけれ。衣をつくろひ居なほりて、語る言葉も口籠りて、妾ももとは都なる、蝦蟆の陵下の生まれにて、十三歳の頃よりも、琵琶の上手と世に知られ、玉を飾れる宮の内、黄金を敷ける台にも、召登せられみやびとの、彼方此方の会にも、招きよせられ戯れあひ、さざめきかはし綾錦、かづき帰れば家も富み、身も栄えつつ世の中は、かくあるものと愚にも、思ひ頼みて花の春、紅葉の秋と等閑に、日を経る程に同胞に、親族に離れ夕去き、朝来りて顔花の、盛りもいつかすぎの門、馬も車も寄せ来ねば、世渡る方便尽き果てて、身を浮草の根をば絶え、水のまにまにさそはれて、情けも浅き商人を、夫とするだにはかなきを、其の夫遠く旅立し、此の浦船に夜を守る。月明らかに水寒く、更けゆくままにまどろめば、我が身の盛り夢に見て、いとど悲しさ増りぬと、語るを聞きて思はずも、太き溜息つくづくと、琵琶を聞くだに悲しきを、此の物語の哀れさよ。始めて逢へる此の人と、身の際こそは変れども、我も同じく浮沈み、去年より此処にさすらひて、潯陽城の片ほとり、蘆と竹との生ひ茂る、いぶせき中に家居して、朝夕に聞くものは、高嶺の猿ほととぎす、樵夫の歌や総角が、吹きなす笛の声ばかり、却て胸を痛めつつ、病いや増す心地して、昔聞きつる糸竹の、音なつかしく思ひしに、今宵の君が琵琶の声、天津少女の音楽を、聞く心地していと嬉し、辞むことなく今一つ、弾いて聞かせよ我も亦、歌を作りて贈らむと、謂へば実にもと思ひけむ、又も弾ずる撥音は、前の声よりいそがしく、もの凄ければ江州の、司馬は更なり並み居たる、人も袖をぞしぼりける。

聞三白樂天左二降江州司馬一

元稹（唐）

（白楽天の江州の司馬に左降せらるるを聞く）

1 殘燈無レ焔影幢幢。
2 此夕聞君謫二九江一。
3 垂死病中驚起坐
4 暗風吹レ面入二寒窓一。

残灯　焔無く　影　幢幢たり
此の夕べ聞く　君が九江に謫せらるるを
垂死の病中　驚いて起坐すれば
暗風　面を吹いて　寒窓に入る

1 光の薄れた灯は焔も立たず、火かげが薄暗く（何となく寂しい）2 この物寂しい夜に、君が九江郡の司馬に左遷ときまったという知らせを受けた 3（事の意外さに）ひん死の病中ながら、驚きのあまり起きあがって、床の上にすわった 4 おりから暗夜の風が顔を吹きつけ、寒々とした窓のすき間からはいってきて（思わずぞっとした）

〔語釈〕 **残燈** ①夜明けごろのともし火。②光の薄れたともし火。ここでは②。**無焔** 長いほのおが立たない。**幢幢** 灯火の暗いさま。一本には「憧憧」となっている。**謫** 貶謫。官位をさげて地方にやられること。**九江** 今の江西省九江県。題目の江州と同じ。**垂死** 死にかかっている。瀕死。

起坐　起きあがる。一本には、「坐起」。**暗風**　暗い夜の風。**吹面**　顔に吹きつける。一本には、「吹レ雨」。**寒窓**　寒々とした感じの窓。

〔押韻〕　七言絶句。平声東韻と江韻の通用。

〔解説〕　白楽天の親友たる作者が、白楽天の左遷を、病床で知って驚いて作ったもの。「左降」は、左遷と同じ。元和十年（憲宗）に、宰相の武元衡が暗殺にあったので、白楽天は上奏して、すみやかに賊を捕らえんことを請うた。しかるに天子をいさめる官職でないのに、諫官に先んじて事を論じたため、越職であるとして、江西省江州の司馬に左遷を命ぜられた。

元稹　七七九～八三一。字は微之、河南の人。元白といって、白楽天と並称される中唐の詩人。彼の詩は、白楽天と同じく平易をむねとし、両人が互いにやりとりした詩は一千首にのぼるといわれる。通俗の詩として、「**元軽白俗**」などといわれたが、一部の人々からは大いにとうとばれた。「元氏長慶集」六十巻がある。

〔余説〕　この詩は起句と結句に、「残燈」「影幢幢」「暗風」「寒窓」と、いずれも悽愴の気に満ちた語句を使い、承句と転句とでは、事実をありのままに述べているが、一首全体としては沈痛の気にみちみちている。げに白楽天も「与二元微之一書」中にこの詩を引用して、「此の詩、他人すら尚ほ聞く可からず（他人でも聞くにたえない）況んや僕をや」と述懐しているほどである。

尋二陸羽一不レ遇（陸羽を尋ねて遇はず）　僧皎然（唐）

1 移家雖レ帯レ郭　移れる家は　郭を帯ぶと雖ども
2 野徑入二桑麻一。　野径　桑麻に入る
3 近種二籬邊菊一　近ごろ　籬辺に菊を種うるも
4 秋來未レ著レ花。　秋来って　未だ花を著けず
5 扣レ門無二犬吠一　門を扣くも　犬の吠ゆる無く
6 欲レ去問二西家一。　去らんと欲して　西家に問ふ
7 報道山中出　報じて道ふ　山中より出で
8 歸來毎日斜。　帰り来れば　毎に日斜めなりと

1 家の引っ越し先は、外ぐるわ沿いの所だとはいっても（かなり辺鄙な場所で） 2 桑畑や麻畑の中の野道を入っていった 3 近ごろ、垣根の付近に菊を植えたらしいが 4 秋になっても、まだ花を咲かせていない 5 さて、門を叩いたが、犬さえ吠えることもなく無人のようである 6 そのまま帰ろうかと思って、西隣の人にきいてみると 7 その返事に、山の中から出てきて 8 家に帰ってくるのは、毎日、日が暮れてからである、とのことであった

〔語釈〕 **移家** 引っ越しをした家。**帯郭** 「郭」は、そとぐるわ、外城。そとぐるわに近い所、町外れ。**野徑** 野の小道。**籬邊** 垣根のあたり。**報道** 知らせる。道は、言う。

〔押韻〕五言古詩。平声麻韻。三・四、五・六の句が、いずれも対句を構成していないので五言律詩ではない。

〔解説〕陸羽は、唐代の人。茶道の元祖。「茶経」の著がある。

僧皎然　中唐の人で、呉興の人。字は清昼、俗姓は謝。文章は俊麗、風雅の士で、陸羽と親交があり、忘年の交わりをしたという。変わり者の陸羽を尋ねていったのに、会えなかったという詩。

〔余説〕第三・第四句は、いずれも人の意表をつき、特に後半の四句は、普通の唐詩とくらべると、かなり変わった印象を与えるようである。中世の「素隠抄」という抄物（室町時代の漢籍の国字解）の中に、この詩を引いて、「コノ陸羽……年タケテ髪ヲ剃ルコトヲ嫌ヒテ、暇ヲ乞ヒテ苕渓ニ家ヲ移シタゾ……隠士ヂヤホドニ、ソノ家ニ行ク径ハ、イカニモ野鄙ナルゾ」、「隠処ノ門ニ入ッテ見タレバ、籬辺ニ菊ハアレドモ、未ダ花ヲ著ケヌトゾ」、「ハルバル思ヒ立ッテ尋ネ来リタレバ、門ヲ閉ヂテ置イタゾ、サテ門ヲタタキタレドモ、答フルモノナキコトハ云フニ及バヌゾ、犬サヘ吠ユルコトナカリシトゾ」云云と評している。当時の口語をそのままに筆記した講義録である。

嶺上逢ニ久別者ニ又別　（嶺上に久別者に逢ひ　又別る）　権徳輿（唐）

1　十年曾一別　　十年　曾て一たび別れ
2　征路此相逢。　征路　此に相逢ふ

3 馬首向二何處一　　馬首（ばしゆ）　何れの処（いづところ）にか向（む）かふ
4 夕陽千萬峰。　　夕陽（せきよう）　千万峰（せんまんぽう）

1 十年ほど前に、いちど別れたきりであったが　2 遠く旅をゆく路すがら、ここでゆくりなくも出会うことができた　3 さて友は、馬首を立てなおして、どちらに向かおうとするのであるか　4 ふりさけ見れば、折からの夕日があたりのたたなわる峰々を真っ赤に染めている

〔語釈〕 **曾**　かつて。過去の経験を表す。**征路**　旅をゆく路すがら。**馬首**　馬の進む方向。**夕陽**　夕日。**千萬峰**　多くの峰。

〔押韻〕 五言絶句。平声冬韻。

〔解説〕 峠の上で、久しく別れていた友人と再会し、そのまま又別れたことを歌った。

権徳輿　中唐の人。字は載之（さいし）、諡は文、文辞をもって著れた。憲宗の時に、礼部尚書となる。著に「権文公集」がある。

〔余説〕 簡潔平明な詩であるが、転・結の二句がよい。三好達治は「夕陽千万峰が何かすさまじい」（新唐詩選）と評している。

折楊柳（せつようりゆう）　楊巨源（ようきよげん）（唐（とう））

1 水邊楊柳綠煙絲。　　水辺（すいへん）の楊柳（ようりゆう）　緑煙（りよくえん）の糸（いと）

2　立レ馬煩レ君折二一枝一。　　馬を立て　君を煩はして　一枝を折る

3　唯有二春風最相惜一　　唯だ　春風の最も相惜しむ有り

4　慇懃更向二手中一吹。　　慇懃に　更に手中に向かって吹く

1　水辺の楊柳が、青柳、糸をかけて緑にけむっている　2　しばらく馬をとどめて、帰るさの家づとにするため、一枝を折りとってもらおうとすると　3　この楊柳を、春風がいたく惜しむのであろうか　4　わが手のひらに向かって、そよそよと吹いてくるのである

〔語釈〕 **緑煙絲**　いわゆる青柳、糸を掛ける意。一本には、「麴塵絲」となっている。**立馬**　馬をとどめる。**慇懃**　ねんごろ。ていねい。

〔押韻〕 七言絶句。平声支韻。

〔解説〕 「折楊柳」は、元来は送別に際し、楊柳の枝を折って輪にし、この輪のように、またもとへ戻ってくることを念じ、一路平安の意をこめることから、また送別の曲名ともなったが、ここでは単に家づとにするため、楊柳の枝を折るという意で、送別の意は全くない。

楊巨源　中唐の詩人。蒲州の人。字は景山。貞元の進士。国子司業（文部次官）にまで進み、詩をもって後輩を指導し、その大成をはかった。

〔余説〕 誠におおらかで、やさしい気持ちを歌っている。朱熹も、この詩を激賞している。「駿台雑話」（室鳩巣作）に、この詩の意をよんだ歌として、「なれて吹くなごりや惜しき青柳の手折りし枝をしたふ春風」とあり、さらにいう「楊柳の人に折られて、はや木を離れたりとて、春風のそれ

をよそにして吹きなば、いかに情なかるべきを、なほその手折りし手をさりやらで、惜しみ顔に吹くこそ、いとやさしく覚えはべる。古より忠臣義士の盛衰存亡をもて、心をかへぬにたとへつべく候」と。少しうがち過ぎているようであるが、そういう見かたもできるものかと感心させられる。

江南春（江南の春）　杜牧（唐）

1 千里鶯啼緑映レ紅。
2 水村山郭酒旗風。
3 南朝四百八十寺
4 多少樓臺煙雨中。

千里鶯啼いて　緑紅に映ず
水村　山郭　酒旗の風
南朝　四百八十寺
多少の楼台　煙雨の中

1 （春たけなわの江南は）千里四方もの間一面に、至るところでうぐいすは鳴き、緑の柳は、紅の桃に映えて、絢爛たる春景色を現出している　2　そして、水辺の村や山かげの里には、酒屋の目印の旗が、春風にはためいている　3　思えばその昔、この地方は南朝の都したところで、（当時仏教が盛んであったため）四百八十もの寺々が栄えたが　4　（今もそのなごりを示すかのように）多くの堂塔が、けぶるような春雨の中にかすんで見える

〔語釈〕**千里**　千里四方一面に。距離を表すのではなく、広さを表す。至るところで、といった意。**緑映紅**　「緑」は柳、「紅」は桃。**水村**　水辺の村。江南にはクリーク（河浜）が網の目のように通

じている。**山郭**　山を背負った村里。「郭」は、囲壁を巡らした集落。**酒旗**　酒屋の看板に立てる旗。**南朝**　江南（南京）に都した宋・斉・梁・陳の四代（四二〇～五八九）。文学・仏教が盛んであった。ここでは呉・東晋をも含めた六朝の意に用いている。**四百八十寺**　四百八十もの多くの寺々。一説に、梁（南朝）の武帝は仏法を尊信し、七百余寺を建立したという。その後、侯景の乱に焼けたが、晩唐のころにはなお四百八十寺もあったとみえる。八十寺の「十」字を平仄の関係で「シン」に読むのが慣習であるが、今は必ずしもこうでいしないで、ジュウ（ジフ）と読んでもよかろう。**多少**　多い意。「少」は帯字で、添えてあるだけ。

〔押韻〕　七言絶句。平声東韻。

〔解説〕　「江南」は、江東ともいい、揚子江下流の南方一帯の地をいう。その付近の春景色を歌ったもので、春光あまねき江南ののどかな風景が、実に巧みに歌われている。

杜牧　八〇三～八五二。晩唐詩人の第一人者。盛唐の杜甫を大杜（または老杜）というに対し、小杜といわれる。字は牧之、号は樊川。京兆万年県、すなわち唐の長安の人。中央・地方の官吏を歴任し、中書舎人（唐代文人にとり最も栄誉の官）にまで進んだ。剛直な性格で、作品は豪邁にして艶麗、「江南春」「山行」など、わが国民に親しまれている作が多い。「樊川集」二十巻などがある。

〔余説〕　山あり水あり、花あり鳥あり、加うるに酒は本場の紹興酒か。宛然たる一幅の絵画、これだけ小道具がそろえば、江南の春を歌わずにはいられなくなろう。いわんや煙雨にけむる四百八十寺を引き合いに出し、しばし目を六朝の昔に向けしめ、懐古で結ぶところ、思わずしんみりさせるものがある。なお、「千里」を「十里」の誤りとする説があるが、これは詩の表現は、しばしば現実を超越するもの、ということを知らない者の議論である。

服部嵐雪（一六五四〜一七〇四）の句に、「沙魚釣るや水村山郭酒旗の風」とあるのは、この詩から来ていること明らかである。

山行　　杜牧（唐）

1　遠上㆓寒山㆒石徑斜。　　遠く寒山に上れば　石径　斜めなり
2　白雲生處有㆓人家㆒。　　白雲　生ずる処　人家有り
3　停㆑車坐愛楓林晩　　車を停めて　坐ろに愛す　楓林の晩
4　霜葉紅㆓於二月花㆒。　　霜葉は　二月の花よりも　紅なり

1　遠くからやって来て、晩秋の寂しい山に登ると、小石の多い道がふもとから斜めに頂上に向かって続いている　2　白雲のわき起こるような高い所にも（住めば住めるものと見え）人家がある（とは驚いたものだ）　3　しばし乗ってきた車をとめて、漫然と夕日に照りはえて美しい、夕暮れ近くのかえでの林をながめていると　4　霜に色づけられたもみじ葉は、春の盛りの花よりも真紅で、燃えるように美しい

〔語釈〕**山行**　山あるき。**寒山**　人けがなく寂しい山。「寒」は、閑寂の意。**石徑**　石の小道。**坐**　そぞろに。何となく。**楓林晩**　夕暮れ時のかえでの林。**霜葉**　霜で色づいたもみじ葉。**紅於**

「於」は「ヨリモ」と読み、比較を表す。後世、この詩によって、「紅於」は「コウオ」と読み、もみじを意味する。**二月花**　陰暦二月は仲春で、春の盛り。春の花。桃花をさすともいう。

〔押韻〕七言絶句。平声麻韻。

〔解説〕この詩は、晩秋の山に遊んで、夕日に映える美しい紅葉を賞したことを歌ったもの。結句は古来、非常に有名な句で、広く人口に膾炙している。

〔余説〕「寒」「石」「白」など、起・承の二句はいかにも秋冷の感じをただよわせ、「楓林」「霜葉」「紅」「花」と、転・結の二句は一転して赫々と燃えるような絢爛美を打ち出し、対照の妙をきわめている。「白雲生ずる処人家有り」は、まさしく浮き世離れた奥山住まいで、それを発見しての驚きと興味とが、作者をして思わず車をとどめ、われを忘れて、しばしこの山家の主人公の風流を学ばしめたものであろう。作者もまた画中の人と化した。「停車愛楓図」は、古来好画題とされている。

清明　　杜牧（唐）

1 清明時節雨紛紛。　　清明の時節　雨紛紛
2 路上行人欲レ斷レ魂。　　路上の行人　魂を断たんとす
3 借問酒家何處有　　借問す　酒家　何れの処にか有る

4 牧童遙指杏花村。　牧童（ぼくどう）遥（はる）かに指（さ）す　杏花（きょうか）の村（そん）

1 清明の時節だというのに、雨がしとしとと、こやみなく降り続け　2 道行く旅人も春愁のために、魂も消え入るばかりの思い　3 （その憂いをしいて酒の力でまぎらわせようと思って）牛飼いの少年に、酒屋のありかを尋ねると　4 （だまったまま）はるかかなたの、あんずの花にかこまれている集落をさし示してくれた

〔語釈〕**雨紛紛**　雨がしとしとと盛んに降るさま。**行人**　旅人。**欲断魂**　「魂を断たんとす」と読む。魂も消え入るばかり。「欲す」と読んではいけない。この「欲」は「将」と同じ用法。**借問**　ちょっと尋ねる。詩によく用いられる語法。**杏花村**　あんずの花盛りの村。

〔押韻〕七言絶句。平声元韻（げんいん）。ただし、起句の「紛」は文韻で、元韻と通用。

〔解説〕「清明」は、二十四節気の一つで、冬至から百五日め、春分から十五日め。陰暦の三月、陽暦では四月の五、六日ごろ。空が清く明らかで、百花の一時に開く好時節である。清明のころ、旅先で雨にあい、ひとしお春愁を感じたことを歌ったもの。この詩、杜牧の作か否か、多少疑問であるが、しばらく通説に従い杜牧の作とみる。

〔余説〕そぞろにそこはかとなき春愁をかき立てる詩であるが、特に結句の「牧童遙指杏花村」がよい。無言で、ただ指さすかなたを見やれば、春雨けむる中に白いあんずの花が模糊（もこ）としてかすんで見える、まさに一幅の絵である。中国には「杏花村」という銘柄の酒がある。これと関係があるかどうか。

烏江廟　杜牧（唐）

1 勝敗兵家不レ可レ期。
2 包レ羞忍レ恥是男兒。
3 江東子弟多二豪俊一
4 卷土重來未レ可レ知。

勝敗は　兵家も　期す可からず
羞を包み　恥を忍ぶは　是れ男児
江東の子弟　豪俊多し
巻土　重来　未だ知る可からず

1 勝敗は（時の運であるから）いかなる名将でも予期することはできない　2（だから、たとえ敗れても）一時の恥辱をこらえて雪辱を期するのが、真の男児というもの　3 まして江東の若者には、すぐれた人物が多いから　4（項羽が江東に渡って再挙をはかり）疾風が土を巻くような勢いで再び攻め寄せてきたならば、天下の大勢はどうなったか、わからなかったのに（むりに死んでしまったのは、惜しいしだいであった）

〔語釈〕 **兵家**　兵法者。一本には、「兵家」が「由来」となっている。**不可期**　予期することはできない。**包羞忍恥**　羞恥（二字とも、はじ）を耐え忍ぶ。**是男兒**（再挙を計ることこそ）男児の本領である。**江東**　江南と同じ。揚子江下流の南部、蘇州を中心とする地方。**豪俊**　勇気があって知恵のすぐれた者。一本には、「才俊」となっている。**卷土重來**　大地の砂を巻き上げるような勢いで、再び攻め寄せて来ること。一度失敗した者がものすごい勢いで再挙を計ること。**未可知**　結果の予想はつかない。

〔押韻〕七言絶句。平声支韻。

〔解説〕「烏江」は、安徽省和県の東北（南京のやや上流の対岸）の地。項羽が、垓下の戦いに敗れて、ここまで落ちのびて来た時、烏江の亭長（村長）が船を用意して、江東に渡って、再挙をはかるよう勧めたが、江東の父兄に会わせる顔がない、といって自殺してしまった。作者はこの英雄の末路を惜しみ、これを弔って歌ったもの。この詩の題は、一に、「題㆓烏江亭㆒」となっている。

〔余説〕この詩は、項羽の最後を詠じた多くの詩のうちで、最も有名である。理屈はまさに作者のいうとおりであるが、烏江からことさらに江東へ渡らず、八千人の若者の親や兄弟に会わせる顔がないといって、三十一歳の生命をみずから捨てた項羽の心情は、いわば東洋流の遊侠精神の発露であり、今もこの悲劇の主に対し拍手と同情とが寄せられている。

泊㆓秦淮㆒（秦淮に泊す）　杜牧（唐）

1 煙籠㆓寒水㆒月籠㆑沙。　煙は寒水を籠め　月は沙を籠む
2 夜泊㆓秦淮㆒近㆓酒家㆒。　夜　秦淮に泊して　酒家に近し
3 商女不㆑知亡國恨　商女は知らず　亡国の恨み
4 隔㆑江猶唱後庭花。　江を隔てて　猶ほ唱ふ後庭花

1 夕もやは、寒々と秦淮河の水面いちめんにたれこめ、春のおぼろにかすむ月光は砂州をつつん

でいる2　こよい、ここ秦淮河に船をもやいすると、付近一帯には酒楼がならんでいて弦歌の声もなまめかしい3　（ここは隋に滅ぼされた陳の古都だが）妓女たちは、そんな事など知らぬげに4　亡国の音楽「玉樹後庭花」の曲を歌っているのが、対岸から聞こえてくる（哀れなことよ）

〔語釈〕煙　かすみ。もや。**籠**　たちこめる。**月籠沙**　月の光か白砂かの区別がつかないこと。**酒家**　料理屋。**商女**　客席に侍して、酒を勧め歌舞音曲をする妓女。「商」は、商売の意ではなく、「唱」（うたう）意である。芸者。**後庭花**　「玉樹後庭花」という歌曲。南朝の最後の天子、陳の後主（王朝末期の天子）が作った曲。歌曲がきわめて哀怨で、この風流天子は日夜こうした歌曲を奏して歌舞・宴会にふけり、ついに隋に滅ぼされてしまった。

〔押韻〕　七言絶句。平声麻韻。

〔解説〕　秦淮は、河の名、江蘇省溧水県に源を発し、南京市内を貫流して揚子江に注ぐ。その両岸には酒楼が多く、風流繁華の地。たまたま南京の秦淮河に船を泊した作者が、妓女の歌う亡国の曲を聞いて、その感慨を歌ったもの。

〔余説〕　月もおぼろの、水辺の夜の歓楽境を歌い、その中に哀れな亡国の曲を聞きとって、そのいわれを知らぬげな妓女の歌声に、ひとしお哀れをもよおす。まさにこれ人生哀歓の縮図。

漢江　　杜牧（唐）

1 溶溶漾漾白鷗飛。　溶溶　漾漾　白鷗飛ぶ

2 綠淨春深好染レ衣。　緑浄く　春深うして　好し衣を染むるに

3 南去北來人自老　南去　北来　人自ら老ゆ

4 夕陽長送釣船歸。　夕陽　長へに送る　釣船の帰るを

1　漢江の水は盛んに流れて波立ち、その上を白鷗が群れ飛んでいる　2　春色ようやく深まり、鮮やかな緑をたたえる流れは、衣を染めたいくらい　3　しかし、人は南へ北へと席あたたまる暇もなく、衣を染めるどころか、ただ多忙の中に老いてゆくのみ　4　されば白鷗の群れとともに、夕日を浴びて帰りを急ぐのは、ただ魚つりの船だけである。

〔語釈〕**溶溶**　水の盛んに流れるさま。**漾漾**　水の動くさま。**夕陽**　夕日。**長**　いつまでも。

〔押韻〕七言絶句。平声微韻。

〔解説〕漢水ともいい、湖北省内を流れる最大の河。漢口で揚子江に合流する。

〔余説〕一読して、いささかの凝滞をも感じないが、老いを嘆ずるの意が、おのずから感得される。承句は特に佳句である。

贈別　　杜牧（唐）

1 多情却似總無情。
2 唯覺尊前笑不レ成。
3 蠟燭有レ心還惜レ別
4 替レ人垂レ涙到二天明一。

多情は　却って似たり　総べて無情なるに
唯だ覚ゆ　尊前　笑ひの成らざるを
蠟燭　心有り　還た別れを惜しみ
人に替はって　涙を垂れて　天明に到る

1 物ごとに哀れを感じやすくあるが、また同時に移り気でもあるきわみは、かえって自然の無情なるに似ていて、別れに際して涙一滴こぼさず　2　ただ別離の酒だるを前にして、黙然と笑い顔を見せないだけである　3　しかるに、無情のろうそくが、かえって心あって、別れを惜しむかのように　4　人のかわりに惜別の涙をたれて、夜明けまで輝いていた

〔語釈〕**多情**　物ごとに哀れを感じやすいが、また、移り気であること。**總**　すべて。みな。**無情**　木石のように心がない。非情。反対は有情。人間は有情、自然は無情。**尊前**　酒だるの前。樽前。**有心**　「心」を人の心（情）と、ろうそくのシン（芯）と双方に掛けている。**天明**　夜明け。

〔押韻〕七言絶句。平声庚韻。

〔解説〕詩題だけでは、だれを送別して贈ったものかは不明であるが、発想の奇を採る。また、起句は有名である。

〔余説〕ろうそくを借りて、巧みに惜別の情を述べている点がおもしろい。「有レ心」といい、また、

「垂レ涙」といい、比喩もまたすぐれている。やはり凡手ではない。

江樓書レ感（江楼　感を書す）　趙嘏（唐）

1　獨上二江樓一思渺然。　独り江楼に上って　思ひ　渺然たり
2　月光如レ水水連レ天。　月光は水の如く　水　天に連なる
3　同來翫レ月人何處　同に来って　月を翫びし人　何れの処ぞ
4　風景依稀似二去年一。　風景は　依稀として　去年の似し

1（ことしの秋は）ただ一人で、川のほとりの高楼に登ってみると、思い出はそれからそれへと果てしなくよみがえってくる　2　月光は水のように清く澄みわたり、川の水も空のように澄みきって、水と空とが一色にとけ合っている　3　思えば去年いっしょにこの月をながめて楽しんだ人は、今はどこにいるのであろうか（もうこの世にはいないのだ）　4（人の身の上にはかく変化があったが）ただ風景だけは去年とそっくりで、少しも変わってはいないのに

〔語釈〕江樓　川のほとりの高楼。渺然　はるかなさま。依稀　よく似ているさま。

〔押韻〕七言絶句。平声先韻。

〔解説〕大川のほとりの高楼に登って、今はなき人、実は愛人を追慕して歌ったもの。

趙嘏　八一〇?～八五六?。晩唐の詩人。字は承祐、山陽（江蘇省）の人。杜牧に詩才を認められ

た。官は渭南尉に終わった。「渭南集」三巻がある。

〔余説〕今はなき人を追慕する気持ちが、しみじみと行間にあふれている。起句の「独上」の「独」と、転句の「同来」の「同」とがよく照応して、いっそう孤独感をひき立てている。

夜雨寄レ北（夜雨 北に寄す）　李商隠（唐）

1 君問二帰期一未レ有レ期。　君 帰期を問へども 未だ期有らず
2 巴山夜雨漲二秋池一。　巴山の夜雨 秋池に漲る
3 何當下共翦二西窓燭一　何か 当に共に西窓の燭を翦り
4 却話二巴山夜雨一時上。　却って 巴山 夜雨を話する時なるべき

1 あなたから私に「いつごろ、都に帰れるか」としきりに尋ねてよこすが、まだはっきりした時期はわかりません 2 こよい、私はひとりここ四川の山中で、秋雨が庭前の池にふりそそぐのを聞きつつ（あふれる思いであなたのことを思い続けています） 3 いったい、いつの日か長安に帰り、あなたといっしょにあの西窓のもとで、灯心を切って灯をかき立てながら 4 この四川の山中で、ひとり夜の雨を聞いた時の寂しい気持ちを語りあうことができるでしょうか

〔語釈〕寄北 「北」は、長安をさす。同時にまた、「北堂」の略語で、妻をも意味する。この「北」は掛詞のような役割を果たしている。「寄」は、人に託して物や手紙などを届けること。君

妻をさす。**帰期**　都に帰任する時期。**巴山**　「巴」は、四川省重慶地方の別名。これに対し、四川省成都地方を「蜀」という。**翦**　きる（切）。「剪」の正字。

〔押韻〕　七言絶句。平声支韻。

〔解説〕　作者が、東蜀節度判官として巴蜀（今の四川省）にいた時、秋夜、雨の音を聞き、長安にいる妻に思いを寄せて歌ったもの。若くして進士の試験に合格した作者は、田舎回りの境遇を悲しみ、一日も早く中央官界に復帰して、一家団欒をもちたいと訴えている。

李商隠　八一三～八五八。晩唐の詩人。字は義山、号は玉渓子。懐州河内（河南省）の人。好んで故事を用い、また修辞に走り、晩唐において一派を開き、温庭筠と並び称せられ、後世その詩風を**西崑体**という。ただし、この詩は右に述べた、彼の特色とは違った、平易率直のものである。

〔余説〕　一首全体が妻に語りかける手紙のように構成されており、やさしい夫の愛のささやきといった詩であって、中国詩としては珍しい内容のものである。李白などにも「子夜呉歌」「長干行」といったものがあり、六朝時代にも、女流文学や女性的情緒を主題にしたものがなくはないが、何といっても李商隠・温庭筠などは、その先駆者といってよい。

無題　　李商隠（唐）

1　相見時難別亦難。　　相見る時難く　別れも亦難し
2　東風無レ力百花殘。　　東風　力無く　百花残す

3 春蠶到レ死絲方盡　春蚕死に到って　糸方に尽き
4 蠟炬成レ灰涙始乾。　蠟炬灰と成って　涙始めて乾く
5 曉鏡但愁雲鬢改　暁鏡但だ愁ふ　雲鬢の改まるを
6 夜吟應レ覺月光寒。　夜吟応に覚ゆべし　月光の寒きを
7 蓬萊此去無ニ多路一　蓬萊此を去って　多路無し
8 青鳥殷勤爲探看。　青鳥殷勤に　為に探看せよ

1 お互いに対面する時というものは、なかなか得難いが、別れているということも容易ではない　2（今の自分の気持ちを象徴するかのように）吹く春風もかつてのようではなくて力なく、もろもろの花もすがれてしまった　3（しかし一度思いこんだらあきらめられないもので）たとえば春蚕が死ぬまで糸をはき続けるように　4 また、蠟燭が燃え尽きて灰となるまでは、涙の乾かないようなものである　5（ただ情けないことに）夜明けに鏡に対しては、黒い髪の毛が白くなってゆくのが気がかりで　6 夜の朗吟に際しては、月光が冷たく身にしみるのを感ずるようになった　7 わが思う人のいる蓬萊の仙山はここからは、そんなに遠いみちのりではない　8 ただ青鳥が親切に、自分のために消息を探ってきてほしいものである

〔語釈〕**東風**　春風。**殘**　すがれる。衰えうつろう。**春蠶**　春のかいこ。はるご。**蠟炬**　蠟燭。**涙**　蠟燭のとけて流れるのを涙にたとえた。**雲鬢**　からす色の髪の毛。**蓬萊**　神仙のいる神山、東

方の海上にあるという。ここでは愛人を仙人にたとえた。**無多路**　遠い道のりではない。**青鳥**　西王母の使いをする鳥。「山海経」に見える。**殷勤**　ねんごろ。ていねい。

〔押韻〕七言律詩。平声寒韻。

〔解説〕「無題」とは、題名のつけようがないので、無題としたのであろうが、思うに、はばかるところあって、心中を明言することができないので、無題としたものであろう。李商隠の詩には、ほかにも「無題」としている詩が多く存する。

〔余説〕この詩は、愛人同士の堅い愛情を表白したものとみたい。男女離別のことを借りて、自分の志を得ないことを述べた、などと強いてこじつけるには及ぶまい。

金陵圖（金陵の図）　韋荘（唐）

1　江雨霏霏江草齊。　　**江雨　霏霏として　江草　斉し**
2　六朝如レ夢鳥空啼。　　**六朝　夢の如く　鳥空しく啼く**
3　無情最是臺城柳　　**無情なるは　最も是れ　台城の柳**
4　依レ舊煙籠十里堤。　　**旧に依って　煙は籠む　十里の堤**

1　揚子江の雨はしとしとと盛んに降りしきり、江辺の草も青々と一様に茂っている　2　六朝の繁華は夢のようにはかなく過ぎ去ってしまい、鳥もこれを悲しんでか、むなしくさえずっている

3 さて無情の最もはなはだしいのは、梁の時代に植えられた台城の柳であって 4 （亡国の悲運をよそにして）昔ながらに十里の長堤にかすみを込めて、青々と茂っていることである

〔語釈〕**江雨** 揚子江上に降りそそぐ雨。**霏霏** 雨のしとしと降りしきるさま。**江草** 江辺の草。**齊** 草が生えそろって茂っている。**六朝** 呉・東晋・宋・斉・梁・陳の六つの王朝。すべて都は金陵にあった。**臺城** 南京の古い城壁の一部分。玄武湖の付近にあった。**依舊** 昔ながらに。**煙** もや。かすみ。

〔押韻〕七言絶句。平声斉韻。

〔解説〕一幅の金陵の風景画である。「金陵」は、今の江蘇省南京の古称。六朝の当時は、建康と称した。

韋荘 八三六～九一〇。字は端己、晩唐の有名な詩人にして詞人。京兆杜陵（今の陝西省西安市の付近）の人。韋応物の子孫。その詩は風格がやわらかで、美しい点に特色がある。

〔余説〕転・結二句に、いにしえを思い、興亡を嘆ずる意あり、懐古の作。一首、おだやかにして、きれいである。

山亭夏日　　高駢（唐）

1 綠樹陰濃夏日長。　緑樹　陰濃やかにして　夏日長し
2 樓臺倒レ影入二池塘一。　楼台　影を倒にして　池塘に入る

3　水晶簾動微風起　　水晶簾（すいしょうれん）動（うご）いて　微風（びふう）起（お）こる
4　一架薔薇満院香。　一架（いっか）の薔薇（しょうび）　満院（まんいん）　香（かんば）し

1　緑の木立は、陰も細やかなほどこんもりと茂り、夏の一日はいかにも長い　2　山荘の建物は、影をさかさに池水に落とし（あたりはしんと静まり返っている）　3　おりから水晶簾がものうげに動いていることによって、いくらかのそよ風のあることがわかり　4　道理で棚（たな）いっぱいに並べてある薔薇（ばら）のかおりが、庭中に満ちた（実に爽涼（そうりょう）きわまりない）

〔語釈〕**山亭**　山のあずまや。山荘。**濃**　細やか。**樓臺**　高殿。**池塘**　池。池水。「塘」は、つつみ（堤）の意であるが、ここではただ添えてあるだけ。**水晶簾**　水晶の飾りのあるすだれ。りっぱなすだれ。**一架**　棚いっぱい。満架と同じ。**満院**　庭いっぱい。「院」は、中庭。

〔押韻〕七言絶句。平声陽韻（よういん）。

〔解説〕初夏の山荘における、清涼の思いを歌ったもの。

高駢　？～八八七。晩唐の詩人。字（あざな）は千里（せんり）、幽州（ゆうしゅう）（河北省）の人。黄巣（こうそう）の乱を討って、一時はすこぶる勢威を振るい、侍中（じちゅう）に任ぜられ、渤海郡王（ぼっかいぐんおう）に封ぜられたが、のち部下にそむかれ殺された。

〔余説〕静謐（せいひつ）そのものの、夏の山荘の日ざかりの風物が、手ぎわよく歌い込まれており、「**山静日長**」の思いをいだかしめるのみでなく、強烈な薔薇の芳香が読者の鼻をつくような作品である。

淮上與二友人一別（淮上にて　友人と別る）　鄭谷（唐）

1　揚子江頭楊柳春。　揚子江頭　楊柳の春
2　楊花愁殺渡江人。　楊花　愁殺す　渡江の人
3　數聲風笛離亭晩　数声の風笛　離亭の晩
4　君向二瀟湘一我向レ秦。　君は瀟湘に向かひ　我は秦に向かふ

1　揚子江のほとりには、楊柳が青々と茂って、春はまさにたけなわ　2　柳の白い花が風に飛び交い、これから江を渡って旅立って行こうとする人の心を物悲しい思いにひきこむ　3　おりから数声の笛の音が風に乗って、この送別の宴を張っている料亭にまで聞こえて来て、暮れなずむ春の日もいよいよ静かに暮れてゆく　4　さあ、いよいよお別れである、君はこれから南のほう洞庭湖の付近に向かって旅立ち、わたしは北のほう都の長安に向かい（南と北に手をわかって別れてゆくが、いつの日にまた会えることやら）

〔語釈〕淮上　淮水のほとり。淮水の源は河南省桐柏山より発し、下流はしばしば変わり、今は淮陰県で大運河に合流。この淮上はたぶんこの付近のことであろう。楊柳　柳。「楊」は川やなぎ。「柳」はしだれやなぎ。楊花　柳の花。柳絮ともいう。白い綿のような花をつけ、それが風に吹きとばされ雪のように散るのは晩春の景物の一つ。愁殺　憂えしめる。「殺」は、強意の助字。離亭　送別の宴を開く料亭。瀟湘　瀟水と湘水とは、ともに湖南省の大河で、合して洞庭湖に注ぎ込む。

その付近には景色のよい所が多い。**秦** 今の陝西省、長安の付近。昔、秦の都があった。ここでは都の長安をさす。

〔押韻〕 七言絶句。平声真韻。

〔解説〕 淮水が揚子江にはいる、ほとりの舟つき場で、南北に別れる友人との惜別の気持ちを、眼前の風物に託して歌ったもの。

鄭谷 八八七ころ在世。晩唐の詩人。字は守愚、袁州宜春（江西省）の人。光啓三年（八八七）に進士に合格、都官郎中となり、詩名が高かった。世人は名を呼ばずに、鄭都官（検察事務官）と称したという。

〔余説〕 揚子江頭…楊柳春…楊花…と、「ヨウ」の音を重ねているところ、いかにも調子がよい。目に楊花の飛散するを見て、耳に離亭の日暮れに風笛を聞く、惜別の情おのずから汪然たらざるを得まい。結句、またこの詩をひき立てて、余情のかぎりないものがある。

過南鄰華園（南鄰の華園に過ぎる）　雍陶（唐）

1 莫怪頻過有酒家。　怪しむ莫かれ　頻りに酒有る家に過ぎるを
2 多情長是惜年華。　多情　長なへに是れ　年華を惜しむ
3 春風堪賞還堪恨　春風　賞するに堪へ　還た恨むに堪へたり

4　纔見開花又落花。　纔かに開花を見れば　又落花

1（晩春のことであるから）しきりに酒家に立ちよるのを怪しんでくださるな　2　物の哀れを感ずること一きわ強い自分は、いつまでも月日の過ぎやすいのを惜しんで（酔いをかりて憂いを忘れるためであるから）　3　春風はまことにめでるべきであるが、また恨むべきものでもある　4（なぜならば）花を咲かせたかと思うと、すぐにまた花を吹き散らしてしまうから

〔語釈〕過　よぎる。立ちよる。多情　物の哀れを感ずることが深い。惜年華　月日の過ぎ易いのを惜しむ。「年華」は「年光」と同じ。還　また。口語的用法。纔　やっと。かろうじて。

〔押韻〕七言絶句。平声麻韻。

〔解説〕この詩は、歳月の過ぎやすいことを歌ったもので、また、惜春の意もこもっている。「過」は、立ち寄る。

雍陶　晩唐の詩人。成都（四川省）の人。字は国鈞、太和の進士。大中年間（八四七〜八六〇）に、国子毛詩博士より簡州（広西省）刺史となった。

〔余説〕さすがに晩唐ともなると、美しいけれども力弱い詩となってしまっている。繊弱美とでもいうべきものであろうか。しかし、結句はやはりうまいというべきだろう。

長城　　汪遵（唐）

1　秦築二長城一比二鐵牢一。
2　蕃戎不三敢逼二臨洮一。
3　焉知萬里連雲勢
4　不レ及堯階三尺高。

秦　長城を築いて　鉄牢に比す
蕃戎　敢へて臨洮に逼らず
焉くんぞ知らん　万里連雲の勢ひ
及ばず　堯階　三尺の高きに

1　秦の始皇帝が万里の長城を築いて、鉄のろうやの堅固に比し　2　さすがの匈奴もすすんで臨洮の辺境には接近すまい（と安心して、おごりをきわめ悪政を行って、たちまち滅ぼされてしまった）　3　うかつにも気がつかなかったのだ、長城の万里連雲の盛んな勢いも　4　かのいにしえの聖王たる堯帝のきざはしが、たった三尺の高さにすぎなかったのに及ばないことを

〔語釈〕 **長城**　万里の長城。**鐵牢**　鉄製のろうや。堅固なこと。**蕃戎**　野蛮なえびす（異民族）。匈奴をさす。**臨洮**　秦代の県名。今の甘粛省岷県。万里の長城の起点として有名。**連雲勢**　雲に連なるような勢い。一本には、「勢」が「色」になっている。**堯階三尺**　堯の宮殿は、土のきざはしの高さが三尺きりであった。質素なことをいう。

〔押韻〕　七言絶句。平声豪韻。

〔解説〕　万里の長城を詠じたものであるが、その発想がおもしろい。この詩は、「唐詩選」にも、「唐詩三百首」にも採られていないが有名である。

汪遵　唐の涇県（安徽省）の人。初め役人となったが、絶句の詩がじょうずであった。のちに進士に合格した。

〔余説〕呉起が、魏の武侯に答えた言葉に、「徳に在って険にあらず」とあるのも、また「人を以て垣と為す」とかいう甲州流の兵法も、ひっきょう同じ趣旨であり、国の固めは山河の険ではなく、実に人心の団結であり、和であるという意。人心が和せざれば、いかなる金城湯池も、内部からがらがらくずれてしまう。

焚書坑　章碣（唐）

1 竹帛煙銷帝業虚。　竹帛　煙銷えて　帝業虚し

2 關河空鎖祖龍居。　関河　空しく鎖す　祖龍の居

3 坑灰未レ冷山東亂　坑灰　未だ冷えざるに　山東　乱る

4 劉項元來不レ讀レ書。　**劉・項　元来　書を読まず**

1 （秦の始皇帝が己の政権に有害と認める）書物を焼き捨てた煙の消えるか消えないうちに、はや天下統一の大事業はむなしくくずれ　2 哀れ秦の宮殿も廃墟と化し、後にはただいたずらに山河の固めだけが残った　3 さて焚書を実行した灰のまだ冷えきらないうちに、早くも山東の地は乱れ始めたが　4 秦の天下を奪った劉邦も項羽も、もともと学問を軽視する人たちであった（であるから、始皇帝の焚書は全くのナンセンスである）

〔語釈〕竹帛　竹簡（竹のふだ）と、絹。昔はこれらに文字を書いたので、書物を意味する。帝業

帝王の大事業、すなわち天下統一のこと。**關河**　関所や河。転じて、山河の固め、要害堅固な地。**祖龍**　「祖」は始、「龍」は天子の象徴。始皇帝のこと。**山東**　陝西省の華山以東の地。中国の中央部。**劉項**　劉邦（漢の高祖）と項羽。**不讀書**　学問を軽視したことをいう。

〔押韻〕　七言絶句。平声魚韻。

〔解説〕　秦の始皇帝が、大臣李斯の勧めによって、「詩経」「書経」などの儒家の経典を焼き、また儒者四百六十余人を穴埋めにしたことを**焚書坑儒**といい、このような文化に対する弾圧政策は、暴政の窮みであると批判したもの。

章碣　晩唐の詩人。同じく晩唐詩人の章孝標の子。乾符年間（八七四～八七九）の進士。晩年は流落して、いつ、どこで、死んだかわからない。「章碣集」がある。

〔余説〕　結句は、実にこの乱世の三英雄に対する痛烈きわまる批判で、千鈞の重みがある。数百字の史論にも匹敵する警句というべきであろう。

勸レ酒（酒を勧む）　于武陵（唐）

1　勸レ君金屈巵。　　君に勧む　金屈巵
2　滿酌不レ須レ辭。　　満酌　辞するを須ひず
3　花發多二風雨一　　**花　発いて　風雨　多し**

4 人生足別離　　人生(じんせい)　別離(べつり)　足(た)る

1 このさかずきを受けたまえ　2 なみなみつがせてくれたまえ　3 花にあらしのたとえもあるぞ　4 別れはこの世の常ではないか

〔語釈〕**金屈巵**　黄金製のとってのついている杯。「巵」は、杯。**滿酌**　なみなみと注ぐ。**不須辭**　辞退などするな。**花發**　花が開く。**足**　「多」と同じ。会うは別れの始めとか、されば花の散らぬうち、人も別れにさきんじ、大いに飲もう。

〔押韻〕五言絶句。平声支韻(しいん)。ただし、起句が韻をふんでいるのは五言絶句としては変格。

〔解説〕もちろん、酒飲めや酒飲めやと、飲酒をすすめる意を歌ったものであるが、その底にはやはり、人生の哀歓を訴えており、そくそくとして胸に迫るものがある。げに、明日ありと思う心の徒桜、夜半にあらしの吹かぬものかは、である。

于武陵　晩唐の詩人。大中(たいちゅう)年間（八四七～八六〇）の進士、李頻(りひん)と同時、詩集一巻がある。

〔余説〕「人生足別離」の句もよいが、特に「花発多風雨」は名句であり、有名でもある。

客(かく)中(ちゅう)　　于武陵(うぶりょう)（唐(とう)）

1 楚人歌竹枝　　楚人(そひと)　竹枝(ちくし)を歌(うた)へば

2 遊子涙沾衣　　遊子(ゆうし)　涙(なみだ)　衣(い)を沾(うるほ)す

3 異國久為レ客
4 寒宵頻夢レ歸。
5 一封書未レ返
6 千樹葉皆飛。
7 南過二洞庭水一
8 更應二消息稀。一

異国に　久しく客と為り
寒宵には　頻りに帰るを夢む
一封　書　未だ返らざるに
千樹　葉　皆飛べり
南のかた　洞庭の水を過ぎなば
更に　応に消息　稀なるべし

1　楚の人たちが、竹枝曲を歌うのを聞くと　2　旅人われは、涙で衣のえりをぬらす　3　知らぬ他国の空に、永らく旅の身となり　4　さびしい夜には、しきりに帰国の夢をみる　5　わたしの手紙に対する、返事はまだなのに　6　木々はもう葉が落ち尽くした　7　これから、南方の洞庭湖のさきにゆけば　8　一層たよりも、まれになるにきまっている

〔語釈〕**楚人**　楚の地方の人。楚は、揚子江の中流地帯にあった国。**竹枝**　歌曲の名。その地方の風物などを歌って哀調を帯びる。**遊子**　旅人。**沾**　ぬらす。**異國**　他国。楚国をさす。**客**　旅人。**寒宵**　さびしい夜。**一封**　一通の手紙。**洞庭水**　洞庭湖。**消息**（故郷からの）たより。

〔押韻〕五言律詩。平声支韻と微韻の通用。

〔解説〕旅にありて、楚国の北の旅先において望郷のやるせない思いを歌ったもの。

己亥歳（己亥の歳）　曹松（唐）

1 澤國江山入二戰圖一。　沢国 江山 戦図に入る
2 生民何計樂二樵蘇一。　生民 何の計あって 樵蘇を楽しまん
3 憑レ君莫レ話封侯事　君に憑る 話る莫かれ 封侯の事
4 一將功成萬骨枯。　一将 功成って 万骨 枯る

1 江淮一帯、低湿の地は山も川も、交戦区域内にまき込まれてしまい 2 人民たちは、日常生活を楽しむ計も立てにくいほどである 3 どうか君たちにおたのみしたいことは、戦功を立て、大名にとり立てられることなど話題にしてくださらぬよう 4 なぜならば、一人の大将が功を立て大名にとり立てられる裏面には、万人の無名の勇士の犠牲があるのだから

〔語釈〕 **澤國** 低湿の地。黄巣の乱の被害地、荊楚江淮地方をさす。**入戰圖** 交戦地域にまき込まれる。**樵蘇** 木こりと草刈り。日常生活を営むこと。**憑君** 君（一般の人をさす）にたのむ。**封侯** 大名にとり立てられること。

〔押韻〕 七言絶句。平声虞韻。

〔解説〕 己亥の歳は、唐の僖宗の乾符六年（八七九）にあたる。この年の冬に、黄巣の乱が起こり、荊楚江淮（四川・湖南・湖北・安徽・江蘇の各省）地方は大動乱に陥り、天子は蜀に出奔された。この農民の大暴動について、戦乱の惨禍を訴えたのがこの詩である。

曹松　晩唐の詩人。字は夢徴。七十余歳で進士に合格。賈島について詩を学んだ。

〔余説〕　これは、今次太平洋戦争においても、われわれが痛切に身をもって体験した事実である。結句は、実に万鈞の重みをもって、沈痛にわれわれの胸に響きわたるものがある。

自詠（自ら詠ず）

呂洞賓（唐）

1 獨上₌高樓₋望₌八都₋。
2 墨雲散盡月輪孤。
3 茫茫宇宙人無數
4 幾箇男兒是丈夫。

独り高楼に上って　八都を望めば
墨雲　散じ尽くして　月輪　孤なり
茫茫たる宇宙　人　無数
幾箇の男児か　是れ丈夫

1 ただ一人高楼に登って、四方八方を遠くながめてみると　2 今まで空をおおっていた黒雲は散って無くなり、後にはただ一輪の月が中天にかかっているだけである　3 思えばこの広大なる宇宙間に生存している人は、数かぎりがないが　4 いったい真のますらおと呼ぶにふさわしいような人は幾人あるであろうか（少なくもわれはその一人であるぞ）

〔語釈〕　**八都**　四方八方すべて。「都」はすべての意。**墨雲**　黒雲。**孤**　ひとつ。**茫茫**　広大なさま。**宇宙**　「宇」は上下四方の無限の空間。「宙」は無始から無終への時間をいう。**幾箇**　幾人。いくばく。

〔押韻〕七言絶句。平声虞韻。

〔解説〕自分の平素からの胸にいだいている思いを、歌ったもの。

呂洞賓　八七四ころ在世。晩唐の道士。名は嵒、洞賓はその字。京兆（陝西省長安）の人。純陽子と号し、また回道人とよばれた。黄巣の乱にあい、家を終南山（秦嶺）に移して道を修め、その行く所を知らずという。

〔余説〕実に気宇の雄大な詩で、読者をしておのずから天空海濶の思いをいだかしめるに足る。同時に黄巣の乱に際しても、真に救国の偉材の現れなかったことを嘆じたものであろう。古歌に「人多き人の中にも人はなし人になれ人人になせ人」とあるが、思い合わせて感慨の深いものがある。

宋・元・明・清時代の詩

山園小梅（山園（さんえん）の小梅（しょうばい））

林逋（りんぽ）（宋（そう））

衆芳搖落獨暄姸　衆芳（しゅうほう）　揺落（ようらく）して　独（ひと）り暄妍（けんけん）
占㆓盡風情㆒向㆓小園㆒。　風情（ふうじょう）を　占（し）め尽（つ）くして　小園（しょうえん）に向（む）かふ
疎影横斜水清淺　**疎影（そえい）　横斜（おうしゃ）　水（みづ）　清浅（せいせん）**
暗香浮動月黄昏。　**暗香（あんこう）　浮動（ふどう）　月（つき）　黄昏（こうこん）**
霜禽欲㆑下先偸㆑眼　霜禽（そうきん）　下（くだ）らんとして　先（ま）づ眼（がん）を偸（ぬす）み
粉蝶如知合㆑斷㆑魂。　粉蝶（ふんちょう）　如（も）し知（し）らば　合（まさ）に魂（こん）を断（た）つべし
幸有㆔微吟可㆓相狎㆒　幸（さいは）ひに微吟（びぎん）の　相狎（あひな）る可（べ）き有（あ）り
不㆑須㆓檀板與㆒金尊㆒。　須（もち）ひず　檀板（だんばん）と　金尊（きんそん）とを

1　多くの花の揺らぎ散ってしまった時、梅の花はひとり、暖かそうに美しく　2　わが庭園の風

情を、独り占めにしている　3　まばらな横斜の影は、清らかに浅い池水に映じ　4　どこからともなく流れてくる梅の香は、たそがれの月に揺らめいている　5　霜枯れ時の冬の鳥は、おりて枝にとまろうとして、まず（花であるかどうかを確かめるために）盗み目で見　6　白いちょうは、こんな美しい花があることを知ったなら、きっとびっくりするであろう　7　幸いに、私はこの高潔な花に微吟してなれ親しむことができる以上　8　あの美しい楽器や酒だるなど、富豪の持ち物で、この花を汚してはならない

〔語釈〕 **衆芳**　多くの芳しい花。**揺落**　揺れ落ちる。散る。**暄妍**　あたたかく美しい。**暗香**　どこからともなく漂ってくるにおい。**霜禽**　霜枯れ時の鳥。冬の鳥。**粉蝶**　白いちょう。**檀板**　楽器の名。拍子をとる板で、まゆみの木で作る。拍板ともいう。**金尊**　黄金で飾った酒だる。りっぱなたる。

〔押韻〕 七言律詩。平声元韻。

〔解説〕 林和靖は、西湖のほとりの孤山に梅三百株を植え、梅を妻とし、鶴を子とするといって、生涯仕えず、めとらず、書画をもよくし、隠士をもって終わった。この詩は、その梅を詠じたもので、前連は特に有名である。

林逋　九六七～一〇二八。北宋の詩人。号は和靖、銭塘（浙江省）の人。孤山に隠れ住み、その跡は放鶴亭といわれた。彼が鶴を放し飼いしたところと伝えられ、付近には今も古梅が多く、西湖名勝の一つとなっている。

〔余説〕 梅花を詠じた詩は、数多くあり、しかもその中にはすぐれたものも少なくないが、林和靖のこの詩をもって、最高の作品とみるべきであろう。

小村

梅尭臣（宋）

1 淮闊洲多忽有レ村。
2 棘籬疎敗漫爲レ門。
3 寒雞得レ食自呼レ伴
4 老叟無レ衣猶抱レ孫。
5 野艇鳥翹唯斷纜
6 枯桑水齧只危根。
7 嗟哉生計一如レ此
8 謬入二王民版籍一論。

淮は闊く　洲は多く　忽ち村有り
棘籬　疎敗して　漫りに門を為す
寒鶏　食を得て　自ら伴を呼び
老叟　衣無く　猶ほ孫を抱く
野艇　鳥翹りて　唯だ断纜
枯桑　水齧みて　只危根
嗟哉　生計は一に此くの如きに
謬って王民の版籍に入れて論ぜんとは

1　淮河は川幅が広く、中洲が多く、村を過ぎるとすぐまた村がある　2　いばらの垣根はまばらに破れていて、むやみに出入り口となっている　3　やせこけた鶏が、餌をみつけて仲間をよび　4　年よりは裸体のままで、孫を抱いている　5　小川の小舟からは鳥が飛びたち、ともづなは切れたまま　6　枯れた桑の根は、あぶなげで水に洗われている　7　ああ人民の生活は全くこんな

具合いだのに　8　誤って天子の人民として戸籍簿にのせて論ずるとは

〔語釈〕**淮**　淮河、また淮水ともいう。河南省南部の桐泊山に発し、安徽省北部・江蘇省を東に流れる、中国第三の大河。**寒雞**　やせこけた鶏。**棘籬**　いばらの垣根。**疎敗**　まばらで破れている。**漫爲門**　むやみやたらに出入り口とする。**老叟**　年より。じいさん。「叟」は、老人。**野艇**　野の川に浮かぶ小舟。**鳥翹**　鳥が飛び立つ。**斷纜**　舟をつなぎ止める、ともづなが切れている。**危根**　危なっかしい根。**嗟哉**　ああ。嘆き悲しむ声。**生計**　暮らし。**王民**　天子の人民。**版籍**　戸籍簿。それはまた徴税の台帳にもなる。

〔押韻〕七言律詩。平声元韻。

〔解説〕作者が慶暦八年（一〇四八）の秋、故郷の宣城（安徽省）から、任地の陳州（河南省）へゆく旅の途中、淮水の付近の、とある村を通りかかった時の作である。

梅尭臣　一〇〇二～一〇六〇。北宋の詩人。字は聖兪、安徽省の人。詩風は、深遠古淡を旨とした。詩集に「宛陵集」がある。

〔余説〕全くの諷喩詩である。作者自身もまた官僚の一人として深く自責の念に駆られ、その反省がこの作となったものであろう。

清夜吟　　　　邵雍（宋）

1 月到二天心一處　　　月　天心に到る処

2 風來二水面一時。
3 一般清意味
4 料得少二人知一。

風　水面に来る時
一般の清意の味はひ
料り得たり　人の知る少なきを

1 夜もふけて、月が澄みわたった大空の中心に輝くころ　2 清らかな一陣の風が、池の水面に吹きくる時　3 この満ちあふれるばかりの天地自然の清らかな味わいは　4 はたして真に知り得る人はどのくらいあるだろうか、恐らく非常に少ないことであろう

〔語釈〕 **天心**　天空の中心。**一般**　いっさい。すべて。全体。**清意味**　（天地自然の）清らかな心の味わい。一点の汚れもない心境に感ぜられる妙味。

〔押韻〕 五言絶句。平声支韻。

〔解説〕 月夜の清風をよすがとして、宇宙の大精神に感動した心境を歌ったもの。

邵雍　一〇一一～一〇七七。北宋の学者。字は尭夫、諡の康節が広く通用している。河北省涿県范陽の人であるが、河南の洛陽に長く住んでいた。招かれたが仕えず、耕作して自活した。宋学の元祖の一人で、易にくわしく、数理をもって宇宙万物の発達を論じた。著書としては「皇極経世書」「伊川撃壌集」などが有名。六十七歳で没した。

〔余説〕 非常にむずかしい、哲学的な詩である。「この詩は、風物を借りて、聖人の心境を形容したもの」という批評もあるほどで、理念から情景に及んでいるのと、情景から心境に、さらに心境の奥の理念に及んでいるのと、その両コースを、ともに味わうべきであろう。邵雍には、同じよう

な手法の詩として、

福昌県会雨　泉声出竹遅
雲勢移峰緩　唯有翠禽知
此時無限意

があある。「宋史地理志」によれば、河南郡の福昌県は、隋宮によって名を得たとある。

再到洛陽（再び洛陽に到る）　邵雍（宋）

1 當年曾是青春客　　当年　曾て是れ　青春の客
2 今日重來白髮翁。　今日　重ねて来る　白髪の翁
3 今日當年成一世　　今日と　当年と　一世を成す
4 幾多興替在其中。　幾多の興替　其の中に在り

1 その当時は、前途有望な青年学徒を気負っていたものだが　2 今は白髪の老翁として再び訪れてきた　3 今とその昔とでは、三十年にもなるが　4 その三十年間に、幾多の盛衰興亡があったことを来て見て初めて知って、実に驚き入ったしだいである

〔語釈〕青春客　若気にはやる青年学徒。一世　三十年。興替　盛衰に同じ。
〔押韻〕七言絶句。平声東韻。ただし、第一句はふみ落とす。

〔解説〕この詩は、青年時代に、かつて遊んだ土地、洛陽を再び訪れての回顧の作。

〔余説〕まさに「昨日の紅顔、今は白頭」の感慨とともに、いわゆる「桑滄の変」を、今さらながら感得したものであろう。起句「青春客」の「客」字に、「遊子・客遊」の「客」の意とともに、「青春客気」の「客」の意との双方がこめられている掛け詞的用法となっていることに注意すべきであろう。また、「青春」と「白髪」の色彩の対照、「当年」「今日」が二度重ねて使われているが、耳ざわりにならない点、やはり巧者というべきだろう。

安樂窩中吟（安楽窩中の吟）　邵雍（宋）

安樂窩中春欲レ歸。　安楽窩中　春帰らんとす
春歸忍レ賦送レ春詩。　春帰って　賦するに忍びんや　春を送るの詩
雖三然春老難二牽復一　然く春老いて　牽復し難しと雖も
却有二夏初能就移一。　却って夏初の　能く就きて移る有り
飲レ酒莫レ教レ成二酩酊一　**酒を飲んで　酩酊を成さしむる莫かれ**
賞レ花愼勿レ至二離披一。　**花を賞して　慎んで離披に至る勿かれ**
人能知二得此般事一　人能く　此の般の事を知り得ば

8　焉有三閑愁到二兩眉一。　焉くんぞ閑愁の両眉に到る有らんや

1　わが安楽窩中の春も帰り去ろうとしている　2　春が帰り去れば悲しくて、とても春を送るの詩など作るに忍びない　3　このように春が老いゆくのを、ひきもどすことはできにくいが　4　初夏のよい景色に変わってゆくのだから、まだしも心がなぐさめられる　5（物事は八分どおりがよい）酒を飲んでも、ほろ酔いがよい、べろべろに酔ってはならない　6　花を賞するのには七、八分咲きはよいが、満開はいただけない　7　人がこのような道理を心得ていれば　8　つまらぬ心配に、両のまゆをひそめるような事にはなるまい

〔語釈〕**牽復**　ひきもどす。**酩酊**　ひどく酒に酔うこと。**離披**　満開。**此般事**　このようなこと。**閑愁**　つまらない心配。

〔押韻〕七言律詩。平声微韻と支韻の通用。

〔解説〕「安楽窩」は、邵雍の書斎の名である。

〔余説〕「菜根譚」に、酒は微醺に飲み、花は半開に看る」とある、のと同意。「春老」が、一本には「春暮」となっている。

遠山　欧陽脩（宋）

1　山色無二遠近一　山色　遠近無く

2　看レ山終日行。　山を看て　終日行く

3　峯巒随處改　峰巒　随処に改まり

4　行客不レ知レ名。　行客　名を知らず

1　山のけはいは　みな同じ　2　ひねもす歩む　山ながめ　3　峰のすがたの　おもしろや　4　名前なんどは　問いはせじ

〔語釈〕**山色**　山の景色、けはい。**看**　手をかざして見る。手と目とから成る会意文字。「見」（みるともなしにみる）とは異なることに注意。**峯巒**　山の峰。区別すれば、「峰（峯と書いても同じ）」は、頂のとがったもの、「巒」は、丸い峰。**行客**　旅人。登山者。

〔押韻〕五言絶句。平声庚韻。

〔解説〕はるかに遠く山をながめ、その美しさを歌った。**遠山近水**は、風景の美をたたえる語。

欧陽脩　一〇〇七～一〇七二。北宋仁宗時代の詩文の大家。字は永叔、号は酔翁、また、六一居士、文忠と諡された。廬陵（江西省）の人。韓退之・柳宗元の後をうけて古文を奨励し、唐宋八大家の一人。官途を歴任したが、学者としても業績をあげ、「欧陽文忠公全集」百五十二巻がある。彼の作った文としては、「蘇氏文集序」・「梅聖兪詩集序」・「酔翁亭記」・「豊楽亭記」・「朋党論」・「瀧岡阡表」などが、わけても名文として有名。

〔余説〕近ごろ登山ブームのおりから、いたずらに山頂にいどむのみが能ではあるまい。山にはいって、時には、こうした、ゆったりした心境にひたりつつ歩きまわるのも、また悪くはないであろう。

豊樂亭春遊 三首 録レ一（豊楽亭の春遊 三首）　欧陽脩（宋）

1 緑樹交加山鳥啼　　緑樹 交加して 山鳥啼く
2 晴風蕩漾落花飛。　晴風 蕩漾として 落花飛ぶ
3 鳥歌花舞太守酔　　鳥歌ひ 花舞ひ 太守酔ふ
4 明日酒醒春已帰。　明日 酒醒むれば 春已に帰らん

1 緑の木々は茂って枝を交え、山の鳥はのどかに鳴いている 2 よく晴れた日の春風は、そよそよと吹いて、落花がしきりに飛んでいる 3 さて、鳥歌い、花は舞い散り、太守たるわれも十分に酔った。4 明日、酒のさめるころには、春はもはや帰ってしまっているであろう（せめて、きょうは大いに飲んで歓を尽くすべきである）

〔語釈〕 **交加** こもごも枝をまじえる。 **蕩漾** ただよい動く。 **太守** 欧陽脩みずからをいう。

〔押韻〕 七言絶句。平声微韻。

〔解説〕 「豊楽亭」は、滁県（安徽省、南京の対岸で、やや北寄り）にあった欧陽脩の亭の名、彼はその地方の太守であった。「豊楽亭記」は、唐宋八家文に見える。

〔余説〕 結句に、惜春の意が込められている。参考までに、もう一首引くと、

紅樹青山日欲レ斜　長郊草色緑無レ涯
遊人不レ管春将レ老　来往亭前踏二落花一

戯答二元珍一（戯れに元珍に答ふ）　欧陽脩（宋）

1 春風疑不レ到二天涯一
2 二月山城未レ見レ花。
3 残雪圧レ枝猶有レ橘
4 凍雷驚レ筍欲レ抽レ芽。
5 夜聞二帰雁一生二郷思一
6 病入二新年一感二物華一。
7 曾是洛陽花下客
8 野芳雖レ晩不レ須レ嗟。

春風疑ふらくは　天涯に到らざるか
二月　山城　未だ花を見ず
残雪　枝を圧して猶ほ橘有り
凍雷　筍を驚かして　芽を抽かんとす
夜　帰雁を聞きて　郷思を生じ
病　新年に入りて　物華に感ず
曾て是れ洛陽　花下の客
野芳　晩しと雖も嗟くを須ひず

1 春風は、空のはての地までは吹かないものか　2 春たけなわだのに、山の町では花もまだだ
3 残雪に押された枝には、みかんがなっており　4 冬の終わりの雷に驚き、竹の子が芽を出し

そう 5 雁の北へ帰る鳴き音を聞く夜は、くにのことがしのばれ 6 病中に迎えた新年の風景は、ひとしお感慨が深い 7 その昔、君も花の都で花にうかれた身だ 8 田舎の花が遅くとも、なげくまいぞよ

〔語釈〕 **天涯** そらの果て。この詩の作られた夷陵県、すなわち今日の湖北省宜昌県のことで、都から遠く離れた片田舎。**二月** 春の盛り。今の四月。**山城** 山の町。**橘** みかんの古名。**凍雷** 冬の終わりを告げる雷。**筍** 竹の子。**抽** 抜きん出る。**郷思** 故郷をなつかしむ気持ち。**物華** 風景。**洛陽** 東の都。**野芳** 田舎の花。

〔押韻〕 七言律詩。平声麻韻。

〔解説〕 この詩は、欧陽脩が左遷されて夷陵(いりょう)県(今の湖北省宜昌(ぎしょう)県)の知事をしていた当時、その友の丁宝臣、字は元珍に戯れに与えたもので、お互いの不遇をかこちつつも、やがて花咲く春の盛りも遠くはないから、なげくまいぞと激励したものである。

〔余説〕 冬来りなば春遠からず、失意の友に対する惻々たる同情と激励の思いが感じられる。「花下の客」の客には、君もかつては青春の客気(から元気)に逸(はや)ったという、客気の意が掛けられているとみるは思いすごしであろうか。

送二張生一(張生(ちょうせい)を送(おく)る)　欧陽脩(おうようしゅう)(宋(そう))

1 一別相逢十七春。　一別(いちべつ) 相逢(あひあ)ふ 十七春(じゅうしちしゅん)

2 頽顔衰髪互相詢。　頽顔　衰髪　互ひに相詢ふ

3 江湖我再爲二遷客一　江湖　我は再び遷客と為る

4 道路君猶困レ旅人。　道路　君は猶ほ旅に困しむ人

5 老驥骨奇心尚壮　**老驥　骨奇にして　心尚ほ壮**

6 青松歳久色逾新。　**青松　歳久しくして　色逾新たなり**

7 山城寂寞難レ爲レ禮　山城　寂寞　礼を為し難きも

8 濁酒莫レ辭擧レ爵頻。　濁酒　辞する莫く　爵を挙げて頻りなれ

1 お別れしてから十七年ぶりにお会いしたが　2 顔も髪の毛もすっかり衰えてしまって、お互いに確かめてやっとわかったようなしだい　3 その間わしは再び地方に左遷される身となったが　4 君もやはり今なお旅路に苦しむ人である　5 しかし、千里の馬は老いたりとはいえ、骨相すぐれて、心意気はなお盛んであり　6 ときわの松は、いく年月を経ても、緑の色はいよいよあざやかである　7 ここ田舎町は寂しく万事につけ不自由で、十分のもてなしとてできないが　8 まあ濁酒だけはいくらでもあるから、遠慮なく、せいぜい杯をほしてください

〔語釈〕 **頽顔**　衰えた顔。衰顔。 **詢**　問い尋ねる。 **江湖**　①世間、世の中。②朝廷（中央）に対して、民間、地方、田舎。ここでは②。 **遷客**　左遷された人。 **君**　張なにがしをさす。 **老驥**　「驥」は、駿馬、千里の馬。すぐれた人が晩年になって不遇なのにたとえる。 **骨奇**　骨相が変わっている。

風格がすぐれている。青松　ときわの松。風雪にたえて節操の堅いのにたとえる。山城　田舎の町。滁県をさす。難爲禮　十分にもてなせないが。爵　杯。

〔押韻〕七言律詩。平声真韻。

〔解説〕この詩は、作者が滁県（安徽省）の長官であった時、十七年ぶりに不遇の旧友と再会し、さらにこれを送る心意気を歌ったもの。滁県は揚子江をへだてて南京の対岸の少し奥に入ったところ。

嘲㆓少年惜㆑花（少年の花を惜しむを嘲る）　欧陽脩（宋）

紛紛紅蕊落㆓泥沙㆒。　紛紛たる紅蕊　泥沙に落つ
少年何用苦咨嗟。　少年　何を用て苦だ咨嗟する
春風自是無情物　春風　自ら是れ無情の物
肯爲㆑汝惜㆓無情花㆒。　肯へて汝が為に　無情の花を惜しまんや
今年花落明年好•　今年花落つも　明年好し
但見花開人自老•　但だ見る花開いて人自ら老ゆるを
人老不㆓復少㆒　人老いて　復た少からず

8　花開還更新。　　**花開いて　還た更に新たなり**
9　使㆓花如解㆑語　　花をして如し語を解せしめば
10　應㆑笑惜㆑花人。　　応に笑ふべし　花を惜しむの人を

1　紅い花は、どろの上に乱れ散りしきる　2　若者はなぜ、それをひどくなげくのか　3　春風は何といっても心ないものだから　4　君のために、心なき花の散るのを惜しもうか　5　今年の花が散っても、来年また咲くだろう　6　ただ花は同じでも、人はそうはゆかない　7　人は老いると、もう若くはなれない　8　花は咲けば、また新しい花を見せてくれる　9　花にもし人語がわかるならば　10　きっと花を惜しむ若者を笑うにちがいない

〔語釈〕**紛紛**　花などの乱れ散るさま。**紅蕊**　紅花。**泥沙**　どろ。**咨嗟**　ため息をつき嘆く。**無情物**　心のないもの。**肯**　どうして……しようか、承知しない。反語法。**不復**　もう（二度と）……しない。**還**　また。口語的用法。**應笑**　笑うにちがいない。笑うにきまっている。

〔押韻〕七言古詩。1〜4平声麻韻。5〜6上声皓韻。7〜10平声真韻。

〔解説〕落花を惜しんでいる若者をからかっての作で、ちょっと、おもしろい趣向を歌っている。

〔余説〕5・6・7・8の四句は、当時の詩人のありふれた発想。唐の玄宗が楊貴妃を指して「解語の花」といったというが、ここはそれを借りて「使㆓花如解㆑語」と使ったものか。ちなみに、後世「**解語花**」は美人の意に使われる。

初夏　　司馬光（宋）

1 四月清和雨乍晴。
2 南山當戸轉分明。
3 更無柳絮因風起
4 惟有葵花向日傾

四月　清和　雨乍ち晴る
南山　戸に当たって　転た分明
更に柳絮の　風に因って起こる無し
惟だ葵花の日に向かって傾く有り

1 四月清和のころは、天気もよいし、暖かいので、今降った雨もすぐにあがり 2 南山は、ここから真正面にそびえて、雨に洗われいよいよはっきり見える 3 柳の白い綿が、風のために吹き飛ばされることも全くなく 4 ただ庭先のひまわりが、日に向かって花を開いているだけ

〔語釈〕**清和**　初夏の気候の形容。よく晴れて暖かいこと。また、陰暦の四月一日をもいう。**南山**　元来は終南山のことであるが、ここでは単に南のほうに見える山の意。陶淵明の「飲酒」の詩、「悠然として南山を見る」の南山と同じ用法。**當戸**　家からまっすぐに見えるところに、の意。**分明**　はっきり見える。**柳絮**　柳の綿。柳の実が熟して、種についている白毛が、晩春のころ綿のように飛び散るもの。**葵花**　ひまわり。この花には向日性がある。そこで、誠心をもって君主、長上の徳を仰ぎ慕うことを**葵傾**とも、また、**葵花傾日**ともいう。

〔押韻〕七言絶句。平声庚韻。

〔解説〕この詩は、作者が王安石と論争し、退いて家居していたときに作ったもので、初夏の風物

のさわやかさを歌ってはいるが、景中に情ありで、言外に忠厚の精神を見ることができる。

司馬光　一〇一九～一〇八六。宋代の学者でまた政治家。字は君実、司馬温公として知られる。陝州夏県涑水郷（山西省夏県の西）の人。神宗の時に王安石の新法に反対して辞職したが、高太后が政をとるや、宰相として返り咲き、新法を改めること八箇月にして没した。六十九歳。著書には、中国編年史の祖として有名な「資治通鑑」と「司馬文正公集」八十二巻がある。

虞美人草　曾鞏（宋）

鴻門玉斗紛如レ雪•
十萬降兵夜流レ血•
咸陽宮殿三月紅
霸業已隨二煙燼一滅•
剛強必死仁義王。
陰陵失レ道非二天亡一。
英雄本學萬人敵

鴻門の玉斗　紛として雪の如し
十万の降兵　夜　血を流す
咸陽の宮殿　三月　紅なり
霸業　已に煙燼に随って滅す
剛強なるは必ず死し　仁義なるは王たり
陰陵に道を失ひしは　天の亡ぼすに非ず
英雄　本　学ぶ　万人の敵

8 何用屑屑悲二紅粧一○
9 三軍散盡旌旗倒•
10 玉帳佳人座中老•
11 香魂夜逐二劍光一飛
12 青血化爲二原上草一•
13 芳心寂寞寄二寒枝一○
14 舊曲聞來似レ斂レ眉○
15 哀怨徘徊愁不レ語
16 恰如下初聽二楚歌一時上○
17 滔滔逝水流二今古一•
18 漢楚興亡兩丘土•
19 當年遺事久成レ空
20 慷慨樽前爲レ誰舞•

何ぞ用ひん　屑屑として紅粧を悲しむを
三軍　散じ尽くして　旌旗倒れ
玉帳の佳人　座中に老ゆ
香魂　夜　剣光を逐うて飛び
青血　化して原上の草と為る
芳心　寂寞　寒枝に寄り
旧曲　聞き来って　眉を斂むるに似たり
哀怨　徘徊　愁へて語らず
恰も初めて　楚歌を聴きし時の如し
滔滔たる逝水　今古に流る
漢楚の興亡　両つながら丘土
当年の遺事　久しく空と成る
慷慨　樽前　誰が為にか舞はん

1　かの鴻門の会で、范増（はんぞう）は沛公（はいこう）から贈られた玉斗を、雪のようにこなごなに砕いてしまい　2
また、項羽は秦の降兵二十万人を夜襲をかけて殺し　3　進んで咸陽の宮殿に火をかけ、ために三
箇月にわたって真っ赤に燃え続け　4　せっかくの覇業も、煙燼とともに滅び去った　5　そもそ
も剛強をほこる者は必ず滅び、仁義にあつい者は、かえって民に慕われて王者となる　6　項羽が
陰陵で道を迷い、身を滅ぼすに至ったのは、天が彼を滅ぼしたのではない（身から出たさびだ）
7　項羽は、元来万人を相手とする兵法を学んだのに　8　なぜめめしくも、美人との別れを悲し
んだのか　9　さて、項羽の軍はすでに四散し、軍旗は地に倒れ　10　玉帳ちゅうのさしもの美人
も、みるみるうちにふけてしまった　11　自刃し果てた虞美人の魂は、夜、剣光を追うかのごとく
飛び去り　12　碧血（へきけつ）は化して野原の草となった　13　その魂は、いかにも寂しげに、野原の寂しい
草の枝によりそい　14　垓下で項羽に唱和した曲が聞こえてくると、葉と葉を合わせ、さながら人
が眉をひそめて悲しむかのよう　15　悲しみ恨むかのように風にゆれそよぎ、憂えて音もたてない
さまは　16　虞美人が始めて垓下で四面楚歌の声を耳にした時のよう　17　滔々と流れ行く川の水
は、今も昔に変わらないが　18　（人間界の興亡は変転きわまりなく）興った漢も滅んだ楚も、とも
に今は丘土と化し去り　19　当時の事は久しい昔のことに属し、尋ねるよしもない　20　今、うた
げの席で、虞美人草がいたみ嘆くかのように風にそよいでいるが、だれに見せようとして舞おうと
するのであるか（感慨にたえないしだいである）

〔語釈〕　**鴻門**　陝西（せんせい）省臨潼（りんどう）県の東、項羽と沛公が会見したところ。その時、沛公にうまく逃げられてしまったので、項羽の参謀范増は怒って、沛公から贈られた玉斗（玉製の酒をくむひしゃく）を砕いてしまった。　**紛如雪**　こなごなに雪のように砕いてしまった。　**十萬降兵…**　項羽が関中に入る

に先だち、秦の降参した兵士二十万人を新安城南で殺害したことをさす。**咸陽宮殿三月紅**　秦の都咸陽の宮殿が、項羽の兵による放火によって三箇月の間、紅蓮の炎をあげて燃え続けたことをさす。**剛強**　たけくして強い。項羽の性格。**仁義**　情け深く正しい。沛公の性格。**陰陵**　安徽省定遠県の西北。項羽はここで農夫に道をきいたが、だまされて大湿地帯にまよい込みそうになった。**英雄本學萬人敵**　項羽の少年時代の言葉に「書は以て名姓を記するに足るのみ、剣は一人の敵、学ぶに足らず、万人の敵を学ばん」とある。**屑屑**　めめしいさま。**紅粧**　婦人。虞美人をさす。**三軍**　項羽の軍をさす。**旌旗倒**　旗さし物が倒れ伏す。敗戦したこと。**玉帳**　玉をちりばめたりっぱなとばり。**座中老**　みるみるうちにふけてしまう。**香魂**　虞美人の魂。**逐劍光飛**　虞美人が自殺したことをさす。**青血**　新しく色のこい血。なま血。碧血。**寄寒枝**　物寂しい草の枝に寄りそう。**舊曲**　垓下に囲まれた時に虞美人が項羽に唱和した曲。**斂眉**　まゆをひそめる。憂える時のしぐさ。**滔滔**　水の盛んに流れるさま。**樽前**　宴会の席上。

〔**押韻**〕七言古詩。1～4入声屑韻。5～8平声陽韻。9～12上声皓韻。13～16平声支韻。17～20上声麌韻。

〔**解説**〕「虞美人草」は、ひなげし。この詩は、儒教思想の立場から、項羽のやり方を批判し、ついで虞美人草というかれんな赤い花を、垓下の戦いで項羽に殉じて自刃し果てた美人虞姫の化身として哀れに歌い、その死をいたみ、あわせて人生の無常を歌ったもの。

曾鞏　一〇一九～一〇八三。唐宋八大家の一人。字は子固、南豊（江西省黎川県）の人。特に古文の作家として有名。宋の仁宗の嘉祐二年（一〇五七）の進士。史館修撰・中書舎人などを歴任、翰林学士となった。詩文集に「元豊類藁」五十巻がある。

〔余説〕 この詩は曾鞏の作かどうか、疑わしいという説がある。

梅花　王安石（宋）

1 牆角數枝梅。
2 凌レ寒獨自開。
3 遙知不二是雪一
4 爲下有二暗香一來上。

牆角　数枝の梅
寒を凌ぎて独自に開く
遥かに知る　是れ雪ならざるを
暗香の有りて来るが為なり

1 土塀の隅の梅の木の四、五本の枝が　2 寒さにもめげず自分ひとりだけ花を咲かせた　3 遠くから見ても雪が降ったのでないことがわかる　4 どこからともなくよい香りが漂ってくるからだ

〔語釈〕 **牆角**　土塀の隅。**凌寒**　寒気をものともせず。**獨自**　自分ひとり。**暗香**　どこからともなく漂ってくるよい香り。主として梅花についていう。

〔押韻〕 五言絶句。平声灰韻であるが、起句の「梅」も例外的に韻をふんでいる。

〔解説〕 梅花を見て「凌寒」の二字に自己の心境を託したとみられる作品。

王安石　一〇二一～一〇八六。宋代の革新的な政治家であり、また、学者としても有名。字は介甫、号は半山、臨川（江西省）の人。詩文にたくみで、唐宋八大家の一人。神宗の時に宰相に任ぜられ、

いわゆる新法を案出し、政治上における大改革を行ったが、あまりに急激にすぎたため反対にあい、ついに失敗してしまった。六十八歳で没す。「臨川集」の著がある。

〔余説〕「凌寒」といい、「独自」といい、いずれも彼の心境を表明しているとみられる。

題二齊安壁一（斉安の壁に題す）　王安石（宋）

1 日淨山如レ染　　日浄くして　山染むるが如く
2 風暄艸欲レ薫。　風暄かにして　艸薫ぜんとす
3 梅殘數點雪　　梅は残す　数点の雪
4 麥漲一溪雲。　麦は漲る　一渓の雲

1 輝く日は清らかで、山は青く、まるで染めたかのように美しい　2 ほおをなでる風は暖かで、若草のにおいは、かおらんばかり　3 梅は、まだ幾片かの白い残花を枝にとどめておるが　4 麦は、もう緑の色をみなぎらせ、まるで谷間いっぱいにひろがった雲のようである

〔押韻〕五言絶句。平声文韻。

〔解説〕「斉安」は、黄州（湖北省）の郡名。この詩は、作者が晩春の所見を歌い、自分の勤めていた斉安の郡役所の壁に書きつけたものである。

〔余説〕全対格の詩、この人にして、こんな美しい詩を作ろうとは。一篇が清新の気にあふれてい

る。

夜直(やちょく)　　王安石(おうあんせき)(宋(そう))

1　金爐香盡漏聲殘。
2　剪剪輕風陣陣寒。
3　春色惱レ人眠不レ得
4　月移花影上二闌干一。

金炉(きんろ)　香(こう)尽きて　漏声(ろうせい)　残(のこ)る
剪剪(せんせん)たる軽風(けいふう)　陣陣(じんじん)　寒(さむ)し
春色(しゅんしょく)　人(ひと)を悩(なや)まして　眠(ねむ)り得(え)ず
月(つき)は移(うつ)って　花影(かえい)　闌干(らんかん)に上(のぼ)る

1　(夜のふけるにつれて)金製の香炉の香もはや尽きて、時をきざむ水時計の音もかすかとなり
2　うすら寒い夜風が、ひとしきり吹きやんでから、また吹くにつれて、夜寒が身にしみる　3
春の風情は、わたしの心を悩まして、なかなか寝つかれそうもない　4　おりしも月は西の空に移
って行き、それにつれて今まで庭にあった花の影が(するすると、まるで生あるもののように)闌
干の上までのぼって来た

〔語釈〕　**金爐**　黄金製の香炉。りっぱな香炉。　**漏聲**　水時計の水のしたたる音。「漏」は、水時計。小さい孔(あな)のある銅壺に水を入れ、その中に漏箭(ろうせん)(目もりのある矢)を立て、底から水の漏れて出るのを示して時刻をはかる。　**殘**　かすかになる。また、「つく」(尽)と読む説もある。　**剪剪**　うすら寒い風の吹くさま。　**陣陣**　一陣の風ごとに。　**眠不得**　「不レ得レ眠」の口語調の言い方。眠ろうとし

て眠れない。

〔押韻〕七言絶句。平声寒韻。

〔解説〕春の夜の景物を歌った詩として、蘇軾の「春夜」とともに、双璧といわれる。「夜直」は、とのい、宿直の意で、宮中にとまった晩の状況が目に見えるように歌われている。

〔余説〕蘇軾の「春夜」は起・承の二句が、すぐれているのに対して、この詩は、転・結の二句がすぐれているのもおもしろい。結句を従来の読み方は「月は花影を移して闌干に上る」であるが、どうもおもしろくない。「月は移って花影、闌干に上る」と読んで、通釈のように考えたほうが、春の夜の幻想的な気分にもふさわしいのではなかろうか。

鍾山　王安石（宋）

1 澗水無ㇾ聲遶ㇾ竹流。　澗水　声無く　竹を遶って流る

2 竹西花草露二春柔一。　竹西の花草　春柔を露す

3 茅簷相對坐終日　茅簷　相対して　坐すること終日

4 一鳥不ㇾ啼山更幽。　一鳥啼かず　山　更に幽なり

1 渓流は音もたてずに、ゆっくりと竹林を巡って流れ　2 竹林の西側あたりの草花は、柔らかな芽を出しはじめた　3（早春、このような静かな山中の）軒ばに、山に対して、ひねもす、すわ

っていると　4　鳥の鳴き声一つ聞こえて来ず、山はいよいよ奥深い感を強くする

〔語釈〕**鍾山**　南京城外の名山。蔣山、また、紫金山ともいう。王安石はかつて書物をこの山に読んだことがある。**澗水**　谷川の水。**春柔**　草のやわらかい芽。**茅簷**　かやぶきの軒ば。

〔押韻〕七言絶句。平声尤韻。

〔解説〕山中の静かな住居のさまを歌ったもの。結句は、特に有名である。

〔余説〕結句の「一鳥不レ啼山更幽」は、梁の王籍の「入二若耶渓一」の「蟬噪林逾静、鳥鳴山更幽」（蟬、噪がしくて、林、逾静かに、鳥、啼いて山更に幽なり）の句意の裏を歌ったものである。

葛溪驛（葛渓の駅）　王安石（宋）

1 缺月昏昏漏未レ央。
2 一燈明滅照二秋牀一。
3 病身最覺風露早
4 歸夢不レ知山水長。
5 坐感二歳時一歌慷慨
6 起看二天地一色凄涼。

欠月　昏昏として　漏未だ央ず
一燈明滅して　秋牀を照らす
病身　最も覚ゆ　風露の早きを
帰夢　知らず　山水の長きを
坐ろに歳時に感ずれば　歌　慷慨
起ちて天地を看れば　色　凄涼

7　鳴蟬更亂行人耳
8　正抱疎桐葉半黄。

鳴蟬(めいぜん) 更ゝ(こもごも)乱(みだ)す 行人(こうじん)の耳(みみ)
正(まさ)に抱(いだ)く疎桐(そとう) 葉(は)の半(なか)ば黄(き)なるを

1 欠けた月で外はうす暗く、夜はまだ明けやらない　2 (屋内では)燈が一つちらちらしながら寝台を照らしている　3 病弱の身には、風露の冷たさが人より早く感じられ　4 夢での帰郷は、幾山河の隔たりなど問題ではない　5 そぞろに季節の変わりを感ずると、歌声も高ぶるし　6 起き上がって天地を眺めると、あたりはうら寂しい　7 蟬の鳴き音は、旅人たる私の耳をこもごもかき乱し　8 葉もまばらで、半ば黄色の桐の幹にすがりついている

〔語釈〕 **缺月**　欠けた月。この時は上弦(じょうげん)(陰暦七、八日ごろの弓のつるを上にした形の月)であったらしい。**昏昏**　暗いさま。**漏未央**　夜漏(夜の時刻)が尽きて、まだ昼にならない。「漏」は、漏刻、水時計。底に穴をあけた銅の壺(つぼ)に水を入れ、目盛りを刻んだ矢を中に立て、水の漏れる度合いを計って時刻を知るしかけ。**明滅**　明るくなったり暗くなったりする。**秋牀**　秋の寝どこ。**風露**　つめたい秋風や露。この「露」は、上の「身」と同じく平声でなければならぬのに、露は仄声で規則に合わないので、「霜」の誤りだという説があるが、しばらくこのままに従っておく。**帰夢**　故郷へ帰る夢。**山水長**　ふつうは、「隔たっている」意味を「山長水遠」という。「山水長遠」ともいうの「遠」を省略した。**坐感**　次の句の「起看」と対句をなすので、「すわったままで……」と解するのは、少し正直すぎよう。ここはやはり「そぞろに……」と解すべきである。**歳時**　一年と四時。四季おりおり(の変化)。**慷慨**　意気があがって感激しやすい。**淒涼**　うらさびしいさま。**更**　こもごも。かわるがわる。**行人**　旅人。作者をさす。**正抱**　この主語は「鳴蟬」である。

〔押韻〕七言律詩。平声陽韻。

〔解説〕葛渓の駅は、江西省弋陽県の宿駅の名。この時、作者は故郷の臨川（江西省）から杭州へゆこうとして、一夜ここに泊まった。時は晩秋、その際の情景と感慨とを歌ったもの。「駅」は、今日の停車場の意ではなく、馬をとり替えたり、通過客を宿泊させたりする公共施設である。

秋日偶成　　程顥（宋）

1 閑來無㆔事不㆓從容㆒。　閑来　事として従容たらざる無く
2 睡覺東窓日已紅。　睡り覚むれば　東窓　日　已に紅なり
3 萬物靜觀皆自得　**万物　静観すれば　皆自得す**
4 四時佳興與㆑人同。　四時の佳興　人と同じ
5 道通天地有形外　道は通ず　天地有形の外
6 思入風雲變態中。　思ひは入る　風雲　変態の中
7 富貴不㆑淫貧賤樂　**富貴にも淫せず　貧賤にも楽しむ**
8 男兒到㆑此是豪雄。　**男児　此に到れば　是れ豪雄**

1　のどかな生活にはいって以来、何事につけても、心はゆったりと落ち着き　2　目が覚めてみると、東の窓にはもう朝日があかあかと射している　3　宇宙の万物を静かにながめると、一切みなその所を得て分に安んじており　4　春夏秋冬の自然のおりなす趣は、人間と一体となり、とけ合って移り変わってゆく　5　われらの信ずる道は、天地間の無形のものにまで行われており　6　あらゆるものが自然の摂理の中にあるを知る時（わが心は流れ行く雲の悠悠たると一体になる）　7（このように達観の境に立って）富貴にも乱されることなく、さりとて貧賤にも屈せず　8　男児たるもの、この心境に達するならば、これこそ真の豪雄と称すべきである

〔語釈〕 **偶成**　思いがけなくできる。また、その作品。**閑來無事**　閑散になって以来。また「来」を助字と見て、ひまにまかせての意。**從容**　ゆったりと落ちついているさま。**萬物靜觀皆自得**　万物はこれを静かによく見ると、皆それぞれその所を得て安んじている。**佳興**　おもしろ味。**有形外**　無形のもの。**風雲變態**　世相の変転きわまりない状態。**富貴不淫**　富貴にまどわされない。「淫」には、ほしいまま、むさぼる、みだら、過ごす、などの意がある。「孟子」の「滕文公下篇」に、「富貴も淫する能はず、貧賤も移す能はず、威武も屈する能はず、此を之れ大丈夫と謂ふ」と見える。**豪雄**　すぐれた人物。英雄豪傑。

〔押韻〕　七言律詩。平声冬韻と東韻の通用。

〔解説〕　この詩は、「秋日偶成二首」中の後の一首で、学徳ともに円熟の境に達した一代の碩学が、秋日にあたって、自己の人生観を深くほりさげて歌ったもの。

程顥　一〇三二～一〇八五。北宋の大学者。字は伯淳、河南省洛陽の人、進士の試験に及第し、神宗の時に監察御史となったが、王安石の過激な革新政策に反対して辞職した。弟の程頤（伊川）と

ともに周敦頤に学び、広く諸家の学や老仏の教えを参酌して「定性書」を著したが、この書は宋学において最も重要なものである。その人がらは温和で、門人が数十年間に一度も怒ったのを見たことがないというふうであった。五十四歳で没し、墓石に明道先生と題せられ、「明道文集」五巻のほか、伊川の著と合わせた「二程遺書」二十八巻、「二書外書」十二巻などがある。

〔余説〕温厚、珠玉のごとき大学者、しかも円熟せる学徳の持ち主にして、なおかつ時にこのような豪快きわまりない意気をはくところをもってみると、平素心中に蘊蓄するところの、深くかつ大なるを知るべきである。

春夜　　蘇軾（宋）

1 春宵一刻直千金。
2 花有清香月有陰。
3 歌管樓臺聲寂寂
4 鞦韆院落夜沈沈。

春宵一刻　直ひ千金
花に清香有り　月に陰有り
歌管　楼台　声　寂寂
鞦韆　院落　夜　沈沈

1 春のよいは暑からず寒からず、まことに快適で、一刻に千金の値打ちがある　2 花は清らかな香を放ち、月はおぼろにかすんで　3 歌や笛の音のにぎやかであった高殿も、今はひっそりと静まりかえり　4 ぶらんこのさがっている中庭には、人影さえなく、夜は静かにふけてゆく

〔語釈〕**一刻**　今の二時間に相当する。**直千金**　千金の値打ちがある。「直」は、「値」と通ずる。
清香　清らかなかおり。**月有陰**　月はおぼろにかすんでいる。「陰」を、光の意に解する人もいる。
歌管　歌舞音曲。「管」は、ふえ（笛）、また、笛をふく。**寂寂**　ひっそりしているさま。一本には、「細細」となっている。**鞦韆**　ぶらんこ。元来は女、子どもの遊び道具。**院落**　かきねで囲んだ屋敷。中庭。**沈沈**　静かに夜のふけてゆくさま。

〔押韻〕七言絶句。平声侵韻。

〔解説〕春の夜の光景を、代表的な風物を全部数えあげることによって表し、静かにふけてゆくところに趣を見いだして歌いあげたもの。起句は、名句として非常に有名。

蘇軾　一〇三六～一一〇一。宋代の詩文の大家。字は子瞻、号は東坡、眉山（四川省）の人。父の洵、弟の轍とともに三蘇といわれ、いずれも唐宋八大家の中に数えられる。神宗の時に王安石の革新政策に反対して、黄州（湖北省）に左遷された（有名な「赤壁の賦」はこの当時の作）。哲宗の時に召還され、のちまた海南島に遷されなどしたが、六十六歳で没した。彼はまた書画に巧みで、一家をなした。著には、「東坡全集」「東坡志林」などがある。

〔余説〕「春宵一刻直千金」と、起句でまず、ずばりと結論的にその感動をぶっつけ、以下その感動のよって来るところを、自然のままに歌いこなしている。この句は、わが国においても古来愛唱され、特に謡曲をはじめ、近松の作品中などにも多く引用されている。たとえば、謡曲「田村」に、東国のほうから京見物に来た僧が清水寺に着き、おりから桜が満開であった。その時一人の童子が出て来て、地主権現に仕える者というので、当寺の来歴を問うた。そこで、大同二年に坂上田村麻呂が賢心という僧の勧めによって創立したことを知る。おりしも月出の時刻になって、音羽山を出る月が、地主の桜に映って見事なのに気づき、童子に案内されて花下を徘徊して、心ゆくまで花をめでる。


ワキ（節）〽げにげに是こそ暇惜しけれ。こと心なき春の一時。

ワキ（節）〽惜しむべしや。

シテワキ二人（節）〽春宵一刻値千金、花に清香、月にかげ。

シテ〽げに千金にも代へじとは、今此時かや。

地〽あらあら面白の地主の花の気色やな。桜の木々の間に漏る月の雪もふる夜嵐の、さそふ花とつれて散るや心なるらん。


また、江戸時代の俳人、宝井其角の句、「夏の月、蚊を疵にして五百両」は、この詩の起句を裏がえしたものである。

飲㆓湖上㆒初晴後雨（湖上に飲し、初め晴れ後に雨ふる）　蘇軾（宋）

水光瀲灔晴方好　　水光　瀲灔　晴方に好し
山色空濛雨亦奇。　　山色　空濛　雨も亦奇なり
欲㆘把㆓西湖㆒比㆗西子㆖　　西湖を把って　西子に比せんとすれば
淡粧濃抹總相宜。　　淡粧　濃抹　総べて相宜し

1　湖を照らす日の光がきらきら波に映じ、晴れた日の湖の景色は全くすばらしい　2　また、山のけはいが、ぼんやりかすんで見える雨の景色も、やはり珍しい趣がある。　3　（このように晴れてよく、降ってもよい）西湖の風景を、あの美人のほまれ高い西施に比べてみるならば　4　西施が薄化粧した時も、濃い化粧をした時も、どちらもよく似合うように、西湖も晴雨ともによい景色である

〔語釈〕 **瀲灩**　①水のあふれてゆれ動くさま。②日光・月光が水面にきらめくさま。この場合は上に水光とあるから②がよい。**空濛**　ぼんやりくもる。かすんではっきりしないさま。**西湖**　浙江省杭州城外にある湖。風光が美しいので有名。湖畔の孤山は林和靖の隠れ住んだところ。**西子**　春秋時代、越の絶世の美女。越王句践が会稽山に敗れた時、呉王夫差に献上され、やがて夫差の愛妃となり、呉国滅亡のもととなる。「西施」と、ふつうは書く。**淡粧**　薄い化粧。**濃抹**　濃い化粧。「抹」は、ぬる。

〔押韻〕 七言絶句。第一句ふみ落とし、平声支韻（奇・宜）。

〔解説〕 宋の大文豪蘇東坡が、天下の絶景西湖の晴雨の景色をあわせ見て、美人西施にその美をなぞらえて歌ったもの。

〔余説〕 西湖から西施への連想と、「総べて相宜し」と結んだ手法とは、なかなか凡手の及ぶところではあるまい。松尾芭蕉は「奥の細道」において、この詩が頭の中にあってか、「そもそもことふりにたれど、松島は扶桑第一の好風にして、凡そ洞庭・西湖を恥じず。東南より海を入れて江の中三里、浙江の潮を湛ふ。…松の緑こまやかに、枝葉潮風に吹きたわめて、屈曲おのづから撓めたるが如し。その気色窅然として美人の顔を粧ふ。ちはやふる神の昔、大山つみのなせる業にや、造

化の天工、いづれの人か筆を振ひ、詞を尽くさん」といい、また、象潟の条の俳句に、「象潟や雨に西施がねぶの花」と歌っている。

望湖樓醉書　五絶之一（望湖楼の酔書　五絶の一）　蘇軾（宋）

1 黑雲翻ㇾ墨未ㇾ遮ㇾ山。　黒雲　墨を翻して　未だ山を遮らず
2 白雨跳ㇾ珠亂入ㇾ船。　白雨　珠を跳らせて　乱れて船に入る
3 卷ㇾ地風來忽吹散　地を巻くの　風来って　忽ち吹き散ず
4 望湖樓下水如ㇾ天。　望湖楼下　水　天の如し

1 あたかも墨をこぼしたかのような黒雲が天の一角に現れたが、まだ前方の山をおおい隠さないうちに　2 早くも大粒の夕立が、白玉を踊らせるように、ばらばらっと船板にたたきつけ、船中にまで飛び込む　3 とみるまに、大地の土を巻きあげるような強風がさっと吹いて来て、満天の雨雲を吹き散らしてしまう　4 あとは、うそのように晴れ上がって、雨後の望湖楼下の水は、一点の雲もない天を映して澄みわたっている

〔語釈〕**望湖樓**　西湖のほとり、銭塘門外の昭慶寺の前にあった。看経楼ともいわれ、宋初に建てられ、西湖が一望のもとにながめられた。**醉書**　酒興のままに書く。**翻墨**　墨つぼを引っ繰り返したように、黒雲がみるみるうちに広がる。**白雨**　夕立。にわか雨。

〔押韻〕七言絶句。平声刪韻（山）と、平声先韻（船・天）の通用。

〔解説〕西湖（浙江省杭州城外）のほとりの望湖楼上で、酒を飲みながら作った五首の七言絶句の一つ。湖上の夕立の情景がうまく歌われている。

〔余説〕夏冬を詠じた詩は数も少なく、また、傑作もまれであることは、和歌の場合と同じである。その中で、これなどは、夏の豪快きわまりない夕立の状景を詠じて、余すところのない傑作の一つである。起・承の二句は対句格でうち出し、黒白の対照も躍動的であり、才気にあふれた異色ある作品というべきであろう。

和₌孔密州東欄梨花₋（孔密州の東欄の梨花に和す）　蘇軾（宋）

1 梨花淡白柳深青。　梨花は　淡白にして　柳は深青

2 柳絮飛時花滿ㇾ城。　柳絮　飛ぶ時　花　城に満つ

3 惆悵東欄一株雪　惆悵す　東欄　一株の雪

4 人生看得幾清明。　人生　看得るは　幾清明

1 白い梨の花、濃緑の柳の葉（春色まさにたけなわである）2 しかし、柳の綿が飛ぶころともなれば、この梨の花も散って町を花で埋めつくすことであろう（かくて今年の春も終わりとなる）3 されば、悲しみに耐えない。あの東の欄干のそばに、雪とまがうばかり咲きほこってい

る一株の梨花をながめるにつけても　4　わが人生において、あと幾回この晴明の好風景をながめられることかと考えると

〔語釈〕**東欄**　東がわのてすり。**柳絮**　柳の綿のような白い花。**惆悵**　いたみ悲しむ。**一株雪**　一株の梨花を、雪にたとえていう。梨花は白い。**清明**　二十四気の一つ。冬至から百五日め、春分から十五日め。陰暦の三月、陽暦の四月五、六日ごろ。百花の好時節。

〔押韻〕七言絶句。平声青韻（青）と、庚韻（城・明）の通用。

〔解説〕孔密州の作った「東欄梨花」（東がわのてすりのそばの梨花）と題する詩に、韻を合わせて作ったもので、人生の無常を歌った。孔密州は、蘇東坡に代わって高密（山東省）の太守となった孔宗翰である。

〔余説〕無常迅速、そぞろに物の哀れを感ぜしめる詩句である。「梨花」を主とし、「柳絮」を客とし、「花満城」に対する転句の「一株雪」で梨花を回顧し、感慨をこめて歌いおさめている。梨花は最もおくれて散る花。散るべき花がなくなるころ、楊柳の綿が雪のように晩春の空に舞う時、これといっしょに散る。まさに好個の風物詩。

「花の身のいつ果つるかは知らねども、今年も花を見るぞうれしき」とは、この詩意の裏を歌ったもの。

初冬作贈劉景文（初冬の作　劉景文に贈る）　蘇軾（宋）

1　荷盡已無擎雨蓋　荷は尽きて　已に雨を擎ぐるの蓋無く
2　菊殘猶有傲霜枝　菊は残して　猶ほ霜に傲る枝有り
3　一年好景君須記　一年の好景　君　須らく記すべし
4　正是橙黃橘綠時　正に是れ　橙黄橘緑の時

1（今や初冬をむかえて）はすの葉は枯れてしまい、もう雨を受けるかさもないが　2　菊の花はすがれたが、なお、霜にもめげず咲いている　3　君よ、心にとめておくがよい。一年じゅうのよい景色は　4　ちょうどこの橙の実は黄に、橘の実は緑に色づいている今であることを（よろしく出遊して気をはらすべきである）

〔語釈〕荷　はす（蓮）。擎雨蓋　「蓋」は、かさ（笠）。はすの葉にたとえる。はすの葉は、雨がさを広げたのに似ているからいう。殘　すがれる。傲霜　霜が降っても平気である。須記　心にとめておくべきである。

〔押韻〕七言絶句。起句ふみ落とし、平声支韻（枝・時）。

〔解説〕初冬の景物を点出して歌い、劉景文に贈った詩である。劉景文、名は季孫、開封祥符（河南省）の人。

〔余説〕対句格（第一・二句に対句を用いている）で歌いおこし、描写が繊細で、いかにも文人の詩らしいところがある。「橙黄橘緑」の四字は名句で、強烈な色感とともに、嗅感をもそそる句である。

題二西林壁一（西林の壁に題す）　蘇軾（宋）

1　横看成レ嶺側成レ峯。　　横に看れば、嶺を成し　側は峰を成す
2　遠近高低各不レ同。　　遠近　高低　各〻同じからず
3　不レ識二廬山眞面目一　　**廬山の真面目を識らざるは**
4　只縁三身在二此山中一。　　**只身の此の山中に在るに縁る**

1（廬山は）横からながめると山脈状をなしているが、そばに近寄って見ると、いくつかの峰から成っていて　2（それらの峰々は）遠近高低、それぞれちがった姿をしている　3　廬山の本当の姿がわからないのは　4　自分自身が廬山の山中に、入ってしまっているからである

〔語釈〕**西林**　廬山にある寺、西林寺。東林寺と対する。これは蘇東坡が元豊七年に、初めて廬山に遊んだ時の作。**各不同**　一本には「無二一同一」（一も同じき無し）に作る。

〔押韻〕七言絶句。平声冬韻と東韻の通用。

〔解説〕廬山の西林寺の壁に書きつけた詩で、およそ事の真相をとらえようとすれば、局外にあって、客観的に見るべきであることをいう。すこし理に堕したきらいがあるが、廬山をもち出してい

る点がおもしろい。

〔余説〕一本に、承句を「遠近看レ山総不レ同」（遠近、山を看れば、総べて同じからず）と作っているものがある。詩意は〔解説〕にも述べたとおり、「局に当たる者は迷ひ、傍観者は審かなり」（「唐書・元澹伝」）と同じ。

吉祥寺賞二牡丹一（吉祥寺にて牡丹を賞す）　蘇軾（宋）

1　人老簪レ花不二自羞一。
2　花應レ羞上二老人頭一。
3　醉歸扶レ路人應レ笑
4　十里珠簾半上レ鉤。

人は老いて　花を簪し　自ら羞ぢず
花は応に羞づべし　老人の頭に上るを
酔帰　路に扶けられ　人　応に笑ふべし
十里の珠簾　半ば鉤に上す

1　人が老いぼれて、花をかんざしにさしても、平気であるが　2　花のほうでは、老人の頭にさされたことを、恥ずかしがっているにちがいない　3　わたしは酔いにまかせて老いの身を忘れ、花をかんざしにさす狂態を演じつつ、人の肩をかりて帰ったが　4　十里の間の人家は、半ばすだれを巻きあげていたから、さぞわたしの狂態を見て笑ったことであろう

〔語釈〕**簪花**　花を「かんざし」として髪にさす。**扶路**　道路を人に助けられて行く。**珠簾**　美しいすだれ。**上鉤**　すだれを巻きあげて鉤に掛ける。屋外がよく見えるようにするため。

〔押韻〕七言絶句。平声尤韻。

〔解説〕吉祥寺は、浙江省杭州にある寺、牡丹の名所。その寺で、牡丹を見物しての帰るさいの作。牡丹を愛し、詩酒を愛する作者の狂態は、むしろ稚気愛すべきものがある。

〔余説〕実に稚気にあふれた詩。この人にして、この一面ありとはおもしろい。

恵崇春江晩景（恵崇の春江晩景）　蘇軾（宋）

1 竹外桃花三両枝。
2 春江水暖鴨先知。
3 蔞蒿満レ地蘆芽短
4 正是河豚欲レ上時。

竹外の桃花　三両の枝
春江　水暖かにして　鴨先づ知る
蔞蒿　地に満ちて　芦芽短し
正に是れ　河豚の上らんとするの時

1 竹やぶのそとに、桃花の枝が二、三本つき出ているのは、なんともいえない風情があり 2
その下を流れる春の川は、水もぬるんでいるが、それを一番早く知っているのはかもであろう 3
さて、しろよもぎは、岸辺一面に青々とおい茂り、きりのようなあしの芽も短く生え出している
4 ちょうど今は、ふぐが揚子江にのぼってくる時期になった

〔語釈〕**竹外**　竹やぶのそと。**鴨**　かも。水禽。**蔞蒿**　しろよもぎ。キク科の多年生草本。食料に供せられる。**河豚**　ふぐ。洪駒父の「河豚西施乳」を詠じた詩に、「蔞蒿短短荻芽肥ユ、正ニ是レ河豚欲ルレ

上時、甘美遠勝西子乳、呉王当日未嘗知」とあるのを借りたもの。「西子乳」は、ふぐの腹中の白い部分、珍味とされる。さすが呉王夫差も、こんなおいしいものをご存じなかったろう。

〔押韻〕七言絶句。平声支韻。

〔解説〕恵崇は、宋の有名な画僧。巧みに禽鳥を描く小品作家。その春江の晩景図に書きつけた詩。

〔余説〕「目には青葉、山ほととぎす初かつを」の俳句は、この詩から来たものか。

太白山下、早行至橫渠鎭、書崇壽院壁　蘇軾（宋）

（太白山下、早行して横渠鎮に至り、崇寿院の壁に書す）

1 馬上續殘夢　　馬上　残夢を続ぎ
2 不知朝日昇。　知らず　朝日の昇るを
3 亂山橫翠嶂　　乱山　翠嶂横たはり
4 落月澹孤燈。　落月　孤燈澹し
5 奔走煩郵吏　　奔走　郵吏を煩はし
6 安閒愧老僧。　安閒　老僧に愧づ
7 再遊應眷眷　　再遊　応に眷眷たるべし

8　聊亦記吾曾

聊か亦　吾が曾てするを記せよ

1（公務出張のこととて、日程がつまっているので、けさも早く宿をたって）馬上でなお残りの夢を見続けながら　2　朝日ののぼるのも気づかず、うつらうつらしていた　3　やがて高く低くそびえる山々は、緑色の峰を横たえ　4　入りあいの月は、人家の一燈を淡く照らしている　5　小役人の身は諸方をかけずり回って、宿場の役人をわずらわすのも気の毒で　6（それも名利のためであるから）心やすらかにかまえている崇寿院の老僧に対して、恥ずかしいしだいである　7　いつかまた、慕わしく思って忘れかねてやってくるつもりだが　8　それまで、寺僧たちも自分がこの寺に立ち寄ったことを覚えていてほしいものである

〔語釈〕 **横渠鎮**　鳳翔府郿県の東方の大振谷にある。「鎮」は、町の意。**亂山**　高く低くふぞろいにそびえたつ山々。**翠嶂**　緑色の連山。**郵吏**　宿駅の役人。**安閒**　心がやすらかでゆったりしたさま。安閑。**眷眷**　慕って忘れないさま。**吾曾**　自分がかつて立ち寄ったこと。

〔押韻〕 五言律詩。平声蒸韻。

〔解説〕 嘉祐七年（一〇六二）二月十六日の早朝、東坡は郿県から盩厔（長安の近くにある県名）に行く時、太白山のふもとを急いで通り過ぎ、崇寿院に立ち寄って、この詩を書きつけ、そのまま宿泊しないで去った。

〔余説〕 芭蕉の「野ざらし紀行」の句、「馬に寝て残夢月遠し茶のけぶり」は、ふつう杜牧の「早行」詩に由来するよう言われているが、わたしは同時にこの詩からも発想を得ているとみたい。

書㆓晁補之所㆑藏與可畫竹㆒　　蘇軾（宋）

（晁補之の蔵する所の与可の画竹に書す）

1 與可畫㆑竹時　　与可　竹を画くの時
2 見㆑竹不㆑見㆑人。　　竹を見て　人を見ず
3 豈獨不㆑見㆑人。　　豈独り　人を見ざるのみならん
4 嗒然遺㆓其身㆒　　嗒然として　其の身を遺る
5 其身與㆑竹化　　其の身　竹と化し
6 無窮出㆓清新㆒。　　無窮　清新を出だす
7 荘周世無㆑有　　荘周は　世に有る無し
8 誰知此凝神。　　誰か知らん　此の凝神を

1 与可が竹を描く時は 2 ただ竹そのものを見て、人を見ない 3 ひとり人を見ないばかりか 4 うっとりとして、われを忘れてしまう 5 すなわち、その身は、竹と一枚になり 6 きわまりなく、清新の趣を発揮する 7（心と物とが一枚になる理を説いた）荘周のような人物は、今の世にはいないからして 8 おそらく、この精神を極度に集中した逸品を、理解する人もいな

いであろう

〔語釈〕**嗒然**　われを忘れてうっとりする。**荘周**　荘子のこと。**凝神**　精神を集中する。「荘子」の語に、「**志を用ふること分かたざれば、乃ち神を凝らす**」とある。

〔押韻〕五言古詩。平声真韻。

〔解説〕晁補之、字は无咎。陶淵明を慕い、帰来子と号した。東坡の知人。与可、姓は文、名は同、宋の人、操行高潔、文章をもって名あり、よく竹を描く。東坡の画竹の先生。

足二柳公權聯句一（柳公権の連句に足す）　蘇軾（宋）

1 人皆苦二炎熱一　人は皆　炎熱に苦しむ
2 我愛二夏日長一。　**我は　夏日の長きを愛す**
3 薫風自レ南來　薫風　南より来り
4 殿閣生二微涼一。　殿閣　微涼　生ず
5 一爲二居所一レ移　一たび居の移す所と為り
6 苦樂永相忘。　苦楽　永く相忘る
7 願言均二此施一　願はくは言　此の施を均しうして

8　清陰分二四方一。

清陰（せいいん）　四方（しほう）に分（わ）かたん

1　世間の人々はだれでも、夏の焼けるような暑さに苦しむが　2　わたしはかえって、日が長くて楽しむ時の多いことを喜ぶ（以上、文宗の句）　3（おおせのとおり）そよ風が南から吹いて来て　4　ご殿のあたりには、そこはかとない涼しさができています（以上、公権の句）　5　しかし、人はだれでも住居によって、心も変わってくるものである。すなわち、地位・境遇によって尊大にも卑屈にもなり　6　人生の苦しみや楽しみを長く忘れるようになる　7（まして陛下のご身分では、人民の労苦を察することはできにくいでしょうが）どうか殿中の涼風を独占されることなく、ひとしく万民に施し及ぼされ　8　あまねく天下に恩沢を受けさせていただきたいものであります（以上、蘇軾）

〔語釈〕**薫風**　①初夏の風。②南の風。ここでは②。俳句の季語に「風薫（かほ）る」がある。**殿閣**　ご殿。帝王のりっぱな建物。**爲居所移**　人はその住居、すなわち地位、境遇によって心の持ちかたが変わってくる。「孟子（もうし）・尽心上篇」に、「**居は気を移し、養は体を移す**」とある。**言**　われ（我）。「ここに（焉）」と読み、助字ともみられる。**清陰**　①涼しい木かげ。②清らかな恩沢（恵み）。

〔押韻〕五言古詩。平声陽韻。隔句に韻をふむ。

〔解説〕「連句」（聯句）とは、数人が集まって一篇の詩を作ることをいう。この詩の最初の四句は、唐の文宗（ぶんそう）と柳公権との連句である。ところが、蘇東坡（そとうば）は公権の句に、天子をそれとなくいさめる語のないのを遺憾に思って、後の四句を補った。すなわち、第一・二句は文宗が夏日の愛すべきを歌ったもの、第三・四句は、公権がそれを受けて、当然そうあるべしと歌っている句、以下は、東坡が風刺の意をこめた句である。柳公権は、唐の穆宗の時の侍書学士（天子に侍し文字を書く官）で、文宗の時に中書舎人（文部次官）となった。経学に詳しく、書道の大家。その有名な語に、「**心正しければ則ち筆正し**」というのがある（「唐書」の「柳公権伝」）。

新城道中二首（其一）（新城の道中 二首）（其の一）　蘇軾（宋）

1 東風知我欲山行
2 吹断簷間積雨声
3 嶺上晴雲披絮帽
4 樹頭初日掛銅鉦
5 野桃含笑竹籬短
6 渓柳自揺沙水清
7 西崦人家応最楽
8 煮芹焼筍餉春耕

東風は　我が山行せんとするを知りて
吹断す　簷間の積雨の声
嶺上の晴雲は　絮帽を披り
樹頭の初日は　銅鉦を掛く
野桃は　笑ひを含みて竹籬短く
渓柳は　自ら揺れて沙水清し
西崦の人家は　応に最も楽しかるべし
芹を煮　筍を焼きて春耕に餉す

1 春風は、わが山歩きに出るのを知ってか　2 軒ばの雨だれの音を吹き払ってしまった　3

峰の上の白雲は、綿帽子をかぶったかのよう　4　こずえの先の出たての太陽は、どらを掛けたかのよう　5　ひなびた桃は低い竹がきの向こうで笑いかけ　6　谷川の柳はひとりでに揺れ、砂上を流れる水は清らか　7　西の遠い山麓の人家は、一番楽しいにちがいない　8　芹や竹の子を煮つけて、畑へ弁当を運ぶのだもの

〔語釈〕**東風**　春風。**吹斷**　吹き払う。断は、強意の助字。**簷間**　軒ば。**積雨**　降りつづいた雨。**嶺**　みね。**絮帽**　綿帽子。**披**　かぶる。**初日**　上ったばかりの太陽。**銅鉦**　どら。**竹籬**　竹垣。**西崦**　「崦」は、崦嵫（西方にある山の名。昔、日が入ると考えられた）。ここでは、西のほうの山ぐらいの意。**餉**　食物を人におくる。

〔押韻〕七言律詩。平声庚韻。

〔解説〕新城（杭州の西南八十キロメートルの所、今の新登）への途中での所見を歌った。この時、東坡は杭州通判（副知事）として管内を巡視していた。

〔余説〕第一句より第六句まで、みな擬人法を用いていることに注意されたい。「東風」で歌い起こし、最後を「春耕」で結んでいる手法もみごとで、いかにも平和な田園風景を歌いあげてある。

是日宿ニ水陸寺一、寄ニ北山清順僧一二首（其一）　蘇軾（宋）

（是の日　水陸寺に宿し、北山の清順僧に寄す二首）（其の一）

1　草没ニ河堤一雨暗レ村。　　草は河堤を没して　雨は村に暗し

2　寺藏二脩竹一不レ知レ門。　寺は脩竹に蔵れて　門を知らず
3　拾レ薪煮レ藥憐二僧病一　薪を拾ひ薬を煮るは　僧の病を憐れむなり
4　掃レ地燒レ香淨二客魂一　地を掃き香を焼いて客魂を浄くす
5　農事未レ休侵二小雪一　農事は未だ休まず　小雪を侵し
6　佛燈初上報二黃昏一。　仏燈初めて上って　黄昏を報ず
7　年來漸識幽居味　年来漸く識る　幽居の味はひを
8　思下與二高人一對レ榻論上。　高人と榻を対して　論ぜんことを思ふ

1　川の土手は草でおおい尽くされ村は雨で暗く　2　寺のあたりはこんもり竹やぶにかくれ、どこが山門かわからないほどだ　3　薪を拾ってきて薬をせんじるのは、病身の僧へのあわれみであり　4　庭を掃き清め香をたくのは、とまり客たる私への心やりであろう　5　小雪をものともせず農作業はまだ終わっていない　6　仏前にお燈明があがり、たそがれ時を告げる　7　このごろ私もやっと静寂な暮らしの味わいがわかりかけてきた　8　あなたさまとひとつ、床を並べて語り合いたいものだ

〔語釈〕 **河堤**　運河の土手。**脩竹**　たけの長い竹。**客魂**　とまり人たる私の魂。**小雪**　二十四節の一で、立冬の次の節気。陽暦で、十一月二十二日、三日ごろ。**佛燈**　仏前の燈明。**黄昏**　たそがれ。**漸**　しだいに。いつとはなしに。**幽居**　静かにおちついた暮らし。**高人**　志が高く、利欲の心の薄

い人。清順をさす。對榻　榻は、ベッド。寝床を並べて。

〔押韻〕七言律詩。平声元韻。

〔解説〕是の日とは、前の詩題を受けて、「同日」であることをいう。すなわち、その詩題は、「湯村（杭州城外にある）にて運塩河を開き、雨中に役を督す」である。当時、東坡はこの付近で、塩を運ぶための運河工事の監督に当たっていた。「水陸寺」は、城外の寺の名。「北山」は、西湖のほとりの北山寺のことで、そこに有名な詩僧の清順がいた。それに贈った詩である。

除夜野二宿常州城外一（除夜　常州の城外に野宿す）　蘇軾（宋）

1 行歌野哭兩堪ㇾ悲。
2 遠火低星漸向ㇾ微。
3 病眼不ㇾ眠非ㇾ守ㇾ歳
4 鄕音無ㇾ伴苦思ㇾ歸。
5 重衾脚冷知二霜重一
6 新沐頭輕感二髮稀一。
7 多謝殘燈不ㇾ嫌ㇾ客

行歌野哭　両つながら悲しむに堪へたり
遠火低星　漸く微に向かふ
病眼　眠れず　歳を守るに非ず
郷音　伴無く　苦ろに帰を思ふ
重衾　脚は冷ややかに　霜の重きを知る
新たに沐せる頭は軽く　髪の稀なるを感ず
多謝す　残燈の客を嫌はずして

8　孤舟一夜許二相依一。　孤舟一夜（こしゅういちや）　相依る（あひよ）を許（ゆる）さんことを

1　歩きながらの鼻歌、広野に響く泣き声、ともに耐えがたい悲しみをそそり　2　遠くのともし火も、低くたれた星も、しだいに淡くなってゆく　3　眼やみのため眠れないのであって、大みそかの夜明かしのためではない　4　お国なまりをしゃべる相手とてなく、帰郷の思いがひとしお　5　夜着を重ねてもまだ足がひえ、霜のひどさが身にしみ　6　洗ったばかりの頭の軽さに、髪のうすさを感じる　7　恩にきるよ、消え残りの燈火、お前がこの旅人たちわたしのそばで　8　わびしい船宿の一夜を、寄りそっていてくれるのを

〔語釈〕**行歌**　歩きながらの鼻歌。**野哭**　広野からの慟哭。**低星**　ひくく垂れ下がった星。**病眼**　眼病。**守歳**　大みそかの夜に眠らないで、行く年を送る。**郷音**　お国なまり。**伴**　あいて。**苦**　ねんごろ、はなはだ。**重衾**　何枚も重ねたかけぶとん。**沐**　髪を洗う。**多謝**　ありがとう。**客**　旅人。蘇軾みずからをさす。

〔押韻〕七言律詩。平声支韻と微韻の通用。

〔解説〕この詩は熙寧（きねい）六年（一〇七三）の作。この年は凶作だったので、その公用で蘇軾は、十一月に常州（江蘇省常熟市）および潤州（江蘇省鎮江市）に派遣され、大みそかの夜、城外の運河の船中で一夜を明かした、その時の作。「野宿」は、城外に宿ること。

初到黄州（初めて黄州に到る）　蘇軾（宋）

1 自笑平生爲口忙。　自ら笑ふ　平生　口の為に忙しきを
2 老來事業轉荒唐。　老来　事業　転た荒唐
3 長江遶郭知魚美　長江　郭を遶って　魚の美なるを知り
4 好竹連山覺筍香。　好竹　山に連なって　筍の香しきを覚ゆ
5 逐客不妨員外置　逐客　妨げず　員外に置かるるを
6 詩人例作水曹郎。　詩人　例に水曹郎と作る
7 只慙無補絲毫事　只慙づらくは　糸毫の事を補ふ無く
8 尙費官家壓酒囊。　尚ほ官家の圧酒嚢を費やすことを

1 われながらあざけるしだい。ふだんから生活に追われ　2（かてて加えて）年よるままに、かねてからの事業もとりとめもなく、すべてむなしくなったことを　3（ただうれしいことには）お城を巡って流れている長江のおかげで、魚のおいしいことを知らされ　4 山に連なり生えている好物のたけのこの、香ばしさを知ったことである　5 追放された身は、定員外におかれても平気で　6 詩人は昔から、水曹郎になるのが例とみえる　7 ただ申しわけないことは、何らお役に

立たないのに　8　なお、お上からの手当てをいただいていること（こればかりは心苦しいしだいである）

〔語釈〕**荒唐**　とりとめのないこと。**逐客**　追放された身。蘇東坡の黄州への赴任は左遷・追放であった。**員外**　員外郎。定員以外の役人。唐以後、左遷された役人で刺史・司馬を授けられたものは、員外に置かれるのが例であった　**水曹**　水部の異称。**詩人例作水曹郎**　昔の詩人、何遜・張籍なども、水曹郎になったことがある。**壓酒囊**　官吏に支給する慰労金。

〔押韻〕七言律詩。平声陽韻。

〔解説〕この詩は、作者が元豊二年（一〇七九）冬、検校水部員外郎黄州団練使を命ぜられ、翌年二月、黄州（湖北省黄岡県の西北）に赴任した時の作。

〔余説〕左遷された身の淡々たる心境が、実に巧みに歌われている。彼もまた朝廷における権力闘争の落伍者であり、その点わが菅原道真の太宰府における自詠と一脈通ずるものがあり、時の天子・朝廷に対してはあくまで感謝しているのである。

和子由送春（子由の春を送るに和す）　蘇軾（宋）

1　夢裏青春可得追　　夢裏の青春　追ふを得可けんや

2　欲將詩句絆餘暉　　詩句を将て　余暉を絆がんと欲す

3 酒闌病客惟思レ睡　　酒闌にして　病客　惟だ睡りを思ひ
4 蜜熟黄蜂亦懶レ飛。　蜜熟して　黄蜂も　亦飛ぶに懶し
5 芍薬櫻桃倶掃レ地　　芍薬・桜桃　倶に地を掃ひ
6 鬢絲禪榻兩忘レ機。　鬢糸・禅榻　両つながら機を忘る
7 憑レ君借二取法界觀一　君に憑って、法界観を借取して
8 一洗人間萬事非。　一洗せん　人間万事の非なるを

1 九十の春光も、夢の中に過ぎ去ってしまい、追うすべもない 2 せめて詩でも作って、余光をつなぎ留めようと思う 3 病弱のわれは、酒宴の最中だというのに、ただもう眠りたいとのみ思い続け 4 きばちも、やはり自分をまねてか、熟した蜜にあきて、飛ぶにももものうげである 5 芍薬の花、ゆすらうめの実も、もう地上からは姿を消し 6 びんの白髪と、閑寂な禅榻とによって、世の中のたくらみ心も忘れはてた 7 一つお願いするが、君の読んだとかいう法界観の書物を拝借して 8 わたしもこの世の万事の非の根源なる、俗塵にまみれた心を一洗したいものである

〔語釈〕 **青春** 単に春のこと。ただし人生の青春をかけ、掛け詞のように使っている。**絆** つなぐ。つなぎ留める。**餘暉** 余光。**病客** 病弱な客。東坡自らをさす。**黄蜂** はちの一種。きばち。おおきばち。**櫻桃** 初夏に熟する果実、ゆすらうめ。**鬢糸禅榻** 「鬢糸」は、びんの白髪。「禅榻」は、

座禅をくむ腰かけ。杜牧の詩に「今日鬢糸禅榻の畔、茶煙軽く颺る落花の風」と。老後の淡泊な状態をいう。**忘機**　機心（いつわり、たくらみの心）を忘れる。**憑君**　君にたのんで。**法界観**　華厳宗で説く法界に証入する観法。

〔押韻〕七言律詩。平声微韻。ただし、起句はふみ落とす。

〔解説〕兄の蘇軾が、弟の子由、蘇轍の「送春」の詩に韻を合わせて作ったもの。病弱にして世をいとう気持ちと、兄弟間の深い友愛の情とが看取される作。

正月二十日往二岐亭一。郡人潘古郭三人、送二余於女王城東禪莊院一

蘇軾（宋）

（正月二十日　岐亭に往く。郡の人潘・古・郭の三人、余を女王城の東なる禅荘院に送る）

十日春寒不レ出レ門。
不レ知江柳已搖レ村。
稍聞決決流二冰谷一
盡放二青青一沒二燒痕一。
數畝荒園留レ我住

十日の春寒に門を出でず
知らず　江柳の已に村に揺らぐを
稍聞く決決として氷谷に流るるを
尽く青青たるを放にして　焼痕を没す
数畝の荒園は　我を留めて住せしめ

6 半瓶濁酒待レ君溫。　半瓶の濁酒は　君を待って温めん

7 去年今日關山路　去年の今日は　関山の路

8 細雨梅花正斷レ魂。　細雨梅花　正に魂を断てり

1 十日ほど、余寒にとじ込められていた間に 2 村々の川やなぎが、もうゆらぎそめたのに気がつかなかった 3 氷っていた谷を、勢いよく流れる川音もしだいに聞こえ 4 野火のあともすっかり緑色に変わった 5 ごく狭いやせた菜園も、わたしを引きとめて落ちつかせ 6 徳利半分ほどの濁酒は、諸君の来訪を待って燗をつけよう 7 去年のきょうは、都から下る関所の道すがら 8 そぼ降る雨中に梅花を見て、魂も消え入りそうであった

〔語釈〕**春寒** 春先の寒さ。余寒。**不出門** 外出しない。ひき籠っている。**不知** 詩に常用の「…かしら」という疑いの意味ではなく、字面どおり「気がつかない」意。**江柳** 川端の柳。**決決** 水流の音の形容。**冰谷** こおっている谷。**放** 「ほしいまま」の意に読んだが、また使役の意に読み「尽く青青たるを放し…」としてもよい。**燒痕** 野火のやけあと。**關山路** 黄州へ来る途中の関所への道。

〔押韻〕七言律詩。平声元韻。

〔解説〕この詩は、東坡が四十六歳、黄州（湖北省黄岡）に流されていた時のもの。「岐亭」は、黄州から百四十里（日本里数で二十数里）離れた所で、当時友人の陳慥が住んでいた。「郡人」は、黄州の人の意。「女王城」は、黄州郊外の古跡。

〔余説〕自然は非情なもの、人事にかかわりなく、時いたれば草木は芽をふき葉をしげらせ、氷はとけて淙々として音をたてて流れる。だが、人生には幾浮沈を免れない。去年の今ごろは雨の中を関所越えをして、魂も消えいらんばかりであったが、今日は友人たちに見送られて小旅行に出かける。ままよ、大切なのは友人だ。この友情をあたためて、生きにくい人生をひっそりと暮らしてゆきたい。東坡の自然と人生に対する感慨は、大体こういったところであろうか。第七・八句が特によい。

於潜僧緑筠軒（於潜の僧　緑筠軒）　蘇軾（宋）

1 可レ使二食 無一レ肉•　食をして　肉無からしむ可きも
2 不レ可二居 無一レ竹•　**居をして　竹無からしむ可からず**
3 無レ肉 令二人 痩一　肉無くんば　人をして痩せしむ
4 無レ竹 令二人 俗•一　**竹無くんば　人をして俗ならしむ**
5 人 痩 尚 可レ肥　人の痩せたるは　尚ほ肥やす可し
6 俗 士 不レ可レ醫。　俗士は　医す可からず
7 傍 人 笑二此 言一　傍人　此の言を笑ふ

8 似レ高還似レ癡。 高きに似て還って痴なるに似たりと

9 若對ニ此君一仍大嚼・ 若し此の君に対して仍って大いに嚼せば

10 世間那有ニ揚州鶴・一 世間那ぞ揚州の鶴有らんや

1 食ぜんには、たとい肉がつかなくともよいが 2 住居には、竹が植えられていなければかなわない 3 肉がなければ、人をやせさせるだけであるが 4 竹が植えられていなければ、人の心を俗化させてしまう 5 やせている人は、なお肥えさせることもできようが 6 凡俗のやからに、つける薬はない 7 そばにいた人が以上の言葉を嘲笑して 8 言葉は高尚なようだが、反対に愚かしい（坊主の分際で肉竹の論などするより、世間にいて、肉をも食い、竹をも植えて楽しんだらよかろうに、と言った） 9（なるほど傍人の嘲笑も一理あるが、世の中のことは両手に花というわけにはいかないから、ましなほうを取るしかない）もし竹に対してもなお、肉を大いに食うように、よいことばかりあったなら 10 世間にどうして揚州の鶴といったような願いがおころうか（結局、満ちたりにくい世の中であるから、肉を捨て、竹を植えて楽しむしだいである）

〔語釈〕 **此君** 竹の異名。**大嚼** 肉を食う意に用いた。**揚州鶴** 「殷芸小説」に、四人がめいめい志望を述べあった。一人は揚州の刺史（長官）になりたいといい、一人は金持ちになりたいといい、一人は鶴に乗って空にのぼりたいといった。最後の一人は、腰に十万貫の銭をゆわえつけ、鶴に乗って、揚州に上りたいといった、という。それから、多くの欲望を一身にかねそなえることを「揚州の鶴」という。

〔押韻〕五言古詩。1～4入声屋韻と、沃韻の通用。5～8平声支韻。9～10入声薬韻。

〔解説〕杭州の於潜県の僧、名は孜、字は恵覚。熙寧六年（一〇七三）三月、作者が、そこの寂照寺に遊んで、寺僧恵覚のために緑筠軒に題したもの。「緑筠」とは、緑竹のこと、それをとって書斎の号とした。

〔余説〕晋の王徽之（字は子猷）は、何もない庭に竹を植えさせた。そのわけを問うと、彼はただ**「何ぞ一日も此の君、無かるべけんや」**と言ったという。この話から「此君」の二字を竹の異名とするようになった。

初秋寄㆓子由㆒（初秋　子由に寄す）　蘇軾（宋）

1 百川日夜逝　**百川　日夜に逝き**
2 物我相随去•　**物我　相随って去る**
3 惟有㆓宿昔心㆒　惟だ　宿夕の心有り
4 依然守㆓故處㆒•　依然として　故処を守る
5 憶在㆓懷遠驛㆒　憶ふ　懐遠の駅に在りしとき
6 閉㆑門秋暑中。　門を閉づ　秋暑の中

7 黎羹對二書史一
8 揮レ汗與レ子同。
9 西風忽凄厲
10 落葉穿二戸牖一・
11 子起尋二裌衣一
12 感歎執二我手一・
13 朱顏不レ可レ恃
14 此語君莫レ疑。
15 別離恐不レ免
16 功名定難レ期。
17 當時已悽斷
18 況此兩衰老・
19 失レ塗既難レ追

黎羹　書史に対し
汗を揮って　子と同じうす
西風　忽ち凄厲
落葉　戸牖を穿つ
子起って　裌衣を尋ね
感嘆　我が手を執る
朱顔　恃む可からず
此の語　君　疑ふ莫かれ
別離　恐らくは免れず
功名　定めて期し難しと
当時　已に悽断す
況んや　此の両衰老をや
塗を失って　既に追ひ難し

20　學レ道恨レ不レ早•　道を学ぶ　早からざるを恨む
21　買レ田秋已議　田を買ふ　秋已に議す
22　築レ室春當レ成。　室を築く　春当に成るべし
23　雪堂風雨夜　雪堂　風雨の夜
24　已作二對牀聲一。　已に対牀の声を作す

1　多くの川は、日夜どんどん流れゆき、しばらくもとどまることがないように　2　物も我も、ともに流転してゆくが　3　ただわたしは、そなたに対し昔ながらの友情をいだいており　4　依然として、もとの場所にずっと住んでいます　5　その昔、二人がまだ懐遠の町にいた当時のことが思い出されますねえ　6（受験準備のために）秋暑のさなか、門をしめたきりにして　7　あかざのあつものに甘んじながら、読書にふけり　8　流れる汗をふるいながら、そなたと苦労をともにしました　9　秋風が急に冷たくきびしくなり　10　落葉が窓から舞いこむようになると　11　そなたは、立ち上がって、あわせの着物を捜し出し　12　嘆息しつつ、わしの手を取って真情を語り合いました　13　その時のそなたの言葉に、「『わかい時の紅顔は、いつまでもあてにはできない』といいますが　14　この言葉は本当です　15（仕官を志すからには）やがて別れ別れになることは免れず　16　功名は、なかなか期待し難いものです」と　17　そなたの嘆息の言葉を聞いた当時さえ、ひどくいたましく感じたが　18　まして、今はそろっておいさらばえている身はなおさら

のこと　19　立身の方途を失って、すでに追いつき難く　20　学問に志すのが遅かったのが残念です　21　黄州の沙湖の田地を買うことは、今秋すでに相談一決し　22　東坡に新築する家も、来春には落成するでしょう　23　さればもうできあがったその雪堂で、風雨の激しい晩　24　床をならべて、その風雨を聞くのも楽しい思いがします

〔語釈〕**百川日夜逝**　「論語・子罕篇」の、「逝く者は斯の如きかな、昼夜を舎かず」に基づく。**物我**　ものと、われ。外物と自己。**宿昔**　昔。前々から。**懐遠驛**　汴京（宋の都、今の河南省開封）の麗春門、河南の岸にあった。嘉祐六年（一〇六一）、東坡兄弟はここにいた。**藜羹**　あかざのあつもの。粗食をいう。**西風**　秋風。**淒厲**　冷たくきびしい。**袂衣**　あわせの着物。**朱顔**　紅顔。**悽斷**　ひどくいたましい。**買田**　田地を買いこむ。**雪堂**　東坡の建てた堂の名。四方の壁に雪を描いてあったという。

〔押韻〕五言古詩。1～4去声御韻。5～8平声東韻。9～12上声有韻。13～16平声支韻。17～20上声皓韻。21～24平声庚韻。

〔解説〕この詩は、元豊五年（一〇八二）、黄州において作られたもの。時に東坡は四十七歳。子由は、弟の轍の字、四十四歳。当時、子由は筠州（江西省）酒税の任にあった。兄弟友愛の至情にあふれた作である。

〔余説〕弟子由に対する兄東坡の、実にあふれるばかりの友愛の情が、そくそくとして感じられる詩である。情意懇到の作とは、このような詩をさすのであろう。

月夜與レ客飲二杏花下一（月夜　客と杏花の下に飲す）　蘇軾（宋）

杏花飛簾散餘春。
明月入戸尋幽人。
褰衣歩月踏花影
炯如流水涵青蘋。
花間置酒清香發・
争挽長條落香雪・
山城薄酒不堪飲
勸君且吸杯中月・
洞簫聲斷月明中。
唯恐月落酒杯空。
明朝卷地春風惡
但見緑葉栖殘紅。

杏花　簾に飛んで　余春に散ず
明月　戸に入って　幽人を尋ぬ
衣を褰げ　月に歩して　花影を踏む
炯として　流水の青蘋を涵すが如し
花間に　置酒すれば　清香　発す
争って長条を挽き　香雪を落とす
山城の薄酒　飲むに堪へず
君に勧む　且らく吸へ　杯中の月
洞簫　声は断ゆ　月明の中
唯だ恐る　月落ち　酒杯の空しきを
明朝　地を巻いて　春風　悪しくば
但だ見ん　緑葉の残紅を栖ましむるを

1 あんずの白い花は、すだれの外で飛びかい、春のなごりを惜しむかのように散っており 2 明月は、屋内にまでさし込んで、世捨て人を尋ねるかのようである 3 着物のすそをはしょって、月下の庭を歩き、花の影を踏んで歩むと 4 明るくて、水中に浮き草が流れているかのよう 5 花の咲いている木の間で、酒盛りをしていると、清らかな香気がおこり 6（酒興にまかせて）われ勝ちに長い枝を引っぱり寄せ、白い杏花を落としたりして楽しむ 7 田舎町の地酒は、まずくて飲むにたえないが 8 幸いに月が杯中に映っているから、まあこれでも飲んでください 9 笛の音は絶えはててしまった、この明月の夜 10 ただ月が西に傾き、酒杯がからっぽになることだけが心配です 11 もし明日の朝になって、大地の砂を巻きあげるような悪い春風が吹いたなら 12 あとにはただ緑葉の間に、点々と残花を見るのみでしょう（明日ありと思う心のあだ桜です。せめて今のうちに、十分歓を尽くしましょう）

〔語釈〕 **散餘春** 「散」は、一本には「報」となっている。「余春」は、残春。**幽人** 世を捨て隠住んでいる人。隠者。**炯** 明らかなさま。**涵青蘋** 水草をひたす。月が花を照らして、その影が大地に映っているさま。**長條** 長い木の枝。**香雪** 白い花の形容。ここでは杏（あんず）の花をさす。**山城** 山にある町。田舎の町。**薄酒** 薄い酒。まずい酒。**洞簫** 尺八に似た竹製の吹奏楽器。**巻地** 大地の砂塵をまきあげる、強い風の吹くさま。**殘紅** 散り残っている赤い花。

〔押韻〕 七言古詩。1〜4平声真韻。5〜8入声月韻と屑韻（せついん）の通用。9〜12平声東韻。

〔解説〕 この詩は、作者が元豊（げんぽう）二年の春、徐州（じょしゅう）（江蘇省）にいた時の作で（年四十四）、友人の王（おう）子立（しりつ）・王子敏（おうしびん）・張師厚（ちょうしこう）の三人とともに、春の夜、花間で酒盛りをしたことを歌ったもの。

〔余説〕 さすがに蘇東坡（そとうば）の作だけあって、どの字もきれいの一語に尽きる。結末の二句で、明朝のことに説き及んでいるのは、用意周到というべきであるが、惜春の意をそこに看取すべきである。

鄂渚南樓書レ事（鄂渚の南楼にて事を書す）　黄庭堅（宋）

1 四顧山光接二水光一。　四顧　山光　水光に接す
2 凭レ闌十里芰荷香。　闌に凭れば　十里　芰荷　香し
3 清風明月無二人管一　**清風・明月　人の管する無し**
4 併作南樓一夜涼。　併せて作す　南楼　一夜の涼

1 南楼の上から四方をながめると、はるかかなた遠山の姿と、水面の輝きとが、一つになってぼうっとして見える（視覚）　2 また、てすりにもたれていると、付近一面には「ひし」と「はちす」の芳香がただよっている（嗅覚）　3 いわんや、この清風、この明月は、だれのものでもなく、存分に味わってさしつかえのないもの　4 この清風、明月を得て、南楼における一夜の涼味は、一段と趣の深いものとなった

〔語釈〕 **山光**　山の輝き（色・景色など）。**凭闌**　てすりにもたれる。**芰荷**　「芰」は、ひし。「荷」は、はちす。**管**　管領。支配する。

〔押韻〕 七言絶句。平声陽韻。

〔解説〕 「鄂渚」は、武昌（湖北省）のこと。「南楼」は、作者黄庭堅の書楼。「書事」は、所見・

所感をしるす意。

黄庭堅 一〇四五～一一〇五。字は魯直、号は山谷、また、涪翁。分寧（江西省）の人。杜甫の詩風を学び、蘇軾と並び称せられた。書家としても有名。特に草書にすぐれた。「山谷内集」・「外集」・「別集」がある。

〔余説〕明の釈宗泐の「暑夜」の詩「天河只在二南楼上一、不レ借人間一滴涼」は、黄庭堅のこの詩をふまえて作られたものであろう。また、黄庭堅のこの詩の転句「清風明月無二人管一」は、同時代の蘇東坡の「赤壁賦」の「惟だ江上の清風と山間の明月とは、耳之を得て声と為し、目之に遇ひて色と成す。之を取れども禁ずる無く、之を用ふるも竭きず…」と同一の発想に基づいている。

送レ春（春を送る）　朱弁（宋）

1 風煙節物眼中稀。
2 三月人猶戀二褚衣一。
3 結就二客愁一雲片段
4 喚回二郷夢一雨霏微。
5 小桃山下花初見

風煙　節物　眼中に稀なり
三月　人猶ほ褚衣を恋ふ
客愁を結び就す　雲片段
郷夢を喚び回す　雨霏微たり
小桃山下　花　初めて見れ

6　弱柳沙頭絮未レ飛。
7　把レ酒送レ春無二別語一
8　羨君纔到便成レ歸。

弱柳沙頭　絮未だ飛ばず
酒を把り　春を送るに　別語無し
羨む　君が纔かに到りて　便ち帰を成すを

1　春風もかすみも、季節の風物も目にはない　2　春の盛りだのに、綿入れがほしい今日このごろ　3　旅愁を空に掛けたかのような雲の切れ切れ　4　またしても故郷の夢を呼び返す煙るようなぬか雨　5　麓のほうでは小さな桃の花がやっと咲き　6　砂原のほとりの青柳の白い花はまだ散らない　7　酒杯を手にし逝く春を送る言葉とてないが　8　来たらすぐまた帰れる君がうらやましい

〔語釈〕**風煙**　春風とかすみ。**節物**　季節の景物。**眼中稀**　眼に映らない。心ここに在らざれば見れども見えず、といった心境。**褚衣**　綿入れの着物。**客愁**　旅愁。**片段**　切れ切れ。**霏微**　雨や雪の細かに降るさま。**弱柳**　青柳。**絮**　白い綿のような柳の花。初夏の風物。**君**　春をさす。

〔押韻〕七言律詩。平声微韻。

〔解説〕作者の朱弁は、?～一一四四。字は少章、婺源（安徽省）の人。朱熹の大おじ。南宋の使節として金国へ出かけたが、そのまま抑留されること十五年、ついに本国へ帰還を許された。この詩は抑留中の作。最後の句は、帰国のできない苦衷を訴えたものである。彼の詩集は伝わっておらず、元好問の「中州集」に収められている。

〔余説〕抑留生活のあわれさは、古今変わらないとみえる。さしずめ「異国の丘」の中国版という

ところか。帰国のめども立たない、わが身の苦衷を訴えている最後の句が、この詩の眼目であろう。

年華　　　陳与義（宋）

1 去レ國頻更レ歳　　国を去って　頻りに歳を更へ
2 爲レ官不レ救レ飢。　官と為って　飢ゑを救はず
3 春生殘雪外　　春は生ず　残雪の外
4 酒盡落梅時。　酒は尽く　落梅の時
5 白日山川映　　白日　山川に映じ
6 青天草木宜。　青天　草木宜し
7 年華不レ負レ客　　年華　客に負かず
8 一一入二吾詩一。　一一　吾が詩に入る

1 郷国を出てから何年にもなるが　2 役人となっても、なかなか食ってゆけない　3 さて、残雪の外は、もう春だが　4 あいにく梅花の散るおりに、酒をきらし寂しくてならない　5 しかし、輝く太陽の光は、山川をあまねく照らし　6 青空のもと、草木は時を得て茂っている　7

春光は、やはり自分の期待をうらぎらず　8　眼前の風物は、すべてわが詩材になるのである

〔語釈〕**白日**　輝く太陽。**不負**　期待をうらぎらない。**客**　作者をさす。**入吾詩**　自分の詩の題材となる。

〔押韻〕五言律詩。平声支韻。

〔解説〕「年華」は、「年光」と同じく、光陰をいう。庾信の詩に「年華未だ暮れざるに、容貌先づ秋」とある。眼前の春の景色に対し感慨を述べたもの。

陳与義　一〇九三〜一一三八。字は去非、号は簡斎、洛陽の人。北宋・南宋の過渡期にあって、最も傑出した詩人。「簡斎集」がある。

〔余説〕なんということもない作だが、一読して、そぞろに哀愁をさそうものがある。前連は、特にきれいである。

偶成　朱熹（宋）

少年易レ老學難レ成。
一寸光陰不レ可レ輕。
未レ覺池塘春草夢
階前梧葉已秋聲。

少年　老い易く　学　成り難し
一寸の光陰　軽んず可からず
未だ覚めず　池塘　春草の夢
階前の梧葉　已に秋声

1　まだ若い若いと思って油断しているうちに、いつか年をとってしまうが、これに反し、学問はなかなか完成しにくいものである　2　であるから、ごくわずかの時間もゆるがせにしてはならない　3　池の土手の若草が夢心地からまだ覚めきらぬように（将来をあれこれ夢想していると）　4　早くも夏が過ぎて秋になり、階段前の青ぎりには、もう秋風が訪れるようなものである

〔語釈〕 **一寸光陰**　ごくわずかな時間。「光陰」は、時間のこと。昔は日かげの移りぐあいで時間を計った。**池塘**　池の土手。**春草夢**　春の若草がのどかな日ざしを浴びているように、青少年がいたずらに、将来の夢想にふけっていること。青少年を春草にたとえた。「池塘生二春草一」という謝霊運の故事があり、「池塘春草夢」は、少年時代の楽しみと、はかなく過ぎ去る意とを含む。**階**　きざはし。中国では、ふつう家の入り口に石やれんがの階段がある。**梧葉**　あおぎり（青桐）の葉。

〔押韻〕 七言絶句。平声庚韻。

〔解説〕 たまたまできたという意であるが、作者の学問に対する真剣な態度がうかがわれ、若者たちを励ます力を持っている。勧学の詩として有名。

朱熹　一一三〇～一二〇〇。字は元晦、のちに仲晦、号は晦庵、文公と諡された。宋代の大学者。婺源（安徽省）の人。宋の高・孝・光・寧の四朝に歴任し、また、白鹿洞書院を復興したが、慶元六年七十一歳で没した。その学問は宋の理学を集大成し、理気二元論を主張し、居敬窮理を旨とした。世に宋学、また朱子学といわれ、後醍醐天皇のころに、わが国にも伝わり、江戸幕府の公認の学問となった。

酔下二祝融峯一（酔うて祝融峰を下る）　朱熹（宋）

1 我來萬里駕二長風一。　我来って万里　長風に駕す

2 絶壑層雲許盪レ胸。　絶壑の層雲　許く胸を盪かす

3 濁酒三杯豪氣發　濁酒　三杯　豪気　発す

4 朗吟飛下祝融峯。　朗吟　飛び下る　祝融峰

1 万里の遠方から吹いて来る風に乗って、この祝融峰上にやって来た　2（はるかに見おろすと）深い谷から、もくもくとわき出る幾重にも重なった雲は、ちょうどそのように盛んに私の胸中をゆさぶり動かす　3 そこで、持ってきた濁酒をたて続けに三杯あおると、たちまち豪快な気分がおこって　4 得意の詩を高らかに吟じながら、飛ぶように一気に祝融峰をはせ下った

〔語釈〕**祝融峯**　南岳、すなわち衡山（湖南省東部にある）七十二峰中の最高峰。「祝融」は、火の神、転じて火災の意に用いられる。**長風**　遠方から吹いて来る風。**駕**　乗る。**絶壑**　深い谷。**層雲**　幾重にも重なった雲。**許**「しかく」と読む。このように、の意。**盪胸**　胸中をゆすぶる。**濁酒**　どぶろく。にごりざけ。**豪氣**　豪快な気持ち。**朗吟**　声高く歌う。

〔押韻〕七言絶句。平声東韻（風）と冬韻（胸・峯）との通用。

〔解説〕作者は、湖南省の長沙にある岳麓書院に、同時代の学者張南軒を訪れてのかえるさに、二人で南岳（衡山）七十二峰中の最高峰であるところの祝融峰に登った。その時、酔いにまかせて一気にこの峰をかけおり、胸中のもやもやの気分を吐き出したのがこの詩である。

〔余説〕温厚篤実な道学者の半面に、この稜々たる気骨があるのはおもしろい。転・結の二句は、人をして気宇を壮大ならしめる。この気概あってこそ、宋学を大成し得たのであろう。王陽明の「泛海」とあわせ読まれたい。

四時讀書樂（四時 読書の楽しみ）　朱熹（宋）

1 山光照レ檻水繞レ廊。　山光 檻を照らして水 廊を繞る
2 舞雩歸詠春花香。　舞雩 帰詠すれば春花 香し
3 好鳥枝頭亦朋友　**好鳥 枝頭 亦朋友**
4 落花水面皆文章。　**落花 水面 皆文章**
5 蹉跎莫レ遣二韶光老一・　蹉跎 韶光をして 老いしむる莫かれ
6 人生惟有二讀書好一・　人生 惟だ読書の好き有り
7 讀書之樂樂何如。　読書の楽しみ 楽しみ何如
8 綠滿二窗前一草不レ除。　**緑は窓前に満ち 草 除かず**

1 春の山色は、てすりを照らして、流水は廊を巡って流れ　2 郊外の舞雩壇から詩を吟じなが

ら帰ってくると、庭前の春の花は芳しく咲いている　3　その枝でさえずっているよい鳴き声の鳥も、やはりわが友であり　4　水面の落花は、自然の文章を成している　5　さればよいチャンスを逃して、せっかくの春の美しい風景を老いしめてはならない　6　人生には、ただ読書というよいことがあるだけであるが　7　読書の本当の楽しみはどんなものか　8　それは窓辺の草を除かないで造化の生意を見た人もあったように、わが思いのままに従容自適して、外物に拘束されないことにあるのだ

〔語釈〕**山光**　山の輝き（色・景色）。**檻**　てすり。欄干。**舞雩**　雨ごい祭りをする祭壇。**帰詠**　詩を詠じつつ帰る。「論語・先進」篇に「暮春には春服既に成り、冠者五六人、童子六七人、沂に浴し、舞雩に風し、詠じて帰らん」とあるのによる。**蹉跎**　よいチャンスを失う。**韶光**　春の美しい（のどかな）風景。**窗前草不除**　程明道が窓辺の草を刈らず、造化の生意を見たという故事による。「十八史略」には周茂叔（濂渓）のこととしている。

〔押韻〕七言古詩。1～4平声陽韻。5～6上声皓韻。7～8平声魚韻。

〔解説〕春夏秋冬に分けて、読書の楽しみを歌ったもの。今は、「春」のみを採る。この詩は朱熹の全集には見えない。そこで「養正詩選」沢斎老人選によって、翁森（字は秀郷）の作であるともいわれている。

春雨　　陸游（宋）

1 春陰易レ成レ雨　　春陰 雨を成し易く
2 客病不レ禁レ寒。　　客病 寒に禁へず
3 又與ニ梅花一別　　又 梅花と別る
4 無レ因ニ一倚レ欄。　　一たびも 欄に倚るに因無し

1　花曇りのころは、とかく雨になりやすいもので　2　旅に病める身には、春雨のはだ寒さは全くやりきれない　3　ことしもまたこの雨で、梅花も散ってしまい、梅花ともお別れである　4　思えば病のためにとかく引きこもり勝ちで、一度もてすりによりかかって花を見るよしもなかった

〔語釈〕**春陰**　花ぐもり。**客病**　旅先で病むこと。**倚欄**　てすりによりかかって花を見る。

〔押韻〕五言絶句。平声寒韻。

〔解説〕春雨によせて、梅花を愛惜する気持ちを述べたもの。

陸游　一一二五～一二一〇。字は務観、号は放翁。山陰（浙江省）の人。北宋の蘇東坡と並び称せられる南宋第一の愛国詩人。時事に慷慨した作、田園閑適の生活を歌った作が多く、忠厚誠実な人がらが、よく表れている。七律にすぐれ「剣南詩稿」がある。

剣門道中遇ニ微雨一（剣門道中にて微雨に遇ふ）　　陸游（宋）

1　衣上征塵雑㆓酒痕㆒。
2　遠遊無㆔処不㆓消魂㆒。
3　此身合㆓是詩人㆒未
4　細雨騎㆑驢入㆓剣門㆒。

衣上の征塵　酒痕に雑る
遠遊　処として消魂せざるは無し
此の身　合に是れ詩人なるべしや　未だしや
細雨　驢に騎って剣門に入る

1　衣服の上には旅のちりと、酒のしみとが混じってよごれ、みじめであるうえに　2　遠遊の身は、至るところで気がめいって、心細いかぎりである　3　自分は真に詩人たる資格があるだろうかしら　4　今、細雨をおかし、驢馬にまたがって剣門の天険を越えつつあるが（このように絶険をいとわず艱難辛苦をへてこそ、はじめて風流な詩人とよばれるにふさわしいであろう）

〔語釈〕**征塵**　旅のちり。**消魂**　ひどく驚く。がっかりする。深く感動して心をうばわれる。「銷魂」とも書く。**合**　まさに……べし。再読文字。当然……である。**騎驢**　ろばに乗る。

〔押韻〕七言絶句。平声元韻。

〔解説〕「剣門」は、長安から蜀（四川省）の成都に行く途中、剣門県にある。「天宝伝信記」に、「上、蜀に幸し、車馬を回らして剣門に次る。門の左右、壁巌峭絶」とある。放翁はおそらく玄宗の蜀への都落ちを想起しつつ、この詩を作ったことであろう。

〔余説〕結句は、そぞろに旅愁を感ぜしめる。

秋懐（しゅうかい）　陸游（りくゆう）（宋）

1 園丁傍レ架摘ニ黄瓜一。　園丁　架に傍うて　黄瓜を摘み
2 村女沿レ籬采ニ碧花一。　村女　籬に沿うて　碧花を采る
3 城市尚餘三伏熱　城市　尚ほ余す　三伏の熱
4 秋光先到野人家。　秋光　先づ到る　野人の家

1 園丁は、たなぞいに、きゅうりを摘んでおり　2 村の少女たちは、かきねぞいに、あさがおの花を採っている　3 町中では、まだ土用さなかの暑さが残っているというのに　4 初秋のすがすがしい景色は、もう田舎の家に訪れてきた

〔語釈〕園丁　庭作りの男。**架**　たな。**黄瓜**　きゅうり。胡瓜。**籬**　まがき。かきね。**碧花**　あさがおの類。**三伏**　夏の土用。

〔押韻〕七言絶句。平声麻韻。

〔解説〕秋の思い、田園の楽しみを述べたもの。

〔余説〕対句格で起こし、「黄瓜」に対するに「碧花」もよい。「秋光先到野人家」は、秀句である。

示レ児（児に示す）　陸游（宋）

1 死去元知萬事空。　死し去れば　元知る　万事空しきを
2 但悲不レ見二九州同一。　但だ悲しむ　九州の同を見ざるを
3 王師北定二中原一日　王師　北のかた　中原を定むるの日
4 家祭無レ忘告二乃翁一。　**家祭　忘るる無く　乃翁に告げよ**

1　死んでしまえば、いっさい空に帰することは、かねて知ってはいるが　2　ただ残念なことは、中国全土の統一を見ないで死んでいくことである　3　わが南宋の軍が、北方の中央部を平定して、旧都汴京をとりもどした時には　4　わが家の先祖のお祭りをして、わしにそのことを報告することを忘れるなよ

〔語釈〕**九州同**　中国の合同・統一。禹が中国全土を九つの州に分けた。よって、中国のことを九州とか、禹域とかよぶ。**王師**　天子の軍隊。南宋の軍をさす。当時の宋朝廷は、北方から金・元によって侵略されて南方に遷都をし（南宋）、中国の中央部は敵の手に落ちていた。**中原**　中国の中央部、河南省を中心とした地方一帯。宋の旧都は汴京（今日の開封）であった。**乃翁**　なんじの父の意。父親の子どもに対する自称。

〔押韻〕七言絶句。平声東韻。

〔解説〕この詩は死にのぞんで、なお南宋の国家の命運が気にかかってならないという、愛国の至誠にあふれた、一種の遺言の詩である。

〔余説〕この時代もまた、二つの中国が、南北に対立・抗争する悲劇的な時代であった。「光復中

原」こそ、陸游の夢にも忘れえない悲願で、それを見ぬうちは死んでも死にきれぬという。しかし歴史の大きな歯車は、神のみ手によって回され、やがて物みな落ち着くべきところに落ち着くであろう。眼前の事象にのみ目をうばわれて、大局を見失ってはならない。

出郊至金石臺(郊に出でて金石台に至る)　陸游(宋)

1 漸老惜時節　漸く老いて　時節を惜しむ
2 思遊那可忘。　遊を思ふこと　那ぞ忘る可けん
3 雪晴天淺碧　雪晴れて　天は浅碧に
4 春動柳輕黄。　春動いて　柳は軽黄なり
5 笑語寛衰疾　笑語して　衰疾を寛め
6 登臨到夕陽。　登臨して　夕陽に到る
7 未須催野渡　未だ須ひず　野渡を催すを
8 聊欲據胡床。　聊か胡床に拠らんと欲す

1 だんだん寄る年波と共に、季節の推移に心がひかれる　2 どうして遊べるうちに遊ぼうと思

わずにおれよう　3　折からの雪晴れで、空は浅みどり色となり　4　春のけはいで、柳の芽はあさぎ色にふくらんできた　5　笑いながら語りかけて老衰をまぎらわせ　6　高みに登って夕方まで下界を眺める　7　野なかの渡し場へとせきたてないでくれ　8　もう少し腰掛けたまま、心ゆくまで眺めていたいから

〔語釈〕　**惜時節**　季節の移り変わりにとても心がひかれる。また来るべき春の花を、再び見ることができるかどうかわからぬ身であるから。**那可**　なんぞ……べけん。反語の句法で、どうして……できようか（できない）。**淺碧**　浅みどり色。**春動**　春の気配が起こる。いわゆる「春意、動く」の省略した言い方。**輕黃**　あさぎ色。**笑語**　笑いながら話す。**登臨**　高い所に登って下を眺める。**夕陽**　夕日。**未須**　まだ……を必要としない。まだ……しないでくれ。**野渡**　野なかの渡し場。**催**　せきたてる。**聊**　いささか。しばらく。もう少し。**胡床**　背に寄りかかりのある腰掛け。

〔押韻〕　五言律詩。平声陽韻。

〔解説〕　初春のころ郊外の金石台に遊びに出かけ、春のけはいに心ひかれ、しみじみと夕景色を眺めている心境を歌ったもの。「台」は、上が平らで高い丘。

〔余説〕　第三・四句の対句がよい。「笑語して衰疾を寛め」もまたよい。しいて笑い飛ばしてから元気をみせ、おれは老衰などしていないぞ、といって虚勢を張る彼の心中を思いやれば、他方故国の衰亡いかんともなしがたく、胡床に拠って眺望をほしいままにしている彼の胸中に去来するものが何であったかは、大方想察されよう。

落魄　　陸游（宋）

1 落㆓魄東呉㆒莫㆑笑㆑儂。
2 今年要不㆑負㆓春風㆒。
3 閑愁擲向㆓乾坤外㆒
4 永日移來歌吹中。
5 酒浪欲㆑爭湖水緑
6 花光却妬舞衫紅。
7 公卿憂責如㆑山重
8 肯信人間有㆓放翁㆒。

東呉に落魄す　儂を笑ふ莫かれ
今年　要ず　春風に負かず
閑愁　擲って　乾坤の外に向かひ
永日　移し来る　歌吹の中
酒浪　争はんと欲す　湖水の緑
花光　却って妬す　舞衫の紅
公卿の憂責　山の如く重し
肯へて信ぜよ　人間に　放翁の有るを

1 東呉の地にうらぶれた生活をしているわしを笑ってくださるな 2 今年こそきっと春風にまけないように大いにやりますぞ 3 されば、五年間の閑暇・憂愁に満ちた生活を天地の外に投げ捨てて 4 長い春日を歌吹の中に過ごしましょう 5 酒は豊富で、湖水の緑波にまけないくらいあるし 6 輝くばかりの花は、舞衣の美しさと、紅をきそうほどですから 7 （考えてみると）役人なんて、（気の毒なもの）山のように重い責任や心配を負わされ（わたしのような自由な

身がうらやましいでしょう）　8　だから、この世の中には、放翁のようなのんき者もいることを信じてくださいよ

〔語釈〕**東呉**　山陰をさす。山陰は、三国時代には東呉に属していた。**儂**　われ（我）。**不負春風**　この春こそうまくやるぞ、といった語気。「負」は、そむく。期待をうらぎる。**閑愁**　閑暇と憂愁（の生活）。**乾坤**　天地。**永日**　長日。春の長い一日。**酒浪**　豊富な酒量。**舞衫**　舞衣。「衫」は、一重、そでなし衣。**公卿**　官吏をさす。

〔押韻〕七言律詩。平声冬韻と東韻の通用。

〔解説〕うらぶれ、おちぶれたわが身を歌ったもの。孝宗の淳熙十一年（一一八四）、陸游六十歳、山陰（浙江省）における作。五年にわたる山村生活で、おのが身のうらぶれを嘆いてはいるが、しかし彼の胸のうちは豁達で、詩酒によってみずからを慰め、さすがに放翁の名に恥じないところがある。

〔余説〕うらぶれた放翁の怪気炎であるが、決してやせがまんのみではあるまい。一首、飄々とした余情の感ぜられる作である。放翁の放翁たる面目を、躍如として眼前に見る思いがする。後連の二句は美しく、かつ巧みである。

遊二山西村一（山西の村に遊ぶ）　陸游（宋）

1　莫レ笑農家臘酒渾。　笑ふ莫かれ　農家　臘酒の渾るを

2 豊年留レ客足二雞豚一。
3 山重水複疑レ無レ路
4 柳暗花明又一村。
5 簫鼓追随春社近
6 衣冠簡朴古風存。
7 従レ今若許二閒乗一レ月
8 拄レ杖無レ時夜叩レ門。

豊年 客を留めて 鶏豚 足る
山重 水複 路無きかと疑ふ
柳暗 花明 又一村
簫鼓 追随 春社 近く
衣冠 簡朴 古風 存す
今より若し 閒に月に乗ずるを許さば
杖を拄へて 時と無く 夜 門を叩かん

1 年末に農家で手作りにした酒の濁っていることなど、笑ってはいけません 2 豊年だから、お客を引き留めてもてなす、鶏もぶたも十分にあります 3（村の道を歩いてみると）山は幾重にも重なり、川は幾筋も流れていて、行く手の道がどんづまりになってしまうかと思われるほどだが 4（さらに進むと）暗いまでに柳が茂ったり、パッと明るい花が咲いていたりして、もう一つの村に出あう 5 村社で行う春の祭りも近づいたとみえて、笛や太鼓の音があとからあとへと響いて来るし 6 村人たちの着物や冠は、手軽ですこしも飾らず、古風がそのまま残っている（まことに気持ちのよい所） 7 今後、もし暇をみて月の明るい晩にやって来るのを許されるなら 8 杖をたよりに、いつということなしに、夜分でも訪ねて来て楽しく遊びたいものである

〔語釈〕臘酒 年末に作った酒（臘月の酒）。臘月は、陰暦十二月の異称。この月に収穫終了の感

謝祭をする、これを臘祭という。**渾**　にごる（濁）。**柳暗花明**　田舎の美しい春景色の形容。**簫鼓**　笛とつづみ。**春社**　立春後、第五の戊の日に村社で行う春の祭り。**簡朴**　手軽で飾らない。**閒**　ひまをみて。**拄杖**　つえをついて。

〔押韻〕七言律詩。平声元韻。

〔解説〕作者が、太古のような、古めかしく素朴な趣の残っている三山の西方の村に遊んで、その喜びを歌ったもの。「山西村」は、固有名詞ではなく、「山」は、三山、「西村」は、三山の西のほうにある村の意。「清一統志」によれば、「陸游の故宅は、山陰県の西九里なる三山にあり、地、西村と名づく」とあるが、詩題の山西村はここではあるまい。

〔余説〕春たけなわの平和な農村風景や生活が、実に精妙に描かれ、眼前にこれを見る思いがする。第一・二句は、農家の主人の謙そんの言葉、第七・八句は、作者の後日の来訪を約する言葉とみたい。「柳暗花明」の語は、陸游のこの詩によって有名になった。「柳多き花多き村に出でにけり」（子規）は、もちろんこの詩句が頭にあってよんだものであろう。

暮春　　　　陸游（宋）

1　數間茅屋鏡湖濱。　　数間の茅屋　鏡湖の浜

2　萬卷藏書不救貧。　　**万巻の蔵書　貧を救はず**

3 燕去燕來還過レ日　燕去り燕来って　還た日を過ごし
4 花開花落即經レ春。　花開き花落ちて　即ち春を経たり
5 開レ編喜レ見平生友　編を開いて見るを喜ぶ　平生の友
6 照レ水驚非ニ曩歳人一。　水に照らして驚く　曩歳の人に非ざるを
7 自笑滅レ胡心尚在　自ら笑ふ　胡を滅せん心尚ほ在りて
8 憑レ高慷慨欲レ忘レ身。　高きに憑れば　慷慨　身を忘れんとするを

1　ささやかな部屋数のあばらやを鏡湖のほとりに構え　2　万巻の蔵書はあるが、暮らしのたしにはならない　3　燕の去来のうちに日をすごし　4　花の開落につれて年月をへた　5　書物を開いては心の友に会うのを喜び　6　水鏡にうつしてわが身の老衰におどろく　7　われながら不甲斐ない次第だが、えびすをやっつける心はまだ残っていて　8　高みに登って眺めると、慷慨のあまり老いの身を忘れそうだ

〔語釈〕 **数間**　部屋数の少ない。「間」は、部屋。**茅屋**　あばらや。自宅の謙称。**鏡湖**　浙江省会稽県にある湖。当時この近くに陸游は住んでいた。**還**　また。口語的用法。**開編**　書物を開いて読む。**平生友**　つね日ごろの友。書物をさす。**曩歳**　むかし。以前。**胡**　えびす。金をさす、**憑高**　高い所に登って眺める。**慷慨**　憤りなげく。**忘身**　身の老いを忘れる。

〔押韻〕 七言律詩。平声真韻。

〔解説〕　晩春にあたって、季節の推移を見ても、時事を慷慨してやまない、愛国詩人の面目躍如たるものがある。

〔余説〕「万巻の蔵書、貧を救はず」は、けだし佳句であろう。第一・第二句の起連もまた、巧みな対句をなしている。

莫春　　陸游（宋）

顦‐顇二都門一白髮新。
歸來一振客衣塵。
啼鶯妒レ夢頻催レ曉
飛絮鍾レ情獨殿レ春。
湖上風光猶淡沲
樽前懷抱頗清眞。
詩成絶恨知心少
自寫二呉牋一寄二故人一。

都門に顦顇して　白髪新たなり
帰来一たび振るふ　客衣の塵を
啼鶯　夢を妒んで　頻りに暁を催し
飛絮　情を鍾めて　独り春に殿す
湖上の風光　猶ほ淡沲たり
樽前の懐抱　頗る清真なり
詩成って絶だ恨む　知心の少なきを
自ら呉牋に写して　故人に寄す

1 都会暮らしに疲れはてて、近ごろは白髪も目立ってきた 2 さて故郷に引きあげてきて、旅衣のちりを払い、われをとりもどした 3 だが、うぐいすはわが朝寝をねたんで、しきりにさえずって起床をうながし 4 折から散りかかる柳の白い綿のような花は、晩春の風情を集めて春の最後をつとめ 5 湖上の風光は波のゆらめくにつれ、やはり美しく 6 酒樽を前にしたわが思いは、すがすがしくさっぱりしている 7 詩はでき上がったが、わが心のわかる知己のいないのが甚だ残念だ 8 そこでわれとわが思いを呉牋にしたためて、旧友に送ってやるしだいだ

〔語釈〕**顦顇** やせ衰える。**都門** 都の入り口の門、転じて、都。この時の都は南宋だから臨安(今の浙江省杭州市)。**客衣** 旅衣。**啼鶯** さえずるうぐいす。**妒夢** 朝寝をねたむ。「妒」は、ねたむ、やく。「妬」が本字、妒は別体。**催** うながす。催促。**絮** 楊柳の白い綿のような花。晩春から初夏にかけての景物。**鍾情** 風情をあつめる、集約的に表す。**殿** しんがりをつとめる。最後をかざる。**淡淹** 波に従うさま。**懐抱** 胸中の思い。**清眞** 新しくすがすがしい。清新。**知心** 知己。知友。自分の心や真価をよく知ってくれる人。**呉牋** 呉の地方でできる紙。剡紙(剡渓=浙江省嵊県地方でできる)などが特に有名。「牋」は紙。**寫** 書く。

〔押韻〕七言律詩。平声真韻。

〔解説〕莫春は、暮春と同じ、晩春の意である。故郷に帰った放翁が、晩春の感懐を詩に作って知己に寄せたもの。

晩泊松滋渡口(晩に松滋の渡口に泊す) 陸游(宋)

1 小灘拍拍鸕鷀飛。
2 深竹蕭蕭杜宇悲。
3 看レ鏡不レ堪衰病後
4 繫レ船最好夕陽時。
5 生涯落魄惟耽レ酒
6 客路蒼茫自詠レ詩。
7 莫レ問長安在二何許一
8 亂山孤店是松滋。

小灘　拍拍として　鸕鷀　飛び
深竹　蕭蕭として　杜宇　悲しむ
鏡を看て　堪へず　衰病の後
船を繫いで　最も好し　夕陽の時
生涯　落魄　惟だ酒に耽り
客路　蒼茫　自ら詩を詠ず
問ふ莫かれ　長安は　何れの許にか在ると
乱山の孤店　是れ松滋

1　小さな川の瀬の上あたりを鵜が、水をバタバタ打ちながら飛んでいる　2　また、茂った竹やぶの奥で悲しそうにほととぎすが鳴いている　3（かく耳目に訴えるものみな物悲しいが）さらに鏡に対して病みあがりの衰え果てた自分を見ると、痛ましくて見るにたえない　4　船を岸辺につなぎとめるのは、夕日のころが一番よい（なぜなら、夕方の景色を見ていると、心がなごむから）　5　一生涯おちぶれた自分は、ただ酒にふけってうさをはらし　6　旅路は、遠くて果てしもないから、詩でも詠じて心をなぐさめている　7　都はどの辺かなどと、問う必要はない。　8　乱山の間に孤店のあるのは、すなわちこの松滋の渡し場であり、自分は今ここに泊まっている（何時、

都へつくことであろうか）

〔語釈〕**松滋渡口**　松滋県にある渡し場の入り口。松滋県は、湖北省にある。**小灘**　小さなだ。「灘」は、川の浅くて流れの急なところ。海洋ではない。**拍拍**　バタバタと打つさま。**鸕鷀**　鵜。**蕭蕭**　ひっそりとして物寂しい。**杜宇**　ほととぎす。**生涯**　人のこの世にある間。**落魄**　おちぶれる。**蒼茫**　青々として広い。**長安**　ここでは単に「都」といったくらいの意。**亂山**　高く低くふぞろいにそびえ立つ山。

〔押韻〕七言律詩。平声微韻（飛）と、支韻（悲・時・詩・滋）との通用。

〔解説〕「松滋」の渡し場に泊まって、人生の感慨を歌ったもの。「渡口」は、渡し場。渡津ともいう。

〔余説〕陸游の七律には佳句が多い。この詩の第三・四句もよければ、また、第五・六句もよい。当時、彼に匹敵する者がいなかった、といわれるほどである。

初冬（しょとう）

陸游（りくゆう）（宋（そう））

1　平生詩句領二流光一。　平生（へいぜい）の詩句（しく）　流光（りゅうこう）を領（りょう）す

2　絶愛初冬萬瓦霜。　絶（はなは）だ愛（あい）す　初冬（しょとう）　万瓦（ばんが）の霜（しも）

3　楓葉欲レ殘看愈好　楓葉（ふうよう）　残（ざん）せんとして看（み）て愈〻（いよいよ）好し

4　梅花未レ動意先香。
5　暮年自適何妨レ退
6　短景無レ營亦自長。
7　況有三小兒同二此趣一
8　一牕相對弄二朱黃一。

梅花　未だ動かず　意　先づ香し
暮年　自適して　何ぞ退くを妨げん
短景　営むこと無く　亦　自ら長し
況んや　小児の　此の趣を同じうする有るをや
一窓　相対して　朱黄を弄す

1　ふだんから詩を作って、時節の移り変わるさまを、思うがままに歌っている　2　今は初冬のころで、多くの家の屋根がわらに、霜のおりている景色もおもしろいし　3　楓樹の葉がすがれそうなのが、これまた見ごろである　4　梅の花は、まだ開きそうもないが、つぼみの時からかんばしい　5　自分は老いて人生のたそがれ時で、悠々自適、隠退するに何のさまたげがあろう　6　日の短い時となったが、これといった仕事のない身には、長いように思われる　7　ましてがんぜない小児まで、自分と趣を同じくしているからには、なおさらである　8　そこで同じ窓の下で、書物に朱や黄を施し、向かいあって遊んでいるのだ

〔語釈〕**領流光**　「流光」は、流年。「領」は占め有する。光陰をわがものとして、言いたいほうだいのことを言う。**絶愛**　はなはだ愛する。**萬瓦**　多くの家の屋根がわら。**自適**　自分の意のままにする。**短景**　短い日かげ。**一牕**　同じ窓辺で。「牕」は、「窓」と同じ。**朱黃**　異本を校訂する時に、「朱」や「黄」の色で区別する。

〔押韻〕七言律詩。平声陽韻。

〔解説〕初冬の景物に寄せ、人生の冬に際会して、隠退の意を述べたもの。

思レ帰（帰らんことを思ふ）　陸游（宋）

1 平生無二宦情一　　平生　宦情無し
2 方外久浪迹　　方外　久しく浪迹
3 往二來梁益間一　　梁・益の間に　往来して
4 一笑頗自得　　一笑　頗る自得す
5 花穠錦城酒　　花は穠んなり　錦城の酒
6 月白瞿唐笛　　月は白し　瞿唐の笛
7 咿啞下レ江艫　　咿啞　江を下るの艫
8 跌宕登レ山屐　　跌宕　山に登るの屐
9 巴東煙雨秋　　巴東　煙雨の秋

10 渭上風雪夕　　**渭上　風雪の夕べ**
11 至レ今客枕夢　　今に至るまで　客枕の夢
12 萬里不レ能レ尺　　万里　尺なる能はず
13 誰知建安城　　誰か知らん　建安城
14 觸レ目非ニ夙昔一　　目に触るる　夙昔に非ず
15 冥冥瘴霧細　　冥冥として　瘴霧　細かに
16 瀲瀲蠻江碧　　瀲瀲として　蛮江　碧なり
17 出レ門無ニ交朋一　　門を出でて　交朋無し
18 嗚呼吾何適　　嗚呼　吾　何くにか適かん
19 歸哉故山路　　**帰らんかな　故山の路**
20 詎必須ニ暖席一　　詎ぞ必ずしも　暖席を須たん

1 ふだんから宮仕えする気がなく　2 久しく俗世間を超越して、あてどなくさまよい歩いた　3 梁州や益州の付近を行き来し　4 何事も一笑に付し、いい気になり　5 錦官城では、花盛りと宴会にあずかり　6 瞿唐峡では、月明の晩に笛の音を聞き　7 艣声をきしらせながら、江を下り 8 げたばき姿でほしいままに山登りをした 9 （今やさすらいの身となり、昔を追懐すると）かの巴東の煙るような秋雨の降りしきる時 10 また、渭水のほとりの風雪になやんだ冬の夕のことなど 11 今日にいたるまで、そこに結んだ旅の夜のことが思い出され 12 それにつけてもわが故郷は遠くにあって、たやすく帰ることはできない 13 いったい建安城のかくまで荒廃したことを、だれが気がつこうか 14 目に触れるものは、昔の面影はなく 15 ただ暗い瘴霧が細かにとざしており 16 蛮江の青い波が、みなぎりあふれている 17 （建安はすでにその昔の建安ではなく）かつ、門を出ても交わるべき友とてない 18 ああ、自分はいったいどこに落ち着くべき所を求めたらよいか 19 帰らんかないざ、故山の道へ 20 座席のあたたまるのを待つ必要はない（すぐにも帰ろう）

〔語釈〕 **宦情** 役人になって宮仕えをしようという気持ち。**方外** 俗世間を超越した世界。**浪迹** あてどなくさまよう。**梁益** 梁州（陝西省の漢中と四川省の一部）と益州（四川省）。**穠** 花木が多く茂る。**錦城** 錦官城。成都城のこと。**瞿唐** 瞿唐峡。四川省奉節県の東にある峡。舟行の難所で、巫峡・西陵峡とともに三峡の一つ。**咿啞** 舟のかじのきしる音。**跌宕** ほしいままなさま。**屐** はきもの。げた。**巴東** 湖北省巴東県。付近に巴峡がある。**煙雨** 煙るように降る雨。霧雨。**渭上** 渭水（陝西省を流れる）のほとり。**客枕** 旅の夜。客夜。**冥冥** 暗いさま。**瘴霧** 瘴癘（南方の川から立ちのぼる毒気）を含む霧。**激激** 水のみなぎりあふれるさま。**蠻江** 揚子江上流にある支流の名。**暖席** 席の暖まること。

〔押韻〕 五言古詩。入声陌韻。得（入声職韻）・笛（入声錫韻）は通用。

〔解説〕 かつて天下を漫遊し、今は建安（実は、南宋の首都臨安――今の杭州市――を、わざと避けていったものだろう）にあって、故郷に帰りたい情が痛切であることを歌った。

夏夜逐レ涼（夏夜　涼を逐ふ）　**楊万里**（宋）

1 夜熱依然午熱同。　夜熱　依然として　午熱に同じ
2 開レ門小立月明中。　門を開いて　小立す　月明の中
3 竹深樹密蟲鳴處　竹深く　樹密に　虫鳴く処
4 時有二微涼一不二是風一。　時に微涼　有り　是れ風ならず

1 夜にはいっても、暑苦しさは依然として、昼間と変わらない　2（たまりかねて、）門をあけて、しばらく月明かりの中に立っている　3 すると、竹樹がこんもりと深く茂って、何やら虫が鳴いているあたりには　4 時に、そこはかとない涼味が感じられるが、しかし、これは別に風がたちそめたためではない

〔語釈〕**午熱**　昼前後の暑熱。**小立**　しばらく立っている。
〔押韻〕七言絶句。平声東韻。
〔解説〕夕涼みの詩である。
楊万里　一一二四〜一二〇六。南宋の学者・詩人。字は廷秀、号は誠斎、吉水（江西省）の人。詩文にすぐれ、宋の孝・光・寧宗の三代に忠節を尽くした。著書は、「誠斎集」「誠斎詩話」など。

過二臨平蓮蕩一（臨平の蓮蕩を過ぐ）　楊万里（宋）

1 人家星散水中央。　人家　星散す　水の中央
2 十里芹羹菰飯香。　十里の芹羹　菰飯　香し
3 想得薫風端午後　想ひ得たり　薫風　端午の後
4 荷花世界柳絲郷。　荷花の世界　柳糸の郷を

1 人家は空の星のように、水郷の中央にちらばって点在し　2 十里至るところに、せりのあつものや、まこもの実の飯の香気が満ちていて（水郷の趣はまた格別である）　3 今からしのばれますよ、五月の節句の後、初夏のそよ風がかおるころにもなると　4 はすの花が咲きにおい、青柳糸を掛ける、この水郷一帯の風光が

〔語釈〕**星散**　星のちらばっているように四方に散ずる。**芹羹**　せりのあつもの。**菰飯**　まこもの実をまぜた飯。**薫風**　初夏の風。風かおる。**端午**　五月五日の節句。**荷花**　はすの花。**柳絲**　柳の糸。新芽をふいた柳の枝。

〔押韻〕七言絶句。平声陽韻。

〔解説〕「臨平」は、臨平湖。浙江省杭県の東北、臨平山の東南にある。「蓮蕩」は、はす池の土手。はすを植えて、入り江としたところ。「蕩」は「塘」に通じる。二首連作の第二首め。

〔余説〕 字々、清新であり、色と香に満ちた、水郷の景を写し得て、余すところがない。

後圃(こうほ)散策(さんさく)

楊万里(ようばんり)（宋(そう)）

1 花徑雨後涼
2 樹聲風外戰•
3 杖屨頓輕鬆
4 兒女同行散•
5 少者前已失
6 老者後仍倦•
7 隔レ林吹笑語
8 相聞如レ對レ面•
9 明明去レ人近
10 眇眇彌レ歩遠•

花径(かけい)　雨後(うご)涼(すず)しく
樹声(じゅせい)　風外(ふうがい)に戦(そよ)ぐ
杖屨(じょうく)　頓(とみ)に軽鬆(けいしょう)
児女(じじょ)　同(とも)に行散(こうさん)す
少者(しょうしゃ)は　前(すす)みて已(すで)に失(うしな)ひ
老者(ろうしゃ)は　後(おく)れて仍(な)ほ倦(う)む
林(はやし)を隔(へだ)つる　吹笑(すいしょう)の語(ご)
相聞(あいき)こゆること　面(めん)を対(たい)するが如(ごと)し
明明(めいめい)　人(ひと)を去(さ)ること近(ちか)く
眇眇(びょうびょう)　歩(あゆ)むに弥(わた)りて遠(とほ)ざかる

11 松杉満レ地影
12 一瞬忽不レ見・
13 仰観紫日輪
14 偶〻度白雲片・
15 佳處留二再來一
16 前山未レ須レ徧・

松杉 地に満つる影
一瞬 忽ち見えず
仰いで観る 紫日輪
偶〻度る 白雲片
佳処は 再来するに留めん
前山 未だ徧くするを須ひず

1 花の咲いている小道は、雨あがりのあとのこととて涼しく 2 木の葉は音をたてて、風のあとでもそよいでいる 3 杖もくつも、急に軽やかに感じられ 4 子供たちといっしょに散歩に出かける 5 わかい子供たちは、先へいってもう姿が見えなくなり 6 老いたわたしは、遅れてやはり疲れる 7 林越しに、笑いさざめく声は 8 まるで向かいあっているようによく聞こえる 9 すぐ近くにいることは、よくわかっているが 10 歩むにつれて、はるかに遠くなる

11 松や杉は、地面一杯に影を落としているが 12 あっという間に、急に影が見えなくなった 13 仰いで空を見上げると、紫色に輝く太陽に 14 ちょうど、一片の白雲が通りかかるところであった 15 景色のよい場所は、またの散歩のときにとっておき 16 ゆく手に見える山まで、全部見つくす必要はあるまい

〔語釈〕 **花徑** 花が咲いている小道。**風外** 風の吹き去ったあと。**杖履** つえと、はきもの。杖履。

軽鬆　軽やかなさま。**兒女**　男の子と女の子。子供。**行散**　散歩する。**已失**　もう姿が見えなくなる。**老者**　年より、作者自らをさす。**吹笑**　笑いさざめく。**明明**　きわめて明らかなさま。**眇眇**　遠くかすかなさま。**彌歩**　歩くにつれて。**紫日輪**　紫色に輝く太陽。**白雲片**　ひときれの白雲。**佳處**　景色のよいところ。**前山**　ゆく手に見える山。**須**　もちいる。必要とする。

〔**押韻**〕五言古詩。去声霰韻（戰・倦・面・見・片・徧）と、去声翰韻（散）・去声願韻（遠）との通用。

〔**解説**〕家のうしろの広大な農場を、子供たちと散歩した時の気ままな心を歌ったもの。「後圃」は、家の裏にある農場。「散策」は、散歩、そぞろ歩き。

横塘（おうとう）　　范成大（はんせいだい）（宋（そう））

1　南浦春來綠一川。　南浦（なんぽ）　春来（しゅんらい）　緑一川（みどりいっせん）
2　石橋朱塔兩依然。　石橋（せっきょう）　朱塔（しゅとう）　両（ふた）つながら依然（いぜん）たり
3　年年送レ客横塘路　年年（ねんねん）　客（かく）を送（おく）る　横塘（おうとう）の路（みち）
4　細雨垂楊繫二畫船一。　細雨（さいう）　垂楊（すいよう）　画船（がせん）を繋（つな）ぐ

1　横塘の渡し場あたりは春ともなると、川は緑の水であふれ　2　石の橋や朱塗りの塔は、昔ながらの影を川におとして、ひときわ美しい　3　さて、毎年のように、旅立つ人をこの横塘の水路

から、送り出しているが　4　きょうは春雨がけむるので（旅立つ人もないとみえ）、堤のしだれ柳に、画舫がつながれたままになっている

〔語釈〕横塘　三国呉の時代に、江口から淮水に沿って築いた土手。蘇州の西南には横塘橋あり、付近は景色がよい。南浦　友人を送別する川辺の意に使われている。福建の南浦城ではない。横塘の渡し場あたりをさす。細雨　けむるような春雨。垂楊　しだれ柳。畫船　彩色してある遊山の舟。画舫。

〔押韻〕七言絶句。平声先韻。

〔解説〕横塘の景を述べて、自然には変わりがないが、人事は年々流転してゆくことに対し、感慨をもらしたもの。

范成大　一一二六～一一九三。南宋の詩人・政治家。字は致能、号は石湖居士。呉郡（江蘇省蘇州）の人。詩文に長じ、「石湖集」の著があり、その紀行文「呉船録」（「出蜀記」）二巻は有名。

〔余説〕広瀬淡窓の「筑前城下作」の「処処垂楊繫賈船」は、この詩の結句を借りたものであろう。

柳花深巷　　范成大（宋）

1　柳花深巷午雞聲。　　柳花深巷　午鶏の声

2　桑葉尖新綠未成。　　桑葉尖新　緑未だ成らず

3　坐睡覺來無一事　坐睡 覚め来って 一事無し
4　滿窓晴日看蠶生　満窓の晴日 蚕の生ずるを看る

1 柳の花の咲いている奥まった路地裏からは、正午を告げる鶏の声が聞こえてくる 2 桑の若葉は、先がまだ細いので緑の色をなさない 3 自分は居眠りから覚めたが、まだぼんやりしている 4 窓いっぱいにさしこむ晩春のよく晴れた日ざしのもとで、春蚕のかえるのを見た

〔語釈〕**深巷** 奥深い小道。**午雞** 正午を告げる鶏の声。**尖新** 先が細くて新しい。**坐睡** いねむり。**蠶生** かいこがかえる。

〔押韻〕七言絶句。平声庚韻。

〔解説〕柳花の咲いている小道の奥の情景であるが、初夏の田園風景を詠じたもの。「巷」は、小道、路地。

〔余説〕「尖新」の二字が実によい。「満窓晴日」も、句としてまたよい。

初到建寧賦詩（初めて建寧に到り 詩を賦す）　謝枋得（宋）

1　雪中松柏愈青青　雪中の松柏 愈〻青青
2　扶植綱常在此行　綱常を扶植するは 此の行に在り

3 天下久無㆓龔勝潔㆒　　天下　久しく龔勝の潔無し
4 人間何獨伯夷清。　　人間　何ぞ独り伯夷のみ清からんや
5 義高便覺生堪㆑捨　　義は高うして　便ち覚る　生の捨つるに堪へたるを
6 禮重方知死甚輕。　　礼は重うして　方に知る　死の甚だ軽きを
7 南八男兒終不㆑屈　　南八男児　終に屈せず
8 皇天上帝眼分明。　　皇天上帝　眼　分明

1 あの雪中の松柏は寒さにめげないのみか、いよいよときわの緑をたたえているが 2 ちょうどそのように、このたびの北行は道義をしっかり植えつけ、世道・人心を立てなおすにある 3 思えば天下には、久しく龔勝のような節義の士が現れなかった 4 この世における清潔の士は、何も伯夷だけに限りはしない（われもまた彼らに劣るものではない）5 そもそも道義観念は高尚なもので、これを貫くためには、一命を捨てるに値することをさとったし 6 礼義の精神は重大で、これを守るためには死など、いと軽いことを知った 7 かの唐の南霽雲は、不義のために屈しないでついに死んだが 8 彼の精神は天の神も、はっきりと照覧してご存じである

〔語釈〕 **雪中松柏**　雪にもめげぬときわ木。堅い節操にたとえる。**綱常**　人のふみ守るべき大きな道徳。三綱と五常。**扶植**　しっかりと植えつける。**龔勝**　前漢、哀帝の時の臣。漢室を奪った王莽から招かれたが、固辞して絶食して死んだ。**人間**　この世の中。**伯夷**　周が殷を滅ぼした時、弟の

叔斉とともに周に仕えず、首陽山で餓死した。**南八男児**　南霽雲のこと。「八」は排行。唐の安禄山の乱に睢陽を死守した張巡の部将。**皇天上帝**　天の神。

〔押韻〕　七言律詩。平声青韻と庚韻の通用。

〔解説〕　「建寧」は、今の福建省建甌県。作者が元軍に捕らえられ、北京に送られるため、建寧についた時の作。烈々たる節義の精神を看取すべきである。

謝枋得　一二二六～一二八九。南宋末の忠臣。字は君直、号は畳山。弋陽（江西省）の人。元軍と戦って敗れ、南宋が滅んだ後に、元の都（今の北京）に連れてゆかれたが、自ら食を絶って屈せず、ついに餓死した。「文章軌範」の編者として有名。

過㆓零丁洋㆒（零丁洋を過ぐ）　文天祥（宋）

辛苦遭逢起㆓一經㆒。　辛苦　遭逢　一経より起こる
干戈落落四周星。　干戈　落落たり　四周星
山河破碎風漂㆑絮　**山河　破砕して風　絮を漂はし**
身世飄搖雨打㆑萍。　**身世　飄揺　雨　萍を打つ**
皇恐灘邊說㆓皇恐㆒　皇恐　灘辺に　皇恐を説き

6 零丁洋裏嘆二零丁一。　零丁洋裏に　零丁を嘆ず
7 人生自レ古誰無レ死　人生　古より　誰か死無からん
8 留二取丹心一照二汗青一。　丹心を留取して　汗青を照らさん

1 自分は「経書」を読んで、進士に及第して身を起こしたが、不幸にして乱世にあい、辛苦するのである 2 さて戦闘も意にまかせないままに、四箇年は過ぎ 3 山河は敵によって破砕されて、あたかも風が柳絮を漂わせるがごとく 4 わが身一代は東西にさすらうこと、雨が浮き草を打って浮沈せしめるかのよう 5 皇恐灘の付近では、敵に迫られてあわて恐れたことを説き 6 零丁洋中では、身の零落を嘆くのみ 7 人生においては、何人も死なない者はなく 8 どうせ死ぬものなら、赤誠を留め残して、歴史を照らしたいものである

〔語釈〕 **辛苦…一経** 一経より身を起こして苦難にあう。作者は、「経書」を修めて二十歳で進士に及第、国事に奔走して苦難にあうことになった。**干戈** たてとほこ。戦闘。**落落** 物事の思うようにならぬさま。寂しいさま。**四周星** 四箇年。**絮** 柳絮。柳の花わた。**飄揺** ただよい動く。さすらう。**萍** 浮き草。**皇恐灘** 江西省を流れる贛水の早瀬の名。舟行の最も危険な所。「皇」は「惶」に通じ、「惶恐」は、あわて恐れる意。**零丁** 孤独で落ちぶれる意。**丹心** 誠心。**汗青** 文書。書籍。ここでは歴史書。

〔押韻〕 七言律詩。平声青韻。

〔解説〕 南宋の忠臣文天祥が、零丁洋を通過して、わが身の不遇を嘆きつつ、祖国のために死をも

って尽くそうとする、至誠の心を歌ったもの。「零丁洋」は、広東省珠江の河口の海の名。

文天祥　一二三六〜一二八二。南宋末の忠臣。元軍と戦い、捕らえられて北京に送られ、降伏をすすめられたが屈せず、ついに殺された。獄中の作「正気歌」は有名である。

〔余説〕　前連の第三・四両句に、無限の感慨がこめられており、第七・八句もまた、古来有名な句である。

九日　　戴復古（宋）

1　醉來風帽半攲斜。　　酔来　風帽　半ば攲斜す
2　幾度他鄉對菊花。　　幾度か　他郷　菊花に対す
3　最苦酒徒星散後　　最も苦しむ　酒徒　星散の後
4　見人兒女倍思家。　　**人の児女を見て　倍〻家を思ふ**

1　気持ちよく酩酊し、帽子は風に吹き飛ばされそうで、斜めに傾いている　2　こうして何度となく、他郷にあって、重陽の節句を迎え、菊花をながめたことであろうか　3　さて、こんな時に最も心苦しく感ずることは、酒飲み仲間もちりぢりばらばらに散会したあとで　4（ひとりぶらぶら帰るさに）よその家の児女たちを見るにつけ、わが子はどうしていることやらと、しきりに故郷の家族のことが思い出されることである

〔語釈〕**酔來**　酔って。「来」は、助字。**風帽**　風に吹きとばされそうな帽子。晋の孟嘉の故事があり、杜甫の「九日藍田崔氏荘」の条を参照。**攲斜**　斜めに傾く。**酒徒**　酒飲み仲間。この日は、たいていどこかの家で招待の宴がもよおされた。**星散**　ばらばらに散会する。

〔押韻〕七言絶句。平声麻韻。

〔解説〕九月九日の、いわゆる登高の節句の日の感懐である。重陽ともいい、この日、家族うちそろって村の付近の高い丘に登り、頭には、かわはじかみの小枝をさし、菊花を浮かべた酒を飲み、災厄を払う習俗があった。

戴復古　一一六七～？。字は式之、号は石屏。陸游に学び、詩をもって有名。宋の詩人の中では、清健軽快、みずから一家を成した者である。

〔余説〕結句は、王維の「毎レ逢二佳節一倍思レ親」をふまえた作ではあるが、こうした詩はいくらあってもよい気がする。けだし人情の自然、古今東西、その軌を一にするものである。

寒夜

杜耒（宋）

1　寒夜客來茶當レ酒　　寒夜　客来って　茶　酒に当つ

2　竹爐湯沸火初紅。　　竹炉　湯沸いて　火　初めて　紅なり

3　尋常一樣窓前月　　尋常　一様　窓前の月

4　纔有₌梅花₋便不₋同。　纔かに梅花有れば　便ち同じからず

1　寒い晩に来客があったので（酒を出したいところだが）代わりに茶でがまんしてもらおうと思い　2　竹の炉に茶釜をかけると、やがて湯がたぎり、炭火もカッカッと真っ赤におこってきた　3　おりから、窓辺に月がさして来たが、ふだんと変わった月でなく（特に興趣をそそるほどのものではない）　4　ただ、せめてものことに、そこへ一枝の梅花が影を映しているのが、格段の趣をそえてくれる（ああ、これでやっと救われた。こよいは、これらをたねにして心ゆくまで語り合おう）

〔語釈〕**茶當酒**　酒の代わりに茶を出す。**竹爐**　竹で囲んである炉。**纔**　かろうじて。やっと。

〔押韻〕七言絶句。起句、ふみ落とし。平声東韻。

〔解説〕寒い冬の夜の意であるが、ここは梅かおる早春の夜、おりから訪ねて来た客と、炉を囲んで茶を煮ながら語りあう、風流を歌ったものである。謝畳山は解説して、「寒夜は、衰世末俗、民みな虐政に憔悴するにたとえた。正に渇するものは飲をなしやすく、茶はもって酒にあつべし。人臣たるものは、発奮作新して治を正すこと、湯のまさに沸くが如く、火の初めて紅なるが如くなるべし。かつ人君の力量は上智にあらずといえども、また下愚にあらざるは、窓前尋常の月のごとし、ただ少しく輔翼せば可ならんのみ。梅花は、君子に比す」といっているのは、理に落ちすぎていて、どうかと思う。

杜耒　字は子野、号は小山。盱江（江西省）の人。国事に死す。「宋詩紀事」巻六五に見える。

〔余説〕寒夜のもてなしに、熱い喫茶と、暖炉と、一枝の芳香を放つ梅花、何という心にくいとり

あわせであろう。この詩を読む者、また身も心も暖まる思いがする。

清明日招二社友一（清明の日に　社友を招く）　高翥（宋）

1 面皮如レ鐵鬢如レ絲。　面皮　鉄の如く　鬢　糸の如し
2 依レ舊粗豪似二向時一　旧に依って　粗豪　向時に似たり
3 嗜レ酒更拚三日醉　酒を嗜み　更〻拚ず　三日の酔
4 看レ花因費一春詩。　花を看て　因りて費やす　一春の詩
5 生前富貴誰能必　**生前の富貴は　誰か能く必せん**
6 身後聲名我不レ知。　**身後の声名は　我　知らず**
7 且趁二茶蘼一對二醽醁一　且らく茶蘼を趁ひて　醽醁に対し
8 共來相與一伸レ眉。　共に来りて　相与に　一たび眉を伸ばさん

1 わが面の皮は鉄のように厚く、鬢の毛は糸のように細くなってしまった　2 だが、依然として粗豪ぶりは昔のままでお恥ずかしい　3 酒を飲んではこもごも手をたたいて、二日どころか三日も酔いつぶれ　4 花をながめては春の詩は花のみを歌うしまつ　5 生きているうちの富貴な

そうよ

ままよ、茶䕷のついでに美酒を傾け　8　みんな集まってきて、いっしょにひたいのしわでものば

ど、あてになるものか　6　まして、死んでからの名声など、どうなるやらわかりはしない　7

〔語釈〕**鬢**　びんの毛。**依舊**　昔のまま。**粗豪**　あらっぽく強い。**向時**　むかしむかし。もと。**拚**　手をたたく。**且**　しばらく。ままよ。**茶䕷**　香気の強い飲料。**趁**　乗じて。ついでに。**醽醁**　美酒。

〔押韻〕七言律詩。平声支韻。

〔解説〕「清明」は、二十四気の一つで、冬至から百五日め、春分から十五日め、陰暦の三月、陽暦で四月五、六日ごろ、一年で一番陽気のよい時節。「社友」は、同じ組合・団体の仲間。恐らく詩文の結社の友であろう。

高翥　生没年は不明。字は九万(きゅうばん)、号は菊磵(きくかん)、余姚(よよう)（浙江省）の人。江湖派のうちで比較的才情ある作者といわれ、黄宗羲は同郷の誼をもって非常に高く評価している。「菊磵遺稿」があり、「和刻本漢詩集成」（汲古書院）の宋詩の部に見える。

〔余説〕全く享楽的な気分の横溢している作品であるが、同じく享楽的なものでも、唐詩にくらべると、詩品が大分落ちているのを否定できない。

探レ春（春を探る）　戴益（宋）

1　盡日尋レ春不レ見レ春。　尽日　春を尋ねて　春を見ず
2　芒鞋踏遍隴頭雲。　芒鞋　踏み遍し　隴頭の雲
3　歸來適過梅花下　帰来　適〻過ぐ　梅花の下
4　春在二枝頭一已十分。　春は枝頭に在って　已に十分

1　一日じゅう、春はどこに来たかと尋ねて歩いたが、これぞという春景色には会わなかった　2　すなわち、わらじがけで、梅花の林を求めて、歩きまわったのである　3（疲れはてて）帰るさに、ふと梅の木の下を通り過ぎる時　4（見あげると）こずえのつぼみはすっかりふくらんでおり、もう春のけはいは、十分に感じられた（なんだ、こんなところにあったのか）

〔語釈〕　**盡日**　一日じゅう。**芒鞋**　わらじ。**隴頭雲**　雲のようにむらがり咲いている梅花。「隴頭」は、梅花の異称。呉の陸凱は江南太守であった時、梅花一枝と詩一首を親友の隴頭（甘粛省）にいる范曄に送った故事による。**歸來**　「来」は、助字で意味はない。帰り（道）に。

〔押韻〕　七言絶句。平声真韻（春）と、平声文韻（雲・分）と通用。

〔解説〕　**道は近きにあり、しかるにこれを遠きに求む**（「孟子・離婁上」）という語があるが、真理を探究して、いろいろ高遠なことを研究したが、真理は案外すぐ手近なところにあるのに気づかないという意。気づいてみれば、日常卑近なことに道は存在すると悟ることで、仏家、特に禅の教え

につながる。宋代において、禅が非常に盛んであったことを考慮すれば、この詩意はすぐに領得されよう。

戴益　宋代の人であるという以外、くわしいことは不明。この一首によって名が伝えられている。

〔余説〕　この詩は、仏家の悟りの境地を示すものとして、古来有名である。一本には、承句が「杖藜踏破幾重雲」（杖藜 踏み破る幾重の雲）、また転句が「帰来試把梅花看」（帰来試みに梅花を把って看れば）となっている。

呉山　　金主亮（金）

1 萬里車書合混同。　万里　車書　合に混同すべし
2 江南何有別提封。　江南　何ぞ　別提封有らんや
3 移兵百萬西湖上　兵を移す　百万　西湖の上
4 立馬呉山第一峯。　**馬を立つ　呉山の第一峰**

1 万里の天下をわが手に握り、統一すべきであって　2 江南の地に、宋という別の領土など認めることはできない　3 よって今や百万の大軍を西湖のほとりにまで進め　4 わが乗る馬を呉山の第一峰に立てて、一挙に宋を滅ぼしてしまおうと思う

〔語釈〕　**車書**　「中庸」に、「車は軌を同じくし、書は文を同じくす」とあり、各国が車の製法を同

じくし、用いる文字も同一にする。すなわち、天下が統一され、一君に帰すること。**混同**　混合して一つにする。**江南**　南宋のことをさす。**何有**　一本に、「豈有」とある。**提封**　領土。

〔押韻〕七言絶句。平声東韻（同）と、冬韻（封・峯）の通用。

〔解説〕「呉山」は、宋の都の臨安（浙江省杭州）の近くにある山。その下に有名な西湖がある。金は、常に宋を滅ぼそうとし、画工に命じて臨安の山水・城市・宮殿などを屛風に描かせ、それにこの詩を題したという。

金主亮　俗に廃帝亮といわれる。都を燕京（今日の北京）に遷し、盛んに土木工事を興し、宮殿を作り、大軍を発して、南宋を滅ぼそうとして、逆に敗れ、部下によって殺された。金は、やがて元の太宗（オゴタイ）に攻め滅ぼされた。

〔余説〕なんともはや気宇壮大、天下を飲むの概があるが、まま、志と違い、敗軍の結果、部下の手によって生命を絶たれたとは、哀れである。

同二兒輩一賦二未開海棠一（児輩と同に　未開の海棠を賦す）　元好問（金）

1 翠葉輕籠豆顆勻。　翠葉　軽く籠めて　豆顆　匀し

2 胭脂濃抹蠟痕新。　胭脂　濃抹して　蠟痕　新たなり

3 殷勤留著花梢露　殷勤に　留著せよ　花梢の露

4　滴下生紅可惜春。　　滴下せば　紅を生ぜん　春を惜しむ可し

1　粒のそろった海棠のつぼみが、緑葉のかげに、点々とついており　2（その先端だけが）口紅を濃くぬったかのように赤く、蠟で封じたかのように固くつぼんで、まだ開こうとしない　3　ねんごろに、注意して、こずえの露を、ひきとめておき（落ちないようにするがよい）　4　もし露が落ちたなら、たちまち紅の色がほころびて、あたら春が過ぎ去ってしまうであろうから

〔語釈〕**豆顆**　豆粒。海棠のつぼみをさしていう。**胭脂**　婦人の化粧品。口紅。「燕脂」とも書く。**濃抹**　濃くぬること。**蠟痕**　蠟で封じたあと。**殷勤**　ねんごろ、ていねいに。**留著**　ひきとめておく。**生紅**　べに色の花が開いてしまう。

〔押韻〕七言絶句。平声真韻。

〔解説〕二首連作の第一首め。

元好問　一一九〇～一二五七。金の太原（山西省）・秀容の人。元・金時代における第一の詩人。字は裕之、号は遺山。著書に「元遺山全集」がある。

〔余説〕実に濃艶にして繊細・華麗。海棠のつぼみの、まだほころびないところを詠じて、真に迫るものがある。

遊二西湖一　録二四首一（西湖に遊ぶ）　薩都刺（元）

1 湧金門外上二湖船一。　湧金門外　湖船に上る
2 狂客風流憶二往年一。　狂客の風流　往年を憶ふ
3 十八女児搖二艇子一　十八の女児　艇子を揺かし
4 隔レ船笑擲買レ花銭。　船を隔てて　笑って擲つ　花を買ふの銭

1 湧金門外から西湖一周の舟に乗ったが　2 その昔、酔客たちが風流の遊びをしたさまがしのばれる　3 いまも現に、鬼も十八といわれる少女がボートをこぎまわし　4 舟ごしに笑いさざめきながら、銭を投げて、花を買っているのなど、いかにもなまめかしい

〔語釈〕湧金門　西湖のほとりの門の名。艇子　小舟。

〔押韻〕七言絶句。平声先韻。

〔解説〕浙江省杭州にある名勝地。西湖に舟遊した時のもので、六首の連作。いずれも題材がみずみずしくおもしろいが、うち四首を採る。

薩都刺　詩人。字は天錫、号は直斎。父祖以来、雁門（山西省）にいたので、世に称して「雁門の薩都刺」という。実はモンゴル人。「雁門集」六巻がある。

〔余説〕いつの時代にもティーンエージャーの無軌道ぶりはあったもの、とおかしくなる。結句の「隔レ船笑擲買レ花銭」が、もっともおもしろい。

1　少年豪飲酔忘レ帰。　少年　豪飲し　酔うて帰るを忘る
2　不レ覚湖船旋旋移。　覚えず　湖船の　旋旋として移る
3　水面夜深銀燭小　水面　夜深けて　銀燭　小なり
4　越娘低唱月生レ眉。　**越娘　低唱すれば　月　眉に生ず**

1 若者が痛飲泥酔して帰宅するのも忘れ　2 湖上の舟がだんだんに移り去るのも知らぬげである　3 やがて夜がふけて、舟中の銀燭もほの暗くなるころ　4 低い声で歌う越国生まれの妓女の横顔を、月が照らしている

〔語釈〕 **豪飲**　盛んに酒を飲む。痛飲。**旋旋**　移りゆくさま。**銀燭**　明るいともしび。**越娘**　越国生まれの妓女。**低唱**　低い声で歌う。
〔押韻〕 七言絶句。平声微韻と支韻の通用。
〔余説〕 いかにも頽廃的であるが、この詩の結句もまたよい。

1　惜レ春曾向二湖船一宿　春を惜しみ　曾て湖船に向かって宿す
2　酒渇呉姫夜破レ橙。　**酒渇けば　呉姫　夜　橙を　破る**

3　驀聽三郎君呼二小字一
4　轉レ頭含レ笑背二銀燈。一

驀ち郎君の　小字を呼ぶを聴き
頭を転じ　笑ひを含んで　銀燈に背く

1　惜春の情にたえないで、湖船に泊まってみた　2　酔いざめの水代わりに呉国の妓女が夜、だいだいをむいて食べさせてくれた　3　不意に呉姫は遊客からその幼名を呼ばれるのを聞くや　4　笑いながら頭をくるりとむけて、燈火のかげに隠れてしまった

〔語釈〕呉姫　呉国生まれの妓女。越娘と同じ。郎君　遊客をさす。小字　幼い時の名前。銀燈　明るいともしび。

〔押韻〕七言絶句。平声庚韻と蒸韻の通用。ただし、起句はふみ落とす。

〔余説〕「遊二西湖一六首」のうちで、白眉である。この詩は承句が特によい。ふつうなかなか言い得ないところを巧みにとりあげた点すぐれている。

1　待二得郎君半醉時。一
2　笑將二紈扇一索二題詩。一
3　小紅簾捲春波綠
4　渡レ水楊花落二硯池。一

郎君　半酔の時を待ち得て
笑って　紈扇を将て　題詩を索む
小紅簾　捲いて　春波　緑に
水を渡るの楊花　硯池に落つ

1　遊客の少し酔いのまわったころを見はからって　2　（呉姫は）ほほえみかけながら紈扇をさし

出して、詩を書いてくださいとせがんで　3　船の小さな赤いすだれが巻き上げられて、春の湖面は緑の波をたてている　4　おりから水面を飛んできた柳の白い花が、硯池の中へ舞い落ちた

〔語釈〕 **紈扇**　白い練り絹のうちわ。**題詩**　詩句を書きつけること。**索**　求める。せがむ。**楊花**　柳の綿のような白い花。**硯池**　すずりの水を入れるへこんだところ。

〔押韻〕 七言絶句。平声支韻。

走レ筆贈二燕孟初一（筆を走らせて燕孟初に贈る）　薩都剌（元）

1 別レ君金陵城　　**君に別る　金陵城**

2 遇レ君錢塘驛　　**君に遇ふ　銭塘駅**

3 落二魄江湖一懶レ折レ腰　　**江湖に落魄すれども　腰を折るに懶く**

4 笑二傲公侯一但長揖　　**公侯に笑傲して　但だ長揖す**

5 柳花吹レ香撲二酒缸一。　　**柳花　香を吹いて　酒缸を撲ち**

6 酒波灎灎如二春江一。　　**酒波　灎灎として　春江の如し**

7 西湖天鏡碧墮レ地　　**西湖の天鏡　碧　地に堕ち**

8 呉山蛾眉春入レ窓。　呉山の蛾眉　春　窓に入る
9 平生豪氣如二虹吐一・　平生の豪気　虹の吐くが如し
10 餘子紛紛何足レ數・　余子　紛紛　何ぞ数ふるに足らん
11 驛亭把レ酒歌二別離一　駅亭　酒を把って　別離を歌ひ
12 醉聽江潮鳴二萬鼓一・　酔うて聴く　江潮の　万鼓を鳴らすを

1 君とは金陵城でお別れしたが　2 今またこの銭塘駅で会えてうれしい　3 君はいくら江湖
の間におちぶれてはいても、人に頭をさげてまで引き立ててもらおうとはせず　4 王侯貴人に対
しても、いんぎん無礼で、ごきげんとりなどしない　5（今、君とともに酒をくめば）柳の花は、
香気を吹きおくって酒がめをうち　6 中なる酒はゆらゆらと波をうって、春の川のように満々と
たたえている　7 まして、西湖は天上の鏡が地に落ちてきたのではないかと思われるほど、緑に
美しく　8 美人の眉を思わせる呉山の春の姿は、窓からはいってきて（実に愉快この上ない）
9 ここにおいて、平生の豪気はにじのようにはき出され　10 世上の紛紛たる軽薄才子どもなど、
物の数ではない　11 さて、この銭塘の駅亭において、酒をくみかわして別離の歌を歌いつつ　12
酔うては浙江の潮の万鼓を打ち鳴らすような波の音を聞くのは、実に痛快きわまりないしだいであ
る

〔語釈〕 **金陵城**　今の南京。**銭塘驛**　浙江省にある。かたわらを流れている銭塘江（浙江の下流）

は、河口で潮の満干の差が激しく、いわゆる浙江潮として有名。**落魄**　おちぶれる。**江湖**　世間。**折腰**　おじぎをする。陶淵明の故事がある。**笑傲**　いんぎん無礼。**長揖**　手を胸に当てるのを揖という。粗末な礼。上から下になでおろすのを長揖という。**酒缸**　酒のかめ。**灔灔**　水面の揺れ動くさま。**天鏡**　天上の大きな鏡。湖水をたとえていう。**呉山**　西湖のほとりにある山。金主亮に「呉山」の詩がある。**蛾眉**　蛾のような美しいまゆ。美人。ここでは蛾眉のような美しい山、すなわち呉山。**豪氣**　おおしい気象。**氣如虹**　意気の盛んなさま。**餘子**　元来は長男以外の男子のことであるが、ここでは、余人の意。**紛紛**　数の多いこと。**驛亭**　宿場。馬つぎ場。ここでは銭塘の駅。**江潮**　いわゆる浙江潮のこと。

〔押韻〕七言古詩。1～4押韻せず。5～8平声江韻。9～12上声麌韻。

〔解説〕「燕孟初」は、未詳。彼に与えた詩であるが、全体が世をいたみ嘆く激しい調べが、口をついて出ており、豪快きわまりないところがある。「走筆」は、いそいで走り書きする。

〔余説〕第五・六と、第七・八の対句がなかなかよい。一篇を貫く慷慨の気と、その豪気とを買う。

東城　　趙孟頫（元）

1　野店桃花紅粉姿。　　野店の桃花　紅粉の姿
2　陌頭楊柳綠煙絲。　　陌頭の楊柳　緑煙の糸

3 不二因レ送レ客東城去一　客を送るに因って東城に去らずんば

4 過二却春光一總不レ知。　春光を過却して総べて知らざらん

1 野店に咲きほこっている桃の花は、べにおしろいで、よそおいを凝らした美人のようであり 2 街路のほとりに立つ柳は、青やぎ糸をかけて、けぶっているかのように見える（紅・緑の対照が美しい）3（この春色まさにたけなわのおり）旅立つ客を見送るために、東の郊外まで出かけてこなかったら 4（書斎の中にとじこもったままで）あたら春の景色をむなしく見過ごしてしまうことになったろう（やはり出かけて来てよかった）

〔語釈〕野店　郊外の茶店。紅粉　紅おしろい。陌頭　街道のほとり。綠煙絲　柳の細長い枝に新芽が青くめぐんで、遠くから見るとけむっているように見えること。過却　むなしく過ごすこと。

〔押韻〕七言絶句。平声支韻。

〔解説〕「東城」は固有名詞ではない。城下の東の意で、東の郊外の春景色を歌ったもの。

趙孟頫　一二五四～一三二二。もとは宋の王族であったが、後に元に降る。字は子昂、号は松雪。山水を巧みにえがき、画家の南宗（禅宗の一派）となり、書・詩文もよくした。「松雪斎集」十巻がある。

〔余説〕色彩のとりあわせがよく、惜春の情があふれている。

過二濟源一登二裴公亭一用二閒閒老人韻一　耶律楚材（元）

（済源に過ぎり　裴公亭に登り　間間老人の韻を用ふ）

1　山接二青霄一水浸レ空。
2　山色瀲瀲水溶溶。
3　風廻一鏡揉レ藍浅
4　雨過千峯潑レ墨濃。

山は青霄に接して　水　空を浸す
山色　瀲瀲　水　溶溶たり
風廻って　一鏡　藍を揉して浅く
雨過ぎて　千峰　墨を潑して濃やかなり

1　山は高く青空に続き、湖水はまた遠く大空をひたしているかのようで　2　山の影が、湖水の波にただよいゆれ、水は盛んに流れ動いている　3　やがてつむじ風が吹きはじめると、湖水一面に藍をもんで、しぼり出したような色の波が立ちさわぎ　4　見る見るうちに夕立が降ってき、峰という峰全部がまるで墨汁を散らしたような黒雲にとざされてしまった

〔語釈〕**青霄**　青空。**瀲瀲**　ただようさま。波にゆれるさま。**溶溶**　水の盛んに流れるさま。**一鏡**　湖水を鏡にたとえていった。**揉**　手でもみやわらげる。**潑墨**　墨を散らす。

〔押韻〕七言絶句。平声東韻と冬韻の通用。

〔解説〕「済源」は県の名、河南省に属する。「間間老人」は、金の趙秉文の自号。はじめ趙秉文が同じ題目の詩を作り、その韻字をそのまま使って、この詩を作った。

耶律楚材　一一九〇〜一二四四。元代の名臣。字は晋卿、号は湛然。天文・地理・律暦・医卜などに精通し、初め金に仕え、のち、元に仕え、太祖に従って四方を平定した。文に長じて、「湛然居

士集」がある。

〔余説〕山・水の二字が第一句にも二句にもあるのは、もちろん意識的に使用したものであろう。夕立第三句と四句とは、完全な対句をなしており、特に「揉藍」と「潑墨」の対語は秀逸である。夕立の景を詠じ尽くして、余すところなく、蘇東坡の「望湖楼酔書」の夕立を詠じたものに比して、まさるとも決して劣らない。

過㆓閩關㆒（閩関を過ぐ）　劉基（明）

1 峻嶺如㆑弓驛路賒。　峻嶺　弓の如く　駅路賒かなり
2 清溪一帶抱㆑山斜。　清渓一帯　山を抱いて斜めなり
3 高秋八月崇安道　高秋八月　崇安の道
4 時見棠梨三兩花。　時に見る　棠梨の三両花

1 険しい峰は、弓のように曲がっていて、そこに街道がはるか遠くまで通じており 2 一筋の清い谷川が、山を抱くように斜めに流れている 3 今や空高く澄む秋八月だのに、この崇安街道の付近では 4 春の花である棠梨の白い花が、ときどき二、三輪咲いているのは、まことに珍しいしだいである

〔語釈〕峻嶺　険しい峰。賒　はるか。清溪　清らかな流れの谷川。地名ではない。高秋　空の高

く澄む秋の季節。**崇安**　福建省建陽県の北、武威山の東北のふもと。**棠梨**　和名「やまなし」また、「べにりんご」。初春に白い花をつける。

〔押韻〕七言絶句。平声麻韻。

〔解説〕「閩関」は、南中国の閩中（福建省）への入り口にある関所。そこを通過した時の詩。南国の風物が印象的である。

劉基　一三一一～一三七五。明初の学者で政治家、字は伯温。明の太祖に仕えて国家創業に力を尽くした。また、詩文にすぐれ、そのみかん売りの商人に託し、逆説的表現で、政治や社会の不正を批判した、「売柑者言」という文は有名。

憶昔　劉基（明）

1 憶昔揚州看月華。　憶ふ昔　揚州に　月華を看る
2 満城絃管満人家。　満城の絃管　人家に満つ
3 可憐今夜中秋月　憐れむ可し　今夜　中秋の月
4 独照寒蛩泣細紗。　独り照らす　寒蛩の　細紗に泣くを

1 思い出されるよ。その昔、揚州に遊んで、明月を賞したことが　2 その時は、揚州城内のどこの家も音楽の声で満ち満ちていたものさ　3 それに比べると、今夜この中秋の明月が　4 薄

絹の窓辺で、寂しく鳴いている、こおろぎを照らしているのを見ると、まことに今昔の感に耐えない

〔語釈〕 **憶昔** 昔のことを追想する。 **月華** 月の光。 **絃管** 糸竹と同じ。管楽器と弦楽器。 **可憐** ①かわいらしい。②あわれな。かわいそうな。③うらやましい。ここでは②。 **中秋** 陰暦八月十五日。 **寒蛩** 寂しく鳴くこおろぎ。 **細紗** 薄絹の窓。

〔押韻〕 七言絶句。平声麻韻。

〔解説〕 その昔、揚州に遊んだことを懐古しての作。揚州は、江蘇省の中部、揚子江の北岸にある都市。揚子江と大運河の交差点に位し、昔から水運・商業の中心地として栄え、また、風流繁華の地として知られた。

尋二胡隠君一（胡隠君を尋ねて）　高啓（明）

1 渡レ水又渡レ水　　水を渡り　又水を渡る
2 看レ花還看レ花。　　花を看て　還た花を看る
3 春風江上路　　春風　江上の路
4 不レ覺到二君家一。　　覚えず　君が家に到る

1 いくつの川を 越えたやら　2 つぎからつぎに 花ながめ　3 川ぞいのみち 春かぜに

4　吹かれて着くは　きみが家

〔語釈〕**水**　川をさす。この場合は、江南に網の目のようにあるクリークのことであろう。**還**　また。ふたたび。**江上**　川のほとり。

〔押韻〕五言絶句。平声麻韻。

〔解説〕ときは春、ところは江南、作者が花にうかれて、隠者の胡なにがしを訪れた時の作で、春光融々たる江南の風景をさながら眼前に見る思い。ゆうよう迫らざる、作者の心境と風景とが、一枚になった、天衣無縫の神品というべきだろう。

高啓　一三三一～一三七〇。字は季迪、明代初期の詩人。元末の戦乱を避けて、呉淞（上海郊外）付近の青邱に閑居し、青邱子と号した。洪武の初め、召されて「元史」の編修にも参与したが、その文章の一部が大祖の怒りに触れ、腰切りの刑に処せられた。時に三十九。その詩は古人の長所を兼有し、小杜甫と称せられ、明代随一の詩宗。「高青邱全集」十八巻、及び「鳧藻集」五巻に収められている。

〔余説〕「渡水」と「看花」の語を重用して、網の目のようなクリーク、至る所に咲き乱れる花、江南の春景色を写し得てあますところがない。しかも同音の反復は心理的にも、ゆったりとした調子をうみ、春日のもと、花を尋ねてそぞろ歩く、青邱子が眼前に浮かんでくる。夏目漱石の五絶の詩に、「渡り尽くす東西の水、三たび過ぐ翠柳の橋、春風吹いて断たず、春恨幾条条」とある。彼は高啓の詩を愛読したというから、あるいはその影響か。

問梅閣　高啓（明）

1　問レ春何處來　春に問ふ　何れの処より来るか
2　春來在二何許一　春来りて　何れの許にか在ると
3　月墮花不レ言　月堕ちて　花言はず
4　幽禽自相語　幽禽　自ら相語る

1　春の来るはいずくより　2　春の姿はいずくぞや　3　花はもだして月かくれ　4　鳥はさえずり夜は明くる

〔語釈〕問梅閣　閣の名。何許「何処」と同じ。どこ。「許」は、もと・ところ。幽禽　静かな鳥。「うぐいす」をさす。

〔押韻〕五言絶句。上声語韻。

〔解説〕宋の戴益の「探春」と、同巧異曲の作。「春」と「何」の字を重ね用い、「月」と「花」と「鳥」とを取り合わせた点が巧みである。

夜雨江館寫レ懷一首　録レ一　高啓（明）

（夜雨　江館にて　懐を写す　二首）

1 漠漠春寒水遶レ村。
2 有レ愁無レ酒不レ開レ門。
3 青燈畫角黃昏雨
4 客共二梅花一併斷魂。

漠漠たる春寒　水　村を遶る
憂ひ有って　酒無く　門を開かず
青燈　画角　黄昏の雨
客は　梅花と共に　併せて断魂

1 立春も過ぎた後の余寒は、漠漠と一面に広がり、川は村を取り巻いて流れている 2 しきりに春愁をもよおすが、これを消すべき酒とてないので、門はしめきりである 3 やがてたそがれ時ともなると、春燈のもと、寂しく降る雨中に、画角の音が流れてきて 4 わが心は憂いにとざされ、梅花とともに魂も消え入らんばかりである

〔語釈〕 **漠漠** 一面に広がっているさま。**春寒** 立春後の余寒。**青燈** 春燈のこと。春は五色に配当すれば、青に属するから。**畫角** 美しい模様のあるつの笛。胡人の用いるもの。**客** 作者自身をさす。**斷魂** たましいが断ち切られるほどいたましい。

〔押韻〕 七言絶句。平声元韻。

〔解説〕 雨の夜、川辺のやかたで所懐を詠じたもの。

〔余説〕 転句が特に美しく、字面の色も多彩である。一首、そぞろに春愁を感ぜしめる作。

夜投二西寺一（夜　西寺に投ず）　高啓（明）

1　江月上二秋衣一。　江月　秋衣に上り
2　來敲遠寺扉。　来りて敲く　遠寺の扉
3　栖禽驚二客至一　栖禽　客の至るに驚き
4　睡僕訝二僧歸一。　睡僕　僧の帰りしかと訝る
5　鐘度二行廊一盡　鐘は　行廊を度りて尽き
6　燈留二俗院一微。　燈は　俗院に留まりて微かなり
7　非レ無二招旅館一　招旅の館無きに非ざるも
8　禪寂願相依。　禅寂　願はくは相依らん

1　大川の上を照らす月の光が、中天にきてわが秋衣にまで上り、夜も大分ふけたころ　2　尋ねてきて人里離れた寺の門をたたく　3　もうねぐらについていた鳥たちは、不意の来客の物音に目をさまし　4　居眠りをしていた寺男は、ねぼけ眼をこすりつつ、お通夜に出かけた和尚のお帰りかといぶかる　5　おりから鐘の音は、廻り廊下のさきまで響きわたって消え　6　燈火は宿坊のあたりでは、まだ微かにともっている　7　宿泊すべきふつうの旅館がないわけではなかったが

8　お寺の静かなたたずまいがすきなので、ここに一夜の宿を借りたく思ったのである

〔語釈〕 **江月**　川の上に照る月。この西寺は大川の近くにあったものとみえる。**栖禽**　ねぐらにやどった鳥。**睡僕**　いねむりをしていた寺男。**訝**　いぶかる。不審に思う。**僧帰**　作者の遅い来訪を、夜とぎ（お通夜）から僧が帰ったのかと、思いちがいした。**行廊**　わたり廻廊。**俗院**　寺の境内にある俗人の宿坊。**招旅館**　ふつうの旅館。**禅寂**　お寺のしずけさ。

〔押韻〕 五言律詩。平声微韻。

〔解説〕 作者が、西寺に投宿した時の所見を、そのまま詩にしたもので、西寺がどこかはわからない。

〔余説〕 芭蕉の「野ざらし紀行」の中に、彼が吉野の奥のとある寺に一夜の宿を借りた時の句に、「砧打つてわれに聞かせよや坊が妻」というのがあるが、それにくらべると、高啓のこの結句は少し詩趣にとぼしく、かつ全体としては艶がないという批評があるが、さてどうであろうか。

梅花九首　録一　　高啓（明）

1　瓊姿只合レ在二瑤臺一。　　瓊姿　只合に　瑤台に在るべし
2　誰向二江南一處處栽。　　誰か　江南に向かって　処処に栽う
3　雪滿山中高士臥　　雪満ちて　山中　高士　臥し

4　月明林下美人來。　月明らかにして　林下　美人　来る
5　寒依疎影蕭蕭竹　寒は依る　疎影　蕭蕭たる竹
6　春掩殘香漠漠苔。　春は掩ふ　残香　漠漠たる苔
7　自レ去二何郎一無二好詠一　何郎　去ってより　好詠無し
8　東風愁寂幾回開。　東風　愁寂　幾回か開く

1　玉のように清らかに美しい梅の姿は（この世におくのはもったいなく）当然仙人のいるうてなにおくべきだのに　2　だれがこの人間界なる江南の地に、あちこち植えたのだろうか　3　雪が降りつもった時、雪中に花を開いたさまは、山中に高士が伏せっているように気高く　4　月光の照りはえる時は、林下に美人の立っているように、清らかになまめかしい趣がある　5　また、まばらな影が、寂しげな竹に寄り添っているのは、何となく寒そうに見え　6　散り残った花が、一面に生えている苔にとどまっているのは、春がそこにおおわれているようである　7　梁の何遜（は梅を愛し、花開けば名士を招き観梅の宴を催したというが）その人すでに去っておらず、好詩をものする人もいないのに　8　春風の吹くころともなれば、寂しげに毎年のように花を咲かせるのである

〔語釈〕**瓊姿**　清らかに美しい姿。「瓊」は、たま（珠）。**瑤臺**　仙人のいるうてな。美しい高殿。**合**　マサニ…ベシと読む。「当」と同意。**江南**　揚子江の南部。**高士**　志の気高く清らかな人。官

に仕えないすぐれた人物。袁安が雪中に横臥していて見出だされた故事をふまえている。**美人來** 羅敷の梅花の精の故事を用いている。**蕭蕭** 物寂しいさま。**漠漠** 草木のあたり一面に茂っているさま。**何郎** 梁の何遜のこと。何遜が揚州の司法官となった時に、役所の庭に一株の梅の木があり、何遜は常にその木の下で詩作にふけったという。**好詠** りっぱな（梅を歌った）詩。**東風** 春風。**愁寂** 寂しさ。

〔押韻〕 七言律詩。平声灰韻。

〔解説〕 高啓も、梅を愛したとみえ、梅を詠じた詩は、その集中に多く見えるが、そのうちで最も有名なのは「梅花九首」で、この詩は九首のうちの、第一首めである。

〔余説〕 「高士」「美人」の二句は、宋の林和靖の句、すなわち「疎影横斜水清浅、暗香浮動し月黄昏」の句とともに、梅花を歌った絶唱として並び称せられている。

京師得二家書一（京師にて家書を得たり） 袁凱（明）

1 江水三千里　　江水　三千里
2 家書十五行。　家書　十五行
3 行行無二別語一　行行　別語無し
4 只道早還レ郷。　只道ふ　早く郷に還れと

1　江のながれは　三千里　2　妻のてがみは　十五行　3　ほかのことばは　さらになく　4　早く故郷に　帰れかし

〔**語釈**〕**京師**　都。この時は南京。**家書**　①家郷へ送るたより。②家郷からのたより。この場合は②で、おそらく妻からの帰郷をうながす手紙であろう。張籍の「洛陽城裏、秋風を見る、家書を作らんと欲すれば意万重」は①。**江水三千里**　通説では、ここ都の南京から作者の故郷華亭（江蘇省松江県）までは、長江及び大小の運河によると三千里（一里はこの時代は約六百メートル）も離れている。ただしここでは単に距離の遠さを示す、という。しかし、これはあまりにおおげさな言い方で、南京と華亭とは直線距離にして二五〇キロくらいしかない。そこで「明詩綜」には、「一千里」に作っている。一千里でも、なおだいぶんおおげさな言い方である。わたしは三千里は、南京のそばを流れている揚子江の長さを、手紙の十五行に対比して三千里と大まかに言ったものと思う。**家書十五行**　妻からの手紙は、たった十五行の簡単なもの。三千里に対して十五行。中国の書簡せんは、一枚が八行であるのが規格、だからたった二枚きりのもの。**別語**　別の言葉。ほかの言葉。**道**　いう。「報道」の「道」に同じ。

〔**押韻**〕五言絶句。平声陽韻。

〔**解説**〕作者が都（この時は南京）にいた時、故郷の妻からの手紙を読んで、望郷の念にかられたことを歌ったもの。

袁凱　一三六七ころ在世。明初の詩人。字は景文、号は海叟、華亭（江蘇省松江県）の人。洪武年間に御史に任ぜられたが、後、帝に忌まれ辞職して帰郷。かつて白燕の詩を作って名を挙げ、袁白燕とよばれた。「海叟集」四巻がある。

〔余説〕 一語のよけいな修飾の言葉を用いないで、天真らんまん、率直そのものであるが、しかも情意にあふれた無技巧の技巧の詩である。最初の二句は、対句で歌いおこし（これを対句格という）、第二句の「家書十五行」を受けて、「行行…」と「行」の字を連用しているところもおもしろい。しかしこれは拗体の詩であって、いつでも許されることではない。ともかく明詩中の逸品である。

新荘漫興　　李夢陽（明）

1　昨來杏花紅　　昨来は　杏花　紅なりき
2　今來楝花赤　　今来は　楝花　赤し
3　一花復一花　　一花　復た一花
4　坐見歳年易　　坐ろに　歳年の易はるを見る

1　きのうあんずが　あかかった　2　きょうはおうちが　またあかい　3　はなのいのちの　みじかくて　4　ときのながれの　いやはやき

〔語釈〕 昨來　「来」は助字。「今来」も同じ。杏　あんず。ばら科の落葉喬木、早春に白、または淡紅色の花を開く。楝　おうち。せんだん科の落葉喬木。五、六月のころ、淡紫色の小花をつける。俗に「金鈴子」といい、二十四番花信風（小寒から穀雨までの二十四候のうちで、五日ごとの一候に吹く春風に応じ開花する二十四の花の順序）では、梅花風が最も早く、楝花風が最後である。坐そぞろに。なんとなしに。易かわる。

〔押韻〕五言絶句。入声陌韻。

〔解説〕新築の落成した山荘で、そぞろに興味を感じ、晩春の風物を歌ったもの。

李夢陽　一四七一～一五二九。明の有名な詩人。字は献吉、号は空同子。役人としては不遇であったが、その詩才は明代まれに見るほどのもので、その詩文を集めたものを「空同子集」という。

〔余説〕花の開落に、時間・年月の大きな推移を見てとる。花をいとおしむ気持ちとともに、一去不来の人生の悲しみを感じる、といった詩で、いかにも東洋的な自然観照の態度である。

泛レ海（海に泛かぶ）　王守仁（明）

1　険夷原不レ滞ニ胸中一。　険夷　原　胸中に滞らず

2　何異浮雲過ニ太空一。　何ぞ異ならん　浮雲の太空を過ぐるに

3　夜静海濤三萬里　夜は静かなり　海濤　三万里

4　月明飛レ錫下ニ天風一。　月明　錫を飛ばして　天風に下る

1　海路が危険であるとか、または安全であるとかいったことは、もともと自分の胸中にこだわるところはない（暗に、人生行路の順境・逆境などは意にかけない意）　2　そうしたものは、風の

まにまにただよう雲が、大空を流れてゆくのと、全く同じである　3　こよい波静かな、三万里の海上に船を浮かべれば　4　そのすがすがしさは、月夜の晩に錫杖を飛ぶがごとくに早くついて、天風に乗って山をいっきにかけ下るような気がする

〔語釈〕 **険夷**　「険」は、険しい。「夷」は、平らか。逆境と順境とにたとえた。**太空**　大空。天をいう。**海濤**　海の大波。**飛錫**　「錫」は、錫杖。僧侶や道士などの用いるつえ。昔、高僧が錫杖を飛ばして空中を行ったという故事がある。**天風**　天上より吹く風。

〔押韻〕　七言絶句。平声東韻。

〔解説〕　一代の大学者にして、明朝の文臣、王陽明がみずから兵を率いて賊を討ち、不幸にして戦い利あらず、海上を船によってのがれた時の心境を歌ったもの。

王守仁　一四七二～一五二九。字は伯安、号は陽明、余姚（浙江省）の人。弘治の進士、兵部主事に任ぜらる。正徳年間に南贛（江西省南部）を平定、また大帽山の諸賊を平らげ、さらに寧王宸濠の乱を討伐するなど、文臣にしてよく武功を立て、死後に新建侯を贈られ、文成と諡された。その学は良知良能を主とし、知行合一を唱えて、朱子の学説に反対した。この一派を陽明学派とも、また、姚江派ともいい、わが国の思想史上にも大きな影響を与えた。中江藤樹・熊沢蕃山などは、その流れをくむ学者である。

〔余説〕　詩禅一致の境地を歌いあげたもので、一読、実に壮大な気分にかられる。この大悟徹底の心境は、さすがにりっぱである。起句・承句に、心境を歌い、転句にいたり、眼前に展開する壮大な景にふれ、結句において、その心境を比喩化して、内容に変化を与えている。まさに蘇東坡、「赤壁の賦」の「一葦のゆく所を縦まにし、万頃の茫然たるを凌ぐ。浩浩乎として虚に憑り風に御

して、その止まる所を知らざるが如し」といったところであろう。

山中示二諸生一（山中 諸生に示す）　王守仁（明）

1 溪邊坐二流水一　溪辺 流水に坐し
2 水流心共閑。　水流れて 心 共に閑なり
3 不レ知山月上　知らず 山月の上るを
4 松影落レ衣斑。　松影 衣に落ちて斑なり

1 谷川のほとりで、流水にのぞんですわっていると　2 水の流れは、わが心とともにのどかである　3 ついうっかり、山の端に月の上ったのも気づかずにいたが　4 ふと気がつくと、松の影が、わが衣にまだらに映っていた

〔語釈〕溪邊　谷川のほとり。坐流水　流水にのぞんですわる。閑　しずか。のどか。山月　山の端の月。斑　まだら。ぶち。

〔押韻〕五言絶句。平声刪韻。

〔解説〕山荘におけるゆうゆうたる心境を、詩に託して弟子たちに示したもの。

〔余説〕流水に忘我の境を託し、山月に悟境を表す。哲学的な趣のある詩。

妬レ花歌（花を妬むの歌）　唐寅（明）

1 昨夜海棠初帶レ雨•
2 數朶輕影媚欲レ語•
3 佳人曉起出二蘭房一◦
4 折來對レ鏡比二紅粧一◦
5 問レ郎花好妾顏好•
6 郎道不レ如二花窈窕一•
7 佳人聞レ語發二嬌嗔一◦
8 不レ信死花勝二活人一◦
9 把レ花揉碎擲二郎前一◦
10 請郎今夜抱レ花眠◦

昨夜　海棠　初めて雨を帯ぶ
数朶の軽影　媚びて語らんとす
佳人　暁起　蘭房を出で
折り来って　鏡に対し　紅粧を比ぶ
郎に問ふ　花好きか　妾が顔好きかと
郎は道ふ　花の窈窕なるに如かずと
佳人　語を聞き　嬌嗔を発す
信ぜず　死花の　活人に勝るを
花を把り　揉砕して　郎の前に擲つ
請ふ郎　今夜　花を抱いて眠れ

1　昨夜、海棠の花は初めて雨をふくんで咲き　2　数輪の花の軽やかな影は、媚びて物いいたげの風情があった　3　そこで妻は朝早く美しい寝室から起き出して　4　海棠の枝を折って来て、鏡に向かってわが器量と比べてみた　5（やがて）わが夫に向かい、わたしの顔と海棠の花とどちらが美しいかと問うたところ　6　夫はわざと、花のおくゆかしく美しいのには及ばないね、と答えた　7　妻はこの返事を聞くと、なまめかしい怒りを発し　8　死んでいる花が生きている人にまさっているなんて、信じられません、といい　9　花を摘み取ってもみくだき、夫の前に投げつけて言うことに　10（それほど花がお好きなら）どうぞ今晩は花を抱いておやすみなさいませ

〔語釈〕**數朶**　数輪。**蘭房**　蘭香のかおる部屋。婦人の美しい寝室。**窈窕**　おくゆかしく美しいさま。**嬌嗔**　なまめかしい美人の怒り。**活人**　生きている人間。**揉碎**　手でもみくだく。

〔押韻〕七言古詩。1～2上声麌韻と語韻の通韻。3～4平声陽韻。5～6上声晧韻と篠韻の通用。7～8平声真韻。9～10平声先韻。

〔解説〕海棠の花を美人にたとえ、美人の妻がこれを妬むさまを歌った、一種の戯作文学である。唐寅　一四七〇～一五二三。明の有名な画家にして、詩人。号は白虎。六如居士と号した。

覽㆑鏡詩（鏡を覧るの詩）　毛奇齢（清）

1　漸覺鉛華盡　　漸く覚ゆ　鉛華の尽くるを
2　誰憐顦顇新。　誰か憐れむ　顦顇の新たなるを
3　與㆑余同下㆑淚　余と同じく　涙を下とすは

4　只有鏡中人。　　只鏡中の人有るのみ

1（老いてみずから鏡に対すれば）ようやくつややかな血色も、うせてしまったのに気づく　2 近ごろ、めっきりやつれて来たのを、だれが同情してくれるであろうか　3 わたしとともに泣いてくれるのは　4 ただ鏡中に映るわが影のみである

〔語釈〕鉛華　おしろい。若く華やかな顔にたとえる。顦顇　やつれる。新　最近。近ごろ。余　作者をさす。

〔押韻〕五言絶句。平声真韻。

〔解説〕老を嘆ずるの作で、張九齢の「照鏡見白髪」という詩の「形影自相憐」と同意。

毛奇齢　一六二三～一七一三。清初の学者。字は大可、号は西河、蕭山（浙江省）の人。閻若璩とともに、清朝考証学の基礎を作った。

冶春絶句　　王士禎（清）

1　東風花事到江城。　　東風　花事　江城に到る
2　早有人家喚賣餳。　　早く人家の売餳を喚ぶ有り
3　他日相思忘不得　　他日　相思うて　忘れ得ず

4　平山堂下五清明。　　平山堂下（へいざんどうか）　五清明（ごせいめい）

1　春風とともに、花見に出かける時節が、この川ぞいの町揚州にもやってきて　2　町じゅうではもう、あめ売りの呼び声が聞かれるようになった　3　さて、これからさき、いつになっても忘れることのできないほど強い印象を受けたのは　4　この揚州の平山堂で、五たびも清明を迎えたことである

〔語釈〕**東風**　春風。**花事**　春は花が咲くので、花見に出かけること。**江城**　川のほとりにある町。**賣餳**　「餳」は、あめ（飴）。あめを売る呼び声。清明のころ、あめ屋が笛を吹きつつ呼び歩く風俗があり、そのころの天気を売餳天（ばいとうてん）といった。**平山堂**　揚州（江蘇省（こうそ））の名所。**清明**　二十四気の一つ。冬至（とうじ）から百五日、春分（しゅんぶん）から十五日め、陰暦の三月、陽暦では四月五、六日ごろ。

〔押韻〕七言絶句。平声庚韻（こういん）と陽韻の通用。

〔解説〕「冶春」は、百花の咲く美しい春の季節のこと。揚州での作。「冶」は、なまめかしい。

王士禎　一六三四～一七一一。清の大詩人。初名は士禛（ししん）、字（あざな）は貽上（いじょう）、号は阮亭（げんてい）、また、漁洋山人（ぎょようさんじん）。

〔余説〕日本の初夏の金魚売りの呼び声と合わせて考えると、このあめ売りの声の、かもし出す情緒がよくわかろう。季節の先ぶれとして、忘れ得ない印象を焼きつけられないではいられまい。

秦（しん）淮（わい）雑（ざつ）詩（し）十（じゅう）四（し）首（しゅ）　録レ二　　王士禎（おうしてい）（清（しん））

其一

1　年來腸斷秣陵舟。
2　夢繞秦淮水上樓。
3　十日雨絲風片裏
4　濃春煙景似殘秋。

年来　腸は断つ　秣陵の舟
夢は繞る　秦淮　水上の楼
十日　雨糸風片の裏
濃春の煙景　残秋に似たり

1　かねてから、六朝繁華の跡である金陵への舟遊びにせつない思いを寄せ　2　夢は幾度か秦淮河のほとりの酒楼をかけ巡るほどであったが　3（多年の宿願を達してここにきたり）春の雨風の中に十日間を過ごし　4　こまやかなかすみのかかった春景色は、かえって晩秋の景に近いのを見て、寂寥の感にたえない

〔語釈〕**秣陵**　金陵（南京）の別名。**雨絲風片**　春の雨風をいう。湯玉茗の「牡丹亭還魂記」や、「桃花扇伝歌」などに見える。**煙景**　かすみのかかった春景色。**殘秋**　晩秋。

〔押韻〕七言絶句。平声尤韻。

〔解説〕「秦淮」は、南京にあった風流繁華の地。ここに遊んでの感懐を述べたもの。語詞がみな奇麗である。

其　二

1　潮落秦淮春復秋。　潮は落つ　秦淮　春復た秋
2　莫愁好作石城遊。　莫愁　好し作す　石城の遊
3　年來愁與二春潮一滿　年来　愁ひは春潮と満つ
4　不レ信湖名尚莫愁。　信ぜず　湖名の　尚ほ莫愁なるを

1　秦淮河の潮は、満ちたりひいたりして、ここに幾春秋を経たが　2　児女と英雄とで名高い莫愁湖に、舟を浮かべて、石頭城の舟遊びをするのは最もよい　3　しかし、近来わが憂いは春の潮とともに満ちて来るから　4　湖名をいまだに莫愁湖と名づけているのは、どうも信じ難い気がする

〔語釈〕**莫愁**　金陵（南京）にある湖の名。**石城**　石頭城の略称。金陵の城の名。

〔押韻〕七言絶句。平声尤韻。

〔余説〕第一首は「還魂記」の語を借りて来て、一首の句は清新さにあふれ、神来の逸品。第二首めは巧みに地名を翻用して旅愁を述べたもの、これまた佳品。

銷夏詩（銷夏の詩）　袁枚（清）

1 不レ著二衣冠一近二半年一。　衣冠を著けざる　半年に近し
2 水雲深処抱レ花眠。　**水雲　深き処　花を抱いて眠る**
3 平生自思無官楽　平生　自ら思ふ　無官の楽しみ
4 第一驕レ人六月天。　第一　人に驕る　六月の天

1 役人かぎょう　さらりやめ　2 花をいだいて　山にねる　3 やっとなれたよ　まる腰に　4 いばってよいぞ　炎天下

〔語釈〕 **抱花眠**　花に囲まれて眠ること。**無官楽**　丸腰生活のたのしみ。**六月天**　六月の炎天下（にあくせくしなくともよい）。

〔押韻〕 七言絶句。平声先韻。

〔解説〕 「銷夏」は、夏の暑さをしのぐ意であるが、役人生活のわずらわしさを炎暑にたとえ、無位無官となって、ゆうゆう自適する楽しさを歌ったもの。

袁枚　一七一六〜一七九七。清朝の文人。字は子才、号は簡斎、また、随園。諸方に官仕したが、退官後は江寧（南京の東南）に住み、小倉山に随園を営み、詩を作ってみずから楽しんだ。その詩は多少、浮わついているきらいがあったが、着想奇抜で、当時もてはやされた。「随園随筆」「随園詩話」がある。

〔余説〕 承句がわけてもよい。定年退官後のゆうゆうたる心境を述べて、あますところがない。

春日雑詩　　袁枚（清）

1　千枝紅雨萬重煙。　　千枝の紅雨　万重の煙

2　畫出詩人得意天。　　画き出だす　詩人　得意の天

3　山上春雲如二我懶一　　山上の春雲　我が懶の如く

4　日高猶宿翠微巓。　　日高くして　猶ほ宿す　翠微の巓

1　多くの木の枝から、赤い花びらが散るのと、幾重にも重なっている春がすみとが　2　詩人の最も得意とする好景を描き出している　3　山上に停滞している春の雲は、あたかもわたしが、ものぐさにも惰眠をむさぼっているかのように　4　日は高く東天にのぼっているのに、依然として八合目あたりに、とぐろを巻いて動こうとはしない

〔語釈〕紅雨　赤い花びらの散る形容。煙　かすみ。翠微　山の八合目のあたり。

〔押韻〕七言絶句。平声先韻。

〔解説〕春の日の、そこはかとない風景を歌ったもの。

〔余説〕「紅雨」といい、「翠微」といい、「千枝」に配するに「万重」、「煙」に対して「雲」、「懶」に対して「宿」、実に巧みな文字の使い方であり、一幅の絵を見るの思いがする。

雨中送レ春（雨中　春を送る）　袁枚（清）

1　東風吹レ雨洒二離輪一。　　東風　雨を吹いて　離輪に洒ぐ

2　楊柳依依欲レ断レ魂。　　楊柳　依依として　魂を断たんとす

3　眞個送レ春如レ送レ客　　**真個　春を送るは　客を送るが如し**

4　滿山花草有二啼痕一。　　滿山の花草　啼痕有り

1　春風が雨を吹きつけて、わが乗る車輪もずぶぬれであり　2　雨に打たれた楊柳は、なよなよと枝を垂れ、魂も消え入らんばかりの思い　3　ほんに、ゆく春を送るのは、旅人を見送って別れるようにつらいもの　4　満山の花草も、心なしか雨にうたれぬれているのは、涙痕をとどめているかのよう

〔語釈〕**東風**　春風。**離輪**　彫刻のしてある美しい車。**依依**　細くなよなよとしているさま。**欲断魂**　魂も消え入るばかりの思い。**眞個**　ほんとうに。

〔押韻〕七言絶句。平声真韻と元韻の通用。

〔解説〕ゆく春を惜しむ作。旅人を送るのにたとえている。時に春雨が降りしきっていた。

〔余説〕芭蕉の句に「ゆく春や鳥啼き魚の眼は涙」とあるは、これと同一の感慨であろう。

虞兮

呉偉業（清）

1 千夫辟易楚重瞳。
2 仁謹居然百戰中。
3 博得美人心肯レ死
4 項王此處是英雄。

千夫も　辟易す　楚の重瞳
仁謹　居然たり　百戦の中
博し得たり　美人の　心に死を肯ずるを
項王　此の処　是れ英雄

1　楚の項羽は千人がかりで立ち向かっても、こちらがしりごみするほどの勇者　2　大小七十あまりの戦いの最中でも、どっしりと落ちついて仁謹の態度を失わなかった　3　がそれにもまして、虞美人に、甘んじてともに死のうとする決心をつけさせたのは　4　これこそ項羽が英雄として、大いに男をあげたところである

〔語釈〕　虞兮　虞美人のこと。項羽の詩「虞兮虞兮…」より来る。辟易　しりごみする。楚重瞳　楚の重瞳子（ひとみの二重になっている人）、すなわち項羽のこと。居然　どっしり落ち着いているさま。博得　うる。「博」も、「うる」意。美人　虞美人。

〔押韻〕　七言絶句。平声東韻。

〔解説〕　項羽の愛人虞美人のことを歌ったもの。

呉偉業　一六〇九～一六七一。清代の代表的詩人。江南太倉の人。号は梅村。その詩は情趣豊かで、唐詩の風韻を伝えているといわれる。康熙十年（一六七一）没す。「梅村集」四十巻。

〔余説〕だれかの項羽に対する評語に、項羽の一生は、「半ばは美人のために、半ばは天下のために」というのがあるが、また評し得ておもしろい。

簡二舒古廉一（舒古廉に簡す）　呉錫麒（清）

1 君居二我巷東一　　君は　我が巷の東に居り
2 望二見我家樹一　　我が家の樹を望見す
3 三日春雨深　　三日　春雨　深し
4 相思落花暮　　相思ふ　落花の暮れ

1 君の住まいは　町のうち　2 わが家の庭木　見えるほど　3 降り込められて　春さめに
4 花ちるゆうべ　君おもふ

〔語釈〕**簡**　手紙。手紙を書く。「簡」は、元来は竹札で、紙のない時代に文字を書くのに使われた。**巷**　町、ちまた。元来は、路地、横町の意。**相思**　この「相」は「相互に」の意ではなく、ただ語調をととのえるため添えただけ。

〔押韻〕五言絶句。去声遇韻。

〔解説〕春雨にとじこめられて、つれづれをかこつ旨を述べた。舒古廉という人にあてた手紙代わりの詩。

呉錫麒　一七四六〜一八一八。清代の詩文家。字は聖徴、号は穀人。銭塘（浙江省）の人。駢儷文をよくし、詩は宋を学んで浙江派の長老、わが国の明治の漢詩壇に多くの影響を与えた。

〔余説〕　話し相手がほしいのである。つれづれをなぐさめる、気の合った人が恋しいのである。どうかやってきてほしい、という意を言外にこめているところがおもしろい。わずかに二十字のうちに、「我」という字が二回も使われている点に注意されたい。「わたし」のことを忘れてもらっては困る、といった気持ちの表現か。

送レ春二首　録レ一（春を送る二首　一を録す）　呉錫麒（清）

1 落花飛絮満二煙波一。
2 九十春光去如レ梭。
3 蹤跡年年何処覓
4 一回白髪一回多。

落花　飛絮　煙波に満つ
九十の春光　去って梭の如し
蹤跡　年年　何れの処にか覓めん
一回の白髪　一回多し

1 赤い落花と白い飛絮とが、もやの立ちこめている水面いっぱいに浮かんで、たゆとうている　2 九十日間の、のどかな春日は、どんどん過ぎ去ってしまい、まるで「ひ」の往来するようである　3 その春の足あとを、年々尋ねようと思っても、春の行くえは尋ねるによしなく　4 ただ白髪だけが年々多くなるばかりである

〔語釈〕**飛絮**　柳の綿のような花が散ること。**煙波**　もやが立ちこめている水面。**九十春光**　春九十日間ののどかな日ざし。**梭**　ひ。はたおりで横糸を巻いた管を入れる舟形の小道具。**蹤跡**　足あと。

〔押韻〕七言絶句。平声歌韻。

〔解説〕これもまた惜春の作。数字をうまく使っており、起句は佳句。結句もまた巧みである。

赤壁　趙翼（清）

1 依然形勝扼荊襄
2 赤壁山前故壘長
3 烏鵲南飛無魏地
4 大江東去有周郎
5 千秋人物三分國
6 一片山河百戰場
7 今日經過已陳迹
8 月明漁父唱滄浪

依然たる形勝　荊襄を扼す
赤壁山前　故塁長し
烏鵲　南に飛んで　魏地無く
大江　東に去って　周郎有り
千秋の人物　三分の国
一片の山河　百戦の場
今日　経過すれば　已に陳迹
月明らかにして　漁父　滄浪を唱ふ

1（蜀・呉の連合軍が魏軍を破った赤壁の地は）今もなお昔ながらに荆州・襄州一帯の地をおさえており2山前には、もとのとりでの跡が長く連なっている3（思えば曹操が）「烏鵲南に飛ぶ」と得意げに歌ったが、一敗地にまみれ、やがて魏国を失ってしまい4周君に名を成さしめた大江のみは、今も東に向かって流れている5当時の三国の人物は、いずれも千秋に名を伝えるに足る英雄であり6一片の山河とはいえ、百戦が戦われたところである7今日この地を過ぎてみると、はや年久しくたった古戦場となっており8月の明るい晩には、漁父が滄浪の歌を歌っているのみである

〔語釈〕**形勝**　要害堅固な地形。**荆襄**　荊州と襄州。**烏鵲南飛**　曹操の詩に、「月明らかに星稀に、烏鵲南に飛ぶ」とある。**周郎**　呉の若き将軍周瑜、曹操の軍を赤壁に撃破す。**三分國**　蜀・魏・呉の三国。**陳迹**　古戦場。**滄浪**　滄浪の歌。「孟子」に見える。「滄浪の水、清まば以て我が纓を濯ふべし、濁らば以て我が足を濯ふべし」と。

〔押韻〕七言律詩。平声陽韻。

〔解説〕赤壁の古戦場を訪れての懐古の作。

趙翼　一七二七〜一八一四。清代の史家。陽湖（江蘇省）の人。号は甌北、また、雲菘。その著の「二十二史箚記」と「陔余叢考」とは、史学を志す者にとって必読書となっている。

〔余説〕詩中に、曹操の詩句や、蘇東坡の「赤壁懐古」の詞の「念奴嬌」の句などを、縦横に使っているところがおもしろい。ちなみに「念奴嬌」の最初の部分を引くと、「大江、東に去って、浪淘し尽くす千古風流の人物、人は道ふ是れ三国周郎の赤壁と…」と。

あとがき

誤解をさけるため、あらかじめ断っておかねばならぬことは、いわゆる「中国の名詩」が、本書に網羅されているわけではない。いな、むしろここに収めたものは、その代表的と思われるものにすぎない、ということである。これらのほかにも、もちろん是非入れたいものが数多くあるが、ページ数の関係で割愛せざるを得なかった。

この書は、大体が啓蒙的な意図をもって執筆したが、さりとて書物の性質上、大衆娯楽的な興味本位のものではなく、ある程度の知的水準をめざしている。中には、学術的価値のかなり高い部分もあると自負している。たとえば、陶淵明の「飲酒」の詩中の句、すなわち「採㆑菊東籬下、悠然見㆓南山㆒」について、古来「見」字を「望」にしたテキストがあるが、「望」にしたのでは、この詩が生彩を失ってしまう——といった蘇東坡の有名な評語が伝えられているが、さてその評語は蘇東坡の何に載っているのか、寡聞の及ぶかぎり、日中を通じて明らかにしたものを知らない。著者は苦心探索の結果、それが「東坡先生志林」（東坡志林とは別）巻五に見えることを突きとめ、本書中に明記しておいた、などはそれである。また、島崎藤村の近代詩に対する杜甫の影響についても、著者の研究の一端を付記してある。

詩の訓読は、そのまま解釈につながるから、訓読のいかんによって、その詩は活きてくるし、また死んでしまう。「勅勒歌」の結句「風吹草低見二牛羊一」の、従来の多くの読み方は、「風吹き草低れて牛羊を見る」であるが、本書では「牛羊 見る」とした。また、王安石の「夜直」の結句「月移二花影一上二闌干一」を、従来は「月は花影を移して闌干に上る」と読んでいるが、本書では「月は移って花影 闌干に上る」と読んである。どちらがよいか、明敏なる読者のご判断を得たい。特に訓読において、詩中における「欲」字には、欲求の意のほか、将欲の意に使われることが、かなり多い。それらを区別せずに、みな「ほっす」と読むのはどうか。本書では、将欲の意の場合は単に「す」と読んである。「山青花欲レ然」（山青く 花然えんとす）、「渾欲レ不レ勝レ簪」（渾て簪に勝へざらんとす）など、みなその例である。

このように細かいところにも気をくばって執筆したが、なお不備の点が多々あることと思う。幸いに博雅の士の高批を期待し、訂補にやぶさかでないことを申し添える。

なお、本書の刊行に関し、角川書店編集部の佐野正利編集長をはじめ、森井俊彦氏には格別にお骨折りをいただいたことを記し、あわせて両氏に感謝の意を表する。

昭和五十三年四月二十七日　山田勝美　しるす

成句索引（字訓は旧かなづかい、字音は現代かなづかいによった）

あ

い

そ

た

ひ

わ

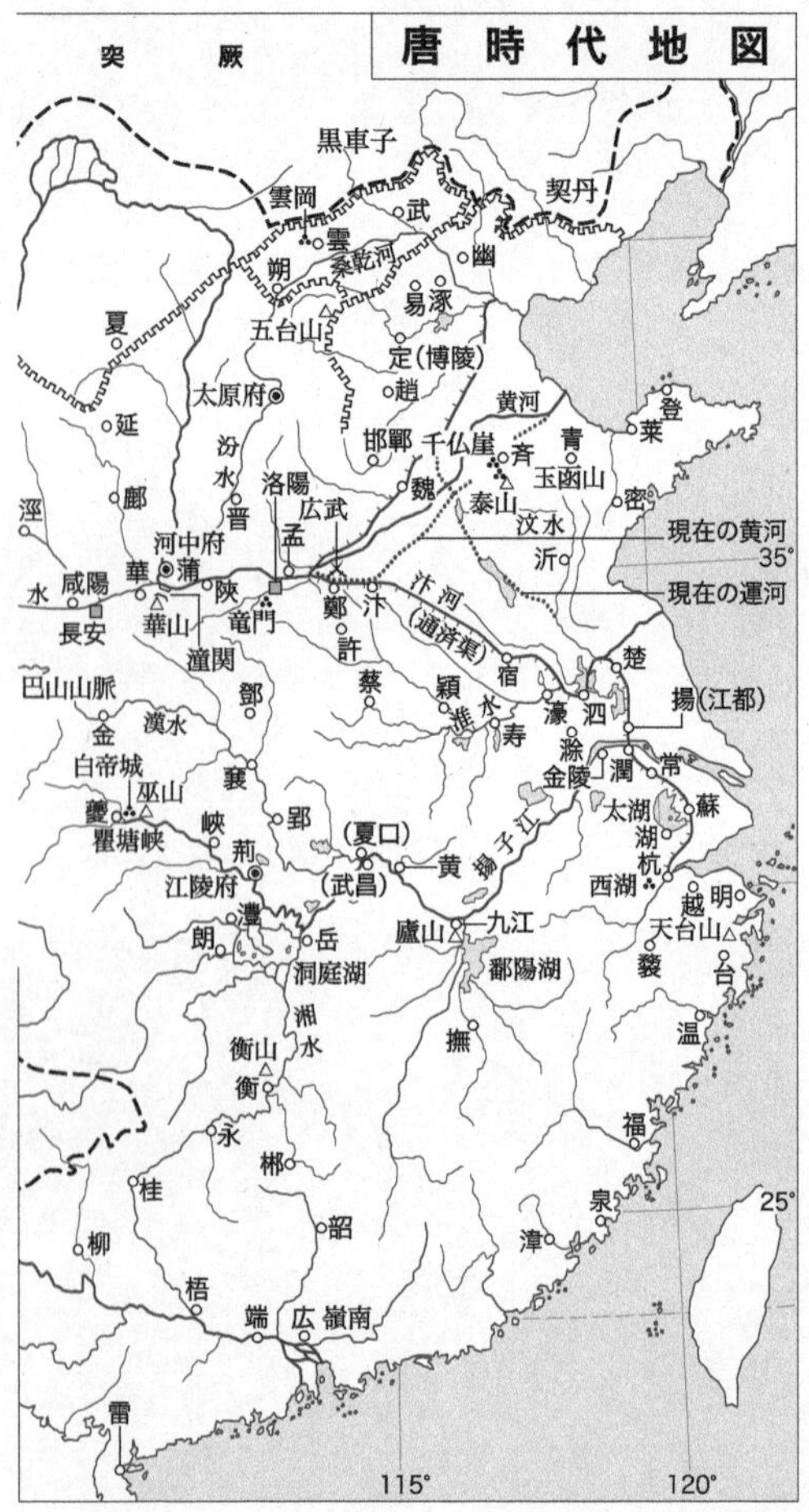
唐時代地図
突厥
黒車子
契丹
雲岡
武
雲
桑乾河
幽
朔
易
涿
五台山
夏
定(博陵)
太原府
趙
延
黄河
邯鄲
千仏崖
斉
青
登
莱
汾水
洛陽
魏
泰山
玉函山
密
涇
鄜
晋
広武
汶水
現在の黄河
河中府
蒲
孟
沂
35°
水
咸陽
華
陝
鄭
汴
汴河
(通済渠)
現在の運河
長安
華山
竜門
許
潼関
楚
宿
巴山山脈
鄧
蔡
潁
濠
泗
揚(江都)
金
漢水
淮水
寿
滁
白帝城
襄
金陵
潤
常
巫山
太湖
蘇
夔
郢
瞿塘峡
峡
(夏口)
湖
荊
黄
揚子江
杭
江陵府
(武昌)
西湖
越
明
澧
九江
廬山
天台山
朗
岳
婺
台
洞庭湖
鄱陽湖
湘水
撫
温
衡山
衡
福
永
郴
桂
泉
25°
韶
柳
漳
梧
端
広
嶺南
雷
115°
120°

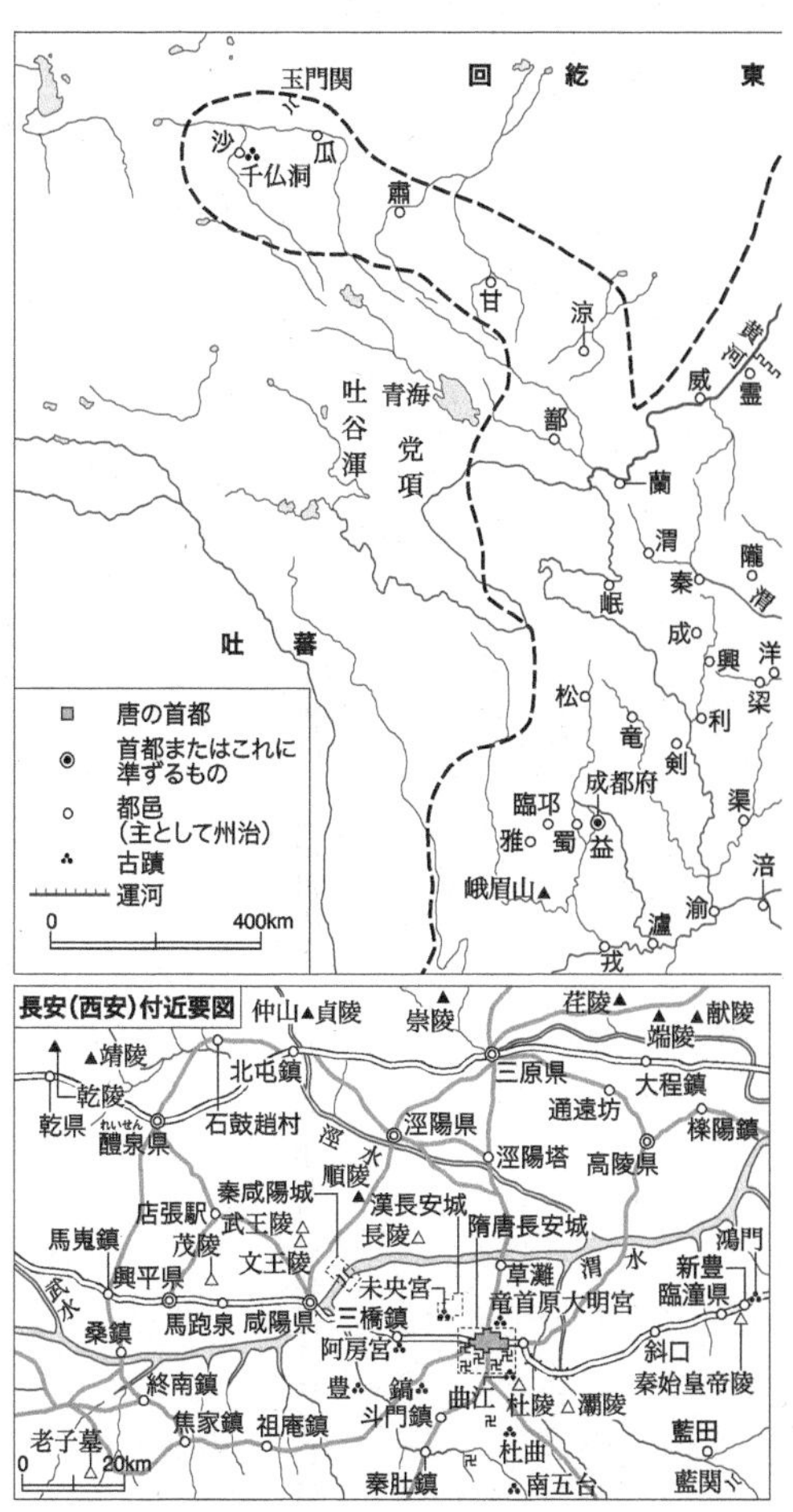

玉門関
回
紇
東
沙
千仏洞
瓜
粛
甘
涼
黄河
威
霊
吐谷渾
青海
党項
鄯
蘭
渭
隴
秦
岷
成
興
洋
梁
吐
蕃
松
竜
利
剣
成都府
臨邛
雅
蜀
益
渠
峨眉山
涪
渝
瀘
戎
唐の首都
首都またはこれに準ずるもの
都邑（主として州治）
古蹟
運河
0
400km
長安（西安）付近要図
仲山
貞陵
崇陵
荘陵
端陵
献陵
靖陵
乾陵
乾県
北屯鎮
石鼓趙村
三原県
大程鎮
通遠坊
櫟陽鎮
れいせん
醴泉県
涇陽県
涇陽塔
高陵県
涇水
順陵
秦咸陽城
漢長安城
店張駅
武王陵
長陵
隋唐長安城
馬嵬鎮
茂陵
文王陵
渭水
鴻門
興平県
未央宮
草灘
新豊
武水
竜首原
大明宮
臨潼県
馬跑泉
咸陽県
三橋鎮
桑鎮
阿房宮
斜口
豊
鎬
曲江
杜陵
灞陵
秦始皇帝陵
終南鎮
斗門鎮
焦家鎮
祖庵鎮
杜曲
藍田
老子墓
秦肚鎮
南五台
藍関
0
20km

本書は、角川書店より一九七八年七月に刊行されました。

ちゅうごくめいしかんしょうじてん
中国名詩鑑賞辞典

やまだかつみ
山田勝美

令和3年 8月25日　初版発行
令和6年 11月15日　8版発行

発行者●山下直久

発行●株式会社KADOKAWA
〒102-8177　東京都千代田区富士見2-13-3
電話　0570-002-301（ナビダイヤル）

角川文庫 22801

印刷所●株式会社KADOKAWA
製本所●株式会社KADOKAWA

表紙画●和田三造

●お問い合わせ
https://www.kadokawa.co.jp/（「お問い合わせ」へお進みください）
※内容によっては、お答えできない場合があります。
※サポートは日本国内のみとさせていただきます。
※Japanese text only

ISBN 978-4-04-400621-1　C0198

◆◇◇

角川文庫発刊に際して

角 川 源 義

第二次世界大戦の敗北は、軍事力の敗北であった以上に、私たちの若い文化力の敗退であった。私たちの文化が戦争に対して如何に無力であり、単なるあだ花に過ぎなかったかを、私たちは身を以て体験し痛感した。西洋近代文化の摂取にとって、明治以後八十年の歳月は決して短かすぎたとは言えない。にもかかわらず、近代文化の伝統を確立し、自由な批判と柔軟な良識に富む文化層として自らを形成することに私たちは失敗して来た。そしてこれは、各層への文化の普及滲透を任務とする出版人の責任でもあった。

一九四五年以来、私たちは再び振出しに戻り、第一歩から踏み出すことを余儀なくされた。これは大きな不幸ではあるが、反面、これまでの混沌・未熟・歪曲の中にあった我が国の文化に秩序と確たる基礎を齎らすためには絶好の機会でもある。角川書店は、このような祖国の文化的危機にあたり、微力をも顧みず再建の礎石たるべき抱負と決意とをもって出発したが、ここに創立以来の念願を果すべく角川文庫を発刊する。これまで刊行されたあらゆる全集叢書文庫類の長所と短所とを検討し、古今東西の不朽の典籍を、良心的編集のもとに、廉価に、そして書架にふさわしい美本として、多くのひとびとに提供しようとする。しかし私たちは徒らに百科全書的な知識のジレッタントを作ることを目的とせず、あくまで祖国の文化に秩序と再建への道を示し、この文庫を角川書店の栄ある事業として、今後永久に継続発展せしめ、学芸と教養との殿堂として大成せんことを期したい。多くの読書子の愛情ある忠言と支持とによって、この希望と抱負とを完遂せしめられんことを願う。

一九四九年五月三日

角川ソフィア文庫ベストセラー

角川ソフィア文庫ベストセラー

角川ソフィア文庫ベストセラー

史記
ビギナーズ・クラシックス 中国の古典
福島 正

司馬遷が書いた全一三〇巻におよぶ中国最初の正史が一冊でわかる入門書。「鴻門の会」「四面楚歌」で有名な項羽と劉邦の戦いや、悲劇的な英雄の生涯など、強烈な個性をもった人物たちの名場面を精選して収録。

蒙求
ビギナーズ・クラシックス 中国の古典
今鷹 眞

「蛍火以照書」から「蛍の光、窓の雪」の歌が生まれ、「漱石枕流」は夏目漱石のペンネームの由来になった。礼節や忠義など不変の教養逸話も多く、日本でも多く読まれた子供向け歴史故実書から三一編を厳選。

白楽天
ビギナーズ・クラシックス 中国の古典
下定雅弘

日本文化に大きな影響を及ぼした白楽天。炭売り老人への憐憫や左遷地で見た雪景色を詠んだ代表作ほか、家族、四季の風物、酒、音楽などを題材とした情愛濃やかな詩を味わう。大詩人の詩と生涯を知る入門書。

十八史略
ビギナーズ・クラシックス 中国の古典
竹内弘行

中国の太古から南宋末までを簡潔に記した歴史書から、注目の人間ドラマをピックアップ。伝説あり、暴君あり、国を揺るがす美女の登場あり。日本人が好んで読んできた中国史の大筋が、わかった気になる入門書！

春秋左氏伝
ビギナーズ・クラシックス 中国の古典
安本 博

古代魯国史『春秋』の注釈書ながら、巧みな文章で人々を魅了し続けてきた『左氏伝』。「力のみで人を治めることはできない」「一端発した言葉に責任を持つ」など、生き方の指南本としても読める！

角川ソフィア文庫ベストセラー

菜根譚

ビギナーズ・クラシックス 中国の古典

湯浅邦弘

「一歩を譲る」「人にやさしく己に厳しく」など、人づきあいの極意、治世に応じた生き方、人間の器の磨き方を明快に説く、処世訓の最高傑作。わかりやすい現代語訳と解説で楽しむ、初心者にやさしい入門書。

孟子

ビギナーズ・クラシックス 中国の古典

佐野大介

論語とともに四書に数えられる儒教の必読書。人の上に立つ者ほど徳を身につけなければならないとする王道主義の教えと、「五十歩百歩」「私淑」などの故事成語の宝庫をやさしい現代語訳と解説で楽しむ入門書。

大学・中庸

ビギナーズ・クラシックス 中国の古典

矢羽野隆男

国家の指導者を目指す者たちの教訓書である『大学』。人間の本性とは何かを論じ、誠実を尽くせと説く『中庸』。わかりやすい現代語訳と丁寧な解説で、今の時代に生きる中国思想の教えを学ぶ、格好の入門書。

貞観政要

ビギナーズ・クラシックス 中国の古典

湯浅邦弘

中国四千年の歴史上、最も安定した唐の時代「貞観の治」を成した名君が、上司と部下の関係や、組織運営の妙を説く。現代のビジネスリーダーにも愛読者の多い、中国の叡智を記した名著の、最も易しい入門書！

呻吟語

ビギナーズ・クラシックス 中国の古典

湯浅邦弘

皇帝は求心力を失い、官僚は腐敗、世が混乱した明代末期。朱子学と陽明学をおさめた呂新吾が30年かけて綴った人生を諭す言葉。「過ちを認める勇気」「冷静沈着の大切さ」など、現代にも役立つ思想を説く。

角川ソフィア文庫ベストセラー

墨子
ビギナーズ・クラシックス 中国の古典
草野友子

儒家へのアンチテーゼとして生まれ、隆盛を誇った墨家。その思想を読み解けば、「自分を愛するように他人を愛する＝兼愛」、「自ら攻め入ることを否定する＝非攻」など、驚くほど現代的な思想が見えてくる！

書経
ビギナーズ・クラシックス 中国の古典
山口謠司

四書五経のひとつで、中国最古の歴史書。堯・舜から秦の穆公まで、古代の君臣の言行が記されており、帝王学の書としても知られる。教えのもっとも重要な部分を精選。総ルビの訓読文と平易な解説の入門書。

荀子
ビギナーズ・クラシックス 中国の古典
湯浅邦弘

2300年前、今の「コンプライアンス」につながる考え方を説いていた思想家・荀子。「青は藍より出でて藍より青し」など、現代に残る名言満載の、性悪説にもとづく「礼治」の思想をわかりやすく解説！

古事記
ビギナーズ・クラシックス 日本の古典
編／角川書店

天皇家の系譜と王権の由来を記した、我が国最古の歴史書。国生み神話や倭建命の英雄譚ほか著名なシーンが、ふりがな付きの原文と現代語訳で味わえる。図版やコラムも豊富に収録。初心者にも最適な入門書。

万葉集
ビギナーズ・クラシックス 日本の古典
編／角川書店

日本最古の歌集から名歌約一四〇首を厳選。恋の歌、家族や友人を想う歌、死を悼む歌。天皇や宮廷歌人をはじめ、名もなき多くの人々が詠んだ素朴で力強い歌の数々を丁寧に解説。万葉人の喜怒哀楽を味わう。

角川ソフィア文庫ベストセラー

ビギナーズ・クラシックス 日本の古典
平家物語
編／角川書店

一二世紀末、貴族社会から武家社会へと歴史が大転換する中で、運命に翻弄される平家一門の盛衰を、叙事詩的に描いた一大戦記。源平争乱における事件や時間の流れが簡潔に把握できるダイジェスト版。

ビギナーズ・クラシックス 日本の古典
徒然草
吉田兼好
編／角川書店

日本の中世を代表する知の巨人・吉田兼好。その無常観とたゆみない求道精神に貫かれた名随筆集から、兼好の人となりや当時の人々のエピソードが味わえる代表的な章段を選び抜いた最良の徒然草入門。

ビギナーズ・クラシックス 日本の古典
おくのほそ道（全）
松尾芭蕉
編／角川書店

俳聖芭蕉の最も著名な紀行文、奥羽・北陸の旅日記を全文掲載。ふりがな付きの現代語訳と原文で朗読にも最適。コラムや地図・写真も豊富で携帯にも便利。風雅の誠を求める旅と昇華された俳句の世界への招待。

ビギナーズ・クラシックス 日本の古典
古今和歌集
編／中島輝賢

春夏秋冬や恋など、自然や人事を詠んだ歌を中心に編まれた、第一番目の勅撰和歌集。総歌数約一一〇〇首から七〇首を厳選。春といえば桜といった、日本的美意識に多大な影響を与えた平安時代の名歌集を味わう。

ビギナーズ・クラシックス 日本の古典
伊勢物語
編／坂口由美子

雅な和歌とともに語られる「昔男」（在原業平）の一代記。垣間見から始まった初恋、天皇の女御となる女性との恋、白髪の老女との契り——。全一二五段から代表的な短編を選び、注釈やコラムも楽しめる。

角川ソフィア文庫ベストセラー